Der Insel Verlag legt das unsterbliche Lederstrumpf-Epos nun in geschlossener Form als Kassette vor. Der Romanzyklus des ersten bedeutenden amerikanischen Autors James Fenimore Cooper wird in der von Rudolf Drescher überarbeiteten Kolbschen Übersetzung vollständig und ungekürzt wiedergegeben.

Es ist ein gewaltiges Prosa-Epos, die immer wieder fesselnde Saga aus der frühen amerikanischen Pionierzeit mit dem Helden Nathaniel Bumppo im Mittelpunkt der Handlung, die von der Kolonisierung des amerikanischen Kontinents erzählt: *Der Wildtöter* (The Deerslayer – 1841), *Der letzte Mohikaner* (The Last of the Mohicans – 1826), *Der Pfadfinder* (The Pathfinder – 1840), *Die Ansiedler oder Die Quellen des Susquehanna* (The Pioneers or the Sources of Susquehanna – 1823) und *Die Prärie* (The Prairie – 1827). In dieser Reihenfolge sind die Romane nach Inhalt und Zeitangabe zu ordnen. Entstanden sind sie allerdings, wie die Daten der Erstausgabe zeigen, in einer anderen Reihenfolge. Mit den Lederstrumpferzählungen führt uns Cooper 60 Jahre der amerikanischen Gründerperiode vor Augen, den Zeitraum von den 40er Jahren des 18. Jahrhunderts bis hin zum beginnenden 19. Jahrhundert.

»Keine literarische Gestalt begleitet mich so lange wie *Natty Bumppo*. Mit acht Jahren vernarrte ich mich in ihn, lief ihm nach in Landschaften, deren Weite und Unberührtheit für mich bis heute den Anschein von Utopie bewahren.« *Peter Härtling* insel taschenbuch 760

Cooper

Der Lederstrumpf

James Fenimore Cooper

DER LEDER-STRUMPF

In der Bearbeitung der
Übersetzung von C. Kolb u. a.
durch Rudolf Drescher
Mit Illustrationen von
O. C. Darley
Vollständige Ausgabe
Mit einer Nachbemerkung
von Peter Härtling

Zweiter Band

James Fenimore Cooper

DER LETZTE MOHIKANER

Insel Verlag

insel taschenbuch 760
Erste Auflage 1983
Lizenzausgabe mit freundlicher Genehmigung
des F. W. Hendel Verlages, Meersburg am Bodensee
Vertrieb durch den Suhrkamp Taschenbuch Verlag
Umschlag nach Entwürfen von Willy Fleckhaus
Druck: Nomos Verlagsgesellschaft, Baden-Baden
Printed in Germany

3 4 5 6 7 – 94 93 92 91 90

Der letzte Mohikaner

Erstes Kapitel

> Mein Ohr ist offen und mein Herz bereit.
> Nur weltlichen Verlust, nicht Schlimmres kannst
> Du melden. Sage, ist mein Reich verloren?
>
> *Shakespeare*

Es war eine Eigentümlichkeit der Kriege, welche in den Kolonien Nordamerikas geführt wurden, daß die Mühseligkeiten und Gefahren der Wildnisse zu bestehen waren, ehe noch die feindlichen Heere sich begegnen konnten. Ein breiter Gürtel von scheinbar undurchdringlichen Wäldern trennte die Besitzungen der feindlichen Provinzen von Frankreich und England. Der kühne Pflanzer und der geübte Europäer, der an seiner Seite focht, kämpften oft monatelang mit reißenden Waldströmen oder suchten rauhe Gebirgspässe gangbar zu machen, um Gelegenheit zu finden, ihren Mut in mehr kriegerischem Kampfe zu zeigen. Aber wetteifernd mit der Ausdauer und Selbstverleugnung der erfahrenen eingebornen Krieger lernten sie jede Schwierigkeit überwinden, und es konnte scheinen, daß mit der Zeit kein Winkel in den Waldungen so finster, kein Versteck so abgelegen wäre, in das *sie* nicht zu dringen wagten, die ihr Blut verpfändet hatten, ihre Rache zu sättigen oder der kalten, selbstsüchtigen Politik entfernter Monarchen Europas Geltung zu verschaffen.

Vielleicht gibt kein Distrikt auf der ganzen Strecke der dazwischenliegenden Grenzen ein lebendigeres Bild von der Grausamkeit und Wildheit der barbarischen Kriege jener Zeiten als das Land, welches zwischen den Quellen des Hudsons und den anstoßenden Seen liegt.

Die Vorteile, die hier die Natur für die Bewegungen der Kämpfenden bot, waren zu augenfällig, um nicht benutzt zu werden. Der langgedehnte Wasserspiegel des Champlain erstreckte sich von den Grenzen Kanadas bis tief in die benachbarte Provinz Neuyork hinein und bildete eine natürliche Straße auf der Hälfte des Landstrichs, dessen die Franzosen Meister sein mußten, um an ihre Feinde herankommen zu können.

Unweit seinem südlichen Ende empfängt er die Zuflüsse eines andern Sees, dessen Wasser so klar sind, daß die Missionare der Jesuiten sie ausschließlich gewählt hatten, um die sinnbildliche Reinigung der Taufe zu vollziehen, was ihm den Namen des Sees du Saint Sacrement gegeben hat. Die minder eifrigen Engländer glaubten, seinen klaren Quellen Ehre genug anzutun, wenn sie ihnen den Namen ihres regierenden Fürsten, des zweiten aus dem Hause Hannover, gaben. Beide Völker vereinigten sich aber, den schutzlosen Eigentümern dieser bewaldeten Räume ihr natürliches Recht auf Verewigung seines ursprünglichen Namens Horican[1] zu rauben.

Durch zahllose Eilande sich windend und in Gebirge eingebettet, dehnt sich der »Heilige See« ein Dutzend Stunden weiter gegen Süden aus. Mit der hochgelegenen Fläche, welche hier dem Laufe des Wassers entgegentritt, fängt ein *Trageplatz* von ebenso vielen englischen Meilen an, der den Abenteurer zu den Ufern des Hudsons führt, der an diesem Punkte über die gewöhnlichen Hemmnisse reißender Strömungen oder *Rifts* (Riffe), wie sie in der dortigen Landessprache heißen, siegt und zur Flutzeit schiffbar wird.

Da rastloser Unternehmungsgeist die Franzosen bei Verfolgung ihrer Eroberungspläne selbst in die entfernten, fast unzugänglichen Schluchten des Alleghanygebirges führte, so läßt sich leicht denken, daß ihr zum Sprichwort gewordener Scharfsinn die natürlichen Vorteile der soeben beschriebenen Landstrecke nicht übersehen konnte. Sie wurde auch wirklich der blutige Schauplatz, auf dem die meisten Schlachten um die Herrschaft in den Kolonien geschlagen wurden. Forts wurden angelegt auf den verschiedenen Punkten, welche die Heerstraßen beherrschten: wurden genommen und wieder genommen, geschleift und wiederhergestellt, sowie ein Sieg über feindliche Banner erfochten war. Während der Pflanzer sich von den gefährlichen Pässen in die sichereren Grenzen der älteren Niederlassungen zurückzog, sah man Heere, stärker als jene, die oft über die Throne der Mutterländer entschieden, sich in diese Waldungen vergraben, aus denen sie meist nur als Banden von Gerippen, von Sorgen abgemagert und durch Niederlagen entmutigt, wieder zum Vorschein kamen.

Wenn auch die Künste des Friedens in diesen unglücklichen Gegenden unbekannt waren, so wimmelten doch seine Wälder von Menschen; die leichten Punkte und Täler ertönten von kriegerischer Musik, und das Echo ihrer Gebirge warf das Gelächter oder das mutwillige Geschrei manches ritterlichen, sorglosen Jünglings zurück, der in der vollen Kraft seines jungen Mutes dahineilte, um in die lange Nacht der Vergessenheit hinüberzuschlummern.

Auf diesem Schauplatze des Kampfes und des Blutvergießens trugen sich die Begebnisse zu, die wir zu schildern versuchen, und zwar im dritten Jahre des Kriegs, welchen England und Frankreich um den Besitz eines Landes führten, das keinem von ihnen auf die Dauer zuteil werden sollte.

Die Unfähigkeit seiner Heerführer draußen und der unglückliche Mangel an Energie in seinen Beratungen im Innern hatten Großbritannien von der stolzen Höhe, auf die es die Talente und der Unternehmungsgeist seiner früheren Kriegs- und Staatsmänner gebracht hatten, herabgestürzt. Nicht länger von seinen Feinden gefürchtet, verloren seine Diener bald auch das Vertrauen auf sich selbst. Bei diesem drückenden Zustand der Erniedrigung waren die Kolonisten, obgleich unschuldig an seiner Schwäche und zu niedrig gestellt, um an solchen Mißgriffen schuld zu haben, die natürlichen Opfer derselben. Sie hatten erst noch gesehen, wie ein auserlesenes Heer aus dem Lande, das sie bisher als Mutter verehrten und für unbesiegbar hielten, unter den Befehlen eines Führers, der wegen seiner seltenen kriegerischen Verdienste aus einer Schar erfahrener Kriegsmänner auserwählt worden, von einer Handvoll Franzosen und Indianer schimpflich zersprengt worden war und vor völliger Vernichtung nur bewahrt wurde durch die kalte Besonnenheit eines virginischen Knaben, dessen Ruf, durch die Zeit gereift, sich seitdem kraft des Eindruckes, der sittlicher Größe nie fehlt, bis an die äußersten Grenzen der christlichen Welt verbreitet hat[2]. So war durch diesen unerwarteten Unstern die Grenze weithin bloßgegeben, und wesentlicheren Übeln gingen tausend eingebildete und erträumte Gefahren voraus. Die bestürzten Kolonisten glaubten, das Geheul der Wilden mische sich in jeden Windstoß, der aus den endlosen Waldungen des Westens pfiff. Der furchtbare Charakter ihrer erbarmungslosen Feinde vermehrte noch die natürlichen Schrecken des Kriegs über alle Beschreibung. Zahllose neuere Gemetzel lebten noch in ihrer Erinnerung; auch war kein Ohr in den Provinzen so taub, das nicht begierig der Erzählung einer furchtbaren mitternächtlichen Mordszene gelauscht hätte, bei welcher die Eingebornen der Wälder in ihrer Grausamkeit eine Hauptrolle spielen mußten. Wenn der leichtgläubige, aufgeregte Reisende von den Gefahren der Wildnis erzählte, gerann dem Furchtsamen vor Schrecken das Blut in den Adern, und Mütter warfen selbst auf Kinder, die im sichern Schoße der größten Städte schlummerten, ängstliche Blicke. Kurz, die alles vergrößernde Furcht machte die Berechnungen der Vernunft zunichte und diejenigen, welche sich ihrer Mannheit hätten erinnern sollen, zu Sklaven der niedrigsten Leidenschaft. Selbst die Zuversichtlichsten und Standhaftesten begannen zu glauben, daß der Ausgang des Kampfes zweifelhaft werden könnte, und stündlich vermehrte sich die Zahl jener Verächtlichen, welche schon alle Besitzungen der englischen Krone in Amerika von ihren christlichen Feinden erobert oder durch die Einfälle ihrer fühllosen Verbündeten verödet sahen.

Als daher in dem Fort, welches das Südende des Trageplatzes zwischen dem Hudson und den Seen deckte, die Nachricht eintraf, daß Montcalm mit einem Heere, zahllos wie das Laub auf den Bäumen, den Champlain heraufkomme, so wurde die Wahrheit derselben mehr mit dem verzagten Widerwillen der Furcht als mit der ernsten Freude eingeräumt, die der Krieger fühlen sollte, wenn er den Feind in seinem Bereiche findet. Die Nachricht war an einem Sommerabend durch einen indianischen Läufer eingetroffen, durch den auch Munro, der Befehlshaber eines Festungswerkes an dem Ufer des »Heiligen Sees«, um schleunige und kräftige Verstärkung bitten ließ. Es wurde bereits erwähnt, daß die Entfernung zwischen diesen beiden Punkten weniger als fünf Stunden betrug. Der rauhe Pfad, welcher ursprünglich ihre Verbindungslinie bildete, war für Wagen erweitert worden, so daß der Weg, für welchen der Sohn des

Waldes nur zwei Stunden brauchte, von einem Korps mit seinem erforderlichen Gepäck leicht zwischen dem Auf- und Untergang der Sonne an einem Sommertag zurückgelegt werden konnte. Die loyalen Diener der britischen Krone hatten die eine dieser Waldfesten William Henry und die andere Fort Edward, nach zwei beliebten Prinzen des regierenden Hauses, benannt. Der vorerwähnte schottische Veteran lag in der ersten mit einem Regiment regelmäßiger Truppen und einer Anzahl Provinzialen, einer Besatzung, die in der Tat zu schwach war, der furchtbaren Macht, mit welcher Montcalm seinen Verschanzungen nahte, die Spitze zu bieten. In der zweiten stand jedoch General Webb, welcher die Heere des Königs in den Nordprovinzen befehligte, mit einem Korps von mehr denn fünftausend Mann. Durch Vereinigung der verschiedenen Detachements unter seinen Befehlen hätte dieser Offizier beinahe die doppelte Anzahl Kämpfer dem unternehmenden Franzosen, der sich mit einem nicht viel stärkern Heere so weit vor seine Reserven hervorgewagt hatte, entgegenzustellen vermocht.

Von ihrem Mißgeschick niedergedrückt, schienen Offiziere und Soldaten mehr geneigt, die Annäherung ihres furchtbaren Feindes innerhalb ihrer Festungswerke zu erwarten, als sich ihrem Vorrücken zu widersetzen und nach dem glücklichen Vorgang der Franzosen bei dem Fort du Quesne einen kühnen Angriff auf die Heranrückenden zu wagen.

Nachdem sich die erste Bestürzung über diese Nachricht in etwas gelegt hatte, verbreitete sich das verschanzte Lager, das dem Rande des Hudsons entlang eine Reihe von Außenwerken des Forts selbst bildete, das Gerücht, ein auserlesenes Detachement von fünfzehnhundert Mann habe mit Tagesanbruch nach dem Fort William Henry, dem Posten auf dem nördlichen Ende des Bergrückens, abzugehen. Was anfangs bloß Gerücht war, wurde bald zur Gewißheit, da aus dem Quartier des Oberbefehlshabers an die verschiedenen von ihm zu diesem Dienste ausersehenen Korps die Order erging, sich zum schleunigen Abmarsch bereitzuhalten. Aller Zweifel über Webbs Absicht verschwand, und die nächsten paar Stunden sah man nichts denn eilige Fußtritte und bängliche Gesichter. Der Neuling in der Kriegskunst flog von Punkt zu Punkt, seine eigenen Zubereitungen durch das Übermaß eines ungestümen und etwas unordentlichen Eifers hemmend, während der erfahrene Krieger seine Vorkehrungen mit einer Besonnenheit traf, die allen Anschein der Eile verschmähte, obwohl seine ernsten Züge und sein unruhiges Auge verrieten, daß er keine besondere Lust zu dem noch unversuchten, gefürchteten Krieg in der Wildnis in sich verspürte. Endlich sank die Sonne in einer Flut von Glorie hinter die entfernten westlichen Hügel, und als die Finsternis ihren Schleier um den abgeschiedenen Ort zog, verstummte allmählich das Geräusch der Zurüstung. Das letzte Licht verschwand endlich aus dem Blockhauszimmer eines Offiziers; die Bäume warfen tiefere Schatten auf die Wälle und den kräuselnden Strom, und bald herrschte in dem Lager so tiefe Stille wie in dem Walde umher.

Gemäß den Befehlen der vorigen Nacht unterbrach das Wirbeln der Lärmtrommeln, deren schallendes Echo in der feuchten Morgenluft aus jeder Richtung der Wälder widertönte, den tiefen Schlaf des Heeres, als eben der Tag die rohen Umrisse einiger hohen Fichten in der Nähe an den Glanz eines milden, wolkenlosen östlichen Himmels zu zeichnen begann. Im Augenblick war das ganze Lager in Bewegung. Selbst der niedrigste Soldat sprang von seinem Lager auf, um Zeuge von dem Abmarsche seiner Kameraden und den aufregenden Vorfällen des Augenblicks zu sein. Die kleine auserlesene Truppe hatte sich bald in Marschordnung aufgestellt. Während die regelmäßigen, geübteren Soldaten des Königs sich stolz auf den rechten Flügel zogen, nahmen minder anspruchsvolle Pflanzer ihre bescheidenere Stellung auf dem linken mit einer Gewandtheit ein, die lange Übung ihnen zu eigen gemacht hatte. Die Patrouillen brachen auf, starke Bedeckungen zogen vor und hinter den schwerfälligen Gepäckwagen, und ehe das graue Zwielicht den Strahlen der Sonne gewichen war, schwenkte das Hauptkorps der Streiter in eine Kolonne und verließ das Lager mit einem Anschein militärischen Stolzes, welcher die schlummernden Besorgnisse manches Neulings beschwichtigte, der seine erste Waffenprobe machen sollte. Solange sie im Angesichte ihrer sie bewundernden Kameraden waren, behielten sie dieselbe stolze Haltung, dieselbe Ordnung bei, bis die Töne ihrer Querpfeifen immer mehr verklangen und der Wald endlich die lebendige Masse zu verschlingen schien, welche er eben langsam in seinem Schoß aufgenommen hatte.

Die tiefsten Töne der sich entfernenden und bereits dem

Blicke entschwundenen Kolonne erreichten nicht mehr das Ohr der Horcher, und die letzten Nachzügler waren schon den Augen entrückt. Aber immer noch sah man Anstalten zu einer andern Abreise vor einem Blockhause von ungewöhnlichem Umfang und freundlicher Ausstattung, vor welchem Schildwachen, die, wie man wußte, die Person des englischen Generals zu bewachen hatten, auf und ab gingen. Auf dieser Stelle stand ein halbes Dutzend Pferde beisammen, von denen zwei, nach ihrem Sattelzeug zu urteilen, für Frauen von einem Rang bestimmt zu sein schienen, den man sonst nicht so weit in den Wildnissen des Landes zu treffen gewöhnt war. Ein drittes trug das Geschirr und die Wappen eines Stabsoffiziers, während die andern, mit einfachen Decken und mit Reisetaschen beschwert, offenbar für Diener bestimmt waren, welche bereits der Winke ihrer Herrschaften gewärtig dort standen. In ehrerbietiger Entfernung von dieser Szene sah man verschiedene Gruppen neugieriger Zuschauer stehen, von denen einige die Rasse und den Wuchs des feurigen Schlachtrosses bewunderten, andere mit der einfältigen Verwunderung gewöhnlicher Neugierde diese Zubereitungen betrachteten. Von letztern unterschied sich jedoch auffallend ein Mann, der weder müßig noch auch, wie es schien, sehr unwissend war.

Das Äußere dieses Menschen machte einen höchst ungünstigen Eindruck, ohne daß jedoch eine besondere Entstellung an ihm zu bemerken war. Er hatte alle Gebeine und Gelenke anderer Leute, aber keine Spur von Ebenmaß. Stand er, so überragte er alle Nachbarn; saß er, so schien er wieder auf die gewöhnliche Größe unseres Geschlechts reduziert. Derselbe Widerspruch in den Gliedern schien durch den ganzen Menschen zu herrschen. Sein Kopf war groß, seine Schultern eng, seine Arme lang und schlotternd, seine Hände dagegen klein und fast zart, seine Beine und Schenkel dünn, fast ausgemergelt, aber außerordentlich lang, und seine Knie wären unnatürlich plump erschienen, wenn sie nicht von den breiteren Grundlagen, auf welchen dieser falsche Bau verkehrter menschlicher Ordnungen ruhte, übertroffen worden wären. Der nicht zusammenpassende, geschmacklose Anzug des Individuums diente bloß dazu, sein linkisches Wesen noch mehr hervorzuheben. Ein himmelblauer Rock mit kurzen breiten Schößen und niederem Kragen gab einen langen, dünnen Hals und noch längere, dünnere Beine den schlimmsten Bemerkungen Übelwollender preis. Seine untere Bekleidung bestand aus gelbem Nanking, der sich dicht am Leibe anschloß und an seinen Ungeheuern von Knien mit breiten Schleifen weißer Bänder befestigt war, die durch den Gebrauch ziemlich beschmutzt erschienen. Dunkle baumwollene Strümpfe und Schuhe, an deren einem ein versilberter Sporn hervorstand, vollendeten das Kostüm der Niederungen seiner Gestalt: keine Krümmung oder Ecke war davon versteckt, im Gegenteil jede durch die Eitelkeit oder die Einfalt des Eigentümers geflissentlich ans Licht gestellt. Die unförmliche Tasche eines beschmutzten Kamisols von gewirkter Seide, mit verblichenen Silberborten schwerfällig verziert, ließ unter ihrer unförmlichen Klappe ein Instrument blicken, das in solch kriegerischer Umgebung leicht für ein unheilbringendes, unbekanntes Kriegsgerät hätte genommen werden können. So klein es war, so hatte es doch die Neugierde der meisten Europäer in dem Lager erregt, obgleich man mehrere der Provinzialen dasselbe nicht bloß ohne Furcht, sondern auch als etwas ganz Bekanntes handhaben sah. Ein großer, bürgerlicher Hut, aufgestülpt, wie ihn in den letzten dreißig Jahren die Geistlichen trugen, ruhte über dem Ganzen, und verlieh Würde einem gutmütigen, etwas leeren Gesicht, das solch künstlicher Hilfe sichtlich bedurfte, um das Gewicht eines hohen und ungewöhnlichen Amtes zu unterstützen.

Während der gemeine Haufe sich in ehrerbietiger Entfernung von Webbs Quartiere hielt, ging unser Mann unbedenklich mitten unter den Dienern umher, indem er Lob oder Tadel über die Pferde ausdrückte, so wie sie ihm mißfielen oder seinen Beifall hatten.

»Freund, ich möchte fast sagen, dieses Tier stammt nicht aus heimischer Zucht, sondern ist aus fremden Landen, vielleicht gar von der kleinen Insel über dem blauen Wasser gekommen?« sprach er in einem Ton, der sich ebensowohl durch seine Milde und Sanftheit, wie seine Person sich durch ihre seltsamen Verhältnisse auszeichnete. »Ich kann von diesen Dingen sprechen, ohne eben zu prahlen: denn ich bin drunten an beiden Häfen gewesen, dem, welcher an der Mündung der Themse liegt und nach der Hauptstadt Altenglands benannt wird, und dem andern, der noch den Beisatz des ›Neuen‹ führt, und hab' gesehen, wie die Zweimaster ihre Herden, wie man's einst bei der Arche tat, zusammentrieben, da sie nach der Insel Jamaika mußten, um dort mit vierfüßigen Tieren Tausch- und andern Handel zu treiben; aber nie habe ich je ein Tier gesehen, das so sehr dem Schlachtroß in der Bibel gleicht wie dieses: ›es scharrt in dem Tal und freut sich seiner Stärke: es stürmt heran, um den Geharnischten zu begegnen. Es ruft unter den Drommeten: ha, ha! und riecht die Schlacht von ferne, den Donnerruf der Führer und das Jauchzen.‹ Man sollte meinen, die Rosse Israels hätten sich bis auf unsere Zeit fortgepflanzt, nicht wahr, Freund?«

Als er auf diese ungewöhnliche Anrede, die, mit aller Kraft voller und klangreicher Töne vorgebracht, wohl einige Aufmerksamkeit verdient hätte, keine Erwiderung erhielt, so wandte er, der jene Worte der Heiligen Schrift entlehnt hatte, sich an die schweigende Gestalt, die er absichtslos angeredet hatte, und fand einen neuen und mächtigeren Gegenstand der Bewunderung in dem Wesen, das seinem Blicke begegnete. Seine Augen fielen auf die schweigsame, aufrechte und starre Gestalt des indianischen Läufers, der die unwillkommene Nachricht vom vorigen Abend ins Lager gebracht hatte. Obgleich der Wilde, im Zustande vollkommener Ruhe, dem Anschein nach mit charakteristischem Stoizismus die Aufregung und das Geräusch umher nicht beachtete, so lag doch in seiner Ruhe ein mürrischer Trotz, der die Aufmerksamkeit selbst erfahrener Augen auf sich gezogen hätte, als diejenigen waren, welche ihn jetzt mit unverhohlenem Erstaunen betrachteten. Der Eingeborne trug den Tomahawk und das Messer seines Stammes, und doch war sein Aussehen nicht ganz das eines Kriegers. Im Gegenteil sprach sich in seiner Erscheinung eine gewisse Nachlässigkeit aus, wie es schien, die Folge von kürzlicher großer Anstrengung, von der er sich noch nicht ganz erholt haben mochte. Die Farben auf seinem nach Kriegerart bemalten wilden Gesichte waren in dunkler Verwirrung ineinandergeflossen und machten seine schwärzlichen Gesichtszüge noch wilder und abstoßender, als wenn die Kunst hervorzubringen versucht hätte, was hier der bloße Zufall getan. Sein Auge allein, das gleich einem feurigen Stern unter finstern Wolken hervorblitzte, war in seiner natürlichen Wildheit zu schauen. Einen Augenblick nur begegnete sein forschender und doch vorsichtiger Blick dem verwunderten Auge des andern, wandte sich dann teils aus Schlauheit, teils mit Verachtung ab und stierte dahin, als wollte es die fernen Lüfte durchdringen.

Es läßt sich nicht wohl bestimmen, welche Bemerkung dieser kurze und schweigsame Augenverkehr zwischen zwei so seltsamen Menschen dem weißen Manne entlockt haben würde, wäre nicht seine Neugierde auf andere Gegenstände gerichtet worden. Eine allgemeine Bewegung unter den Dienern und leise Töne zarter Stimmen kündigten die Annäherung derjenigen an, deren Gegenwart allein nötig war, um den Zug in Bewegung zu setzen. Der schlichte Bewunderer des Schlachtrosses wich sogleich zu einer kleinen magern Stute mit langem, dünnem Schwanze zurück, welche das welke Gras des Lagers in der Nähe hin und wider abweidete. Mit dem Ellbogen auf die Decke gelehnt, die statt des Sattels diente, blieb er hier ein Zuschauer der Abreise, während ein Füllen auf der entgegengesetzten Seite des Tiers ganz ruhig seinen Morgenimbiß einnahm.

Ein junger Mann in der Uniform eines Offiziers führte zwei Damen, welche, nach ihrem Anzug zu urteilen, im Begriff waren, sich den Anstrengungen einer Reise in den Wäldern zu unterziehen, zu ihren Rossen. Eine und, wie es schien, die jugendlichste, obgleich beide noch jung waren, vergönnte einen flüchtigen Blick auf ihr blendend weißes Gesicht, ihr schönes goldenes Haar und ihre lichten blauen Augen, indem sie die Morgenluft den grünen Schleier, der langsam von ihrem Biberhut herabfloß, arglos beiseite wehen ließ. Das Rot, welches noch über den Fichten am westlichen Himmel verweilte, war nicht glühender noch zarter als die Blüte ihrer Wangen, und der anbrechende Tag nicht lieblicher als das seelenvolle Lächeln gegen den Jüngling, der ihr in den Sattel half. Die andere Dame, welche gleichfalls die Aufmerksamkeiten des jungen Offiziers zu genießen schien, verbarg ihre Reize vor dem neugierigen Blicke der Soldateska mit einer Sorgfalt, die sich für vier oder fünf Jahre weiterer Erfahrung besser geschickt hätte. So viel konnte man jedoch sehen, daß sie, obschon von gleich ausgezeichnetem Ebenmaß, das durch ihren Reitanzug nichts an Grazie verlor, eher voller und ausgebildeter war als ihre Begleiterin.

Die Damen saßen nicht so bald zu Pferde, als ihr Begleiter sich leicht in den Sattel seines Schlachtrosses schwang. Alle drei verbeugten sich jetzt gegen Webb, welcher ihren Abgang höflich auf der Schwelle seiner Wohnung erwartete, und ihrer Rosse Häupter wendend, ritten sie in einem langsamen Paßgang, von ihrer Dienerschaft gefolgt, nach dem nördlichen Eingang der Verschanzungen.

Auf dieser kleinen Strecke ließ sich unter ihnen kein Ton vernehmen; ein leichter Ausruf entfuhr aber der jüngeren Dame, als der indianische Läufer unerwartet an ihr vorüberglitt und vor ihnen auf der Heerstraße dahineilte. Obgleich diese plötzliche und überraschende Erscheinung des Indianers der andern keinen Laut entlockte, so öffnete doch ihr Schleier seine Falten und verriet einen unbeschreiblichen Blick des Mitleids, der Verwunderung und des Entsetzens, während ihr schwarzes Auge den leichten Bewegungen des Wilden folgte. Die Locken dieser Lady waren glänzend schwarz, gleich dem Gefieder des Raben. Ihre Gesichtsfarbe war nicht braun, sondern eher in die Farbe des reichlichen Blutes getaucht, das seine Grenzen zu durchbrechen drohte. Und doch war hier nichts Unedles, kein Mangel an Schattierung in einem Gesichte, das ungemein regelmäßig, würdevoll und ausnehmend schön genannt werden konnte. Sie lächelte, als bemitleide sie ihre eigene augenblickliche Vergeßlichkeit, und zeigte dabei eine Reihe Zähne, die das reinste Elfenbein beschämt haben würden, worauf sie, ihren Schleier wieder zurechtrückend, ihr Gesicht vorwärts beugte, und stillschweigend dahinritt, wie jemand, dessen Gedanken von der ihn umgebenden Szene abgezogen sind.

Zweites Kapitel

Sola, sola, so, sa, lo, sola!
Shakespeare

Während die eine der liebenswürdigen Damen, mit denen wir unsere Leser flüchtig bekannt gemacht, so in Gedanken vertieft war, hatte sich die andere schnell von dem leichten Schrecken erholt, der jenen Ausruf veranlaßte, und über ihre eigene Schwäche lachend, fragte sie den jungen Mann, der ihr zur Seite ritt: –

»Sind solche Gespenster häufig in diesen Wäldern, Heyward, oder ist das ein Schauspiel, das uns zuliebe gegeben wurde? Wenn letzteres der Fall ist, so muß uns Dankbarkeit den Mund schließen; im erstern Falle bedürfen Kora und ich eines reichen Vorrates von jenem ererbten Mute, dessen wir uns rühmen, selbst ehe wir noch dem gefürchteten Montcalm begegnen.«

»Der Indianer dort ist ein Läufer von dem Heere und kann in der Weise seines Volkes für einen Helden gelten«, versetzte der Offizier. »Er hat sich erboten, uns auf einem nur wenig gekannten Pfade schneller und folglich angenehmer nach dem See zu bringen, als wenn wir den langsamen Bewegungen des Heeres folgten.«

»Der Mensch gefällt mir nicht«, sprach die Lady, von angenommenem, noch mehr aber von wirklichem Schrecken schaudernd. »Sie kennen ihn doch genau, Duncan, sonst würden Sie sich nicht so unbedenklich seiner Führung anvertrauen?«

»Sagen Sie lieber, Alice, ich würde *Sie* ihm nicht anvertrauen. Ich kenne ihn, sonst würde ich ihm am wenigsten in diesem Augenblicke vertrauen. Man sagt, er sei auch ein Kanadier – und doch diente er unsern Freunden, den Mohawks, die, wie Sie wissen, eine der sechs verbündeten Nationen[3] sind. Er wurde, wie ich hörte, durch einen seltsamen Vorfall zu uns gebracht, bei dem Ihr Vater beteiligt war und der Wilde hart behandelt wurde – aber ich vergaß das Geschichtchen, genug, er ist jetzt unser Freund.«

»Wenn er meines Vaters Feind war, so gefällt er mir noch viel weniger!« rief das nun wirklich erschrockene Mädchen. »Wollen Sie nicht mit ihm sprechen, Major Heyward, daß ich seine Stimme höre. Es ist vielleicht eine Torheit, aber Sie haben schon oft von mir gehört, daß ich auf den Ton der Menschenstimme vertraue.«

»Das würde vergeblich sein und höchstwahrscheinlich nur durch einen Ausruf beantwortet werden. Wenn er auch Englisch versteht, so tut er doch, wie die meisten seines Volkes, als verstünde er nichts davon, und am wenigsten wird er sich herablassen, jetzt zu sprechen, da der Krieg ihn zur strengsten Behauptung seiner Würde auffordert. Aber er hält inne: der geheime Weg, den wir einschlagen sollen, ist wahrscheinlich hier in der Nähe.«

Die Vermutung Major Heywards war richtig. Als sie zu der Stelle kamen, wo der Indianer stand, wies er auf ein Dickicht zur Seite der Heerstraße, und ein schmaler, unansehnlicher Pfad, der, wenn auch mit einiger Unbequemlichkeit, *eine* Person aufnehmen konnte, wurde sichtbar.

»Dahin also«, sprach der junge Mann mit gedämpfter Stimme, »geht unser Weg. Zeigen Sie kein Mißtrauen, oder Sie locken selbst die Gefahr herbei, die Sie zu fürchten scheinen.«

»Kora, was denkst du?« fragte die widerstrebende Schöne. »Werden wir nicht, wenn wir mit den Truppen reisen, obgleich wir ihre Gegenwart lästig finden müßten, über unsere Sicherheit beruhigter sein können?«

»Da Sie mit den Kunstgriffen der Wilden zu wenig bekannt sind, Alice, so wissen Sie nicht, wo die Gefahr am größten ist«, fiel Heyward ein. »Wenn die Feinde überhaupt schon den Trageplatz erreicht haben, was keineswegs wahrscheinlich ist, da unsre Kundschafter draußen sind, so gehen sie sicherlich darauf aus, die Kolonne zu umzingeln, weil es hier am meisten zu skalpieren gibt. Die Straße des Detachements ist bekannt, während unser Weg, welchen einzuschlagen erst vor einer Stunde beschlossen ward, noch ein Geheimnis sein muß.«

»Sollen wir dem Mann mißtrauen, weil seine Sitten nicht die unsern sind und seine Haut dunkel?« fragte kaltblütig Kora.

Alice zögerte nicht länger; sie gab ihrem Narranganset[4] einen tüchtigen Schlag mit der Reitgerte, drückte zuerst die dünnen Zweige der Gebüsche beiseite und folgte dem Läufer den dunkeln, verschlungenen Pfad entlang. Der junge Mann betrachtete die letzte Sprecherin mit unverhohlener Bewunderung und ließ ihre schönere oder zum mindesten nicht weniger schöne Gefährtin ohne Begleitung, während er eifrig einen Weg für jene bahnte, welche Kora genannt worden war. Die Diener mußten vorher ihre Weisungen erhalten haben: denn statt mit in das Dickicht einzudringen, folgten sie auf der Heerstraße der Kolonne, eine Maßregel, welche nach Heywards Angabe der Scharfsinn ihres Führers angeraten hatte, um nicht zuviel Spuren von sich zu hinterlassen, für den Fall, daß die kanadischen Wilden sich etwa so weit dem Heere voraus in den Hinterhalt legten. Mehrere Minuten lang erlaubte der verschlungene Weg keine weitere Unterhaltung. Jetzt aber gelangten sie aus dem breiten Saume des Unterholzes, das sich die Heerstraße entlang erstreckte, unter das hohe und dunkle Bogendach der Waldbäume. Hier war ihr Vordringen weniger unterbrochen, und sobald der Führer merkte, daß die Damen über ihre Pferde freier verfügen konnten, schlug er einen stärkeren trottartigen Schritt an, der die sicherfüßigen Tiere in einen schnellen, aber leichten Paßgang versetzte. Der junge Mann hatte sich umgewendet, um mit der schwarzäugigen Kora zu sprechen, als ihn entfernte Hufschläge, die über die Wurzeln des holperigen Weges hinter ihnen daherstampften, veranlaßten, sein Schlachtroß anzuhalten. Auch seine Begleiterinnen hielten in demselben Augenblick ihre Zügel an, die ganze Gruppe machte halt, um Aufschluß über die unerwartete Unterbrechung zu erhalten.

In wenigen Augenblicken sah man ein Füllen wie einen Damhirsch durch die geraden Fichtenstämme schlüpfen und gleich darauf die Person des unbehilflichen Mannes, den wir in dem vorigen Kapitel beschrieben haben, zum Vorschein kommen, wie er sein mageres Tier zu soviel Eile antrieb, als dieses ertragen konnte, ohne daß es zu einem förmlichen Sturze kam. Bis jetzt war diese Persönlichkeit der Beobachtung unserer Reisenden entgangen. Besaß er die Macht, das Auge des Wanderers zu fesseln, wenn er zu Fuß die volle Glorie seiner Körperhöhe entfaltete, so mußte die Grazie des Reiters die gleiche Aufmerksamkeit erregen. Trotz der beständigen Tätigkeit der einen bewaffneten Ferse gegen die Seite seiner Stute war doch der stärkste Lauf, in den er sie bringen konnte, ein leichter Galopp mit den Hinterbeinen, in welchen die vorderen nur in zweifelhaften Momenten miteinstimmten, gemeinhin aber sich begnügten, einen hüpfenden Trott einzuhalten. Vielleicht brachte der schnelle Wechsel dieser Bewegungen eine optische Täuschung hervor, welche die Kräfte des Tiers scheinbar vergrößerte. Denn soviel ist gewiß, daß Heyward, der doch ein scharfes Auge für die Verdienste der Pferde hatte, bei allem Scharfsinn nicht imstande war zu entscheiden, durch welcherlei Bewegung sein Verfolger die Krümmungen des Weges mit so ausdauernder Kühnheit zurücklegte.

Der Eifer und die Bewegungen des Reiters waren nicht minder merkwürdig als die seines Rosses. Bei jedem Wechsel der Evolutionen des letztern erhob der erstere seine hagere Gestalt in den Bügeln, und bewirkte durch die ungebührliche Verlängerung seiner Beine ein so plötzliches Wachsen und Zusammensinken seiner Gestalt, daß jede Vermutung über seine eigentlichen Dimensionen vereitelt wurde. Fügen wir noch die Tatsache hinzu, daß durch den einseitigen Gebrauch des Sporns *eine* Seite der Mähre sich schneller zu bewegen schien als die andere und daß die mißhandelte Flanke durch unablässige Schläge mit dem buschigen Schwanze bezeichnet ward, so haben wir das treue Bild von Roß und Mann.

Die Runzeln, welche sich um die schöne, offene und männliche Stirn Heywards gesammelt hatten, glätteten sich allmählich, und um seine Lippen kräuselte ein leichtes Lächeln, als er den Fremden betrachtete. Alice strengte sich nicht eben an, ihre Heiterkeit zu unterdrücken, und selbst das schwarze, sinnige Auge Koras erglänzte von einer Laune, welche mehr Gewohnheit als die augenblickliche Stimmung seiner Gebieterin zu bewältigen schien.

»Suchen Sie jemand?« fragte Heyward, als der andere nahe genug gekommen war, um seine Eile zu mäßigen, »ich hoffe, Sie sind kein Unglücksbote.«

»Ja, gewiß«, erwiderte der Fremde, indem er fleißigen Gebrauch von seinem dreieckigen Kastor machte, um eine Zirkulation in der geschlossenen Luft des Waldes zu bewirken, und seine Zuhörer in Zweifel ließ, auf welche der Fragen des jungen Mannes er antwortete. Als er jedoch sein Gesicht abgekühlt hatte und wieder zu Atem gekommen war, fuhr er fort: »Ich höre, Sie reiten nach William Henry, und da ich ebendahin reise, so schloß ich, gute Gesellschaft würde mit den Wünschen beider Parteien zusammentreffen.«

»Sie scheinen das Vorrecht der entscheidenden Stimme zu haben«, erwiderte Heyward, »wir sind unser drei, und Sie haben niemand als sich selbst zu Rate gezogen.«

»Gewiß. Das erste, worüber wir im reinen sein müssen, sind wir selbst. Ist man dessen gewiß – und wo Weiber mit im Spiel sind, ist dies nichts Leichtes –, so ist das nächste, dem Entschlusse gemäß zu handeln. Ich suchte beides zu tun, und hier bin ich.«

»Wenn Sie nach dem See reisen«, versetzte Heyward stolz, »dann sind Sie nicht auf dem rechten Wege, die Straße liegt wenigstens eine halbe Meile hinter uns.«

»So ist es«, erwiderte der Fremde, durch den kalten Empfang nicht entmutigt. »Ich habe mich in Edward eine Woche aufgehalten und müßte stumm sein, wenn ich mich nicht nach dem Weg, den ich zu nehmen habe, erkundigt hätte; wäre ich stumm, so hätt's auch mit meinem Beruf ein Ende.«

Er lächelte vor sich hin wie einer, dem die Bescheidenheit verbietet, seine Bewunderung über einen zum besten gegebenen, den Zuhörern aber unverständlichen Witz offen darzulegen, und fuhr dann fort: »Es ist nicht klug bei Leuten von meinem Beruf, mit denen, welche sie zu unterrichten haben, sich zu gemein zu machen: deshalb folge ich nicht dem Heereszug; zudem glaube ich, daß ein Gentleman Ihres Standes am besten zu reisen weiß, und habe mich daher entschlossen, Ihnen Gesellschaft zu leisten, damit der Weg durch gegenseitige Mitteilung unterhaltender werde.«

»Ein äußerst willkürlicher, wo nicht voreiliger Entschluß!« rief Heyward, unentschlossen, ob er seinem steigenden Ärger Luft machen oder dem Sprecher ins Gesicht lachen sollte. »Aber Sie reden vom Unterrichten und von Beruf: sind Sie dem Provinzialkorps als Lehrer in der edlen Kunst der Verteidigung und des Angriffs beigegeben? Oder sind sie vielleicht einer, der Linien und Winkel zieht und vorgibt, die Mathematik auszulegen?«

Der Fremde sah den Frager einen Augenblick verwundert an, dann aber löste er jede Spur von Selbstzufriedenheit in einen Ausdruck feierlicher Demut auf und antwortete:

»Von Angriff ist, hoffe ich, auf keiner Seite die Rede. Was

die Verteidigung betrifft, so brauch' ich mich nicht zu verteidigen. Mit Gottes Gnade habe ich keine offenbare Sünde begangen, seitdem ich ihn zum letztenmal um Vergebung gebeten. Ich verstehe Ihre Anspielungen auf Linien und Winkel nicht und überlasse das Auslegen denen, die besonders zu diesem heiligen Amte berufen sind. Ich mache auf keine höhere Gabe Anspruch als auf eine geringe Einsicht in die glorreiche Kunst des Lobgesangs und Danksagens, wie sie bei dem Psalmsingen dem Himmel dargebracht werden.«

»Der Mann ist offenbar ein Schüler Apollos«, rief die belustigte Alice, »und ich nehme ihn unter meine spezielle Protektion. Nein, weg mit diesen Runzeln, Heyward, aus Mitleid für meine neugierigen Ohren lassen Sie ihn in unserm Gefolge reisen. Überdies«, fuhr sie in gedämpftem und hastigem Tone mit einem Blick auf die entfernte Kora, welche langsam den Tritten ihres schweigsamen und düstern Führers folgte, fort, »kann er vielleicht als Freund im Falle der Not unsre Kräfte verstärken.«

»Glauben Sie, Alice, ich würde diejenigen, die ich liebe, auf einen geheimen Pfad führen, wenn ich mir dächte, daß eine solche Not kommen könnte?«

»Nein, nein, ich denke jetzt auch nicht daran; aber dieser seltsame Mann belustigt mich, und wenn er ›Musik in seiner Seele hat‹, so wollen wir ihn nicht lieblos aus unsrer Gesellschaft verweisen.« Sie deutete mit ihrer Reitgerte bittend nach dem Pfade hin, indes beider Augen sich in einem Blicke begegneten, den der junge Mann gerne verlängert hätte; dann gab er ihrem begütigenden Einfluß nach, stieß seinem Rosse die Sporen ein und war in wenigen Sprüngen wieder an Koras Seite.

»Es freut mich, Sie zu treffen, Freund«, fuhr Alice fort, dem Fremden mit der Hand winkend, weiter zu reiten, indem sie ihren Narranganset wieder in einen Paßgang zu bringen suchte. »Parteiische Verwandte haben mich beinahe überredet, daß ich bei einem Duett nicht übel mitwirken könne, und wir erheitern uns den Weg, wenn wir unsrer Lieblingsneigung in etwas nachgeben. Es wird einem Wesen, das so unwissend ist wie ich, zu besonderem Vorteil gereichen, die Meinungen und Erfahrungen eines Meisters in der Kunst zu vernehmen.«

»Es ist erfrischend für Geist und Leib, sich zu seiner Zeit durch Singen von Psalmen zu erquicken«, erwiderte der Meister im Gesang, indem er unbedenklich ihrer Einladung folgte;

»und nichts dürfte dem Gemüt so wohltun als eine solche Vereinigung. Aber vier Stimmen sind erforderlich, um eine Melodie gehörig auszuführen. Nach allen Anzeichen besitzen Sie einen sanften und vollen Diskant; ich kann, durch absonderliche Gunst des Himmels, einen vollen Tenor auf die höchste Note führen; aber es fehlen uns noch ein Alt und ein Baß! Der königliche Offizier dort, welcher mich nicht in seine Gesellschaft aufnehmen wollte, könnte den letztern übernehmen, wenn ich nach den Intonationen seiner Stimme im gewöhnlichen Gespräche schließen darf.«

»Urteilen Sie nicht zu voreilig nach flüchtigen und täuschenden Scheinbarkeiten«, entgegnete lächelnd das Mädchen, »wenn Major Heyward auch bei Gelegenheit solche tiefen Töne anstimmen kann, so glauben Sie mir doch, daß seine natürliche Stimme sich mehr zu einem weichen Tenor als für den Baß eignet, den Sie gehört haben.«

»Ist er also im Psalmsingen besonders erfahren?« fragte ihr schlichter Begleiter.

Alice hätte gern laut aufgelacht, bezähmte aber ihre Laune, als sie antwortete:

»Ich fürchte, er hält es mehr mit weltlichem Gesang. Das wechselnde Soldatenleben ist wenig geeignet, ernstere Neigungen zu begünstigen.«

»Die Stimme ist dem Menschen, wie andere Talente, zum Gebrauch, nicht zum Mißbrauch gegeben. Mir kann niemand nachsagen, daß ich je meine Gaben vernachlässigt habe. Ich danke Gott. Obgleich ich schon meine Jugend wie König David der Musik gewidmet habe, hat kein profaner Vers jemals meine Lippen entweiht.«

»So haben Sie denn Ihre Kunstversuche auf den heiligen Gesang beschränkt?«

»Ja. Wie die Psalmen Davids jede andere Sprache weit übertreffen, so übertrifft auch die Psalmodie, welche von den Gottesgelehrten und Weisen des Landes ihnen angepaßt worden ist, alle weltliche Poesie. Glücklicherweise darf ich sagen, daß ich nur die Gedanken und die Wünsche des Königs von Israel selbst ausspreche: denn wenn auch die Zeiten einige unbedeutende Veränderungen erheischen, so übertrifft doch die Übertragung, deren wir uns in den Kolonien von Neu-England bedienen, jede andere so weit, daß sie durch ihre Fülle, ihre

Genauigkeit und ihre geistliche Einfalt dem großen Werke des begeisterten Dichters möglichst nahekommt. Nie bleibe ich schlafend oder wachend an einem Ort, ohne ein Exemplar dieses hochbegabten Buches bei mir zu haben. Es ist die sechsundzwanzigste Edition, herausgegeben zu Boston Anno Domini 1744 und führt die Aufschrift: Psalmen, Hymnen und geistliche Gesänge des Alten und Neuen Testaments, getreu übertragen in das englische Versmaß, zur Erbauung und zum Troste der Heiligen, zu öffentlichem und Privatgebrauch, besonders in Neu-England.«

Während dieser Lobpreisung auf das seltene Produkt seiner heimischen Dichter hatte der Fremde das Buch aus seiner Tasche gezogen, eine in Eisen gefaßte Brille auf seine Nase gesetzt und das Buch mit einer Sorgfalt und Verehrung geöffnet, welche seinen heiligen Zwecken ganz angemessen war. Dann sprach er, ohne weitere Einleitung und Apologie, zuerst das Wort »Antreten!« aus, setzte das bereits erwähnte unbekannte Instrument an den Mund und brachte damit einen hohen, schrillen Ton hervor, dem er eine Oktave niedriger mit seiner eigenen Stimme folgte. Nun begann er die folgenden Worte in vollen, süßen und melodischen Tönen, welche der Musik, der Poesie und selbst der unbehaglichen Bewegung seines ungezogenen Kleppers hohnzusprechen schien, abzusingen:

O sieh, wie fein und lieblich
Es ist, wie's Gott gefällt,
Wenn mit dem Bruder treulich
Der Bruder Frieden hält.

Es gleicht der Salben bester,
Die vom Haupt zum Barte floß,
Auf Aarons Bart herunter
Bis zu des Kindes Schoß.

Die Absingung dieser kunstreichen Reime begleitete der Fremde mit einem regelmäßigen Steigen und Fallen seiner rechten Hand. Beim Senken ließ er seine Finger einen Augenblick auf den Blättern des kleinen Buches ruhen, während er das Steigen mit einem Schnörkelschlag dieses Gliedes begleitete, den nachahmen zu können, niemand als der Eingeweihte hoffen durfte. Es wollte scheinen, als ob lange Angewöhnung diese Begleitung der Hand notwendig gemacht hätte; denn sie hörte nicht auf, bis das Wort, welches der Poet für den Schluß seines Verses gewählt hatte, getreulich abgesungen war.

Eine solche Unterbrechung der Stille des einsamen Waldes konnte nicht verfehlen, sich dem Ohre derer, die nur eine kleine Strecke vorauszogen, bemerklich zu machen.

Der Indianer murmelte einige Worte in gebrochenem Englisch gegen Heyward, welcher seinerseits mit dem Fremden sprach, seine musikalischen Versuche unterbrechend und zugleich beendigend.

»Obgleich wir nicht in Gefahr sind, so rät uns schon die gewöhnliche Klugheit, durch diese Wildnis in möglichster Stille zu reisen. Sie werden mir also verzeihen, Alice, wenn ich Ihre Genüsse beeinträchtige, indem ich diesen Herrn ersuche, seinen Gesang auf eine sicherere Gelegenheit aufzusparen.«

»Das werden Sie in der Tat«, versetzte das schelmische Mädchen, »nie hörte ich eine sonderbarere Verbindung zwischen Musik und Sprache als die, der ich soeben lauschte; ich hatte mich schon in eine Untersuchung über die Ursachen einer solchen Disharmonie zwischen Ton und Sinn vertieft, als Sie den Zauber meiner Träumereien durch ihren Baß zerstörten, Duncan.«

»Ich weiß nicht, was Sie meinen Baß nennen«, entgegnete Heyward, empfindlich über ihre Bemerkung, »aber so viel weiß ich, daß Ihre und Koras Sicherheit mir viel teurer als ein Orchester von Händels Musik ist.« Er schwieg, kehrte plötzlich sein Auge gegen das Dickicht und heftete sie dann auf ihren Führer, welcher in ungestörter Gravität den gleichen Schritt einhielt. Der junge Mann lächelte über sich selbst; denn er glaubte, er habe eine glänzende Waldbeere für die glühenden Augäpfel eines herumstreichenden Wilden genommen, und ritt weiter, indem er die Unterhaltung fortsetzte, welche durch jenen flüchtigen Gedanken unterbrochen worden war.

Major Heyward hatte sich nur insofern getäuscht, als er sich durch seinen jugendlichen und hochsinnigen Stolz von weiterer Nachforschung abhalten ließ. Der Zug war noch nicht lang vorüber, als die Zweige des Gebüsches, welche das Dickicht bildeten, vorsichtig auseinandergebogen wurden und ein Menschengesicht, so trotzig und furchtbar, als wilde Kunst und ungebändigte Leidenschaften es machen konnten, den sich entfernenden Fußtritten der Reisenden nachblickte. Ein Strahl des Frohlockens schoß über die dunkel bemalten Gesichtszüge des Waldbewohners, als er sah, welche Richtung seine arglosen Schlachtopfer eingeschlagen hatten. Den lichten und anmutigen Gestalten der Frauen, welche zwischen den Bäumen dahinschwebten, folgte durch die Krümmungen des Weges die männliche Gestalt Heywards, bis schließlich die unförmliche Person des Singmeisters unter den zahllosen Baumstämmen verschwand, die sich in düstern Linien dazwischen erhoben.

Drittes Kapitel

> Eh' man die Felder noch gepflügt,
> Voll bis zum Rand die Flüsse strömten,
> Der Wasser Melodie erfüllt'
> Den frischen, weiten Wald, es rauschten
> Waldströme, und das Bächlein spielt',
> Und in dem Schatten sprangen Quellen.
>
> *Bryant*

Wir lassen den arglosen Heyward und seine ihm vertrauenden Begleiter noch tiefer in den Wald eindringen, der so verräterische Bewohner in sich schloß, und bedienen uns der Freiheit des Schriftstellers, die Szene einige Meilen weiter westlich von dem Orte, wo wir sie zuletzt gesehen haben, zu versetzen.

An jenem Tage schlenderten zwei Männer an dem Ufer eines kleinen, aber reißenden Stroms, ungefähr eine Tagereise von dem Lager Webbs, als harrten sie der Ankunft eines dritten oder der Annäherung eines erwarteten Ereignisses. Das weite Laubdach des Waldes dehnte sich an dem Rande des Flusses aus, indem es das Wasser überhing und seine dunkeln Fluten mit noch tieferem Dunkel überschattete. Die Strahlen der Sonne fingen bereits an, schwächer zu werden, und die übermäßige Hitze des Tages, sich zu mildern, während kühlere Dünste von Quellen aus ihren Laubbetten emporstiegen und sich mit der Atmosphäre vermischten. Immer noch herrschte in dieser Einsamkeit jene Stille, welche die drückende Schwüle einer amerikanischen Juli-Landschaft charakterisiert, und wurde nur von den leisen Stimmen der Männer, dem gelegentlichen, müden Picken eines Waldspechts, dem unharmonischen Schrei eines bunten Hähers oder dem dumpfen Rauschen eines entfernten Wasserfalls unterbrochen.

Diese schwachen und abgebrochenen Laute waren jedoch den Waldbewohnern zu vertraut, als daß sie ihre Aufmerksamkeit von dem interessanteren Gegenstand ihrer Unterhaltung abgezogen hätten. Während einer dieser müßigen Wanderer die rote Haut und den wilden Aufzug eines Eingebornen der

Wälder hatte, zeigte der andere unter der Hülle roher und fast wilder Bekleidung die hellere, wenngleich sonnverbrannte und lang verwitterte Farbe eines, der auf europäische Abstammung Anspruch machen durfte. Der eine saß auf dem Rand eines bemoosten Baumstammes in einer Stellung, die ihm vergönnte, die Wirkung seiner ernsten Rede durch die ruhigen und ausdrucksvollen Gebärden des in einem Streitgespräche begriffenen Indianers zu erhöhen. Sein beinahe nackter Leib bot durch die verschlungene Mischung weißer und schwarzer Farbenzüge ein schreckhaftes Sinnbild des Todes dar. Sein kahl geschorner Kopf, auf dem kein andres Haar als der wohlbekannte, ritterliche Skalpierschopf[5] belassen worden, war ohne andern Putz als eine einzige Adlersfeder, die über seinen Scheitel lief und auf die linke Schulter herunterhing. Ein Tomahawk und ein Skalpiermesser von englischer Arbeit staken in seinem Gürtel, während eine Büchse von der Art, womit die Politik der Weißen ihre wilden Verbündeten bewaffnete, nachlässig über seinen bloßen, sehnigen Knien lag. Die gewölbte Brust, die vollgeformten Glieder und die ernste Haltung dieses Kriegers schienen anzudeuten, daß er sich in der Vollkraft seines Lebens befinde, ohne noch Spuren der Abnahme seiner Manneskraft zu fühlen.

Die Gestalt des Weißen glich, nach den Körperteilen zu schließen, welche er nicht mit dem Kleide bedeckte, jemand, der seit seiner frühesten Jugend, Mühseligkeiten zu ertragen und Anstrengungen zu machen, gelernt hatte. Seine Person, obgleich muskulös, war eher mager als voll; aber jeder Nerv und Muskel schien gedrungen und durch unausgesetzte Anstrengung und Arbeit abgehärtet. Er trug ein waldgrünes Jagdhemd[6], mit verwittertem Gelb besetzt, und eine Sommermütze von geschornem Fell. Auch er trug ein Messer in einem Wampumgürtel, gleich dem, der die ärmliche Bekleidung des Indianers umschloß, aber keinen Tomahawk. Seine Mokassins waren nach der Weise der Eingebornen verziert, während der einzige Teil seiner untern Bekleidung, der unter dem Jagdrock sichtbar war, aus einem Paar bockledérner Gamaschen bestand, die auf beiden Seiten verbrämt, über dem Knie mit Hirschsehnen befestigt waren. Eine Jagdtasche und ein Pulverhorn vollendeten seinen Anzug, und eine Büchse[7] von großer Länge, welche die Theorie der erfahrneren Weißen die Waldbewohner als die gefährlichste Feuerwaffe betrachten ließ, lehnte an einem benachbarten Bäumchen. Das Auge des Jägers oder Kundschafters, was immer er sein mochte, war klein, lebhaft, scharf und unruhig und rollte, während er sprach, in allen Richtungen umher, als ob er ein Jagdwild suchte oder die plötzliche Annäherung eines Feindes besorgte. Trotz dieser Symptome gewohnten Mißtrauens verriet sein Gesicht nicht nur keine Tücke, sondern trug in dem Augenblick, da er sprach, sogar das Gepräge offener Rechtlichkeit.

»Selbst Eure Überlieferungen sprechen für mich, Chingachgook«, entgegnete er in einer Sprache, welche allen Eingebornen, die früher das Land zwischen dem Hudson und dem Potomac bewohnten, bekannt war, und von der wir zugunsten des Lesers eine freie Übersetzung geben, aber zugleich darauf Bedacht nehmen werden, einige Eigentümlichkeiten sowohl des Individuums als des Ausdrucks beizubehalten. »Eure Väter kamen von der untergehenden Sonne her, gingen über den großen Fluß[8], kämpften mit dem Volke des Landes und nahmen dieses weg; die meinigen kamen vom roten Morgenhimmel über den Salzsee und taten ganz nach dem Beispiel, das die Eurigen ihnen gegeben hatten. So laß denn Gott unsere Sache entscheiden und Freunde darüber keine Worte verlieren.«

»Meine Väter fochten mit dem nackten roten Mann«, versetzte der Indianer ernst in der nämlichen Sprache. »Ist kein Unterschied, Hawk-eye (Falkenauge), zwischen dem steingespitzten Pfeil des Kriegers und der bleiernen Kugel, womit Ihr tötet?«

»Ein Indianer hat Verstand, wenngleich ihm die Natur eine rote Haut gegeben hat«, sprach der Weiße, den Kopf schüttelnd, gleich einem, bei dem eine solche Berufung auf seine Gerechtigkeit nicht weggeworfen war. Einen Augenblick schien es ihm, als ob er im Nachteil wäre; dann aber nahm er sich zusammen und beantwortete den Einwurf seines Gegners so gut, als seine beschränkten Kenntnisse ihm gestatteten: »Ich bin kein Schriftgelehrter und schere mich auch den Henker um ihre Weisheit; wenn ich aber nach dem urteile, was ich bei meinen Jagden auf die Hirsche und Eichhörnchen von den Burschen da unten gesehen habe, da sollt' ich meinen, daß eine Büchse in den Händen ihrer Großväter nicht so gefährlich gewesen wäre, als ein Bogen von Nußbaumholz und eine gute Feuersteinspitze sein mochten, wenn jener mit indianischer Umsicht gespannt und diese mit einem Indianerauge entsendet wurde.«

»Dir wurde die Geschichte so von deinen Vätern erzählt«, erwiderte der andere, mit der Hand eine verächtliche Bewegung machend. »Was sagen Eure alten Männer? Sagen sie den jungen Kriegern, daß die Blaßgesichter den roten Männern entgegengetreten sind, die zum Krieg bemalt und mit der steinernen Streitaxt und dem hölzernen Geschoß bewaffnet waren?«

»Ich habe keine Vorurteile und bin nicht der Mann, der sich natürlicher Vorrechte rühmt, obgleich der schlimmste Feind, den ich habe, und der ist ein Irokese, nicht wagen darf zu leugnen, daß ich von echt weißer Abstammung bin«, sprach der Kundschafter, indem er mit geheimem Wohlgefallen die verwitterte Farbe seiner knöchernen und sehnigen Hand überblickte, »und ich gestehe gerne, daß mein Volk manche Wege geht, die ich als ehrlicher Mann nicht gutheißen kann. Es ist eine ihrer übeln Gewohnheiten, daß sie in Bücher schreiben, was sie getan und gesehen haben, statt davon in ihren Dörfern zu erzählen, wo man einen feigen Prahlhans ins Gesicht Lügen strafen und der brave Soldat seine Kameraden zu Zeugen für die Wahrheit seiner Worte aufrufen kann. Infolge dieser schlechten Sitte kann ein Mensch, der zu gewissenhaft ist, um seine Tage unter Weibern und im Lernen der schwarzen Zeichen zu verschwenden, nie von den Taten seiner Väter hören, noch einen Stolz darein setzen, sie übertreffen zu wollen. Für meinen Teil glaube ich, daß alle Bumppo schießen konnten: denn ich habe ein natürliches Geschick für die Büchse, das sich von Geschlecht zu Geschlecht vererbt haben muß, da, wie unsre heiligen Gebote uns melden, alle guten und schlimmen Gaben von oben kommen, obgleich ich in solchen Dingen nicht gern für andere stehe. Aber jedes Ding hat seine zwei Seiten: so frage ich dich, Chingachgook, was begab sich nach den Überlieferungen der roten Männer, als unsre Väter sich zuerst getroffen haben?«

Eine augenblickliche Stille erfolgte, während welcher der Indianer stumm dasaß; dann fing er, von der Würde seines Amtes erfüllt, seine kurze Erzählung mit einer Feierlichkeit an, die dazu diente, ihre anscheinende Wahrheit zu verstärken.

»Höre, Hawk-eye, und dein Ohr soll keine Lüge trinken. So

haben meine Väter gesagt und die Mohikaner getan.« Er zögerte einen Augenblick und heftete einen vorsichtigen Blick auf seinen Begleiter. Dann fuhr er auf eine Weise fort, die zwischen Frage und Behauptung geteilt war: »Fließt nicht der Strom zu unsern Füßen dem Sommer zu, bis seine Wasser salzig werden und sein Lauf aufwärts geht?«

»Es kann nicht geleugnet werden, daß Eure Überlieferungen in diesen beiden Stücken Wahrheit enthalten«, sagte der weiße Mann, »denn ich bin dagewesen und habe sie gesehen; warum aber das Wasser, das so süß im Schatten ist, in der Sonne bitter wird, weiß ich nicht und habe mir's nie erklären können.«

»Und der Lauf?« fragte der Indianer, welcher seine Antwort mit jener Art von Interesse erwartete, das jemand bei der Bestätigung eines Wunders fühlt, das er selbst unbegreiflich findet, während er seine Wirklichkeit anerkennt. »Die Väter von Chingachgook haben nicht gelogen.«

»Die heilige Bibel ist nicht wahrer, und das ist doch das Wahrste, was es hienieden gibt. Die Leute nennen diesen aufströmenden Lauf die Flut, was bald erörtert und klar genug ist. Sechs Stunden laufen die Wasser hinein und sechs heraus, und das kommt daher: wenn das Wasser in der See höher ist, als in dem Fluß, dann läuft es herein, und wenn's der Fluß gewinnt und wieder höher wird, dann läuft es wieder hinaus.«

»Die Wasser in den Wäldern und an den großen Seen laufen hinab, bis sie so flach daliegen wie meine Hand«, versetzte der Indianer, indem er diese horizontal vor sich ausstreckte, »und dann laufen sie nicht weiter.«

»Kein ehrlicher Mann wird das bestreiten«, erwiderte der Kundschafter, ein wenig empfindlich über dieses Mißtrauen gegen seine Erklärung des Geheimnisses der Flut, »und ich gebe zu, daß es wahr ist im verjüngten Maßstab, und wo das Land eben ist. Aber alles kommt darauf an, nach welchem Maßstab du die Dinge betrachtest. Nun ist die Erde nach dem verjüngten Maßstab eben, nach dem vergrößerten aber ist sie rund. So mögen Teiche und Weiher und selbst die großen Frischwasserseen stillstehen, wie du und ich wissen, weil wir sie gesehen haben; wenn du aber kommst und Wasser über eine große Fläche gießest, wie die See: wie kann da das Wasser vernünftigerweise ruhig bleiben, wo die Erde rund ist? Ebensogut kannst du erwarten, daß der Fluß an dem Rand der schwarzen

Klippen da oben eine halbe Meile über uns ruhig liegenbleibe, während deine eignen Ohren dir sagen, daß er in diesem Augenblick darüber hinwegbraust.«

Wenn auch unbefriedigt von der Philosophie seines Begleiters, besaß der Indianer doch zu viel Würde, um seinen Unglauben zu verraten. Er hörte zu wie jemand, der sich überzeugen lassen will, und nahm dann seine Erzählung mit der früheren Feierlichkeit wieder auf:

»Wir kamen von dem Orte, wo die Sonne nachts sich verbirgt, über große Flächen, wo die Büffel leben, bis wir den großen Fluß erreichten. Hier kämpften wir mit den Alligewis, bis der Boden sich von ihrem Blute rötete. Von den Ufern des großen Flusses bis zu den Gestaden des Salzsees war keiner mehr, der es mit uns aufgenommen hätte. Dann folgten in einiger Entfernung die Maquas. Wir sagten, das Land sollte unser sein, von der Stelle an, wo das Wasser nicht mehr stromaufwärts fließt, bis zu einem Flusse zwanzig Sonnen (Tagereisen) sommerwärts. Das Land, das wir als Krieger eroberten, behaupteten wir als Männer. Wir trieben die Maquas in die Wälder zu den Bären. Sie schmeckten bloß das Salz ihrer Tränen und zogen keinen Fisch aus dem großen See: wir warfen ihnen die Gräten zu.«

»All das habe ich gehört und glaube es«, sagte der Weiße, als er bemerkte, daß der Indianer innehielt, »aber das war lange, bevor die Engländer in das Land kamen.«

»Damals wuchs eine Fichte da, wo jetzt dieser Kastanienbaum steht. Die ersten Blaßgesichter, welche zu uns kamen, sprachen kein Englisch. Sie kamen in einem großen Kanu, als meine Väter den Tomahawk mit den roten Männern um sie her begraben hatten. Da, Hawk-eye«, fuhr er fort, indem er seine tiefe Bewegung nur dadurch kundgab, daß er seine Stimme zu jenen tiefen Kehltönen herabsinken ließ, die seine Sprache oft so musikalisch machten, »da, Hawk-eye, waren wir *ein* Volk, und wir waren glücklich. Der Salzsee gab uns seine Fische, der Wald sein Wild und die Luft ihre Vögel. Wir nahmen Weiber, die uns Kinder gebaren; wir beteten den Großen Geist an und hielten die Maquas außer dem Bereiche unsrer Triumphgesänge.«

»Weißt du etwas von deiner eigenen Familie zu jener Zeit?« fragte der Weiße. »Du bist ein gerechter Mann für einen Indianer, und da du, wie ich vermute, ihre Eigenschaften geerbt hast, so müssen deine Väter brave Krieger und weise Männer beim Versammlungsfeuer gewesen sein.«

»Mein Stamm ist der Ahnherr von Nationen, aber ich bin unvermischt geblieben. Das Blut von Häuptlingen rollt in meinen Adern, wo es immer verbleiben soll. Die Holländer landeten und gaben meinem Volk das Feuerwasser; sie tranken, bis Himmel und Erde sich zu berühren schienen, und wähnten in ihrer Torheit, sie hätten den Großen Geist gefunden. Dann mußten sie von ihrem Lande scheiden. Schritt vor Schritt wurden sie zurück von den Gestaden getrieben, bis ich, der ich ein Häuptling und Sagamore bin, die Sonne nie anders als durch die Bäume habe scheinen sehen; und noch nie hab' ich die Gräber meiner Väter besucht!«

»Gräber bringen das Gemüt in feierliche Stimmung«, bemerkte der Kundschafter, merklich gerührt von dem ruhigen Leiden seines Begleiters, »und oft helfen sie einem zu guten Entschlüssen. Ich für mein Teil versehe mich dessen, daß meine Gebeine einstens unbegraben bleiben, um in den Wäldern zu bleichen oder von den Wölfen zerrissen zu werden. Aber wo finden sich diejenigen deines Geschlechtes, welche vor so vielen Sommern zu ihren Verwandten nach dem Delaware gekommen sind?«

»Wo sind die Blüten jener Sommer? – Gefallen, einer nach dem andern: denn alle von meiner Familie sind, wie die Reihe an sie kam, in das Land der Geister hinübergegangen. Ich stehe oben auf dem Berg und muß ins Tal hinab, und wenn Unkas meinen Fußtapfen folgt, so ist keiner mehr übrig vom Blute der Sagamoren: denn mein Knabe ist der letzte Mohikaner.«

»Unkas ist da!« sprach eine andere Stimme in denselben sanften Kehllauten, dicht bei ihm; »wer fragt nach Unkas?« Der Weiße fuhr bei dieser plötzlichen Unterbrechung mit seinem Messer aus der ledernen Scheide und machte eine unwillkürliche Bewegung mit der Hand nach seiner Büchse; der Indianer aber saß ruhig da, ohne den Kopf nach den unerwarteten Tönen umzuwenden.

Im nächsten Augenblick schritt ein junger Krieger mit geräuschlosem Tritt zwischen ihnen durch und setzte sich an das Ufer des reißenden Stromes. Kein Laut der Überraschung entfuhr dem Vater, mehrere Augenblicke hindurch ward keine

Frage getan, noch eine Antwort gegeben, da jeder den Moment zu erwarten schien, wo er sprechen könnte, ohne weibische Neugierde oder kindische Ungeduld zu verraten. Der Weiße schien ihr Beispiel nachzuahmen, zog seine Hand von der Büchse zurück und blieb gleichfalls still und in sich gekehrt. Endlich wandte Chingachgook seine Augen langsam nach seinem Sohn und fragte:

»Wagen die Maquas, die Spuren ihrer Mokassins diesen Wäldern einzudrücken?«

»Ich war ihnen auf der Fährte«, antwortete der junge Indianer, »und weiß, daß ihrer so viele sind als Finger an meinen zwei Händen; aber sie liegen wie Feiglinge verborgen.«

»Die Diebe sind auf der Lauer nach Skalpen und nach Beute!« sprach der Weiße, den wir mit seinen Begleitern Hawk-eye nennen wollen. »Der rührige Franzmann Montcalm wird seine Spione noch bis in unser Lager schicken, aber er soll erfahren, welchen Weg wir nehmen.«

»Genug!« versetzte der Vater, sein funkelndes Auge nach der untergehenden Sonne gerichtet, »sie sollen vertrieben werden wie das Wild aus den Büschen. Hawk-eye, wir wollen zu Nacht essen und morgen den Maquas zeigen, daß wir Männer sind.«

»Ich bin zu dem einen wie zu dem andern bereit; aber um mit den Irokesen zu kämpfen, muß man sie in ihrem Verstecke finden, und um zu essen, braucht man ein Wild – sprich vom Teufel, und er ist nicht weit von dir; da bewegt sich ein Paar der stärksten Geweihe, die ich dieses Jahr gesehen habe, hinter den Büschen den Hügel hinab. Nun, Unkas«, fuhr er halb flüsternd fort, indem er vor sich hin lachte, wie jemand, der gelernt hat, auf seiner Hut zu sein, »ich wette mein Horn, dreimal mit Pulver gefüllt, gegen einen Fuß Wampum, daß ich ihn zwischen den Augen und näher dem rechten als dem linken Auge nehme.«

»Es kann nicht sein!« sprach der junge Indianer, indem er mit jugendlichem Ungestüm aufsprang; »'s ist ja alles bis auf die Spitze des Geweihes hinter dem Gebüsch verborgen!«

»Er ist ein Knabe!« sprach der Weiße, den Kopf schüttelnd und sich zum Vater wendend. »Meint er, der Jäger könne, wenn er einen Teil vom Tiere sieht, nicht sagen, wo das übrige zu finden ist?«

Er richtete sein Gewehr und war im Begriff, eine Probe der

Geschicklichkeit abzulegen, die er so sehr an sich schätzte, da fuhr der Krieger mit der Hand nach der Waffe und sagte: »Hawk-eye! Hast du Lust, mit den Maquas zu fechten?«

»Diese Indianer kennen die Wälder wie durch Instinkt!« versetzte der Kundschafter, indem er seine Büchse sinken ließ und sich abwendete wie einer, der sich eines Irrtums überwiesen sieht. »Ich muß den Bock deinem Pfeil überlassen, Unkas, oder wir töten das Tier nur, um die Diebe, die Irokesen, damit zu füttern.«

Kaum hatte der Vater diese Aufforderung mit einer ausdrucksvollen Bewegung der Hand begleitet, so warf sich Unkas zu Boden und näherte sich mit vorsichtigen Bewegungen dem Tiere. Als er nur noch wenige Klafter von dem Verstecke entfernt war, legte er mit größter Sorgfalt einen Pfeil auf den Bogen, und das Geweih bewegte sich, als ob sein Besitzer Unrat witterte. Im nächsten Augenblick schwirrte der Bogen, ein weißer Streifen fuhr in das Gebüsch, und der verwundete Rehbock stürzte aus seinem Schutzorte zu den Füßen des verborgenen Feindes. Dem Geweih des wütenden Tieres ausweichend, sprang Unkas auf die Seite und stach ihm das Messer durch die Kehle, der Rehbock stürzte an den Rand des Flusses und fiel zu Boden, indem er die Wasser mit seinem Blute rötete.

»Das nenn' ich Indianergeschick!« sprach der Kundschafter, vor sich hinlachend, mit großem Wohlgefallen, »und 's war ein artiger Anblick, obschon der Pfeil nur in die Nähe geht und der Nachhilfe des Messers bedarf.«

»Ha!« rief sein Begleiter, sich plötzlich wendend wie ein Hund, der die Fährte eines Wildes wittert.

»Bei Gott, da ist ein ganzes Rudel!« rief der Kundschafter, dessen Augen vor Lust zu seiner Lieblingsbeschäftigung funkelten. »Wenn sie in Kugelweite kommen, brenn' ich einem eins auf, und wenn alle sechs Nationen auf der Lauer lägen! Was hörst du, Chingachgook? Für meine Ohren sind die Wälder stumm.«

»Hier ist nur ein Reh, und das ist tot«, sprach der Indianer, indem er sich niederbückte, bis sein Ohr beinahe die Erde berührte. »Ich höre Fußtritte!«

»Vielleicht haben die Wölfe den Rehbock in das Versteck getrieben und sind ihm jetzt auf der Spur.«

»Nein, Pferde weißer Männer kommen!« erwiderte der andere, indem er sich mit Würde erhob und mit der früheren Ruhe seinen Sitz auf dem Stamme wieder einnahm. »Hawk-eye, es sind deine Brüder, sprich mit ihnen!«

»Das will ich und in einem Englisch, auf das der König sich nicht schämen dürfte zu antworten«, versetzte der Jäger in der Sprache, deren er sich rühmte, »aber ich seh' nichts, noch höre ich einen Laut von einem Menschen oder Vieh; 's ist sonderbar, daß ein Indianer die Laute von Weißen besser kennen soll als einer, dem seine Feinde selbst gestehen müssen, daß er kein Falsch in seinem Blute hat, obgleich er lange genug mit den Rothäuten gelebt haben mag, um einiges Mißtrauen zu erregen. Ha! da kracht etwas wie dürres Holz; – nun höre ich das Gebüsch sich bewegen – ja, ja, es sind Pferdetritte, die ich für das Fallen des Wassers nahm – und – aber da kommen sie selbst: Gott behüte sie vor den Irokesen!«

Viertes Kapitel

Wohl! Geh nur deines Wegs, aus diesem Haine kommst
Du nicht, bis für dein Unrecht ich mich räche.
Sommernachtstraum

Noch sprach der Kundschafter, als der Führer der Gruppe, deren nahende Tritte das wachsame Ohr des Indianers vernommen hatte, sichtbar ward. Ein gebahnter Pfad, wie ihn der gelegentliche Durchzug des Wildes bildet, wand sich durch ein nahes Tälchen und führte an den Fluß auf die Stelle, wo der weiße Mann und seine roten Genossen haltgemacht hatten. Auf diesem Wege kamen die Reisenden, welche so unerwartet in der Tiefe des Waldes erschienen, langsam auf den Jäger zu, welcher, vor seinen Genossen stehend, bereit war, sie zu empfangen.

»Wer da?« fragte der Kundschafter, seine Büchse nachlässig über den linken Arm werfend und den Vorderfinger der Rechten auf dem Drücker haltend, wobei er jedoch allen Schein von Drohung vermied. – »Wer kommt hierher unter die Tiere und die Gefahren der Wildnis?«

»Gläubige Christen und Freunde von Gesetz und König«, antwortete der vorderste Reiter. »Menschen, welche seit Sonnenaufgang in dem Schatten des Waldes gereist sind, ohne Nahrung und erschöpft von der Anstrengung des Weges.«

»So habt Ihr Euch verirrt«, unterbrach ihn der Jäger, »und habt gefunden, wie übel man daran ist, wenn man nicht weiß, ob man sich zur Rechten oder Linken wenden soll.«

»So ist es; der Säugling ist nicht abhängiger von der Amme, als wir von dem Führer, Erwachsene, welche jetzt nur die Gestalt, nicht aber den Verstand von Menschen haben. Wißt Ihr, wie weit es nach einem Posten der Krone, genannt William Henry, ist?«

»Wetter!« rief der Kundschafter, indem er laut auflachte, aber bald diese gefährlichen Laute unterdrückte, um seiner Laune auf eine Weise Raum zu geben, die von den lauernden Feinden weniger gehört werden konnte. »Ihr seid so weit von der Fährte wie ein Hund, wenn der Horican zwischen ihm und dem Wilde liegt! William Henry, Mann! Wenn Ihr Freunde des Königs seid und ein Geschäft bei dem Heere habt, so tätet Ihr besser, am Flusse hinab nach Edward zu gehen und Eure Sache Webb vorzulegen, der dort liegenbleibt, statt in die Engpässe vorzudringen und den frechen Franzmann über den Champlain in sein Nest zurückzutreiben.«

Ehe der Fremde auf diesen unerwarteten Vorschlag etwas erwidern konnte, sprengte ein anderer Reiter durch das nahe Gebüsch auf den Pfad, seinem Begleiter gegenüber.

»Wie weit mögen wir denn von Fort Edward sein?« fragte der neue Sprecher. »Den Platz, nach dem Ihr uns weist, verließen wir diesen Morgen, und unsre Bestimmung geht nach der Quelle des Sees.«

»Dann müßt Ihr Euren Gesichtssinn früher als den Weg verloren haben: der Weg über den Trageplatz ist gute zwei Ruten breit ausgehauen und eine so breite Straße, denk' ich, als irgendeine in London oder selbst vor dem Königspalast.«

»Wir wollen uns jetzt nicht über die Vortrefflichkeit des Weges streiten«, versetzte Heyward lächelnd; denn *er* war es, wie der Leser bereits gemerkt haben wird. »Es ist genug, wenn ich Euch sage, daß wir uns einem indianischen Führer anvertrauten, der uns einen nähern, wiewohl geheimeren Weg führen wollte, und daß wir durch seine vermeintliche Ortskenntnis getäuscht worden sind. Mit einem Wort: wir wissen nicht, wo wir uns befinden.«

»Ein Indianer in den Wäldern verirrt!« sprach der Kundschafter, bedenklich den Kopf schüttelnd, »wenn die Sonne auf die Baumwipfel brennt und die Ströme ihre Betten füllen und das Moos an jedem Baume ihm sagen muß, in welcher Richtung der Nordstern in nächster Nacht leuchten wird, wenn die Wälder voll von Fährten des Wilds sind, welche zu den Strömen führen, Punkte, die jedermann kennt! Und noch sind nicht alle Gänse nach den Kanadagewässern fort! Es ist seltsam, daß sich ein Indianer zwischen dem Horican und der Krümmung des Flusses verirrt haben soll! Ist er ein Mohawk?«

»Nicht von Geburt, obgleich in diesen Stamm aufgenommen; ich glaube, seine Heimat liegt weiter nördlich, und er ist einer von denen, die Ihr Huronen nennt.«

»Hugh!« riefen die zwei Begleiter des Kundschafters, die bis zu diesem Teile des Gesprächs unbeweglich und anscheinend gleichgültig gegen das, was vorging, dagesessen hatten, jetzt aber überrascht mit einem Ungestüm und einer Teilnahme, die offenbar über ihre Zurückhaltung gesiegt hatte, emporsprangen.

»Ein Hurone!« wiederholte der kecke Kundschafter, noch einmal voll Mißtrauen den Kopf schüttelnd, »dies ist ein diebisches Geschlecht, und ich frage nicht viel danach, von wem er aufgenommen wurde. Ihr könnt ihn zu nichts als zum Wegelagern und Herumstreichen brauchen. Da Ihr Euch der Sorge eines aus dieser Nation anvertraut habt, so wundert es mich nur, daß Ihr nicht noch mit mehreren zu tun bekommen habt!«

»Das hat keine Gefahr, da William Henry so viele Meilen vor uns liegt. Ihr vergeßt, was ich Euch vorhin sagte; unser Führer ist jetzt ein Mohawk und dient als Freund bei unserem Heer.«

»Und ich sage Euch, daß, wer als Mingo geboren wird, als Mingo stirbt«, entgegnete zuversichtlich der andere. »Nein, da lob' ich mir einen Delawaren oder Mohikaner: *die* sind ehrlich, und wenn sie fechten wollen, wozu jedoch nicht alle Lust bezeigen, da sie sich von ihren listigen Feinden, den Maquas, zu Weibern machen ließen – aber wenn sie überhaupt fechten wollen, so schaut mir einen Delawaren oder Mohikaner an, wenn Ihr einen Krieger haben wollt.«

»Genug davon«, sprach Heyward ungeduldig, »ich will nicht den Charakter eines Mannes untersuchen, den ich kenne, und dem Ihr fremd sein müßt. Ihr habt mir noch nicht auf meine Frage geantwortet: wie weit sind wir von dem Hauptheer zu Edward?«

»Das kommt, scheint mir, darauf an, wer Euer Führer ist. Ein Pferd, wie das da, dürfte eine gute Strecke Landes zwischen Sonnenauf- und Untergang zurücklegen, sollte einer meinen.«

»Ich wünsche keinen Streit mit eiteln Worten gegen Euch, mein Freund«, bemerkte Heyward, sein Mißvergnügen unterdrückend, in höflicherem Ton, »wenn Ihr mir die Entfernung von Fort Edward sagt und mich dahin führt, so soll Eure Bemühung nicht unbelohnt bleiben.«

»Und wenn ich das tue, wer bürgt mir dafür, daß ich keinen Feind und Spion Montcalms nach den Festungswerken des Heeres führe? Nicht jeder, der englisch sprechen kann, ist darum ein Ehrenmann.«

»Wenn Ihr bei dem Heere dient, von dem Ihr, wie ich schließe, ein Kundschafter seid, so solltet Ihr das sechzigste Regiment des Königs kennen.«

»Das sechzigste Regiment! Ihr könnt mir wenig von den königlichen Amerikanern sagen, das ich nicht schon wüßte, obgleich ich ein Jagdhemd und keinen Scharlachrock trage.«

»Gut, dann kennt Ihr vielleicht unter anderem den Major desselben.«

»Seinen Major!« unterbrach der Jäger, sich emporrichtend wie einer, der stolz auf das ihm geschenkte Vertrauen ist, »wenn ein Mann im Lande ist, der Major Effingham kennt, so steht er vor Euch.«

»Das Korps hat mehrere Majors. Der von Euch genannte ist

der älteste; aber ich spreche von dem allerjüngsten, der die Kompanien in William Henry befehligt.«

»Ja, ich habe gehört, daß ein sehr reicher junger Mann, aus einer Provinz weit im Süden, diesen Posten erhalten hat. Er ist jung für einen solchen Rang, wo er über Männern steht, deren Köpfe zu bleichen beginnen, und doch sagen sie, er sei ein geschickter Soldat und ein ritterlicher Herr.«

»Was er auch sein mag und wie er für seinen Posten sich eignet, er spricht jetzt mit Euch, und Ihr habt daher keinen Feind in ihm zu fürchten.«

Der Kundschafter betrachtete Heyward erstaunt, lüpfte dann seine Mütze und antwortete in einem minder freien, obgleich noch immer argwöhnischen Tone: –

»Ich habe gehört, daß eine Abteilung diesen Morgen aus dem Lager nach dem Ufer des Sees abgehen sollte.«

»Da habt Ihr recht gehört, ich wählte lieber einen nähern Weg, wobei ich mich auf den vorerwähnten Indianer verließ.«

»Und er täuschte Euch und lief davon.«

»Keines von beiden, wie ich glaube, wenigstens das letztere nicht: denn er ist in meinem Gefolge.«

»Ich möchte mir diesen Menschen etwas näher ansehen. Wenn es ein echter Irokese ist, so erkenn' ich ihn an seinem schelmischen Blick und an der Farbe seines Gesichts«, sprach der Kundschafter, indem er an Heywards Pferd vorbeischritt und den Weg hinter des Singmeisters Stute betrat, deren Füllen den Stillstand benutzte, um die Mutter in Kontribution zu setzen. Nachdem er das Gebüsch beiseite geschoben hatte, traf er einige Schritte weiter auf die Frauen, welche das Ergebnis der Besprechung mit Ungeduld und nicht ohne Furcht erwarteten. Hinter diesen lehnte der Läufer an einem Baum, die genaue Prüfung des Kundschafters mit unveränderter Miene aushaltend, aber mit einem so finstern und wilden Blick, daß dieser schon an sich Furcht erregen konnte. Zufrieden mit dem Resultat seiner Forschungen, verließ ihn der Jäger. Als er an den Frauen vorüberging, hielt er einen Augenblick, um ihre Schönheit zu betrachten, das Lächeln und Nicken Alices mit augenfälligem Vergnügen erwidernd. Von da trat er der Stute zur Seite und schüttelte, nachdem er einen Augenblick vergeblich den Charakter des Reiters zu erforschen gesucht hatte, den Kopf und kehrte zu Heyward zurück.

»Ein Mingo ist und bleibt ein Mingo, und da ihn Gott einmal so erschaffen hat, so können ihn weder die Mohawks noch andere Stämme anders machen«, sprach er, nachdem er seine frühere Stellung wieder eingenommen hatte. »Wenn wir allein wären und Ihr wolltet das edle Roß der Willkür der Wölfe überlassen, so könnte ich Euch selbst den Weg nach Edward in einer Stunde zeigen: denn weiter ist es nicht von hier entfernt; aber mit den Frauen in Eurem Gefolge ist es unmöglich.«

»Warum? Sie sind zwar ermüdet, aber für einen Ritt von ein paar Meilen weiter noch kräftig genug.«

»Es ist eine offenbare Unmöglichkeit!« wiederholte der Kundschafter, »für die beste Büchse in den Kolonien möchte ich in Gesellschaft des Läufers nach Einbruch der Nacht keine Meile in diesen Wäldern machen. Sie sind voll von lauernden Irokesen und Euer Zwitter-Mohawk weiß zu gut, wo er sie zu finden hat, als daß ich sein Gesellschafter werden möchte.«

»Seht Ihr die Sache so an?« sprach Heyward, indem er sich in dem Sattel vorneigte und seine Stimme fast zu einem Geflüster sinken ließ. »Ich gestehe, ich war auch nicht ohne Argwohn, obgleich ich ihn wegen meiner Begleiterinnen zu verbergen suchte. Eben weil ich Verdacht schöpfte, wollt' ich ihm nicht länger folgen und ließ ihn, wie Ihr seht, hinter mir hergehen.«

»Ich wußte, daß er ein Schelm ist, sobald ich ihn anblickte!« versetzte der Kundschafter, als Zeichen der Vorsicht einen Finger auf die Nase legend. »Der Dieb lehnt am Fuße des jungen Baums, den Ihr über den Büschen weg sehen könnt, sein rechtes Bein steht in einer Richtung mit der Rinde des Baums und (hier griff er nach seiner Büchse) ich kann ihn von meinem Standpunkt aus zwischen dem Knöchel und dem Knie nehmen, daß ihm für wenigstens einen Monat das Herumstreichen in den Wäldern vergeht. Ginge ich zu ihm zurück, so würde der Schlaukopf etwas wittern und wie ein erschrecktes Reh durch die Bäume entschlüpfen.«

»Das geht nicht. Er kann unschuldig sein, und ich liebe diese Handlungsweise nicht. Und doch, wenn ich gewiß wüßte, daß er ein Verräter –«

»Auf die Schurkerei eines Irokesen darf man mit Sicherheit rechnen«, sprach der Kundschafter, indem er instinktmäßig nach seiner Büchse griff.

»Halt!« unterbrach ihn Heyward, »es geht nicht – wir müssen auf etwas anderes denken – und doch, ich habe vielen Grund zu glauben, daß der Schuft mich getäuscht hat.« Der Jäger, welcher bereits seine Absicht, den Läufer lahm zu schießen, aufgegeben hatte, sann einen Augenblick und machte dann ein Zeichen, das seine zwei roten Begleiter ihm sogleich zur Seite rief. Sie sprachen leise, aber lebhaft in delawarischer Sprache miteinander; aus den Gebärden des Weißen jedoch, der sich häufig gegen den Wipfel des jungen Baumes richtete, ging deutlich hervor, daß er von ihrem verborgenen Feinde sprach. Seine Begleiter hatten seine Wünsche alsbald verstanden, legten ihre Feuergewehre weg, wandten sich nach entgegengesetzten Seiten und vergruben sich mit so vorsichtigen Bewegungen in das Dickicht, daß ihre Tritte nicht gehört werden konnten.

»Jetzt geht zurück«, sprach der Jäger wieder zu Heyward, »und haltet den Teufelsbalg mit Reden hin; die Mohikaner hier wollen ihn lebendig fangen, ohne ihm die Schminke zu verderben.«

»Nein«, sprach Heyward stolz, »ich will ihn selbst fassen.«

»Pah! was vermögt Ihr zu Pferd gegen einen Indianer in den Büschen?«

»Ich steige ab.«

»Glaubt Ihr, er werde, wenn er sieht, daß Ihr einen Fuß aus dem Bügel habt, warten, bis auch der andere frei ist? Wer in den Wäldern mit den Eingebornen zu tun hat, muß indianische Kniffe brauchen, wenn er etwas ausrichten will. Geht denn, sprecht vertraulich mit dem Bösewicht und tut, als ob Ihr ihn für Euern treuesten Freund auf Erden hieltet.«

Heyward schickte sich an, diesen Rat zu befolgen, obgleich ihm die Rolle, die er zu spielen hatte, nicht behagen wollte. Indes überzeugte er sich jeden Augenblick mehr, daß er durch sein zu großes Vertrauen seine Schützlinge in eine sehr mißliche Lage versetzt hatte. Die Sonne war bereits untergegangen, und die Wälder nahmen, plötzlich ihres Lichtes beraubt, eine düstere Farbe an, welche ihn ernstlich erinnerte, daß die Stunde, welche die Wilden gewöhnlich für ihre grausamsten und gefühllosesten Akte der Rache oder der Feindseligkeit wählten, mit schnellen Schritten heranrückte. Von Besorgnissen bestürmt, verließ er den Kundschafter, welcher unmittelbar darauf in eine laute Unterredung mit dem Fremden einging, der sich mit so wenig Umständen am Morgen in die Reisegesellschaft eingedrängt hatte. Als er an seinen zarten Begleiterinnen vorbeiritt, sprach er einige Worte der Ermutigung zu ihnen und fand zu seiner Freude, daß sie, obgleich ermüdet von den Anstrengungen des Tages, keinen Verdacht zu haben schienen, ihre gegenwärtige Verlegenheit sei etwas anderes als die Folge des Zufalls. Er ließ sie glauben, daß er sich bloß über ihre bevorstehende Route bespreche, spornte sein edles Roß und zog die Zügel wieder an, als er in die Nähe der Stelle kam, wo der trotzige Läufer immer noch an den Baum gelehnt stand.

»Du siehst, Magua«, sprach er, indem er eine unbefangene, vertrauliche Miene anzunehmen bemüht war, »daß die Nacht ringsumher einbricht und daß wir William Henry noch nicht näher sind, als da wir Webbs Lager mit Aufgang der Sonne verließen. Du hast den Weg verfehlt, und ich bin nicht glücklicher gewesen. Zum Glück aber sind wir auf einen Jäger getroffen, mit dem du den Sänger sprechen hörst. Er ist mit den Fährten des Wildes und den Fußpfaden der Wälder vertraut und verspricht, uns nach einem Platze zu führen, wo wir sicher bis zum Morgen ausruhen können.«

Der Indianer heftete seine funkelnden Augen auf Heyward, und fragte in seinem gebrochenen Englisch: »Ist er allein?«

»Allein!« wiederholte zögernd Heyward, dem Täuschung noch zu neu war, als daß er nicht etwas verlegen geworden wäre. »Oh! gewiß nicht allein, Magua: du weißt ja, daß wir bei ihm sind.«

»Dann kann le Renard Subtil gehen«, versetzte der Läufer, indem er eine kleine Reisetasche von der Stelle, wo sie zu seinen Füßen lag, kaltblütig aufhob, »und die Blaßgesichter werden nur Leute ihrer eigenen Farbe sehen.«

»Gehen? Wen nennst du le Renard?«

»Diesen Namen haben seine kanadischen Väter Magua gegeben«, antwortete der Läufer mit einer Miene, welche bewies, daß er auf diese Auszeichnung stolz war. »Nacht und Tag sind für Subtil gleich, wenn Munro auf ihn wartet.«

»Was will le Renard Subtil dem Befehlshaber von William Henry von seinen Töchtern melden? Wird er es wagen, dem hitzköpfigen Schottländer zu sagen, daß er seine Kinder ohne Führer gelassen habe, obgleich Magua ihnen einer zu sein versprach?«

»Der Graukopf hat eine laute Stimme und einen langen Arm, aber wird jene le Renard in den Wäldern hören oder diesen fühlen?«

»Aber was werden die Mohawks sagen? Sie werden ihm einen Weiberrock machen und ihn im Wigwam bei den Weibern bleiben heißen: denn nicht länger kann man ihm das Geschäft eines Mannes anvertrauen!«

»Le Subtil kennt den Pfad zu den großen Seen und kann die Gebeine seiner Väter finden«, war die Antwort des unbeweglichen Läufers.

»Genug, Magua«, sprach Heyward, »sind wir nicht Freunde? Warum sollen bittere Worte zwischen uns gewechselt werden? Munro hat dir für deine Dienste ein Geschenk versprochen, und ich werde dein Schuldner für einen andern sein. So laß deine müden Glieder ausruhen und öffne deine Reisetasche, um zu essen. Wir haben nur wenige Minuten zur Verfügung, laß sie uns nicht wie zänkische Weiber vergeuden. Wenn die Frauen Erfrischungen zu sich genommen haben, gehen wir weiter.«

»Die Blaßgesichter machen sich zu Hunden ihrer Frauen«, murmelte der Indianer in seiner Muttersprache, »und wenn sie essen wollen, müssen ihre Krieger den Tomahawk beiseite legen, um ihre Trägheit zu nähren.«

»Was sagst du, Renard?«

»Le Subtil sagt, es ist gut.«

Der Indianer heftete jetzt das Auge fest auf das offene Gesicht Heywards; als er aber seinem Blicke begegnete, wandte er sich schnell ab, nahm, indem er sich bedächtig zu Boden setzte, den Rest eines frühern Mahles aus der Tasche und begann zu essen, jedoch nicht ohne langsam und vorsichtig um sich zu blicken.

»So ist es recht«, fuhr Heyward fort, »und Renard wird morgen neue Kraft des Leibes und der Augen haben, um den Weg zu finden.« Er hielt inne; denn Laute wie das Knistern von dürren Reisern und das Rauschen von Blättern ließ sich aus den nahen Gebüschen vernehmen. Plötzlich aber besann er sich und fuhr fort: »Wir müssen aufbrechen, ehe die Sonne sich sehen läßt, sonst legt sich uns Montcalm in den Weg und schneidet uns von der Festung ab.«

Magua ließ seine Hand vom Munde zur Seite herabsinken und bog, obgleich seine Augen auf den Boden geheftet waren, dennoch den Kopf seitwärts; seine Nasenlöcher erweiterten sich, und sogar seine Ohren schienen aufrechter zu stehen als gewöhnlich, indem sie ihm den Anschein einer Bildsäule gaben, welche gespannte Aufmerksamkeit darstellen soll.

Heyward, welcher seinen Bewegungen mit wachsamem Auge folgte, zog nachlässig einen seiner Füße aus dem Bügel, während er mit der Hand über die Bärenhautdecke seiner Pistolenhalfter hinglitt. Jede Bemühung, den Punkt zu entdecken, den der Läufer besonders ins Auge faßte, scheiterte an seinem zitternden Blick, der auf keinem besonderen Gegenstande auch nur einen Augenblick ruhte und sich doch auch nicht eigentlich zu bewegen schien. Während jener noch unschlüssig war, stand le Subtil vorsichtig auf, jedoch mit einer so langsamen und bedächtigen Bewegung, daß diese Veränderung nicht das geringste Geräusch verursachte. Heyward fühlte, daß jetzt gehandelt werden mußte. Er warf sein Bein über den Sattel und stieg ab, entschlossen, sich seines verräterischen Begleiters zu bemächtigen, indem er sich auf seine Mannesstärke verließ. Um jedoch unnötigen Lärm zu verhüten, behielt er immer noch den Anschein der Ruhe und Vertraulichkeit. »Le Renard Subtil ißt nicht«, sprach er, indem er sich des Namens bediente, welcher der Eitelkeit des Indianers am meisten zu schmeicheln schien. »Sein Korn ist nicht gut geröstet, es scheint zu trocken. Ich will sehen, vielleicht findet sich etwas unter meinem eigenen Vorrat, was ihm besser mundet.«

Magua hielt die Reisetasche hin, um ihm zuvorzukommen. Er litt es selbst, daß ihre Hände sich berührten, ohne die geringste Aufregung zu zeigen oder die Stellung der Aufmerksamkeit zu verändern. Kaum fühlte er aber, daß Heywards Finger sich leicht über seinen nackten Arm hinbewegten, so schlug er die Hand des jungen Mannes zurück, stieß, unter ihr wegspringend, einen durchdringenden Schrei aus und tauchte mit einem einzigen Sprung in das entgegengesetzte Dickicht. Im nächsten Augenblicke erschien die Gestalt Chingachgooks vor den Gebüschen, der mit seiner Gesichtsbemalung wie ein Gespenst aussah, und glitt über den Pfad hin, um ihn eiligst zu verfolgen. Einen Augenblick später erfolgte Unkas' Ruf, und die Wälder wurden durch einen plötzlichen Strahl erleuchtet, den ein scharfer Knall von des Jägers Büchse begleitete.

Fünftes Kapitel

– – In einer solchen Nacht
Hüpft' Thisbe furchtsam übern Tau dahin
Und sah des Leuen Schatten vor dem Leuen.
Der Kaufmann von Venedig

Die plötzliche Flucht seines Führers und das wilde Geschrei der Verfolger versetzten Heyward auf einige Augenblicke in ein untätiges Erstaunen. Bald aber bedachte er, wie wichtig es sei, sich des Flüchtlings zu versichern, stürzte auf die nahen Gebüsche zu und drang eilig vor, um sie bei der Jagd zu unterstützen. Er hatte aber noch keine zweihundert Schritte zurückgelegt, als er die drei Waldbewohner bereits von ihrer fruchtlosen Verfolgung zurückkehren sah.

»Warum so bald den Mut verloren?« rief er, »der Schurke muß sich hinter einem dieser Bäume verborgen haben, wir können seiner noch habhaft werden. Wir sind nicht sicher, solange er auf freiem Fuße ist.«

»Wollt Ihr den Wind mit einer Wolke jagen?« fragte der Kundschafter ärgerlich. »Ich hörte den Teufelskerl über das trockne Laub hinschlüpfen wie eine schwarze Natter, bekam gerade über jener dicken Fichte einen schwachen, flüchtigen Schein von ihm, spannte, als wäre ich ihm auf der Fährte: 's war aber nichts! Und doch hieße ich's, wenn ein anderer als ich den Drücker berührte, meisterlich gezielt, und man sollte meinen, ich habe Erfahrung in diesen Dingen, und könne es wissen. Da seht mal diesen Sumach an, seine Blätter sind rot, und doch weiß jedermann, daß er im Monat Juli in gelber Blüte steht.«

»'s ist Blut von le Subtil! Er ist verwundet und fällt vielleicht noch!«

»Nein, nein«, entgegnete der Kundschafter, diese Vermutung entschieden verwerfend, »ich streifte wohl nur die Rinde von einem Gliede ab, und der Bursche hüpft dafür um so länger. Eine Büchsenkugel tut einem Jagdtier, wenn sie's streift, just denselben Dienst wie Euer Sporn dem Rosse, sie beeilt nur seinen Lauf und bringt Leben in das Fleisch, statt es zu rauben. Aber wenn's ein tüchtiges Loch bohrt, so ist's nach ein paar

Sprüngen gemeiniglich am Ende mit dem Laufen, sei's nun Indianer oder Wild!«

»Wir sind aber vier kräftige Kerls gegen einen Verwundeten!«

»Ist's Leben Euch verleidet?« unterbrach ihn der Kundschafter. »Der rote Teufel dort würd' Euch ins Bereich der Tomahawks seiner Gesellen bringen, bevor ihr Euch noch von der Jagd erhitzt hättet. Es war ein unbesonnener Streich von einem Mann, der so oft geschlafen hat, während der Schlachtruf durch die Luft ertönte, seine Flinte in der Hörweite eines Hinterhalts abzufeuern. Aber die Versuchung war zu groß. Kommt, Freunde, verändern wir unsern Standort auf eine Weise, welche den listigen Mingo auf eine falsche Fährte bringt: sonst trocknen morgen um diese Stunde unsre Skalps vor Montcalms Lager im Winde!«

Die schreckliche Erklärung, welche der Kundschafter mit der kaltblütigen Zuversicht eines Mannes gab, der die volle Gefahr begriff, während er sich nicht fürchtete, ihr die Stirn zu bieten, erinnerte Heyward an die Wichtigkeit des Amtes, das er freiwillig übernommen hatte. Während er seine Augen umherwarf und sich vergeblich anstrengte, die Finsternis zu durchdringen, welche sich unter dem Blätterbogen des Waldes immer mehr verdichtete, war es ihm, als ob seine wehrlosen Begleiterinnen, von menschlicher Hilfe abgeschnitten, bald gänzlich der Willkür dieser barbarischen Feinde hingegeben wären, die gleich Raubtieren warteten, bis die Finsternis ihre Streiche noch sicherer und verderblicher machte. Seine aufgeregte Einbildungskraft, getäuscht durch das trügerische Licht, verwandelte jedes sich bewegende Gebüsch, jeden Stamm eines gefallenen Baumes in menschliche Gestalten, und zu wiederholten Malen glaubte er, die greulichen Gesichter seiner lauernden Feinde unterscheiden zu können, wie sie in rastloser Wachsamkeit nach den Bewegungen seiner Begleiter aus ihren Verstekken ausschauten. Aufblickend fand er, daß die dünnen, flockigen Wölkchen, welche der Abend an dem blauen Himmel gerötet hatte, bereits die schwächsten Tinten ihrer Rosenfarbe verloren, während der eingebettete Strom, der an dem Orte, wo er stand, vorbeifloß, nur noch an dem dunkeln Streifen seiner bewaldeten Ufer erkennbar war.

»Was ist zu tun?« fragte er, die äußerste Hilflosigkeit seiner peinlichen Lage empfindend, »verlaßt mich nicht um Gottes willen! Bleibt, um die zu verteidigen, die unter meinem Geleite stehen, und bestimmt frei, womit ich Euch belohnen soll!«

Seine Begleiter, welche auf der Seite in der Sprache ihres Stammes sich berieten, achteten nicht auf diese plötzliche ernstliche Aufforderung. Obgleich ihre Unterredung in leisem und vorsichtigem Tone gehalten wurde und nicht viel mehr als Geflüster war, konnte doch Heyward, welcher jetzt hinzutrat, leicht den ernstlichen Nachdruck des jungen Kriegers von den bedächtlicheren Reden der älteren unterscheiden. Offenbar stritten sie über die Zweckmäßigkeit einer Maßregel, welche das Wohl der Reisenden betraf. Von der Dringlichkeit seines Gegenstandes bewältigt und ungeduldig über einen Verzug, der ihm mit soviel Gefahr verbunden schien, trat Heyward näher zu der düstern Gruppe heran, um sein Anerbieten in betreff der Belohnung noch bestimmter auszudrücken, als der Weiße, mit der Hand eine Bewegung machend, als gäbe er den bestrittenen Punkt zu, sich abwandte und in einer Art Selbstgespräch in englischer Sprache sagte:

»Unkas hat recht! Es wäre unmenschlich, so harmlose Geschöpfe ihrem Schicksal zu überlassen, selbst wenn dadurch unser Zufluchtsort für immer aufs Spiel gesetzt würde. Wenn Ihr diese zarten Blumen aus der Gewalt der schlimmsten aller Schlangen retten wollt, Herr, so habt Ihr keine Zeit zu verlieren und müßt zu einem Entschlusse kommen!«

»Wie könnt Ihr an einem solchen Wunsche zweifeln! Habe ich mich nicht bereits erboten –«

»Richtet Euer Gebet an den Himmel, der kann uns allein Weisheit geben, die Arglist der Teufel, die diese Wälder füllen, zuschanden zu machen«, unterbrach ihn ruhig der Kundschafter, »aber verschont uns mit Euern Geldanbietungen, der Ihr vielleicht nicht so lebt, um sie zu erfüllen, noch ich, um sie zu benutzen. Diese Mohikaner und ich wollen tun, was Menschengedanken ersinnen können, um liebliche Blumen, welche nicht für die Wildnis geschaffen sind, vor Schaden zu bewahren, und zwar ohne Hoffnung auf andere Belohnung als solche, welche Gott immer rechtschaffenem Handeln zuteil werden läßt. Zuerst müßt Ihr zweierlei versprechen, sowohl in Eurem Namen als für Eure Freunde, oder wir werden uns, ohne Euch einen Dienst leisten zu können, nur selbst Schaden bringen!«

»Redet!«

»Das erste ist, Euch stiller zu verhalten als die ruhenden Wälder hier, mag auch geschehen, was da will; das zweite den Ort, wohin wir Euch bringen, vor jedem Sterblichen geheimzuhalten.«

»Ich will mein Äußerstes tun, um diese beiden Bedingungen erfüllt zu sehen.«

»So folgt mir: denn wir verlieren Augenblicke, die so kostbar sind wie dem verwundeten Wilden das Herzblut!« Heyward konnte durch den wachsenden Schatten der Nacht die ungeduldigen Gebärden des Kundschafters bemerken und folgte schnell seinen Tritten nach der Stelle hin, wo er den Rest der Reisegesellschaft gelassen hatte. Als sie bei den erwartungsvollen und ängstlichen Frauen eintrafen, machte er sie in kurzen Worten mit den Bedingungen ihres neuen Führers bekannt und fügte hinzu, wie sie jede Besorgnis verscheuchen und sich zu augenblicklichen ernsten Anstrengungen entschließen müßten. Obgleich seine beunruhigende Mitteilung nicht ohne geheimen Schrecken aufgenommen ward, so gelang es doch seinem Ernst und seinen eindringlichen Vorstellungen, unterstützt vielleicht von der Beschaffenheit der Gefahr, ihre Nerven für eine unerwartete, ungewöhnliche Prüfung zu stählen. Schweigend und ohne den geringsten Verzug ließen sie sich aus den Sätteln helfen und begaben sich eilig an den Rand des Wassers hinab, wo der Kundschafter mehr durch ausdrucksvolle Gebärden als durch Worte den Rest der Gesellschaft versammelt hatte.

»Was tun wir mit diesen stummen Geschöpfen?« murmelte der Weiße, von welchem die ganze Leitung ihrer künftigen Bewegungen abzuhängen schien, »es wäre Zeitverlust, ihnen die Kehle abzuschneiden und sie in den Fluß zu werfen; sie aber hier lassen, hieße den Mingos sagen, daß sie ihre Eigentümer nicht weit davon zu suchen haben.«

»So geben wir ihnen die Zügel und lassen sie frei im Walde laufen«, wagte Heyward zu raten.

»Nein, es ist besser, wir leiten die Schufte irre und lassen sie glauben, es bedürfe Rossesschnelle, um ihr Wildbret zu erjagen. Ja, ja, das blendet die Feuerkugeln ihrer Augen! Chingach – St! Was rührt sich hier im Gebusch?«

»Das Füllen!«

»Das Füllen wenigstens muß sterben«, murmelte der Kundschafter, nach der Mähne des flinken Tieres greifend, das schnell seiner Hand entschlüpfte. »Unkas, deine Pfeile!«

»Halt!« rief der Eigentümer des zum Tode verurteilten Tieres laut, ohne Rücksicht auf das Flüstern, in welchem die übrigen sprachen; »verschont mir Mirjams Füllen! Es ist der artige Sprößling einer treuen Mutter und wird mit Willen keinen Schaden tun.«

»Wenn Menschen kämpfen für das nackte Leben, das Gott ihnen gegeben hat«, sprach der Kundschafter ernst, »so ist ihnen das eigene Geschlecht nicht mehr als die Bestien des Waldes. Wenn Ihr wieder sprechet, so überlass' ich Euch der Willkür der Maquas! Den Pfeil aufgelegt, Unkas, und gut gezielt, wir haben keine Zeit, um einen zweiten zu versenden!«

Die leisen, murrenden Töne seiner drohenden Stimme waren noch hörbar, als sich das verwundete Füllen schon aufbäumte und dann auf die Knie niederstürzte. Chingachgook trat herzu, stieß ihm blitzschnell das Messer durch die Kehle und warf das sich sträubende Schlachtopfer in den Fluß, von dessen Strömung es fortgerissen ward, während es noch hörbar mit dem schwindenden Leben nach Atem schnappte. Dieser Akt scheinbarer Grausamkeit, aber wirklicher Notwendigkeit machte, als Beweis der drohenden Gefahr, in der sie schwebten, auf die Gemüter der Reisenden einen furchtbaren Eindruck, der durch die ruhige, aber feste Entschlossenheit der handelnden Personen bei dem Schauspiel noch erhöht werden mußte. Die Schwestern schauderten und drängten sich fester aneinander, während Heyward instinktmäßig die Hand an eine der Pistolen legte, die er soeben aus ihren Halftern gezogen hatte, als er zwischen seine Schutzbefohlenen und die finstern Schatten trat, welche einen undurchdringlichen Schleier um den Schoß des Waldes zu ziehen schienen.

Die Indianer bedachten sich keinen Augenblick, sie ergriffen die Zügel und führten die erschreckten und widerstrebenden Pferde in das Bett des Flusses hinab.

In einiger Entfernung vom Ufer wandten sie sich und wurden bald durch einen vorspringenden Hügel gedeckt, unter dessen Schutze sie in einer dem Laufe des Flusses entgegengesetzten Richtung fortwanderten. Mittlerweile zog der Kundschafter ein Kanu von Baumrinde aus einem Versteck unter niedrigen Gebüschen hervor, deren Zweige sich mit der Strömung fortbewegten, und bedeutete den Frauen einzusteigen. Sie taten es unbedenklich, obgleich sie manchen furchtsamen und ängstlichen Blick in das immer wachsende Dunkel zurückwarfen, welches jetzt wie eine schwarze Grenzwand auf dem Rande des Stromes lag.

Sobald Kora und Alice saßen, hieß der Kundschafter, ohne einen Blick auf das Element zu werfen, Heyward *eine* Seite des gebrechlichen Fahrzeugs unterstützen, während er sich selbst auf die andere stellte, und so brachten sie es, gefolgt von dem niedergeschlagenen Besitzer des toten Füllens, stromaufwärts. Auf diese Weise legten sie eine gute Strecke zurück und beobachteten ein Stillschweigen, das nur durch das Schlagen der Wogen, wenn Wirbel sie umgaben, und durch das leise Geräusch, das ihre vorsichtigen Fußtritte machten, unterbrochen wurde. Heyward überließ die Lenkung des Kanus durchaus dem Kundschafter, welcher sich bald dem Ufer näherte, bald sich von ihm entfernte, um Felsblöcke oder tiefere Stellen zu vermeiden, mit einer Gewandtheit, welche seine Kenntnis des eingeschlagenen Weges genügsam bekundete. Gelegentlich hielt er an, und inmitten dieser Totenstille, welche das dumpfe, jedoch zunehmende Rauschen des Wasserfalls nur noch mehr bezeichnete, horchte er mit ängstlicher Aufmerksamkeit, ob nicht etwa ein Laut aus dem schlummernden Walde hervordringe. Wenn er sich überzeugt hatte, daß alles ruhig war, und selbst mit seinen geübten Sinnen kein Zeichen sich nähernder Feinde entdecken konnte, fuhr er mit großer Bedächtigkeit langsam und vorsichtig weiter. Endlich erreichten sie eine Stelle in dem Fluß, wo Heywards umherschweifendes Auge eine Gruppe schwarzer Gegenstände gewahrte, die sich auf einem Punkte beisammen befanden, wo das höhere Ufer einen tieferen Schatten auf die finsteren Gewässer warf. Er zögerte, weiterzufahren, und richtete die Aufmerksamkeit seines Begleiters auf diese Stelle. »Nun«, versetzte der ruhige Mann, »die Indianer haben hier die Tiere mit der den Eingebornen eigenen Vorsicht untergebracht. Das Wasser läßt keine Spur zurück, und selbst die Augen einer Eule würden in der Finsternis einer solchen Höhle erblinden.«

Die ganze Gesellschaft war jetzt vereinigt, und eine zweite Beratung erfolgte zwischen dem Kundschafter und seinen neuen Genossen, während welcher sie, deren Schicksal von der

Treue und Rechtlichkeit dieser unbekannten Waldbewohner abhing, ein wenig Muße hatten, sich genauer umzusehen.

Der Fluß war zwischen hohe und rauhe Felsen eingezwängt, von denen einer über die Stelle, wo das Kanu ruhte, herüberhing. Da diese wieder von hohen Bäumen überragt wurden, welche an dem Rande des Absturzes zu schwanken schienen, so war es, als ob der Strom ein tiefes und enges Tal durchflösse. Unter diesen phantastischen Felsrändern und den zackigen Baumgipfeln, welche sich hier und da dunkel an dem gestirnten Zenit abzeichneten, lag alles in dichter Finsternis. Hinter ihnen begrenzte die Krümmung der Ufer bald die Aussicht durch dieselbe dunkle und waldige Umsäumung, aber vorn und scheinbar in geringer Entfernung schien das Wasser zum Himmel emporgetürmt, und stürzte von da in Höhlen, aus denen sich jene unheimlichen Töne, welche die Abendluft erfüllten, vernehmen ließen. Der Ort schien wirklich der Abgeschiedenheit geweiht, und die Schwestern empfanden ein wohltuendes Gefühl von Sicherheit, als sie seine romantischen, wenngleich nicht harmlosen Schönheiten betrachteten. Eine allgemeine Bewegung unter ihren Führern rief sie jedoch bald von dem Anschauen dieser Zauber, welche die Nacht dem Orte verliehen hatte, zu dem peinlichen Bewußtsein wirklicher Gefahr zurück.

Die Pferde waren an einigen zerstreuten Gesträuchen, die aus den Spalten der Felsen wuchsen, angebunden und mußten hier, im Wasser stehend, die ganze Nacht zubringen. Der Kundschafter hieß Heyward und seine angstvollen Begleiter sich in das vordere Ende des Kanus setzen und nahm selbst Besitz von dem andern, so aufrecht und fest, als ob er in einem Fahrzeug von viel stärkerem Material dahinführe. Die Indianer zogen sich behutsam zu der Stelle zurück, die sie verlassen hatten, als der Kundschafter, seine Ruderstange gegen einen Felsen stemmend, mit einem kräftigen Stoß die gebrechliche Barke mitten in die stürmische Strömung trieb. Mehrere Minuten war der Kampf zwischen dem leichten Fahrzeug, in dem sie fuhren, und dem ungestümen Strome ernst und zweifelhaft. Da die Reisenden keine Hand rühren durften und beinahe nicht zu atmen wagten, um nicht das schwache Schifflein der Wut des Stromes preiszugeben, starrten sie in fieberhafter Spannung auf die schäumenden Wogen hin. Oft glaubten sie, die wirbelnde

Springflut stürze sie in unvermeidliches Verderben – doch jedesmal stemmte die Meisterhand des Steuermanns den Bug des Kanus der Strömung entgegen. Eine lange, kräftige und, wie es den Frauen schien, verzweiflungsvolle Anstrengung beschloß den Kampf. Gerade als Alice ihre Augen vor Entsetzen geschlossen hatte, weil sie glaubte, von dem Strudel am Fuße des Wasserfalls verschlungen zu werden, blieb das Kanu an der Seite des flachen Felsens, der mit dem Wasser von gleicher Höhe war, wie angewurzelt stehen.

»Wo sind wir? Was ist zunächst zu tun?« fragte Heyward, als er wahrnahm, daß die Anstrengungen des Steuermanns aufgehört hatten.

»Ihr seid am Fuße des Glenns«, versetzte der andere mit lauter Stimme, ohne beim Brausen des Wasserfalls schlimme Folgen zu befürchten, »das nächste ist, festen Fußes auszusteigen, damit das Kanu nicht aufstoße und Ihr den schwierigen Weg, den wir gemacht haben, schneller hinabfahret, als Ihr heraufgekommen seid. Es ist ein hartes Stück Arbeit, gegen die Strömung zu fahren, wenn der Fluß etwas angeschwellt ist, und fünf sind eine starke Zahl, wenn man sich in einem Kahn, mit Harz verstrichen, in solchen Strudeln und Wirbeln trocken halten will. Da, tretet alle auf den Felsen, und ich will die Mohikaner mit dem Wildbret bringen. Leichter schläft sich's ohne Skalp, als wenn man mitten im Überfluß Hunger leiden soll.«

Froh befolgten seine Gefährten diese Weisung. Wie der letzte Fuß den Felsen berührte, wirbelte das Kanu von seinem Standort; die hohe Gestalt des Kundschafters war einen Augenblick sichtbar, wie er über die Fluten dahinglitt, ehe er in der undurchdringlichen Finsternis, die über dem Bette des Flusses lag, verschwand. Verlassen von ihrem Führer, blieben die Reisenden einige Minuten in hilfloser Unwissenheit, indem sie zögerten, sich auf den durchbrochenen Felsen fortzubewegen, damit nicht ein Fehltritt sie in eine der tiefen und schäumenden Höhlen stürze, in welche das Wasser auf allen Seiten hereinzubrausen schien. Bald waren sie jedoch von ihrer Ungewißheit befreit. Unterstützt von der Kunst der Eingebornen, schoß das Kanu zurück durch die Wirbel und lag wieder zur Seite des flachen Felsens, ehe sie glaubten, daß der Kundschafter Zeit gehabt habe, bei seinen Freunden einzutreffen.

»Nun haben wir Bollwerk, Besatzung und Proviant!« rief

Heyward in munterer Laune, »und können Montcalm und allen seinen Verbündeten die Spitze bieten. Jetzt, meine scharfsichtige Schildwache, könnt Ihr etwas von Euren Irokesen, wie Ihr sie nennt, auf dem Lande drüben sehen?«

»Ich heiße sie Irokesen, weil mir jeder Eingeborne, der eine fremde Sprache spricht, als Feind gilt, wenn er auch vorgibt, dem König zu dienen! Wenn Webb von einem Indianer Treue und Redlichkeit haben will, so hole er die Stämme der Delawaren und schicke diese raubsüchtigen, lügenhaften Mohawks und Oneidas mit ihren sechs Nationen von Lumpenkerls dahin, wohin sie ihrer Natur nach gehören, zu den Franzosen!«

»Dann würden wir einen kriegerischen Freund gegen einen unbrauchbaren vertauschen. Ich habe gehört, daß die Delawaren das Schlachtbeil niedergelegt haben und sich's gefallen ließen, Weiber genannt zu werden[9].«

»Ja, Schande auf die Holländer und die Irokesen, die sie durch ihre Teufeleien zu einem solchen Vertrage verleitet haben! Aber ich kenne sie seit zwanzig Jahren und nenne *den* einen Lügner, welcher sagt, daß Memmenblut in den Adern eines Delawaren fließe. Ihr habt ihre Stämme von dem Seegestade vertrieben und glaubt nun gerne, was ihre Feinde sagen, um nachts ruhiger auf Euren Kissen zu schlafen. Nein, nein; bei mir ist jeder Indianer, der eine fremde Sprache redet, ein Irokese, mag nun die Burg[10] seines Stamms in Kanada oder in York stehen.«

Als Heyward sah, daß die hartnäckige Anhänglichkeit des Kundschafters an seine Freunde, die Delawaren oder Mohikaner – sie waren Zweige desselben zahlreichen Volkes – eine nutzlose Erörterung herbeizuführen drohte, ging er auf einen andern Gegenstand über.

»Vertrag oder nicht, ich sehe jetzt wohl, daß Eure zwei Begleiter wackere und vorsichtige Krieger sind. Hörten oder sahen sie etwas von unsern Feinden?«

»Einen Indianer spürt man vorher, ehe man ihn sieht«, antwortete der Kundschafter, den Felsen hinansteigend und den Rehbock nachlässig hinwerfend. »Ich verlasse mich auf andere Zeichen als solche, die ins Auge fallen, wenn ich den Mingos auf der Spur bin.«

»Sagen Eure Ohren Euch, daß sie unser Versteck aufgespürt haben?«

»Das sollte mir sehr leid tun, obgleich es ein Ort ist, den Mut und Tapferkeit gegen einen scharfen Angriff verteidigen könnten. Ich will jedoch nicht leugnen, daß sich die Pferde, als ich an ihnen vorüberging, zusammendrückten, als ob sie Wölfe witterten, und ein Wolf ist ein Tier, das gerne um einen indianischen Hinterhalt streicht und auf den Abfall von dem Wilde, das sie erlegen, zu lauern pflegt.«

»Ihr vergeßt den Rehbock da zu Euern Füßen! Oder verdanken wir ihren Besuch nicht dem toten Füllen? Ha, was ist das für ein Geräusch?«

»Arme Mirjam!« murmelte der Fremde, »dein Füllen ward verdammt, eine Beute der raubsüchtigen Bestien zu werden.« Dann erhob er plötzlich unter dem ewigen Getöse der Wogen seine Stimme und sang laut:

Ägyptens Erstgeborne schlug er
Vom Menschen und vom Vieh zumal!
Ägypten, Wunder zu dir sandt' er
Auf Pharao und seine Diener all!

»Der Tod des Füllens liegt seinem Eigentümer schwer auf dem Herzen«, sprach der Kundschafter, »es ist immer ein gutes Zeichen, wenn man noch etwas auf seine stummen Freunde hält. Seine Religion läßt ihn glauben: was geschehen soll, müsse doch geschehen, und bei dieser Überzeugung wird es schwer, ihm darzutun, daß es vernünftig ist, ein vierfüßiges Tier zu töten, um das Leben von Menschen zu retten. Ihr habt vielleicht recht«, fuhr er fort, indem er auf Heywards letzte Bemerkung zurückkam, »um so mehr Grund für uns, daß wir uns unsre Fleischstücke abschneiden und das Gerippe den Fluß hinabtreiben lassen; sonst heult das ganze Pack um die Klippen uns in die Ohren und mißgönnt uns jeden Bissen, den wir zum Munde bringen. Zudem sind die Irokesen, obgleich sie die Delawarensprache so wenig als ein Buch verstehen, gescheit genug, die Ursache von einem Wolfsgeheul zu enträtseln.«

Während dieser Bemerkungen war der Kundschafter beschäftigt, einige notwendige Gerätschaften zusammenzunehmen, und ging, als er fertig war, schweigend an der Gruppe der Reisenden vorbei, begleitet von den Mohikanern, welche seine Absichten mit instinktmäßiger Bereitwilligkeit zu begreifen schienen. Einer nach dem andern von den drei verschwand hinter der finstern Wand eines senkrechten Felsens, der sich, einige Fuß vom Wasserrande entfernt, zu einer Höhe von einigen Ellen erhob.

Sechstes Kapitel

Ein Lied, das lieblich einst in Zion tönt', –
Er wählt eine Weis' mit klugem Sinn,
Und »Lobt den Herrn!« spricht er mit feierlicher Mien'.
Burns

Heyward und seine weiblichen Begleiter sahen diese geheimnisvolle Bewegung mit innerer Unruhe; denn, wenn auch das Betragen des Weißen bis jetzt ganz untadelhaft war, so konnten doch sein roher Aufzug, sein derbes Betragen und seine mannigfachen Vorurteile, zusammengehalten mit dem Charakter seiner schweigsamen Genossen, in den Gemütern solcher, welche eben erst durch indianische Verräterei in Not gekommen waren, Mißtrauen erregen.

Der Fremde allein achtete nicht auf das, was um ihn her vorging. Er saß auf dem Vorsprung eines Felsens und gab keine andern Lebenszeichen als häufige, schwere Seufzer, welche Kämpfe in seinem Innern bekundeten. Gedämpfte Männerstimmen ließen sich jetzt vernehmen, als ob sie in den Eingeweiden der Erde einander zuriefen, ein plötzlicher Lichtstrahl schoß auf die außen Weilenden und enthüllte das so hochgeschätzte Geheimnis des Ortes.

An dem entferntern Ende einer engen, tiefen Höhle in dem Felsen, deren Länge durch die Perspektive und die Beschaffenheit des Lichtes, in dem sie gesehen ward, wohl noch vergrößert erschien, saß der Kundschafter, einen Fichtenbrand haltend. Der helle Schein des Feuers fiel auf sein derbes, verwittertes Gesicht und seinen Jagdanzug, und verlieh einen Anschein romantischer Wildheit dem Äußern eines Mannes, der, in dem ruhigern Lichte des Tages nur durch seinen seltsamen Anzug, die eiserne Gedrungenheit seiner Gestalt und die sonderbare Mischung von lebhaftem, allezeit wachem Scharfblick und entschiedener Einfalt, die abwechslungsweise seine Züge beherrschten, sich ausgezeichnet hätte. Unweit von ihm, aber etwas im Vordergrund, stand Unkas, dessen ganze Person in vollem Lichte erschien. Die Reisenden betrachteten aufmerksam die aufrechte, schlanke Gestalt des jungen Mohikaners, anmutig und ungezwungen in Haltung und Bewegungen. Obgleich sein Leib mehr als gewöhnlich durch ein grünes mit Fransen besetztes Jagdhemd, das dem des Weißen glich, verdeckt war, so ließen sich doch sein schwarzes, funkelndes Auge, furchtlos und ruhig, wenngleich furchtbar, der kühne Umriß seiner hohen, stolzen Züge, in ihrem reinen, natürlichen Rot, seine würdevolle, hohe Stirn mit all den schönen Verhältnissen eines edeln Hauptes, das bis auf den Haarschopf kahl geschoren war, nicht verbergen. Zum ersten Male hatten Duncan und seine Gefährten Gelegenheit, die markierten Züge ihrer beiden indianischen Begleiter zu betrachten, und alle fühlten sich von einer Bürde des Zweifels erleichtert, als sich die stolzen und entschlossenen, wenngleich wilden Züge des jungen Kriegers ihrer Beobachtung aufdrangen. Sie fühlten, daß sein Geist zum Teil noch von Unwissenheit umnachtet sein konnte, daß er aber nie seine herrlichen Naturgaben zu Zwecken boshafter Verräterei mißbrauchen werde.

Die offenherzige Alice staunte sein freies Wesen und seine stolze Haltung an, wie sie bei einer kostbaren Reliquie des griechischen Meißels, die sie durch ein Wunder belebt gesehen, getan hätte, während Heyward, obgleich an den Anblick vollendeter Formen gewöhnt, die unter den unverdorbenen Eingebornen so häufig sind, seine Bewunderung über ein so tadelloses Muster der edelsten Männergestalt unverhohlen äußerte.

»Ich könnte ruhig schlafen«, flüsterte ihm Alice erwidernd zu, »wenn ich einen so furchtlosen, hochsinnigen Jüngling zu meiner Schildwache hätte. Sicher, Duncan, werden die grausamen Mordtaten, jene furchtbaren Marterszenen, von denen wir so viel lesen und hören, nie in Gegenwart von einem, wie *er* ist, verübt.«

»Gewiß, ein seltenes, glänzendes Muster jener natürlichen Eigenschaften, wodurch diese eigentümlichen Völker sich so sehr auszeichnen sollen«, bemerkte er. »Ich bin mit Ihnen einverstanden, Alice, daß eine solche Stirne und ein solches Auge mehr geschaffen sind, Furcht einzujagen, als zu betrügen; aber täuschen wir uns nicht selbst, indem wir von ihm die Ausübung einer andern Tugend, als sie sich mit den Begriffen eines Wilden verträgt, erwarten! Glänzende Beispiele großer Eigenschaften sind so selten unter Christen, wie sollten sie nicht bei den Indianern vereinzelte Erscheinungen sein, obgleich beide Teile, zur Ehre unsres gemeinsamen Geschlechts, nicht unfähig sind, dergleichen aufzustellen! Hoffen wir denn, daß dieser Mohikaner unsre Hoffnungen nicht täusche, sondern sich, wie sein Blick verspricht, als wackrer und beständiger Freund erweise!«

»Jetzt spricht Major Heyward, wie Major Heyward sollte«, sagte Kora, »wer gedenkt der Farbe der Haut, wenn er diesen Sohn der Natur betrachtet?«

Ein kurzes und anscheinend verlegenes Stillschweigen folgte auf diese Bemerkung. Es wurde von dem Kundschafter unterbrochen, der ihnen laut zurief, in die Höhle zu treten.

»Das Feuer fängt an, hell aufzuflammen«, fuhr er fort, als sie seiner Aufforderung folgten, »und könnte den Mingos zu unserem Verderben leuchten. Unkas, laß den Vorhang herab und zeig' den Schelmen die finstere Seite. Das ist freilich kein Essen, wie es ein Major der Königlichen Amerikaner zu erwarten berechtigt ist; aber ich hab' schon kühne Detachements gesehen, welche froh waren, wenn sie ihr Wildbret roh und ohne ›Geschmack‹ essen durften[11]. Hier haben wir, wie Ihr seht, eine Fülle Salzes, und das Fleisch ist bald gebraten. Da sind frische Sassafraszweige für die Ladys, um darauf zu sitzen, vielleicht nicht so stattlich als ihre My-hog-Guineasessel[12], aber lieblicher duftend als die Haut eines Schweines, sei's von Guinea oder einem andern Land. Kommt, Freund, seid nicht so traurig ob dem Füllen, 's war ein unschuldiges Ding und hat nicht viel Trübsal erlebt. Sein Tod erspart ihm manchen wunden Rücken und manchen müden Fuß.«

Unkas tat, wie ihm der andere befohlen hatte, und sobald Hawk-eyes Stimme verstummte, scholl das Brausen des Wasserfalls wie das Dröhnen eines entfernten Donners.

»Sind wir ganz sicher in dieser Höhle?« fragte Heyward. »Ist kein Überfall zu befürchten? Ein einziger bewaffneter Mann an dem Eingang hätte uns alle in seiner Gewalt.«

Eine geisterähnliche Gestalt schritt aus der Finsternis hinter dem Kundschafter hervor, ergriff einen Fichtenbrand und hielt ihn gegen das entferntere Ende ihres Verstecks. Alice stieß einen schwachen Angstruf aus, und selbst Kora sprang auf, als dieser schreckhafte Gegenstand mehr in das Licht trat. Heyward aber beruhigte sie mit der Versicherung, daß es bloß ihr

Begleiter Chingachgook sei, der, einen zweiten Vorhang hebend, zeigte, daß die Höhle zwei Ausgänge hatte. Dieser schritt, den Feuerbrand in der Hand, durch eine enge tiefe Spalte in dem Felsen, die mit dem Gang, in welchem sie waren, in einen rechten Winkel zusammenlief, aber nicht wie dieser zur Seite, sondern nach oben offen war und in eine andere Höhle führte, der Beschreibung der erstern in allem Wesentlichen entsprechend.

»So alte Füchse, wie Chingachgook und ich, lassen sich nicht leicht in einem Bau mit *einem* Ausgang fangen«, bemerkte Hawk-eye lachend. »Ihr könnt leicht absehen, wie klug alles eingerichtet ist – der Felsen schwarzer Kalkstein, der bekanntlich sehr weich ist und kein unbequemes Lager gewährt, wo Gestrüpp und Nadelholz selten sind. Der Wasserfall war früher einige Schritte unter uns, und ich darf wohl sagen, seinerzeit so regelmäßig und schön als nur irgendeiner längs des Hudsons zu finden ist. Aber Alter richtet in der Schönheit arge Verwüstungen an, wie diese lieblichen Ladys selbst noch erfahren werden. Der Platz hat eine traurige Umwandlung erlitten. Diese Felsen sind voll Risse und an einzelnen Stellen weicher als an andern. Das Wasser hat sich nun tiefe Höhlen gegraben, ist um einige hundert Fuß zurückgetreten, bald hier etwas ansetzend, bald dort etwas nehmend, bis die Fälle weder Form noch Bestand mehr hatten.«

»In welchem Teil davon sind wir?« fragte Heyward.

»Nun wir sind nahe bei der Stelle, wo die Vorsehung zuerst sie hinverlegt hat, wo sie aber durchaus nicht mehr bleiben wollten. Der Felsen wurde auf beiden Seiten von uns weicher, und so ließ das Wasser die Mitte des Flusses trocken liegen und bohrte zuerst diese zwei kleinen Höhlen zu Verstecken für uns aus.«

»So sind wir denn auf einer Insel?«

»Freilich, zu beiden Seiten haben wir die Wasserfälle und über und unter uns den Fluß. Wenn wir Tag hätten, so würde sich's verlohnen, auf die Höhe dieses Felsens zu treten und das wunderliche Treiben des Wassers mitanzusehen. Es fällt ganz regellos: oft springt es empor, dann stürzt es wieder hinab; da hüpft, dort schießt es; an einer Stelle ist es weiß wie Schnee, an einer andern grün wie das Gras; hier stürzt es in tiefe Höhlen, daß die Erde rumort und erzittert, dort rieselt und singt es wie ein Bach, macht Wirbel und Strudel in dem alten Gestein, als ob es nicht härter denn getretener Lehmboden wäre. Der ganze Lauf des Flusses scheint jetzt ins Stocken geraten zu sein: erst fließt er ganz sänftlich, als wollt' er, wie sich's sonst ziemt, abwärts; dann macht er rechtsum und stößt an das Ufer, an einzelnen Stellen sogar möcht' er wieder rückwärts, als wollt' er die Wildnis nicht verlassen, um sich mit dem Salzwasser zu vermischen. Ja, Lady, das feine Spinngeweb, das Ihr am Hals tragt, ist grob wie ein Fischernetz gegen die vielerlei Bilderchen, die er an manchen Orten, wie ich Euch zeigen kann, hervorzaubert, als ob er, einmal der Ordnung entronnen, seine Kunst an allem versuchen wollte. Und doch auf was läuft alles hinaus? Hat das Wasser eine Weile, wie ein verzogenes Kind, seinen Willen gehabt, so sammelt es wieder dieselbe Hand, die es erschaffen, und eine kleine Strecke unter Euch könnt Ihr sehen, wie es hübsch ordentlich der See zufließt, als wär's ihm so von Anbeginn der Welt beschieden gewesen.«

Als Hawk-eyes Zuhörer aus dessen kunstloser Beschreibung des Glenns[13] über die Sicherheit ihres Verstecks Gewißheit erhalten, waren sie sehr geneigt, verschieden über seine wilden Schönheiten zu urteilen. Sie waren aber nicht in der Stimmung, mit ihren Gedanken lange bei den Reizen von Naturgegenständen zu verweilen, und da der Kundschafter es nicht für nötig hielt, während seines Vortrags seine Küchengeschäfte einzustellen, obgleich er hin und wieder mit seiner zerbrochenen Gabel auf besonders gefährliche Stellen des rebellischen Flusses hindeutete, so ließen sie jetzt ihre Aufmerksamkeit auf die notwendige, wenngleich gemeinere, Betrachtung ihres Abendmahles gerichtet sein.

Das Mahl, welches durch die Beigabe einiger Leckerbissen, welche Heyward die Vorsicht gehabt hatte mitzunehmen, als sie die Pferde verließen, bedeutend unterstützt wurde, war für die ermüdete Gesellschaft sehr erquickend. Unkas bediente die Damen und verrichtete alle die kleinen Dienste, die in seiner Macht standen, mit einer Mischung von Würde und Ängstlichkeit, welche Heyward sehr belustigte, da er wußte, daß dies eine ungewöhnliche Abweichung von den indianischen Sitten war, welche einem Krieger verbieten, sich zu einem häuslichen Geschäfte, besonders zugunsten der Weiber, herabzulassen. Da jedoch die Gebräuche der Gastfreundschaft unter ihnen als heilig angesehen wurden, so erregte dieses teilweise Verleugnen der Würde des Mannes keinen hörbaren Tadel. Hätte einer gehörig Muße gehabt, um aufmerksam zu beobachten, so würde er gefunden haben, daß die Dienste des jungen Häuptlings nicht ganz unparteiisch waren; daß, während er Alice die Kürbisflasche mit süßem Wasser reichte, das Wildbret auf einem aus der Wurzel des Pfefferbaums niedlich geschnitzten Teller darbot und mit gebührender Höflichkeit ihrer Schwester die gleichen Dienste tat, sein dunkles Auge auf Koras ausdrucksvollen Gesichtszügen verweilte. Ein- oder zweimal sah er sich veranlaßt zu sprechen, um die Aufmerksamkeit derer, die er bediente, rege zu machen. In solchen Fällen gebrauchte er das Englische, zwar gebrochen und mangelhaft, aber verständlich genug und durch seine tiefe Kehlstimme so mild und wohlklingend, daß beide Damen jedesmal mit Bewunderung und Erstaunen auf ihn blickten. Im Verlaufe dieser Höflichkeitsbezeigungen wurden einige Worte gewechselt, welche nicht verfehlten, ihrem Verkehr den Anschein freundlicher Zutraulichkeit zu geben.

Mittlerweile blieb Chingachgooks Ernst sich immer gleich. Er hatte sich mehr in den Bereich des Lichtes gesetzt, wo die häufigen, unruhigen Blicke seiner Gäste besser imstande waren, den natürlichen Ausdruck seines Gesichtes von dessen künstlichen Schreckenszügen zu trennen. Sie fanden eine große Ähnlichkeit zwischen Vater und Sohn, nur mit dem Unterschied, welchen Alter und Anstrengungen erwarten ließen. Das Wilde seiner Züge schien zu schlummern und jener ausdruckslosern Ruhe zu weichen, die einem indianischen Krieger eigentümlich ist, wenn seine Geisteskräfte nicht für höhere Lebenszwecke in Anspruch genommen sind. An den gelegentlichen Blitzen, die über sein dunkles Gesicht hinfuhren, war jedoch leicht zu ersehen, daß es nur galt, seine Leidenschaften zu wekken, um dem schreckhaften Emblem, das er gewählt hatte, seine Feinde in Furcht zu setzen, seine volle Bedeutung zu geben. Auf der andern Seite ruhte das lebhafte, unstete Auge des Kundschafters nur selten. Er aß und trank zwar mit einer Lust, die keine Furcht vor Gefahr zu stören vermochte, aber seine Wachsamkeit schien ihn nie zu verlassen. Sehr oft mußte die Kürbisflasche oder das Wildbret, vor seinem Munde angelangt, warten, während er den Kopf beiseite wendete, als ob er auf entfernte verdächtige Laute horchte – eine Bewegung, die nie verfehlte, seine Gäste von der Betrachtung ihrer neuen Lage abzulenken und zu der beunruhigenden Veranlassung derselben zurückzurufen. Da auf diese häufigen Pausen nie eine Bemerkung folgte, so ging die augenblickliche Unruhe vorüber und ward in einer Weile vergessen.

»Kommt, Freund«, sprach Hawk-eye, indem er gegen das Ende des Mahls eine Tonne unter einer Decke von Laub hervorzog und sich an den Fremden, der ihm zur Seite saß und seiner Kochkunst volle Gerechtigkeit widerfahren ließ, mit den Worten wandte: »Versucht einmal dies Sprossenbier[14], es spült Euch alle Gedanken an das Füllen hinweg und facht das Leben in Eurem Busen wieder an. Ich trinke auf bessere Freundschaft und hoffe, daß das bißchen Pferdefleisch keinen Groll in Eurem Herzen zurücklassen wird. Wie nennt Ihr Euch?«

»Gamut[15], David Gamut«, antwortete der Singmeister, indem er sich anschickte, in einem kräftigen Zug aus des Weidmanns starkduftender, wohlverspundeter Biertonne seinen Kummer hinabzuwaschen.

»Ein sehr guter Name, und ich darf wohl sagen: von rechtlichen Vorfahren ererbt. Ich bin ein Bewunderer von Namen, obgleich die christlichen Gebräuche alle hinter der Sitte der Wilden zurückstehen müssen. Die feigste Memme, die ich kennenlernte, hieß Lion (Löwe), und sein Weib, Patience (Geduld), schalt Euch eher aus dem Feld, als ein gehetztes Wild eine Rute weit laufen konnte. Bei dem Indianer ist es Gewissenssache: wie er sich nennt, so ist er auch gemeiniglich – nicht als ob Chingachgook, was eine große Schlange bedeutet, wirklich eine große oder kleine Schlange wäre, sondern daß er sich auf die Windungen und Krümmungen der menschlichen Natur versteht, schweigt und seine Feinde trifft, wenn sie sich dessen am wenigsten verstehen. Was ist Euer Beruf?«

»Ich bin ein unwürdiger Lehrer in der Kunst, die Psalmen abzusingen.«

»Das wäre!«

»Ich erteile den Kindern der Connecticuter Landwehr Unterricht im Singen.«

»Da könntet Ihr eine bessere Beschäftigung finden. Die jungen Hunde stöbern bereits zuviel lachend und singend durch die Wälder, wo sie nicht lauter atmen sollten als der Fuchs in seinem Baue. Versteht Ihr Euch aufs Fechten, oder handhabt Ihr die Büchse?«

»Gott sei Dank, noch nie hatte ich Gelegenheit, mit Mordinstrumenten umzugehen.«

»Vielleicht versteht Ihr Euch auf den Kompaß und könntet die Läufe der Gewässer und die Richtungen der Gebirge zu Papier bringen, damit diejenigen, welche nachkommen, die Plätze wiederfinden, die Ihr angegeben habt?«

»Ich treibe nichts dergleichen.«

»Ihr habt 'n Paar Beine, die einen langen Weg verkürzen dürften! Ihr reist, denk' ich mir, oft mit Nachrichten zu dem General.«

»Nie! Ich folge keinem andern als meinem eigenen hohen Berufe, und der ist, Unterricht in der heiligen Musik zu erteilen.«

»Ein seltsamer Beruf!« murmelte Hawk-eye, in sich hineinlachend, »wie ein Spottvogel durchs Leben zu gehen und alle Auf und Nieder, die aus andrer Leute Kehlen kommen, zu bekritteln. Gut, Freund, ich denke, Ihr habt 'mal 'ne Schneide dafür, und das muß so gut gelten, als wenn's fürs Schießen oder sonst was Besseres wäre. Laßt uns hören, was Ihr darin zu leisten vermöget; 's wird 'ne freundliche Weise sein, gute Nacht zu sagen; denn es ist Zeit, daß die Ladys da sich für 'ne harte, lange Tour am frühesten Morgen, eh' noch die Maquas sich rühren, Kräfte sammeln.«

»Mit höchster Freude stimm' ich ein«, versetzte David, indem er seine eisenbereifte Brille zurechtmachte, sein geliebtes Büchlein hervortat und Alice bot. »Was kann passender und tröstlicher sein, als nach einem so gefahrvollen Tage seinen Abenddank Gott darzubringen?«

Alice lächelte, doch errötete und zögerte sie, indem sie einen Blick auf Heyward warf.

»Tun Sie's immerhin!« flüsterte er, »sollte nicht die Aufforderung von des Psalmisten würdigem Namensbruder in solch einem Augenblick Gewicht bei Ihnen haben?«

Ermutigt durch seine Zustimmung, tat Alice, wozu sie ihre frommen Neigungen und ihre Vorliebe für sanfte Töne zuvor schon so stark gedrängt hatten. Das Buch ward bei einer Hymne aufgeschlagen, die für ihre Lage nicht übel paßte und wo der Dichter seinen Wunsch, den begeisterten König Israels zu übertreffen, unterdrückend, eine reinere und ehrwürdige Kraft entwickelt hatte. Kora fühlte Neigung, ihre Schwester zu unterstützen, und der heilige Gesang begann, nachdem der schulgerechte David als unerläßliche Vorbedingung mit der Pfeife den Ton angegeben hatte.

Die Weise war feierlich und langsam. Bisweilen erhob sie sich zu dem vollsten Umfang der reichen Stimmen der Frauen, welche über ihrem kleinen Buche in heiliger Andacht hingen, und sank dann wieder so tief, daß das Rauschen des Wassers wie eine dumpfe Begleitung ihre Melodie durchzog. Der natürliche Geschmack und das gute Ohr Davids leiteten und ermäßigten die Töne nach dem beschränkten Raume der Höhle, wo jede Spalte, jeder Riß von den durchdringenden Tönen ihrer biegsamen Stimmen erfüllt ward. Die Indianer hefteten ihre Augen auf die Felsen und horchten mit einer Aufmerksamkeit, als ob sie in Stein verwandelt wären. Die harten Gesichtszüge des Kundschafters, der, sein Kinn auf die Hand gestützt, mit dem Ausdruck kalter Gleichgültigkeit dagesessen hatte, wurden allmählich milder, bis er, als nun Vers auf Vers folgte, seine eiserne Natur bewältigt fühlte und seine Erinnerungen ihn in die Knabenjahre zurückversetzten, wo seine Ohren in den Pflanzungen der Kolonie gewohnt waren, ähnliche Lobgesänge zu vernehmen. Sein Auge begann sich zu feuchten; heiße Tränen rollten aus diesen, wie es schien, schon so lange trockenen Quellen und folgten einander über jene Wangen herab, die öfter Zeugen von den Stürmen des Himmels als von einer solchen Rührung gewesen waren. Die Sänger hielten eben einen jener tiefen dahinsterbenden Akkorde aus, welch das Ohr mit so gierigem Entzücken verschlingt, als ob es wüßte, daß es sie alsbald verlieren werde, da ließ sich in der äußern Luft ein Schrei vernehmen, der weder menschlichen noch überhaupt irdischen Ursprungs zu sein schien und nicht bloß die Winkel der Höhle, sondern selbst die innersten Herzen aller, die ihn vernahmen, durchdrang. Ihm folgte eine so tiefe Stille, als ob die Wasser durch eine so gräßliche und ungewohnte Unterbrechung in ihrem tobenden Laufe gehemmt worden wären.

»Was ist das?« flüsterte Alice nach einigen Augenblicken schrecklicher Ungewißheit.

»Was ist das?« wiederholte Heyward laut.

Weder Hawk-eye noch die Indianer gaben eine Antwort. Sie

horchten, als erwarteten sie, daß der Laut sich wiederholen werde, auf eine Weise, die ihr eigenes Erstaunen ausdrückte. Endlich unterhielten sie sich ernstlich in der delawarischen Mundart, und Unkas verließ, durch die innere und verborgenste Öffnung schreitend, vorsichtig die Höhle. Als er fort war, sprach der Kundschafter erst in englischer Sprache:

»Was es ist oder nicht ist, kann keiner hier sagen, obgleich zwei von uns die Wälder mehr denn dreißig Jahre durchzogen haben. Ich glaubte, es gäbe keinen Schrei, den ein Indianer oder ein Tier ausstoßen könne, welchen mein Ohr nicht schon vernommen hätte; dieser Ton aber hat bewiesen, daß ich nur ein eitler, eingebildeter Mensch gewesen bin!«

»War es denn nicht das Geschrei, das die Krieger erheben, wenn sie ihre Feinde zu schrecken wünschen?« fragte Kora, die dastand und ihren Schleier um sich schlug, mit einer Ruhe, deren ihre bestürzte Schwester völlig unfähig war.

»Nein, nein, das war ein schlimmes, ein erschreckliches Geschrei und tönte wie übermenschlich; wenn Ihr einmal den Schlachtruf hört, so werdet Ihr ihn nimmer mit was anderem verwechseln! Nun, Unkas«, fragte er den jungen Häuptling, welcher wieder in die Höhle trat, »was siehst du? Scheinen unsre Lichter durch die Vorhänge?«

Die Antwort war kurz und scheinbar entschieden, erfolgte aber in derselben Sprache.

»Da draußen ist nichts zu sehen«, fuhr Hawk-eye fort, indem er ärgerlich den Kopf schüttelte, »und unser Versteck liegt noch in Finsternis! Geht in die andere Höhle und sucht den Schlaf, ihr, die ihr dessen bedürft. Lange ehe die Sonne aufgeht, müssen wir auf den Beinen sein und den größten Teil des Wegs nach Edward hinter uns kriegen, während die Indianer noch ihre Morgenruhe halten.«

Kora ging mit gutem Beispiele voran, und zwar mit einer Festigkeit, welche die furchtsamere Alice von der Notwendigkeit zu folgen überzeugte. Ehe sie sich jedoch fortbegab, flüsterte sie Duncan die Bitte zu, daß er ihnen folgen möchte. Unkas hob den Vorhang, um sie durchzulassen, und als die Schwestern sich umwendeten, um ihm für diese Aufmerksamkeit zu danken, sahen sie, wie der Kundschafter wieder, sein Gesicht auf die Hände gestützt, vor der erlöschenden Glutasche saß, in einer Stellung, welche verriet, wie tief er über die unerklärliche Unterbrechung ihrer Abendandacht brütete. Heyward nahm einen Brand mit sich, der ein düsteres Licht durch die engen Räume ihres neuen Gemaches warf. Nachdem er ihn an einer vorteilhaften Stelle aufgesteckt hatte, trat er zu den Damen, welche jetzt, seitdem sie die freundlichen Bollwerke von Fort Edward verlassen hatten, sich zum ersten Male mit ihm allein befanden.

»Verlassen Sie uns nicht, Duncan«, sprach Alice, »wir können an einem Platz, wie dieser ist, nicht schlafen, da der schreckliche Schrei uns immer noch in den Ohren tönt.«

»Zuerst wollen wir die Sicherheit unserer Feste untersuchen«, antwortete er, »und dann vom übrigen sprechen.«

Er näherte sich am entfernteren Ende der Höhle einem Ausgang, der, wie die andern, durch eine dicke Decke verborgen war, und atmete, diese hinwegschiebend, die frische und belebende Luft des Wasserfalls. Ein Arm des Flusses floß durch eine tiefe, enge Schlucht, welche die Strömung gerade unter seinen Füssen durch den weichen Felsen gegraben hatte, und die, wie er glaubte, von dieser Seite den Ort gegen jede Gefahr verteidigte, da das Wasser nur wenige Ruten über ihnen mit größtem Ungestüm von Absatz zu Absatz schimmernd herabstürzte und alles mit sich fortreißen mußte.

»Die Natur hat auf dieser Seite ein undurchdringliches Bollwerk gebildet«, fuhr er fort, indem er auf den senkrechten Absturz in die dunkle Strömung hinabwies, bevor er den Vorhang fallen ließ, »und da Sie wissen, daß rechtliche, zuverlässige Männer auf der Vorderseite Wache halten, so sehe ich nicht ein, warum der Rat unsres ehrlichen Gastfreundes nicht befolgt werden sollte. Ich bin gewiß, Kora wird mir beistimmen, daß der Schlaf Ihnen beiden höchst notwendig ist.«

»Kora wird die Richtigkeit Ihrer Ansicht zugeben, aber sie kann sie nicht in Anwendung bringen«, entgegnete die ältere Schwester, welche sich neben Alice auf ein Lager von Sassafras niedergelassen hatte. »Es gäbe noch andere Dinge, die uns den Schlaf verscheuchten, wenn wir auch von dem Schrecken des unerklärlichen Schreies verschont geblieben wären. Fragen Sie sich selbst, Heyward, können Töchter sich aus dem Sinne schlagen, welche Angst einen Vater peinigen muß, dessen Kinder in einer solchen Wildnis, er weiß nicht, wo und wie, umherirren und von so vielen Gefahren umgeben sind?«

»Er ist Soldat, und weiß, was einem in den Wäldern alles begegnen kann.«

»Aber er ist Vater, und die Natur verleugnet ihre Rechte nie.«

»Wie nachsichtig er immer gegen all meine Torheiten gewesen ist! Mit welcher Zärtlichkeit er allen meinen Wünschen willfahrte!« seufzte Alice. »Es war selbstsüchtig von uns, Schwester, daß wir unter solchen Gefahren auf unsrem Besuche bestanden.«

»Es war vielleicht unbesonnen von mir, daß ich im Augenblick solcher Bedrängnis so dringend um seine Einwilligung bat; ich wollte ihm aber zeigen, daß, wie auch andere in seiner Not ihn vernachlässigen mögen, seine Kinder wenigstens mit Treue an ihm hängen.«

»Als er von Ihrer Ankunft im Fort Edward hörte«, sprach Heyward freundlich, »kämpfte es gewaltig in seinem Busen zwischen Furcht und Liebe; aber letztere, durch eine so lange Trennung womöglich noch erhöht, gewann bald die Oberhand. ›Der Geist meiner hochsinnigen Kora treibt sie, Duncan‹, sprach er, ›ich will nicht dawider sein.‹ Wollte Gott, daß er, der die Ehre unsres königlichen Gebieters hier zu schirmen hat, nur halb soviel Festigkeit besäße!«

»Und sprach er nicht auch von mir, Heyward?« fragte Alice mit der Eifersucht der Liebe. »Gewiß hat er seine kleine Elsie nicht ganz vergessen.«

»Das wäre unmöglich«, versetzte der junge Mann, »er gebrauchte tausend Liebkosungswörter, die ich nachzusprechen mir nicht herausnehme, deren Gerechtigkeit ich aber von Herzen erkenne. Einmal sagte er fürwahr –«

Duncan sprach nicht weiter: denn während seine Blicke auf Alices Augen geheftet waren, die sich mit der Innigkeit kindlicher Liebe zu ihm gewendet hatte, um seine Worte zu erhaschen, erfüllte derselbe starke, gräßliche Schrei wie zuvor die Luft und machte ihn verstummen. Ein langes atemloses Stillschweigen folgte, währenddessen sie einander anblickten, in ängstlicher Erwartung, daß der Ton sich wiederholen werde. Endlich erhob sich langsam die Decke, und der Kundschafter stand in der Öffnung mit einer Miene, deren Festigkeit sichtlich vor einem Geheimnisse wich, welches sie mit einer Gefahr zu bedrohen schien, gegen die seine List und Erfahrung nicht ausreichen mochte.

Siebentes Kapitel

– – – – Sie schlafen nicht.
Auf jenen Klippen dort seh' ich
Die schauerliche Rotte sitzen.
Gray

»Es hieße einer zu unserer Rettung gegebenen Warnung nicht folgen«, sprach Hawk-eye, »wenn wir länger in dem Verstecke blieben, während sich solche Töne in dem Walde hören lassen. Die zarten Frauen mögen beisammenbleiben; aber die Mohikaner und ich wollen auf dem Felsen Wache halten, wo uns, wie ich vermute, ein Major vom sechzigsten Regiment Gesellschaft zu leisten wünschen wird.«

»Ist denn die Gefahr so dringend?« fragte Kora.

»Er, der so seltsame Laute schafft und sie dem Menschen zur Warnung gibt, kennt allein unsere Gefahr. Gottloses Auflehnen gegen seinen Willen wäre es, wollte ich bei solchen Warnungen in der Luft mich in eine Höhle verkriechen. Selbst die schwache Seele, die ihre Tage versingt, ist durch den Schrei aufgestört worden: der Singmeister sagt, er sei bereit, in die Schlacht zu gehen. Wenn's nur 'ne Schlacht wäre, so verstünden wir uns alle darauf und würden leicht zurechtkommen; ich ließ mir aber sagen, wenn solche Töne sich zwischen Himmel und Erde vernehmen ließen, so deut' es auf eine andere Art von Krieg.«

»Wenn all unsere Gründe zur Furcht, mein Freund, sich nur auf Übernatürliches beschränken, so dürfen wir uns darob nicht so sehr beunruhigen«, versetzte die unerschrockene Kora. »Seid Ihr gewiß, daß unsere Feinde kein neues, sinnreiches Mittel gefunden haben, uns zu schrecken, um sich den Sieg zu erleichtern?«

»Lady«, sprach der Kundschafter feierlich, »ich habe seit dreißig Jahren auf alle Töne in den Wäldern gehört, als ein Mann, dessen Leben und Tod von der Schärfe seines Ohrs abhängt. Kein Winseln des Panthers, kein Pfeifen der Spottdrossel, keine Erfindung der teuflischen Mingos kann mich berükken! Ich hörte die Wälder wehklagen wie sterbliche Menschen in großen Nöten; oft habe ich der Musik des Windes gelauscht, wie er in den verschlungenen Ästen der Bäume sauste; habe den Blitzstrahl durch die Lüfte krachen hören gleich dem brennenden Holzstoß, der Funken und gezackte Flammen spie; nimmer aber hab' ich geglaubt, daß ich anderes hörte als Ihn, der mit den Werken seiner Hände spielt. Aber weder die Mohikaner noch ich, der ich ein Weißer von reiner Abkunft bin, vermag den soeben vernommenen Ton zu erklären. Wir glauben deshalb, daß es eine Weisung zu unserem Heile ist.«

»Etwas Außerordentliches ist es«, sprach Heyward, seine Pistolen von der Stelle nehmend, wohin er sie bei seinem Eintritt gelegt hatte, »mag es nun ein Zeichen des Friedens oder des Krieges sein, man muß darauf achten. Geht voran, mein Freund, ich folge Euch.«

Aus ihrem Versteck tretend, fühlten alle sogleich die wohltätige Stärkung ihres Geistes, indem sie die eingeschlossene Luft der Höhle mit der kühlen, stählenden Atmosphäre vertauschten, welche um die Wirbel und Spitzen des Wasserfalles säuselte. Ein starker Abendwind schwebte über der Oberfläche des Flusses und schien das Brausen der Wasserfälle in die Winkel ihrer eigenen Höhlen zu treiben, aus denen es schwer und ununterbrochen gleich dem rollenden Donner hinter entfernten Hügeln widertönte. Der Mond war aufgegangen, und sein Licht schimmerte bereits hier und da auf die Gewässer über ihnen. Der untere Teil des Felsens aber, wo sie standen, lag noch im Schatten. Außer den Tönen, welche die herabstürzenden Wasser hervorbrachten, und einem gelegentlichen Luftstoß, der an ihnen vorüberfuhr, war die Szene noch so ruhig, als Nacht und Finsternis sie machen konnten. Vergeblich waren aller Augen auf die entgegengesetzten Ufer gerichtet, um einige Lebenszeichen zu suchen, welche die Ursache der vernommenen Unterbrechung erklären konnten. Aber wenn ihre ängstlich forschenden Blicke das trügerische Licht nicht täuschte, fielen sie bloß auf nackte Felsen und hohe, unbewegliche Bäume.

»Hier ist nichts zu sehen als das Dunkel und die Ruhe einer lieblichen Nacht«, flüsterte Duncan. »Wie sehr würden wir in jedem andern Augenblick eine solche Szene in ihrer atemlosen Einsamkeit bewundern, Kora! Stellen Sie sich vor, Sie wären in Sicherheit und das, was jetzt vielleicht Ihren Schrecken vermehrt, dürfte dann vielleicht Ihren Genuß erhöhen!« –

»Horcht!« unterbrach Alice.

Die Aufforderung war unnötig. Noch einmal erscholl derselbe Laut, als ob er aus dem Flußbette käme und, aus den engen Klüften der Klippen brechend, durch die Wälder in entfernten und dahinsterbenden Kadenzen fortwogte.

»Kann einer«, fragte Hawk-eye, als sich das letzte Echo in den Wäldern verlor, »einem solchen Ton einen Namen geben, so spreche er: ich für meinen Teil glaube, daß er nicht der Erde angehört.«

»Hier ist jemand, der euch enttäuschen kann«, sprach Duncan. »Mir ist der Ton recht wohlbekannt, oft hab' ich ihn auf dem Schlachtfeld gehört und in Lagen, die sich im Soldatenleben nicht selten wiederholen. Es ist der schreckliche Angstschrei eines Pferdes im Todeskampf, oft durch Schmerz, zuweilen durch Angst ihm ausgepreßt. Mein Pferd ist entweder in den Krallen der Bestien des Waldes, oder es sieht die Gefahr, ohne ihr entrinnen zu können. Der Ton konnte mich täuschen, solange ich in der Höhle war, aber hier in freier Luft erkenne ich ihn zu gut, um mich zu irren.«

Der Kundschafter und seine Gefährten hörten diese einfache Erklärung mit der Aufmerksamkeit von Leuten an, die eine neue Idee begierig auffassen, sich aber zugleich noch nicht der alten, die ihnen unangenehm wird, entschlagen können. Die beiden letztern stießen ihr gewöhnliches, ausdrucksvolles »Hugh!« aus, als die Wahrheit des Gesagten ihnen einzuleuchten anfing, während der erstere nach kurzen Bedenken antwortete:

»Ich kann Euern Worten nicht widersprechen; denn ich verstehe mich wenig auf Pferde, obgleich ich in einem Lande geboren bin, wo man sie in Menge findet. Die Wölfe müssen über ihren Köpfen am Ufer umherschwärmen, und die furchtsamen Geschöpfe rufen den Menschen um Hilfe an, so gut sie können. Unkas« – hier sprach er delawarisch – »fahr' mit dem Kanu hinunter und wirf einen Feuerbrand auf das Pack; sonst tut die Furcht, was die Wölfe nicht tun können, und wir haben morgen keine Pferde, wo wir sie am nötigsten brauchen, um unsere Reise möglichst zu beschleunigen.«

Der junge Eingeborne war schon an das Wasser hinabgestiegen, um seinem Befehle zu folgen, als ein langes Geheul vom Ufer des Flusses sich hören ließ und sich schnell in die Tiefen des Waldes entfernte, als ob die Raubtiere, von plötzlichem Schrecken ergriffen, freiwillig ihre Beute im Stiche ließen. Unkas kam mit instinktmäßiger Eile zurück, und die drei Waldbewohner hielten wieder leise ihre ernstliche Beratung.

»Es ging uns wie den Jägern, welche die Richtungspunkte am Himmel verloren, und vor denen sich die Sonne den ganzen Tag verborgen hatte«, sprach Hawk-eye, von seinen Gefährten sich abwendend.

»Jetzt fangen wir wieder an, die Kennzeichen unseres Weges zu gewahren, und die Pfade sind von Dornen gereinigt. Setzt Euch in den Schatten, welchen der Mond von jenem Ufer her wirft – er ist dunkler als der von den Fichten – und laßt uns erwarten, was dem Herrn gefallen wird, über uns zu verfügen. Wir wollen einander nur noch zuflüstern, und vielleicht wäre es noch besser, wenn jeder eine Weile sich nur mit seinen eigenen Gedanken unterhielte.«

In dem Tone des Kundschafters lag hoher Ernst, aber ohne länger ein Zeichen unmännlicher Furcht zu verraten. Offenbar war seine augenblickliche Schwäche mit der Erklärung des Wunders, das seine eigene Erfahrung nicht ergründen konnte, verschwunden. Wenn er auch die Gefahr ihrer jetzigen Lage wohl erkannte, so war er doch bereit, ihr mit der ganzen Energie seines entschlossenen Charakters Trotz zu bieten. Dies Gefühl schienen auch die Eingebornen zu teilen: sie setzten sich so, daß sie beide Ufer überschauen konnten, während sie selbst der Beobachtung aus der Ferne entzogen waren. Unter solchen Umständen verlangte die gewöhnliche Klugheit Heywards und seiner Begleiter, eine Vorsicht nachzuahmen, die aus einer so verständigen Quelle floß. Der junge Mann holte aus der Höhle ein Bündel Sassafras, legte es in die Felsenspalte, welche sich zwischen beiden Höhlen befand, und hieß die Schwestern sich darauf niederlassen, die so durch die Felsen vor jederlei Geschoß geschützt waren, während man ihre Besorgnisse durch die Versicherung hob, daß keine Gefahr ohne vorherige Warnung herannahen könne. Heyward selbst stellte sich in ihre Nähe, so daß er mit ihnen sprechen konnte, ohne seine Stimme auf eine gefährliche Höhe zu erheben, während David, dem Beispiele der Waldmänner folgend, seine Person in den Spalten der Felsen auf eine solche Weise unterbrachte, daß seine unförmlichen Gliedmaßen dem Auge nicht länger anstößig waren.

So vergingen mehrere Stunden ohne weitere Unterbrechung. Der Mond erreichte sein Zenit und goß sein mildes Licht auf die lieblichen Gesichter der Schwestern, die einander in den Armen entschlummert waren. Duncan warf den weiten Schal Koras über ein Schauspiel, das er so gerne betrachtete, und suchte dann für sein eigenes Haupt ein Kissen auf dem Felsen. David begann, Töne hören zu lassen, die während des Wachens seine zarten Organe verletzt haben würden; kurz alle, außer Hawk-eye und den Mohikanern, versanken, vom Schlafe überwältigt, in einen Zustand der Bewußtlosigkeit. Aber die Wachsamkeit ihrer unermüdlichen Beschützer schlummerte nie. Unbeweglich wie der Fels, von dem sie einen Teil zu bilden schienen, lagen sie da, während ihre Augen unablässig an dem dunkeln Rande der Bäume umherschweiften, welche die nahen Ufer des engen Stromes begrenzten. Kein Laut entschlüpfte ihnen, und die schärfste Beobachtung konnte nicht entdecken, daß sie atmeten. Offenbar stützte sich diese außerordentliche Vorsicht auf eine Erfahrung, die keine List ihrer Feinde berükken konnte, und dauerte so lange ohne scheinbaren Erfolg, bis der Mond untergegangen war und ein blasser Lichtstreif über den Gipfeln der Bäume an einer Krümmung des Flusses weiter unten den Anbruch des Tages verkündigte. Jetzt rührte sich Hawk-eye zum erstenmal. Er kroch auf dem Felsen heran und rüttelte Duncan aus seinem tiefen Schlafe auf.

»Jetzt ist es Zeit, daß wir aufbrechen«, flüsterte er, »weckt Eure Frauen und haltet Euch bereit, in das Kanu zu steigen, wenn ich es an den Landungsplatz bringe!«

»Habt Ihr eine ruhige Nacht gehabt?« fragte Heyward. »Bei mir hatte, glaub' ich, der Schlaf übers Wachen gewonnen.«

»Alles ist still wie die Mitternacht. Schweigt, aber seid flink bei der Hand.«

Jetzt war Duncan völlig wach und hob sogleich den Schal über den schlafenden Mädchen weg. Bei dieser Bewegung fuhr Kora mit der Hand empor, als wollte sie ihn zurückstoßen, während Alice mit ihrer sanften, zarten Stimme flüsterte: »Nein, nein, lieber Vater, wir waren nicht verlassen, Duncan war bei uns!«

»Ja, liebliche Unschuld«, flüsterte der Jüngling, »Duncan ist hier, und solange er lebt oder Gefahr droht, wird *er* dich nie verlassen. Kora! Alice! Erwachet! Die Stunde zum Aufbruch ist da!«

Ein lauter Angstschrei der jüngern Schwester und der Anblick der ältern, die in wirrem Schrecken aufrecht vor ihm stand, war die unerwartete Folge seines Zurufs. Während die Worte noch auf Heywards Lippen schwebten, erhob sich ein so entsetzlicher Aufruhr gellenden Geheuls, daß er den schnellen Strom seines Bluts von seinem pochenden Laufe zu dem Herzen zurücktrieb. Es war, als ob alle Dämonen der Hölle die Luft um sie her erfüllten und ihre wildeste Laune in diesen barbarischen Tönen austoben wollten. Das Geschrei kam aus keiner besonderen Richtung, sondern erfüllte ringsumher die Wälder, und wie sich die bestürzten Horcher leicht einbildeten, selbst die Höhlen der Wasserfälle, die Felsen, das Bett des Flusses und die obere Luft. David erhob inmitten dieses höllischen Lärms seine hagere Gestalt und rief, indem er sich mit beiden Händen die Ohren zuhielt:

»Woher kommen diese Mißtöne? Ist die Hölle los, daß man solche Töne von Menschen vernimmt?«

Helle Blitze und schnellfolgender Knall von einem Dutzend Büchsen auf den entgegengesetzten Ufern des Stroms folgten dieser unvorsichtigen Bloßstellung seiner Person und streckten den armen Singmeister besinnungslos auf den Felsen nieder, auf dem er so lange geschlummert hatte.

Die Mohikaner erwiderten kühn das Entsetzen erregende Geheul ihrer Feinde, welche über Gamuts Fall ein wildes Triumphgeschrei erhoben. Die Blitze der Büchsen folgten sich jetzt schnell und ununterbrochen, aber beide Parteien waren zu erfahren, als daß sie auch nur ein Glied dem feindlichen Ziele bloßgestellt hätten. Duncan glaubte, daß sie sich jetzt nur noch durch Flucht retten könnten, und horchte mit ängstlicher Ungeduld, ob sich nicht Ruderschläge hören ließen. Der Strom erglänzte wie sonst in seinem raschen Lauf, aber das Kanu war auf seinen dunkeln Wassern nirgends zu sehen. Schon fing er an zu glauben, der Kundschafter habe sie im Stich gelassen, als aus dem Felsen unter ihm ein Flammenstrom hervordrang und ein wildes Geheul, mit einem Angstgestöhn vermischt, verkündete, daß der Todesbote, aus der verderblichen Waffe Hawkeyes entsendet, sein Opfer gefunden habe. Bei diesem leichten Verlust zogen sich die Angreifenden plötzlich zurück, und alles ward allmählich wieder so still, wie es vor dem plötzlichen Anfall gewesen war.

Duncan benutzte den günstigen Augenblick, zu Gamut zu eilen und ihn in den Schutz der schmalen Felsenspalte zu tragen, der die Schwestern beschirmte. In der nächsten Minute war die ganze Truppe auf diesem Punkte teilweiser Sicherheit versammelt.

»Der arme Schelm hat seinen Skalp gerettet«, sprach Hawk-eye, indem er kaltblütig mit der Hand über Davids Kopf fuhr, »aber es ist ein Beweis, daß ein Mensch mit einer zu langen Zunge auf die Welt kommen kann. – Es war eine Tollheit, auf einem nackten Felsen den wütenden Wilden sechs Fuß Fleisch und Blut zu zeigen. Ich wundere mich nur, daß er mit dem Leben davongekommen ist.«

»Ist er nicht tot?« fragte Kora mit einer Stimme, deren schwache Töne verrieten, wie mächtig in ihr natürliches Entsetzen mit angenommener Festigkeit kämpfte.

»Können wir dem unglücklichen Manne etwas helfen?«

»Nein, nein! Es ist noch Leben in ihm, und wenn er eine Weile geschlummert hat, wird er wieder zu sich kommen und in Zukunft desto klüger sein, bis sein letztes Stündlein einmal wirklich schlägt«, antwortete Hawk-eye, einen zweiten Seitenblick auf den unempfindlichen Körper werfend, während er sein Gewehr mit bewunderungswürdiger Gewandtheit wieder lud. »Bring' ihn hinein, Unkas, und leg' ihn auf den Sassafras. Je länger sein Schläfchen dauert, desto besser ist's für ihn; ich zweifle, ob ein Gestell wie das seinige auf diesem Felsen Schutz genug finden kann, und Singen tut nicht gut bei diesen Irokesen.«

»Ihr glaubt also, daß sich der Angriff erneuern werde?« fragte Heyward.

»Soll ich erwarten, daß ein hungriger Wolf seine Gier an einem Mundvoll sättige? Sie haben einen Mann verloren, und es ist ihre Art, sich zurückzuziehen, wenn sie Verlust erleiden oder ein Überfall mißlingt. Aber wir werden sie bald wiederhaben, mit neuen Listen, uns zu berücken und unsrer Schöpfe Herr zu werden. Unsere Hoffnung kann nur sein«, fuhr er fort, indem er sein rauhes Gesicht erhob, über das ein Schatten von Besorgnis gleich einer dunkeln Wolke zog, »den Felsen so lange zu halten, bis Munro uns Hilfe schickt.«

»Sie hören, Kora, was wir zu erwarten haben«, sprach Duncan, »daß wir alles von der Besorgnis und der Erfahrung Ihres Vaters zu hoffen haben. So kommen Sie denn mit Alice in die Höhle, wo Sie wenigstens vor den mörderischen Büchsen unsrer Feinde gesichert sind und unsrem unglücklichen Kameraden diejenige Hilfe leisten werden, die weibliches Mitleid Ihnen eingeben mag.«

Die Schwestern folgten ihm in die äußere Höhle, wo David durch Seufzer Zeichen seines zurückkehrenden Bewußtseins gab. Den Verwundeten ihrer Aufmerksamkeit empfehlend schickte Heyward sich an, sie sogleich zu verlassen.

»Duncan!« sprach Kora mit zitternder Stimme, als er den Ausgang der Höhle erreichte. Er wandte sich um und blickte auf Kora, deren Farbe einer tödlichen Blässe gewichen war, während ihre Lippe zitterte, als sie ihm mit einem Ausdruck von Teilnahme nachblickte, der ihn sogleich wieder an ihre Seite rief. »Erinnern Sie sich, Duncan, wie notwendig Ihre Sicherheit für die unsrige ist, – daß Ihnen ein Vater sein Liebstes anvertraut hat – wieviel von Ihrer Besonnenheit und Sorgfalt abhängt – kurz«, fügte sie hinzu, während das verräterische Blut ihre Züge überschlich und sie bis an die Schläfe mit einem glühenden Rot übergoß, »wie teuer Sie mit Recht allen sind, die den Namen Munro führen.«

»Könnte etwas meine Liebe zum Leben erhöhen«, sprach Heyward, indem sein Auge unwillkürlich auf die jugendliche Gestalt Alices sank, »so wäre es eine so gütige Versicherung. Als Major vom sechzigsten Regiment muß ich, wie Ihnen unser ehrlicher Wirt sagen wird, teil an dem Strauße nehmen; aber unsere Aufgabe wird leicht sein, wir haben bloß diese Bluthunde einige Stunden hinzuhalten.«

Ohne eine Antwort zu erwarten, verließ er die Schwestern und begab sich wieder zu dem Kundschafter und seinen Genossen, welche noch immer in der sichern Felsenspalte zwischen den zwei Höhlen lagen.

»Ich sage dir, Unkas«, sprach ersterer, als Heyward zu ihnen trat, »du nimmst zuviel Pulver, und der Stoß der Büchse verrückt dir das Ziel! Wenig Pulver, leichtes Blei und ein langer Arm verfehlen selten, dem Mingo den Todesschrei zu entreißen. Das hat mich die Erfahrung bei diesen Burschen gelehrt.

Kommt, Freunde, in unsre Verstecke: niemand kann sagen, wann und wo ein Maqua[16] einem zu Leibe geht.«

Stillschweigend begaben sich die Indianer auf ihre Posten in die Felsenspalten, von denen aus sie alle Zugänge zu dem Fuße der Wasserfälle beherrschten. Mitten auf der kleinen Insel hatten ein paar kurze und verkrüppelte Fichten Wurzel geschlagen und ein Dickicht gebildet, in welches Hawk-eye, von dem rüstigen Duncan begleitet, mit der Schnelligkeit eines Hirsches sprang. Hier versteckten sie sich, so gut es ging, hinter dem Gestrüpp und Felsblöcken, die zerstreut auf dem Platze umherlagen. Über ihnen erhob sich ein kahler, runder Felsen, an dessen beiden Seiten das Wasser, wie schon erwähnt worden, seine lustigen Sprünge machte und dann in die Abgründe stürzte. Als der Tag anbrach, boten die Gegenufer nicht mehr nur verworrene Umrisse: man konnte in die Wälder sehen und unter dem Laubdach der dunkeln Fichten die einzelnen Gegenstände unterscheiden.

Eine lange und unruhige Wache folgte, ohne daß ein Umstand auf einen erneuten Angriff schließen ließ, und Duncan gab sich schon der Hoffnung hin, daß ihr Feuer verderblicher gewesen sei, als sie vermuteten, und ihre Feinde wirklich zurückgetrieben habe. Als er diese Meinung gegen seinen Nebenmann äußerte, schüttelte Hawk-eye ungläubig den Kopf.

»Ihr kennt den Maqua nicht, wenn Ihr glaubt, daß er sich so leichten Kaufs ohne Skalp zurückschlagen lasse!« antwortete er. »Wenn diesen Morgen auch nur einer dieser Teufel sein Geheul erhob, waren doch ihrer vierzig dabei, und sie kennen unsere Zahl und unsere Lage zu wohl, um die Jagd so bald aufzugeben. St! Seht nach dem Wasser dort oben, gerade wo es sich über den Felsen stürzt! Ich will kein Mensch sein, wenn die satanischen Wagehälse nicht bis zur Spitze herabschwimmen, und wenn es unser Unstern so haben will, so haben sie die Vorderseite der Insel bereits erreicht! St! ruhig, Freund, oder das Haar ist von Eurem Schädel weg, wie man ein Messer rückt!«

Heyward hob den Kopf aus seinem Versteck empor und schaute, was er mit Recht für ein Wunder von Geschick und Kühnheit halten mußte. Der Fluß hatte die Ecke des weichen Felsens so weit abgespült, daß sein erster Absatz nicht so abschüssig und senkrecht war, als es bei Wasserfällen gewöhnlich ist. Ohne einen andern Führer als die Strömung des Flusses, die nach der Spitze des Eilandes ging, hatte sich ein Teil dieser rachsüchtigen Feinde herangewagt und war auf diese Spitze zugeschwommen, von wo aus sie im glücklichen Falle den ausersehenen Schlachtopfern zu Leibe konnten.

Kaum hatte Hawk-eye aufgehört zu sprechen, als sich vier Menschenköpfe über ein paar Stämmen Treibholz zeigten, die sich an diesen nackten Felsen angelegt und die Wilden wahrscheinlich auf den Gedanken an die Ausführbarkeit des gefahrvollen Unternehmens gebracht hatten. Im nächsten Augenblick erschien noch ein fünfter an dem grünen Rande des Wasserfalls, ein wenig weiter von der Insel entfernt. Der Wilde kämpfte aus allen Kräften, die Sicherheitsspitze zu erreichen; von den glänzenden Wellen begünstigt, streckte er schon einen Arm nach seinen Gefährten aus, die ihn herbeiziehen wollten, als er, von der wirbelnden Strömung fortgerissen, mit aufgehobenen Armen und starren Augen emporzuschießen schien und mit einem plötzlichen Sturz in den tiefen, gähnenden Abgrund, über dem er geschwebt, hinunterstürzte. Ein einziger wilder Schrei der Verzweiflung erscholl aus dem Schlunde, und alles war wieder so still wie ein Grab.

Im ersten Drange des Edelmuts wollte Duncan zur Rettung des hilflosen Unglücklichen herbeieilen, fühlte sich aber durch den eisernen Griff des unbeweglichen Kundschafters festgehalten. »Wollt Ihr uns einem gewissen Tode entgegenführen und den Mingos verraten, wo wir verborgen liegen?« fragte Hawk-eye ernst. »'s ist uns eine Ladung Pulver erspart, und Munition wird uns jetzt so nötig, als einem gewürgten Wilde der Atem! Schüttet frisches Pulver auf die Zündpfanne Eurer Pistolen – der Nebel vom Wasserfall verdirbt gern den Schwefel – und haltet Euch zum Handgemenge bereit, während ich feure.«

Nach diesen Worten fuhr er mit einem Finger in den Mund und tat einen langen, schrillen Pfiff, der von den Felsen aus, wo die Mohikaner Wache hielten, beantwortet wurde. Duncan erblickte, als dieses Zeichen in der Luft erscholl, auf einen Augenblick über den zerstreuten Treibholzstämmen Köpfe, die aber ebenso plötzlich, als sie sich gezeigt hatten, wieder verschwunden waren. Ein leises Rascheln richtete seine Aufmerksamkeit nach hinten, und seinen Kopf wendend, erblickte er Unkas, der zu ihm herangekrochen kam. Hawk-eye sprach mit ihm in delawarischer Sprache, worauf der junge Häuptling mit besonderer Vorsicht und unerschütterlicher Kaltblütigkeit seine Stellung einnahm. Für Heyward war dies ein Augenblick fieberischer, ungeduldiger Erwartung; der Kundschafter hielt es aber für eine passende Gelegenheit, seinem jüngeren Kampfgenossen eine Vorlesung über den vorsichtigen Gebrauch des Feuergewehrs zu halten.

»Unter allen Waffen«, begann er, »ist die Büchse mit langem Lauf, wenn sie gut gebohrt und von weichem Metall ist, in geschickten Händen die gefährlichste, braucht aber einen starken Arm, ein scharfes Auge und viel Geschick beim Laden, um alle ihre Schönheiten zu zeigen. Die Büchsenmacher verstehen sich nur schlecht auf ihr Handwerk, wenn sie ihre Vogelflinten und Karab –«

Er ward unterbrochen durch das leise, aber ausdrucksvolle »Hugh« des Unkas.

»Ich sehe sie, Junge, ich sehe sie!« fuhr Hawk-eye fort, »sie sammeln sich zum Angriff, sonst würden sie ihre braunen Rükken unter dem Treibholze halten. Nun, laßt sie nur«, fuhr er fort, seinen Büchsenstein prüfend, »der Vordermann wenigstens läuft seinem Tod in die Arme, und wenn es Montcalm selbst wäre!«

In diesem Augenblick wurden die Wälder von einem abermaligen Geschrei erfüllt, und auf dieses Zeichen sprangen vier Wilde aus dem Verstecke des Treibholzes hervor. Heyward empfand eine brennende Begierde, ihnen entgegenzustürzen, so mächtig wirkte die Ungeduld des Augenblicks; aber er wurde durch das Beispiel der Besonnenheit von seiten des Kundschafters und Unkas' zurückgehalten. Als ihre Feinde über die schwarzen Felsen, die sie trennten, in hohen Sprüngen mit dem wildesten Geheul daherstürzten und nur noch wenige Ruten entfernt waren, erhob sich Hawk-eyes Büchse langsam unter dem Gestrüpp und entlud ihren Inhalt. Der vorderste Indianer machte einen Sprung wie ein angeschossener Hirsch und stürzte häuptlings in die Felsenklüfte der Insel.

»Jetzt, Unkas!« rief der Kundschafter, sein langes Messer ziehend, während seine Augen vor Kampflust glühten, »nimm den letzten der heulenden Satane; der andern zwei sind wir gewiß!« Unkas tat, wie ihm befohlen wurde, und nur noch zwei Feinde blieben übrig. Heyward hatte eine seiner Pistolen Hawk-eye gegeben, und sie stürzten zusammen die kleine Anhöhe hinab, ihren Feinden entgegen. Zu gleicher Zeit gaben sie Feuer, aber beide ohne Erfolg.

»Das wußt' ich und hab' es vorausgesagt!« murmelte der Kundschafter, indem er die verachtete kleine Waffe mit bitterem Hohn in den Wasserfall hinabwarf. »Kommt, ihr blutgierigen Höllenhunde! Ihr kriegt einen Gegenmann von unverfälschtem Blut!«

Kaum hatte er diese Worte gesprochen, so war er mit einem Wilden von gigantischem Wuchs und wutschnaubender Miene im Kampf. In demselben Augenblick fand sich Duncan von dem zweiten angegriffen und war mit ihm in Handgemenge. Mit gleicher Gewandtheit hatten Hawk-eye und sein Gegner einander die aufgehobene, mit dem tödlichen Messer bewaffnete Hand aufgefangen. Fast eine Minute standen sie da, einander starr ins Auge blickend und alle Muskelkraft anstrengend, um obzusiegen. Endlich gewannen die zähen Sehnen des Weißen über die Glieder des weniger geübten Eingebornen die Oberhand. Der Arm des letztern wich allmählich der wachsenden Kraft des Kundschafters, welcher plötzlich die bewaffnete Hand dem Griff des Feindes entriß und die scharfe Waffe ihm durch die nackte Brust in das Herz stieß. Mittlerweile war Heyward in einem noch gefahrvolleren Kampf begriffen. Sein schwacher Degen war bei dem ersten Angriff zerbrochen. Da er jetzt jedes andern Verteidigungsmittels beraubt war, so hing seine Rettung ganz von seiner Körperstärke und Entschlossenheit ab. Obgleich es ihm an keiner von beiden fehlte, hatte er doch einen Feind gefunden, der ihm durchaus gewachsen war. Glücklicherweise gelang es ihm bald, seinen Gegner zu entwaffnen, dessen Messer auf den Felsen zu ihren Füßen hinfiel. Von diesem Augenblick an entstand ein wildes Ringen, welcher von beiden den andern von der schwindelnden Höhe in den nahen Abgrund des Wasserfalls hinabzustürzen vermöchte. Jeder Erfolg des einen oder andern brachte sie dem Rande näher, wo, wie Duncan wohl einsah, die letzte Anstrengung über den Sieg entscheiden mußte. Jeder der Ringenden bot alle seine Kräfte auf, und jeder neue Versuch brachte sie dem Rande des Absturzes näher. Heyward fühlte den Griff des andern an seiner Kehle und las in seinem wilden Lächeln die rachsüchtige Hoffnung, daß der Feind dem gleichen Schicksale entgegengehe. Da fühlte er, wie sein Körper einer unwiderstehlichen Kraft zu unterliegen begann; der junge Mann empfand die flüchtige Todesangst eines solchen Augenblicks in ihrer ganzen Furchtbarkeit. In dieser höchsten Gefahr fuhren plötzlich eine dunkle Hand und ein glänzendes Messer zwischen ihn und den Gegner. Der Indianer ließ los, als das Blut in vollen Strömen um die durchschnittenen Sehnen seines Handgelenks floß. Unkas' rettender Arm riß Duncan zurück, während sein entzücktes Auge noch auf den wilden, verzweiflungsvollen Zügen seines Feindes ruhte, der rettungslos in den vernichtenden Abgrund stürzte.

»Ins Versteck! ins Versteck!« schrie Hawk-eye, der soeben seinen Gegner abgefertigt hatte, »ins Versteck, wenn Euer Leben Euch lieb ist! Die Arbeit ist nur halb getan!«

Der junge Mohikaner erhob ein lautes Triumphgeschrei und glitt, von Duncan gefolgt, die Anhöhe hinan, von der sie zum Kampfe herabgekommen waren, nach dem freundlichen Schutze der Felsen und Gesträuche zurück.

Achtes Kapitel

– – Sie säumen noch,
Die Rächer ihres Heimatlandes.
Gray

Der Warnungsruf des Kundschafters war nicht überflüssig. Während der soeben geschilderte mörderische Kampf stattfand, wurde das Brausen des Wasserfalls durch keinen menschlichen Laut unterbrochen. Es war, als ob die Teilnahme am Verlaufe desselben die Eingebornen am Gegenufer in atemloser Erwartung erhalten hätte, während die schnellen Bewegungen und der plötzliche Wechsel in den Stellungen der Kämpfenden wirklich nicht erlaubten, Feuer zu geben, da es dem Freunde wie dem Feinde gefährlich werden konnte. Sobald aber der Kampf entschieden war, erhob sich ein so wildes, stürmisches Geheul, wie es nur immer Wut und Rachsucht hervorbringen können. Es folgten unaufhörliche Blitze aus den Büchsen, die ihre bleiernen Todesboten in vollen Ladungen über die Felsen entsandten, als ob die Angreifenden an der leblosen Szene des verderblichen Kampfes ihre ohnmächtige Wut auslassen wollten.

Stete, besonnene Erwiderung gab die Büchse Chingachgooks, der während des ganzes Straußes seinen Posten mit unerschütterlicher Entschlossenheit behauptete. Als Unkas' Siegesgeschrei in seine Ohren drang, antwortete der erfreute Vater mit einem einzigen Ruf, worauf seine geschäftige Büchse allein bewies, daß er seinen Posten noch mit unermüdetem Eifer verteidigte. Auf diese Weise flogen viele Minuten mit der Schnelligkeit eines Gedanken vorüber, während die Büchsen der Angreifenden bald in ganzen Salven, bald in vereinzelten Schüssen sich hören ließen. Obgleich der Fels, die Bäume und die Gesträuche rings um die Belagerten an hundert Stellen zerschossen und zerrissen wurden, so war doch ihr Versteck so fest, und die Verteidiger gebrauchten so große Vorsicht, daß David bis jetzt in der kleinen Truppe der einzige Verwundete war.

»Laßt sie ihr Pulver verschießen«, sprach der besonnene

Kundschafter, während Kugel an Kugel an der Stelle, wo er in Sicherheit lag, vorüberpfiff; »da wird's viel Blei aufzulesen geben, wenn's vorüber ist, und ich denke, die Kobolde kriegen das Spiel noch eher satt, als die alten Steine da um Pardon bitten werden! Aber Unkas, Junge, du verschwendest ja nur Pulver, wenn du so stark lädst: eine Büchse, die stößt, schießt nie 'ne sichre Kugel. Ich sagte dir, du solltest den vertrackten Springer unter dem weißen Strich an seinem Schlachtschmucke nehmen; wenn deine Kugel nur um ein Handbreit höher gegangen wäre, aber so ging sie ja zwei Zoll weiter hinauf. Der Sitz des Lebens liegt tief bei einem Mingo, und Menschlichkeit gebeut, der Schlangenbrut ein baldiges Ende zu machen.«

Ein ruhiges Lächeln erheiterte die stolzen Züge des jungen Mohikaners und verriet, daß er sowohl die englische Sprache als auch die Meinung des andern wohl verstehe, aber er ertrug die Zurechtweisung, ohne darauf zu erwidern oder sich zu verteidigen.

»Ich kann nicht zugeben, daß Ihr Unkas Mangel an Scharfblick und Geschick schuld geben wollt«, sprach Duncan, »er hat mir auf die kaltblütigste und bereitwilligste Weise von der Welt das Leben gerettet und sich einen zum Freund gemacht, den man nie daran zu erinnern haben wird, was er ihm schuldig ist!«

Unkas erhob sich etwas, um Heywards dargebotene Hand zu drücken. Während dieser Freundschaftsbeweise wechselten die beiden jungen Männer Blicke der Verständigung, welche Duncan die Stellung und die Verhältnisse seines wilden Genossen vergessen ließen. Hawk-eye, welcher diesen Ausbruch jugendlicher Gefühle kalt, aber nicht unfreundlich mitangesehen hatte, erwiderte unterdessen:

»Das Leben ist ein Ding, für das sich Freunde in der Wildnis oft verpflichtet sind. Ich darf wohl sagen, daß ich Unkas schon mehrere Male diesen Dienst geleistet habe, und erinnere mich recht wohl, daß auch er zu fünf verschiedenen Malen zwischen mir und dem Tod gestanden hat. Dreimal im Kampfe mit den Mingos, einmal, da wir über den Horican gingen, und –«

»*Diese* Kugel war besser gezielt als gewöhnlich!« rief Duncan, indem er unwillkürlich vor einem Schusse zurückfuhr, der an dem Felsen neben ihm mit Heftigkeit abgeprallt war.

Hawk-eye griff nach dem formlosen Metall und schüttelte

bei der Untersuchung den Kopf. »Fallendes Blei«, sprach er, »drückt sich nie platt. Wenn's aus den Wolken käme, ließ' ich mir's gefallen!«

Aber Unkas' Büchse richtete sich bedächtig gen Himmel und wies den Augen seiner Nachbarn einen Punkt, der das Geheimnis sogleich enthüllte. Eine mächtige Eiche stand auf dem rechten Ufer des Flusses, ihnen beinahe gegenüber, und neigte sich, den freien Luftraum suchend, so weit herüber, daß ihre obern Äste jenen Arm des Stromes überhingen, der an ihrem eigenen Ufer floß. Unter dem obersten Laubwerk, das die knorrigen, verwitterten Äste nur spärlich bedeckte, hatte sich ein Wilder eingenistet, den der Stamm des Baumes teilweise verbarg, teilweise aber sichtbar machte, als er auf sie herabblickte, um zu sehen, welche Wirkung sein verräterischer Schuß hervorgebracht habe.

»Diese Satane werden am Ende noch den Himmel ersteigen, um uns zugrunde zu richten«, sprach Hawk-eye. »Halt ihn im Schach, Junge, bis ich den Wildtöter zum Schusse bringen kann und wir ihm sein Blei von beiden Seiten des Baumes wieder heimgeben.«

Unkas wartete, bis der Kundschafter das Signal gab. Die Büchsen blitzten, Blätter und Rinde der Eiche flogen in die Luft und wurden vom Winde zerstreut; der Indianer aber erwiderte ihren Angriff mit einem höhnischen Gelächter und antwortete ihnen mit einer zweiten Kugel, welche Hawk-eye die Mütze vom Kopfe schlug. Noch einmal erscholl das wilde Geheul aus den Wäldern, und ein Hagel von Kugeln pfiff über die Köpfe der Belagerten hin, als wollten sie diese an dem Orte zusammenhalten, wo sie ein leichtes Opfer des unternehmenden Kriegers werden mußten, der seinen Standpunkt auf dem Baume genommen hatte.

»Da muß geholfen werden!« sagte der Kundschafter, mit unruhigem Auge um sich blickend. »Unkas, ruf deinen Vater: wir brauchen alle unsre Waffen, um die zähe Raupenbrut von ihrem Aste herabzuschütteln.«

Das Signal ward sogleich gegeben, und ehe Hawk-eye seine Büchse zum zweiten Male geladen hatte, war Chingachgook bei ihnen. Als der Sohn dem erfahrnen Krieger die Stellung des gefährlichen Feindes gezeigt hatte, entfuhr der gewöhnliche Ausruf: »Hugh« seinen Lippen; weiter ließ er kein Zeichen der

Verwunderung oder der Besorgnis vernehmen. Hawk-eye und die Mohikaner berieten einige Augenblicke ernstlich in delawarischer Sprache; dann nahmen sie ruhig ihre Posten ein, um den eilig verabredeten Plan in Ausführung zu bringen.

Der Krieger auf der Eiche hatte von dem Augenblick seiner Entdeckung an ein ununterbrochenes, aber unwirksames Feuer unterhalten. Die Wachsamkeit seiner Feinde erlaubte ihm jedoch nicht, genau zu zielen, da ihre Büchsen sogleich alles, was von ihm sichtbar ward, sich zum Ziele nahmen: immer jedoch fuhren seine Kugeln mitten unter die lauernden Verteidiger. Heywards Kleider, die ihn vor den andern sichtbar machten, wurden wiederholt getroffen, und einmal floß sogar Blut aus einer leichten Wunde am Arme.

Endlich versuchte der Hurone, durch die lange und beharrliche Wachsamkeit seiner Feinde verwegen gemacht, besser und genauer zu zielen. Das scharfe Auge der Mohikaner entdeckte durch das dünne Laubwerk wenige Zoll von dem Stamme des Baumes die dunklen Umrisse seiner Beine, welche er unvorsichtigerweise bloßgestellt hatte. Ihre Büchsen feuerten gemeinschaftlich; da sank er auf sein verwundetes Bein zusammen, so daß ein Teil seines Leibes zum Vorschein kam. Mit Blitzesschnelle benützte Hawk-eye diesen Vorteil und feuerte sein Gewehr nach dem Gipfel der Eiche ab. Die Blätter bewegten sich ungewöhnlich, die gefährliche Büchse fiel von der Höhe herab, und nach wenigen Minuten vergeblicher Anstrengung zeigte sich die Gestalt des Wilden, in der Luft schwebend, während er noch einen knorrigen nackten Ast des Baumes verzweiflungsvoll umklammert hielt. »Gebt ihm – um Gottes willen! gebt ihm noch eine Kugel!« rief Duncan, seine Augen abwendend vor Grauen über das Schauspiel, ein Mitgeschöpf in solch entsetzlicher Todesangst zu sehen.

»Kein Korn!« rief der harte Hawk-eye, »sein Tod ist gewiß, und wir müssen das Pulver sparen: Kämpfe mit Indianern dauern oft ganze Tage; 's gilt ihren oder unsern Skalpen, und Gott, der uns erschaffen, hat in unsere Natur den Wunsch gelegt, die Haut auf dem Kopfe zu behalten!« Gegen diese strenge und unbeugsame Moral, die noch durch eine so handgreifliche Politik unterstützt wurde, ließ sich nichts einwenden. Von diesem Augenblick an verstummte das Geheul in den Wäldern wieder, das Feuer hörte auf, und aller Augen, der Freunde sowohl als der Feinde waren auf die hoffnungslose Lage des Unglücklichen gerichtet, der zwischen Himmel und Erde schwebte. Sein Körper wurde vom Winde hin und her getrieben, und obwohl dem Schlachtopfer kein Ächzen oder Stöhnen entfuhr, so gab es doch Augenblicke, wo er grimmige Blicke auf seine Feinde herniederschoß, und die Angst kalter Verzweiflung malte sich trotz der Entfernung sehr deutlich auf seinen schwärzlichen Zügen. Dreimal hob der Kundschafter mitleidig seine Büchse, und dreimal gewann es die Klugheit über sein Gefühl: schweigend senkte er sie wieder. Endlich ließ der Hurone eine Hand los, erschlafft sank sie an seine Seite herab. Eine verzweiflungsvolle fruchtlose Anstrengung, den Ast wieder zu fassen, folgte, und man sah, wie er einen flüchtigen Augenblick in der leeren Luft umhergriff. Blitzschnell fuhr ein Schuß aus Hawk-eyes Büchse, die Glieder des Schlachtopfers zitterten und zogen sich krampfhaft zusammen, das Haupt sank herab auf die Brust, und wie ein Bleiklumpen stürzte die Leiche in die schäumenden Wasser. Das Element schloß sich über ihm mit rastlosem Ungestüm, und jede Spur des unglücklichen Huronen war auf immer verschwunden.

Kein Siegesruf folgte dem wichtigen Vorteil, selbst die Mohikaner starrten einander mit schweigendem Entsetzen an. Ein einziger Schrei erscholl aus dem Wald, und alles war wieder still. Hawk-eye, der allein noch die Besinnung behalten zu haben schien, schüttelte den Kopf über seine augenblickliche Schwäche und machte sich laute Vorwürfe darüber.

»'s war die letzte Ladung in meinem Horn und die letzte Kugel in meiner Tasche; das hieß wie ein Knabe gehandelt! Was lag daran, ob er tot oder lebendig auf den Felsen fiel? Mit dem Fühlen wär's bald vorbei gewesen. Unkas, Junge, geh' hinab in das Kanu und bring' das große Horn; es ist alles Pulver, das wir noch haben, und wir brauchen's bis auf das letzte Korn, oder ich kenne die Mingos nicht.«

Der junge Mohikaner willfahrte und verließ den Kundschafter, der den unnützen Inhalt seiner Tasche durchsuchte und sein leeres Horn mit erneuter Unzufriedenheit schüttelte. Von dieser unerfreulichen Untersuchung schreckte ihn jedoch bald ein lauter, durchdringender Schrei aus Unkas' Mund auf, der selbst Duncans ungeübtem Ohr wie die Botschaft eines neuen, unerwarteten Unfalls klang. Da jeder Gedanke seiner Seele nur auf den kostbaren, ihm anvertrauten, in der Höhle verborgenen Schatz gerichtet war, so fuhr der junge Mann auf, unbekümmert um die Gefahr, der er sich aussetzte. Wie von gleichem Drange getrieben, ahmten auch seine Begleiter diese Bewegung nach und stürzten zu der freundlichen Kluft mit einem Ungestüm, welches das zerstreute Feuer ihrer Feinde vollkommen unschädlich machte. Der ungewohnte Schrei zog auch die Schwestern mit dem verwundeten David aus ihrem Zufluchtsorte herbei, und ein einziger Blick machte sie mit dem Unstern bekannt, der selbst die kalte Ruhe ihres jungen indianischen Beschützers aus dem Gleichgewichte brachte.

In geringer Entfernung von dem Felsen sah man ihre kleine Barke durch den Strudel in der schnellen Strömung des Flusses auf eine Weise dahintreiben, welche darauf schließen ließ, daß ihr Lauf durch eine verborgene Kraft gelenkt werde. Sobald dieser unwillkommene Anblick sich dem Auge des Kundschafters darbot, griff er instinktmäßig nach seiner Buchse, aber der Lauf entsprach den sprühenden Funken des Steines nicht.

»Es ist zu spät, 's ist zu spät!« rief Hawk-eye, indem er mit bitterem Unmut die Waffe sinken ließ, »der Schurke hat die Strömung gewonnen, und hätten wir auch Pulver, so könnt' es kaum die Kugel schneller jagen, als er jetzt forttreibt!«

Der wagehalsige Hurone hob jetzt den Kopf über die Wandung des Kanus empor, winkte, während er pfeilschnell in der Strömung dahinglitt, mit der Hand und stieß einen Schrei aus, der das wohlbekannte Zeichen eines glücklichen Erfolges war. Sein Ruf wurde durch gellendes Geheul und höhnendes Gelächter aus den Wäldern beantwortet, das so boshaft klang, als ob fünfzig böse Geister ihre Lästerungen über den Fall einer Christenseele ausstießen.

»Ihr habt gut lachen, ihr Höllenkinder!« sprach der Kundschafter, indem er sich auf den Vorsprung eines Felsens setzte, und die Büchse nachlässig zu seinen Füßen fallen ließ; »die drei schärfsten und besten Flinten in diesen Wäldern sind jetzt nicht mehr wert als drei Wollkrautstengel oder ein vorjähriges Rehgeweih!«

»Was ist zu tun?« fragte Duncan, bei welchem der Eindruck getäuschter Hoffnung dem männlichen Verlangen nach Anstrengung gewichen war, »was wird aus uns werden?«

Hawk-eye fuhr statt der Antwort auf eine so bezeichnende

Weise mit dem Finger um seinen Schädel, daß seine Herzensmeinung von niemand bezweifelt werden konnte.

»Gewiß, gewiß steht es mit uns noch nicht so verzweifelt«, rief der junge Mann, »die Huronen sind nicht hier; wir können die Höhlen verteidigen, uns ihrer Landung widersetzen.«

»Mit was?« fragte kaltblütig der Kundschafter. »Mit Unkas' Pfeilen? Oder mit Weibertränen? Nein, nein: Ihr seid jung und reich und habt Freunde; in solchem Alter ist es freilich hart zu sterben! Aber«, hier warf er einen Blick auf die Mohikaner, »laßt uns bedenken, daß wir Männer reiner Abkunft sind, und diese Eingebornen der Wälder lehren, daß weißes Blut so frei als rotes fließen kann, wenn die bestimmte Stunde gekommen ist.«

Duncan wandte sich schnell nach der Richtung, die ihm des andern Augen gaben, und las eine Bestätigung seiner schlimmsten Besorgnisse in dem Benehmen der Indianer.

Chingachgook setzte sich mit würdevoller Haltung auf ein anderes Felsstück, hatte bereits sein Messer und seinen Tomahawk beiseite gelegt und war im Begriff, die Adlerfeder vom Haupte zu nehmen und seinen Haarschopf für den letzten, empörenden Dienst in Ordnung zu bringen. Seine Miene war ruhig, obgleich nachdenklich, während das Feuer seiner dunkeln, glühenden Augen allmählich in einen Ausdruck überging, der für das Schicksal, das er im nächsten Augenblick erwartete, mehr geeignet war.

»Unsere Lage kann noch nicht so hoffnungslos sein!« sprach Duncan, »selbst in diesem Augenblick ist uns vielleicht Hilfe nah. Ich sehe keine Feinde; sie sind offenbar des Kampfes müde, in dem sie so viel wagen und so wenig Aussicht zum Gewinne haben.«

»Es steht eine Minute, vielleicht eine Stunde an, so stehlen sich die listigen Schlangen heran, und es ist ganz in ihrer Art, daß sie in diesem Augenblicke schon innerhalb Hörweite sind«, sprach Hawk-eye, »aber kommen werden sie, und in einer Weise, die uns nichts mehr hoffen läßt! – Chingachgook« – hier sprach er delawarisch – »mein Bruder, wir haben unsern letzten Kampf zusammen gekämpft, und die Maquas werden triumphieren über den Tod des weisen Mannes der Mohikaner und des Blaßgesichtes, dessen Auge Nacht zu Tag und Wolken zu Frühlingsnebeln machen kann!«

»Laß die Mingoweiber über ihre Erschlagenen weinen!« entgegnete der Indianer mit charakteristischem Stolz und unerschütterlicher Festigkeit; »die Große Schlange der Mohikaner hat sich in ihren Wigwams aufgerollt und ihren Triumph mit den Wehklagen der Kinder vergiftet, deren Väter nicht mehr zurückgekehrt sind! Elf Krieger liegen von den Gräbern ihres Stammes entfernt, seit der Schnee geschmolzen ist, und niemand kann sagen, wo sie zu finden sind, wenn Chingachgooks Zunge verstummt! Laß sie ihr schärfstes Messer ziehen und ihren flinksten Tomahawk schwingen: denn ihr bitterster Feind ist unter ihren Händen. Unkas, letzter Zweig eines edlen Stammes, rufe den Memmen, daß sie sich beeilen, sonst erweichen ihre Herzen, und sie werden zu Weibern!«

»Sie suchen unter den Fischen nach ihren Toten!« antwortete die leise, sanfte Stimme des jugendlichen Häuptlings, »die Huronen schwimmen mit den schleimigen Aalen. Sie fallen von den Eichen, wie die Frucht, reif zum Essen! und die Delawaren lachen!«

»Ja, ja«, murmelte der Kundschafter, welcher diesen eigentümlichen Herzensergießungen mit größter Aufmerksamkeit zugehört hatte, »sie haben ihr indianisches Herz erwärmt und werden bald die Maquas auffordern, ein baldiges Ende mit ihnen zu machen. Was mich betrifft, der ich das reine Blut der Weißen in mir trage, ich muß sterben, wie es meiner Farbe ziemt, mit keinem Scheltwort im Munde und keiner Bitterkeit im Herzen!«

»Warum aber sterben?« fragte Kora, von der Stelle vortretend, wo sie bis auf diesen Augenblick natürlicher Schreck unter dem Schutze des Felsens gehalten hatte. »Flieht in die Wälder und ruft Gott um Beistand an! Geht, wackere Männer, wir verdanken euch bereits zuviel und wollen euch nicht länger an unser unglückliches Schicksal fesseln.«

»Da kennt Ihr die List der Irokesen wenig, Lady, wenn Ihr glaubt, daß sie uns den Weg in die Wälder offengelassen haben«, versetzte Hawk-eye, fügte jedoch gleich darauf in seiner schlichten Weise hinzu: »Die Strömung würd' uns freilich bald aus dem Bereiche ihrer Büchsen oder Stimmen bringen.«

»So versucht es mit dem Fluß! Warum noch säumen und die Zahl der Opfer unsrer erbarmungslosen Feinde vermehren?«

»Warum?« wiederholte der Kundschafter, stolz um sich blikkend, »weil es einem Manne besser ziemt, im Frieden mit sich selbst zu sterben, als von bösem Gewissen gepeinigt zu leben! Welche Antwort sollten wir Munro geben, wenn er uns fragt, *wo* und *wie* wir seine Kinder verlassen hätten?«

»Geht und saget ihm, daß Ihr sie mit dem Auftrage verlassen hättet, ihnen eilig zu Hilfe zu kommen«, versetzte Kora mit edlem Eifer, dem Kundschafter nähertretend, »daß die Huronen sie in die nördlichen Wildnisse schleppten, und sie durch Wachsamkeit und Eile noch gerettet werden könnten. Wenn nach alledem es dem Himmel gefallen sollte, daß sein Beistand zu spät käme, so hinterbringt ihm«, fuhr sie mit allmählich sinkender, zuletzt beinahe versagender Stimme fort, »die Liebe, die Segnungen die letzten Gebete seiner Töchter und sagt, er solle nicht trauern über ihr frühes Ende, sondern mit demütigen Vertrauen nach dem Ziel der Christen, wo er seinen Kindern wieder begegnen werde, emporblicken!«

Die harten, verwitterten Züge des Kundschafters begannen zu arbeiten, und als sie geendet hatte, stützte er sein Kinn auf seine Hände, in tiefes Nachdenken über den Vorschlag versunken.

»Es liegt Vernunft in ihren Worten!« brach endlich eine Stimme aus den zusammengedrückten, bebenden Lippen hervor, »ja, und sie atmen den Geist des Christentums; was gut und recht für eine Rothaut ist, kann Sünde für einen Mann sein, der keinen unechten Tropfen Blutes hat, um damit seine Unwissenheit zu entschuldigen. Chingachgook! Unkas! Hört Ihr die Worte des schwarzäugigen Weibes?«

Er sprach jetzt in delawarischer Sprache mit seinen Genossen, und seine Rede, obgleich ruhig und bedächtig, schien dennoch sehr entschieden. Der ältere Mohikaner hörte ihm mit feierlichem Ernste zu und schien seine Worte abzuwägen, wie wenn er die Wichtigkeit ihres Inhalts fühlte. Nach augenblicklicher Zögerung gab er durch einen Wink mit der Hand seine Zustimmung und sprach mit dem seinem Volke eigentümlichen Nachdruck das englische »Gut!« Dann steckte der Krieger sein Messer und seinen Tomahawk wieder in den Gürtel und schritt schweigsam auf die Ecke des Felsens zu, die von dem Gegenufer aus am wenigsten gesehen werden konnte. Hier hielt er einen Augenblick, wies bedeutungsvoll auf die Wälder unten und sprach einige Worte in seiner Sprache, als wollte er den von ihm beabsichtigten Weg andeuten, warf sich dann in das Wasser und seine Bewegungen waren dem Auge der Zuschauer entschwunden.

Der Kundschafter schied erst, nachdem er einige Worte mit der hochsinnigen Kora gesprochen hatte, deren Atem leichter wurde, als sie sah, daß ihre Vorstellungen Eingang fanden.

»Weisheit«, sprach er, »wird oft auch der Jugend, wie dem Alter, gegeben, und was Ihr gesprochen habt, ist weise, um nicht mehr zu sagen. Wenn man Euch, das heißt diejenigen, welche für eine Weile verschont werden, in die Wälder führt, so knickt die Zweige an den Büschen, wo Ihr geht, und macht die Merkzeichen Eures Zuges so stark, als Ihr könnt. Wenn dann sterbliche Augen sie entdecken können, so verlaßt Euch darauf, daß Ihr einen Freund habt, der Euch eher bis ans Ende der Erde folgt, als daß er Euch verließe.«

Er schüttelte Kora liebevoll die Hand, hob seine Büchse auf, betrachtete sie einen Augenblick mit schmerzlicher Zuneigung, schob sie dann sorgfältig beiseite und begab sich nach der Stelle, wo Chingachgook soeben verschwunden war. Einen Augenblick hing er am Felsen und fügte bitter hinzu, indem er vorsichtig um sich blickte: »Hätte das Pulver ausgehalten, so wäre diese Schande nicht über uns gekommen.« Dann ließ er seine Hand los, das Wasser schloß sich über ihm und er war gleichfalls verschwunden.

Aller Augen waren jetzt auf Unkas gerichtet, der sich in unbeweglicher Ruhe an den rauhen Felsen gelehnt hatte. Kora zauderte einige Augenblicke, wies dann auf den Fluß und sprach:

»Deine Freunde sind nicht mehr sichtbar geworden und jetzt wahrscheinlich in Sicherheit. Ist es nicht Zeit, daß du ihnen folgst?«

»Unkas bleibt«, antwortete der Häuptling ruhig in englischer Sprache.

»Um die Schrecken unsrer Gefangennehmung zu vermehren und unsre Rettung weniger möglich zu machen! Geh, edler, junger Mann«, fuhr Kora fort, ihre Augen unter dem Blicke des Mohikaners senkend und vielleicht im Bewußtsein ihres Einflusses auf ihn, »geh zu meinem Vater, wie ich dir gesagt habe, und sei der vertrauteste meiner Boten. Sag ihm, er solle dir die Geldmittel anvertrauen, um die Freiheit seiner Töchter zu erkaufen. Geh! Es ist mein Wunsch, meine Bitte, daß du gehst!« Der gefaßte, ruhige Blick des jungen Häuptlings ging in den Ausdruck düsterer Traurigkeit über, aber er zögerte nicht länger. Mit geräuschlosem Tritt überschritt er den Felsen und stürzte in den unruhigen Strom. Kaum wagten die Zurückgelassenen Atem zu holen, bis sie, weit im Strome hinab, sein Haupt einen Augenblick auftauchen sahen, um Luft zu schöpfen – dann verschwand er wieder und ward nicht mehr gesehen.

Diese schnellen und anscheinend glücklichen Versuche hatten nur wenige Minuten der jetzt so kostbaren Zeit weggenommen. Nach dem letzten Blicke auf Unkas wandte sich Kora mit bebender Lippe zu Heyward:

»Ich habe Ihre Fertigkeit im Schwimmen rühmen hören, Duncan«, sprach sie, »folgen Sie dem Vorgang dieser einfachen, getreuen Wesen!«

»Ist das die Treue, welche Kora Munro von ihrem Beschützer fordert?« fragte der junge Mann mit traurigem, aber bitterem Lächeln.

»Es ist jetzt keine Zeit für eitle Spitzfindigkeiten und falsche Meinungen«, antwortete sie, »sondern ein Augenblick, wo jede Pflicht gleichmäßig erwogen werden sollte. Für uns können Sie jetzt von keinem weitern Nutzen sein, während Ihr kostbares Leben noch für andere und nähere Freunde gerettet werden kann.«

Er antwortete nicht, aber seine Augen fielen ernst auf die schöne Gestalt Alices, welche mit kindlicher Hingebung an seinem Arm hing.

»Bedenken Sie«, fuhr Kora nach einer Pause fort, während welcher sie mit einem Schmerze zu kämpfen schien, noch bitterer als derjenige, der in ihrer Furcht seinen Grund hatte, »daß das Schlimmste, was wir erleiden können, der Tod ist, ein Zoll, den wir alle entrichten müssen, wenn Gott ihn von uns fordert.«

»Es gibt Übel, welche schlimmer sind als der Tod«, entgegnete Duncan, empfindlich über ihre Zumutung, »die aber die Gegenwart eines, der für Sie zu sterben bereit ist, abwenden kann.«

Kora drang nicht weiter in ihn, sie verhüllte ihr Gesicht mit ihrem Schal und zog die fast besinnungslose Alice hinter sich her in den tiefsten Winkel der inneren Höhle.

Neuntes Kapitel

> – – – – Sei heiter, Holde,
> Zerstreu' mit Lächeln du des Kummers Wolk',
> Die über deiner offnen Stirne hängt.
>
> *Der Tod der Agrippina*

Die plötzliche, fast zauberhafte Umwandlung der wilden Szenen des Kampfes in die Stille, welche rings um ihn herrschte, wirkte auf die erhitzte Einbildungskraft Heywards wie ein fieberhafter Traum. Obwohl alle Bilder und Vorfälle, deren Zeuge er gewesen war, sich seinem Gedächtnisse tief eingeprägt hatten, fiel es ihm doch schwer, sich von ihrer Wirklichkeit zu überzeugen. Ungewiß über das Schicksal derer, die sich der reißenden Strömung anvertraut hatten, lauschte er anfangs auf jedes Zeichen, jeden Laut, der den guten oder schlechten Erfolg ihres gewagten Unternehmens verkünden würde. Aber er lauschte vergeblich: mit Unkas war jede Spur von den Abenteurern verschwunden, und er blieb in gänzlicher Ungewißheit über ihr Schicksal.

In diesem Augenblick peinlichen Zweifels zögerte Duncan nicht lange, um sich zu blicken, ohne innerhalb des schützenden Felsens zu bleiben, was kaum noch für seine Sicherheit so notwendig geschienen hatte. Jede Anstrengung jedoch, irgendeine Spur der Annäherung ihrer verborgenen Feinde zu entdecken, blieb ebenso fruchtlos als die Nachforschung nach seinen früheren Begleitern. Die bewaldeten Ufer des Flusses schienen wieder von allem verlassen, was tierisches Leben atmete. Der Aufruhr, von dem eben noch die Laubgewölbe des Waldes widerhallten, war vorüber, und das Rauschen der Wasser, durch den Luftzug verstärkt oder gemindert, ertönte in unvermischter natürlicher Lieblichkeit. Ein Fischgeier, welcher auf dem obersten Zweige einer abgestorbenen Fichte ein entfernter Zuschauer des Kampfes gewesen war, schoß jetzt von seinem hohen, rauhen Sitze herab und schwebte in weiten Kreisen über seiner Beute, während eine Elster, deren kreischende Stimme durch das noch heiserere Geschrei der Wilden übertönt worden war, wieder ihre unharmonische Kehle zu öffnen wagte, als wäre sie von neuem im ungestörten Besitze ihres öden Waldgebiets. Duncan schöpfte aus dieser natürlichen Begleitung der Einsamkeit wieder einige Hoffnung und begann alle seine Geisteskraft zu neuen Anstrengungen aufzubieten, mit neuerwachendem Vertrauen auf Erfolg.

»Die Huronen lassen sich nicht sehen«, sprach er zu David, der sich von den Wirkungen des betäubenden Schusses noch nicht ganz erholt hatte, »wir wollen uns in der Höhle verbergen und das übrige der Vorsehung überlassen.«

»Ich erinnere mich«, versetzte der verwirrte Singmeister, »daß ich mich mit zwei holdseligen Mädchen vereinigte, um unsere Stimmen zu Dank und Preis zu erheben; seitdem bin ich von einem Schweren Gericht für meine Sünden heimgesucht worden. Es war mir, als läge ich im Schlaf und Mißtöne zerrissen mein Ohr, als ob die letzte Zeit erfüllt wäre und die Natur ihre Harmonie vergessen hätte.«

»Armer Mensch! deine eigene Zeit war beinahe selbst abgelaufen! Aber steh auf und komm mit mir; ich will dich an einen Ort führen, wo du keine andern Töne als die deines Psalmgesangs hören sollst.«

»Es liegt eine Harmonie in dem Falle des Kataraktes, und das Rauschen des Wassers ist oft den Sinnen angenehm!« sprach David, indem er sich noch verwirrt die Hand an die Stirne drückte. »Ist nicht noch immer die Luft mit Geheul und Geschrei erfüllt, als ob die abgeschiedenen Geister der Verdammten –«

»Nicht mehr, nicht mehr«, unterbrach ihn der ungeduldige Heyward, »es hat aufgehört, und sie, die es erhoben, sind, so Gott will, nicht mehr da! Alles ist still und im Frieden bis auf den Fluß; herein denn, wo Ihr jene Laute, die Euch so vergnügen, hören lassen könnt.«

David lächelte traurig, obgleich nicht ohne einen flüchtigen Schimmer von Freude über die Anspielung auf seinen Lieblingsberuf. Er zögerte nicht länger, sich an einen Ort zu begeben, welcher ihm so ungestörten Genuß für seine müden Sinne versprach, und trat, auf den Arm seines Begleiters gelehnt, in den engen Eingang der Höhle. Duncan ergriff einen Haufen Sassafras und schob ihn vor den Eingang, so daß keine Spur einer Öffnung mehr zu sehen war. Innerhalb hängte er vor dieser gebrechlichen Scheidewand die Decken auf, welche die Waldbewohner zurückgelassen hatten, wodurch er das hintere Ende der Höhle verdunkelte, während das vordere von der engen Schlucht, durch welche ein Teil des Flusses rauschte und sich einige Ruten weiter unten mit seinem Schwesterarm wieder vereinigte, spärliches Licht empfing.

»Ich liebe den Grundsatz der Eingebornen nicht, nach welchem sie unter anscheinend verzweifelten Umständen sich ohne Widerstand ihrem Schicksale fügen«, sprach er, mit diesen Vorkehrungen beschäftigt. »Unser Grundsatz, daß die Hoffnung nur mit dem Leben ende, ist weit tröstlicher und des Charakters eines Soldaten würdiger. Sie, Kora, bedürfen der Ermutigung nicht; Ihre Seelenstärke und ungetrübte Einsicht sagt Ihnen alles, was sich für Ihr Geschlecht geziemt. Aber können wir nicht die Tränen der Weinenden trocknen, die zitternd an Ihrem Busen liegt?«

»Ich bin ruhiger, Duncan«, sagte Alice, aus den Armen ihrer Schwester sich erhebend und trotz ihrer Tränen einen Anschein von Fassung erzwingend, »jetzt bin ich viel ruhiger. In diesem Versteck sind wir sicher, geborgen, vor Mißhandlungen geschützt. Wir wollen alles von den edelmütigen Männern erwarten, die schon so viel für uns gewagt haben.«

»Jetzt spricht unsere sanfte Alice wie eine Tochter Munros!« sagte Heyward und ging, ihr die Hand drückend, auf den Eingang der Höhle zu. »Zwei solche Muster von Mut vor sich, müßte ein Mann sich schämen, wenn er sich anders denn als Held betrüge!« Er setzte sich dann in die Mitte der Höhle, indem er die einzige ihm noch gebliebene Pistole krampfhaft umklammerte, während seine gerunzelte, drohende Stirn einen verzweifelten Entschluß verriet. »Wenn die Huronen kommen, so sollen sie unsre Position nicht so leicht nehmen, als sie wähnen«, murmelte er leise und schien, mit dem Kopfe an den Felsen gelehnt, in Geduld zu erwarten, was da kommen würde, während sein Auge unverrückt auf den offenen Eingang ihres Asyls gerichtet war.

Dem letzten Laut seiner Stimme folgte eine tiefe, lange, beinahe atemlose Stille. Die frische Morgenluft war in ihr Versteck gedrungen, und ihr stärkender Einfluß ward allmählich von seinen Bewohnern empfunden. Da eine Minute nach der andern verging und sie in ungestörter Sicherheit ließ, begann das wohltuende Gefühl der Hoffnung nach und nach wieder in ihrem Gemüte Raum zu gewinnen, obgleich jedes sich scheute, Erwartungen auszusprechen, welche der nächste Augenblick grausam zerstören konnte.

David allein machte eine Ausnahme bei diesem Wechsel von Stimmungen. Ein schwacher Lichtstrahl fiel durch die Öffnung auf sein bleiches Gesicht und die Seiten des kleinen Buchs, dessen Blätter er überschlug, als ob er einen für ihre Lage passenden Gesang finden wollte. Wahrscheinlich hatte ihn diese ganze Zeit eine verworrene Erinnerung an den ihm von Duncan zugesagten Trost geleitet. Endlich schien es, als ob sein geduldiges Forschen belohnt werden sollte; denn ohne Erklärung oder Einleitung sprach er laut die Worte: »Insel Wight«, zog dann einen langen, sanften Ton aus seiner Pfeife und durchging einige Läufe der Weise, die er eben genannt hatte, mit den süßeren Tönen seiner eigenen klangreichen Stimme. »Ist keine Gefahr hierbei?« fragte Kora, ihr schwarzes Auge auf Major Heyward heftend.

»Armer Schelm! Seine Stimme ist zu schwach, um unter dem Rauschen der Wasserfälle gehört zu werden«, war die Antwort. »Außerdem schützt ihn auch die Höhle. Lassen Sie ihm sein Lieblingsgeschäft, da er's ohne Gefahr tun kann.«

»Insel Wight!« wiederholte David, indem er mit jener Würde um sich blickte, womit er die flüsternden Echos in seiner Schule zum Schweigen zu bringen gewohnt war; »'s ist eine schöne Melodie und ein feierlicher Text. Singen wir's mit gebührender Andacht!«

Nachdem er eine Weile geschwiegen, um die Wirksamkeit seiner Vorschrift zu erhöhen, ließ sich die Stimme des Sängers erst in leisen, murmelnden Tönen vernehmen, dem Ohre allmählich kund werdend, bis sie endlich das enge Gewölbe mit Klängen füllte, die durch das von seiner Angegriffenheit rührende Zittern noch dreimal gellender wurden. Die Melodie, welche keine Schwäche zerstören konnte, übte allmählich ihren Einfluß auf die Zuhörer aus. Sie ließ selbst die erbärmliche Travestie der Gesänge Davids, den der Sänger aus einem Bande ähnlicher Ergießungen ausgewählt hatte, ja den ganzen Inhalt über die Harmonie der Töne vergessen. Alice trocknete unwillkürlich ihre Tränen und heftete ihre schmelzenden Augen auf Gamuts blasse Züge mit einem Ausdrucke reinen Entzückens, den sie nicht zu verbergen suchte. Kora lächelte den frommen

Anstrengungen des Namensbruders des jüdischen Fürsten Beifall zu, und Heyward wandte bald den festen, ernsten Blick von dem Eingang der Höhle ab und richtete ihn mit milderem Ausdruck auf Davids Gesicht und die irrenden Strahlen, die für Augenblicke aus Alices feuchten Augen leuchteten. Der lebhafte Anteil der Zuhörer erhob das Gemüt des Sängers noch mehr, seine Stimme gewann wieder ihren vollen Umfang und Reichtum, ohne die rührende Sanftheit zu verlieren, die ihr einen geheimen Zauber verlieh. Seine wiederkehrende Kraft aufs höchste steigernd, füllte er jetzt die Bogen der Höhle mit langen und vollen Tönen, als sich draußen plötzlich ein Geheul erhob, das die frommen Akkorde verstummen ließ und seine Stimme erstickte, als wäre ihm buchstäblich sein Herz in die Kehle gesprungen.

»Wir sind verloren!« rief Alice, indem sie sich Kora in die Arme warf.

»Noch nicht, noch nicht«, entgegnete der aufgeregte, aber unerschrockene Heyward, »das Geschrei kam von der Mitte der Insel und wurde durch den Anblick ihrer toten Gefährten hervorgerufen. Wir sind noch nicht entdeckt, es bleibt immer noch Hoffnung.«

So schwach und beinahe hoffnungslos die Aussicht auf Rettung war, so blieben Duncans Worte doch nicht vergeblich: sie weckten die Geisteskraft der Schwestern wieder insoweit, daß sie den Ausgang stillschweigend erwarteten. Das Geheul ertönte zum zweitenmal, Stimmen erschollen von der obern Spitze der Insel bis zu ihrem niederen Ende und ließen sich bald auch auf dem nackten Felsen über den Höhlen vernehmen, wo nach einem wilden Triumphgeschrei fortwährend ein so entsetzliches Geheul die Luft erfüllte, wie es nur der Mensch, und er nur im Zustand der wildesten Barbarei, ausstoßen kann.

Die Töne erschollen bald in allen Richtungen um sie; einige riefen ihren Gefährten vom Rande des Wassers herauf, und andere antworteten von der Höhe herab. Schreie ließen sich in der gefährlichen Nähe der Felsenspalte zwischen den beiden Höhlen vernehmen, in welche sich ein kreischendes Geheul aus dem Abgrunde der tiefen Felsenklüfte mischte.

Kurz, so reißend schnell hatten sich die wilden Töne über den ganzen kahlen Felsen verbreitet, daß die geängstigten Zuhörer sich leicht einbilden konnten, sie ertönten auch unter ihnen, während sie in Wahrheit über und auf allen Seiten von ihnen waren.

Mitten in diesem Tumult ertönte ein Triumphgeheul, nur wenige Schritte von dem verborgenen Eingang der Höhle entfernt. Heyward gab alle Hoffnung auf, indem er glaubte, dies sei das Signal, daß sie entdeckt worden seien. Diese Besorgnis verschwand jedoch wieder, als sich die Schreienden um die Stelle sammelten, wo der Weiße so widerstrebend seine Büchse zurückgelassen hatte. Unter dem Kauderwelsch der indianischen Dialekte, das man jetzt deutlich vernahm, ließen sich nicht bloß einzelne Wörter, sondern selbst ganze Sätze in dem Patois Kanadas unterscheiden. Viele Stimmen tönten mit einemmal: »La longue Carabine!«[17] und die Echos der Wälder gegenüber gaben einen Namen wieder, der, wie Heyward sich wohl erinnerte, von seinen Feinden einem berühmten Jäger und Kundschafter des englischen Lagers gegeben wurde, welcher, wie er jetzt zum erstenmal erfuhr, sein letzter Begleiter gewesen war. »La longue Carabine!« »La longue Carabine!« ging es von Mund zu Mund, bis die ganze Bande sich, wie es schien, um die Siegestrophäe versammelt hatte, welche den Tod ihres furchtbaren Eigentümers zu verkünden schien. Nach einer stürmischen Beratung, welche nur zuweilen durch Ausbrüche ihrer wilden Freude unterbrochen ward, trennten sie sich wieder und erfüllten die Luft mit dem Namen eines Feindes, dessen Leiche sie, wie Heyward aus ihren Ausdrücken schloß, in einer Spalte des Felsens zu finden hofften.

»Jetzt«, flüsterte er den zitternden Schwestern zu, »jetzt ist der Augenblick der Entscheidung! Wenn unser Versteck diesmal ihrer Nachforschung entgeht, so sind wir geborgen! Auf jeden Fall können wir gewiß sein, daß unsre Freunde entkommen sind, und daß wir in wenigen Stunden auf Hilfe von Webb hoffen dürfen.«

Einige Minuten des bangsten Stillschweigens folgten, während welcher, wie Heyward wohl wußte, die Wilden ihre Nachforschungen mit mehr Eifer und Umsicht als bisher fortsetzten. Mehr denn *ein*mal konnte er ihre Fußtritte unterscheiden, wie sie an dem Sassafras hingingen, so daß die Blätter rauschten und die dürren Äste brachen. Endlich wich der Haufen ein wenig, die Ecke des Vorhangs sank, und ein schwacher Lichtstrahl drang in das Innere der Höhle. Kora drückte Alice in der Angst des Todes an das Herz, und Heyward sprang auf. Ein Schrei ward in diesem Augenblick gehört, als ob er aus der Mitte des Felsens käme, und ließ vermuten, daß sie endlich in die benachbarte Höhle eingedrungen waren. In einer Minute hatte sich, wie die Zahl und das laute Geschrei der Stimmen verriet, der ganze Haufe in und um diesen verborgenen Ort zusammengedrängt.

Da die innern Eingänge der beiden Höhlen so dicht nebeneinander waren, schritt Duncan, der ein weiteres Verborgenbleiben nicht länger für möglich hielt, vor David und die Schwestern hin, um sich zwischen diese und den ersten Anlauf der schrecklichen Rotte zu stellen. Durch seine Lage zur Verzweiflung gebracht, trat er ganz nahe an die schwache Barriere, welche ihn nur einige Fuß von seinen fühllosen Verfolgern trennte, hielt sein Auge an die zufällige Öffnung und schaute mit einer Art verzweifelter Gleichgültigkeit hinaus, um ihre Bewegungen zu beobachten.

Im Bereich seines Armes war die braune Schulter eines riesenhaften Indianers, dessen tiefe und gebieterische Stimme Befehle zu erteilen schien, denen die andern gehorchten. Vor ihm konnte Duncan in das Gewölbe gegenüber blicken, das mit Wilden angefüllt war, welche das ärmliche Gerät des Kundschafters durcheinanderwarfen und durchstöberten. Davids Wunde hatte die Blätter des Sassafras mit einer Farbe gefärbt, die, wie die Wilden wohl wußten, noch nicht an der Zeit war. Über dieses Zeichen ihres Erfolgs stimmten sie ein Geheul an wie eine Koppel Hunde, welche die Fährte wiedergefunden haben. Nach diesem Siegesgeschrei rissen sie das duftende Bett in der Höhle auf und trugen die Zweige in die Felsenspalte, indem sie sie umherstreuten, als ob sie vermuteten, daß sie die Leiche des Mannes verbürgen, den sie so lange gehaßt und gefürchtet hatten. Ein wild und grimmig aussehender Krieger näherte sich jetzt dem Häuptling mit einer Ladung Gestrüpp und gab, mit Frohlocken auf dunkelrote Flecken, womit sie besprengt waren, deutend, seine Freude durch indianische Ausrufungen zu erkennen, deren Inhalt Heyward bloß aus der häufigen Wiederholung des Namens La longue Carabine zu mutmaßen vermochte. Als seine Freudenrufe aufgehört hatten, warf er das Gestrüpp auf den kleinen Haufen, welchen Duncan vor dem Eingang in die zweite Höhle gebildet hatte, und verschloß so wieder die Aussicht. Sein Beispiel ward von andern nachgeahmt, welche, die Zweige aus der Höhle des Kundschafters herausschaffend, sie auf den einen Haufen warfen und so unwissend zur Sicherheit derer, die sie suchten, selbst beitrugen. Gerade das Unansehnliche der Vorkehrung war ihr Hauptverdienst; denn niemand dachte daran, einen Haufen Gestrüpp wegzuräumen, von dem jeder glaubte, daß er im Augenblick der Eile und der Verwirrung zufälligerweise unter den Händen der eigenen Partei entstanden sei.

Da die Decken unter dem äußern Drucke wichen und die Zweige sich, durch ihre eigene Last eine dichte Masse bildend, in die Felsspalte eindrückten, so atmete Duncan wieder freier auf. Mit leichtem Tritt und noch leichterem Herzen kehrte er in die Mitte der Höhle nach der Stelle zurück, wo er durch die Öffnung eine Aussicht nach dem Flusse hatte. Während er diese Bewegung machte, brachen die Indianer, als hätten sie ihren Entschluß geändert, aus der kleinen Felsenschlucht auf und entfernten sich wieder die Insel hinauf nach dem Punkte, von dem sie ursprünglich herabgekommen waren. Hier verriet ein zweites Klagegeheul, daß sie sich wieder um die Leichen ihrer gefallenen Kameraden versammelt hatten.

Nun erst wagte Duncan, wieder die Augen nach seinen Begleitern zu wenden: denn während der größten Gefahr fürchtete er, der Ausdruck von Besorgnis in seiner Miene möchte die Unruhe derer vermehren, die ohnedies schon so sehr niedergeschlagen waren. »Sie sind fort, Kora!« flüsterte er, »Alice, sie sind dahin zurückgekehrt, woher sie gekommen sind, und wir sind gerettet! Dem Himmel allein sei Dank, der uns aus den Klauen dieser erbarmungslosen Feinde errettet hat!«

»Dem Himmel will auch ich danken!« rief die jüngere Schwester, aus den umschlingenden Armen Koras sich losreißend und mit begeistertem Dankgefühl auf den nackten Felsen sich niederwerfend, »dem Himmel, welcher einem ergrauten Vater bittere Tränen erspart und denen, die ich so sehr liebe, das Leben gerettet hat –«

Heyward und die ruhigere Kora waren von diesem Akt unwillkürlicher Rührung mächtig ergriffen, und jener glaubte, die Frömmigkeit noch nie in einer so lieblichen Gestalt wie in der jugendlichen Alice erblickt zu haben. Ihre Augen strahlten von der Glut dankbarer Gefühle, eine schöne Röte kehrte auf ihre

Wangen zurück, und ihre ganze Seele schien sich durch ihre beredten Züge in Worte des Dankes ergießen zu wollen. Während sich aber ihre Lippen bewegten, schienen ihr die Worte durch einen neuen und plötzlichen Eindruck im Munde zu ersterben. Die Blüte ihrer Wangen wich der Blässe des Todes; ihre sanften, schmelzenden Augen erstarrten und schienen sich vor Entsetzen krampfhaft zusammenzuziehen, während ihre Hände, zum Dankgebet gen Himmel erhoben, niedersanken und ihre Finger in konvulsivischer Bewegung vorwärts wiesen. Alsbald folgten Heywards Augen der angedeuteten Richtung und über dem obern Rande des Felsens, der die Schwelle des offenen Ausgangs bildete, erblickte er die boshaften, wilden und grimmigen Züge Le Renard Subtils!

In diesem Augenblick der Überraschung verließ Heyward seine Selbstbeherrschung nicht. In dem leeren, ausdruckslosen Gesichte des Indianers las er, daß sein Auge, an das Tageslicht gewöhnt, noch nicht imstande war, das Dämmerlicht der Tiefe der Höhle zu durchdringen. Schon wollte er mit seinen Begleiterinnen hinter eine Krümmung an der natürlichen Wand zurücktreten, die sie vielleicht verborgen hätte, als ein plötzlicher Schimmer der Freude, der über das Gesicht des Wilden fuhr, ihm sagte, es sei zu spät, und sie seien verraten.

Dem empörenden Blick des Frohlockens und des barbarischen Triumphes, der diese schreckhafte Wahrheit bestätigte, konnte Heyward unmöglich widerstehen. Alles vergessend und nur dem Triebe seines heißen Blutes folgend, hob Duncan seine Pistole und gab Feuer. Vom Knall dieser Waffe erdröhnte die Höhle wie beim Ausbruch eines Vulkans, und als der Rauch von dem Luftzuge der Felsschlucht vertrieben war, fand er die Stelle leer, die eben noch die Züge seines verräterischen Führers eingenommen hatten. An den Ausgang stürzend, sah Heyward nur noch den Schein seiner dunkeln Gestalt, wie er sich um den niedern Rand eines Felsens schlich, der ihn bald seinen Augen entrückte.

Unten den Wilden herrschte eine Totenstille auf die Explosion, die sich aus den Eingeweiden des Felsens hatte vernehmen lassen. Als aber Renard seine Stimme zu einem langen und ihnen verständlichen Geschrei erhob, ward es von allen Indianern, die es hören konnten, mit einem gleichzeitigen Geheul beantwortet. Die schreienden Rotten stürzten sich wieder über die Insel herab, und ehe Duncan Zeit hatte, sich von seiner Bestürzung zu erholen, war die schwache Barriere in alle Winde zerstreut. Von beiden Enden drangen die Feinde in die Höhle. Sie wurden aus ihrem Zufluchtsorte an das Tageslicht geschleppt und standen jetzt in der Mitte der ganzen Bande triumphierender Huronen.

Zehntes Kapitel

Ich fürchte, morgen schlafen wir zu lang,
Wie wir in dieser Nacht zu lange wachten.
Sommernachtstraum

Sobald sich Duncan von dem Schrecken über dies plötzliche Unglück erholt hatte, stellte er über das Äußere und das Benehmen der Sieger seine Beobachtungen an. Gegen ihre sonstige Sitte hatten sich die Eingebornen im Übermute des Sieges weder an den zitternden Schwestern noch an ihm selbst vergriffen. Zwar hatten verschiedene Individuen des Stammes die reichen Verzierungen seiner Uniform zu wiederholten Malen betastet, und ihre gierigen Augen drückten den Wunsch nach dem Besitze dieses Tandes aus. Aber ehe sie ihrer gewohnten Heftigkeit den Lauf gelassen, hemmte die gebieterische Stimme des schon erwähnten hohen Kriegers die aufgehobenen Hände und überzeugte Heyward, daß man sie zu irgendeinem besondern Zwecke aufbewahre.

Während jedoch die Jüngeren und Prunksüchtigen aus der Bande diese Schwäche zutage legten, setzten die erfahrnen Krieger ihre Nachforschungen in den Höhlen mit einem Eifer fort, welcher zeigte, daß sie mit dem bereits Gefundenen noch nicht zufrieden waren. Nicht imstande, neue Opfer aufzufinden, nahten sich die Rachsüchtigen ihren männlichen Gefangenen, indem sie den Namen La longue Carabine mit einem Ungestüm aussprachen, das nicht mißverstanden werden konnte. Duncan stellte sich, als ob er ihre wiederholten und ungestümen Fragen nicht verstünde, während seinem Begleiter eine völlige Unkenntnis der französischen Sprache den Versuch einer solchen Täuschung ersparte. Ermüdet durch ihre Zudringlichkeiten und befürchtend, durch hartnäckiges Stillschweigen seine Sieger aufzureizen, sah sich Duncan nach Magua um, welcher seine Antworten auf die immer ernstlicher und drohender werdenden Fragen allein verdolmetschen konnte.

Das Benehmen dieses Wilden war von demjenigen seiner Genossen sehr verschieden. Während die andern entweder ihre kindische Leidenschaft für den Putz zu befriedigen suchten und die ärmlichen Gerätschaften des Kundschafters plünderten oder, blutdürstige Rache in ihren Blicken, nach dem abwesenden Eigentümer forschten, stand Le Renard in einiger Entfernung von den Gefangenen so ruhig und zufrieden da, daß man deutlich erkannte, er habe den Hauptzweck seines Verrats bereits erreicht. Als Heyward den Augen seines früheren Führers zuerst begegnete, wandte er sich ab, voll Abscheu über den boshaften, wenngleich ruhigen Blick, der ihn traf. Er bezähmte seinen Widerwillen und redete mit abgewandtem Gesicht seinen siegreichen Feind in folgenden Worten an:

»Le Renard Subtil ist ein zu großer Krieger«, sprach der widerstrebende Heyward, »als daß er einem unbewaffneten Manne nicht erklären sollte, was seine Sieger wissen wollen.«

»Sie fragen nach dem Jäger, der die Pfade durch die Wälder kennt«, antwortete Magua in gebrochenem Englisch, indem er zu gleicher Zeit mit wildem Lächeln die Hand auf das Bündel Blätter legte, womit eine Wunde an seiner Schulter umbunden war. »La longue Carabine! Seine Büchse ist gut und sein Auge nie geschlossen, aber gleich dem kurzen Gewehr des weißen Häuptlings vermag sie nichts gegen das Leben Le Subtils.«

»Le Renard ist zu tapfer, um der im Kriege erhaltenen Wunden oder der Hände, die sie schlugen, zu gedenken.«

»War es Krieg, als der ermüdete Indianer am Zuckerahorn ruhte, um sein Korn zu essen? Wer füllte die Gebüsche mit den kriechenden Feinden? Wer zog sein Messer? Wessen Zunge war Frieden, indes sein Herz die Farbe des Blutes hatte? Sagte Magua, daß das Beil nicht mehr in der Erde sei und daß seine Hand es ausgegraben habe?«

Duncan schwieg, weil er seinem Ankläger nicht damit antworten wollte, daß er ihn an seinen Verrat erinnerte, und verschmähte es, eine Entschuldigung vorzubringen, um jenes Unmut zu besänftigen. Magua schien auch zufrieden, den Streit, sowie jede andere Unterhaltung beruhen zu lassen: denn er lehnte sich wieder an den Baum, von dem ihn nur augenblickliche Aufregung entfernt hatte. Aber der Ruf La longue Carabine! erneuerte sich, sobald die ungeduldigen Wilden bemerkten, daß die kurze Unterhaltung abgebrochen war.

»Ihr hört«, sprach Magua mit verstockter Gleichgültigkeit,

»die roten Huronen rufen nach dem Leben der ›Langen Büchse‹, oder sie wollen das Blut derer, die ihn verborgen halten!«

»Er ist fort – ist entronnen; er ist zu weit fort, als daß sie ihn erreichen könnten.«

Renard lächelte mit stolzer Verachtung, indem er antwortete: »Wenn der weiße Mann stirbt, so denkt er, er ist im Frieden, aber die roten Männer wissen selbst die Geister ihrer Feinde zu quälen. Wo ist seine Leiche? Laß die Huronen seinen Skalp sehen!«

»Er ist nicht tot, er ist entronnen.«

Magua schüttelte ungläubig den Kopf.

»Ist er ein Vogel, um seine Schwingen auszubreiten, oder ein Fisch, um ohne Luft zu schwimmen? Der weiße Häuptling liest in seinen Büchern und hält die Huronen für Toren?«

»Obgleich kein Fisch, kann doch die Lange Büchse schwimmen. Er schwamm den Strom hinab, als alles Pulver verschossen und die Augen der Huronen hinter einer Wolke waren.«

»Und warum blieb der weiße Häuptling zurück?« fragte der immer noch ungläubige Indianer. »Ist er ein Stein, der zu Boden sinkt, oder brennt der Skalp ihm auf dem Kopfe?«

»Daß ich kein Stein bin, könnte Euer Kamerad, der in die Wasserfälle stürzte, dir sagen, wenn er noch am Leben wäre!« entgegnete der gereizte junge Mann, in seinem Ärger jener ruhmredigen Sprache sich bedienend, die am ehesten die Bewunderung eines Indianers zu erregen pflegt. »Der weiße Mann glaubt, daß nur Memmen ihre Weiber im Stiche lassen.«

Magua murmelte einige unverständliche Worte zwischen den Zähnen und fuhr dann fort:

»Können die Delawaren ebensogut schwimmen, als in den Büschen kriechen? Wo ist Le gros Serpent?«

Duncan sah aus dieser kanadischen Bemerkung, daß seine letzten Begleiter seinen Feinden bekannter als ihm selbst waren, und antwortete ungern: »Auch *er* ist mit dem Strome hinab.«

»Ist Le Cerf agile nicht hier?«

»Ich weiß nicht, wen ihr den flinken Hirsch nennt«, antwortete Duncan, der gern eine Gelegenheit ergriff, um Zeit zu gewinnen.

»Unkas«, antwortete Magua, indem er die delawarischen

Namen mit noch mehr Schwierigkeit aussprach als selbst die englischen Worte.

»Der springende Elch, sagt der weiße Mann, wenn er den jungen Mohikaner ruft.«

»Es herrscht einige Verwirrung in den Namen unter uns, Le Renard«, erwiderte Duncan, indem er eine Erörterung herbeizuführen hoffte, »daim ist das französische Wort für Damhirsch und Cerf für Hirsch; elan ist der richtige Ausdruck, wenn du vom Elch sprichst.«

»Ja«, murmelte der Indianer in seiner Muttersprache: »Die Blaßgesichter sind geschwätzige Weiber! Sie haben für jedes Ding zwei Wörter, während die Rothaut den Ton ihrer Stimme für sich sprechen läßt.« Dann wieder in die fremde Sprache übergehend, fuhr er fort, indem er sich der unvollkommenen Ausdrucksweise, die er sich in der Provinz zu eigen gemacht, bediente: »Der Damhirsch ist schnell, aber schwach; der Elch schnell und stark, und der Sohn von Le Serpent ist Le Cerf agile. Hat er sich in den Fluß gestürzt, den Wäldern zu?«

»Wenn du den jungen Delawaren meinst, auch *er* ist den Fluß hinab.«

Da der Indianer in der Art ihres Entkommens nichts unwahrscheinlich fand, so nahm er die Wahrheit des Gehörten mit einer Bereitwilligkeit an, die ein weiterer Beweis dafür war, wie wenig Wert er auf so unbedeutende Gefangene lege. Seine Gefährten schienen jedoch die Sache anders anzusehen.

Die Huronen hatten das Ergebnis des kurzen Gesprächs mit der ihnen eigentümlichen Geduld und einem Stillschweigen abgewartet, das immer mehr zunahm, bis endlich die ganze Bande verstummt war. Als Heyward aufhörte zu sprechen, wandten sich aller Augen auf Magua, indem sie auf ihre ausdrucksvolle Weise eine Erklärung des Gesagten verlangten. Ihr Dolmetscher wies auf den Fluß und machte sie teils durch Gebärden, teils durch wenige Worte, die er ausstieß, mit dem Inhalt des Gesprochenen bekannt. Kaum war dies allgemein bekannt, so erhoben sie ein furchtbares Geschrei, wodurch sie ihre Wut über das Vorgefallene zu erkennen gaben. Die einen rannten wie Rasende nach dem Ufer des Flusses und schlugen mit wütenden Gebärden in die Luft; andere spuckten das Element an, um ihre Entrüstung über den Verrat auszudrücken, den es an ihren anerkannten Siegerrechten begangen hätte. Wieder andere, und zwar nicht die minder Kräftigen und Furchtbaren der Bande schossen finstere Blicke, in welchen die wildeste Leidenschaft nur durch ihre gewohnte Selbstbeherrschung gemäßigt wurde, auf die Gefangenen, welche sich in ihrer Gewalt befanden. Einer oder zwei machten ihren boshaften Gefühlen durch die drohendsten Gebärden Luft, gegen welche die Schwestern weder Geschlecht noch Schönheit schützen konnte. Der junge Soldat machte einen verzweifelten wenngleich fruchtlosen Versuch, Alicen beizuspringen, als er sah, wie ein Wilder seine dunkle Hand mit dem üppigen Haare umwand, das in Locken über ihre Schultern herabfloß, und mit einem Messer um ihr Haupt fuhr, als wollte er bezeichnen, auf welche abscheuliche Weise es seiner schönen Zierde beraubt werden sollte. Aber Heywards Hände waren gebunden, und auf die erste Bewegung, die er machte, fühlte er den Griff des kräftigen Indianers, der die Rotte befehligte, seine Schulter wie mit einer Zange zusammendrücken. Erkennend, wie ohnmächtig ein Widerstand gegen die überlegene Gestalt erscheinen mußte, ergab er sich in sein Schicksal und ermutigte seine zarten Begleiterinnen nur durch die leise und freundliche Versicherung, daß die Drohungen der Indianer gewöhnlich schlimmer als ihre Handlungen seien.

Während aber Duncan durch diese tröstenden Worte die Besorgnisse der Schwestern zu zerstreuen versuchte, war er nicht so schwach, sich selbst zu täuschen. Er wußte sehr wohl, daß das Ansehen eines Indianerhäuptlings auf schwachen Füßen ruhe und öfter durch physische Kraft als durch moralische Überlegenheit behauptet werde. Die Gefahr war deshalb um so größer, je bedeutender die Zahl der Wilden war, die sie umgaben. Der ausdrückliche Befehl dessen, der ihr anerkannter Führer war, konnte jeden Augenblick durch die rasche Hand eines Wilden überschritten werden, dem es einfiel, den Manen eines Freundes oder Verwandten ein Opfer zu bringen. Während er sich daher den äußern Anschein von Ruhe und Seelenstärke gab, schwebte er in tödlicher Angst, sobald einer der Sieger den hilflosen Schwestern näher trat oder einen seiner finstern, irrenden Blicke auf jene zarten Gestalten warf, die so wenig imstande waren, der geringsten Gewalttätigkeit zu widerstehen.

Seine Besorgnisse wurden jedoch nicht wenig gemildert, als

er den Führer seine Krieger zu einer Beratung versammeln sah. Sie war kurz, und unter dem Stillschweigen der meisten wurde, wie es schien, ein einmütiger Beschluß gefaßt. Da die wenigen Sprecher häufig nach der Gegend von Webbs Lager deuteten, fürchteten sie offenbar von dieser Seite Gefahr. Diese Besorgnis beschleunigte wahrscheinlich ihren Entschluß und beeilte die folgenden Bewegungen.

Während dieser kurzen Überlegung, die seine schlimmsten Befürchtungen etwas milderte, hatte Heyward Muße, die vorsichtige Art zu bewundern, wie die Huronen, selbst nach dem Aufhören der Feindseligkeiten, ihre Annäherung an die Insel bewerkstelligt hatten.

Es ist schon erwähnt worden, daß die obere Hälfte der Insel ein nackter Felsen war, der außer einigen zerstreuten Stämmen Treibholz keine Schutzwehr hatte. Diesen Punkt hatten sie für ihre Landung gewählt und zu diesem Behufe das Kanu durch den Wald um den Wasserfall herumgetragen. Nachdem sie ihre Waffen in das kleine Fahrzeug gelegt hatten, hängten sich ein Dutzend Männer an die Seiten des Kanus und folgten seiner Richtung, während zwei der erfahrensten Krieger in Stellungen, die sie den gefährlichen Weg überschauen ließen, in ihm ruderten. Begünstigt durch diese Anordnung, gelangten sie an der Spitze der Insel an jenen Punkt, der für die ersten Wagehälse so verderblich geworden war, aber mit dem Vorteil einer größeren Zahl und im Besitze von Feuerwaffen. Daß dies die Art ihrer Landung gewesen, erkannte Duncan jetzt; denn sie brachten die leichte Barke von dem obern Ende des Felsens und ließen sie nahe am Eingang der äußern Höhle ins Wasser. Sobald dies geschehen war, winkte der Führer den Gefangenen, herabzukommen und in das Kanu zu steigen.

Da Widerstand unmöglich und Vorstellungen nutzlos waren, so gab Heyward zuerst das Beispiel der Unterwerfung und schritt voran in das Kanu, wo er sich mit den beiden Schwestern und dem noch immer verblüfften David niederließ. Obgleich die Huronen die kleinen Kanäle zwischen den Stromschnellen und Wirbeln nicht kennen konnten, so waren sie doch mit den gewöhnlichen Regeln einer solchen Schiffahrt zu vertraut, um einen bedeutenden Fehler zu machen. Als der Lotse, welcher das Kanu zu leiten hatte, seinen Platz eingenommen, sprang die ganze Rotte in den Fluß; das Schifflein glitt auf der Strömung dahin, und in wenigen Augenblicken befanden sich die Gefangenen auf dem südlichen Ufer des Stromes, beinahe dem Punkte gegenüber, wo sie jenes am vorigen Abend getroffen hatten.

Hier fand eine zweite kurze, aber ernstliche Beratung statt, während welcher die Pferde, deren panischem Schrecken die Eigentümer ihr Unglück hauptsächlich zuschrieben, aus dem Dickicht der Wälder und an den verborgenen Ort geführt wurden, wo sie sich befanden. Der Trupp teilte sich jetzt. Der oft erwähnte erste Anführer bestieg Heywards Roß, zog mit dem größten Teil seiner Leute quer durch den Fluß und verschwand in den Wäldern, indem er die Gefangenen der Obhut von sechs Wilden überließ, an deren Spitze Le Renard Subtil stand. Duncan betrachtete alle diese Bewegungen mit erneuter Besorgnis.

Aus der ungewöhnlichen Schonung der Wilden glaubte er schließen zu dürfen, daß er Montcalm als Gefangener ausgeliefert werden sollte. Da die Gedanken der Unglücklichen selten schlummern und die Einbildungskraft nie lebhafter ist, als wenn sie von der Hoffnung, sei sie auch noch so schwach und entfernt, aufgeregt wird, so hatte er schon daran gedacht, ob nicht die väterlichen Gefühle Munros benützt werden sollten, ihn seiner Pflicht gegen den König untreu zu machen; denn obgleich der französische Befehlshaber für einen Mann von Mut und Unternehmungsgeist galt, sprach man ihn doch nicht von jenen politischen Ränken frei, welche nicht immer den Anforderungen einer strengen Moral Gehör gaben und die europäische Diplomatie jener Zeiten sehr entehrten.

Alle diese geschäftigen und erfinderischen Betrachtungen waren nun durch die Maßregeln seiner Sieger zunichte geworden. Derjenige Teil des Trupps, welcher dem riesenhaften Krieger folgte, nahm seine Richtung nach den Quellen des Horican, und er und seine Begleiter hatten nichts Geringeres zu erwarten, als daß sie, hilflose Gefangene, in der Gewalt der Sieger bleiben müßten. Um über ihr künftiges Schicksal Gewißheit zu erhalten und je nach Umständen auch die Macht des Goldes zu versuchen, überwand Duncan seinen Widerwillen, mit Magua zu sprechen. Er wandte sich also an seinen früheren Führer, welcher sich das Ansehen und die Miene eines Mannes gegeben hatte, der die künftigen Bewegungen des Trupps zu leiten habe, und sprach in so freundlichem und vertraulichem Tone, als ihm nur immer möglich war:

»Ich wünschte, mit Magua Worte zu sprechen, die nur ein so großer Häuptling hören darf.«

Der Indianer wandte seine Augen verächtlich auf den jungen Kriegsmann und antwortete:

»Sprich! Die Bäume haben keine Ohren!«

»Aber die roten Huronen sind nicht taub, und ein Rat, der sich nur für die großen Männer einer Nation eignet, würde die jungen Krieger trunken machen. Wenn Magua nicht hören will, so weiß der Offizier des Königs zu schweigen.«

Der Wilde sprach nachlässig mit seinen Kameraden, welche beschäftigt waren, in ihrer linkischen Weise die Pferde für die beiden Schwestern herzurichten und trat ein wenig auf die Seite, wohin er mit vorsichtiger Gebärde Heywards zu folgen winkte.

»Jetzt sprich!« sagte er, »wenn deine Worte von der Art sind, daß sie Magua hören kann.«

»Le Renard Subtil hat sich des ehrenvollen Namens, den ihm seine kanadischen Väter gaben, würdig erwiesen«, fing Heyward an. »Ich erkenne seine Weisheit und alles, was er für uns getan hat, und werde es ihm gedenken, wenn die Stunde seiner Belohnung kommt. Ja, Renard hat gezeigt, daß er nicht bloß ein großer Häuptling im Rate ist, sondern auch weiß, wie er seine Feinde hintergehen kann.«

»Was hat Renard getan?« fragte ihn kalt der Indianer.

»Wie? Hat er nicht gesehen, daß die Wälder mit lauernden Feindeshaufen angefüllt waren, und daß selbst eine Schlange sich nicht ungesehen durchschleichen konnte? Verlor er da nicht den Pfad, um die Augen der Huronen zu täuschen? Gab er nicht vor, daß er zu seinem Stamme, der ihn so sehr mißhandelt und wie einen Hund von seinen Wigwams vertrieben hatte, zurückkehren wolle? Und als wir seine Absicht erkannten, standen wir ihm nicht bei, indem wir ein falsches Gesicht machten, um die Huronen auf die Meinung zu bringen, der weiße Mann glaube, daß sein Freund sein Feind geworden sei? Ist nicht alles dies wahr? Und als Le Subtil durch seine Weisheit die Augen seiner Nation verschlossen und ihre Ohren verstopft hatte, vergaßen sie nicht, daß sie ihm einst Übles getan und ihn gezwungen hatten, zu den Mohawks zu fliehen? Ließen sie ihn nicht auf der Südseite des Flusses mit ihren Gefangenen, während sie törichterweise nach dem Norden gingen? Gedenkt er jetzt nicht, wie ein Fuchs seine Schritte rückwärts zu wenden, um dem reichen, grauköpfigen Schotten seine Töchter wieder zuzuführen? Ja, Magua ich sehe jetzt alles und habe schon darüber nachgedacht, wie so viele Weisheit und Ehrlichkeit zu belohnen sein wird. Erstlich wird der Befehlshaber von William Henry ihn für einen solchen Dienst belohnen, wie es eines so großen Hauptes würdig ist. Maguas Medaille[18] wird nicht länger von Zinn, sondern von geschlagenem Golde sein; sein Horn wird Pulvers die Fülle haben; Dollars wird er soviel in seiner Tasche tragen, als Kiesel am Horican sind, und das Wild des Waldes wird ihm die Hand lecken; denn es wird wissen, daß es vergeblich vor der Büchse flieht, die er führen wird. Was mich betrifft, so weiß ich nicht, wie ich den Schotten an Dankbarkeit übertreffen soll; aber ich – ja, ich will –«

»Was will der junge Häuptling, der vom Aufgang der Sonne kommt, geben?« fragte der Hurone, als er bemerkte, daß Heyward gerade da ins Stocken geriet, wo er bei der Aufzählung seiner Geschenke mit der Gabe enden wollte, die für einen Indianer das Ziel der höchsten Wünsche bilden mochte.

»Er will das Feuerwasser[19] von den Inseln des Salzsees vor Maguas Wigwam schneller fließen lassen, als der brausende Hudson strömt, bis das Herz des Indianers leichter wird als die Feder eines Kolibris und sein Atem süßer als der Geruch des wilden Geißblattes.«

Le Renard hatte Heywards schlauer Rede mit tiefem Stillschweigen zugehört. Als der junge Mann von dem Kunstgriffe sprach, womit der Indianer seine eigene Nation hintergangen haben sollte, nahm die Miene des Zuhörers den Ausdruck vorsichtigen Ernstes an. Bei der Anspielung auf das Unrecht, das, wie Duncan sich den Schein gab anzunehmen, den Huronen aus seinem heimatlichen Stamme vertrieben hatte, leuchtete aus des andern Auge ein Strahl so unbezähmbarer Wildheit, daß der verwegene Sprecher glaubte, die rechte Saite angeschlagen zu haben. Wie er aber auf die Stelle kam, wo er den Durst nach Rache durch das Motiv der Gewinnsucht so listig zu verdrängen suchte, ward ihm die gespannteste Aufmerksamkeit zuteil. Le Renard hatte seine Frage ruhig und mit aller Würde eines Indianers gestellt. Aus der nachdenklichen Miene des Zuhörers war ersichtlich, daß die Gegenrede auf das schlaueste angelegt war. Der Hurone besann sich einige Augenblicke, legte dann seine Hand auf den rohen Verband seiner verwundeten Schulter und fragte mit einigem Nachdruck:

»Machen Freunde solche Zeichen?«

»Würde La longue Carabine einen Feind so leicht abfertigen?«

»Kriechen die Delawaren gegen diejenigen, welche sie lieben, gleich Schlangen daher und winden sich, um sie zu stechen?«

»Würde Le gros Serpent sich von Ohren hören lassen, von denen er wünschte, daß sie taub wären?«

»Schießt der weiße Häuptling sein Pulver seinen Brüdern ins Gesicht?«

»Verfehlt er je sein Ziel, wenn er ernstlich gewillt ist zu töten?« fragte Duncan, mit einem Ausdrucke wohl angenommener Geradheit lächelnd.

Eine wiederholte lange Pause des Nachdenkens folgte diesen klugen Fragen und schnellen Antworten. Duncan sah, daß der Indianer unschlüssig war. Um seinen Sieg zu vollenden, wollte er die Belohnungen wieder aufzählen, als Magua mit einer ausdrucksvollen Gebärde sprach:

»Genug, Le Renard ist ein weiser Häuptling, und was er tut, wird sich zeigen. Geh und halte den Mund geschlossen! Wenn Magua spricht, wird's Zeit zur Antwort sein.«

Als Heyward bemerkte, daß sich seine Augen unruhig auf den Rest der Gesellschaft richteten, wich er alsbald zurück, um den Anschein eines verdächtigen Einverständnisses mit ihrem Führer zu vermeiden. Magua trat auf die Pferde zu und tat, als ob er mit der Sorgfalt und dem Geschick seiner Kameraden wohl zufrieden wäre. Er winkte jetzt Heyward, den Schwestern in den Sattel zu helfen; denn selten ließ er sich herab, sich der englischen Sprache zu bedienen, wenn nicht eine mehr denn gewöhnliche Veranlassung ihn dazu nötigte.

Jetzt war kein weiterer Vorwand zum Aufschub abzusehen, und Duncan sah sich genötigt, wenn auch ungern, zu willfahren. Während seiner Dienstleistung flüsterte er jedoch seine wiedergewonnenen Hoffnungen den zitternden Mädchen zu, welche aus Furcht, den wilden Blicken ihrer Sieger zu begegnen, selten ihre Augen aufschlugen. Da die Stute Davids von den

Begleitern des Häuptlings in Beschlag genommen war, so mußte ihr Eigentümer, wie Duncan, zu Fuße gehen. Letzterer bedauerte jedoch diesen Umstand nicht, da es ihm so vielleicht möglich wurde, die Eile der Reise zu vermindern; denn immer noch wandte er sehnsüchtige Blicke nach der Gegend von Fort Edward hin, in der eiteln Erwartung, von diesem Teile des Waldes her in irgendeinem Laute ein Zeichen nahender Hilfe zu entdecken.

Als alles bereit war, gab Magua das Zeichen zum Aufbruch, indem er selbst als Führer an die Spitze des Zuges trat. Nächst ihm folgte David, welcher anfing, sich seiner mißlichen Lage bewußt zu werden, da die Wirkungen seiner Wunde immer mehr verschwanden. Die Schwestern ritten hinter ihm, neben diesen ging Heyward, während die Indianer die Seiten deckten und den Zug in gewohnter unermüdlicher Wachsamkeit schlossen.

So zogen sie in ununterbrochenem Stillschweigen fort; nur hin und wieder richtete Heyward einige Worte des Trostes an die Schwestern oder machte David seinem Kummer durch fromme Ausrufungen Luft, womit er seine demütige Ergebung ausdrücken wollte. Ihr Weg ging nach Süden, der Richtung von William Henry beinahe entgegengesetzt. Obgleich Magua der ursprünglichen Entschließung der Sieger treu zu bleiben schien, so konnte Heyward doch nicht glauben, daß seine lockenden Anerbietungen so bald vergessen worden sein sollten: er kannte die Krümmungen eines Indianerpfads zu gut, um nicht anzunehmen, daß hier, wo kluge List vor allem nötig war, auch diese scheinbar genommene Richtung am Ende doch noch zum Ziele führe. Meile auf Meile wurde in diesen endlosen Wäldern zurückgelegt, und noch war kein Ende ihrer Reise abzusehen. Heyward hatte immer die Sonne im Auge, wie sie ihre Mittagsstrahlen durch die Äste der Bäume schoß, und sehnte sich nach dem Augenblick, wo Maguas Politik ihrem Zug eine seinen Hoffnungen günstigere Richtung geben würde. Oft bildete er sich ein, der listige Wilde wende, weil er nicht hoffen durfte, Montcalms Heer zu umgehen, den Zug nach einer wohlbekannten Pflanzung an der Grenze, wo ein ausgezeichneter Offizier der Krone und beliebter Freund der sechs Nationen große Besitzungen hatte und sich gewöhnlich aufhielt. In die Hände Sir William Johnsons überantwortet zu werden, war freilich einer Reise in die Wildnisse Kanadas bei weitem vorzuziehen; aber selbst um das erstere auszuführen, mußte noch manche ermüdende Meile im Walde zurückgelegt werden, und jeder Schritt entfernte ihn weiter vom Schauplatz des Kriegs und folglich von einem Posten, auf den ihn Pflicht und Ehre riefen.

Kora allein erinnerte sich an die Weisungen des scheidenden Kundschafters und reckte, sooft sich Gelegenheit bot, ihre Hand aus, um Zweige, die ihr in den Weg kamen, zu zerknikken. Aber die Wachsamkeit der Indianer machte diese Vorsichtsmaßregeln nicht nur schwierig, sondern auch gefährlich. Oft wurde sie in ihrem Verhaben gestört, wenn sie den wachsamen Augen der Wilden begegnete, wo sie dann eine nichtempfundene Unruhe heucheln und der Bewegung ihres Armes einen Grund weiblicher Ängstlichkeit unterzulegen bemüht sein mußte. Nur einmal war sie ganz glücklich, als sie den Zweig eines großen Sumachbaumes abbrach und ihr plötzlich der Einfall kam, einen ihrer Handschuhe fallen zu lassen. Dieses Zeichen, das den Nachfolgenden einen Wink geben sollte, ward jedoch von einem ihrer Führer belauscht; er gab ihr den Handschuh zurück, zerbrach die übrigen Zweige umher, um den Schein hervorzubringen, als sei dort ein Wild durchgebrochen, und legte dann seine Hand mit einem so bedeutungsvollen Blicke auf den Tomahawk, daß er diesen verstohlenen Merkmalen ihres Zuges für immer ein Ende machte. Da sich überdies bei beiden Banden Pferde befanden, welche ihre Fußtritte dem Boden eindrückten, so vereitelte dieser Umstand alle Hoffnung, daß die zurückgelassenen Spuren ihnen Hilfe und Rettung verschaffen würden.

Heyward hätte vielleicht eine Einrede gewagt, wenn ihm nicht die finstere Zurückhaltung Maguas den Mut dazu benommen hätte. Auf dem ganzen Zuge wandte er sich selten, um nach seinen Begleitern zu sehen, und sprach kein Wort. Ohne einen andern Führer als die Sonne und geleitet von Merkzeichen, welche nur dem Scharfblick des Eingebornen erkennbar sind, verfolgte er seinen Weg durch die öden Fichtenwälder, mitunter über kleine, fruchtbare Täler, durch Bäche und Flüßchen und wellenförmige Hügel mit instinktartiger Sicherheit und fast in der geraden Richtung des Vogelflugs. Nie schien er unschlüssig zu sein, der Weg mochte kaum erkennbar werden, ganz verschwinden oder gebahnt und offen vor ihm liegen.

Nichts hemmte seine Eile oder machte ihn zweifelhaft. Es schien, als ob Ermüdung ihm völlig unbekannt wäre. Sooft sich die Augen der ermatteten Wanderer von dem gefallenen Laube, über das sie schritten, erhoben, schwebte seine dunkle Gestalt durch die vorderen Baumstämme hin; sein Auge blieb unbeweglich vorwärts gerichtet, während die leichte Feder auf seinem Schopfe in einem Luftzuge flatterte, der allein durch seine schnelle Bewegung hervorgebracht wurde.

Aber alle diese Sorgfalt und Eile galt einem bestimmten Ziele. Nachdem sie durch ein tiefes Tal gekommen waren, durch welches ein rauschender Bach in Krümmungen dahinfloß, stieg er plötzlich einen Hügel hinan, der so steil und unwegsam war, daß die Schwestern, um zu folgen, absteigen mußten. Als sie den Gipfel erreicht, befanden sie sich auf einer Fläche, auf der nur wenige Bäume standen. Unter einem derselben hatte sich Maguas dunkle Gestalt niedergeworfen, als wollte er jene Ruhe suchen, deren alle so sehr bedürftig waren.

Elftes Kapitel

– Verfluchet sei mein Stamm,
Wofern ich ihm verzeihe. –
Shylock

Der Indianer hatte für seinen Zweck einen jener steilen, pyramidenförmigen Hügel ausersehen, welche eine große Ähnlichkeit mit künstlichen Erdaufwürfen haben und in den Tälern Amerikas so häufig gefunden werden. Der fragliche Hügel war hoch und abschüssig, sein Gipfel, wie gewöhnlich, abgeplattet, eine Seite davon aber weniger regelmäßig, als es sonst wohl der Fall ist. Der Ort hatte für einen Ruheplatz keine anderen Vorteile als seine Höhe und Form, welche eine Verteidigung leicht und einen Überfall beinahe unmöglich machten. Da Heyward jedoch nicht mehr auf eine Befreiung hoffte, welche Zeit und Entfernung gleich unwahrscheinlich machten, so betrachtete er diese geringfügigen Eigentümlichkeiten mit gleichgültigem Auge und war allein darauf bedacht, seine schwächeren Begleiter zu trösten und ihnen Mut einzusprechen. Die Narragansets ließ man die Zweige der auf dem Hügel sparsam wachsenden Bäume und Gesträuche abweiden, während die Reste des Mundvorrates unter dem Schatten einer Buche, die mit ihren waagrechten Ästen sie gleich einem Dache überragte, ausgebreitet wurden.

Trotz ihres eilfertigen Marsches hatte einer der Indianer Gelegenheit gefunden, ein verirrtes Hirschkalb mit einem Pfeile zu erlegen, und die vorzüglicheren Teile des Tieres geduldig auf den Schultern nach dem Ruheplatz getragen. Ohne Hilfe und Kenntnis der Kochkunst schickte er sich sogleich mit seinen Genossen an, diese schwerverdauliche Speise hinunterzuschlingen. Magua allein hielt sich entfernt, ohne an dem widerlichen Mahle teilzunehmen, und schien in tiefes Nachdenken versunken. Diese Enthaltsamkeit, so auffallend bei einem Indianer, wenn er Mittel hat, seine Eßlust zu befriedigen, zog endlich Heywards Aufmerksamkeit auf sich. Er gab sich der Hoffnung hin, der Hurone denke darüber nach, wie er die

Wachsamkeit seiner Gefährten am ehesten täuschen könne, um sich in den Besitz der versprochenen Geschenke zu setzen. Mit dem Gedanken, diese Pläne durch seinen eigenen Rat zu unterstützen und die Versuchung noch zu verstärken, verließ er die Buche und kam, wie von ungefähr, auf die Stelle zu, wo Le Renard saß.

»Hat nicht Magua die Sonne lange genug im Gesicht gehabt, um aller Gefahr von den Kanadiern entronnen zu sein?« fragte er, als ob er über das gute Einverständnis zwischen ihnen nicht länger im Zweifel wäre, »und wird der Häuptling von William Henry nicht mehr erfreut sein, wenn er seine Töchter wiedersieht, ehe noch eine zweite Nacht sein Herz gegen ihren Verlust verhärtet und ihn mit seinen Geschenken weniger freigebig gemacht haben wird?« –

»Lieben die Blaßgesichter ihre Kinder weniger am Morgen als am Abend?« fragte der Indianer kalt.

»Keineswegs«, erwiderte Heyward, besorgt, seinen Fehler zu verbessern, wenn er einen gemacht, »der weiße Mann vergißt oft den Begräbnisplatz seiner Väter; er gedenkt zuweilen nicht mehr derer, die er lieben sollte und zu lieben versprochen hat; aber die Zärtlichkeit eines Vaters für sein Kind darf nie ersterben.«

»Und ist das Herz des weißköpfigen Häuptlings sanft, und wird er lange an die Kinder denken, die seine Squaws ihm gegeben haben? Er ist so hart gegen seine Krieger, und seine Augen sind aus Stein gebildet!«

»Er ist streng gegen die Trägen und Bösen, aber gegen die Nüchternen und Verdienstvollen ist er ein gerechter und gütiger Führer. Ich habe schon viele liebevolle und zärtliche Eltern gesehen, aber noch keinen Mann, dessen Herz gegen sein Kind zärtlicher gesinnt gewesen wäre. Du hast den Graukopf vor der Front seiner Krieger gesehen, Magua; aber ich habe erlebt, wie seine Augen in Tränen schwammen, wenn er von diesen Kindern sprach, die nun in deinen Händen sind!«

Heyward schwieg; denn er konnte sich den auffallenden Ausdruck nicht erklären, der sich über die schwärzlichen Züge des aufmerksamen Indianers blitzschnell verbreitete. Zuerst war es, als ob die Erinnerung an die versprochene Belohnung in seinem Geiste lebendig würde, wie er von den Quellen väterlicher Zärtlichkeit hörte, die ihm den Besitz jener sichern würden; während Duncan aber weiter redete, wurde der Ausdruck der Freude so grimmig boshaft, daß er notwendig befürchten mußte, es liege ihr eine unheimlichere Leidenschaft als Gewinnsucht zugrunde.

»Geh!« sprach der Hurone, indem er für den Augenblick diesen beunruhigenden Ausdruck seines Antlitzes mit einer totenähnlichen Ruhe vertauschte, »geh und sage der schwarzlokkigen Tochter, daß Magua sie sprechen will. Der Vater wird nicht vergessen, was die Tochter verspricht.«

Duncan, der in dieser Rede des Wilden den Wunsch nach einem weitern Unterpfande dafür erblickte, daß die versprochenen Gaben ihm auch wirklich zuteil werden sollten, zog sich langsam und zögernd nach der Stelle zurück, wo die Schwestern von ihrer Anstrengung ausruhten, um seinen Auftrag an Kora auszurichten.

»Sie wissen, von welcher Art die Wünsche eines Indianers sind«, schloß er, sie zu der Stelle führend, wo sie erwartet wurde. »Sie müssen freigebig mit Anerbietungen von Pulver und Decken sein. Geistige Getränke stehen jedoch bei Leuten, wie er, obenan; auch wäre es gut, wenn Sie ihm ein Geschenk von Ihrer Hand mit jener Grazie, die Ihnen so eigentümlich ist, anbieten würden. Bedenken Sie, Kora, daß von Ihrer Geistesgegenwart und Besonnenheit sogar Ihr Leben und das Alices abhängt!«

»Und das Ihrige, Heyward!«

»Das meinige kommt wenig in Betracht, es ist bereits an meinen König verkauft und gehört dem ersten besten Feinde, der es mir nehmen kann. Ich habe keinen Vater, der mich erwartet, und nur wenige Freunde, die ein Schicksal beklagen, nach welchem ich mit der nicht zu stillenden Sehnsucht der Jugend nach Auszeichnung gedürstet habe. Aber still! wir nahen uns dem Indianer. – Magua, die Lady, mit welcher du zu sprechen gewünscht, steht vor dir.«

Der Indianer erhob sich langsam von seinem Sitze und stand fast eine Minute schweigend und regungslos vor ihr. Dann gab er Heyward mit der Hand ein Zeichen, sich zurückzuziehen, und sagte kalt:

»Wenn der Hurone mit den Weibern spricht, verschließt sein Stamm die Ohren.« Als Duncan noch immer zögerte, als wollte er nicht gehorchen, sprach Kora mit ruhigem Lächeln:

»Hören Sie's, Heyward? Ihr Zartgefühl sollte Sie wenigstens veranlassen, sich zurückzuziehen. Gehen Sie zu Alice und trösten Sie dieselbe mit unsern wiederauflebenden Hoffnungen!«

Sie wartete, bis er sich entfernt hatte, und sprach dann, gegen den Eingebornen gekehrt, mit aller Würde ihres Geschlechts in Stimme und Gebärden: »Was will Le Renard der Tochter Munros sagen?«

»Hör!« antwortete der Indianer, seine Hand fest auf ihren Arm legend, als wollte er alle ihre Aufmerksamkeit auf seine Worte lenken – eine Bewegung, welche Kora ebenso fest als ruhig zurückwies, indem sie ihren Arm seinem Griffe entzog – »Magua ward als Häuptling und Krieger unter den roten Huronen an den Seen geboren; er sah die Sonnen von zwanzig Sommern den Schnee von zwanzig Wintern in die Ströme treiben, ehe er ein Blaßgesicht erblickte, und er war glücklich! Dann kamen seine kanadischen Väter in die Wälder und lehrten ihn das Feuerwasser trinken, und er ward ein Bösewicht. Die Huronen trieben ihn von den Gräbern seiner Väter, als ob er ein gejagter Büffel wäre. Er rannte zu den Ufern der Seen hinab und verfolgte ihren Ausfluß bis zur ›Kanonen-Stadt‹. Hier jagte und fischte er, bis das Volk ihn zurück durch die Wälder wieder in die Arme seiner Feinde trieb. Der Häuptling, welcher ein geborner Hurone war, wurde endlich ein Krieger unter den Mohawks!«

»Ich habe früher so etwas gehört!« sagte Kora, als sie bemerkte, daß er schwieg, um die Leidenschaft zu unterdrücken, die bei der Erinnerung an das vermeintliche Unrecht, das er erlitten, in helle Flammen aufzulodern begann.

»Ist es Le Renards Schuld, daß sein Haupt nicht aus einem Felsen geschaffen war? Wer gab ihm das Feuerwasser? Wer machte ihn zu einem Bösewicht? Die Blaßgesichter, das Volk deiner Farbe, taten es!«

»Und bin ich verantwortlich dafür, daß es unbesonnene schlechte Menschen gibt, deren Gesichtsfarbe der meinigen gleicht?« fragte Kora ruhig den aufgeregten Wilden.

»Nein, Magua ist ein Mann und kein Tor. Solche, wie du, öffnen nie ihre Lippen dem Feuerstrome: der Große Geist hat dir Weisheit gegeben!«

»Was habe ich also bei deinem Unglück, ich will nicht sagen, bei deinen Verirrungen zu tun oder darüber zu sagen?«

»Höre«, wiederholte der Indianer, indem er seine ernste Stellung wieder annahm, »als seine englischen und französischen Väter das Beil aus der Erde gruben, zog Le Renard auf die Vorposten der Mohawks und focht gegen seine eigene Nation. Die Blaßgesichter haben die Rothäute aus ihrem Jagdgebiet vertrieben, und jetzt, wenn sie kämpfen, führt ein weißer Mann sie an. Der alte Häuptling am Horican, dein Vater, war der große Anführer unserer Kriegspartei. Er sprach zu den Mohawks: tut dies und tut jenes, und fand Gehorsam. Er machte ein Gesetz, daß, wenn ein Indianer Feuerwasser trinke und in die Leinwand-Wigwams[20] seiner Krieger komme, es nicht vergessen werden sollte. Magua öffnete töricht den Mund, und das Feuergetränk führte ihn in Munros Hütte. Was tat der Graukopf? Seine Tochter soll es sagen!«

»Er vergaß seine Worte nicht, übte Gerechtigkeit und bestrafte den Schuldigen«, sprach das kühne Mädchen.

»Gerechtigkeit!« wiederholte der Indianer, indem er den grimmigsten Seitenblick auf ihr unerschrockenes Antlitz warf, »ist das Gerechtigkeit, wenn man das Übel schafft und dann dafür bestraft? Magua war es nicht selbst: das Feuerwasser sprach und handelte für ihn! Aber Munro glaubte es nicht. Der Huronenhäuptling ward vor allen Blaßgesichtkriegern gebunden und wie ein Hund durchgepeitscht.«

Kora schwieg; denn sie wußte nicht, wie sie diese unkluge Strenge ihres Vaters so rechtfertigen sollte, daß es der Fassungskraft eines Indianers angemessen wäre.

»Sieh!« fuhr Magua fort, indem er den leichten Kaliko, der seine bemalte Brust nur unvollkommen bedeckte, beiseite riß: »hier sind Narben von Messern und Kugeln – dieser mag sich ein Krieger vor seiner Nation rühmen; aber der Graukopf hat Spuren auf dem Rücken des Huronenhäuptlings hinterlassen, die er, wie eine Squaw, unter dieser bemalten Leinwand der Weißen verbergen muß.«

»Ich glaubte«, begann Kora wieder, »der indianische Krieger sei ausdauernd, fühle, kenne nicht den Schmerz, den sein Körper leide.«

»Als die Chippewas Magua an den Pfahl banden und ihm diese Wunde schlugen«, sprach der andere, indem er seinen Finger in eine tiefe Narbe legte, »lachte ihnen der Hurone ins Gesicht und sagte: ›Nur Weiber verwunden so leicht!‹ Da war sein Geist in den Wolken! Aber als er Munros Streiche fühlte, lag sein Geist unter der Birkenrute. Der Geist eines Huronen ist nie berauscht; er vergißt nichts!«

»Aber er kann besänftigt werden. Wenn mein Vater dir unrecht tat, so zeig ihm, wie ein Indianer vergeben kann, und bring ihm seine Töchter zurück. Du hast von Major Heyward gehört –«

Magua schüttelte den Kopf und verbot ihr, die Anerbietung zu wiederholen, die er so sehr verachtete.

»Was willst du also haben?« fuhr Kora nach einer peinvollen Pause fort, indem sich ihr die Überzeugung immer mehr aufdrang, daß der zu sanguinische und edelmütige Duncan durch die Schlauheit des Wilden grausam getäuscht worden sei.

»Was ein Hurone liebt. – Gutes für Gutes, Böses für Böses!«

»So willst du denn das Unrecht, welches Munro dir zugefügt hat, an seinen hilflosen Töchtern rächen? Wäre es nicht männlicher, du trätest ihm vors Angesicht, und verschafftest dir als Krieger Genugtuung?«

»Die Arme der Blaßgesichter sind lang und ihre Messer scharf!« entgegnete der Wilde mit boshaftem Gelächter, »warum sollte Le Renard unter die Musketen seiner Krieger gehen, wenn er den Geist des Graukopfs unter seinen Händen hat?«

»Nenne deine Absicht, Magua«, sprach Kora, alle ihre Kräfte aufbietend, um ruhig und standhaft zu bleiben. »Willst du uns als Gefangene in die Wälder schleppen oder hast du uns noch größeres Übel zugedacht? Gibt es keine Belohnung, kein Mittel, das Unrecht zu sühnen und dein Herz zu erweichen? Wenigstens laß meine zarte Schwester los und schütte alle Bosheit über mich aus! Erkaufe dir Reichtum mit ihrer Rettung und sättige deine Rache an *einem* Opfer! Der Verlust beider Töchter würde den alten Mann ins Grab bringen, und welche Genugtuung hätte dann Le Renard?«

»Höre!« sprach der Indianer wieder, »die lichten Augen können zum Horican zurückkehren und dem alten Manne erzählen, was geschehen ist, wenn das schwarzlockige Mädchen bei dem Großen Geist seiner Väter schwören will, nicht zu lügen.«

»Was muß ich versprechen?« fragte Kora, immer noch durch ihre Fassung und weibliche Würde eine geheime Gewalt über den wilden Eingebornen behauptend.

»Als Magua sein Volk verließ, wurde sein Weib einem andern Häuptling gegeben; er hat sich jetzt Freunde unter den Huronen gemacht und will zu den Gräbern seiner Väter an die Ufer des großen Sees zurückkehren. Die Tochter des englischen Häuptlings soll mit ihm gehen und für immer in seinem Wigwam leben.«

So empörend auch ein solcher Vorschlag für Kora sein mußte, so behielt sie doch, trotz ihres mächtigen Abscheus, Selbstbeherrschung genug, um, ohne eine Schwäche zu verraten, ihm zu antworten:

»Und welches Vergnügen würde Magua daran finden, seine Hütte mit einem Weibe zu teilen, das er nicht liebt, das einer Nation und Farbe angehört, die von der seinigen verschieden ist? Es wäre besser, er nähme Munros Gold und kaufte mit seinen Gaben das Herz eines Huronenmädchens.«

Der Indianer gab ihr fast eine Minute lang keine Antwort, heftete aber seine wilden Blicke in einer so seltsamen Weise auf Koras Antlitz, daß sie vor Scham ihre Augen sinken ließ, die zum erstenmal einem Ausdrucke begegnet waren, den kein keusches Mädchen ertragen kann. Während sie in sich selbst zusammenschrak, fürchtend, ihre Ohren möchten durch einen noch schlimmern Vorschlag verletzt werden, antwortete Magua im Tone der schwärzesten Bosheit:

»Als die Hiebe den Rücken des Huronen geißelten, wußte er schon, wo er ein Weib finden müßte, die Schmerzen zu büßen. Die Tochter Munros sollte sein Wasser schöpfen, sein Kornfeld hacken und sein Wildbret kochen. Der Leib des Graukopfes sollte unter seinen Kanonen schlafen, sein Herz aber unter Le Subtils Messer liegen!«

»Ungeheuer! wohl verdienst du deinen verräterischen Namen!« rief Kora, hingerissen von dem Gefühle empörter Kindesliebe, »nur ein Teufel konnte solche Rache ersinnen! Aber du überschätzest deine Gewalt! Du sollst finden, daß du wirklich Munros Herz unter deinen Händen hast und daß es deiner äußersten Bosheit hohnspricht!«

Der Indianer antwortete auf diesen kühnen Trotz mit einem schrecklichen Hohnlächeln, das seinen unerschütterlichen Entschluß verriet, und winkte sie hinweg, als wollte er die Unterredung für immer schließen. Kora, die bereits ihre Übereilung bereute, mußte gehorchen; denn Magua verließ sie sogleich und trat auf seine gefräßigen Gesellen zu. Heyward eilte dem aufgeregten Mädchen entgegen und befragte es über das Ergebnis der Unterredung, welche er in einiger Entfernung mit dem lebhaftesten Anteil beobachtet hatte. Da sie aber Alices Angst nicht erhöhen wollte, wich sie einer bestimmten Antwort aus und verriet bloß durch ihre bleichen Züge und die unruhigen Blicke, die sie auf alle Bewegungen ihrer Feinde heftete, daß sie nichts ausgerichtet habe. Auf die wiederholten und ernstlichen Fragen ihrer Schwester über ihr wahrscheinliches Schicksal antwortete sie nur dadurch, daß sie mit einer Bestürzung, die sie nicht mehr bewältigen konnte, auf die dunkle Gruppe hindeutete und, Alice an ihr Herz drückend, laut ausrief:

»Dort! dort! Lies unser Schicksal in ihren Gesichtern! Bald werden wir's sehen! Bald!«

Die Gebärden und die gebrochene Stimme Koras sprachen deutlicher als alle Worte und richteten schnell die Aufmerksamkeit auch ihrer Begleiter auf eine Stelle, auf die ihr eigener starrer Blick mit einer Spannung geheftet war, der nur in der Wichtigkeit des Augenblicks Erklärung fand.

Als Magua die Rotte lungernder Wilder, die, nachdem sie ihr ekelhaftes Mahl mit gieriger Gefräßigkeit verschlungen hatten, in tierischer Trägheit auf dem Boden ausgestreckt lagen, erreicht hatte, begann er, sie mit der Würde eines indianischen Häuptlings anzureden. Seine ersten Worte hatten die Wirkung, daß seine Zuhörer sich mit den Zeichen ehrfurchtsvoller Aufmerksamkeit erhoben. Da der Hurone in seiner Muttersprache redete, so konnten die Gefangenen, obgleich von den Eingebornen aus Vorsicht im Bereiche ihrer Tomahawks gehalten, nur aus den bedeutungsvollen Gebärden, mit denen der Indianer stets seine Beredsamkeit beleuchtet, auf den Inhalt seiner Worte schließen.

Anfangs waren Maguas Worte und Bewegungen ruhig und bedächtig. Als er aber die Aufmerksamkeit seiner Kameraden hinlänglich rege gemacht hatte, schloß Heyward aus seinem öfteren Hindeuten nach der Gegend der großen Seen, daß er von dem Lande ihrer Väter und ihrem entfernten Stamme spreche. Häufige Beifallsbezeigungen folgten, und mit dem ausdrucksvollen »Hugh!« sahen die Zuhörer einander an, als wollten sie ihre Zufriedenheit mit dem Redner zu erkennen geben. Le

Renard war zu gewandt, um seinen Vorteil nicht zu bemerken. Er sprach jetzt von dem langen, mühevollen Wege, den sie zurückgelegt, seitdem sie ihre weiten Jagdgehege und ihre Dörfer verlassen hätten, um mit den Feinden ihrer kanadischen Väter zu kämpfen. Er zählte die Krieger ihrer Partei auf, ihre zahlreichen Waffentaten, ihre der Nation geleisteten Dienste, ihre Wunden und die Zahl der Skalpe, die sie gewonnen hätten. Jedesmal wenn er auf einen der Anwesenden anspielte (und der schlaue Indianer vergaß keinen), strahlten die Züge des Geschmeichelten vor Entzücken, und er säumte nicht, die Wahrheit seiner Worte durch Gebärden des Beifalls zu bekräftigen. Jetzt sank die Stimme des Sprechers, und die lauten, lebhaften Siegestöne, womit er ihre glücklichen Erfolge und Großtaten aufgezählt hatte, verstummten. Er beschrieb Glenns Wasserfall, die unzugängliche Felseninsel mit ihren Höhlen, ihren zahllosen Strudeln und Wasserwirbeln; sprach den Namen La longue Carabine aus und brach ab, bis der Wald unter ihnen das letzte Echo eines lauten und langen Geheuls wiedergegeben hatte, womit der verhaßte Name aufgenommen wurde. Er deutete auf den jungen Kriegsgefangenen und beschrieb den Tod eines beliebten Kriegers, der von seiner Hand in die tiefe Schlucht gestürzt worden war. Er schilderte nicht nur das traurige Los dessen, der, zwischen Himmel und Erde hängend, der ganzen Truppe ein so gräßliches Schauspiel dargeboten hatte, sondern stellte von neuem die Schrecken seiner Lage, seine Standhaftigkeit und seinen Tod an den Ästen eines jungen Baumes dar und schloß mit einer kurzen Angabe der Art und Weise, wie jeder ihrer Freunde gefallen war, wobei er nicht versäumte, ihren Mut und ihre Verdienste rühmend anzuerkennen. Als diese Aufzählung der Ereignisse zu Ende war, wechselte seine Stimme ihre Töne abermals und wurde klagend, sogar melodisch mit ihren tiefen Kehllauten. Er sprach jetzt von den Weibern und Kindern der Erschlagenen, ihrer Verlassenheit, ihrem leiblichen und geistigen Elend, ihrer Entferntheit und zuletzt dem Unglück, noch nicht gerächt zu sein. Dann erhob er plötzlich seine Stimme zu furchtbarer Kraft und rief:

»Sind die Huronen Hunde, daß sie solches ertragen? Wer soll dem Weibe Menowguas sagen, daß die Fische seinen Schädel haben und sein Volk noch nicht Rache genommen? Wer wagt es, der Mutter Wassawattimies, dem stolzen Weibe, mit unblutigen Händen unter die Augen zu treten? Was soll man den alten Männern sagen, wenn sie nach Skalpen fragen und wir ihnen kein Haar von einem weißen Haupte vorweisen können? Die Weiber werden mit Fingern auf uns deuten. Ein schwarzer Flecken haftet auf dem Namen der Huronen, mit Blut muß er abgewaschen werden!«

Seine Stimme verhallte unter dem Rachegeschrei, das in die Lüfte erscholl, als ob der Wald von dem ganzen Stamme statt der winzigen Rotte angefüllt wäre. Während dieser Anrede konnten die bei dem Erfolge des Redners am meisten Beteiligten in den Mienen der Zuhörer die Fortschritte des Redners nur zu deutlich erkennen. Seine Klage und sein Leid hatten diese durch Mitgefühl und Trauer, seine Behauptungen durch Gebärden der Bekräftigung und sein Ruhmreden mit dem lauten Frohlocken der Wilden beantwortet. Wenn er von Mut sprach, waren ihre festen Blicke die Antwort, wenn er auf ihre Verluste anspielte, glühten ihre Augen vor Wut; als er auf die Schmähungen der Weiber kam, senkten sie beschämt ihre Häupter; wie er aber auf die Mittel zur Befriedigung ihrer Rache wies, berührte er eine Saite, die noch nie verfehlt hatte, in der Brust eines Indianers widerzuklingen. Auf den ersten Wink, daß die Schlachtopfer in ihrem Bereiche seien, sprang die ganze Rotte auf, stieß ein wütendes Rachegeschrei aus und stürzte mit gezückten Messern und hocherhobenen Tomahawks auf die Gefangenen los. Heyward warf sich zwischen die Schwestern und den Vordersten, welchen er mit der Stärke der Verzweiflung erfaßte und für einen Augenblick seinem Ungestüm Einhalt tat. Dieser unerwartete Widerstand gab Magua Zeit, dazwischenzutreten und durch seinen blitzschnellen Ruf und seine Gebärden die Aufmerksamkeit der Bande aufs neue zu fesseln. In jener Sprache, deren er sich mit solcher Gewandtheit zu bedienen wußte, brachte er seine Kameraden von ihrem augenblicklichen Vorhaben ab und forderte sie auf, die Qual ihrer Schlachtopfer zu verlängern. Sein Vorschlag wurde mit Beifallrufen aufgenommen und mit Blitzesschnelle ausgeführt.

Zwei kräftige Krieger warfen sich über Heyward her, während ein dritter sich des minder gefährlichen Singmeisters bemächtigte. Keiner der Gefangenen unterlag jedoch ohne einen verzweiflungsvollen Kampf. Selbst David warf seinen Angreifer zur Erde, und Heyward wurde erst bewältigt, als der Sieg über seinen Begleiter die Indianer instand setzte, ihn mit vereinten Kräften anzugreifen. Er wurde gefesselt und an den Stamm des jungen Baumes gebunden, an dessen Ästen Magua den verhängnisvollen Tod des Huronen pantomimisch dargestellt hatte. Als der junge Kriegsmann wieder zur Besinnung kam, hatte er die peinvolle Gewißheit vor Augen, daß sie alle ein gemeinsames Schicksal erwarte. Zu seiner Rechten war Kora, gleich ihm an einen Baum gebunden, blaß und aufgeregt, aber mit festem Blicke alle Bewegungen ihrer Feinde verfolgend. Zu seiner Linken leisteten Alice die Weiden, womit man sie an eine Fichte gebunden hatte, einen Dienst, den ihre zitternden Glieder versagten, und schützten ihre zarte Gestalt allein vor einem schnellen Zusammensinken. Ihre Hände hatte sie vor sich, wie zum Gebete gefaltet: statt sich aber aufwärts zu jener Macht emporzurichten, die allein noch retten konnte, wanderten ihre Augen unbewußt und mit kindlicher Abhängigkeit nach Duncans Antlitz. David hatte gekämpft, und die Neuheit dieses Umstandes hielt ihn schweigend und in stiller Überlegung, ob er daran recht oder unrecht getan habe.

Die Rache der Huronen hatte jetzt eine neue Richtung genommen, und sie schickten sich an, dieselbe mit jener raffinierten Grausamkeit zu befriedigen, die seit Jahrhunderten bei ihnen an der Tagesordnung ist. Einige suchten Äste, um den Holzstoß zu errichten: einer schnitzte die Splitter einer Fichte, um sie brennend den Gefangenen ins Fleisch zu stoßen, während andere die Wipfel zweier jungen Bäume zur Erde bogen, um Heyward mit den Armen daran zu binden und dann zurückschnellen zu lassen. Aber Maguas Rache suchte einen höhern und noch boshaftern Genuß.

Während die minder raffinierten Ungeheuer der Bande vor den Augen der Opfer ihrer Rache diese wohlbekannten und gewöhnlichen Mittel der Marter vorbereiteten, trat er zu Kora und machte sie mit dem Ausdruck teuflischer Bosheit auf das Schicksal aufmerksam, das sie im nächsten Augenblick erwartete:

»Nun!« rief er, »was sagt die Tochter Munros? Ihr Haupt ist zu gut, um ein Kissen in dem Wigwam Le Renards zu finden: wird sie's besser haben, wenn es, ein Spielball der Wölfe, um diesen Hügel rollt? Ihr Busen kann nicht die Kinder eines Huronen nähren, sie soll ihn von Indianern angespien sehen!«

»Was will dieses Ungeheuer?« fragte der erstaunte Heyward.

»Nichts!« war ihre feste Antwort. »Er ist ein Wilder, ein grausamer, unwissender Wilder, und weiß nicht, was er tut. Laßt uns mit unsrem letzten Atem Buße und Verzeihung für ihn erflehen!«

»Verzeihung!« echote der wilde Hurone, indem er in seiner Wut den Sinn der Worte mißverstand, »das Gedächtnis eines Indianers ist länger als der Arm der Blaßgesichter, sein Erbarmen kürzer als ihre Gerechtigkeit! Sprich, soll ich die gelben Locken ihrem Vater senden und willst du Magua zu den großen Seen folgen, um sein Wasser zu tragen und ihn mit Korn zu nähren?«

Kora winkte ihm mit einer Bewegung des Abscheus, den sie nicht zu unterdrücken vermochte, sich zu entfernen.

»Verlaß mich!« sprach sie mit einer Feierlichkeit, die für einen Augenblick sogar die Wildheit des Indianers zurückdrängte, »du mischest Bitterkeit in meine Gebete; du stehst zwischen mir und meinem Gott!«

Der leichte Eindruck, den sie auf den Wilden machte, war jedoch bald vorüber, und er fuhr mit bitterem Hohn, auf Alice deutend, fort:

»Sieh!« sprach er, »das Kind weint! Sie ist noch zu jung zum Sterben! Schicke sie zu Munro, ihm die grauen Haare zu kämmen und Leben in dem Herzen des alten Mannes zu erhalten.«

Kora konnte dem Verlangen nicht widerstehen, auf die jugendliche Schwester zu schauen, in deren Auge sie einem flehenden Blicke begegnete, der Liebe zum Leben verriet.

»Was sagt er, liebste Kora?« fragte Alice mit zitternder Stimme. »Sprach er davon, mich zu unserm Vater zurückzusenden?«

Einige Augenblicke ruhten die Augen der ältern Schwester auf der jüngern, während in ihren Zügen mächtige und miteinander streitende Gefühle kämpften. Endlich sprach sie, obgleich ihre Töne jene reiche, ruhige Fülle verloren hatten, mit einem Ausdruck fast mütterlicher Zärtlichkeit:

»Alice, der Hurone bietet uns beiden das Leben an – ja, mehr noch als dies; er will sogar Duncan – unsern unschätzbaren Duncan sowohl als dich unsern Freunden – unsrem Vater – unserem kinderlosen, unglücklichen Vater zurückgeben, wenn ich diesen rebellischen, eigensinnigen Stolz beuge und mich dazu verstehe –«

Ihre Stimme stockte und ihre Hände faltend blickte sie gen Himmel, als suchte sie in ihrer Todesangst Erleuchtung von der Weisheit des Unendlichen.

»Sprich!« rief Alice, »zu was, teuerste Kora? Oh, daß das Anerbieten mir gemacht würde! euch zu retten, den betagten Vater zu trösten! Duncan zu befreien, wie freudig könnte ich sterben!«

»Sterben!« wiederholte Kora mit einer ruhigern und festern Stimme, »das wäre leicht! vielleicht ist es die Wahl nicht weniger, die er mir läßt. Er wollte von mir haben«, fuhr sie fort, während ihre Stimme unter dem Bewußtsein des Entehrenden eines solchen Vorschlages sank, »daß ich ihm in die Wildnis folge, mit ihm zu den Behausungen der Huronen gehe und dort bleibe: kurz, daß ich sein Weib werde! Sprich denn, Alice, teures Kind, Schwester meiner Liebe! Und auch Sie, Major Heyward, helfen Sie meiner schwachen Vernunft mit Ihrem Rate auf! Darf man das Leben mit einem solchen Opfer erkaufen? Willst du es, Alice, aus meiner Hand um solchen Preis empfangen? Und Sie, Duncan, leiten Sie mich! Verfügt über mich! Euch gehöre ich ganz!«

»Wie?« rief der Jüngling voll Unwillen und Erstaunen. »Kora! Kora! Sie spielen mit unsrem Jammer! Sprechen Sie nicht mehr von dieser entsetzlichen Wahl. Der Gedanke schon ist schrecklicher als tausendfacher Tod!«

»Daß Sie so antworten würden, wußte ich!« rief Kora, während ihre Wange errötete und ihre dunkeln Augen noch einmal von einer Aufwallung erglänzten, wie sie dem Weibe natürlich war. »Was sagt meine Alice? Ihrer Entscheidung will ich mich ohne Murren unterwerfen.«

Beide, Heyward und Kora, horchten mit peinlicher Erwartung und mit der gespanntesten Aufmerksamkeit, aber keine Antwort erfolgte. Es schien, als sei die zarte und gefühlvolle Alice, nachdem sie diesen Vorschlag gehört, vernichtet in sich selbst zusammengesunken. Ihre Arme hingen herab, die Finger bewegten sich in leichten Zuckungen; ihr Haupt war auf ihren Busen gesunken, und ihre ganze Gestalt schien ohne eigene Kraft nur durch ihre Bande am Baume aufrechterhalten zu werden, gleich einem schönen Sinnbilde verwundeten Zartgefühls ihres Geschlechtes, scheinbar ohne Leben und doch noch des Lebens sich bewußt. Nach wenigen Augenblicken begann jedoch ihr Haupt sich langsam mit dem Zeichen der innersten, unbezwinglichsten Mißbilligung zu bewegen.

»Nein! nein! nein! Besser, wir sterben, wie wir gelebt, zusammen!«

»So stirb!« schrie Magua, seinen Tomahawk mit Ungestüm gegen die wehrlose Sprecherin werfend, zähneknirschend und mit einer Wut, die er nicht länger bezwingen konnte, über diesen unerwarteten Beweis von Festigkeit in einem Wesen, welches er für das schwächste unter allen gehalten hatte. Die Axt schwirrte an Heywards Stirn vorbei, durchschnitt eine von den flatternden Locken Alices und fuhr über ihrem Kopf in den Baum. Dieser Anblick brachte Duncan zur Verzweiflung. Mit gewaltsamer Anstrengung sprengte er seine Fesseln und stürzte auf einen andern Wilden, welcher, mit lautem Geschrei und besser zielend, einen zweiten Streich zu führen im Begriffe war. Sie faßten sich, rangen, und fielen zu Boden. Der nackte Leib seines Gegners bot Heyward keinen Halt; er entschlüpfte ihm, fuhr ihm mit einem Knie auf die Brust und drückte ihn mit Riesenkraft darnieder. Schon sah Duncan das Messer in der Luft blitzen, als ein zischender Laut an ihm vorbeipfiff und von dem scharfen Knall einer Büchse mehr begleitet als gefolgt ward. Er fühlte sich von der Last, die ihn niedergedrückt hatte, erleichtert und sah, wie der grimmige Ausdruck in seines Gegners Miene in einen Blick leerer Wildheit überging. Der Indianer sank tot auf die dürren Blätter zu seiner Seite nieder.

Zwölftes Kapitel

Clown. Ich bin fort, Sir,
Und im Nu, Sir,
Bin wieder ich zurück.
Shakespeare, Heiliger Dreikönigsabend

Regungslos standen die Huronen bei diesem plötzlichen Eintritte des Todes in ihre Reihen. Als sie aber der verderbenbringenden Sicherheit eines Schusses gedachten, der sich sein feindliches Ziel mit soviel Gefahr für den Freund gewählt hatte, ertönte plötzlich der Ruf: »La longue Carabine« aus aller Munde, und ein wildes, fast klägliches Geheul ließ sich hören. Ein lautes Geschrei aus einem kleinen Dickicht, wo die Unvorsichtigen ihre Waffen aufgestellt hatten, antwortete, und im nächsten Augenblick stürzte Hawk-eye, zu ungeduldig, die wiedergewonnene Büchse zu laden, auf sie zu, indem er die gewichtige Waffe schwang und die Luft mit weiten und mächtigen Schwingungen durchschnitt. So kühn und rasch aber auch die Bewegungen des Kundschafters waren, so überholte ihn doch die leichte und kräftige Gestalt eines Wilden, welcher mit unglaublicher Behendigkeit und Kühnheit an ihm vorbei mitten unter die Huronen sprang und hier unter furchtbaren Drohungen, einen Tomahawk schwingend und ein blitzendes Messer zückend, sich vor Kora stellte. Schneller, als der Gedanke diesen unerwarteten und verwegenen Bewegungen folgen konnte, glitt in der unheilbringenden Vollrüstung des Todes eine Gestalt vor ihren Augen vorbei und stellte sich in drohender Haltung zur Seite des andern auf. Die wilden Quäler schraken vor diesen kriegerischen Eindringlingen zurück und stießen bei ihrem Erscheinen den oft wiederholten eigentümlichen Ruf des Erstaunens aus, auf den die wohlbekannten und gefürchteten Benennungen: Le Cerf agile! Le gros Serpent! folgten.

Aber der schlaue und wachsame Führer der Huronen war nicht so bald außer Fassung gebracht. Mit scharfem Auge um sich blickend, überschaute er die Art des beginnenden Kampfes mit *einem* Blick und zückte, seine Begleiter durch Stimme und Beispiel ermutigend, sein langes, gefährliches Messer und stürzte mit lautem Geheul auf den ihn erwartenden Chingachgook los. Dies war das Signal zu allgemeinem Kampf. Kein Teil hatte Feuergewehre, und der Streit mußte auf die tödlichste Weise, Hand gegen Hand, mit Waffen des Angriffs und keinen der Verteidigung, entschieden werden.

Unkas stürzte sich, das Kampfgeschrei erwidernd, auf einen Feind und zerschmetterte ihm mit einem einzigen, wohlgerichteten Schlage den Schädel. Heyward zerrte Maguas Waffe aus dem jungen Baume und eilte mit Ungestüm zum Streit herbei. Da die Kämpfenden sich jetzt an Zahl gleich waren, so ersah sich jeder seinen Mann unter den Gegnern. Angriff und Streiche folgten sich mit der Wut eines Wirbelwinds und der Schnelligkeit des Blitzes. Hawk-eye nahm alsbald einen zweiten Feind in den Bereich seines Armes: mit einem Schwunge seiner furchtbaren Waffe wehrte er die einfache, kunstlose Verteidigung seines Gegners ab und schlug ihn mit demselben Streiche zu Boden. Heyward schleuderte, zu hitzig, um zu warten, bis er seinem Gegner nahe genug war, den Tomahawk auf ihn ab. Er traf den Indianer, den er sich ausersehen, vor die Stirne und hemmte für einen Augenblick seinen Angriff. Ermutigt durch diesen geringen Vorteil, sprang der ungestüme junge Mann mit unbewehrten Händen auf seinen Feind los. Ein Augenblick aber reichte hin, ihn von seiner Übereilung zu überzeugen; denn alsbald mußte er seine ganze Gewandtheit und allen Mut aufbieten, um sich der verzweifelten Messerstöße des Huronen zu erwehren. Unfähig, einem so behenden und wachsamen Gegner länger zu widerstehen, umfaßte er ihn mit seinen Armen, und es gelang ihm, dem Feinde mit eisernem Griff die Hände fest an den Leib zu drücken; aber diese Anstrengung war zu stark, als daß sie ihn nicht bald hätte erschöpfen müssen. In dieser äußersten Gefahr ertönte eine Stimme neben ihm:

»Vernichtet die Schufte! Keinen Pardon den verfluchten Mingos!«

Im nächsten Augenblick fiel der Kolben der Büchse Hawk-eyes auf den nackten Kopf von Heywards Gegner, dessen Muskeln unter dem Streiche zu verdorren schienen, während er kraft- und bewegungslos aus Duncans Armen niedersank.

Als Unkas seinen ersten Feind niedergeschmettert hatte, wandte er sich wie ein hungriger Löwe, einen zweiten zu suchen. Der fünfte Hurone, der einzige, der bei dem ersten Angriff keinen Gegenmann gefunden, hatte eine Weile unentschlossen dagestanden und dann mit teuflischer Bosheit versucht, das unterbrochene Werk der Rache zu vollenden. Ein Siegesgeschrei erhebend, sprang er auf die wehrlose Kora zu und schleuderte als furchtbaren Vorboten seiner Annäherung seinen scharfen Tomahawk nach ihr. Dieser streifte ihr die Schulter, durchschnitt die Weiden, welche sie an den Baum gefesselt hielten und ließ ihr Freiheit zu entfliehen. Kora entschlüpfte dem Griffe des Wilden, warf sich, um die eigene Sicherheit unbesorgt, an Alices Busen und versuchte, mit krampfhaften, zitternden Händen die Weiden zu lösen, die jene noch festhielten. Nur ein Ungeheuer konnte bei diesem Zuge edelmütiger, aufopfernder Liebe ungerührt bleiben, aber die Brust des Huronen kannte kein Mitgefühl. Er griff Kora an den üppigen Locken, welche ihr in schöner Verwirrung über Nakken und Schultern fielen, und riß sie mit dem rohesten Ungestüm auf die Knie nieder. Hierauf wand er sich die reiche Fülle der Haare um die Hand und schwang, sie hoch mit ausgestrecktem Arme emporhaltend, ein Messer um das schöngeformte Haupt seines Schlachtopfers, indem er ein höhnisches und frohlockendes Gelächter erhob. Allein er mußte diesen Augenblick grausamer Lust teuer bezahlen. In demselben Moment erschaute Unkas diese entsetzliche Szene. Emporspringend schoß er durch die Lüfte und stürzte gleich einer Kugel auf die Brust seines Feindes herab, indem er ihn jählings viele Schritte weg zu Boden schleuderte. Die Heftigkeit der Anstrengung warf den jungen Mohikaner samt dem Feinde zur Erde. Beide sprangen zugleich wieder auf, fochten, bluteten wechselseitig. Aber der Kampf war bald entschieden: der Tomahawk Heywards und die Büchse Hawk-eyes fielen in demselben Augenblick auf den Schädel des Huronen, als Unkas' Messer sein Herz erreichte.

Der Kampf war jetzt entschieden bis auf das immer noch währende Handgemenge von Le Renard Subtil und Le gros Serpent. Die wilden Krieger bewiesen, daß sie diese bezeichnenden Namen, die ihnen für frühere Kriegstaten zuteil geworden, wohl verdienten. Als sie handgemein wurden, verging einige Zeit damit, daß sie den schnellen und kräftigen Hieben, die sie aufeinander führten, gegenseitig auswichen: plötzlich aber stürzten sie aufeinander los, umfaßten sich und fielen zu

Boden, indem sie sich, Schlangen gleich, in unaufhörlichen Krümmungen umeinander wanden. In dem Augenblicke, da sich die Sieger unbeschäftigt fanden, war die Stelle, wo diese erfahrenen und verzweifelten Kämpfer lagen, nur an einer Wolke von Staub und Blättern erkennbar, welche sich von dem Mittelpunkte der kleinen Ebene, wie durch einen Wirbelwind getrieben, an den Rand derselben fortbewegte. Von kindlicher Liebe, Freundschaft und Dankbarkeit angetrieben, stürzten Heyward und seine Genossen nach dem Orte und umgaben die kleine Staubwolke, welche über den Kämpfenden schwebte. Umsonst schoß Unkas um die Wolke, dem Feinde seines Vaters das Messer in das Herz zu stoßen; umsonst war Hawk-eyes Büchse drohend emporgehoben; umsonst suchte Duncan einen Fuß des Huronen zu erfassen – seine Hände schienen all ihre Kraft verloren zu haben. Bedeckt von Staub und Blut, schienen sie durch ihre schnellen Bewegungen in *einen* Körper verwachsen. Das totenähnliche Gesicht des Mohikaners und das düstere des Huronen wechselten vor ihren Augen in so schneller und verworrener Aufeinanderfolge, daß die Freunde des erstern nicht wußten, wann oder wo sie ihre hilfreichen Streiche führen sollten. Zwar gab es kurze, flüchtige Augenblicke, wo die grimmigen Augen Maguas gleich denen des fabelhaften Basilisken durch den ihn umgebenden Staubwirbel funkelten, und mit diesen kurzen und tödlichen Blicken konnte er das Schicksal eines Kampfes mit solchen Feinden lesen. Ehe jedoch eine feindliche Hand auf sein dem Tode geweihtes Haupt herabsinken konnte, war schon an seiner Stelle das finstere Gesicht Chingachgooks sichtbar. Auf diese Weise hatte sich der Kampf aus dem Mittelpunkte der kleinen Ebene an den Rand derselben gezogen. Dem Mohikaner gelang es jetzt, seinem Gegner einen gewaltigen Stoß mit dem Messer zu versetzen; Magua ließ ihn plötzlich los und sank regungslos, wie es schien: ohne Leben, zurück. Sein Gegner sprang auf die Füße und ließ die Laubgewölbe des Waldes von Siegesgeschrei ertönen.

»Sieg den Delawaren! Sieg den Mohikanern!« rief Hawkeye, indem er noch einmal den Kolben seiner langen Todeswaffe erhob, »ein letzter Kolbenstreich von einem, dem reines Blut in den Adern rinnt, ist nicht wider seine Ehre und raubt ihm sein Recht auf den Skalp nicht.«

In dem Augenblick aber, da die verderbliche Waffe herabfuhr, entzog sich der geschmeidige Hurone schnell der Gefahr durch eine Bewegung, durch welche er über den Rand des Absturzes rollte, auf die Füße zu stehen kam und mit einem einzigen Sprung in dem Dickicht eines niedern Buschwerks verschwand, das sich zu seinen Seiten schloß. Die Delawaren, welche den Feind tot geglaubt hatten, stießen ihren Ruf der Verwunderung aus und verfolgten ihn wie zwei Windspiele, wenn sie das Wild erschauen, mit stürmischer Eile, als ein schrilles und eigentümliches Geschrei des Kundschafters ihr Vorhaben änderte und sie auf den Gipfel des Hügels zurückrief.

»Das sieht ihm gleich!« rief der alte Weidmann, dessen Vorurteile so viel dazu beitrugen, seinen natürlichen Sinn für Gerechtigkeit, sobald es die Mingos betraf, zu berücken. »Ein lügenhafter, betrügerischer Kerl! Ein ehrlicher Delaware, einmal besiegt, wäre ruhig liegengeblieben und hätte sich den Todesstoß geben lassen; diese schurkischen Maquas aber haben ein so zähes Leben wie wilde Katzen. Laßt ihn gehen – laßt ihn gehen; 's ist nur *ein* Mann ohne Büchse oder Bogen und hat manche gute Meile zu seinen französischen Kameraden; und wie ein Eber, der seine Fänge verloren, kann er keinen Schaden mehr tun, ehe er und auch wir die Tritte unsrer Mokassins einer weiten Sandstrecke eingedrückt haben. Sieh, Unkas«, fuhr er in delawarischer Sprache fort, »dein Vater hält bereits seine Skalpernte. Er tut recht, daß er nach den Vagabunden sieht: sonst entspringt uns wieder einer durch die Wälder und kreischt wie 'ne Elster, der man die Flügel freigelassen hat!«

Mit diesen Worten hielt der ehrliche, aber unversöhnliche Kundschafter seinen Umgang bei den Toten und stieß ihnen mit solcher Kaltblütigkeit sein langes Messer in die leblose Brust, als ob es ebensoviel Überreste von Tieren gewesen wären. Der ältere Mohikaner war ihm jedoch zuvorgekommen und hatte den widerstandslosen Häuptern bereits diese Sinnbilder des Sieges abgezogen.

Unkas aber flog, seine Sitte, und wir möchten wohl sagen: seine Natur verleugnend, mit instinktmäßigem Zartgefühl, von Heyward begleitet, den Mädchen zu Hilfe, befreite schnell Alice von ihren Fesseln und führte sie in Koras offene Arme. Wir wollen unterlassen, den Dank gegen den allmächtigen Lenker der Ereignisse zu schildern, der in den Schwestern glühte, die dem Leben und ihrer Liebe so unerwartet wiedergeschenkt worden waren. Ihr Gebet war innig und still; die Opfer ihres edeln Gemüts brannten hell und rein auf den geheimen Altären ihrer Herzen, und ihre neu belebten irdischen Gefühle drückten sich in langen, glühenden, wenn auch sprachlosen, Liebkosungen aus. Als Alice von ihren Knien, auf die sie zur Seite Koras gesunken war, sich erhob, stürzte sie an den Busen ihrer ältern Schwester und sprach unter lautem Schluchzen den Namen ihres betagten Vaters aus, während ihre sanften Taubenaugen von den Strahlen der Hoffnung erglänzten.

»Wir sind gerettet! Wir sind gerettet!« sprach sie leise, »um in die Arme unsres teuren, teuren Vaters zurückzukehren, und sein Herz wird nicht vor Gram brechen. Und auch du, Kora, meine Schwester, die du mir mehr als Mutter bist; auch du bist gerettet, und Duncan!« fuhr sie fort, indem sie mit einem unaussprechlichen Lächeln der Unschuld auf den Jüngling schaute, »auch unser tapferer, edelmütiger Duncan ist ohne Verletzung der Gefahr entronnen!«

Auf diese feurigen und fast unzusammenhängenden Worte antwortete Kora bloß, daß sie die jugendliche Sprecherin an ihr Herz drückte und sich mit inniger Zärtlichkeit über sie beugte. Der männliche Heyward schämte sich nicht, über diesen Anblick zärtlichen Entzückens Tränen zu vergießen, und Unkas stand, frisch und mit Blut bedeckt vom Kampfe kommend, als ruhiger und anscheinend ungerührter Zuschauer da, aber mit Augen, die bereits ihre Wildheit verloren hatten und von einem Mitgefühl strahlten, das ihn weit über den geistigen Gesichtskreis seiner Nation erhob und wahrscheinlich um Jahrhunderte ihren Sitten voraus sein ließ.

Während sich diese in ihrer Lage so natürlichen Gefühle aussprachen, nahte sich Hawk-eye, dessen vorsichtiges Mißtrauen ihn überzeugt hatte, daß die Huronen, welche eine so himmlische Szene entstellt, ihre Harmonie nicht mehr zu unterbrechen imstande waren, David und befreite ihn von den Banden, die er bis zu diesem Augenblick mit musterhafter Geduld getragen hatte.

»Jetzt!« rief der Kundschafter, die letzte Weide hinter sich werfend, »jetzt seid Ihr wieder Herr Eurer Glieder, obgleich Ihr im Gebrauche derselben nicht mehr Verstand zeigt als die Natur, die solche geschaffen hat. Wenn Euch der Rat eines Mannes, der nicht älter ist als Ihr, aber den größten Teil seines Lebens in der Wildnis zugebracht hat und also wohl sagen kann, daß er Erfahrung über seine Jahre besitzt, nicht verdrießt, so wäre es folgender: Verkauft das kleine Pfeifinstrument in Eurer Tasche da an den ersten besten Narren, den Ihr trefft, und kauft mit dem Geld 'ne brauchbare Waffe, und wär's auch nur der Lauf einer Reiterpistole. Mit Eifer und Sorgfalt könntet Ihr's noch zu was bringen; denn jetzt, sollt' ich meinen, müßten Eure Augen deutlich sehen, daß eine Aaskrähe ein besserer Vogel als eine Spottdrossel ist. Die eine schafft wenigstens dem Menschen das stinkende Aas aus dem Gesicht, indes die andere in den Wäldern nichts als Unheil stiftet, indem sie die Leute irreführt.«

»Waffen und Zinken für die Schlacht, aber Lobgesang für den Sieg!« antwortete der befreite David. »Freund«, fügte er bei, seine kleine, zarte Hand freundlich gegen Hawk-eye ausreckend, indem seine Augen blinzelten und sich mit Tränen füllten, »ich danke dir, daß die Haare meines Hauptes noch wachsen, wo sie die Vorsehung hingepflanzt hat. Wenn auch die der andern glänzender und gekräuselt sind, so habe ich doch die meinen immer noch gut genug gefunden für den Schädel, den sie bedecken. Daß ich keinen Teil an dem Kampfe nahm, geschah nicht sowohl aus Abneigung als wegen der Bande, in die mich die Heiden gelegt. Tapfer und flink hast du dich im Kampfe bewiesen, und hierfür danke ich dir, ehe ich mich noch anderer und wichtigerer Pflichten entledige, weil du dich des Christenlobes würdig erwiesen hast.«

»Das ist nicht der Rede wert, und noch oft könnt Ihr's zu sehen bekommen, wenn Ihr länger bei uns verweilt«, erwiderte der Kundschafter, ein gut Teil milder gestimmt gegen den Mann des Gesangs, der so unzweideutig seiner Dankbarkeit Worte geliehen hatte. »Ich hab' meinen alten Kameraden, den Wildtöter, wieder«, setzte er hinzu, indem er mit der Hand an den Kolben seiner Büchse schlug, »und das ist allein schon ein Sieg. Die Irokesen sind schlau, aber das war ein dummer Streich, daß sie ihre Büchsen sich so weit aus der Hand legten; und hätte Unkas oder sein Vater auch nur die gewöhnliche Indianergeduld gehabt, so wären wir mit drei Kugeln statt mit einer hinter die Schelme gestiegen, und das hätte dem ganzen Pack den Garaus gemacht, dem Springhasen dort wie seinen Spießgesellen. Aber 's war alles so vorherbestimmt und wird auch so am besten sein.«

»Du hast recht«, versetzte David, »hast ganz den Geist des Christentums erfaßt. Wer gerettet werden soll, wird gerettet werden, und wer zur Verdammnis vorherbestimmt ist, wird sicherlich verdammt werden. Dies ist die Lehre der Wahrheit und eine höchst tröstliche und erquickliche für den wahren Gläubigen!«

Der Kundschafter, der in dieser Zeit dagesessen hatte, den Zustand seiner Büchse mit einem gewissen väterlichen Eifer prüfend, blickte zu dem andern mit einem Ausdruck des Mißvergnugens auf, den er keineswegs zu verhehlen gemeint war, fernere Rede rauh unterbrechend: –

»Lehre oder nicht«, sprach der kecke Waldmann, »das ist der Glaube von Schurken und der Fluch eines ehrlichen Mannes. Ich kann glauben, daß der Hurone dort durch meine Hand fallen mußte; denn ich hab' es mit meinen eigenen Augen gesehen. Aber nur wenn ich Zeuge davon bin, will ich glauben, daß er irgendeinen Lohn empfangen oder daß Chingachgook dort am Jüngsten Tag verdammt werden wird.«

»Ihr habt keine Gewährleistung für solch eine verwegene Lehre noch eine Autorität, auf die Ihr Euch berufen könnt«, rief David, dessen Glaube eine starke Färbung jener metaphysischen Spitzfindigkeit trug, durch welche man zu jener Zeit und vornehmlich in seiner Provinz die schöne Einfachheit der Offenbarung verhüllte, indem man sich bestrebte, in das heilige Dunkel der göttlichen Natur einzudringen, Selbstgenügsamkeit an die Stelle des Glaubens setzte und folglich alle, welche von solchen menschlichen Dogmen ausgingen, in Absurditäten und Zweifel verwickelte. »Euer Tempel ist auf Sand gebaut, und der erste Sturm wird ihn von seiner Stelle reißen. Ich frage Euch, welche Autoritäten habt Ihr für eine so unchristliche Behauptung (gleich andern Verteidigern eines Systems war David nicht immer genau in der Wahl seiner Ausdrücke). Nennt Kapitel und Vers; in welchem der heiligen Bücher findet Ihr einen Text, welcher für Euch spräche?«

»Buch!« wiederholte Hawk-eye mit auffallender, unverhohlener Verachtung, »haltet Ihr mich für einen wimmernden Knaben, der einer Eurer alten Großmütter an der Schürze hängt und die gute Büchse auf meinem Knie da für eine Gänsefeder, mein Pulverhorn für ein Tintenfaß und meine Jagdtasche für ein über Kreuz gelegtes Taschentuch, mein Essen drin in die Schule zu tragen? Was? Buch? Was hab' ich, ein Krieger der Wildnis, obgleich ein Mann von reinem Blut, mit Büchern zu schaffen? Ich las immer nur in *einem,* und die Worte, welche in diesem geschrieben sind, sind zu einfach und zu klar, um viel Schulens zu bedürfen; und doch kann ich mich rühmen, vierzig lange und harte Jahre darin gelesen zu haben.«

»Was meint Ihr da für ein Buch?« fragte David, der des andern Meinung nicht recht verstand.

»Es liegt offen vor Euern Augen«, erwiderte der Kundschafter, »und der Eigentümer ist nicht karg damit, läßt gerne darin lesen. Ich hörte schon sagen, es gebe Leute, die in Büchern lesen, um sich zu überzeugen, daß ein Gott ist. Es ist möglich, daß sie in den Niederlassungen seine Werke so verunstalten, daß das, was in der Wildnis so klar und deutlich vor Augen liegt, unter Krämern und Priestern zweifelhaft wird. Wenn's einen solchen gibt, der mir von *einer* Sonne zur andern durch die Windungen der Wälder folgen will, so soll er genug sehen, um sich zu überzeugen, daß er ein Narr ist und daß seine größte Narrheit darin besteht, an ein Wesen hinanreichen zu wollen, dem er niemals, weder an Güte noch an Macht, gleichkommen kann.«

Sobald David merkte, daß er mit einem stritt, der seinen Glauben aus Naturanschauungen geschöpft hatte und sich auf keine Spitzfindigkeit der Lehre einließ, gab er gerne einen Kampf auf, in dem er weder Vorteil noch Ehre ernten konnte. Während der Kundschafter sprach, hatte auch er sich gesetzt; das allzeit bereite Büchlein nebst der in Eisen gefaßten Brille hervorziehend, schickte er sich an, eine Pflicht zu erfüllen, die allein infolge des unerwarteten Angriffs auf seine Rechtgläubigkeit so lange unerfüllt geblieben war. Er war in der Tat ein Minstrel des westlichen Kontinents in einer weit spätern Zeit als jene begeisterten Barden, welche früher den profanen Ruhm eines Freiherrn oder Fürsten besangen; aber er war ein Barde im Geiste seiner Zeit und seines Landes und jetzt im Begriff, den soeben errungenen Sieg zu verherrlichen oder vielmehr einen Lobgesang dafür anzustimmen. Er wartete geduldig, bis Hawk-eye ausgeredet hatte, und begann dann, seine Augen erhebend, mit lauter Stimme:

»Ich lade euch ein, meine Freunde, euch mit mir zu einem

Lobgesang für die wunderbare Errettung aus den Händen der Barbaren und Ungläubigen zu vereinigen, nach der kräftigen und feierlichen Melodie, genannt ›Northampton‹.«

Er benannte nächstdem Seite und Vers, wo die von ihm gewählten Strophen zu finden waren, und brachte die kleine Pfeife mit einem so würdevollen Ernste, als ob er sich in der Kirche befände, an seine Lippen. Diesmal blieb übrigens seine Stimme ohne Begleitung; denn die beiden Schwestern erfreuten sich noch an jenen zärtlichen Liebesbeweisen, von denen wir bereits gesprochen haben. Nicht abgeschreckt durch die kleine Zuhörerschaft, welche in Wahrheit nur aus dem verdrießlichen Kundschafter bestand, erhob er seine Stimme, begann und endete seinen heiligen Gesang, ohne durch irgend etwas unterbrochen zu werden.

Hawk-eye hörte zu, während er seinen Flintenstein zurechtmachte und seine Büchse wieder lud; aber die Töne, welche durch keine Szenerie und keine verwandte Empfindung unterstützt wurden, waren nicht vermögend, seine schlummernden Gefühle zu wecken. Nie hatte ein Minstrel, oder welchen passenden Namen man David geben wollte, vor unempfänglicheren Zuhörern seine Talente entwickelt, und doch drang wahrscheinlich, wenn man auf die Einfalt und Innigkeit seiner Andacht sah, noch keines Barden Gesang so unmittelbar zu dem Throne dessen, dem allein Preis und Ehre gebührt. Der Kundschafter schüttelte den Kopf, murmelte einige unverständliche Worte, unter denen »Kehle« und »Irokese« allein vernehmbar waren, und ging weg, um die eroberten Waffen der Huronen zu sammeln und in Augenschein zu nehmen. Bei diesem Geschäft unterstützte ihn Chingachgook, der sowohl seine eigene als seines Sohnes Büchse unter der Beute fand. Selbst Heyward und David wurden jetzt mit Waffen versehen; auch fehlte es nicht an Schießbedarf, um sie alle wirksam zu machen.

Als die Waldbewohner ihre Auswahl getroffen und ihre Beute verteilt hatten, kündigte der Kundschafter an, daß sie aufbrechen müßten. Mittlerweile war Gamuts Gesang verstummt, und die Schwestern waren imstande, der Äußerung ihrer Gefühle Schranken zu setzen. Gestützt auf Heyward und den jungen Mohikaner, stiegen sie den steilen Abhang des Hügels hinab, den sie eben erst unter so ganz verschiedenen Auspizien erklommen hatten und dessen Gipfel beinahe der

Schauplatz ihrer grausamen Ermordung geworden wäre. Am Fuße desselben fanden sie ihre Narragansets, welche an den Gebüschen weideten; sie bestiegen sie und folgten den Bewegungen ihres Führers, der sich in den gefährlichsten Lagen als ihr Freund bewährt hatte. Die Reise war jedoch kurz. Hawkeye verließ den Pfad, auf dem die Huronen gekommen waren, bog rechts durch ein Dickicht, ging dann über einen rieselnden Bach und hielt in einem engen Tälchen unter dem Schatten einiger Wasserulmen. Die Entfernung von dem Fuße des verhängnisvollen Hügels betrug nur einige Ruten, und die Pferde hatten den Schwestern nur dazu gedient, sie trocknen Fußes über den seichten Bach zu bringen.

Der Kundschafter und die Indianer schienen den abgeschiedenen Platz, auf dem sie sich befanden, genau zu kennen; denn sie lehnten ihre Büchsen an die Bäume und fingen an, das dürre Laub wegzuräumen und die bläuliche Tonerde aufzuscharren, worauf plötzlich eine klare, reine Quelle glänzend hervorsprudelte. Der Weiße blickte um sich, als ob er etwas suchte, was er zu finden hoffte, aber nicht sogleich finden konnte.

»Die sorglosen Schufte, die Mohawks mit ihren Tuscarora- und Onondagabrüdern, haben hier ihren Durst gestillt«, murmelte er, »und die Landstreicher haben die Kürbisflasche weggeworfen! So geht es, wenn man einem einen Dienst erweist und es mit undankbaren Hunden zu tun hat! Hier hat der Herr zu ihrem Besten mitten in der heulenden Wildnis die Hand ausgereckt und aus den Eingeweiden der Erde eine Quelle springen lassen, welche die reichsten Apothekerbuden in allen Kolonien zuschanden machen kann. Nun seht! Die Taugenichtse haben die Erde eingetreten und den hübschen Platz verschandelt, als ob sie dumme Bestien und keine Menschen wären.«

Unkas reichte ihm stillschweigend die gewünschte Kürbisflasche hin, die er bisher in seinem Ingrimm nicht an dem Ast einer Ulme hatte hängen sehen. Er füllte sie mit Wasser und zog sich in einige Entfernung zurück nach einer Stelle, wo der Boden fester und trockener war. Hier setzte er sich nieder, und nach einem langen und, wie es schien, erquickenden Zuge fing er an, die Reste der Nahrungsmittel, welche die Huronen zurückgelassen hatten und die sich in seiner Weidtasche befanden, in genaue Untersuchung zu nehmen. »Dank' dir, Junge«, fuhr er fort, indem er die leere Kürbisflasche an Unkas zurückgab, »jetzt wollen wir sehen, wie diese Gauner, die Huronen, auf ihren Wegelagerungen lebten. Da, seht mal! Die Kerls kennen die besten Bissen an dem Wilde, und man sollte denken, sie könnten ein Stück Wildbret abschneiden und braten trotz dem besten Koch im Lande! Aber alles ist roh: die Irokesen sind noch echte und gerechte Wilde. Unkas, nimm meinen Stahl und zünd ein Feuer an! Ein Stück zarten Rostbratens hilft nach einem so langen Marsche der Natur wieder auf.«

Heyward, welcher bemerkte, daß ihre Führer ernstliche Anstalten zu einem Mahle machten, half den Ladys von den Pferden und nahm an ihrer Seite Platz, mit Freude sehend, daß sie nach der blutigen Szene einige Augenblicke Ruhe genießen sollten. Während die Küchenvorbereitungen vor sich gingen, spornte ihn die Neugierde an, nach den Umständen zu fragen, die zu ihrer so rechtzeitigen wie unerwarteten Rettung geführt hatten.

»Wie kommt es, daß wir Euch so bald wiedersahen, mein edelmütiger Freund?« fragte er, »und ohne die Hilfe der Garnison von Edward?«

»Wären wir der Krümmung des Flusses nachgegangen, so wären wir noch zeitig genug gekommen, das Laub über eure Leichen zu rechen, aber zu spät, um eure Skalpe zu retten«, antwortete der Kundschafter kaltblütig. »Nein, nein, statt Kraft und Zeit mit dem Rennen nach dem Fort zu vergeuden, blieben wir am Ufer des Hudsons im Hinterhalt, um die Bewegungen der Huronen zu beobachten.«

»So waret Ihr denn Augenzeugen alles dessen, was mit uns vorging?«

»Keineswegs, die Augen der Indianer sehen zu scharf, als daß man ihnen entgehen könnte; wir hielten uns verborgen. Schwer hielt es, den Mohikanerjungen da im Versteck zu halten. Oh! Unkas, Unkas, dein Benehmen war mehr das eines neugierigen Weibes denn das eines Kriegers, der auf der Lauer liegt.«

Unkas wandte sein Haupt einen Augenblick nach der finstern Miene des Sprechers; aber er sprach nicht, noch auch gab er ein Zeichen der Reue. Im Gegenteil lag, wie Heyward zu bemerken glaubte, in der Miene des jungen Mohikaners ein Ausdruck von Stolz, wo nicht von Verachtung: er unterdrückte eine Leidenschaft, die im Begriff war auszubrechen, sowohl aus

Rücksicht gegen seine Zuhörer als aus gewohnter Achtung für seinen weißen Genossen.

»Ihr saht, wie sie uns gefangennahmen?« fragte Heyward weiter.

»Wir hörten es«, war die bezeichnende Antwort. »Ein Indianergeschrei ist eine verständliche Sprache für Leute, die ihr Leben in den Wäldern zugebracht haben. Aber als ihr landetet, mußten wir wie Schlangen unter dem Laube kriechen und verloren euch gänzlich aus den Augen, bis wir euch wieder erblickten, an die Bäume gebunden, um auf gut indianisch niedergemetzelt zu werden.«

»Unsere Rettung war ein Werk der Vorsehung. Fast ein Wunder war es, daß Ihr den rechten Weg einschluget; denn die Huronen teilten sich, und jeder Haufen hatte seine Pferde.«

»Ja, beinahe hätten wir die Fährte verloren und wären irregegangen, wenn Unkas nicht gewesen wäre; wir entschieden uns jedoch für den Weg, der in die Wildnis führt; denn wir schlossen mit Recht, daß die Wilden mit ihren Gefangenen diese Richtung einschlagen würden. Aber als wir schon manche Meile zurückgelegt hatten, ohne einen einzigen Zweig geknickt zu finden, wie ich doch geraten hatte, wurde ich sehr besorgt, besonders da ich sah, daß alle Fußtapfen von Mokassins herrührten.«

»Unsere Sieger hatten die Vorsicht gebraucht, uns auf ihre Weise zu beschuhen«, sagte Duncan, indem er den Fuß aufhob und die Mokassins zeigte.

»Das war klug und sieht ihnen ähnlich, doch wir waren zu erfahren, um uns durch diese gewöhnliche List von unsrer Fährte abbringen zu lassen.«

»Welchem Umstande verdanken wir also unsere Rettung?«

»Einem Umstande, den ich als ein Weißer, der keinen Tropfen Indianerblutes in seinen Adern hat, fast mich schämen sollte zu gestehen; – der Einsicht des jungen Mohikaners in Dingen, die ich besser verstehen sollte als er und an die ich jetzt noch kaum glauben kann, obgleich meine eigenen Augen mir sagen, daß es so ist.«

»Das ist sonderbar! Wollt Ihr mir nicht sagen, was es ist?«

»Unkas war kühn genug zu behaupten«, fuhr Hawk-eye fort, indem er seine Augen nicht ohne Neugierde auf die Pferdchen der Ladys heftete, »daß die von den Frauen gerittenen Tiere beide Füße auf *einer* Seite zu gleicher Zeit zur Erde setzten, was doch dem Gange aller vierfüßigen Bestien, die ich kenne, widerstreitet, dem des Bären ausgenommen. Und doch sind hier Pferde, die immer so gehen, wie meine eigenen Augen mich überzeugten und wie ihre Fährte zwanzig lange Meilen bewiesen hat.«

»Das ist der Vorzug dieser Tiere! Sie kommen von den Ufern der Narragansetbai, in der kleinen Provinz der Providence-Kolonien, und sind berühmt wegen ihrer Ausdauer und der Leichtigkeit ihrer Bewegungen, doch lassen sich auch nicht selten andere Pferde so abrichten.«

»Mag sein! mag sein!« sagte Hawk-eye, der mit besonderer Aufmerksamkeit auf diese Erklärung gehört hatte, »obgleich ich ein Mann bin, dem das reine Blut der Weißen in seinen Adern fließt, so ist doch mein Urteil, was das Wild und den Biber betrifft, gründlicher als über lasttragende Tiere. Major Effingham hat viele edle Rosse, ich habe aber nie eines auf so wunderliche Weise seitwärts gehen sehen.«

»Gewiß; denn er schätzt den Wert der Tiere nach ganz andern Eigenschaften. Immer aber ist dies eine sehr beliebte Rasse, und wie ihr seht, erfährt sie viel Ehre durch die Lasten, die man ihr anvertraut.«

Die Mohikaner hatten ihr Geschäft an dem Feuer eingestellt, um zuzuhören, und als Duncan ausgeredet hatte, sahen sie einander verwundert an, während der Vater den nie fehlenden Ausruf des Erstaunens vernehmen ließ. Der Kundschafter sann nach, als ob er die neu erworbene Kenntnis verdauen wollte, und warf wieder einen verstohlenen Blick auf die Pferde.

»Ich darf wohl sagen, man bekommt in den Niederlassungen gar wunderbare Dinge zu Gesicht!« begann er langsam, »die Natur wird vom Menschen schwer gemißbraucht, wenn er mal die Oberhand über sie gewinnt. Doch der Gang dieser Tiere mag nun sein, wie er will, Unkas hatte sich einmal die Bewegung gemerkt, und ihre Spur führte uns an den eingeknickten Busch. Der äußere Zweig links von der Spur eines Pferdehufs war aufwärts gebogen, wie eine Lady die Blume von dem Stengel bricht, alles andere aber zerrissen und niedergebrochen, als ob die starke Hand eines Mannes daran gezerrt hätte. So schloß ich denn, daß das schlaue Otterngezücht das Knicken des Zweiges bemerkt und dann auch die übrigen zerbrochen habe, um uns glauben zu machen, ein Rehbock habe an den Zweigen sein Geweih versucht.«

»Ich glaube, Euer Scharfblick täuschte Euch nicht; es ist so etwas vorgefallen!«

»Das war leicht abzusehen!« fuhr der Kundschafter fort, keineswegs überzeugt, hier einen besondern Scharfblick bewiesen zu haben, »etwas ganz anderes war es mit dem watschelnden Gange des Pferdes. Da fiel mir ein, die Mingos könnten zu dieser Quelle gehen; denn die Schelme kennen die Kraft ihres Wassers recht wohl.«

»Ist sie denn so berühmt?« fragte Heyward, mit neugierigem Auge das abgeschiedene Tälchen und seine sprudelnde Quelle betrachtend, die mit einer braunen Erde umgeben war.

»Wenige Rothäute reisen südlich oder östlich von den großen Seen, die nicht von ihren Eigenschaften gehört hätten. Wollt Ihr sie nicht selbst kosten?«

Heyward nahm die Kürbisflasche, warf sie aber, nachdem er ein wenig von dem Wasser getrunken hatte, mit Gebärden des Ekels wieder weg. Der Kundschafter lachte auf seine Weise aus vollem Herzen still vor sich hin und schüttelte mit großer Selbstzufriedenheit den Kopf.

»Ja, Ihr müßt erst durch Gewohnheit den rechten Geschmack daran erhalten! Es gab 'ne Zeit, wo mir's ebensowenig schmecken wollte; nun ich mich daran gewöhnt habe, lechze ich darnach, wie der Damhirsch nach den Licks[21]. Eure stark gewürzten Weine sind Eurem Gaumen nicht angenehmer als der Rothaut dieses Wasser, besonders im Zustande der Erschöpfung. Aber Unkas ist mit dem Braten fertig, es ist Zeit, ans Essen zu denken; denn unsere Reise ist lang und erst zum geringsten Teile zurückgelegt.«

Das Gespräch durch diesen raschen Übergang abbrechend, machte sich Hawk-eye an die Überreste des Mundvorrats, die der Gefräßigkeit der Huronen entgangen waren. Das Essen wurde mit ebensowenig Umständen aufgetragen als zubereitet, und er und die Mohikaner begannen mit der Stille und Sorgfalt von Männern, welche sich zu großen und anhaltenden Anstrengungen stärken wollen, ihr bescheidenes Mahl.

Sobald sie sich dieser notwendigen und zum Glück angenehmen Pflicht entledigt hatten, tat jeder der Waldbewohner zum Abschied noch einen tüchtigen Zug aus der einsamen, stillen

Quelle[22], um welche sich innerhalb der nächsten fünfzig Jahre der Reichtum, die Schönheit und die Talente einer ganzen Halbkugel sammeln sollten, Gesundheit und Vergnügen zu suchen. Hawk-eye kündigte nun den Aufbruch an, die Schwestern setzten sich wieder zu Pferde; Duncan und David griffen nach ihren Büchsen und folgten ihnen; der Kundschafter ging voran, und die Mohikaner beschlossen den Zug. Die ganze Gesellschaft zog auf dem schmalen Pfade rasch gegen Norden und ließ das Heilwasser mit dem benachbarten Bache sich vermischen, die Leichen der Gefallenen aber unbeerdigt auf dem nahen Berge faulen, ein Schicksal, das die Krieger der Wälder zu häufig trifft, als daß es Mitleid erregen oder auch nur zu einer weiteren Bemerkung führen könnte.

Dreizehntes Kapitel

Ich suche einen nähern Weg.
Parnell

Der Weg, welchen Hawk-eye einschlug, führte quer über die sandigen, hier und da von Tälern und Wellungen der Hügel durchschnittenen Ebenen, über welche sie am Morgen desselben Tages unter Maguas Führung gekommen waren. Die Sonne war jetzt tief gegen die entfernten Berge gesunken, und da ihr Weg durch die endlosen Waldräume ging, so war die Hitze jetzt nicht mehr so drückend. Ihre Reise ging also rascher vonstatten, und lange vor Einbruch der Dämmerung hatten sie eine gute, obwohl beschwerliche Strecke ihres Heimweges zurückgelegt. Der Jäger schien wie der Wilde, dessen Stelle er eingenommen hatte, auf geheime Merkzeichen in der Wildnis mit einer Art von Instinkt zu achten, ließ selten von seiner Eile nach und hielt niemals an, um mit sich zu Rate zu gehen. Ein schneller Blick im Vorübergehen auf das Moos an den Bäumen, auf die niedergehende Sonne, auf den Lauf der zahlreichen Gewässer reichte hin, ihm Gewißheit zu geben, daß er auf dem rechten Wege sei, ohne ihm irgendeinen Zweifel darüber zu lassen. Mittlerweile begann der Wald seine Farbe zu wechseln, und das lebhafte Grün, das seine Laubgewölbe verschönert hatte, verlor sich in das dunklere Licht, welches den Einbruch der Nacht zu verkündigen pflegt.

Während die Augen der Schwestern zwischen den Bäumen durch in die goldene Strahlenflut blickten, die einen glänzenden Hof um die Sonne bildete und eine längs den Hügeln im Westen aufgetürmte Wolkenmasse bald hier und dort mit Purpurstreifen durchzog, bald mit einem schmalen Saume des glänzendsten Goldgelbs begrenzte, wandte sich Hawk-eye plötzlich und sprach, indem er auf den prachtvollen Himmel wies:

»Dies ist das Zeichen für den Menschen, die Nahrung und Ruhe zu suchen, deren er bedarf. Besser und weiser wäre es, wenn er auf diese Zeichen der Natur merken und sich von den Vögeln in der Luft und den Tieren auf dem Felde eine Lehre nehmen wollte. Unsere Nachtruhe wird jedoch bald vorüber sein: mit dem Monde müssen wir wieder aufbrechen und weiterziehen. Ich erinnere mich noch, hier mit den Maquas gekämpft zu haben, in dem ersten Kriege, in dem ich Menschenblut vergoß. Wir errichteten ein Blockhaus, um dieses Rabengezüchte von unsern Skalpen fernzuhalten. Wenn meine Merkzeichen mich nicht täuschen, so finden wir's ein paar Ruten weiter zur Linken.«

Ohne eine zustimmende Äußerung oder auch nur eine Antwort abzuwarten, trat der rüstige Kundschafter unbedenklich in ein dichtes Gehölz von jungen Kastanienbäumen, indem er die Zweige der üppigen, auf dem Boden emporwuchernden Schößlinge beiseite schob, als erwartete er mit jedem Schritte eines früher bekannten Gegenstandes wieder ansichtig zu werden. Seine Erinnerungen täuschten ihn nicht. Nachdem er sich einige hundert Schritte weit durch das mit Brombeersträuchern verwachsene Unterholz durchgearbeitet hatte, gelangte er auf eine offene Stelle, die ein niedriger, kleiner Rasenhügel umgab, auf welchem das verfallene Blockhaus stand. Dieses rohe, vernachlässigte Gebäude war eines jener verlassenen Werke, zu augenblicklichem Gebrauche aufgebaut und, wenn die Gefahr verschwunden war, wiederaufgegeben; es lag jetzt in der Einsamkeit des Waldes, verfallen, vernachlässigt und beinahe vergessen wie die Umstände, die seine Errichtung herbeigeführt hatten. Solche Denkmale früherer Kämpfe findet man noch häufig auf der breiten Grenze der Wildnis, welche einst die feindlichen Provinzen trennte: sie bilden eine Art von Ruinen, die mit den Erinnerungen der Kolonialgeschichte im engsten Verbande stehen und dem düstern Charakter der umgebenden Schauplätze vollkommen entsprechen[23]. Das Rindendach war längst zerfallen und hatte sich mit dem Erdreich vermischt; die mächtigen Fichtenblöcke aber, die eilig übereinandergeschoben wurden, ruhten noch an ihrer Stelle; doch war eine Ecke des Gebäudes gewichen und drohte den baldigen Einsturz des Ganzen. Während Heyward und seine Begleiter zögerten, das zerfallene Gebäude zu betreten, gingen Hawk-eye und die Indianer nicht allein ohne Furcht, sondern selbst mit sichtbarem Interesse an den niedrigen Wänden entlang. Indes der erstere die Ruinen innen und außen mit der Neugierde eines Mannes, dessen Erinnerungen mit jedem Augenblicke wieder lebendiger werden, betrachtete, erzählte Chingachgook seinem Sohne in delawarischer Sprache und mit dem Stolze des Siegers die kurze Geschichte des Scharmützels, das in seiner Jugend auf diesem abgeschiedenen Punkte stattgefunden hatte. Ein Zug der Schwermut mischte sich jedoch in seinen Triumph und gab seiner Stimme, wie so oft, etwas eigentümlich Sanftes und Musikalisches.

Mittlerweile waren die Schwestern munter vom Pferde gestiegen und schickten sich an, in der Abendkühle an einem Orte, dessen Sicherheit, wie sie glaubten, nur durch die Tiere des Waldes gestört werden konnte, auszuruhen.

»Wäre es nicht besser gewesen, mein würdiger Freund«, fragte der wachsamere Duncan, als er sah, daß der Kundschafter seine kurze Untersuchung beendigt hatte, »wenn wir unsern Ruheplatz an einem weniger bekannten und seltener besuchten Orte genommen hätten?«

»Wenige sind am Leben, welche von der Errichtung dieses Blockhauses etwas wissen«, antwortete dieser langsam und nachdenklich, »es geschieht nicht oft, daß Bücher gemacht und Erzählungen geschrieben werden über ein solches Scharmützel, wie hier in einem Krieg zwischen den Mohikanern und den Mohawks stattgefunden hat. Ich war damals noch ein junger Bursche und zog mit den Delawaren aus, weil ich wußte, daß sie ungerechterweise verleumdet waren. Vierzig Tage und vierzig Nächte lagen die Schufte, nach unserem Blute dürstend, um dieses Blockgebäude, dessen Plan ich selbst entworfen und das ich zum Teil selbst mitaufgeführt habe, obgleich ich, wie Ihr wißt, kein Indianer, sondern ein Weißer von unverfälschtem Blute bin. Die Delawaren halfen mir's aufführen, und wir hielten's zehn gegen zwanzig, bis unsere Zahl beinahe gleich war: dann machten wir einen Ausfall auf die Hunde, und keiner entkam, das Schicksal der Seinigen zu verkünden. Ja, ja, ich war damals noch jung, und der Anblick des Blutes war mir neu; ich konnte den Gedanken nicht ertragen, daß beseelte Geschöpfe, wie ich, auf der nackten Erde von den Tieren zerrissen oder im Regen gebleicht werden sollten. Deshalb begrub ich die Toten mit eigenen Händen unter ebendem Hügel, auf dem Ihr Platz genommen habt, und angenehm sitzt sich's darauf, obgleich er aus menschlichen Gebeinen besteht.«

Heyward und die beiden Schwestern fuhren augenblicklich

von dem Rasengrabmal auf, und letztere überlief unwillkürlich ein Grauen, obgleich sie selbst eben erst so schreckliche Szenen erlebt hatten, als sie sich in so unmittelbarer Berührung mit dem Grabe der gefallenen Mohawks fanden. Das Dämmerlicht, das düstere Dickicht, hinter welchem sich die Fichten in atemlosem Schweigen bis in die Wolken erhoben, und die Totenstille in dem weiten Walde umher – alles vereinigte sich, ein solches Gefühl noch zu steigern.

»Sie sind dahin und tun niemand mehr etwas zuleide«, fuhr Hawk-eye fort, indem er, melancholisch über ihre sichtbare Unruhe lächelnd, die Hand bewegte, »die erheben kein Schlachtgeheul mehr, können keinen Streich mit dem Tomahawk mehr führen! Und von allen denen, die sie bestatten halfen, sind Chingachgook und ich noch allein am Leben! Die Brüder und die Familie Chingachgooks bildeten unsere ganze Kriegspartei, und Ihr seht hier alles beisammen, was noch von seinem Geschlechte übrig ist.«

Die Augen der Zuhörer suchten unwillkürlich die Gestalten der Indianer in mitleidiger Teilnahme an ihrem trostlosen Schicksale. In dem Schatten des Blockhauses gewahrte man ihre dunkeln Umrisse; der Sohn lauschte der Erzählung des Vaters mit der gespanntesten Aufmerksamkeit, wie sie ein Bericht zur Folge haben mußte, der so sehr den Ruhm von Männern pries, die er schon lange um ihres Mutes und ihrer wilden Tugenden willen verehrt hatte.

»Ich hatte geglaubt, die Delawaren seien ein friedfertiges Volk«, sagte Duncan, »hätten nie persönlich Krieg geführt und die Verteidigung ihres Landes eben den Mohawks anvertraut, die Ihr erschlagen habt.«

»Das ist zum Teil wahr«, antwortete der Kundschafter, »und doch im Grunde eine heillose Lüge. Ein solcher Vertrag ward in früheren Zeiten durch die teuflischen Kniffe der Holländer geschlossen. Sie wollten dadurch die Eingebornen entwaffnen, die das meiste Recht auf ein Land besaßen, in dem jene sich niedergelassen hatten. Die Mohikaner, obgleich zu demselben Stamme gehörig, achteten in ihrem Verkehr mit den Engländern nie auf diesen törichten Vertrag, sondern vertrauten auf ihre Tapferkeit, und so taten auch die Delawaren, als ihnen die Augen über ihre Torheit geöffnet wurden. Ihr seht den Häuptling der großen Mohikaner-Sagamoren vor Euch! Seine Familie konnte einst den Damhirsch über Länderstrecken jagen, größer als die von Albany Patteroon, ohne über einen Bach oder Hügel zu kommen, der ihr nicht zugehörte. Aber was ist ihrem Abkömmling geblieben? Er findet, so's Gott gefällt, seine sechs Fuß Erde und ruht hier vielleicht in Frieden, wenn er einen Freund hat, der sich die Mühe nimmt, sein Haupt so tief in die Grube zu legen, daß die Pflugschar es nicht erreichen kann.«

»Genug!« fiel Heyward ein, welcher besorgte, der Gegenstand möchte auf eine Erörterung führen, welche die zur Rettung seiner schönen Schutzbefohlenen so unumgänglich notwendige Eintracht stören könnte.

»Wir sind weit gereist, und wenige unter uns besitzen eine Körperkraft wie die Eurige, die keine Ermüdung, keine Schwäche zu kennen scheint.«

»Meine Sehnen und Knochen helfen mir allerdings überall durch«, sagte der Jäger, indem er seine muskulösen Glieder mit einer Schlichtheit des Ausdrucks überschaute, die verriet, mit welch aufrichtigem Behagen er diesen Lobspruch aufnahm. »Es gibt größere und stärkere Leute in den Niederlassungen, Ihr könnt aber viele Tage in einer Stadt herumgehen, bis Ihr einen findet, der imstande ist, seine fünfzig Meilen zu gehen, ohne zu halten, um Atem zu schöpfen, oder der den Hunden auf der Jagd mehrere Stunden nicht aus der Hörweite kommt. Da aber Fleisch und Blut nicht immer dieselben sind, so ist es nach alledem, was die Frauenzimmer heute erlebt und durchgemacht haben, nicht mehr als billig anzunehmen, daß sie zu ruhen wünschen. Unkas, reinige die Quelle, während dein Vater und ich über ihren zarten Häuptern von diesen Kastanienschößlingen ein Obdach und aus Gras und Blättern eine Lagerstätte bereiten.«

Das Gespräch verstummte, während der Jäger und seine Gefährten beschäftigt waren, für die Bequemlichkeit und den Schutz der ihrer Führung Anvertrauten zu sorgen. Eine Quelle, welche vor vielen Jahren die Eingebornen veranlaßt hatte, diesen Platz für ihre zeitweiligen Verschanzungen zu wählen, war bald von den Blättern gereinigt und goß nun ihren reinen Kristall über den grünenden Hügel herab. Eine Ecke des Gebäudes ward jetzt insoweit mit einem Obdache versehen, daß der in diesem Himmelsstriche stark fallende Nachttau aufgefangen wurde, und Schichten von weichen Zweigen und dürrem Laub wurden darunter zum Ruhelager für sie ausgebreitet.

Während die emsigen Weidmänner in dieser Weise beschäftigt waren, genossen Kora und Alice Erfrischungen, die mehr Bedürfnis als Geschmack sie annehmen hieß. Bald darauf zogen sie sich in das Blockhaus zurück, dankten erst dem Himmel für die Gnade, die ihnen bisher zuteil geworden war, und flehten um Fortdauer der göttlichen Huld auch für die künftige Nacht; dann legten sie ihre zarten Glieder auf das duftende Lager, und trotz aller peinlichen Erinnerungen und Besorgnisse sanken sie bald in jenen Schlummer, den die Natur so gebieterisch forderte und mit Hoffnungen auf den kommenden Morgen versüßte.

Duncan hatte sich angeschickt, die Nacht gerade vor der Ruine zu durchwachen; aber der Kundschafter, welcher seine Absicht bemerkte, deutete auf Chingachgook, während er sich unbekümmert auf das Gras niederstreckte, und sagte:

»Die Augen des weißen Mannes sind zu schwerfällig und zu blind für eine solche Wache! Der Mohikaner wird unsere Schildwache sein: wir dürfen ruhig schlafen.«

»Ich bin vorige Nacht auf meinem Posten eingeschlummert«, entgegnete Heyward, »und habe weniger Ruhe nötig denn Ihr, die Ihr dem Charakter eines Soldaten mehr Ehre gemacht habt! Laßt darum alle schlafen, ich allein will Wache halten.«

»Wenn wir unter den weißen Zelten des sechzigsten Regiments und vor einem Feinde, wie die Franzosen, lägen, wünschte ich mir keinen bessern Wächter«, versetzte der Kundschafter, »aber in der Finsternis und mitten in der Wildnis würdet Ihr nicht viel schärfer beobachten können als ein Kind, und Eure Wachsamkeit wäre umsonst. Macht es denn wie ich und Unkas und schlaft: schlaft unbesorgt!«

Heyward gewahrte wirklich, daß der jüngere Indianer, während sie noch sprachen, sich an dem kleinen Hügel niedergelegt hatte wie einer, der die zur Ruhe vergönnte Zeit sich bestmöglich zunutze machen will; seinem Beispiel war auch David gefolgt, dessen Stimme buchstäblich »an seinem Schlunde klebte«, während das Fieber seiner Wunde durch die Anstrengungen der Reise nur gesteigert worden war. Nicht gewillt, eine nutzlose Erörterung fortzuspinnen, tat der junge Mann, als ob er willfahren wolle, lehnte seinen Rücken, halb zurückliegend, an die Stämme des Blockhauses, war aber fest entschlossen, kein Auge zu schließen, bis er sein ihm anvertrautes kostbares Gut in Munros Hände überantwortet hätte. Hawk-eye, in der Meinung, seinen Gefährten überredet zu haben, schlief seinerseits alsbald ein, und eine Stille, so tief als die Einsamkeit, die sie umgab, herrschte durch diese abgeschiedenen Räume.

Eine Zeitlang hielt Duncan wirklich seine Sinne munter und aufmerksam auf jeden Laut, der sich in dem Walde hören ließ. Sein Gesicht ward schärfer, während die Schatten der Nacht über seine Umgebung sich lagerten, und selbst, als die Sterne über seinem Haupte funkelten, konnte er noch die rückgelehnten Gestalten seiner Begleiter, wie sie auf dem Grase hingestreckt lagen, selbst die Gestalt Chingachgooks, unterscheiden, der aufrecht und bewegungslos dasaß, einem der Bäume ähnlich, welche die dunkle Grenzlinie auf jeder Seite von ihnen bildeten. Noch hörte er die leisen Atemzüge der Schwestern, welche wenige Schritte entfernt von ihm lagen, und der Luftzug bewegte kein Blättchen, dessen flüsternden Laut sein Ohr nicht vernommen hätte. Endlich mischten sich die melancholischen Töne eines Waldvogels mit dem klagenden Geschrei der Eule; seine müden Augen suchten noch hin und wieder das funkelnde Licht der Sterne, und dann war ihm, als sähe er sie noch durch seine geschlossenen Augenlider. In Augenblicken flüchtigen Erwachens hielt er einen Busch für seinen Mitwächter; sein Kopf sank aber bald wieder auf die Schulter, und diese suchte ihrerseits auf der Erde eine Stütze; endlich erschlaffte seine ganze Gestalt, und der junge Mann verfiel in einen tiefen Schlaf. Er träumte, er sei ein Ritter alter Zeit, der seine mitternächtliche Wache vor dem Zelte einer befreiten Prinzessin halte, deren Gunst er durch einen solchen Beweis der Aufopferung und Wachsamkeit zu gewinnen hoffe.

Wie lange der erschöpfte Duncan in diesem Zustande der Bewußtlosigkeit lag, wußte er selbst nicht zu sagen. Seine Schlummergesichte waren aber schon lange vorüber, als ihn ein leichter Schlag auf die Schulter weckte. Aufgeschreckt durch diese Mahnung, sprang er mit der verworrenen Erinnerung an die Pflicht, die er sich zu Anfang der Nacht auferlegt hatte, empor.

»Wer da?« fragte er, nach der Stelle greifend, wo sonst sein Degen hing. »Sprich! Freund oder Feind?«

»Freund«, erwiderte die leise Stimme Chingachgooks, welcher auf den Lichtkörper deutete, der seinen milden Schimmer durch die Öffnung der Bäume gerade auf ihr Biwak ergoß. In seinem gebrochenem Englisch fuhr er fort: »Mond kommt und weißen Mannes Fort weit – weit entfernt. Zeit zum Aufbruch, wenn Schlaf beide Augen des Franzmanns schließt!«

»Du hast recht, rufe deine Freunde auf und sattelt die Pferde, während ich meine Begleiterinnen für den Marsch vorbereite.«

»Wir wachen, Duncan«, sprach Alice mit ihrer sanften Silberstimme innerhalb des Gebäudes, »und fühlen uns nach einem so erquickenden Schlafe zu der eiligsten Reise gestärkt. Aber Sie haben die ganze Nacht hindurch für uns nach den langen und großen Anstrengungen des gestrigen Tages gewacht!«

»Sagen Sie vielmehr, daß ich wachen wollte; aber meine treulosen Augen haben mir einen Spuk gemacht; zum zweitenmal habe ich mich des anvertrauten Gutes unwürdig gezeigt.«

»Nein, Duncan, leugnen Sie nicht«, unterbrach ihn lächelnd Alice, indem sie in aller Lieblichkeit ihrer frisch erblühten Reize aus dem Schatten des Gebäudes in das Licht des Mondes trat, »ich weiß, sorglos sind Sie, wenn Sie an sich selbst zu denken haben, aber nur zu wachsam für das Wohl anderer. Können wir hier nicht noch ein wenig verweilen, bis Sie die Ruhe gefunden, deren Sie bedürftig sind? Mit Freude, mit der größten Freude werden Kora und ich Wache halten, während Sie und diese wackern Männer einigen Schlaf genießen.«

»Wenn Scham mich von meiner Schläfrigkeit heilen könnte, so sollte sich mein Auge nie mehr schließen«, sprach der unzufriedene Jüngling, Alice in ihr offenes Antlitz blickend, in dessen zarter Besorgnis er jedoch nichts las, was seinen halb erwachten Argwohn hätte bestätigen können. »Aber es ist nur zu wahr, nachdem ich Sie durch meine Unbesonnenheit in diese Gefahr gebracht habe, bleibt mir nicht einmal das Verdienst, Ihre Ruhe so überwacht zu haben, wie es die Pflicht des Soldaten ist.«

»Niemand außer Duncan kann sich selbst einer solchen Schwäche anklagen. Gehen Sie denn zur Ruhe, glauben Sie mir, keine von uns beiden, so schwache Mädchen wir auch sind, wird sich als lässige Wache erweisen.«

Der junge Mann sah sich der Verlegenheit, seine Schuld aufs neue zu beteuern, durch einen Ausruf Chingachgooks und die

Stellung gespannter Aufmerksamkeit, die dessen Sohn einnahm, überhoben.

»Die Mohikaner hören einen Feind!« flüsterte Hawk-eye, der indessen mit den übrigen wach und munter geworden war. »Der Wind läßt sie Gefahr wittern.«

»Das wolle Gott verhüten!« rief Heyward. »Wir haben genug Blutvergießen gehabt.«

Mit diesen Worten griff der junge Kriegsmann jedoch nach seiner Büchse und trat in den Vordergrund, bereit, seine unverzeihliche Nachlässigkeit abzubüßen, indem er sein Leben für die Verteidigung seiner Schutzbefohlenen unbekümmert aussetzte.

»Es ist das Knistern eines Waldtiers, das um uns herum Futter sucht«, flüsterte er, sobald die leisen und anscheinend entfernten Laute, welche die Mohikaner aufgeschreckt hatten, sein eigenes Ohr erreichten. »St!« entgegnete der aufmerksame Kundschafter, »'s ist ein Mensch; ich selbst erkenne jetzt seinen Tritt, so unvollkommen auch meine Sinne im Vergleich mit denen eines Indianers sind. Der entwischte Hurone ist wahrscheinlich auf einen Streiftrupp Montcalms gestoßen und hat jetzt unsere Fährte. Es sollte mir leid tun, wenn ich an diesem Orte noch mehr Blut vergießen sollte«, fuhr er mit einem unruhigen Blick auf seine düstere Umgebung fort, »aber wenn es sein muß, muß es sein! Führe die Pferde in das Blockhaus, Unkas, und Ihr, Freunde, folgt ihnen nach! So alt und dürftig das Gebäude ist, so gewährt es immerhin einigen Schutz und hat manches Mal schon von Büchsenknall widergetönt!«

Er fand keine Widerrede, und die Mohikaner führten die Narragansets in die Ruine, wohin sich auch die übrige Gesellschaft in größter Stille begab.

Das Geräusch nahender Fußtritte ließ sich jetzt zu deutlich vernehmen, als daß man noch über die Art der Unterbrechung hätte ungewiß sein können. Bald mischten sich Menschenstimmen darein, sie riefen einander in einer Mundart zu, die, wie der Jäger Heyward zuflüsterte, die Sprache der Huronen war. Als sie an die Stelle kamen, wo die Pferde das Dickicht in der Umgebung des Blockhauses betreten hatten, verloren sie offenbar die Spur, weil ihnen die bisherigen Kennzeichen mangelten.

Nach den Stimmen zu schließen, waren bald ihrer zwanzig an

jenem Orte versammelt und gaben lärmend ihre verschiedenen Meinungen und Ratschläge ab.

»Die Schelme kennen unsere Schwäche«, flüsterte Hawkeye, welcher neben Heyward in tiefem Schatten stand und durch eine kleine Öffnung zwischen den Stämmen blickte, »sonst würden sie kein so müßiges Squawgeschwätz führen. Da hört mal das Gewürm, jeder von ihnen scheint *zwei* Zungen und nur *ein* Bein zu haben.«

So tapfer Duncan im Kampfe war, so vermochte er doch auf diese kaltblütige und charakteristische Bemerkung des Kundschafters nicht zu antworten. Er faßte nur seine Büchse fester und heftete mit steigender Unruhe seinen Blick durch die enge Öffnung auf die mondbeleuchtete Umgebung. Die tieferen Töne eines Wilden, der mit gebieterischem Nachdruck zu sprechen schien, ließen sich vernehmen, und die Stille, mit welcher sein Befehl, oder vielmehr sein Rat aufgenommen wurde, bewies die Achtung, in der er stehen mußte. Aus dem Rauschen der Blätter und dem Brechen der dürren Zweige ging jetzt hervor, daß sich die Wilden trennten, um die verlorene Spur wieder aufzufinden. Zum Glück für die Verfolgten war das Mondlicht, welches einen milden Schimmer über die kleine Lichtung vor der Ruine verbreitete, nicht stark genug, um die dichten Waldgewölbe zu durchdringen, wo alle Gegenstände noch in trügerischem Schatten lagen. Die Nachforschung blieb erfolglos; denn so kurz und plötzlich war der Übergang von dem schwachen Pfadstrich der Reisenden in das Dickicht gewesen, daß jede Spur ihrer Fußtritte in der Dunkelheit der Wälder sich verloren hatte.

Nicht lange jedoch währte es, so hörte man die rastlosen Wilden durch das Gestrüpp brechen und sich allmählich dem innern Rande des dichten Kreises von jungen Kastanienbäumen nähern, welche die kleine Fläche umgaben.

»Sie kommen«, murmelte Heyward, indem er seine Büchse zwischen zwei Bäumen durchzustecken suchte, »wir wollen bei ihrer Annäherung Feuer geben.«

»Haltet alles im Schatten«, sprach der Kundschafter, »das Schnappen des Feuersteins oder selbst der Geruch eines einzigen Pulverkorns auf der Zündpfanne würde sie uns wie hungrige Wölfe übern Hals bringen. Sollte es Gott gefallen, daß wir für unsere Skalpe kämpfen müßten, so vertraut auf die Erfahrung von Männern, welche die Wege der Wilden kennen und selten dahinten bleiben, wenn das Kriegsgeschrei ertönt.«

Duncan blickte zurück und sah, wie die zitternden Schwestern sich in einem fernen Winkel des Gebäudes aneinanderschmiegten, indes die Mohikaner gleich zwei aufrechten Posten im Schatten standen, bereit loszufeuern, sobald es nötig sein würde. Seine Ungeduld bekämpfend, blickte er wieder durch die Öffnung auf die lichte Fläche und erwartete schweigend den Ausgang. Alsbald öffnete sich das Dickicht und ein hoher bewaffneter Hurone trat einige Schritte auf die offene Fläche vor. Während er das stille Blockhaus betrachtete, fiel das volle Mondlicht auf seine schwärzlichen Züge und verriet sein Erstaunen und seine Neugierde. Er stieß jenen Ausruf aus, der die erstere Empfindung bei dem Indianer stets zu begleiten pflegt, und ein leichter Ruf führte einen Begleiter an seine Seite.

Diese Kinder der Wälder standen einige Augenblicke stille, indem sie auf das verfallene Gebäude deuteten und sich in der unverständlichen Sprache ihres Stammes miteinander unterhielten. Jetzt näherten sie sich mit langsamen, vorsichtigen Schritten, indem sie jede Minute innehielten, um das Gebäude anzustarren, gleich verscheuchten Damhirschen, deren Neugierde mächtig mit Besorgnissen um die Oberhand ringt. Plötzlich stieß einer mit dem Fuße an den Erdhügel und untersuchte ihn. In diesem Augenblick bemerkte Heyward, daß der Kundschafter sein Messer in der Scheide lockerte und den Hahn seiner Büchse spannte. Diese Bewegungen nachahmend, schickte sich der junge Mann gleichfalls zu einem Kampfe an, der jetzt unvermeidlich schien.

Die Wilden waren so nahe, daß die geringste Bewegung eines der Pferde oder selbst ein stärkerer Atemzug die Flüchtlinge verraten hätte. Die Untersuchung des Erdhügels schien jedoch die Aufmerksamkeit der Huronen auf einen andern Gegenstand abgelenkt zu haben. Sie sprachen miteinander; aber der Ton ihrer Stimmen war so tief und feierlich, als hätte sie ein Gefühl der Ehrfurcht und geheimer Scheu ergriffen. Sie zogen sich vorsichtig zurück, indem sie ihre Augen auf die Ruine geheftet hielten, als erwarteten sie, Geister der Toten aus den schweigsamen Räumen hervorschweben zu sehen. Endlich erreichten sie den Saum des freien Platzes, traten langsam in das Dickicht zurück und verschwanden.

Hawk-eye ließ den Kolben seiner Büchse auf die Erde sinken und sprach, lang und tief aufatmend, in hörbarem Geflüster:

»Ja, sie scheuen die Toten, und das hat ihnen und vielleicht bessern Menschen als sie das Leben gerettet.«

Heyward lieh seine Aufmerksamkeit einen Augenblick dem Gefährten, antwortete aber nicht, sondern wandte sich nach denen, die ihn in diesem Moment näher angingen. Er hörte, wie die beiden Huronen das Gebüsch verließen. Der ganze Haufen hatte sich, wie sie jetzt deutlich hörten, um sie versammelt, um mit gespannter Begierde ihren Bericht zu vernehmen. Nach wenigen Minuten ernster und feierlicher Beratung, die sehr verschieden war von dem Lärm, mit dem sie sich zuerst um die Stelle versammelt hatten, wurden die Töne immer schwächer und entfernter und verloren sich endlich in den Tiefen des Waldes. Hawk-eye wartete, bis ein Zeichen des lauschenden Chingachgook ihm die Gewißheit gab, daß jeder Laut der Abziehenden von der Entfernung verschlungen war, und gab dann Heyward ein Zeichen, die Pferde vorzuführen und den Schwestern in den Sattel zu helfen. Sobald dies geschehen war, schritten sie aus dem zerfallenen Torweg und verließen in einer Richtung, die derjenigen, in welcher sie gekommen waren, gerade entgegengesetzt war, den Ort, indem die Schwestern verstohlene Blicke nach dem stillen Grabmal und dem verfallenen Blockhaus warfen, als sie aus dem sanften Mondlicht traten, um sich in die düstere Tiefe der Wälder zu begraben.

Vierzehntes Kapitel

Wache: Qui est là?
Johanna d'Arc: Paysans, pauvres gens de France.
König Heinrich VI.

Während der schnellen Entfernung von dem Blockhause, und ehe sie sich tief in dem Walde befanden, waren die Reisenden zu sehr mit ihrem Entkommen beschäftigt, als daß sie auch nur ein Wort miteinander geflüstert hätten. Der Kundschafter nahm seinen alten Platz an der Spitze des Zuges wieder ein, obgleich seine Schritte, auch als schon ein großer Raum zwischen ihnen und ihren Feinden lag, bedächtiger waren als bei ihrem früheren Marsche, da er die Örtlichkeit der ihn umgebenden Wälder nicht kannte. Mehr denn einmal hielt er, um mit seinen Genossen, den Mohikanern, zu Rate zu gehen, indem er aufwärts zum Monde wies und die Rinden der Bäume sorgfältig untersuchte. In diesen kurzen Pausen lauschten Heyward und die Schwestern mit Sinnen, welche die Gefahr doppelt schärfte, ob nicht irgendein Laut die Nähe ihrer Feinde verkünde. In solchen Augenblicken war ihnen, als ob hier ein weites Land in ewigem Schlafe begraben liege; nicht der geringste Laut ließ sich im Walde hören, außer dem entfernten und kaum hörbaren Murmeln eines Baches. Vögel, Tiere und Menschen schienen, wenn es überhaupt welche in dieser Wildnis gab, alle zu schlummern. Allein die Töne des Baches machten, obgleich schwach und leise murmelnd, mit einemmal den Bedenklichkeiten ihrer Führer ein Ende, und alsbald schlugen sie ihre Richtung dahin ein. Als die Ufer des kleinen Flusses erreicht waren, machte Hawk-eye noch einmal halt, nahm die Mokassins von den Füßen und lud Heyward und Gamut ein, das gleiche zu tun. Hierauf trat er in das Wasser, und sie gingen fast eine halbe Stunde in dem Bett des Flusses fort, um keine Spur zu hinterlassen. Der Mond war bereits hinter eine Masse ungeheurer schwarzer über dem westlichen Horizonte hängender Wolken gesunken, als sie aus dem niedern und unwegsamen Gewässer traten, um wieder auf die sandige, aber bewaldete, höher gelegene Fläche zu gelangen. Hier schien der Kundschafter wieder zu Hause zu sein: Er verfolgte seinen Weg so sicher und schnell wie einer, der seiner Ortskenntnis vollkommen vertrauen kann. Der Pfad wurde bald unebener, die Reisenden sahen sich von beiden Seiten immer enger von Bergen eingeschlossen und bemerkten, daß sie bald durch eine Gebirgsschlucht kommen müßten. Plötzlich hielt Hawk-eye, wartete, bis die ganze Reisegesellschaft beisammen war, und sagte dann in leisem, vorsichtigem Tone, den die Ruhe und das Dunkel des Platzes noch feierlicher machten:

»Es ist leicht, in der Wildnis die Pfade zu kennen und die Licks und die Strombetten zu finden«, sagte er, »aber wer kann sagen, ob nicht hinter jenen stillen Bäumen und öden Bergen ein Heer lagert?«

»Sind wir denn so nahe bei William Henry?« fragte Heyward, auf den Kundschafter zutretend.

»Es ist noch ein langer und ermüdender Weg dahin, aber *wann* und *wie* wir ihm nahen sollen, ist jetzt die Hauptfrage. Seht«, sprach er, durch die Bäume nach einem Punkte deutend, wo ein kleines Wasserbecken den Glanz der Sterne auf seinem ruhigen Spiegel widerstrahlte, »hier ist der ›Blutteich‹, und ich bin auf einem Grund und Boden, auf dem ich nicht nur oft gewandelt, sondern mich auch von Anfang der Sonne bis zum Untergang mit dem Feinde herumgeschlagen habe.«

»Ha! so ist denn jene matte, düstere Wasserfläche das Grab der wackern Männer, die in dem Kampfe gefallen sind. Ich habe sie nennen hören, bin aber nie zuvor an ihr Ufer gekommen.«

»Drei Schlachten schlugen wir mit dem Deutsch-Franzosen[24] an *einem* Tag«, fuhr Hawk-eye fort, mehr dem Gange seiner Gedanken folgend, als auf Duncans Bemerkung antwortend. »Er stieß auf uns, als wir gerade auszogen, seiner Vorhut einen Hinterhalt zu legen, und trieb uns wie gescheuchtes Wild durch das Defilee bis zu den Ufern des Horican. Hier sammelten wir uns wieder hinter unserem Verhau, stellten uns ihm unter Sir William entgegen, der für diese Waffentat erst zum *Sir* William wurde, und zahlten ihm tüchtig heim für den Unstern am Morgen. Hunderte von Franzosen sahen an dem Tag die Sonne zum letztenmal, und selbst ihr Anführer Dieskau fiel in unsere Hände, so zusammengeschossen und verwundet, daß er, zu fernerem Kriegsdienste untüchtig, in sein Vaterland zurückkehren mußte.«

»Das war ein ruhmvoller Tag«, rief Heyward in der Hitze seines jugendlichen Feuers, »der Ruf desselben drang schnell bis zu unserem Heere im Süden.«

»Ja, 's war aber damit noch nicht zu Ende. Ich ward vom Major Effingham auf Sir Williams ausdrücklichen Befehl abgesandt, die Flanke der Franzosen zu umgehen und die Nachricht von ihrem Unstern über den Bergrücken hin nach dem Fort am Hudson zu überbringen. Gerade dort, wo Ihr die Bäume auf der Anhöhe emporwachsen seht, traf ich auf ein Hilfskorps und führte es nach der Stelle, wo der Feind just sein Mittagsmahl hielt und sich nicht träumen ließ, daß sein blutiges Tagewerk nicht zu Ende sei.«

»Und Ihr überfielet sie?«

»Wenn der Tod ein Überfall für Leute ist, die bloß darauf denken, den Magen zu füttern. Wir ließen ihnen keine Zeit zum Besinnen: denn sie hatten uns in dem Strauße am Morgen auch übel mitgespielt, und nur wenige unter uns waren, die nicht einen Freund oder Verwandten unter ihren Händen verloren hatten. Als alles vorbei war, wurden die Toten, und einige sagen: sogar die Sterbenden, in den kleinen Teich dort geworfen. Mit diesen meinen Augen sah ich das Wasser so mit Blut gefärbt, wie nie eines aus den Eingeweiden der Erde floß.«

»Ein passendes und, wie ich hoffe, friedliches Grab für einen Soldaten! Ihr habt also auf dieser Grenze viele Treffen mitgemacht?«

»Ich?« sprach der Kundschafter, indem er sich mit einem Ausdrucke militärischen Stolzes zu seiner vollen Höhe erhob, »'s gibt nicht viele Echos unter diesen Hügeln, die nicht den Knall meiner Büchse nachgerufen, und wenig Geviertmeilen zwischen dem Horican und dem Flusse, wo nicht mein ›Wildtöter‹ einem lebendigen Geschöpfe, sei's nun einem Feind oder einem Tiere, den Garaus machte. Ob das Grab da drunten so ruhig ist, wie Ihr meint, ist eine andre Frage. Es gibt Leute im Lager, die sagen und meinen, wenn ein Mann ruhig im Grab liegen soll, so dürfe man ihn nicht darein legen, wenn noch Leben in seinem Leibe sei; und so viel ist gewiß, daß die Ärzte nur wenig Zeit hatten zu bestimmen, wer tot oder lebendig war. St! Seht Ihr nichts am Ufer des Teichs auf und nieder gehen?«

»Es ist nicht wahrscheinlich, daß sich jemand so heimatlos wie wir in diesem öden Wald befinde.«

»So einer wie der fragt vielleicht wenig nach Haus und Obdach, und der Nachttau tut dem nichts, der den Tag in dem Wasser zubringt«, entgegnete der Kundschafter, Heyward mit so krampfhafter Heftigkeit an der Schulter ergreifend, daß dieser mit Schmerzen inneward, wie sehr abergläubische Furcht in einem sonst so unerschrockenen Manne die Oberhand gewinnen konnte.

»Bei Gott! es ist eine Menschengestalt und kommt auf uns zu! Die Waffen bereit, meine Freunde! Wir wissen nicht, mit wem wir's zu tun haben.«

»Qui vive?« fragte eine strenge, rasche Stimme, die wie ein Ruf aus einer andern Welt von jener einsamen und unheimlichen Stelle herüberklang.

»Was will er?« flüsterte der Kundschafter, »er spricht weder indianisch noch englisch.«

»Qui vive?« wiederholte dieselbe Stimme, und dem Ruf folgte ein Rasseln der Waffen und eine drohende Stellung ihres Trägers.

»France«, rief Heyward, aus dem Schatten der Bäume auf das Ufer des Teiches und in die Nähe der Schildwache hervortretend.

»Woher kommt Ihr? Wohin wollt Ihr so früh?« fragte der Grenadier in der Sprache und mit dem Akzent eines Mannes aus Altfrankreich.

»Ich komme vom Rekognoszieren und will mich wieder niederlegen.«

»Seid Ihr ein Offizier des Königs?« –

»Natürlich, Kamerad: hältst du mich für einen Provinzialen? Ich bin Hauptmann bei den Jägern.« (Heyward wußte wohl, daß der andre von einem Linienregimente war.) »Ich habe die Töchter des Kommandanten der Festung bei mir. Sicher hast du davon gehört – ich nahm sie in der Nähe des andern Forts gefangen und bringe sie zum General.«

»Meiner Treu! Meine Damen, das ist mir leid für Sie!« rief der junge Soldat, seine Mütze mit Anstand berührend. »Aber so geht's im Krieg. Sie werden finden, welch braver Mann unser General ist und wie artig gegen Frauen.«

»Das ist das Kennzeichen eines echten Kriegsmannes«, versetzte Kora mit bewundernswürdiger Geistesgegenwart und ebenfalls französisch – »lebe wohl, Freund, ich wünschte dir wohl, daß du einen angenehmern Beruf zu erfüllen hättest!« Der Soldat grüßte sie höflich für ihre Artigkeit. Nach einem »Gute Nacht, Freund!« von Heyward zogen die Reisenden bedächtig weiter. Die Schildwache, welche wieder am Ufer des Teichs auf und nieder ging und sich nicht einfallen ließ, daß ein Feind so frech herbeikommen könnte, trillerte beim Anblick der Frauen, der vielleicht Erinnerungen aus seinem fernen und schönen Frankreich in ihm erweckte, die Strophen eines Liedes, das mit den Worten anfängt:

Vive le vin, vive l'amour, etc.

»Das war gut, daß Ihr den Schelm verstandet!« flüsterte der Kundschafter, als sie sich ein wenig entfernt hatten, und ließ seine Büchse in die Biegung seines Armes sinken. »Ich sah gleich, daß es einer von den unruhigen Franzmännern war, und er tat wohl daran, daß er so freundlich sprach, sonst hätte er unter die Gebeine seiner Landsleute gebettet werden können.«

Hier wurde er von einem langen und heftigen Stöhnen unterbrochen, das aus dem kleinen Wasserbecken kam, als ob die Geister der Hingeschiedenen um ihr Wassergrab spukten.

»Gewiß hatte der Fleisch und Bein«, fuhr der Kundschafter fort, »kein Geist hätte sein Gewehr so fest handhaben können.«

»*Hatte* Fleisch und Bein; ob *aber* der arme Schelm noch dieser Welt angehört, muß ich wohl bezweifeln«, erwiderte Heyward, als er, um sich blickend, Chingachgook in ihrem kleinen Zuge vermißte. Ein zweites Stöhnen, schwächer als das erste, folgte auf einen lauten, unheimlichen Sturz in das Wasser, und alles ward wieder still, als ob die Ufer dieses düstern Teiches seit der Schöpfung nie in ihrer Ruhe gestört worden wären. Während sie noch in Ungewißheit waren, sahen sie die Gestalt des Indianers aus dem Dickicht gleiten. Als der Häuptling wieder zu ihnen herankam, befestigte er den noch rauchenden Skalp des unglücklichen jungen Franzosen an seinem Gürtel und steckte auf der andern Seite das Messer und den Tomahawk, mit seinem Blut gefärbt, an ihre Stelle. Chingachgook nahm seinen gewöhnlichen Platz mit der Miene eines Mannes wieder ein, der ein verdienstliches Werk verrichtet zu haben glaubte. Der Kundschafter ließ das eine Ende seiner Büchse auf die Erde sinken und stand, mit den Händen auf das andere gestützt, eine Weile in tiefem Nachdenken. Dann schüttelte er traurig den Kopf und murmelte vor sich hin: »Von einer Weißhaut wär' das 'ne grausame, unmenschliche Handlung gewesen, aber für den Indianer lag sie in der Natur: das läßt sich, glaube ich, nicht wohl leugnen. Lieber wollt' ich, 's wär' einem verfluchten Mingo begegnet als dem lustigen Jungen aus den alten Landen!«

»Genug«, sprach Heyward, besorgt, die arglosen Schwestern möchten diesen Grund des Aufenthalts erraten, während er seinen Abscheu durch ähnliche Betrachtungen, wie der Jäger, niederkämpfte, »es ist einmal geschehen und läßt sich nicht mehr ändern, obgleich es besser unterblieben wäre. Wir sind, wie Ihr seht, offenbar in die Vorpostenlinie der Feinde geraten. Welchen Weg gedenkt Ihr nun einzuschlagen?«

»Ja«, versetzte Hawk-eye, sich wieder erhebend, »ja, so ist es, wir dürfen 's uns nicht verhehlen. Die Franzosen haben das Fort wirklich in allem Ernste eingeschlossen, und eine kitzlige Sache ist es, da durchzukommen.«

»Und nur wenig Zeit bleibt uns dazu!« fügte Heyward bei, indem er seine Augen auf die Dunstmasse heftete, die den niedergehenden Mond verbarg.

»Und nur wenig Zeit dazu!« wiederholte der Kundschafter. »Die Sache läßt sich mit Hilfe der Vorsehung auf zweierlei Weise angreifen, einen dritten Ausweg weiß ich nicht.«

»Nennt sie schnell! Die Zeit drängt.«

»Die *eine* wäre, wir ließen die Frauenzimmer absteigen, ihre Tiere auf der Ebene weiden, schickten die Mohikaner voraus, brächen eine Bahn durch die Schildwachen und zögen über deren Leichen in das Fort ein.«

»Das geht nicht – das geht nicht!« unterbrach der edelmütige Heyward, »ein Soldat könnte sich vielleicht so durchschlagen, aber nicht in solcher Begleitung.«

»Es wäre allerdings ein blutiger Pfad, auf dem die zarten Füße gehen müßten«, erwiderte mit ähnlichem Widerstreben der Kundschafter, »aber ich glaubte, ihm als Mann nennen zu sollen. Im andern Falle müssen wir wieder zurück und heraus aus dem Bereich ihrer Wachen. Wir wenden uns nach Westen und gehen auf die Berge, wo ich euch monatelang so verbergen will, daß alle Teufelshunde in Montcalms Sold die Fährte dazu nicht finden sollen.«

»Tun wir das, und zwar augenblicklich!«

Weitere Worte waren nicht vonnöten; denn Hawk-eye kehrte mit dem einzigen Rufe: »Mir nach!« auf demselben Wege zurück, auf dem sie in diese mißliche und selbst gefährliche Lage geraten waren. Stillschweigend und vorsichtig gingen sie ohne das geringste Geräusch vorwärts, denn mit jedem Augenblicke mußten sie befürchten, einer Runde oder einem Pikett von Feinden zu begegnen. Während sie still an dem Rande des Teiches vorübergingen, warfen Heyward und der Kundschafter verstohlene Blicke in das unheimliche Dunkel. Vergeblich suchten sie die Gestalt, die soeben noch an seinen stillen Ufern einhergewandelt war, während ein leises und regelmäßiges Anschlagen der kleinen Wellen zeigte, daß die Wasser sich noch nicht wieder beruhigt hatten: ein schreckhaftes Zeugnis für die blutige Tat, die so kurz zuvor in ihrem Bereiche verübt worden war. Gleich der ganzen flüchtigen und düstern Szene schwand auch das niedrige Wasserbecken schnell in die Finsternis dahin und vermischte sich mit der Masse schwarzer Gegenstände im Rücken der Reisenden.

Hawk-eye wich bald von der Richtung, der sie bisher auf ihrem Rückwege gefolgt waren, ab, wandte sich aufwärts gegen die Berge, welche die westliche Grenze der engen Ebene bildeten, und führte mit schnellen Schritten seine Begleiter tief in die Schatten, die von den hohen und steilen Gipfeln der Berge fielen. Der Weg wurde jetzt beschwerlich, da der Boden bald von Felsblöcken starrte, bald von tiefen Schluchten durchschnitten war, so daß ihr Zug sich nur verhältnismäßig langsam fortbewegte. Rauhe, schwarze Gipfel umgaben sie von jeder Seite und entschädigten sie zum Teil für die größere Anstrengung durch das Gefühl von Sicherheit, welches sie einflößten. Endlich begannen sie einen steilen, rauhen Abhang hinanzuklimmen, auf einem Pfade, der sich zwischen Felsen und Bäumen hinwand, die einen umging, die andern in einer Weise benutzte, die kundgab, daß er von Männern herrührte, die längst mit den Schwierigkeiten der Wildnis vertraut waren. Sowie sie sich allmählich über den Talgrund erhoben, begann die dichte Finsternis, die gewöhnlich dem nahenden Tage vorangeht, sich zu zerstreuen, und die Gegenstände in der Ebene erschienen in den klaren und deutlichen Farben, die ihnen die Natur verliehen hatte. Als sie aus dem Gehölz verkrüppelter Bäume, die sich um die kahlen Wände des Gebirges zogen, auf einen flachen moosbewachsenen Felsen, der den Gipfel bildete, hervortraten, begrüßte sie der Morgen, seinen rötlichen Glanz über den grünen Fichten eines Hügels zeigend, der auf der entgegengesetzten Seite des Horicantales lag. Der Kundschafter ließ jetzt die Schwestern absteigen, nahm den ermüdeten Tieren Zaum und Sattel ab und ließ sie in voller Freiheit das Gestrüpp und die kärglich vorhandenen Kräuter dieser hohen Region abweiden.

»Geht«, sagte er, »sucht euer Futter, wo die Natur es euch anweist, und nehmt euch in acht, daß ihr auf diesen Hügeln nicht selbst ein Futter der Wölfe werdet.«

»Bedürfen wir ihrer nicht weiter?« fragte Heyward.

»Seht und urteilt mit eigenen Augen«, antwortete der Kundschafter, indem er an den östlichen Rand des Berges trat und den andern winkte, ihm dahin zu folgen. »Wenn es so leicht wäre, in das Herz des Menschen zu blicken, als man von diesem Punkte aus erspähen kann, was mitten in Montcalms Lager vorgeht, so gäb' es wenig Heuchler, und die Arglist der Mingos wäre im Vergleich mit der Ehrlichkeit eines Delawaren verlorenes Spiel.«

Als die Reisenden den Rand des Absturzes erreichten, sahen sie mit *einem* Blicke, daß der Kundschafter nicht unrecht gehabt hatte, und bewunderten seine Vorsicht in der Wahl dieses Platzes.

Der Berg, auf dem sie standen, erhob sich vielleicht tausend Fuß über die Niederung, glich einem ungeheuern Kegel und trat ein wenig aus der Reihe hervor, die sich meilenweit an den westlichen Ufern des Sees hinzieht, bis sie seinen Schwestergipfel jenseits der Wasser erreicht und in verworrenen schroffen Felsmassen, schwach mit Immergrün bedeckt, bis gegen Kanada ausläuft. Unmittelbar unter ihren Füßen beschrieb das Südufer des Horican einen großen Halbkreis von einem Berge zum andern und bildete ein weites Gestade, das rasch zu einer unebenen und hoch gelegenen Fläche anstieg. Gegen Norden erstreckte sich der klare und, wie es von dieser schwindligen Höhe erschien, schmale Spiegel des heiligen Sees, in unzählige Buchten ausgezackt, durch phantastische Formen von Vorgebirgen verschönert und mit zahllosen Inseln besät. In der Entfernung von einigen Stunden verlor sich das Bett des Sees zwischen Bergen oder wurde durch eine Dunstmasse bedeckt, welche von einer leichten Morgenluft langsam über seine Fläche hergetrieben ward. Aber eine enge Öffnung zwischen den Kämmen des Gebirges deutete den Ausgang an, durch welchen er seinen Weg weiter gegen Norden fand, um seinen klaren und weiten Spiegel noch einmal auszubreiten, ehe er dem fernen Champlain seinen Tribut bezahlte. Gegen Süden erstreckte sich das Defilee oder vielmehr die bewaldete Ebene, die so oft schon erwähnt worden ist. Einige Stunden lang, aber noch innerhalb Sehweite, senkten sich die Berge, scheinbar ungern ihre Herrschaft aufgebend, und liefen in die niedrigen Sandflächen aus, über welche wir unsere Abenteurer auf ihrer zweifachen Reise begleitet haben. An beiden Bergreihen hin, welche die gegenüberliegenden Seiten von See und Tal begrenzten, stiegen Dunstwolken in Schneckenwindungen von den unbewohnten Wäldern wie Rauch aus verborgen liegenden Hütten empor oder trieben langsam an den Abhängen hinab, um sich mit dem Nebel der Niederungen zu verbinden. Eine einzelne schneeweiße Wolke schwamm über dem Tal und bezeichnete die Stelle, unter welcher der stille Blutteich lag.

Gerade am Ufer des Sees, etwas mehr gegen den westlichen als den östlichen Rand hin, lagen die ausgedehnten Erdwälle und die niedrigen Gebäude von William Henry. Zwei der Hauptbastionen schienen aus dem Wasser, das ihren Fuß bespülte, aufzutauchen, während ein tiefer Graben und ausgedehnte Sümpfe die anderen Seiten und Winkel verteidigten. Das Land war rings um die Festungswerke auf eine beträchtliche Strecke der Bäume beraubt, sonst aber lag der ganze Schauplatz in dem grünen Kleide der Natur: ausgenommen da, wo die klaren Gewässer den Gesichtskreis sanft begrenzten oder steile Felsen ihre schwarzen, kahlen Häupter über die Wellenlinien der Gebirgsketten erhoben. Vor dem Fort waren hin und wieder Schildwachen zu sehen, welche ihre zahlreichen Feinde aufmerksam zu beobachten schienen, und innerhalb der Wälle erblickten die Reisenden Soldaten, nach durchwachter Nacht in Schlummer versunken. Gegen Südosten aber stand in unmittelbarer Berührung mit dem Fort ein verschanztes Lager auf einer Felsenanhöhe, einem Punkte, den man weit besser für das Fort selber gewählt hätte. Hier zeigte ihnen Hawk-eye jene Hilfstruppen, welche erst kürzlich in ihrer Gesellschaft den Hudson verlassen hatten. Aus den Wäldern, ein wenig weiter gegen Süden, stiegen zahlreiche schwarze und finstere Rauchsäulen auf, die man von den reinern Ausdünstungen der Quellen leicht unterscheiden konnte: nach der Aussage des Kundschafters sichere Zeichen, daß der Feind sich dort in Masse gelagert hatte.

Das Schauspiel, welches sich am Westufer des Sees, dem südlichen ganz nahe, darbot, nahm die Aufmerksamkeit des jungen Soldaten vor allem in Anspruch. Auf einem Streifen Landes, welcher von seinem Standpunkt aus für ein so beträchtliches Truppenkorps zu schmal schien, sich aber in Wahrheit mehrere tausend Fuß von den Ufern des Horican bis an den Fuß des Berges erstreckte, sah man weiße Zelte und Kriegswerkzeuge für ein Lager von zehntausend Mann. Vorne waren bereits Batterien aufgeführt, und während die Zuschauer mit so verschiedenen Empfindungen auf eine Szene herabblickten, die einer Landkarte gleich vor ihren Füßen ausgebreitet lag, erscholl bereits der Donner einer Artilleriesalve aus dem Tale herauf und tönte von Echo zu Echo durch die östlichen Berge hin.

»Da unten fängt's nachgerade an zu tagen«, sagte der bedächtige und besonnene Kundschafter, »und die Wachenden wollen die Schläfer mit Kanonendonner wecken. Wir kommen um ein paar Stunden zu spät. Montcalm hat bereits die Wälder mit seinen vermaledeiten Irokesen angefüllt.«

»Der Platz ist in der Tat eingeschlossen«, bemerkte Duncan. »Aber bleibt uns denn gar kein Mittel hineinzukommen? Besser noch, innerhalb der Werke gefangengenommen zu werden, als den herumschwärmenden Indianern in die Hände zu fallen.«

»Seht!« rief der Kundschafter, die Aufmerksamkeit Koras unwillkürlich auf das Quartier ihres eigenen Vaters richtend, »wie dieser Schuß die Steine aus dem Haus des Kommandanten emporschlug! Ja, diese Franzosen werden es, so solid und massiv es ist, in kürzerer Zeit zusammenschießen, als es aufgebaut wurde.«

»Heyward, ich sterbe beim Anblick einer Gefahr, die ich nicht teilen kann!« sprach die unerschrockene, aber besorgte Tochter. »Gehen wir zu Montcalm und bitten ihn, uns einzulassen: er wagt es nicht, dem Kind die Bitte zu versagen.«

»Ihr würdet schwerlich noch mit einem Haar auf dem Kopf in das Zelt des Franzmannes kommen!« entgegnete der derbe

Jäger. »Wenn ich nur eines der tausend Boote hätte, die leer am Ufer stehen, dann ließ' es sich noch machen. Ha! da wird's bald mit ihrem Feuern ein Ende haben: dort kommt ein Nebel, der den Tag zur Nacht machen muß, in der ein Indianerpfeil gefährlicher als eine Kanone wird. Jetzt, wenn Ihr's Euch getraut und mir folgen wollt, will ich's versuchen; denn es verlangt mich recht ins Lager hinab, und wär's auch nur, um die Mingohunde, die ich da drunten in dem Birkendickicht lauern sehe, auseinanderzutreiben.«

»Wir sind bereit«, antwortete Kora mutig: »Einem solchen Ziele entgegen trotzen wir jeglicher Gefahr!«

Der Kundschafter wandte sich mit dem Lächeln aufrichtigen und herzlichen Beifalls zu ihr um und antwortete:

»Ich wollt', ich hätte tausend Mann mit sehnigen Armen und scharfen Augen, die den Tod so wenig fürchten als Ihr! Ich wollte diese schnatternden Franzosen, eh' noch 'ne Woche um wäre, in ihr Nest zurückgejagt haben, daß sie heulen sollten wie Hunde an der Kette oder wie hungrige Wölfe. Aber voran!« fuhr er gegen die übrigen fort, »der Nebel kommt so schnell, daß wir ihn kaum noch auf der Ebene treffen, um unsern Zug zu decken. Aber denkt daran, daß Ihr, falls mir was Menschliches begegnet, den Wind immer auf der linken Wange behaltet – oder folgt den Mohikanern, *die* fänden ihren Weg so gut bei Nacht als bei Tag.«

Er winkte ihnen jetzt mit der Hand, ihm zu folgen, und eilte mit freiem, aber vorsichtigem Tritte den steilen Abhang hinab. Heyward unterstützte die Schwestern, und in wenigen Minuten waren sie am Fuße des Berges, den sie mit so viel Mühe und Anstrengung erklommen hatten.

Der von Hawk-eye eingeschlagene Weg brachte die Reisenden bald auf die Ebene, einem Ausfalltor an dem westlichen Mittelwalle des Forts fast gegenüber; dieses selbst lag ungefähr eine halbe (englische) Meile von dem Punkte entfernt, wo er innehielt, um Duncan Zeit zu lassen, mit seinen Begleiterinnen nahezukommen. Von Ungeduld getrieben und durch die Beschaffenheit des Bodens begünstigt, waren sie dem Nebel, der nur langsam über den See herabkam, vorausgeeilt, und mußten deshalb warten, bis er das Lager in seinen dichten Mantel eingehüllt hatte. Die Mohikaner benutzten den Aufschub, um aus den Wäldern zu schleichen und die Umgebung auszuspähen.

Ihnen folgte in einiger Entfernung der Kundschafter, um früher zu erfahren, was sie gesehen hätten, und selbst über die Örtlichkeit seine Beobachtungen anzustellen. In wenigen Minuten kehrte er zurück, rot vor Ärger, und machte seinem Unmut in folgenden Worten Luft:

»Hier haben die pfiffigen Franzosen ein Pikett uns gerade in den Weg gestellt«, sprach er, »Rothäute und Weiße, und wir können im Nebel ebensogut mitten unter sie geraten als an ihnen vorbeikommen.«

»Können wir keinen Umweg machen, um der Gefahr zu entgehen?« fragte Heyward, »und später wieder, wenn wir vorbei sind, auf unsern Weg zurückkommen?«

»Wenn einer im Nebel einmal von der geraden Linie abweicht, wie kann er wissen, wann und wie er sie wiederfinden soll? Die Nebel des Horican sind nicht wie die Ringe aus der Friedenspfeife oder der Rauch über einem Moskitofeuer!«

Er sprach noch, als sich ein furchtbarer Knall vernehmen ließ, eine Kanonenkugel in das Dickicht und den Stamm eines jungen Baumes schlug und von der Erde zurückprallte, da ihre Kraft durch den frühern Widerstand gebrochen war. Die Indianer langten fast zur selben Zeit mit dem schrecklichen Boten an, und Unkas begann unter lebhaften Gebärden eifrig in der Sprache der Delawaren zu reden.

»So wird es gehen, Junge«, murmelte der Kundschafter, als jener ausgeredet hatte, »hitzige Fieber kann man nicht wie Zahnweh behandeln. So kommt denn! Der Nebel stellt sich ein.«

»Halt!« rief Heyward, »sagt mir vorher, was Ihr glaubt hoffen zu dürfen.«

»Das ist gleich gesagt; es ist nur wenig, aber etwas ist besser als nichts. Der Schuß, den Ihr sahet«, fuhr der Kundschafter fort, indem er das harmlose Eisen mit dem Fuß anstieß, »hat die Erde auf seinem Wege von dem Fort aufgepflügt und wir können diese Spur verfolgen, wenn alle anderen Zeichen trügen. Keine Worte mehr! Folgt mir, sonst verläßt uns der Nebel mitten auf dem Wege, und man schießt von beiden Heeren auf uns.«

Heyward erkannte, daß wirklich der entscheidende Augenblick gekommen war, wo gehandelt, nicht gesprochen werden mußte, und trat zwischen die beiden Schwestern, um ihre

Schritte zu beschleunigen, indem er die halb sichtbare Gestalt ihres Führers im Auge behielt. Bald zeigte sich, daß Hawk-eye die Stärke des Nebels nicht überschätzt hatte; denn kaum waren sie sechzig Schritte weit, als sie ihre verschiedenen Reisegefährten in dem Dunste nicht mehr zu unterscheiden vermochten.

Sie hatten bereits einen kleinen Umweg zur Linken gemacht und wandten sich wieder zur Rechten, nachdem sie, wie Heyward glaubte, wohl den halben Weg nach den befreundeten Festungswerken zurückgelegt hatten. Plötzlich wurden ihre Ohren etwa zwanzig Schritte von ihnen von dem schrecklichen Rufe begrüßt:

»Qui va là?«[25]

»Vorwärts!« flüsterte der Kundschafter, sich wieder links wendend.

»Vorwärts!« wiederholte Heyward, als der Zuruf von einem Dutzend Stimmen in drohendem Tone wiederholt wurde.

»Ich«, rief Duncan französisch, indem er die Schwestern mit sich fortzog.

»Dummkopf! – Welcher Ich? –«

»Freund Frankreichs!«

»Du scheinst mir eher ein *Feind* von Frankreich! Halt! oder bei Gott, ich will dich mit dem Teufel gut Freund machen! Kameraden, Feuer!«

Der Befehl fand sogleich Gehör und der Nebel wurde von dem Knall von fünfzig Musketen erschüttert. Zum Glück war falsch gezielt, und die Kugeln durchpfiffen die Luft in einer verschiedenen Richtung, aber doch immer so nahe, daß es den ungeübten Ohren Davids und der beiden Mädchen dünkte, sie sausten nur ein paar Zoll von ihnen vorbei. Der Ruf ward wiederholt und der Befehl nicht allein zum Feuern, sondern selbst zur Verfolgung war nur zu gut vernehmbar. Als Heyward kurz den Sinn des Gehörten erklärt hatte, hielt Hawk-eye an und sprach entschlossen und fest:

»Laßt uns auch Feuer geben, dann glauben sie, es sei ein Ausfall, und weichen oder warten auf Verstärkung.«

Der Plan war gut, blieb aber ohne Erfolg. Sobald die Franzosen die Gewehrsalve hörten, war es, als ob die ganze Gegend lebendig würde, und Flinten klirrten die Ebene entlang von den Ufern des Sees bis an den fernsten Saum der Wälder.

»Wir kriegen das ganze Heer auf den Hals und führen einen allgemeinen Sturm herbei«, sprach Duncan, »voran, mein Freund, wenn Euch Euer und unser Leben lieb ist.«

Der Kundschafter wollte willfahren, aber in der Verwirrung des Augenblicks hatte er seine Stellung verändert und die Richtung verloren. Vergeblich hielt er seine Wangen gegen den Wind, nicht das leiseste Lüftchen wehte mehr. In dieser Not bemerkte Unkas die Furche der Kanonenkugel, welche hier die Spitzen von drei nahe aneinanderliegenden Ameisenhaufen weggenommen hatte.

»Laßt mich mal schauen!« sagte Hawk-eye, bückte sich, um die Richtung zu erkennen, und setzte rasch seinen Weg fort.

Geschrei, Flüche, rufende Stimmen, Flintenschüsse folgten sich ununterbrochen und, wie es schien, von allen Seiten. Plötzlich erleuchtete ein starker Feuerstrahl die Szene, der Nebel stieg in dichten Wallungen empor, mehrere Kanonenschüsse flogen über die Ebene, und alle Echos der Berge hallten den Donner des Geschützes wider.

»Das ist von dem Fort!« rief Hawk-eye und blieb plötzlich stehen, »und wir laufen, wie mit Blindheit geschlagen, nach dem Walde, den Maquas in die Messer.«

Sobald sie den Irrtum erkannt, beeilten sie sich, ihn gutzumachen. Duncan überließ gerne Unkas' Armen die Sorge, Kora zu führen, und sie nahm diesen willkommenen Beistand bereitwillig an. Offenbar waren nicht wenige eifrig in ihrer Verfolgung begriffen, und jeder Augenblick drohte Gefangenschaft, wo nicht Verderben.

»Keinen Pardon den Schuften!« rief ein eifriger Verfolger, welcher die Bewegungen der Feinde zu leiten schien.

»Steht fest und bereit, meine Tapferen vom sechzigsten Regiment!« rief plötzlich eine Stimme über ihnen, »wartet, bis ihr die Feinde seht; feuert tief und fegt das Glacis rein!«

»Vater! Vater!« rief eine durchdringende Stimme aus dem Nebel, »ich bin's! Alice! deine Elsie! Halt ein, o rette deine Töchter!«

»Halt!« schrie der frühere Sprecher im furchtbarsten Tone väterlicher Angst, so daß der Ruf bis in die Wälder drang und in feierlichem Echo zurückrollte. »Sie ist's! Gott hat mir meine Kinder wieder geschenkt! Das Ausfalltor geöffnet! Hinaus, ihr Sechziger, hinaus! Tut keinen Schuß, ihr könntet meine Lämmer töten! Treibt die französischen Hunde mit dem Bajonette fort!«

Duncan hörte das Rasseln der rostigen Angeln, eilte rasch zu der Stelle, deren Richtung der Laut bezeichnete, und stieß auf eine lange Reihe dunkelrot uniformierter Krieger, die nach dem Glacis eilten. Er erkannte sie als sein eigenes Bataillon der Königlichen Amerikaner, flog an ihre Spitze und entfernte bald jegliche Spur von Verfolgern aus den Festungswerken.

Einen Augenblick hatten Kora und Alice zitternd und verwirrt dagestanden, als Duncan sie so unerwartet verließ; aber ehe sie Zeit zu sprechen fanden, oder auch nur daran zu denken vermochten, stürzte ein Offizier von fast riesenhafter Gestalt, dessen Locken die Jahre und der Dienst gebleicht und dessen militärischen Stolz die Zeit zwar gemildert, aber nicht vernichtet hatte, mitten aus dem Nebel auf sie zu und drückte sie an seine Brust, während große Tränen über sein bleiches und tiefgefurchtes Antlitz rollten.

»Ich danke dir, Herr!« rief er in seinem eigentümlichen schottischen Akzent. »Laß Gefahr kommen, welche da wolle, dein Knecht ist vorbereitet!«

Fünfzehntes Kapitel

So tretet ein, zu hören seine Botschaft,
Die alsbald ich erraten wollt' und deuten,
Eh' noch der Franzmann spräch' ein Wort davon
König Heinrich V.

Die nächsten Tage verflossen unter den Entbehrungen, der Verwirrung und den Gefahren der Belagerung, welche ein Feind, dessen Macht Munro nicht den gehörigen Widerstand leisten konnte, aufs lebhafteste betrieb. Es war, als ob Webb mit seinem Heer, das untätig an den Ufern des Hudsons lag, die bedrängte Lage seiner Landsleute gänzlich vergessen hätte. Montcalm hatte die Wälder mit seinen Wilden angefüllt, deren Geschrei und Geheul durch das britische Lager scholl und die Soldaten entmutigte, welche bereits nur zu geneigt waren, die Gefahr zu übertreiben. Nicht ebenso war es mit den in dem Fort Eingeschlossenen. Durch die Worte und das gute Beispiel ihrer Führer angefeuert, hatten sie Mut gefaßt und ihren alten Ruf mit einem Eifer behauptet, welcher der Strenge ihres Anführers Ehre machte. Der französische General hatte seinerseits, als begnügte er sich, mit großer Anstrengung durch die Wildnis gezogen zu sein, um vor den Feind zu kommen, bei all seinem Geschick dennoch verabsäumt, die benachbarten Höhen zu besetzen, von denen aus er die Belagerten ungefährdet vernichten konnte, ein Vorteil, den die neuere Kriegskunst keinen Augenblick zu benutzen unterlassen hätte. Diese Geringschätzung der Anhöhen oder vielmehr: diese Scheu vor der Anstrengung, sie zu erklimmen, kann als die Hauptschwäche der damaligen Kriegführung betrachtet werden. Sie schrieb sich von der einfachen Weise der Indianerkriege her, wo bei der Art der Kämpfe und den dichten Wäldern Festungen selten waren und das Geschütz beinahe alle Bedeutung verlor. Die Nachlässigkeit, welche solchergestalt überhandgenommen hatte, reichte bis in die Zeit der Revolutionskämpfe herab und kostete die Amerikaner die wichtige Festung Ticonderoga, ein Verlust, der Bourgoynes Heer den Weg in das Herz des Landes öffnete. Erstaunt blicken wir auf diese Unwissenheit oder Betörung, wie man es nennen darf, zurück; denn man weiß, daß das Übersehen der Vorteile einer solchen Anhöhe – wenn auch die Schwierigkeit, sich auf ihr festzusetzen, wie bei Mont Defiance, sehr übertrieben worden ist – einen Ingenieur, der in unserer Zeit die Anlegung der Werke an ihrem Fuße zu leiten, oder einen General, der sie zu verteidigen gehabt hätte, um ihren Ruf bringen würde.

Der Reisende, der Erholungsbedürftige oder der Freund von Naturschönheiten, welcher jetzt in seinem Viergespann durch die Schauplätze, die wir zu beschreiben versucht, dahinrollt, um Belehrung, Gesundheit oder Vergnügen zu finden, oder gemächlich seinem Ziele auf jenen künstlichen Wasserstraßen entgegengetragen wird, die unter der Verwaltung eines Staatsmannes[26] entstanden sind, welcher für das Gelingen des gewagten Unternehmens seinen politischen Ruf einsetzte, darf nicht glauben, daß seine Vorfahren mit gleicher Leichtigkeit über diese Berge gegangen seien und die Strömungen überwunden hätten. Die gelungene Herbeischaffung einer einzigen schweren Kanone wurde oft einem Siege gleichgeschätzt, wenn glücklicherweise die Schwierigkeiten des Bodens sie nicht zu weit von ihrer notwendigen Begleiterin, der Munition, entfernten, ohne welche sie nichts als eine schwerfällige, nutzlose, eiserne Röhre ist.

Die Übel, welche aus einer solchen Lage entspringen mußten, machten sich dem entschlossenen Schottländer, der jetzt William Henry verteidigte, stark fühlbar. Obgleich sein Gegner die Berge nicht benutzte, hatte er doch seine Batterien mit Einsicht in der Ebene aufgepflanzt, und sie wurden mit Geschick und Nachdruck bedient. Diesem Angriff konnten die Belagerten nur die unvollkommenen und in Eile geordneten Verteidigungsmittel einer Festung der Wildnis entgegenstellen.

Es war am fünften Tage der Belagerung und dem vierten seines eigenen Dienstes in dem Fort, daß Major Heyward nachmittags eine eben angekündigte Parlamentierung benutzte, um sich auf die Brustwehr einer Wasserbastion zu begeben, wo er die frische Seeluft atmen und die Fortschritte der Belagerer beobachten konnte. Er war allein, wenn man die einsame Schildwache, die auf dem Erdwall auf und nieder ging, nicht rechnen will; denn die Artilleristen hatten sich entfernt, um die zeitige Unterbrechung ihres gefahrvollen Dienstes zu benutzen. Der

Abend war äußerst still und das Lüftchen, welches von dem klaren See her wehte, sanft und erfrischend. Es schien, als ob auch die Natur den Augenblick, wo der Donner des Geschützes und das Pfeifen der Kugeln verstummten, gewählt hätte, um in ihrer mildesten und entzückendsten Gestalt zu erscheinen. Die Sonne goß ihre scheidende Glorie über die Landschaft, ohne jene stolzen Strahlen zu entbehren, die dem Klima und der Jahreszeit eigentümlich sind. Das frische, liebliche Grün der Berge wurde bald durch das sanftere Licht der Sonne gemildert, bald durch die leichten Wölkchen verdunkelt, die zwischen ihnen und der Sonne schwammen. Zahlreiche Eilande ruhten im Schoße des Horican so niedrig und tief, als wären sie in die Wasser gebettet, andere schwebten über den Fluten gleich leichten Hüllen grünen Samtes. Zwischen diesen ruderten die Fischer des Belagerungsheeres friedlich ihre Nachen umher oder gaben sich auf dem klaren Wasserspiegel ruhig dem Vergnügen des Fischfanges hin.

Die Szene war belebt und doch still und alles, was der Natur angehörte, lieblich und einfach groß, während das, was von dem Willen und den Bewegungen der Menschen abhing, lebhaft und mutwillig erschien.

Zwei kleine weiße Flaggen wehten, die eine auf einem hervorspringenden Winkel des Forts, die andere auf der vorgeschobenen Batterie der Belagerer, – Sinnbilder der Ruhe nicht bloß für die Feindseligkeiten, sondern selbst für die Erbitterung der Kämpfenden. Hinter ihnen wehten, in schweren seidenen Falten sich ausbreitend und schließend, die nebenbuhlerischen Standarten Englands und Frankreichs. Hunderte junger Franzosen, munter und sorglos, zogen Netze an den kieselreichen Strand, in der gefährlichen Nähe der düstern, aber schweigsamen Geschütze des Forts, während die östlichen Berge den lärmenden Jubel der Fischenden widertönten. Die einen kamen eilig herbei, um die Belustigungen auf dem Wasser mitzumachen, während andere mit der unruhigen Neugierde ihrer Nation bereits die benachbarten Hügel erklommen. Von all diesem Treiben, dieser Lust waren diejenigen, welche die Belagerten zu beobachten hatten, und die Belagerten selbst müßige, wenn schon nicht gleichgültige Zuschauer. Hier und da stimmte auch ein Pikett einen Sang an oder begann einen Tanz, der die düsteren Indianer aus ihren Hinterhalten in dem Walde um sie versammelte. Kurz, alles hatte mehr den Anschein eines Freudentages denn einer den Gefahren und Anstrengungen eines blutigen, erbitterten Krieges gestohlenen Stunde.

Duncan hatte, diese Szene betrachtend, eine Weile in nachdenklicher Stellung dagestanden, als seine Augen durch den Laut nahender Fußtritte sich auf das Glacis vor dem schon erwähnten Ausfalltore richteten. Er trat in den Winkel einer Bastion und sah, wie der Kundschafter unter der Bewachung eines französischen Offiziers auf das Fort herzukam. Hawk-eyes Züge waren eingefallen und bekümmert, seine Miene niedergeschlagen, als fühlte er sich tief entehrt, daß er den Feinden in die Hände geraten war. Er trug seine Lieblingswaffe nicht, und die Hände waren ihm mit Riemen aus Hirschhäuten auf den Rücken gebunden. Das Herannahen von Fahnen, zum Schutze der Parlamentäre bestimmt, war in letzter Zeit so häufig geworden, daß Heyward bei dem ersten nachlässigen Blick auf die Gruppe wieder einen Offizier in gleichem Auftrag zu sehen erwartete. Sobald er aber den hohen Wuchs und die immer noch trotzigen, wenngleich niedergeschlagenen Züge seines Freundes, des Weidmanns, erkannte, fuhr er erstaunt zurück und eilte von der Bastion in das Innere der Festung herab.

Töne anderer Stimmen zogen jedoch seine Aufmerksamkeit auf sich und ließen ihn einen Augenblick seinen Vorsatz vergessen. In einem innern Winkel des Erdwalls traf er auf die beiden Schwestern, welche längs der Brustwehr umherwandelten, um, wie er, die frische Abendluft zu genießen. Er hatte sie seit dem peinlichen Augenblick, wo er sie nur verließ, um für ihre Sicherheit zu sorgen, nicht wieder gesehen. Von Sorge gebeugt und durch Anstrengungen erschöpft, hatte er sie verlassen und fand sie jetzt frisch und blühend, obgleich sie immer noch einige Schüchternheit und Unruhe verrieten. Unter solchen Umständen dürfen wir uns nicht wundern, wenn der junge Mann eine Zeitlang alles andere vergaß, um sie anzureden. Die arglose, jugendliche Alice kam ihm jedoch zuvor.

»Ha, des lässigen, pflichtvergessenen Ritters, der seine Damen mitten in den Schranken verläßt!« rief sie. »Tage, Jahrhunderte warteten wir darauf, daß Sie zu unsern Füßen um Gnade und Verzeihung für Ihr feiges Entweichen bitten würden, Ihre Flucht – denn wirklich flohen Sie mit einer Eile, daß kein angeschossenes Wild, wie unser würdiger Freund, der Kundschafter, sich ausdrücken würde, Ihnen hätte gleichkommen können!«

»Alice spricht, wie Sie wissen werden, von unserm Danke und unsern Segnungen«, setzte die ernstere, besonnenere Kora hinzu. »Wirklich haben wir uns ein wenig gewundert, daß Sie sich so streng von einem Orte entfernt hielten, wo die Dankbarkeit der Töchter in der des Vaters Unterstützung gefunden hätte.«

»Ihr Vater selbst konnte Ihnen sagen, daß ich, obgleich von Ihnen entfernt, um Ihre Sicherheit stets bekümmert war«, erwiderte der junge Mann. »Um den Besitz des Dorfs von Hütten dort«, – er wies auf das benachbarte verschanzte Lager, »ist indessen lebhaft gestritten worden. Wer dieses besitzt, ist bald auch im Besitze des Forts und alles dessen, was sich darin befindet. Meine Tage und Nächte sind seit unsrer Trennung dort vergangen, weil ich glaubte, daß meine Pflicht mich dahin riefe. Aber«, fuhr er mit einer Miene des Unmuts fort, den er vergeblich zu verbergen suchte, »aber hätte ich geglaubt, daß Soldatenpflicht so ausgelegt werden könnte, so wäre Scham noch zu der Zahl meiner Gründe gekommen!«

»Heyward! – Duncan!« rief Alice, sich vorwärts beugend, um in sein halb abgewandtes Antlitz zu sehen, bis eine Locke ihres goldenen Haars auf ihrer Wange ruhen blieb und die Träne verbarg, die ihrem Auge entquoll, »könnte ich glauben, daß diese geschwätzige Zunge Ihnen wehe getan, so wollte ich sie zu ewigem Stillschweigen verdammen. Kora mag sagen, wenn sie will, wie hoch wir Ihre Dienste geschätzt haben, und wie innig, wie inbrünstig unsere Dankbarkeit ist.«

»Und wird Kora die Wahrheit davon bezeugen?« rief Duncan, indes ein Lächeln innigen Vergnügens die Wolken des Mißmuts von seiner Stirne trieb. »Was sagt unsre ernste Schwester? Wird sie für die Vernachlässigung des Ritters eine Entschuldigung in der Pflicht des Soldaten finden?«

Kora antwortete nicht sogleich, sondern wandte ihr Gesicht auf das Wasser, als ob sie beobachtete, was auf dem Horican vorgehe. Als sie ihr dunkles Auge auf den jungen Mann richtete, lag ein solcher Ausdruck von Bangigkeit darin, daß er jeden andern Gedanken als den herzlicher Besorgnis aus seinem Gemüte verdrängte.

»Sie sind nicht wohl, teuerste Miß Munro?« rief er, »wir konnten scherzen, während Sie leiden!«

»Es ist nichts«, antwortete sie, indem sie seinen angebotenen Arm mit weiblicher Zurückhaltung ablehnte. »Daß ich das Leben nicht von seiner Sonnenseite betrachten kann wie diese harmlose, glühende Schwärmerin«, fuhr sie fort, indem sie ihre Hand leicht, aber zärtlich auf den Arm ihrer Schwester legte, »ist die Schuld der Erfahrung und vielleicht ein unglücklicher Zug meines Wesens. Sehen Sie«, fügte sie hinzu, als wollte sie aus Pflichtgefühl sich aller Schwäche entschlagen, »blicken Sie um sich, Major Heyward, und sagen Sie mir, welche Aussicht dies für die Tochter eines Soldaten ist, dessen größtes Glück seine Ehre und sein Kriegsruf sind!«

»Beide sollen und können nicht befleckt werden durch Umstände, denen er nicht gebieten kann«, erwiderte Duncan mit Wärme. »Aber Ihre Worte rufen mich zu meiner eigenen Pflicht zurück. Ich gehe jetzt zu Ihrem ritterlichen Vater, um seinen Entschluß in Dingen von höchster Wichtigkeit, unsere Verteidigung betreffend, zu vernehmen. Gott segne Sie in jeglichem Geschick, edle Kora, – denn so kann und muß ich Sie nennen.« Sie reichte ihm frei die Hand, obgleich ihre Lippe bebte und ihre Wangen allmählich eine Totenblässe überschlich. »In jeglichem Geschick werden Sie, ich bin's gewiß, eine ehrenreiche Zierde Ihres Geschlechtes sein. – Alice, adieu!« – sein Ton ging von Bewunderung in Zärtlichkeit über – »Adieu, Alice; wir werden uns bald wiedersehen, als Sieger, hoffe ich, und unter Freudenbezeugungen!«

Ohne die Antwort einer der Schwestern zu erwarten, eilte der junge Mann die Rasenstufen der Bastion hinab, mit raschen Schritten über den Paradeplatz und stand nach kurzer Weile vor ihrem Vater. Munro ging, als Duncan eintrat, mit unruhiger Miene und Riesenschritten in dem engen Zimmer auf und nieder.

»Sie sind meinen Wünschen zuvorgekommen, Major Heyward«, sagte er, »ich wollte Sie eben um die Ehre Ihres Besuches bitten lassen.«

»Mit Bedauern sah ich den Boten, den ich so warm empfohlen, unter dem Gewahrsam der Franzosen zurückkehren! Ich hoffe, Sie haben keinen Grund, in seine Treue Zweifel zu setzen.«

»Die Treue der ›Langen Büchse‹ ist mir wohl bekannt«, versetzte Munro, »und über allen Zweifel erhaben; aber sein gutes Glück scheint ihn endlich verlassen zu haben. Montcalm hat ihn gefaßt und mit der verdammten Artigkeit seines Volkes ihn mir wieder zugesandt unter der demütigenden Erklärung: da er wisse, wie große Stücke ich auf den Burschen halte, so wolle er mir ihn nicht vorenthalten. Eine jesuitische Manier, Major Heyward, einem Manne zu sagen, daß er im Unglück ist!«

»Aber der General und seine Hilfe?«

»Sahen Sie nach dem Süden, als Sie hereinkamen, und konnten Sie noch nichts von ihnen erblicken?« fragte der alte Soldat, bitter lachend; »gehen Sie! gehen Sie, Sie sind ein ungeduldiger Knabe, Sir, und wollen den Herren keine Zeit zum Marschieren lassen!«

»So kommen sie denn! Hat der Kundschafter davon gesagt?«

»Wann? Und auf welchem Wege? Das hat der Dummkopf mir nicht gesagt. Es war ein Brief vorhanden, und das ist das einzige Erfreuliche bei der Sache. Was die gewohnten Aufmerksamkeiten Ihres Marquis von Montcalm betrifft – ich stehe dafür, Duncan, der von Lothian könnte ein Dutzend solcher Marquisate kaufen – wenn die Nachrichten in dem Briefe schlimm lauteten, so würde diesem französischem Herrn die Artigkeit gewiß nicht erlauben, sie uns zu verschweigen.«

»Er behält also den Brief und läßt den Boten frei?«

»Ja, und das alles aus sogenannter Bonhommie. Ich wollte wetten, wenn man die Wahrheit wüßte, so würde sich finden, daß des Burschen Großvater in der edeln Kunst des Tanzens unterrichtet hat.«

»Aber was sagt denn der Kundschafter? Er hat Augen und Ohren und eine Zunge: wie lautet sein mündlicher Bericht?«

»Oh! Sir, an den natürlichen Organen fehlt's ihm nicht, und er bedenkt sich auch nicht, zu sagen, was er gehört und gesehen hat. Alles aber läuft darauf hinaus: an den Ufern des Hudsons befindet sich ein Fort Sr. Majestät, zu Ehren Sr. Königlichen Hoheit, des Prinzen von York, Edward genannt, wie Sie wissen, und ist wohlgefüllt mit Bewaffneten, wie es einem solchen Werke ziemt.«

»Bemerkte er keine Bewegung, keine Zeichen, daß man uns zu Hilfe kommen wolle?« –

»'s gab Morgen- und Abendparaden, und wenn einer von

den Lümmeln aus den Provinzen – Sie wissen's ja, Duncan, sind selbst ein halber Schottländer – wenn einer sein Pulver auf seinen Kochtopf fallen ließ, und es traf die Kohlen, so gab's Feuer!« Plötzlich aber ging er von seiner bittern Ironie in einen ernsten, bedächtigern Ton über und fuhr fort: »Und doch müßte und muß in dem Brief etwas stehen, das zu wissen, für uns gut wäre.«

»Unser Entschluß sollte schnell geschehen«, sagte Duncan, welcher gern diese veränderte Stimmung benutzte, um die Unterredung auf wichtigere Gegenstände zu lenken: »Ich kann Ihnen nicht verhehlen, Sir, daß sich das Lager nicht mehr lange halten läßt, und es tut mir leid, hinzufügen zu müssen, daß es mit dem Fort selber nicht besser zu stehen scheint: mehr als die Hälfte unsers Geschützes ist zersprungen.«

»Und wie sollte es anders sein? Die einen wurden aus dem See aufgefischt; andere rosteten seit der Entdeckung des Landes in den Wäldern, und wieder andere sind gar keine Kanonen, nur Spielzeug für Korsaren. Glauben Sie, Sir, man könnte dreitausend Meilen von Großbritannien, mitten in einer Wildnis, Woolwicher Geschütze bekommen?«

»Die Mauern stürzen uns über dem Kopfe zusammen, und der Mundvorrat fängt an zu fehlen«, fuhr Heyward fort, ohne diesen neuen Ausbruch seines Unmuts zu beachten, »selbst die Mannschaft zeigt Spuren von Unzufriedenheit und Unruhe.«

»Major Heyward«, sprach Munro, mit der vollen Würde des Alters und eines höheren Ranges zu dem jungen Mann sich wendend, »umsonst hätte ich Sr. Majestät ein halbes Jahrhundert gedient und meine Haare im Feld ergrauen sehen, wenn ich das, was Sie sagen, und die Dringlichkeit der Umstände nicht selbst begreifen würde, – und doch sind wir der Ehre der königlichen Waffen und unsrer eigenen alles zu opfern verpflichtet. Solange noch Hoffnung auf Unterstützung vorhanden ist, werde ich diese Feste verteidigen, und sollt' ich dazu die Kiesel vom Seeufer auflesen. Alles kommt darauf an, den Brief zu Gesicht zu bekommen, damit wir die Absichten des Mannes kennenlernen, den uns der Earl von Loudon als seinen Stellvertreter hinterlassen hat.«

»Und kann ich hierbei von Nutzen sein?«

»Ja, das können Sie, Sir; der Marquis von Montcalm hat mich

neben seinen übrigen Artigkeiten auch zu einer persönlichen Unterredung zwischen den Festungswerken und dem Lager eingeladen, um mir, wie er sagt, weitere Aufschlüsse zu geben. Nun, denke ich, würd' es nicht sehr weise sein, wenn ich ein zu großes Verlangen zeigte, ihn zu sprechen, und ich könnte Sie, einen Offizier von Rang, zu meinem Stellvertreter wählen; denn es würde Schottland keine Ehre bringen, wenn es hieße, eines seiner Kinder habe sich von dem Eingebornen eines andern Landes an Höflichkeit übertreffen lassen.«

Ohne sich in eine überflüssige Erörterung oder Vergleichung der Höflichkeitsverdienste dieser oder jener Nation einzulassen, verstand sich Duncan mit Freuden dazu, bei der bevorstehenden Unterredung die Stelle des Befehlshabers zu vertreten. Ehe er sich verabschiedete, folgte eine lange, vertrauliche Mitteilung, in welcher der junge Mann von dem, was ihm oblag, noch genau unterrichtet wurde, wie es eben die Erfahrung und der eigentümliche Scharfsinn seines Obern eingeben mochten. Da Duncan nur als der Stellvertreter des Befehlshabers auftrat, so fielen natürlich die Förmlichkeiten, welche eine Unterredung der Häupter beider feindlichen Streitkräfte begleitet hätten, weg. Der Waffenstillstand dauerte noch fort, und unter dem Wirbeln der Trommeln trat Duncan, von einer kleinen weißen Fahne begleitet, zehn Minuten nach dem Empfang seiner Verhaltungsbefehle aus dem Ausfalltor. Er wurde von dem Offizier, der die Vorposten befehligte, mit den gewöhnlichen Förmlichkeiten empfangen und sogleich zu dem entfernten Zelte des berühmten Kriegsmanns geführt, der an der Spitze des französischen Heeres stand.

Der feindliche General empfing den jugendlichen Abgesandten, umgeben von seinen hohen Offizieren und einer dunkeln Schar indianischer Häuptlinge, welche ihn mit den Kriegern ihrer verschiedenen Stämme in das Feld begleitet hatten. Heyward stand einen Augenblick still, als seine Augen mit einem flüchtigen Blicke über die dunkle Gruppe der letztern schweiften und den boshaften Zügen Maguas begegneten, welcher ihn mit der diesem Wilden eigenen, ruhigen, aber düstern Aufmerksamkeit betrachtete. Ein Ausruf des Erstaunens wollte den Lippen des jungen Mannes entschlüpfen; schnell erinnerte er sich aber seines Auftrages und seiner Umgebung und wandte sich, jeden Schein von Aufregung unterdrückend, gegen den feindlichen Anführer, der ihm bereits einen Schritt entgegengetreten war.

Der Marquis von Montcalm stand in der Zeit, von welcher wir schreiben, in der Blüte seiner Jahre und, so könnte man hinzusetzen, im Zenit seines Glückes. Aber selbst in dieser beneidenswerten Lage war er leutselig und zeichnete sich ebensowohl durch seine Aufmerksamkeit gegen die Gesetze der Höflichkeit als durch jenen ritterlichen Mut aus, der ihn schon zwei Jahre später auf den Ebenen von Abraham das Leben verlieren ließ. Duncans Auge wandte sich von der boshaften Miene Maguas ab und heftete sich mit Vergnügen auf die lächelnden, feinen Züge und den edeln kriegerischen Anstand des französischen Anführers.

»Mein Herr«, sprach letzterer, »es macht mir viel Vergnügen, daß – aber wo ist der Dolmetscher?«

»Ich glaube, er wird entbehrlich sein«, erwiderte Heyward bescheiden, »ich spreche ein wenig Französisch.«

»Ah! das ist mir lieb«, sprach Montcalm, indem er Duncan vertraulich unter dem Arme nahm und ihn in die Tiefe des Zeltes führte, wo sie sich eher besprechen konnten, ohne gehört zu werden. »Ich hasse diese Schelme, man weiß nicht recht, wie man mit ihnen daran ist.« –

»Nun, mein Herr«, fuhr er fort, »obgleich ich stolz darauf gewesen wäre, Ihren Chef bei mir zu empfangen, so schätze ich mich dennoch glücklich, daß er es geeignet fand, einen so ausgezeichneten und sicher ebenso liebenswürdigen Offizier an mich abzuordnen.«

Duncan verbeugte sich tief; denn er nahm die Schmeichelei gern hin, obgleich er den heroischen Entschluß gefaßt hatte, sich durch keinen Kunstgriff betören zu lassen, die Interessen seines Fürsten außer acht zu lassen. Montcalm fuhr, nachdem er einen Augenblick geschwiegen hatte, als ob er seine Gedanken sammeln wollte, fort:

»Ihr Kommandant ist ein wackerer Mann und versteht es wohl, meine Angriffe abzuschlagen. Aber ist es nicht Zeit, der Menschlichkeit mehr als dem Mute Gehör zu geben? Jene ziert den Helden ebenso wie diese.«

»Wir halten diese Eigenschaften für unzertrennlich«, versetze Duncan lächelnd, »während wir aber in der Energie Eurer Exzellenz alle Aufforderung finden, diesen zu beleben, sehen wir doch noch keine Veranlassung, jene in Anwendung zu bringen.«

Montcalm verbeugte sich seinerseits leicht, aber mit der Miene eines Mannes, der zu erfahren ist, um auf die Sprache der Schmeichelei zu hören. Nach kurzem Nachsinnen fuhr er fort:

»Möglich, daß meine Gläser mich täuschten und Ihre Werke unserm Geschütze besser widerstehen, als ich geglaubt hatte. Sie kennen unsere Stärke?«

»Unsere Berichte lauten verschieden«, antwortete Duncan nachlässig, »aber die höchsten schätzen Ihre Macht auf nicht mehr als zwanzigtausend Mann.«

Der Franzmann biß sich in die Lippen und faßte den andern scharf ins Auge, als ob er in seinen Gedanken lesen wollte; dann fuhr er mit der ihm eigentümlichen Gewandtheit fort, als ob er die Richtigkeit einer Angabe, welche die Stärke seines Heeres verdoppelte, anerkenne.

»Es ist ein schlechtes Kompliment für uns Soldaten, mein Herr, daß wir, was wir auch angewandt, unsere Zahl nicht haben verbergen können. Wenn es irgendwo möglich wäre, so glaubte ich, es müßte in diesen Wäldern geschehen können. Wenn Sie es aber auch für zu früh halten, auf die Stimme der Menschlichkeit zu hören«, fuhr er arglistig lächelnd fort, »so darf ich doch glauben, daß die Galanterie bei einem jungen Manne, wie Sie es sind, ihr Recht finden wird. Die Töchter des Kommandanten sind, wie ich höre, in das Fort gekommen, seit es eingeschlossen ist.«

»Es ist wahr, Monsieur, aber weit entfernt, unsern Mut zu schwächen, geben sie uns in ihrer eigenen Seelenstärke ein Beispiel des Mutes! Bedürfte es nur der Entschlossenheit, um einen so vollendeten Kriegsmann, wie Monsieur de Montcalm, zurückzuschlagen, so würde ich der älteren dieser Damen mit Vergnügen die Verteidigung von William Henry anvertrauen.«

»Es ist eine weise Verordnung in unserem salischen Gesetz, ›die Krone von Frankreich soll nie von der Lanze an die Kunkel übergehen‹«, versetzte Montcalm trocken und mit einer gewissen Hoheit, ging aber sogleich wieder in einen Ton leichter Höflichkeit über: »Da alle edleren Eigenschaften sich vererben, will ich Ihnen gerne glauben; aber, wie ich schon sagte, auch der Mut hat seine Grenzen, und auch die Menschlichkeit will ihr Recht. Ich hoffe, mein Herr, Sie sind bevollmächtigt, über die Bedingungen der Übergabe des Forts zu unterhandeln?«

»Haben Eure Exzellenz unsere Verteidigung so schwach gefunden, daß Sie diese Maßregel notwendig glauben?« –

»Es sollte mir leid tun, wenn sich die Verteidigung so lange hinauszöge, daß meine roten Freunde dort noch mehr gereizt würden«, fuhr Montcalm fort, indem er seine Augen auf die Gruppe aufmerksamer und finsterer Indianer richtete, ohne auf die Frage des andern zu achten: »Ich finde es schon jetzt schwierig, sie in den Grenzen unsrer Kriegsgebräuche zu halten.«

Heyward schwieg: denn eine peinliche Erinnerung an die Gefahren, denen er eben erst entronnen war, und an die Leiden, welche jene wehrlosen Geschöpfe mit ihm geteilt hatten, drang sich seinem Geiste auf.

»Diese Herren da«, fuhr Montcalm fort, indem er seinen vermeintlichen Vorteil verfolgte, »sind äußerst furchtbar, wenn sie sich in ihrer Hoffnung getäuscht sehen, und ich brauche Ihnen nicht zu sagen, wie schwer es mir fällt, ihren Unmut in Schranken zu halten. Nun, mein Herr, wollen wir von den Bedingungen sprechen?«

»Ich fürchte, Eure Exzellenz sind über die Stärke von William Henry und die Hilfsquellen der Besatzung getäuscht worden!«

»Ich belagere nicht Quebec, sondern eine Erdschanze, die von zweitausenddreihundert wackern Soldaten verteidigt wird«, war seine lakonische Antwort.

»Unsere Wälle sind Erdschanzen, es ist wahr, und ruhen auf keinem Diamantfelsen, aber sie stehen an einem Ufer, das Dieskau und seinem Heer verderblich geworden ist. Zudem ist nur wenige Stunden eine beträchtliche Macht von uns entfernt, die wir als einen Teil unsrer Verteidigungsmittel betrachten.«

»Ja, sechs bis achttausend Mann«, erwiderte Montcalm, wie es schien, mit großer Gleichgültigkeit, »und ihr Führer hält sich hinter seinen Schanzen für sicherer als in offnem Felde.«

Jetzt war es an Heyward, sich vor Ärger in die Lippe zu beißen, da der andere so kaltblütig von Truppen sprach, deren Stärke, wie der junge Mann wohl wußte, so sehr übertrieben worden war. Beide schwiegen eine kleine Weile; endlich nahm

Montcalm wieder das Wort und gab zu verstehen, daß er bei dem Besuche des Offiziers keinen andern Zweck voraussetze, als Bedingungen zur Übergabe vorzuschlagen. Auf der andern Seite suchte Heyward dem französischen General Äußerungen zu entlocken, aus denen sich auf die in dem aufgefangenen Briefe enthaltenen Entdeckungen hätte schließen lassen. Keiner von beiden erreichte jedoch seinen Zweck, und nach einer längern und fruchtlosen Besprechung entfernte sich Duncan mit einer vorteilhaften Meinung von der Artigkeit und den Talenten des feindlichen Anführers, aber ohne Aufschlüsse über den eigentlichen Zweck seiner Sendung erhalten zu haben. Montcalm begleitete ihn bis an die Türe seines Zeltes und wiederholte seine Einladung an den Kommandanten des Forts, mit ihm auf einem offenen Platze zwischen beiden Heeren zu einer unmittelbaren Besprechung zusammenzuteffen.

Sie trennten sich, und Duncan kehrte unter gleicher Begleitung wie zuvor an die Vorposten der Franzosen zurück, von wo er sich sogleich in das Fort und in das Quartier seines Befehlshabers begab.

Sechzehntes Kapitel

Edg. Eh' Ihr zum Kampfe gehet, lest den Brief!
Lear

Major Heyward fand Munro allein mit seinen Töchtern. Alice saß auf seinem Knie und teilte die grauen Haare des alten Kriegers mit ihren zarten Fingern, und als er über ihre Tändelei die Stirne zu runzeln schien, drückte sie ihre Rosenlippen auf das befurchte Haupt, um den scheinbaren Unmut zu beschwichtigen. Kora saß neben ihnen, eine ruhige und heitere Zuschauerin, indem sie die kindischen Bewegungen ihrer jüngern Schwester mit jener Art von mütterlicher Zärtlichkeit betrachtete, die ihre Liebe zu Alice so eigentümlich bezeichnete. Nicht bloß die Gefahren, die sie überstanden hatten, sondern auch die zukünftigen, die sie noch bedrohten, schienen in diesem harmlosen Familienkreise vergessen. Es war, als ob sie den kurzen Waffenstillstand benutzen wollten, um sich für einen Augenblick dem Ergusse der edelsten Zärtlichkeit hinzugeben. Die Töchter vergaßen ihre Befürchtungen, der Veteran seine Sorgen in der Sicherheit des Augenblicks. Duncan, welcher in dem Eifer, von seiner Sendung zu berichten, unangemeldet eingetreten war, blieb einige Augenblicke ein unbemerkter Zuschauer bei einer Szene, die ihn entzückte. Bald aber erblickte das lebhafte, bewegliche Auge Alices seine Gestalt in einem Spiegel, sprang errötend von ihres Vaters Knie auf und rief mit lauter Stimme:

»Major Heyward!«

»Was soll der Junge?« fragte ihr Vater, »ich schickte ihn zu dem Franzmann ins Lager, um ein wenig mit ihm zu schwatzen. Ha! Sir, Sie sind jung und flink! Entfernt euch, ihr Schelme! Hat der Soldat nicht Beschwerden genug, muß er auch noch das Lager voll solcher Schwätzerinnen haben, wie ihr seid?«

Alice folgte lächelnd ihrer Schwester, welche sie aus dem Zimmer führte, wo man ihre Gegenwart nicht länger wünschte. Munro schritt, statt den jungen Mann nach dem Ergebnis seiner Sendung zu fragen, einige Augenblicke in dem Zimmer auf und nieder, die Hände auf dem Rücken und das Haupt zu Boden gekehrt, als ob er in tiefes Nachdenken versunken wäre. Endlich erhob er seine Augen, die in dem Ausdruck väterlicher Zärtlichkeit erglänzten, und rief:

»'s sind 'n paar köstliche Mädchen, Heyward, auf die sich ein Vater was zugute tun darf.«

»Sie wollen, hoffe ich, gewiß nicht erst meine Meinung über Ihre Töchter kennenlernen, Oberst Munro?«

»'s ist wahr, Junge, ja«, unterbrach ihn der ungeduldige Alte. »Sie wollten mir Ihr Herz am Tage Ihrer Ankunft umständlicher öffnen, und ich glaubte, es zieme sich für einen alten Soldaten nicht, von Hochzeitfreuden und Hochzeitscherzen zu sprechen, wenn die Feinde seines Königs sich als ungebetene Gäste bei dem Feste einfinden könnten! Aber es war unrecht von mir, Duncan! Junge, 's war unrecht und ich bin jetzt bereit zu vernehmen, was Sie mir zu sagen haben.«

»Soviel Freude mir Ihre Versicherung macht, teuerster Herr, so habe ich Ihnen jetzt eine Botschaft von Montcalm« –

»Laßt den Franzmann mit seinem ganzen Heere zum Teufel gehen!« rief der ungestüme Veteran. »Er ist noch nicht Meister von William Henry und soll es auch nie werden, wofern Webb seine Schuldigkeit tut. Nein, Sir, dem Himmel sei Dank, wir sind noch nicht so in der Klemme, daß Munro nicht einen Augenblick seinen häuslichen Angelegenheiten widmen könnte. Ihre Mutter war das einzige Kind meines Busenfreundes, Duncan, und ich will Sie jetzt anhören, wenn auch alle Ritter des Ludwigsordens vor dem Ausfalltor stünden mit ihrem französischen Heiligen an der Spitze und ein Wörtchen mit mir sprechen wollten. Ein sauberer Ritterorden, den man mit Zuckertonnen kaufen kann, und dann ihre Pfennigmarquisate! Die Distel ist der Orden der Ehre und des Altertums: das wahre *nemo me impune lacessit* des Rittertums! Sie hatten Ahnen, Duncan, in diesem Orden, und Sie waren eine Zierde der schottischen Ritterschaft.«

Heyward, welcher wahrnahm, daß sein Oberer ein boshaftes Vergnügen daran fand, die Botschaft des französischen Generals verächtlich zu machen, wollte einer Aufwallung keine Nahrung geben, von der er wußte, daß sie nur von kurzer Dauer sein werde, und erwiderte deshalb mit so viel Gleichgültigkeit, als er hier annehmen konnte:

»Mein Verlangen, Sir, ging, wie Sie wissen, so weit, nach der Ehre zu geizen, mich Ihren Sohn nennen zu dürfen.«

»Ja, Junge, darüber haben Sie sich so ziemlich deutlich auszudrücken gewußt. Aber lassen Sie mich fragen, Sir, haben Sie sich ebenso verständlich gegen meine Tochter ausgesprochen?«

»Bei meiner Ehre, nein«, rief Duncan warm, »es hieße ein mir geschenktes Vertrauen mißbraucht haben, hätte ich mein Verhältnis zu einem solchen Zwecke benutzt!«

»Sie haben als Ehrenmann gehandelt, Major Heyward, Ihr Benehmen war ganz an seiner Stelle. Aber Kora Munro ist ein zu verständiges Mädchen, ihre Denkungsart zu erhaben und befestigt, als daß sie der Leitung selbst eines Vaters bedürfte.«

»Kora!«

»Ja – Kora! Wir sprechen von Ihrer Bewerbung um Miß Munros Hand, nicht wahr, Sir?«

»Ich – ich – ich glaube, ihren Namen noch nicht genannt zu haben«, stotterte Duncan.

»Und *wen* wollten Sie denn heiraten, daß Sie meiner Zustimmung bedürften, Major Heyward?« fragte der alte Soldat, mit der Würde verletzten Gefühls sich emporrichtend.

»Sie haben eine zweite, nicht minder liebenswürdige Tochter!«

»Alice!« rief der Vater, ebenso überrascht, als es Duncan gewesen war, als er den Namen der Schwestern wiederholt hatte.

»Sie war der Gegenstand meiner Wünsche, Sir.«

Der junge Mann erwartete schweigend das Resultat der außerordentlichen Bewegung, die eine, wie sich jetzt zeigte, so unerwartete Mitteilung hervorgebracht hatte. Mehrere Minuten lang ging Munro mit großen und raschen Schritten im Zimmer auf und nieder; seine Gesichtsmuskeln arbeiteten krampfhaft, und jede andere Geistestätigkeit schien in seinem tiefen Nachdenken zu schlummern. Endlich blieb er vor Heyward stehen, heftete seine Augen fest auf ihn und sprach, indem seine Lippe heftig zitterte:

»Duncan, Heyward, ich habe Sie wegen des Mannes geliebt, dessen Blut in Ihren Adern fließt, ich habe Sie um Ihrer eigenen guten Eigenschaften willen geliebt und habe Sie geliebt, weil ich dachte, Sie würden mein Kind glücklich machen. Aber alle diese Liebe würde sich in Haß verwandeln, wüßte ich, daß das, was ich fürchte, wahr ist.«

»Gott wolle verhüten, daß ich das geringste tun oder denken sollte, was einen solchen Wechsel herbeiführen könnte!« rief der junge Mann, dessen Auge unter dem durchdringenden Blicke, der ihn traf, nicht wankte. Ohne daran zu denken, daß Heyward zu fassen unvermögend war, was in seinem Innern vorging, schien Munro durch den unverändert ruhigen Blick besänftigt, dem er begegnete, und fuhr in milderem Tone fort:

»Sie wollen mein Sohn werden, Duncan, und kennen die Geschichte dessen nicht, den Sie Vater zu nennen wünschen. Setzen Sie sich, junger Mann, und ich will Ihnen mit wenigen Worten ein Herz öffnen, dessen Wunden noch nicht vernarbt sind.«

Montcalms Botschaft war jetzt sowohl von dem, der sie überbringen, als auch von dem, der sie anhören sollte, vollkommen vergessen. Jeder nahm einen Sitz, und während der alte Offizier einige Augenblicke scheinbar bekümmert mit seinen eigenen Gedanken verkehrte, unterdrückte der junge Mann seine Ungeduld und suchte in Blick und Gebärden achtungsvolle Aufmerksamkeit zu legen.

»Sie wissen bereits, Major Heyward, daß meine Familie alt und ehrenvoll ist«, begann der Schottländer, »obgleich sie mit Glücksgütern nicht so begünstigt war, wie es ihrem Adel gebührt hätte. Ich war ungefähr in Ihrem Alter, als ich mich Alice Graham mit Herz und Mund verpflichtete; sie war das einzige Kind eines vermögenden benachbarten Lairds. Allein ihr Vater war nicht für die Verbindung, weil außer meiner Armut noch mehreres seinen Wünschen entgegen war. Ich tat daher, was jeder Mann von Ehre getan hätte, ich gab dem Mädchen sein Wort zurück und verließ das Land im Dienste meines Königs. Ich hatte schon viele Länder gesehen, schon an vielen Orten mein Blut vergossen, als mich mein Dienst nach den westindischen Inseln rief. Hier wollte mein Schicksal, daß ich mit einem Mädchen bekannt ward, die bald mein Weib und Koras Mutter wurde. Sie war die Tochter eines Mannes von Stand auf jenen Inseln, dessen Gattin das Unglück hatte, wenn Sie so wollen, in einem entfernten Grade von jener unglücklichen Menschenklasse abzustammen«, sprach der alte Mann stolz, »die zu so schändlicher Slaverei verurteilt ist, um den Bedürfnissen eines üppigen Volkes zu frönen. Ja, Sir, das ist ein Fluch, den Schottland seiner so unnatürlichen Verbindung mit einem fremden Handelsvolke zu danken hat. Aber würde ich unter diesem einen finden, der sich geringschätzig über mein Kind äußerte, der sollte das volle Gewicht meines väterlichen Zornes empfinden! Doch! Major Heyward, Sie selbst sind im Süden geboren, wo diese unglücklichen Geschöpfe als eine niedrigere Menschenklasse betrachtet werden.«

»Das ist unglücklicherweise nur zu wahr, Sir«, sprach Duncan, so verlegen, daß er seine Augen zu Boden zu senken gezwungen war.

»Und Sie werfen deshalb einen Tadel auf mein Kind? Sie verschmähen es, das Blut der Heyward mit dem Blute eines so verachteten, wenn auch noch so liebenswürdigen und tugendhaften Mädchens zu vermischen?« fragte der mißtrauische Vater.

»Der Himmel behüte mich vor einem Vorurteil, das meiner Vernunft so unwürdig wäre!« erwiderte Duncan, wiewohl er sich sagen mußte, daß wirklich ein solches Vorurteil so tief in ihm wurzelte, als ob es seiner Natur eingepflanzt worden wäre. »Die Anmut, die Schönheit, der Zauber Ihrer jüngern Tochter, Oberst Munro, werden meine Beweggründe hinlänglich erklären, ohne mich einer solchen Ungerechtigkeit schuldig erscheinen zu lassen.«

»Sie haben recht, Sir«, versetzte der alte Mann, der wieder in den Ton der Güte oder vielmehr Sanftmut überging, »das Mädchen ist das Bild ihrer Mutter in jenem Alter, bevor sie noch den Gram kennengelernt hatte. Als mich der Tod meines Weibes beraubte, kehrte ich, durch diese Heirat reicher geworden, nach Schottland zurück, und werden Sie es glauben, Duncan! der leidende Engel war zwanzig lange Jahre in dem herzlosen Zustand der Ehelosigkeit verblieben, und zwar wegen eines Mannes, der sie vergessen konnte! Sie tat noch mehr, Sir: sie vergab mir meine Treulosigkeit, und da nun alle Schwierigkeiten beseitigt waren, nahm sie mich zu ihrem Gatten.«

»Und wurde Alices Mutter?« rief Duncan mit einer Heftigkeit, die verderblich hätte werden können, wäre nicht Munro in diesem Augenblicke so tief in seine schmerzlichen Erinnerungen versunken gewesen.

»Ja«, antwortete der alte Mann, »und teuer bezahlte sie das kostbare Geschenk, das sie mir hinterließ. Doch sie ist eine

Heilige im Himmel, Sir; es ziemt einem Manne, der mit *einem* Fuß schon in dem Grabe steht, nicht, ein so wünschenswertes Los zu beklagen. Ich besaß sie bloß *ein* Jahr, ein kurzes Glück für ein Weib, das ihre Jugend in hoffnungsloser Sehnsucht hatte dahinschwinden sehen.«

Es lag in dem Kummer des alten Mannes etwas so Überwältigendes, daß Heyward kein Wort des Trostes an ihn zu richten wagte. Munro schien Duncans Gegenwart völlig vergessen zu haben, seine Züge kämpften gegen den Schmerz seiner Empfindungen, während schwere Tränen seinen Augen entquollen und über seine Wangen rollten. Endlich rührte er sich, als sei er plötzlich wieder zu Besinnung gelangt: er stand auf, ging *ein*mal durch das Zimmer und trat dann mit einem Ausdrucke kriegerischer Größe vor Heyward mit der Frage:

»Haben Sie mir keine Botschaft von dem Marquis von Montcalm zu überbringen, Major Heyward?«

Duncan fuhr auf und begann sogleich, mit verlegener Stimme des halb vergessenen Auftrags sich zu entledigen. Es ist unnötig, bei der gewandten, wenngleich höflichen Art zu verweilen, womit der französische General jedem Versuche Heywards ausgewichen war, ihn über den Inhalt der Mitteilung, die er hatte machen wollen, auszuholen; oder bei der Botschaft, durch welche er seinem Feinde in artigen, aber bündigen Worten bedeuten ließ, daß er selbst kommen und die Erklärung holen oder darauf verzichten möge. Während Munro die Einzelheiten des Berichtes anhörte, wich das aufgeregte Vatergefühl allmählich den Rücksichten auf seine Dienstpflicht; als Duncan zu Ende war, erblickte er nur noch den Veteranen, dessen Ehre als Soldat gekränkt worden war.

»Sie haben genug gesagt, Major Heyward!« rief der erzürnte Alte, »genug, um einen Kommentar über französische Höflichkeit zu schreiben. Da ladet mich der Herr zu einer Zusammenkunft ein, und wie ich ihm statt meiner in Ihnen einen tüchtigen Stellvertreter schicke, denn das sind Sie, Duncan, so jung Sie auch noch sind, so antwortet er mir in einem Rätsel.«

»Er hatte vielleicht eine minder günstige Meinung von dem Stellvertreter, mein teuerster Herr! Sie werden sich erinnern, daß die Einladung, die er nun wiederholt, an den Kommandanten des Forts und nicht an einen Untergebenen geht.«

»Recht, Sir! Ist aber nicht der Stellvertreter mit aller Gewalt und Würde desjenigen bekleidet, der ihm den Auftrag gibt? Er wünscht, mit Munro zu sprechen! Meiner Treu, Sir, ich habe große Lust, ihm die Unterredung zu gewähren, und sollt' es nur sein, um ihm zu zeigen, wie fest wir ihm trotz der Zahl seiner Truppen und seinen Übergabevorschlägen ins Auge sehen. 's wäre vielleicht keine üble Politik, junger Mann.«

Duncan, welcher es für höchst wichtig hielt, möglichst bald den Inhalt des von dem Kundschafter überbrachten Briefs zu erfahren, unterstützte ihn gern darin, indem er sagte:

»Ohne Zweifel wird unsre Gleichgültigkeit seine Zuversicht herabstimmen.«

»Nie haben Sie wahrer gesprochen. Ich wollte, Sir, er käme und beschaute sich unsere Werke am hellen Tage, und zwar in einem Sturm. Das ist das untrüglichste Mittel zu sehen, ob sich der Feind wacker hält, und tausendmal besser als das Beschießungssystem, welches er angenommen hat. Das Schöne und Männliche der Kriegskunst hat durch die Künste Ihres Monsieur Vauban sehr gelitten, Major Heyward! Unsre Vorfahren waren über diese systematische Feigheit weit erhaben.«

»Das mag ganz wahr sein, Sir; jetzt aber müssen wir uns eben mit den Waffen verteidigen, mit denen wir angegriffen werden. Wie sind Sie gesonnen in betreff der Zusammenkunft?«

»Ich will den Franzosen sprechen, und das ohne Furcht oder Aufschub, prompt! Sir, wie's einem Diener meines königlichen Gebieters ziemt. Gehen Sie, Major Heyward, lassen Sie eine Fanfare blasen, und schicken Sie eine Ordonnanz, um dem Marquis zu melden, wer komme. Wir folgen mit einer kleinen Bedeckung; denn Ehre gebührt dem, der über die Ehre eines Königs zu wachen hat; und hören Sie, Duncan«, fügte er halbflüsternd, obgleich sie allein waren, hinzu: »es wird gut sein, eine Verstärkung bei der Hand zu haben, falls eine Verräterei zuletzt allem zugrunde läge.«

Der junge Mann benutzte den Befehl, um das Zimmer zu verlassen, und beeilte sich, da der Tag zu Ende ging, unverzüglich die nötigen Vorkehrungen zu treffen. In wenigen Minuten waren Truppen unter das Gewehr getreten und eine Ordonnanz mit einer weißen Fahne abgeschickt, die Ankunft des Kommandanten von Fort William Henry zu melden. Sobald dies geschehen war, führte er die Bedeckung nach dem Ausfalltor, wo sein Vorgesetzter bereits auf ihn wartete. Nach den bei einem

Auszug von Truppen üblichen Förmlichkeiten verließen der Veteran und sein jüngerer Gefährte, von der Bedeckung begleitet, die Festung.

Kaum waren sie einige hundert Schritte aus den Festungswerken marschiert, als der kleine Trupp Soldaten, der den französischen General begleitete, aus einem Hohlwege hervorkam, der das Bett eines zwischen den Batterien der Belagerer und dem Fort fließenden Baches bildete. Sobald Munro seine eigenen Werke verließ, um seinen Feinden entgegenzutreten, nahm seine Miene eine gewisse Hoheit an, und Schritt und Haltung wurden echt kriegerisch. In dem Augenblicke, da er des weißen Federbusches, der von Montcalms Hute wehte, ansichtig ward, blitzten seine Augen, und das ganze Feuer der Jugend schien wieder in dem hohen muskulösen Körper des Greises zu erwachen.

»Sagen Sie den Jungen, sie sollten auf ihrer Hut sein«, flüsterte er Duncan zu, »und Flinten und Säbel wohl bei der Hand halten; denn man ist bei einem Diener dieser Louis niemals sicher: dabei wollen wir aber die Stirne von Männern zeigen, die sich in tiefer Sicherheit glauben. Verstehen Sie mich, Major Heyward?«

Ein Zeichen mit der Trommel unterbrach sie und ward sogleich von ihrer Seite beantwortet. Während jede Partei eine Ordonnanz mit einer weißen Fahne vortreten ließ, hielt der vorsichtige Schotte seine Bedeckung dicht hinter dem Rücken. Sobald diese flüchtige Begrüßung vorüber war, trat Montcalm mit leichtem, gewandtem Schritte auf ihn zu, und entblößte sein Haupt gegen den Veteranen, so daß sein weißer Federbusch beinahe den Boden berührte. War das Äußere Munros männlicher und ehrfurchtgebietender, so fehlte ihm dagegen die leichte, einschmeichelnde Artigkeit des Franzosen. Beide schwiegen eine Weile, indem sie sich mit neugierigem Auge betrachteten; sodann unterbrach Montcalm, wie es sein höherer Rang und die Art der Unterhandlung mit sich brachte, das Stillschweigen. Nach der gewöhnlichen Begrüßung wandte er sich an Duncan und fuhr mit einem Lächeln des Wiedererkennens in französischer Sprache fort:

»Es freut mich, mein Herr, daß Sie uns bei dieser Veranlassung das Vergnügen Ihrer Gegenwart schenken. Wir können so des gewöhnlichen Dolmetschers entbehren; denn bei Ihnen fühle ich die gleiche Sicherheit, als wenn ich selbst Ihre Sprache spräche.«

Duncan dankte für dieses Kompliment; Montcalm aber wandte sich zu seiner Bedeckung, welche nach dem Vorgang von Munros Leuten sich dicht hinter ihm aufgestellt hatte, und fuhr fort:

»Zurück, Kinder – es ist warm; zieht euch ein wenig zurück!«

Ehe Major Heyward diesen Beweis von Vertrauen erwiderte, warf er einen Blick auf die Ebene umher und gewahrte nicht ohne Unruhe die zahlreichen dunkeln Gruppen von Wilden, welche als neugierige Zuschauer der Zusammenkunft aus dem Saum der sie umgebenden Wälder hervorschauten.

»Herr von Montcalm wird ohne Zweifel den Unterschied unserer Lage einsehen«, sprach er mit einiger Verlegenheit und wies zugleich auf die gefährlichen Feinde, die von allen Seiten sichtbar wurden. »Entließen wir unsere Bedeckung, so wären wir der Willkür unserer Feinde preisgegeben.«

»Monsieur, Sie haben das Ehrenwort eines französischen Edelmannes für Ihre Sicherheit!« erwiderte Montcalm, die Hand auf das Herz legend, »das sollte genügen.«

»Und genügt auch. Zurück!« sprach Duncan zu dem Offizier, der die Bedeckung befehligte. »Zurück, Sir, bis auf weitere Order, so weit, daß Sie uns nicht hören können.«

Munro sah diese Bewegung mit sichtbarer Unruhe und fragte sogleich, was sie zu bedeuten habe.

»Liegt es nicht in unserem Interesse, Sir, kein Mißtrauen zu verraten?« versetzte Duncan. »Monsieur de Montcalm verpfändet sein Ehrenwort für unsre Sicherheit, und ich habe den Leuten befohlen, sich etwas zurückzuziehen, um zu zeigen, wie fest wir auf seine Zusicherung bauen.«

»Sie können recht haben, Sir: ich habe aber kein überschwengliches Vertrauen auf diese Marquis, oder wie sie sich nennen. Ihre Adelspatente sind zu gemein, als daß man ihnen auch das Siegel wahrer Ehre zutrauen könnte.«

»Sie vergessen, teuerster Herr, daß wir einen Offizier vor uns haben, der sich durch seine Taten in Europa und Amerika in gleichem Grade ausgezeichnet hat. Von einem Kriegsmann seines Rufes können wir nichts zu befürchten haben.«

Der Veteran machte ein Zeichen, daß er nachgebe; allein seine strengen Züge verrieten immer noch das Beharren in einem Mißtrauen, welches seinen Grund eher in einer gewissen anererbten Verachtung seines Feindes haben mochte als in klaren, ein so unbarmherziges Gefühl rechtfertigenden Gründen. Montcalm wartete geduldig das Ende dieses halblauten, kurzen Zwiegesprächs ab, trat dann näher und eröffnete die Unterredung mit folgenden Worten:

»Ich habe Ihren Vorgesetzten um diese Zusammenkunft gebeten, Monsieur, weil ich glaube, er werde sich überzeugen lassen, bereits alles getan zu haben, was für die Ehre seines Fürsten notwendig war, und jetzt auf die Stimme der Menschlichkeit hören. Ich werde ihm stets das Zeugnis des tapfersten Widerstandes geben, der so lange fortgesetzt wurde, als noch Hoffnung vorhanden war.«

Als dieser Beginn Munro mitgeteilt wurde, antwortete er mit Würde, aber mit hinreichender Höflichkeit:

»Sosehr ich ein solches Zeugnis von Monsieur de Montcalm zu schätzen weiß, so wird es mir doch noch werter sein, wenn ich es besser verdient haben werde.«

Der französische General lächelte, als ihm diese Antwort übersetzt wurde, und bemerkte:

»Was man erprobtem Mute so gerne gewährt, dürfte nutzloser Hartnäckigkeit verweigert werden. Monsieur belieben, mein Lager anzusehen, meine Truppen zu zählen und sich selbst von der Unmöglichkeit eines längeren Widerstandes zu überzeugen!«

»Ich weiß, daß der König von Frankreich gut bedient ist«, erwiderte der unerschütterliche Schotte, sobald Duncan seine Übersetzung beendigt hatte, »aber mein königlicher Gebieter hat ebenso viele und ebenso getreue Truppen.«

»Die aber zum Glück für uns nicht bei der Hand sind«, entgegnete Montcalm englisch, ohne in seinem Eifer auf den Dolmetscher zu warten. »Es gibt ein Kriegsgeschick, dem sich der tapfere Mann mit demselben Mute unterwerfen muß, mit dem er den Feinden die Stirne bietet.«

»Hätte ich gewußt, daß Monsieur de Montcalm des Englischen so mächtig ist, so hätte ich mir die Mühe eines so unvollkommenen Verdolmetschens erspart«, versetzte Duncan empfindlich und trocken, indem er sich augenblicklich seines eben mit Munro abgehaltenen Zwiegesprächs erinnerte.

»Verzeihen Sie, mein Herr«, entgegnete der Franzose, indem eine leichte Röte über seine dunkle Wange flog. »Es ist ein großer Unterschied zwischen dem Sprechen und dem Verstehen einer fremden Sprache, Sie werden daher die Gefälligkeit haben, mir auch ferner Ihren Beistand nicht zu entziehen.« Dann fuhr er nach einer Pause fort: »Diese Berge hier machen es uns sehr bequem, ihre Werke zu rekognoszieren, meine Herren, und ich kenne vielleicht ihren schwachen Zustand so gut wie Sie selbst.«

»Fragen Sie den französischen General, ob seine Gläser bis an den Hudson reichen!« sprach Munro mit Stolz, »und ob er weiß, wann und wo Webbs Heer erwartet werden darf.«

»General Webb mag sein eigener Dolmetscher sein«, versetzte der schlaue Montcalm, indem er mit diesen Worten Munro einen offenen Brief hinhielt; »Sie werden daraus ersehen, mein Herr, daß seine Bewegungen meinem Heere nicht eben viel in den Weg legen werden.«

Der Veteran ergriff das dargebotene Papier, ohne zu warten, bis Duncan Montcalms Worte verdolmetscht hatte, mit einer Heftigkeit, welche verriet, wie wichtig ihm sein Inhalt sein müsse. Während sein Auge das Schreiben überfiel, ging seine Miene plötzlich von dem Ausdruck militärischen Stolzes in den des tiefsten Kummers über. Seine Lippe begann zu beben, das Papier entfiel seiner Hand, und das Haupt sank ihm auf die Brust wie einem Manne, dessen Hoffnungen *ein* Schlag vernichtet hat. Duncan hob den Brief auf und ohne die Freiheit, die er sich nahm, zu entschuldigen, warf er einen Blick auf dessen grausamen Inhalt. Ihr gemeinschaftlicher Vorgesetzter ermunterte sie nicht nur nicht zum Widerstande, sondern riet ihnen sogar selbst, sich unverzüglich zu ergeben, indem er mit dürren Worten als Grund anführte, es sei ihm durchaus unmöglich, ihnen auch nur einen einzigen Mann zu Hilfe zu senden.

»Hier findet keine Täuschung statt!« rief Duncan, indem er den Brief sorgfältig außen und innen untersuchte. »Er trägt Webbs Siegel, und es muß der aufgefangene Brief sein.«

»Der Mann hat mich verraten!« rief Munro endlich bitter aus, »er hat das Haus eines Mannes entehrt, dem Schande bisher unbekannt war, und Schmach über meine grauen Haare gebracht!«

»Sagen Sie das nicht!« rief Duncan, »noch sind wir Herren des Forts und unserer Ehre. Wir wollen unser Leben um einen

Preis verkaufen, der selbst unsern Feinden zu teuer erscheinen soll!«

»Sohn, ich danke dir!« rief der alte Mann, der wie aus einer Betäubung erwachte. »Mit einem Male hast du Munro zu seiner Pflicht zurückgerufen. Wir wollen heim und unsere Gräber hinter jenen Bollwerken graben!«

»Messieurs«, sprach Montcalm, mit edelmütiger Teilnahme einen Schritt vortretend, »Sie kennen Louis de St. Veran wenig, wenn Sie ihn für fähig halten, diesen Brief zur Demütigung tapferer Soldaten und zur Befleckung seines eigenen Rufes benutzen zu wollen. Hören Sie meine Bedingungen, ehe Sie mich verlassen.«

»Was sagt der Franzose?« fragte der Veteran finster. »Macht er sich ein Verdienst daraus, einen Kundschafter mit einem Zettel aus dem Hauptquartier aufgefangen zu haben? Sir, er täte besser, die Belagerung aufzuheben und sich vor Fort Edward zu legen, wenn er einen Feind mit Worten einzuschüchtern wünscht.«

Duncan erklärte ihm, was Montcalm gesagt hatte.

»Monsieur de Montcalm, wir sind bereit, Sie anzuhören«, fügte der Veteran hinzu, als Duncan geendet hatte.

»Das Fort zu behaupten, ist jetzt unmöglich«, sprach sein hochsinniger Gegner, »das Interesse meines Gebieters fordert, daß es zerstört werde; was aber Sie selbst und Ihre wackern Kameraden betrifft, so soll Ihnen kein Vorrecht, das dem Soldaten teuer ist, verweigert bleiben.«

»Unsre Fahnen?« fragte Heyward.

»Nehmen Sie nach England, um sie Ihrem Könige zu zeigen.«

»Unsre Waffen?«

»Sie sollen Ihnen bleiben; niemand kann sie besser führen.«

»Unser Auszug, die Übergabe des Platzes?«

»Alles soll auf die ehrenvollste Weise für Sie vor sich gehen.«

Duncan wandte sich jetzt zu seinem Kommandanten, um ihm diese Punkte mitzuteilen. Der Greis hörte ihn mit Erstaunen an und war von einem so ungewöhnlichen und unerwarteten Edelmut tief ergriffen.

»Gehen Sie, Duncan«, sprach er, »gehen Sie mit diesem Marquis, der ein echter Marquis ist, gehen Sie mit ihm in sein Zelt und bringen alles in Ordnung! Zwei Dinge habe ich in meinem Alter erlebt, die ich nie für möglich gehalten hätte. Ein Engländer ist so feige, seinem Waffenbruder Hilfe zu versagen, und ein Franzose hat zu viel Ehrgefühl, um seinen Vorteil auszubeuten.« Mit diesen Worten ließ er sein Haupt wieder auf die Brust sinken und kehrte langsamen Schrittes nach dem Fort zurück, wo seine Niedergeschlagenheit die bestürzte Besatzung üble Botschaft erwarten ließ.

Dieser unerwartete Schlag hatte Munros stolzen Sinn so niedergebeugt, daß er sich nie wieder erholte. Von dem Augenblicke an war in seinem entschlossenen Charakter eine Veränderung vorgegangen, die ihn bald in das Grab begleiten sollte. Duncan blieb zurück, um die Bedingungen der Kapitulation festzusetzen. Man sah ihn um die erste Nachtwache in das Fort zurückkehren und unmittelbar nach einer kurzen Besprechung mit dem Kommandanten dasselbe wieder verlassen. Es ward jetzt öffentlich bekanntgemacht, daß die Feindseligkeiten aufzuhören hätten. Munro hatte eine Kapitulation unterzeichnet, laut welcher der Platz mit dem anbrechenden Morgen dem Feinde übergeben werden, die Besatzung aber ihre Waffen, ihre Fahnen und ihr Gepäck, folglich nach militärischen Begriffen ihre Ehre behalten sollte.

Siebzehntes Kapitel

Laßt weben uns! Den Faden dreht geschwind!
Webt das Geweb! Das Werk ist schon zu End'.
Gray

Die feindlichen Heere, welche in den Wildnissen des Horican gelagert waren, brachten die Nacht des 9. August 1757 ungefähr auf dieselbe Weise zu, wie wenn sie auf dem schönsten Schlachtfelde Europas zusammengetroffen wären. Während die Besiegten still, verdrossen und niedergeschlagen waren, triumphierten die Sieger. Aber Trauer wie Freude haben ihre Grenzen, und lange vor der Morgenwache wurde die Stille der endlosen Wälder nur noch durch den Jubelruf eines lustigen jungen Franzosen bei einem entfernten Pikett oder durch ein drohendes Anrufen aus dem Fort unterbrochen, das jede Annäherung von feindlichen Fußtritten vor der festgesetzten Zeit verbot. Selbst diese gelegentlich laut werdenden drohenden Töne verstummten in der unheimlichen Stunde, die dem Anbruch des Tages vorangeht, und auch ein Lauscher hätte vergeblich auf irgendein Zeichen gehorcht, daß die Anwesenheit der an den Ufern des »Heiligen Sees« schlummernden Streitkräfte verkündet hätte.

Während dieser Augenblicke tiefer Stille wurde der Vorhang vor dem Eingange eines geräumigen Zeltes in dem französischen Lager beiseite geschoben, und ein Mann schlüpfte unter demselben in die freie Luft hervor. Er war in einen Mantel gehüllt, der ihn gegen die kalten Dünste der Wälder schützen, aber auch seine ganze Gestalt verbergen sollte. Ungehindert ließ ihn der Grenadier, welcher den schlummernden französischen Befehlshaber zu bewachen hatte, vorüber, und die Schildwache machte nur das gewöhnliche Zeichen militärischer Ehrerbietung, als er flüchtigen Schritts durch die kleine Zeltstadt in der Richtung von William Henry forteilte. Sooft der Unbekannte auf eine der zahlreichen Schildwachen auf seinem Wege stieß, war seine Antwort kurz und, wie es schien, befriedigend; denn man ließ ihn überall ohne weitere Ausforschung vorüber. Mit Ausnahme solcher oft wiederholten, aber kurzen Unterbrechungen störte ihn auf seiner stillen Wanderung von der Mitte des Lagers bis zu den äußersten Vorposten nichts. Als er sich dem Soldaten näherte, der zunächst an den feindlichen Festungswerken Wache hielt, ward er mit dem gewöhnlichen Rufe empfangen:

»Wer da?«

»Frankreich«, war die Antwort.

»Die Losung?« –

»Der Sieg!« sprach der andere, ihm so nahe tretend, daß er ihm seine Antwort zuflüstern konnte.

»Gut«, versetzte die Schildwache, die Muskete wieder auf die Schulter nehmend, »Ihr geht früh spazieren, Herr!«

»Man muß wachsam sein, mein Kind«, bemerkte der andere, indem er eine Falte seines Mantels fallen ließ und beim Vorübergehen den Soldaten scharf ins Gesicht faßte, indem er seinen Weg nach den britischen Bastionen verfolgte. Der Soldat fuhr auf, seine Waffen erklirrten stark, als er sie zum ehrerbietigsten militärischen Gruße vorwarf. Er ging dann, seine Flinte wieder aufnehmend und zwischen den Zähnen murmelnd, auf und nieder.

»Gewiß muß man wachsam sein! Ich glaube, wir haben da einen Korporal, der nie ein Auge schließt!«

Der Offizier tat, als hätte er die Worte, welche der überraschten Schildwache entschlüpften, nicht gehört, und ging weiter, bis er das niedrige Ufer des Sees in der etwas gefährlichen Nähe der westlichen Wasserbastion des Forts erreichte. Das Licht des überwölkten Mondes reichte eben hin, die Umrisse der Gegenstände schwach unterscheiden zu lassen. Er gebrauchte daher die Vorsicht, sich an den Stamm eines Baumes zu stellen, wo er sich eine Weile anlehnte und die dunkeln, stillen Erddämme der englischen Festungswerke mit gespannter Aufmerksamkeit zu betrachten schien. Sein Blick nach den Bollwerken war nicht der eines neugierigen oder müßigen Gaffers, sondern wanderte von einem Punkt zum andern und bewies militärische Kenntnis, verriet aber auch, daß seine Untersuchung nicht ganz frei von Mißtrauen war. Endlich schien er befriedigt, er warf die Augen ungeduldig auf das östliche Gebirge, als könnte er den Anbruch des Morgens nicht erwarten, und war im Begriff, wieder zurückzukehren, als ein leises Geräusch auf der nächsten Ecke der Bastion sein Ohr erreichte und ihn zu bleiben bewog.

Eben näherte sich eine Gestalt dem Rande der Brustwehr, wo sie stehenblieb und die entfernten Zelte des französischen Lagers zu betrachten schien. Ihr Haupt wandte sich nach Osten, als sehe sie dem nahenden Tage mit Bangigkeit entgegen, und schien dann, an den Erdwall gelehnt, die klare Wasserfläche zu überblicken, die wie ein zweites Firmament das Bild von tausend Sternen widerstrahlte. Das melancholische Aussehen, die Stunde und der hohe Wuchs des Mannes, welcher sich sinnend an die englische Brustwehr gelehnt hatte, ließ den aufmerksamen Beobachter über die Person nicht im Zweifel. Zartgefühl nicht minder als Klugheit geboten ihm nun, sich zurückzuziehen, und vorsichtig hatte er sich um den Baumstamm gedreht, um nicht bemerkt zu werden, da zog ein anderer Laut seine Aufmerksamkeit auf sich und hieß ihn abermals stille stehen. Leise, kaum hörbar bewegte sich das Wasser, dann war es, als ob Kieselsteine sich aneinander rieben. In einem Nu erhob sich eine dunkle Gestalt, wie aus dem See, und schlich geräuschlos an das Land, einige Schritte von der Stelle, wo er stand. Nächstdem erhob sich zwischen seinen Augen und dem Wasserspiegel eine Büchse, aber ehe sie noch losgeschossen werden konnte, war schon seine Hand auf dem Schloß.

»Hugh!« rief der Wilde, dessen verräterische Absicht so seltsam und unerwartet unterbrochen worden war.

Ohne ein Wort zu sprechen, legte der französische Offizier seine Hand auf die Schulter des Indianers und führte ihn in tiefem Stillschweigen von der Stelle weg, wo ihr dann folgendes Zwiegespräch hätte gefährlich werden können und wo wenigstens einer von ihnen ein Schlachtopfer zu suchen schien. Den Mantel zurückschlagend, um seine Uniform und das Ludwigskreuz an seiner Brust zu zeigen, fragte jetzt Montcalm in strengem Tone:

»Was soll das? Weiß mein Sohn nicht, daß die Kriegsaxt begraben ist zwischen dem Engländer und seinem kanadischen Vater?«

»Was sollen die Huronen beginnen?« entgegnete der Wilde, ebenfalls französisch, aber nur unvollkommen sprechend. »Kein Krieger hat einen Skalp, und die Blaßgesichter werden Freunde.«

»Ha! Le Renard Subtil! Mich dünkt, ein übertriebener Eifer für einen Freund, der jüngst noch ein Feind war! Wie viele Sonnen gingen unter, seitdem Le Renard den Kriegspfahl der Engländer berührt hat!«

»Wo ist jene Sonne?« fragte der trotzige Wilde. »Hinter den Bergen, und sie ist schwarz und kalt. Aber wenn sie wieder kommt, wird sie glänzen und warm sein. Le Subtil ist die Sonne seines Stamms. Wolken und viele Berge waren zwischen ihm und seiner Nation; aber jetzt scheint er hell, und es ist klarer Himmel!«

»Daß Le Renard Macht über die Männer seines Volkes hat, weiß ich wohl«, sprach Montcalm, »denn gestern jagte er noch nach ihren Skalpen, und heute hören sie ihn bei dem Versammlungsfeuer.«

»Magua ist ein großer Häuptling.«

»Er zeig' es dadurch, daß er sein Volk lehrt, wie es sich gegen unsere neuen Freunde zu betragen hat.«

»Warum führte der Häuptling von Kanada seine jungen Krieger in die Wälder und feuerte sein Geschütz nach dem Haus von Erde ab?« fragte der schlaue Indianer.

»Um es in Besitz zu nehmen. Meinem Herrn gehört das Land, und Euer Vater bekam den Befehl, diese englischen Eindringlinge daraus zu vertreiben. Sie willigen ein zu gehen, und jetzt heißt er sie nicht mehr Feinde.«

»Das ist gut. Aber Magua nahm die Kriegsaxt, um sie mit Blut zu färben. Jetzt glänzt sie; wenn sie rot ist, soll sie wieder begraben werden.«

»Aber Magua ist verpflichtet, Frankreichs Lilien nicht zu beflecken. Die Feinde des großen Königs über dem Salzsee sind seine Feinde, seine Freunde die Freunde der Huronen.«

»Freunde!« wiederholte der Indianer verächtlich. »Der Vater Maguas lasse ihn seine Hand nehmen.«

Montcalm, welcher wußte, daß er seinen Einfluß auf die kriegerischen Stämme, die er versammelt hatte, mehr durch Nachgiebigkeit als durch Gewalt behaupten könne, willfahrte ihm widerstrebend. Der Wilde legte den Finger des französischen Befehlshabers in eine tiefe Narbe auf seiner Brust und fragte dann frohlockend:

»Weiß mein Vater, was dies ist?«

»Welcher Krieger sollte das nicht wissen? Es ist von einer bleiernen Kugel.«

»Und das?« fuhr der Indianer fort, dem andern den nackten Rücken zukehrend; denn er trug gerade seinen Kalikomantel nicht.

»Dies! mein Sohn ist hier schwer mißhandelt worden. Wer hat es getan?«

»Magua schlief hart in den englischen Wigwams, und Streiche haben ihre Spur zurückgelassen«, antwortete der Wilde mit dumpfem Gelächter, das gleichwohl seinen wilden Trotz nicht zu verbergen vermochte, der ihn beinahe überwältigte. Bald aber faßte er sich und fuhr mit seiner angebornen und schnell wieder gewonnenen Würde fort: »Geh, sag deinen jungen Kriegern, es ist Friede. Le Renard Subtil weiß, wie er mit dem Huronenkrieger sprechen muß.«

Ohne weitere Worte für der Mühe wert zu halten oder eine Antwort zu erwarten, nahm der Wilde seine Büchse in den Arm und schritt langsam durch das Lager auf die Wälder zu, wo sein Stamm sich gelagert hatte. Alle paar Schritte wurde er von den Schildwachen unterbrochen, ging aber trotzig weiter, ohne den Ruf der Soldaten zu beachten, die sein Leben nur schonten, weil sie das Aussehen und den Tritt nicht weniger als die Tollkühnheit des Indianers kannten.

Montcalm verweilte noch lange und trübsinnig an dem Ufer, wo ihn der Wilde verlassen hatte, und verfiel in tiefes Nachsinnen über die Stimmung, die sein unbändiger Verbündeter an den Tag gelegt hatte. Bereits war sein Ruf einmal durch eine Greuelszene befleckt worden, und das unter Umständen, die mit den jetzigen eine furchtbare Ähnlichkeit hatten. Je weiter er nachsann, desto lebhafter drang sich ihm das Gefühl auf, welche Verantwortlichkeit derjenige auf sich lade, welcher die Mittel, die ihm für seinen Zweck zu Gebote stehen, nicht gehörig bedenke, und ebensowenig die Gefahr, Kräfte in Tätigkeit zu setzen, deren Leitung über den Bereich menschlichen Vermögens geht. Er entschlug sich aber dieser Gedanken, die er im Augenblick des Sieges für Schwäche hielt, kehrte in sein Zelt zurück und gab im Vorbeigehen Befehl, das Heer aus seinem Schlummer zu erwecken.

Der erste Schlag der französischen Trommeln fand ein Echo im Innern der Festung, und augenblicklich füllte sich das Tal mit den anhaltenden und durchdringenden Klängen einer Kriegsmusik, die ihre lärmende Begleitung noch übertönte. Die Hörner der Sieger bliesen heitere und fröhliche Weisen, bis der letzte Mann im Lager unter den Waffen war; sobald aber die britischen Pfeifen im Fort ihr schrilles Signal gaben, verstummten sie wieder. Unterdessen war der Tag angebrochen, und als das französische Heer zum Empfange seines Generals in Reih und Glied bereit stand, erblitzten die Waffen der Krieger von den Strahlen einer glänzenden Sonne. Der gewonnene Vorteil, schon so wohl bekannt, wurde nun öffentlich verkündigt, und die begünstigte Schar, welcher die Auszeichnung zuteil wurde, die Tore des Forts zu besetzen, zog vor ihrem Chef vorüber; das Zeichen zum Aufbruch ward gegeben, und alle üblichen Vorbereitungen eines Wechsels der Herrschaft wurden unter den Kanonen der bestrittenen Festungswerke getroffen und sogleich ausgeführt.

Einen ganz verschiedenen Anblick gewährten die Reihen des englisch-amerikanischen Heeres. Sobald das Abzugssignal gegeben war, gewahrte man alle Zeichen eines übereilten, gezwungenen Abmarsches. Finstern Blickes warfen die Soldaten ihre ungeladenen Feuerrohre auf die Schulter, und als sie in ihre Reihen traten, sah man wohl, daß ihr Blut durch den so lange geleisteten Widerstand erhitzt war und sie bloß nach einer Gelegenheit verlangten, einen Schimpf zu rächen, der ihren Stolz immer noch verletzte, sosehr er auch unter den gewöhnlichen Formen militärischer Etikette verdeckt worden war. Weiber und Kinder liefen hin und her, teils die spärlichen Reste des Gepäcks tragend, teils in den Reihen der Soldaten die Gesichter derjenigen suchend, von denen sie Schutz und Schirm erwarteten.

Munro erschien festen Antlitzes, aber niedergeschlagen, in der Mitte seiner schweigenden Truppen. Offenbar hatte dieser unerwartete Schlag sein Herz hart getroffen, obgleich er sich anstrengte, sein Unglück als Mann zu tragen.

Duncan war tief bewegt von dem ruhigen und doch so eindringlichen Gram, der aus seiner Miene sprach. Er hatte seine eigene Pflicht erfüllt und eilte jetzt an die Seite des alten Mannes, um ihm seine Dienste anzubieten.

»Meine Töchter!« war der kurze, aber bedeutungsvolle Bescheid.

»Gott des Himmels! Sind noch keine Vorkehrungen für sie getroffen?«

»Heute bin ich bloß Soldat, Major Heyward!« sprach der Veteran. »Alle, die Sie hier sehen, wollen ebenso meine Kinder sein!«

Duncan hatte genug gehört. Ohne einen Augenblick der jetzt so kostbaren Zeit zu verlieren, eilte er nach der Wohnung des Kommandanten, um die Schwestern aufzusuchen. Er fand sie auf der Schwelle des niedern Gebäudes zur Abreise bereit und umgeben von einem Haufen weinender und jammernder Weiber, welche sich gleichsam instinktmäßig hier versammelt hatten, wo sie am ehesten Schutz erwarten durften. Kora hatte nichts von ihrer Festigkeit verloren, obgleich ihre Wange blaß und ihre Miene unruhig war. Alices Augen aber waren entzündet und verrieten, daß sie lange und bitterlich geweint hatte. Beide empfingen den jungen Mann mit unverhohlener Freude, die erstere begann gegen ihre Gewohnheit das Gespräch.

»Das Fort ist verloren«, sprach sie mit melancholischem Lächeln, »aber unser guter Name ist, darauf traue ich, unverloren!«

»Er steht glänzender da als je! Aber teuerste Miß Munro, es ist Zeit, weniger an andere zu denken, und für sich selbst zu sorgen. Militärische Sitte – Stolz – der Stolz, den Sie selbst so hoch schätzen, verlangt, daß Ihr Vater und ich eine kleine Weile an der Spitze der Truppen ziehen. Aber wo einen geeigneten Beschützer für Sie gegen die Verwirrung und die Wechselfälle eines solchen Abmarsches finden?«

»Es ist keiner nötig«, versetzte Kora, »wer wird es wagen, die Töchter eines solchen Vaters zu einer Zeit, wie diese, zu beleidigen oder zu beschimpfen?«

»Ich möchte Sie nicht für das Kommando des besten Regiments in königlichem Solde allein lassen«, entgegnete der Jüngling, flüchtig um sich blickend. »Bedenken Sie, unsere Alice besitzt nicht Ihre Seelenstärke, und Gott weiß, welche Schrecken sie auszustehen haben könnte!«

»Sie mögen recht haben«, sagte Kora, wieder lächelnd, aber viel ernster als zuvor. »Hören Sie, der Zufall hat uns bereits einen Freund gesandt, da wir ihn am nötigsten haben.«

Duncan horchte und verstand sogleich, was sie meinte. Die langsamen, ernsten Töne des heiligen Gesangs, so wohl bekannt in den östlichen Provinzen, trafen sein Ohr und führten ihn in das Zimmer eines nahen Gebäudes, das bereits von seinen bisherigen Bewohnern verlassen war. Hier fand er David, der seine frommen Gefühle in der einzigen ihm eignen Weise aussprach. Duncan wartete, bis er aus dem Aufhören seiner Handbewegung schließen durfte, daß der Gesang zu Ende sei, klopfte ihm dann auf die Schulter, um seine Aufmerksamkeit rege zu machen, und teilte ihm in wenigen Worten seine Wünsche mit.

»Recht gerne«, sprach der schlichte Jünger des Königs von Israel, als der junge Mann ausgeredet hatte, »ich habe viel Anmut und viel melodische Anlagen bei diesen Mädchen gefunden, und es will sich ziemen, daß wir, die wir so viele Gefahren geteilt haben, auch ferner in Frieden zusammenreisen. Ich will sie begleiten, wenn ich mein Morgenlied beendigt habe, wozu bloß noch die Lobpreisung fehlt. Wollen Sie mitantreten, Freund? Das Silbenmaß ist bekannt und die Weise ›Southwell‹.«

Dann schlug David sein Büchlein auf, gab mit wohlüberlegter Achtsamkeit den Ton an, begann und endigte seinen Gesang mit jener Bestimmtheit, die nicht leicht eine Unterbrechung sich gefallen ließ. Heyward konnte kaum erwarten, bis die Verse zu Ende waren, und fuhr, sobald er sah, daß David seine Brille in das Futteral und das Buch in die Tasche steckte, fort:

»Eure Pflicht wird sein, dafür zu sorgen, daß niemand den Ladys in einer rohen Absicht sich nahe oder das Unglück ihres tapfern Vaters schmähe oder verhöhne. Die Diener ihres Haushalts werden Euch hierin behilflich sein.«

»Ganz gut.«

»Es ist möglich, daß auch Indianer oder Streifzüge der Feinde ihnen etwas anhaben wollen. Ihr verweist sie dann nur auf die Bedingungen der Übergabe und droht ihnen, die Sache Montcalm zu berichten. Ein Wort wird genügen.«

»Wo nicht, so hab' ich hier etwas, das seine Wirkung tut«, versetzte David, mit einer Miene frommer Zuversicht nach seinem Buche greifend. »Hier stehen Worte, welche mit gehörigem Nachdruck und im richtigen Zeitmaße gesprochen oder vielmehr gedonnert, den unbändigsten Sinn zähmen müssen:

Warum toben die Heiden so wütend?«

»Genug!« sprach Heyward, seine musikalische Standrede unterbrechend; »wir verstehen einander; es ist Zeit, daß jeder von uns seiner Pflicht nachgehe.«

Gamut stimmte ein, und sie suchten die beiden Schwestern auf. Kora empfing ihren neuen, etwas sonderbaren Beschützer wenigstens mit Artigkeit, und selbst Alices blasse Gesichtszüge überschlich wieder ein Zug ihrer angebornen Schalkhaftigkeit, als sie Heyward für seine Fürsorge dankte. Duncan versicherte ihnen, er habe so viel getan, als die Umstände erlaubten, und, wie er glaube, genug für ihre Sicherheit, da keine wirkliche Gefahr vorhanden sei. Er sprach dann heiter von seinem Plane, einige Meilen vom Hudson wieder mit ihnen zusammenzutreffen, sobald er die Vorhut bis an den Fluß geführt, und nahm alsbald Abschied.

Das Zeichen zum Abmarsch war indessen gegeben worden und die englische Kolonne bereits in Bewegung. Die Schwestern erschraken bei dem Trommelschlag; um sich blickend, wurden sie die weißen Uniformen der französischen Grenadiere gewahr, welche die Tore des Forts bereits in Besitz genommen hatten. In diesem Augenblicke schien plötzlich eine ungeheure Wolke an ihren Häuptern vorüberzuziehen, und emporschauend erblickten sie über sich die weiten Falten der Standarte von Frankreich.

»Laßt uns gehen!« sprach Kora, »dies ist kein schicklicher Aufenthalt mehr für die Kinder eines englischen Offiziers.«

Alice hing sich an den Arm ihrer Schwester, und sie zusammen verließen den Paradeplatz, umringt von der sich langsam fortbewegenden Menge. Als sie durch den Torweg gingen, verbeugten sich die französischen Offiziere, welche ihren Rang erfahren hatten, oft und tief, enthielten sich aber weiterer Aufmerksamkeiten, die, wie ein feiner Takt ihnen sagte, nicht an der Stelle sein konnten. Da alle Wagen und Lasttiere für Kranke und Verwundete in Anspruch genommen waren, so hatte Kora beschlossen, mit ihrer Schwester lieber die Beschwerden eines Fußmarsches zu teilen, als jener Bequemlichkeit zu verkürzen. Wirklich mußte mancher verstümmelte und schwache Soldat, weil es in diesen Wildnissen an den nötigen Beförderungsmitteln fehlte, seine erschöpften Glieder hinter den Kolonnen herschleppen. Alles war jedoch in Bewegung: die Schwachen und Verwundeten stöhnend und leidend, ihre

Kameraden still und verdrießlich und die Weiber und Kinder von Schrecken ergriffen, ohne zu wissen, warum.

Als der verworrene, schüchterne Haufen die schützenden Wälle des Forts verließ und auf die offene Ebene gelangte, stellte sich mit einemmal die ganze Szene vor Augen. In einiger Entfernung zur Rechten und etwas nach hinten stand das französische Heer unter den Waffen, da Montcalm alle seine Truppen zusammengezogen hatte, sobald seine Wachen Besitz von den Festungswerken genommen. Sie waren aufmerksame, aber schweigende Beobachter der Bewegungen der Besiegten, keine der stipulierten militärischen Ehren versäumend und im Bewußtsein ihres Sieges ohne allen Hohn oder Spott gegen ihre minder glücklichen Feinde. Kriegerische Scharen der Engländer, im ganzen beinahe dreitausend Mann stark, zogen langsam über die Ebene zu dem gemeinschaftlichen Zentrum und näherten sich einander allmählich, der Richtung ihres Marsches zueilend, einem durch den hohen Wald gehauenen Wege, der die Straße nach dem Hudson bildete. Um den gedehnten Saum der Wälder hing eine finstere Wolke von Wilden, welche den Marsch ihrer Feinde beobachteten und Geiern ähnlich in einiger Entfernung lauerten, während sie nur die Gegenwart und der Zwang eines überlegenen Heeres abhielt, über ihre Beute herzustürzen. Einige hatten sich sogar unter die Kolonnen der Besiegten gemischt, wo sie in finsterem Unmut als aufmerksame, für jetzt noch untätige Beobachter der sich bewegenden Menge mitwanderten. Der Vortrab, von Heyward angeführt, hatte bereits das Defilee erreicht und verschwand allmählich, als Koras Aufmerksamkeit sich durch ein lautes Gezänk auf einen Trupp von Nachzüglern richtete. Ein Soldat von den Provinzialen büßte seinen Ungehorsam, indem er eben der Effekten beraubt wurde, die ihn vermocht hatten, seinen Platz in den Reihen zu verlassen. Der Mann war von starkem Körperbau und zu eigennützig, um sich seine Habe ohne Widerstand entreißen zu lassen. Von beiden Seiten mischte man sich in den Streit, die einen, den Raub zu verhindern, die andern, um ihn zu unterstützen. Die Stimmen wurden immer lauter und ungestümer, und Hunderte von Wilden erschienen wie mit einem Zauberschlag, wo man vor einem Augenblick kaum ein Dutzend zählen konnte. Jetzt erblickte Kora die Gestalt Maguas, unter seinen Landsleuten umherschleichend, mit seiner arglistigen und verderblichen Beredsamkeit zu ihnen redend. Die Masse der Weiber und Kinder blieb stehen und drängte sich gleich einer verscheuchten, hin- und herflatternden Taubenschar aneinander. Doch die Raubsucht des Indianers war bald befriedigt und der Zug ging wieder langsam vorwärts.

Die Wilden zogen sich jetzt zurück und schienen ihre Feinde ohne fernere Störung weiterziehen lassen zu wollen. Als aber der Weiberhaufen herannahte, zog die bunte Farbe eines Schals die Augen eines wilden und unbewachten Huronen auf sich. Er kam herbei, um sich desselben ohne weiteres zu bemächtigen. Die Frau hüllte, mehr aus Schrecken denn aus Liebe zu dem Kleidungsstück, ihr Kind in den gefährdeten Schmuck und drückte beide fester an die Brust. Kora wollte eben sprechen und dem Weibe raten, die Kleinigkeit dem Wilden zu überlassen, als dieser den Schal fahren ließ und das schreiende Kind aus ihren Armen riß. Alles den gierigen Griffen der Wilden um sie her überlassend, stürzte die Mutter verzweiflungsvoll auf ihn, um ihr Kind zurückzufordern. Der Indianer lächelte grimmig und reckte eine Hand aus, seine Bereitwilligkeit zu einem Tausche anzudeuten, während er mit der andern das Kind an den Füßen um den Kopf schwang, als wollte er dadurch das Lösegeld steigern.

»Hier – hier – da – alles – alles!« rief die unglückliche Mutter, mit zitternden, ungeschickten Fingern die leichtern Kleidungsstücke sich vom Leibe reißend, »nimm alles, nur gib mir mein Kind wieder!«

Der Wilde verschmähte die wertlosen Lappen und sobald er gewahrte, daß der Schal bereits die Beute eines andern geworden war, ging sein spöttisches, aber tückisches Lächeln in einen Ausdruck der Wut über; er zerschmetterte dem Kinde den Kopf an einem Felsen und warf die noch zuckenden Glieder der Mutter vor die Füße. Einen Augenblick stand die Arme regungslos, ein Bild der Verzweiflung da und blickte wild auf das entstellte Wesen, das sich eben erst noch an ihren Busen geschmiegt und ihr zugelächelt hatte; dann erhob sie Augen und Gesicht gen Himmel, als flehte sie Gott an, den ruchlosen Verbrecher zu verderben. Die Sünde eines solchen Gebetes blieb ihr erspart: wütend über die getäuschte Hoffnung und durch den Anblick des Blutes aufgeregt, spaltete ihr der Hurone mit seinem Tomahawk den Schädel. Die Mutter sank unter dem

Streich und stürzte zu Boden, nach ihrem Kinde mit derselben überwältigenden Liebe greifend, mit der sie es im Leben umfaßt hatte.

In diesem gefahrvollen Augenblick brachte Magua beide Hände an den Mund und ließ das verhängnisvolle, furchtbare Kriegsgeschrei ertönen. Die zerstreuten Indianer fuhren bei dem wohlbekannten Rufe auf wie Rosse, ungeduldig, die Schranken des Ziels zu durchbrechen, und plötzlich erscholl durch die Ebene und die Baumgewölbe des Waldes ein so schreckliches Geheul, wie es selten aus Menschenlippen vernommen ward. Denen, welche es hörten, gerann das Herzblut in einem Entsetzen, das wohl nicht viel geringer war, als wenn die Posaune des Jüngsten Tags ertönt wäre.

Mehr als zweitausend Wilde brachen auf dieses Signal wütend aus dem Walde und zogen mit instinktmäßiger Eile auf die verhängnisvolle Ebene. Wir verweilen nicht bei den empörenden Greuelszenen, die jetzt erfolgten. Überall war der Tod, und zwar in seinen schrecklichsten, abscheulichsten Gestalten. Widerstand diente nur dazu, die Wut der Mörder noch mehr zu entflammen. Sie führten noch ihre wütenden Streiche, wenn ihre Opfer sie schon lange nicht mehr fühlen konnten. Die Ströme von Blut glichen den Wogen eines Gießbachs, und sein Anblick machte die Eingebornen so hitzig und wütend, daß manche unter ihnen niederknieten, um unter höllischem Jauchzen die dunkelrote Flut aufzutrinken.

Die regelmäßigen Truppen warfen sich schnell in gedrängte Massen zusammen, um den Angreifern durch eine geschlossene Schlachtordnung zu imponieren. Der Versuch gelang zum Teil, aber nur zu viele Soldaten ließen sich in der eiteln Hoffnung, die Wilden zu beschwichtigen, die ungeladenen Flinten aus den Händen reißen.

Während einer solchen Szene vermochte niemand die vorübereilenden Augenblicke zu zählen. Zehn Minuten, für sie ebenso viele Jahrhunderte, mochten die Schwestern erstarrt vor Entsetzen und beinahe rettungslos dagestanden haben. Als der erste Streich gefallen war, hatten sich ihre Begleiterinnen laut kreischend um sie zusammengedrängt und jede Flucht verhindert. Nun, da Furcht oder Tod die meisten, wo nicht alle, zerstreut hatte, sahen sie nirgends einen Ausweg, der nicht unter die Tomahawks der Feinde geführt hätte. Von allen Seiten hörte man Geschrei, Gestöhn, Ermahnungen und Flüche. In diesem Augenblick war es Alice, als erblickte sie die hohe Gestalt ihres Vaters, der unaufhaltsam über die Ebene in der Richtung des französischen Lagers dahineilte. Er war allerdings, keine Gefahr achtend, auf dem Wege zu Montcalm, um die Begleitung, die er sich ausbedungen hatte, die aber auf sich warten ließ, zu verlangen. Fünfzig blitzende Streitäxte, Speere mit Widerhaken drohten seinem Leben, aber selbst noch in ihrer Wut achteten die Wilden seinen Rang und seine unerschütterliche Ruhe. Die verderblichen Waffen wichen der immer noch nervigen Hand des Veteranen oder senkten sich, als hätte keiner den Mut, den lange gedrohten Streich zu vollführen. Zum Glück suchte der rachsüchtige Magua sein Opfer gerade unter der Abteilung, welche der Veteran soeben verlassen hatte.

»Vater! Vater! – wir sind hier!« schrie Alice, als er in geringer Entfernung, wie es schien, ohne auf sie zu achten, an ihnen vorübereilte. »Komm zu uns, Vater, oder wir sterben!« Der Hilferuf ward wiederholt, und das in Worten und Tönen, die ein Felsenherz gerührt haben würden, aber er blieb unbeantwortet. Einmal schien der alte Mann wirklich die Töne vernommen zu haben; denn er hielt inne und horchte, aber Alice war besinnungslos zu Boden gesunken, und Kora kniete ihr zur Seite, mit unermüdlicher Zärtlichkeit über der leblosen Gestalt weilend. Munro ging getäuscht und kopfschüttelnd weiter, nichts als die hohen Pflichten seiner Stellung im Auge.

»Lady«, sprach Gamut, der, so hilf- und nutzlos er auch war, nicht davon träumte, seine Schutzbefohlenen zu verlassen, »das ist ein Jubelfest der Teufel und kein Ort, wo Christen verweilen können. Auf! laßt uns fliehen!«

»Geh«, sprach Kora, immer noch ihre besinnungslose Schwester anstarrend, »rette dich! Mir kannst du nichts mehr helfen!«

David begriff die Festigkeit ihres Entschlusses vermöge der einfachen, aber ausdrucksvollen Gebärde, welche ihre Worte begleitete. Einen Augenblick schaute er noch auf die dunkeln Gestalten, welche rings um ihn her ihr Höllenwerk vollbrachten, und seine hagere Gestalt ward noch höher, während seine Brust sich hob, jeder seiner Züge schwoll und die Gewalt der Gefühle, die ihn beherrschten, ausströmen zu wollen schien.

»Wenn der jüdische Hirtenknabe durch den Klang seiner Harfe und die Worte heiligen Gesanges Sauls bösen Geist bezwingen konnte, so wird es nicht am unrechten Orte sein«, sprach er, »wenn ich hier die Macht der heiligen Musik versuche.«

Seine Stimme zur höchsten Höhe erhebend, begann er einen so mächtigen Gesang, daß er selbst in dem Getümmel des blutigen Schlachtfeldes hörbar wurde. Einige Wilde stürzten eben heran, um die unbeschützten Schwestern ihres Schmucks zu berauben und ihnen die Skalpe abzuziehen; als sie aber diese seltsame und unbewegliche Gestalt fest an ihre Stelle gefesselt erblickten, blieben sie horchend stehen. Ihr Staunen ging bald in Bewunderung über, und offen ihren Beifall über die Standhaftigkeit ausdrückend, womit der weiße Krieger sein Totenlied sang, wandten sie sich ab, um andere weniger mutige Schlachtopfer zu suchen. Erhoben und zugleich getäuscht durch diesen ersten Erfolg, verdoppelte David seine Anstrengung, um die Kraft dieses, wie er glaubte, heiligen Einflusses zu erhöhen. Diese ungewohnten Laute drangen in das Ohr eines entfernten Wilden, welcher wütend von Gruppe zu Gruppe eilte, gleich einem, der den gemeinen Haufen anzurühren verschmähte und nach einem Opfer jagte, das seines Rufes würdiger war. Es war Magua, der einen Freudenschrei ausstieß, als er seine alten Gefangenen wieder in seiner Gewalt erblickte.

»Komm!« rief er, seine befleckte Hand auf Koras Kleid legend, »der Wigwam des Huronen ist noch leer. Ist er nicht besser als dieser Ort?«

»Hinweg!« rief Kora und bedeckte ihre Augen vor seinem empörenden Anblick.

Der Indianer lachte höhnisch und antwortete, seine rauchende Hand emporhaltend: »Sie ist rot, aber das Blut kommt aus weißen Adern!«

»Ungeheuer! Blut, Ströme von Blut lasten auf deiner Seele: – dein Geist hat diese Szene herbeigeführt!«

»Magua ist ein großer Häuptling!« erwiderte der frohlokkende Wilde; – »will das schwarze Haar zu seinem Stamme gehen?«

»Nimmermehr! führe deinen Streich, wenn du willst, und vollende deine Rache!«

Der schlaue Indianer zögerte einen Augenblick; dann aber

faßte er rasch die leichte und anscheinend leblose Gestalt Alices in seine Arme und enteilte über die Ebene dem Wald zu.

»Halt!« schrie Kora, und eilte ihm mit wilden Ungestüme nach. »Laß das Kind! Elender! was willst du mit ihr?«

Aber Magua war taub für ihre Stimme oder kannte vielmehr seine Macht und war entschlossen, von ihr Gebrauch zu machen.

»Haltet – Lady – haltet!« rief Gamut der besinnungslosen Kora nach. »Der heilige Zauber beginnt zu wirken und bald werdet Ihr diesen schrecklichen Aufruhr gestillt sehen!«

Da er sah, daß man nicht auf ihn hörte, folgte der treue David der trostlosen Schwester, seine Stimme wieder zu einem heiligen Gesang erhebend und mit seinen langen Armen in steter Begleitung die Luft durchfurchend, das Zeitmaß anzugeben. So eilten sie über die Ebene hin, mitten durch Fliehende, Verwun-

dete und Tote. Der wilde Hurone war Schutz genug für sich selbst wie für das Schlachtopfer, das er trug; aber Kora wäre mehr denn einmal unter den Streichen ihrer wilden Feinde gefallen, hätten nicht die erstaunten Eingebornen das außerordentliche Wesen, das ihr auf dem Fuße folgte, mit dem schützenden Geiste der Verrücktheit begabt geglaubt.

Magua, welcher den dringendsten Gefahren zu entgehen wußte, trat, um alle Verfolgung zu vereiteln, durch eine kleine Schlucht in den Wald, wo er bereits die Narragansets seiner wartend fand, welche die Reisenden so kurz zuvor verlassen hatten. Hier bewachte sie ein Hurone, dessen Züge ebenso wild und boshaft waren wie die seinigen. Er setzte Alice auf eines der Pferde und winkte Kora, das andere zu besteigen.

Trotz des Abscheus, den die Gegenwart Maguas in ihr erregte, fühlte sie sich doch für den Augenblick erleichtert, daß sie dem gräßlichen Schauspiele auf der Ebene entronnen war. Sie nahm ihren Sitz ein und streckte ihrer Schwester die Arme mit einem bittenden Ausdruck der Liebe entgegen, dessen Gewalt sich sogar der Hurone nicht entziehen konnte. Er brachte Alice auf dasselbe Pferd, auf welchem Kora saß, ergriff den Zügel und drang, seinen Weg fortsetzend, in die Tiefe des Waldes. Als David merkte, daß man ihn allein ließ, als einen, den es nicht einmal verlohne zu verderben, warf er eines seiner langen Beine über den Sattel des zurückgelassenen Pferdes und kam so schnell vorwärts, als es die Schwierigkeiten des Pfades erlauben wollten.

Bald begannen sie zu steigen; da aber diese Bewegung die schlummernde Lebenskraft Alices wieder zu erwecken schien, so war Koras Aufmerksamkeit zu sehr zwischen der zärtlichen Sorgfalt für die Schwester und dem Geschrei, das sich immer noch laut genug von der Ebene her vernehmen ließ, geteilt, um darauf achten zu können, in welcher Richtung sie reisten. Als sie jedoch auf die ebene Fläche eines Berggipfels gelangt waren und dem östlichen Absturze nahten, erkannten sie den Platz wieder, zu welchem sie vor einigen Tagen unter der freundlicheren Leitung des Kundschafters geführt worden waren. Hier ließ Magua sie absteigen, und trotz ihrer eigenen Gefangenschaft trieb sie doch die Neugierde, die vom Schauder unzertrennlich scheint, einen Blick auf das entsetzensvolle Schauspiel unter ihnen zu werfen.

Das grausame Werk war noch nicht zu Ende. Auf allen Seiten flohen die Besiegten vor ihren erbarmungslosen Verfolgern, während die bewaffneten Kolonnen des allerchristlichsten Königs mit einer Gefühllosigkeit stehenblieben, die sich nicht erklären läßt und auf den sonst so hohen Ruf ihres Anführers einen unauslöschlichen Flecken wirft. Das Schwert des Todes ruhte nicht eher, als bis die Raubgier der Wilden über ihren Blutdurst die Oberhand gewann. Endlich wurden das Gewinsel der Verwundeten und das Schlachtgeheul der Mörder allmählich schwächer, und die Schreckensrufe verstummten oder wurden von dem lauten, langen, durchdringenden Triumphgeschrei der Wilden übertönt. –

Achtzehntes Kapitel

Ja, so etwas:
Ein ehrenwerter Mörder, wenn Ihr wollt; –
Tat nichts aus Haß, der Ehre wegen alles.
Othello

Die blutige, barbarische Szene, die wir im vorigen Kapitel mehr nur flüchtig erwähnt als im einzelnen geschildert haben, führt in der Geschichte der Kolonien den wohlverdienten Namen des »Blutbades von William Henry«[27]. Der Ruf des französischen Heerführers hatte schon durch einen früheren Vorgang ganz ähnlicher Art gelitten, und diesen neuen Flecken konnte selbst sein früher ruhmvoller Tod nicht völlig tilgen. Die Zeit hat ihn jetzt etwas verwischt, und Tausende, die erfahren haben, daß Montcalm auf den Ebenen von Abraham den Tod eines Helden starb, wissen vielleicht nicht, wie sehr es ihm an jenem moralischen Mute gebrach, ohne den es keine wahre Größe gibt. Seiten ließen sich schreiben, um an diesem allbekannten Beispiele die Mängel menschlicher Vortrefflichkeit zu zeigen – um darzutun, wie die Eigenschaften der Großmut, feinen Höflichkeit und ritterlichen Tapferkeit vor dem erstarrenden Frosthauch der Selbstsucht dahinschwinden, und wie ein Mann, groß in allen weniger erhabenen Charaktereigenschaften, zu Falle kommen kann, wenn es zu zeigen gilt, wie hoch über der Politik die Forderungen des Sittengesetzes stehen. Aber diese Aufgabe würde die Grenzen unsres Werkes überschreiten; da die Geschichte gleich der Liebe ihre Helden so gern mit einem Heiligenschein umgibt, so wird wohl die Nachwelt in Louis de Saint Veran nur den ritterlichen Verteidiger seines Vaterlandes erblicken und seine grausame Fühllosigkeit an den Ufern des Oswego und des Horican vergessen. Mit Bedauern über diese Schwäche unsrer Schwestermuse treten wir aus ihrem geheiligten Gebiete auf das Feld unsres eigenen bescheidenern Berufs zurück.

Der dritte Tag nach der Übergabe des Forts ging zu Ende, doch muß der Leser noch etwas an den Ufern des Heiligen Sees verweilen. Als wir seine Gewässer zuletzt sahen, waren die

Umgebungen der Festungswerke der Schauplatz der Gewalttat und des Aufruhrs; jetzt herrschte dort eine Totenstille. Die blutbefleckten Sieger waren abgezogen, und ihr Lager, das eben noch vom Jubelruf eines siegreichen Heeres ertönte, war nun eine verlassene Hüttenstadt. Die Festung lag in rauchenden Trümmern: verkohltes Sparrenwerk, Stücke zerrissenen Geschützes, zersprengtes Mauerwerk sah man in verworrener Unordnung auf den Erdwällen umher zerstreut.

Ein grauenhafter Wechsel war selbst in der Witterung eingetreten. Die Sonne hatte ihre wärmenden Strahlen hinter einer undurchdringlichen Dunstmasse verborgen, und Hunderte lebloser menschlicher Gestalten, welche die glühende Hitze des Augusts geschwärzt hatte, erstarrten in einem Winde, der mit der Strenge des Novemberfrostes daherstürmte. Die wogenden Nebelwolken, welche über die Berge nach Norden zogen, wurden jetzt mit der Wut eines Orkans in einem endlosen, schwarzen Streifen nach Süden getrieben. Der ruhige Spiegel des Horican war zerstört: statt seiner peitschten grüne ungestüme Fluten die Ufer, als ob sie alle Unreinlichkeit unwillig an den entweihten Strand zurückwerfen wollten. Doch immer noch behielt das weite Becken einen Teil seiner Klarheit, spiegelte aber nur das düstere Gewölk zurück, das den Himmel über ihm verdeckte. Die liebliche, feuchte Atmosphäre, welche sonst der Landschaft Reiz verlieh und den Charakter der Wildheit und Strenge milderte, war verschwunden, und der Nordwind brauste so scharf und ungestüm über die Wasserfläche, daß weder dem Auge noch der Einbildungskraft etwas blieb, mit dem sie sich gern beschäftigt hätten. Das ungestüme Element hatte das Grün der Ebene so verdorren lassen, als wenn ein verzehrender Blitzstrahl darüber hingefahren wäre. Hier und da erhoben sich dunkelgrüne Stellen inmitten der Verödung, als wollten sie die künftige Fruchtbarkeit des mit Menschenblut getränkten Bodens verkündigen.

Die ganze Landschaft, welche bei günstiger Beleuchtung und Temperatur so lieblich erschien, glich jetzt einem Bilde des Lebens, wo die Gegenstände in ihren grellsten, aber treuen Farben hervortreten, doch ohne durch irgendeinen Schatten gemildert zu werden.

Wenn aber die vereinzelten versengten Grashalme sich unter den darüber hinstreichenden Windstößen nur furchtsam erheben konnten, so traten dagegen die kühnen Felsenberge in ihrer Nacktheit um so deutlicher hervor, und vergeblich suchte das Auge einen Ruhepunkt, indem es die unbegrenzte Leere des Himmels, der durch trübe dahintreibende Nebelzüge dem Blicke verschlossen war, zu durchdringen suchte.

Der Wind blies ungleich: bald strich er dicht über dem Boden hin, als wollte er sein dumpfes Stöhnen in das kalte Ohr der Toten flüstern; bald erhob er sich in ein schrilles, klägliches Pfeifen und fuhr in die Wälder mit einem Ungestüm, welches die Luft mit abgerissenen Blättern und Zweigen erfüllte. Mitten in diesem unnatürlichen Regenschauer kämpften einige hungrige Raben mit dem Sturm, waren aber kaum über das grüne Wäldermeer, das unter ihnen flutete, hinweg, als sie aufs neue zu der willkommenen scheußlichen Mahlzeit niederschossen, die dort ihrer wartete.

Mit *einem* Wort: es war eine Szene wilder Verödung, und es schien, als hätte der unerbittliche Arm des Todes alle ergriffen, die sich frech in seine Nähe wagten. Doch dieser Bann war vorüber, und zum ersten Male seit dem Verschwinden der Urheber jener Greueltaten, die den Schauplatz hatten entweihen helfen, wagten es wieder menschliche Wesen, dem Orte zu nahen.

An dem bereits erwähnten Tage sah man, etwa eine Stunde vor Sonnenuntergang fünf Männer aus dem Waldpfade, der nach dem Hudson führt, hervortreten und den zerstörten Festungswerken zuschreiten. Ihre ersten Schritte waren langsam und vorsichtig, als ob sie nur widerstrebend in den Bereich dieses Ortes träten oder die Wiederholung seiner Schreckensszenen fürchteten. Die leichte Gestalt eines Jünglings schritt den andern mit der Vorsicht und Gewandtheit eines Eingebornen voran, stieg auf jeden kleinen Hügel, um zu spähen, und zeigte durch Gebärden seinen Begleitern den Weg, welchen er für den sichersten hielt. Auch die ihm Folgenden ließen es nicht an jener Vorsicht und Wachsamkeit fehlen, die bei einem Kriege in den Wäldern unerläßlich ist. Einer unter ihnen, ebenfalls ein Indianer, hielt sich etwas beiseite, indem er seine Augen, gewöhnt, die nahende Gefahr an dem leisesten Zeichen zu erkennen, unverwandt auf den Saum der Wälder heftete: die drei andern waren Weiße, aber in einem Anzug, der nach Stoff und Farbe für ihr gefahrvolles Unternehmen berechnet war, – einem sich zurückziehenden Heere in der Wildnis auf dem Fuße zu folgen.

Die Eindrücke der schrecklichen Szenen, die sich mit jedem Schritt auf ihrem Wege nach dem See den Augen der Wanderer darboten, waren so verschieden als ihre Charaktere. Der Jüngling warf, leichten Schrittes über die Ebene wandelnd, ernste, aber verstohlene Blicke auf die verstümmelten Schlachtopfer, ängstlich, die Gefühle, die sich ihm aufdrangen, zu verbergen, und doch zu unerfahren, um ihrem mächtigen Einflusse sich ganz entziehen zu können. Sein roter Gefährte dagegen war weit über eine solche Schwäche erhaben. Festen Schrittes und mit ruhiger Miene ging er durch die Gruppen von Leichnamen hin, so daß man wohl erkannte, lange Gewohnheit habe ihn mit dergleichen Szenen vertraut gemacht. Selbst die Gefühle, welche dieser Anblick in den Gemütern der Weißen erregte, waren verschiedener Art, doch herrschte bei ihnen allen der Kummer vor. Der eine, obwohl jetzt als Weidmann verkleidet, verriet durch seine grauen Haare, die gefurchte Stirne und seine kriegerische Haltung einen Mann, der an Szenen des Krieges schon lange gewöhnt war; er schämte sich aber gleichwohl nicht, laut zu seufzen, wenn ein ungewöhnlich schrecklicher Anblick ihm vor Augen trat. Der junge Mann an seiner Seite schauderte, schien aber aus zarter Schonung für seinen Begleiter solche Empfindungen zu unterdrücken. Unter ihnen allen sprach allein der letzte, welcher gleichsam den Nachtrab bildete, seine Empfindungen ohne Scheu und Rückhalt laut aus. Mit Blicken und einem Spiel seiner Muskeln, die die tiefste Bewegung verkündigten, schaute er auf die Greuelszenen um ihn her und gab mit den stärksten und bittersten Verwünschungen seinen Abscheu vor den Untaten der Feinde zu erkennen.

Der Leser wird in den beschriebenen Personen alsbald die Mohikaner und ihren weißen Freund, nebst Munro und Heyward erkannt haben. Es war wirklich der Vater, der seine Kinder suchte, begleitet von dem jungen Manne, der so innigen Anteil an ihrem Schicksale nahm, und von den wackern und zuverlässigen Waldbewohnern, welche schon in früher erzählten so gefahrvollen Begegnissen Beweise ihrer Geschicklichkeit und Treue gegeben hatten.

Als Unkas, welcher voranging, die Mitte der Ebene erreicht hatte, stieß er einen Schrei aus, der sogleich die Gefährten an seine Seite rief. Der junge Krieger stand vor einer Gruppe von Weibern, die als eine verworrene Masse von Leichen beisammenlagen. So abschreckend auch die Aufgabe war, so eilten gleichwohl Munro und Heyward auf den Haufen zu und suchten mit einem Eifer, den keinerlei Scheu mindern konnte, nach Spuren der Vermißten unter den zerstreuten und bunten Gewändern, die umherlagen. Der Vater und der Liebende fanden in dem Ergebnis ihrer Nachforschung eine augenblickliche Erleichterung, obgleich sie sich dadurch aufs neue zu den Qualen einer Ungewißheit verurteilt sahen, die fast ebenso peinlich als die schrecklichste Gewißheit ist. In nachdenkliches Stillschweigen versunken, standen sie vor den Toten, als der Kundschafter herbeikam. Die klägliche Szene mit Entrüstung betrachtend, sprach der derbe Waldbewohner zum ersten Male, seit sie die Ebene betraten, laut und verständlich:

»Ich habe mehr als *ein* grauenvolles Schlachtfeld gesehen und die Spuren des Blutes oft manche ermüdende Meile weit verfolgt, aber nie habe ich die Hand des Teufels so sichtbar im Spiele gefunden als hier! Rache ist ein Gefühl des Indianers, und alle, die mich kennen, wissen, daß kein Tropfen ihres Blutes in meinen Adern rinnt; aber so viel will ich sagen – hier, im Angesicht des Himmels und vor dem Allgewaltigen, der in der heulenden Wildnis seine Macht so laut verkündet – wenn diese Franzosen mir wieder in Schußweite kommen, so gibt es *eine* Büchse, die ihre Schuldigkeit tut, solange der Stein noch Feuer gibt und das Pulver zündet! – den Tomahawk und das Messer überlasse ich denen, die von der Natur angewiesen sind, sie zu führen. Was sagst du dazu, Chingachgook?« fuhr er in delawarischer Sprache fort: »Sollen die Huronen sich dessen gegen ihre Weiber rühmen, wenn der tiefe Schnee fällt?«

Ein Rachestrahl blitzte über die finstern Züge des Mohikanerhäuptlings, er lockerte sein Messer in der Scheide, wandte aber sein Auge von dem Anblick wieder ab, und sein Gesicht wurde so ruhig, als wäre ihm jede Leidenschaft fremd.

»Montcalm! Montcalm!« fuhr der tief entrüstete Kundschafter fort, der sich weniger Zwang auferlegte, »man sagt, es komme eine Zeit, wo man alle seine Handlungen auf Erden mit *einem* Blicke überschaue, und zwar mit Augen, die von menschlicher Schwäche gereinigt sind! Wehe dann dem Elenden, der geboren ist, um Rechenschaft von dem abzulegen, was sich auf der Ebene hier begeben hat! Ha – ich bin ein Mann von weißem Blut, aber dort liegt eine Rothaut, der man den Schopf abgezogen hat. Sieh nach ihm Delaware, ’s ist vielleicht einer von Eurem Volk, den Ihr vermißt! und der sollte ein Begräbnis haben, wie’s ein wackerer Krieger verdient. Ich les’ es in deinen Augen, Sagamore: ein Hurone zahlt dafür, eh’ noch die Winde von den Wasserfällen den Geruch seines Blutes weggeweht!«

Chingachgook nahte sich dem Verstümmelten und gewahrte, als er ihn umkehrte, die unterscheidenden Zeichen eines aus den sechs verbündeten Stämmen oder Nationen, wie man sie nannte, die, obgleich sie in den Reihen der Engländer fochten, Todfeinde seines Volkes waren. Den unwillkommenen Gegenstand verächtlich mit dem Fuße zurückstoßend, wandte er sich mit derselben Gleichgültigkeit ab, als ob es die Überreste eines Tieres gewesen wären. Der Kundschafter begriff die Meinung des andern wohl und verfolgte bedächtig seinen Weg, während er fortfuhr, seine rachedürstenden Verwünschungen gegen den französischen Heerführer auszustoßen.

»Nur der tiefsten Weisheit und schrankenloser Macht sollte es zustehen, soviel Menschen auf einmal wegzuraffen«, sprach er, »denn der ersten nur kommt es zu, die Zeit des Gerichts zu bestimmen, und wer will sich der zweiten vergleichen, die die Geschöpfe Gottes zu ersetzen imstande ist? Ich halte es schon für eine Sünde, einen zweiten Rehbock zu schießen, ehe der erste verzehrt ist; ich müßte denn einen Marsch nach der Front oder einen Hinterhalt vorhaben. Etwas anderes ist es, wenn man mit wenigen Kriegern in offenem, herbem Kampfe ist: da gilt es den Tod mit der Büchse oder dem Tomahawk in der Hand, je nachdem eines Haut gerade rot oder weiß ist. Unkas, komm her, Junge, und laß die Raben auf dem Mingo sich niedersetzen: ich weiß, oft schon war ich davon Zeuge, sie haben eine Vorliebe für das Fleisch eines Oneida, und der Vogel mag seinem natürlichen Appetit folgen.«

»Hugh!« rief der junge Mohikaner, auf die Spitzen seiner Zehen tretend und aufmerksam geradeaus blickend, indem er die Raben durch den Laut und die Bewegung auf eine andere Beute scheuchte.

»Was gibt es, Junge?« flüsterte der Kundschafter, seine hohe Gestalt wie ein Panther zusammendrückend, der auf seine Beute losspringen will. »Gott gebe, daß es ein saumseliger

Franzose ist, der noch plündern will. Ich glaube, mein Wildtöter würde sich heute ganz besonders gut halten.«

Ohne zu antworten, enteilte Unkas und hatte einen Augenblick darauf von einem Gebüsche ein Stückchen von Koras grünem Schleier herabgeholt, das er nun wie im Triumphe schwang. Die Bewegung, die Gebärde und der Schrei, der den Lippen des jungen Mohikaners entfuhr, riefen die andern im Augenblick herbei.

»Mein Kind«, rief Munro mit ungestümer, wilder Stimme; »gebt mir mein Kind!«

»Unkas will's versuchen«, war die kurze und bewegliche Antwort.

Diese einfache, aber bedeutungsvolle Zusage ward von dem Vater nicht beachtet. Er ergriff das Stückchen Schleier, preßte es krampfhaft in die Hand, während seine stieren Blicke sich auf die Büsche umher hefteten, als hoffte oder fürchtete er, sie möchten ein Geheimnis enthüllen.

»Hier sind keine Toten!« sprach Heyward, »der Sturm scheint nicht diesen Weg genommen zu haben.«

»Das ist so klar wie der Himmel über uns«, bemerkte der unverzagte Kundschafter, »aber entweder sie selbst oder diejenigen, die sie entführten, sind durch dieses Gebüsch gedrungen. Ich erinnere mich noch recht gut, daß sie diesen Lappen trug, um ein Gesicht zu verbergen, in das alle so gern schauten. Unkas, du hast recht; das schwarzlockige Mädchen ist hier gewesen und wie ein verscheuchtes Hirschkalb in den Wald geflohen – und wer hätte sich auch der Flucht enthalten, um sich morden zu lassen? Wir wollen nach ihrer Spur forschen: es ist mir oft, als ob für ein Indianerauge selbst der Kolibri Merkzeichen in der Luft zurücklassen müßte.«

Der Mohikaner stürzte während dieser Bemerkung fort, und kaum hatte der Kundschafter ausgeredet, so erhob der erstere vom Saume des Waldes ein neues Freudengeschrei. Als sie an die Stelle kamen, gewahrten sie ein zweites Stückchen Schleier, das an dem niedrigen Aste einer Buche flatterte.

»Gemach! gemach!« rief der Kundschafter, dem eiligen Heyward die lange Büchse vorhaltend, »wir wissen jetzt, wie wir daran sind; aber die Schönheit der Spur darf nicht entstellt werden. Ein Schritt zu früh kann uns stundenlang zu schaffen machen: wir haben sie; das ist nicht zu leugnen.«

»Gott segne Euch, Gott segne Euch, würdiger Mann!« rief Munro. »Wohin sind sie denn geflohen, und wo sind meine Lieben?«

»Der Weg, den sie genommen haben, hängt von mancherlei Umständen ab. Wenn sie allein geflohen sind, so können sie ebensowohl im Kreis herum als geradeaus gegangen sein: dann sind sie wohl nicht mehr als zwölf Meilen von uns. Haben aber die Huronen oder andere französische Indianer Hand an sie gelegt, so sind sie wahrscheinlich bereits den Grenzen Kanadas nahe. Aber was tut das?« fuhr der besonnene Kundschafter fort, der Angst und Bestürzung in den Mienen seiner Zuhörer las, »hier sind die Mohikaner und ich an dem einen Ende der Fährte, und verlaßt euch darauf, wir finden das andere, wenn auch hundert Stunden dazwischen lägen! Sachte! sachte, Unkas! Du bist so ungeduldig wie einer aus den Kolonien! Du vergißt, daß leichte Füße nur schwache Spuren hinterlassen!«

»Hugh!« rief Chingachgook, eine Öffnung untersuchend, die, wie man nur zu deutlich sah, durch das niedrige, den Wald umsäumende Unterholz gemacht worden war, richtete sich auf und deutete auf die Erde in der Stellung und mit der Gebärde eines Mannes, der eine widerliche Schlange erblickt hat.

»Hier ist die deutlichste Spur eines Männerfußes!« rief Heyward, indem er sich auf die bezeichnete Stelle niederbückte: »Er ist an den Rand dieser Pfütze getreten, das sieht man deutlich. Sie sind Gefangene!«

»Besser, als wenn man sie in der Wildnis hätte Hungers sterben lassen!« versetzte der Kundschafter, »und um so sichtbarer wird ihre Fährte werden. Ich wollte fünfzig Biberfelle gegen ebensoviel Flintensteine wetten, daß die Mohikaner und ich innerhalb eines Monats in ihren Wigwams sind! Bücke dich, Unkas, und sieh, was du aus dem Mokassin machen kannst; denn ein Mokassin ist's offenbar und kein Schuh!«

Der junge Mohikaner bückte sich über die Spur, entfernte die zerstreuten Blätter in der Nähe und untersuchte alles mit der Sorgfalt eines Geldmaklers, der in unsern Tagen der Geldschwierigkeiten einen verdächtigen Schuldbrief betrachtet. Endlich erhob er sich von den Knien, mit dem Erfolg seiner Untersuchung, wie es schien, zufrieden.

»Nun, Junge«, fragte der aufmerksame Kundschafter, »was meinst du? Kannst du etwas daraus machen?«

»Le Renard Subtil!«

»Ha, wieder der schleichende Teufel! Es wird kein Ende mit ihm nehmen, bis mein Wildtöter ein vertrauliches Wort mit ihm gesprochen hat.«

Heyward räumte nur widerstrebend die Richtigkeit dieser Betrachtung ein und drückte mehr Hoffnung als Zweifel aus, während er sprach:

»Ein Mokassin ist wie der andere, 's wird eine Täuschung sein.«

»Ein Mokassin wie der andere! Ebensogut könntet Ihr sagen: ›Ein Fuß ist wie der andere‹, und doch wissen wir alle, daß die einen lang, die andern kurz sind, die einen breit, die andern schmal, daß bei den einen der Rist hoch, bei andern niedrig ist; daß die einen einwärts, die andern auswärts gehen. Die Mokassins sehen einander so wenig gleich als ein Buch dem andern, wenn schon derjenige, der in dem einen liest, nicht immer imstande ist, etwas vom andern zu sagen. So ist alles aufs beste geordnet und jedem sein Vorteil vor dem andern gegeben. Laß mich auch darnach sehen, Unkas: Buch oder Mokassin, zwei Meinungen sind immer besser als nur eine.« Der Kundschafter bückte sich und fügte augenblicklich hinzu: »Du hast recht, Junge; hier ist die Spur, die wir so oft gesehen haben, wenn wir Jagd auf ihn machten. Der Bursche trinkt gern, wenn er dazu kommen kann. Wenn ein Indianer den Trunk liebt, so hält er immer ein weiteres Geleise als der Wilde im Naturzustand, da ein Säufer sich gerne spreizt, mag seine Haut nun von roter oder weißer Farbe sein. 's ist auch die rechte Länge und Breite! Da sieh her, Sagamore: du hast die Fußtapfen mehr denn einmal gemessen, als wir das Geziefer von Glenns bis zur Heilquelle verfolgten.«

Chingachgook willfahrte, stand nach einer kurzen Untersuchung wieder auf und sprach mit seiner eigentümlichen Ruhe nur das Wort:

»Magua.«

»Ja, so viel ist gewiß; hier ist das Mädchen mit dem schwarzen Haar und Magua vorbeigekommen.«

»Und Alice nicht?« fragte Heyward.

»Von ihr haben wir noch keine Spuren entdeckt«, antwortete der Kundschafter, die Bäume, die Gebüsche und den Boden aufmerksam beschauend. »Aber was sehe ich hier? Unkas, hol mal das Ding, welches dort an dem Dornbusche hängt.« Der Indianer gehorchte, und der Kundschafter nahm seinen Fund, hob ihn in die Höhe und lachte still und herzlich vor sich hin.

»Das ist das Spielzeug des Sängers! Jetzt haben wir 'ne Spur, die ein Priester verfolgen könnte«, sprach er. »Unkas, such mal die Spuren eines Schuhs, der lang genug ist, um ein sechs Fuß zwei Zoll hohes schlotterndes Menschengestell tragen zu können. Ich fasse einige Hoffnung für den Burschen, er gibt sein Gequieke auf, um sich auf ein besseres Handwerk zu legen.«

»Wenigstens hat er treu auf seinem Posten ausgehalten«, sprach Heyward, »und Kora und Alice sind doch nicht ohne Freund.«

»Ja«, entgegnete Hawk-eye, indem er seine Büchse senkte und sich mit sichtbarer Verachtung darauf stützte, »er singt für sie! Aber kann er 'nen Rehbock zum Mittagsmahle schießen, nach dem Moos an den Buchen den Weg ermessen oder einem Huronen die Gurgel abschneiden? Und kann er's nicht, so läuft ihm der erste beste Spottvogel[28], den er trifft, den Rang ab. Nun, Junge, findest du was, das 'ne solche Grundlage gibt?«

»Hier ist etwas wie der Tritt von einem, der Schuhe getragen hat: kann es der unsers Freundes sein?«

»Berührt die Blätter leicht, sonst verrückt ihr die Form! Dies? Dies ist der Tritt eines Fußes, aber es ist der des schwarzlockigen Mädchens und klein für eine so edle Höhe und herrliche Haltung. Die Ferse des Gängers würd' ihn von vorne bis hinten bedecken.«

»Wo? Laßt mich die Fußtritte meines Kindes schauen«, sprach Munro, indem er die Büsche beiseite schob, und sich sehnsüchtig über den halbverwischten Eindruck des Fußes bückte. Obgleich der Tritt, der die Spur hinterlassen hatte, nur leicht und eilig gewesen war, so ließ er sich doch noch deutlich unterscheiden. Die Augen des alten Soldaten verdunkelten sich während der Beobachtung, und als er sich erhob, sah Heyward, daß er den Fußtritt seiner Tochter mit einer heißen Träne benetzt hatte. Um den Schmerz zu mildern, der jeden Augenblick über den ihm auferlegten Zwang zu siegen drohte, und den Sinn des Veteranen auf etwas anderes zu lenken, sprach der junge Mann zu dem Kundschafter: »Da wir nun untrügliche Kennzeichen besitzen, so wollen wir unsern Weg beginnen. Ein Augenblick in solcher Lage muß den Gefangenen zu einer Ewigkeit werden.«

»Der Hirsch, der am schnellsten läuft, gibt nicht die längste Jagd«, entgegnete Hawk-eye, ohne sein Auge von den Spuren, die sich ihm darboten, abzuwenden. »Wir wissen, daß der schleichende Hurone – und das Schwarzhaar – und der Sänger hier vorbeigekommen sind – aber wo ist das Mädchen mit den blonden Locken und den blauen Augen? Wenn auch klein und bei weitem nicht so mutvoll wie die Schwester, ist sie doch lieblich anzuschauen und anmutig im Gespräch. Hat sie keinen Freund, daß niemand nach ihr fragt?«

»Das wolle Gott verhüten! Hunderte für einen! Suchen wir sie nicht ebenjetzt? Für einen stehe ich, ich höre nicht auf zu suchen, bis sie gefunden ist.«

»In diesem Falle müssen wir vielleicht verschiedene Wege einschlagen: denn hier ist sie nun einmal nicht gegangen, so leicht und klein auch ihr Fußtritt ist.«

Heyward schrak zurück, all sein Eifer schien in diesem Augenblicke zu verschwinden. Ohne auf einen so plötzlichen Wechsel in der Stimmung des andern zu achten, fuhr der Kundschafter nach kurzem Bedenken fort: – »Es gibt kein Weib in dieser Wildnis, das eine solche Spur hinterlassen könnte wie die Schwarzlockige oder ihre Schwester. Wir wissen, daß die erstere hier gewesen ist: aber wo sind die Spuren der andern? Laßt uns die Fährte schärfer verfolgen, und wenn sich nichts zeigt, so müssen wir zurück auf die Ebene und Merkmale aufsuchen. Geh voran, Unkas, und richte dein Auge auf das dürre Laub! Ich will die Büsche untersuchen, während dein Vater die Nase dicht auf den Boden halten wird. Vorwärts, Freunde! die Sonne sinkt hinter die Berge.«

»Kann ich nichts dabei tun?« fragte der besorgte Heyward.

»Ihr!« wiederholte der Kundschafter, der mit seinen roten Freunden bereits in der vorgeschriebenen Ordnung vorrückte, »ja, Ihr könnt hinter uns hergehen und darauf achthaben, daß Ihr die Fährte nicht durchkreuzt.«

Wenige Ruten waren sie vorwärts geschritten, als die Indianer hielten und mit größerer Aufmerksamkeit die Erde betrachteten. Beide, Vater und Sohn, sprachen schnell und laut, indem sie bald den Gegenstand ihrer Verwunderung, bald einander selbst mit der größten Freude anblickten.

»Sie haben den kleinen Fuß gefunden!« rief der Kundschafter, indem er auf sie zulief, ohne weiter daran zu denken, was ihm selbst obläge. »Was gibt es hier? Ein Hinterhalt lag an diesem Orte! Nein, bei der sichersten Büchse auf den Grenzen, hier haben wir die einseitigen Pferdchen wieder! Jetzt ist das ganze Geheimnis heraus und alles so klar und hell wie der Nordstern um Mitternacht. Ja, hier sind sie aufgestiegen. Dort waren die Tiere an den jungen Baum gebunden und warteten, und hier führt die breite Fährte in voller Eile nach Kanada!«

»Aber immer sind noch keine Spuren von Alice – der jüngeren Miß Munro – vorhanden«, sagte Duncan.

»Wenn nicht das schimmernde Spielzeug, das Unkas just vom Boden aufgehoben, uns darauf hilft. Bring es her, Junge, daß wir's untersuchen.«

Heyward erkannte es sogleich als das Geschmeide, welches Alice gerne trug, und das, wie er sich mit dem getreuen Gedächtnis eines Liebenden erinnerte, an dem verhängnisvollen Morgen des Blutbades um den schönen Nacken seiner Geliebten hing. Er ergriff das teure Kleinod und hatte den Fund kaum seinen Gefährten angekündigt, als er auch schon aus den Augen des Kundschafters verschwand, der ihn noch lange vergeblich auf dem Boden suchte, während Duncan das Kleinod längst gegen sein schlagendes Herz drückte.

»Ach!« klagte Hawk-eye, der eine Weile vergeblich mit dem Kolben seiner Büchse in dem Laube wühlte; »es ist ein sicheres Zeichen, daß das Alter naht, wenn einem das Gesicht abzunehmen anfängt. Ein so glitzerndes Ding, und das soll nicht zu finden sein! Nun ich kann doch noch, selbst wenn's trübe ist, über den dunkeln Lauf einer Büchse hinschielen, und das ist genug, um allen Streit zwischen mir und den Mingos zu schlichten. Gerne möchte ich das Ding wiederfinden, wär's auch nur, um es der rechten Eigentümerin wiederzubringen, und das hieße die zwei Enden einer langen Fährte hübsch zusammengebracht – denn jetzt ist der breite St. Lorenz oder vielleicht selbst die großen Seen zwischen uns.«

»Um so mehr Grund für uns, den Marsch nicht aufzuschieben«, versetzte Heyward: »Ziehen wir sogleich weiter!«

»Junges Blut und heißes Blut, sagt man, sind allezeit beieinander. Es gilt nicht, Eichhörnchen zu jagen, oder ein Wild in den Horican zu treiben: wir sind Tage und Nächte unterwegs und müssen durch eine Wildnis, die selten ein Menschenfuß betritt und wo Eure Bücherweisheit Euch nicht unversehrt durchbringen würde. Ein Indianer unternimmt nie einen solchen Zug, ohne zuvor an seinem Versammlungsfeuer zu schmauchen; und ob ich gleich ein Mann von weißer Abstammung bin, so ehre ich doch auch diesen Punkt ihrer Sitte, da ich sehe, daß sie weise und wohl überlegt ist. Wir wollen daher zurück, heute nacht unser Feuer in den Ruinen des alten Forts anzünden und am Morgen frisch und gestärkt das Werk wie Männer beginnen und nicht wie plaudernde Weiber und unbesonnene Knaben.«

Heyward sah an dem Benehmen des Kundschafters, daß jede Einrede vergeblich wäre. Munro war in jenen Zustand von Teilnahmslosigkeit zurückgesunken, aus dem er seit den letzten überwältigenden Unglücksfällen nur durch neue und lebhafte Eindrücke aufgerüttelt werden konnte. Aus der Not eine Tugend machend, nahm der junge Mann den Veteran unter dem Arm und folgte den Schritten der Indianer und des Kundschafters, welche bereits den Rückweg nach der Ebene eingeschlagen hatten.

Neunzehntes Kapitel

Salarino. Nun, ich bin's gewiß, wenn er dir verfällt,
so nimmst du doch sein Fleisch nicht, zu was wär's nütze?
Shylock. Um Fisch' damit zu angeln: und sättigt' es sonst
nichts, so sättigt's meine Rache.

Shakespeare

Die Schatten des Abends hatten das Unheimliche des Platzes noch vermehrt, als die Reisenden die Ruinen von William Henry betraten. Der Kundschafter und seine Begleiter trafen sogleich Anstalten für die Nacht, aber mit einem Ernste und einer Besonnenheit, welche den tiefen Eindruck verrieten, den der schreckliche Anblick, den sie gehabt hatten, selbst auf ihre abgehärtete Natur hatte ausüben müssen. Einige Trümmer von Balken wurden an eine geschwärzte Wand gelehnt, und schienen, nachdem Unkas sie leicht mit Gestrüpp überdeckt hatte, ein genügendes Obdach darzubieten. Der junge Indianer deutete auf die einfache Hütte hin, als seine Arbeit zu Ende war, und Heyward, welcher den Sinn dieser schweigsamen Gebärde verstand, drang freundlich in Munro einzutreten. Indem er den alten verlassenen Mann mit seinem Kummer allein ließ, trat er in die freie Luft zurück; denn er fühlte sich zu aufgeregt, um selbst die Ruhe zu genießen, die er soeben seinem alten Freunde empfohlen hatte.

Während Hawk-eye und die Indianer ein Feuer anzündeten und ihre frugale Abendmahlzeit von gedörrtem Bärenfleisch verzehrten, begab sich der junge Mann auf den Zwischenwall des zerstörten Forts, der auf die Wasserfläche des Horican hinaussah. Der Wind hatte sich gelegt, und die Wogen schlugen bereits in regelmäßigerer, minder ungestümer Folge an das sandige Ufer unter ihm. Die Wolken zerteilten sich, als wären sie ihres wütenden Treibens müde; die schwerern unter ihnen sammelten sich in schwarzen Massen um den Horizont, während die leichteren schnell über das Wasser dahinglitten oder um die Gipfel der Berge wirbelten, dem unterbrochenen Fluge gescheuchter Vögel gleich, die um ihre Nester flattern. Hie und da rang sich der rote, funkelnde Schimmer eines Sterns durch die treibenden Nebel und goß ein schwaches Dämmerlicht über den finstern Himmel.

Im Schoße der umgebenden Berge ruhte bereits undurchdringliche Finsternis, und die Ebene lag wie ein weites, ödes Beinhaus vor ihm, ohne daß selbst das leiseste Geflüster den Schlummer der zahlreichen auf ihr liegenden Unglücklichen zu unterbrechen versuchte.

Lange stand Duncan in tiefe Betrachtung der Szene versunken, die mit der Vergangenheit in so schrecklichem Einklange stand. Seine Augen wanderten von dem Innern des Erdwalls, wo die Waldbewohner um ihr schwaches Feuer saßen, nach dem schwächern Lichte, das immer noch am Himmel weilte, und ruhten dann lange und besorgt auf dem tiefen, unheimlichen Dunkel, das gleich einem öden Chaos über der Strecke lag, wo die Toten schlummerten. Bald aber war es ihm, als drängten von dieser Seite her unerklärliche Laute so leise und unbestimmt in sein Ohr, daß er über ihren Ursprung und selbst ihre Wirklichkeit ungewiß blieb. Der Unruhe, die ihn unwillkürlich überschlich, sich schämend, wandte sich der junge Mann nach dem Wasser, um seine Aufmerksamkeit auf die Sterne zu lenken, die sich auf der bewegten Oberfläche des Sees spiegelten. Aber immer taten seine ängstlichen Ohren ihren undankbaren Dienst, als ob sie ihn vor einer drohenden Gefahr warnen wollten. Endlich schien ein rascher Fußtritt ganz hörbar durch die Finsternis zu tönen. Unfähig, seine Unruhe länger zu beschwichtigen, sprach Duncan leise mit dem Kundschafter, und ersuchte ihn, auf den Erdwall nach der Stelle zu kommen, wo er gestanden hatte. Hawk-eye warf seine Büchse über den Arm und nahte mit einer so unbeweglichen, ruhigen Miene, daß man wohl sah, er glaube sich in völliger Sicherheit.

»Horcht!« sagte Duncan, als sich der andere bedächtig an seine Seite gestellt hatte, »ich höre da halblaute Töne auf der Ebene, die mich glauben machen, daß Montcalm den Schauplatz seiner Eroberung noch nicht gänglich verlassen hat!«

»Dann sind die Ohren besser als die Augen«, bemerkte der Kundschafter, der, ein Stück Bärenfleisch zwischen seinen Backenzähnen, schwer und undeutlich sprach wie einer, dessen Mund zwiefach beschäftigt ist. »Mit meinen leiblichen Augen hab' ich ihn mit seinem ganzen Heere auf den Ty gehen sehen; denn wenn Eure Franzosen einen guten Streich ausgeführt haben, so eilen sie gleich nach Hause und stellen mit ihren Weibern einen Tanz oder andere Lustbarkeiten an.«

»Das weiß ich nicht; aber ein Indianer schläft selten während des Kriegs, und die Lust zu plündern kann wohl einen Huronen noch zurückgehalten haben, auch nachdem sein Stamm schon abgezogen ist. Es wäre besser, wir löschten das Feuer aus und blieben auf unsrer Hut. Horcht! Hört Ihr nicht das Geräusch, das ich meine?«

»Ein Indianer schleicht selten um Gräber herum. Er ist bei der Hand, wenn es gilt, Feinde zu erschlagen, und über die Mittel nicht sehr bedenklich. Er begnügt sich aber gemeiniglich mit dem Skalp, wenn sein Blut nicht zu erhitzt und seine Leidenschaften zu aufgeregt sind. Ist aber der Geist aus dem Körper geschieden, so vergißt er seine Feindschaft und gönnt den Toten ihre Ruhe. Da wir einmal von Geistern sprechen, Major, glaubt Ihr, daß die Rothäute und wir Weiße dereinst in einen und denselben Himmel kommen?«

»Ohne Zweifel – ohne Zweifel. Aber es war mir, als ob ich wieder den gleichen Laut vernähme! Oder war es vielleicht das Rauschen der Blätter auf der Buche dort?«

»Für mein Teil«, fuhr Hawk-eye fort, sein Gesicht einen Augenblick mit einer nichtssagenden, gleichgültigen Miene nach der Seite kehrend, nach welcher Heyward wies, »glaube ich, das Paradies ist zur Glückseligkeit bestimmt, und die Menschen werden je nach ihren Neigungen und Anlagen derselben teilhaftig werden. Meine Meinung ist daher, daß die Rothaut nicht so ganz unrecht hat, wenn sie die schönen Jagdgebiete, wovon die Sage spricht, wiederzufinden hofft; und so würde es für einen Mann, dessen Blut unvermischt ist, nicht so ganz uneben sein, wenn er sich die Zeit mit –«

»Hört Ihr's nicht wieder?« unterbrach ihn Duncan.

»Ja, ja, wenn's Futter knapp geht oder im Überfluß da ist, werden die Wölfe keck«, bemerkte der unbewegliche Kundschafter. »Es wäre eine hübsche Jagd, die Häute dieser Satane, wenn wir Tag und Zeit zur Kurzweil hätten. Was aber das künftige Leben betrifft, Major, so hört' ich Prediger in den Kolonien sagen, der Himmel sei ein Ort der Ruhe. Nun sind aber die Begriffe der Menschen von Glückseligkeit sehr verschieden. Für mein Teil sag' ich bei aller Achtung vor den Fügungen der Vorsehung, – ich würde es ihr nicht groß danken, wenn ich in den

Wohnungen, von welchen sie predigen, eingeschlossen bleiben würde, der ich doch von Natur einen Hang zur Bewegung und zum Jagen in mir fühle.«

Duncan, der nun die Natur des Geräusches erfahren zu haben glaubte, das ihn beunruhigt hatte, ging in seiner Antwort näher auf den Gegenstand ein, den der Kundschafter sich zur Unterhaltung ausersehen hatte.

»Es ist schwer«, sagte er, »die Gefühle zu beurteilen, die bei jenem letzten großen Wechsel sich aufdringen mögen.«

»Das wäre freilich ein Wechsel für einen Mann, der seine Tage unter freiem Himmel verlebt und so oft an den Quellen des Hudsons seinen Morgenimbiß eingenommen hat«, versetzte der schlichte Kundschafter, »wenn er im Bereich eines heulenden Mohawk sein Schläfchen halten sollte. Aber 's ist ein Trost zu wissen, daß wir einem barmherzigen Herrn dienen, wenn's auch jeder auf seine Weise tut und viele Wildnisse zwischen uns liegen. – Was war das?«

»Ist das nicht der Tritt der Wölfe, von denen Ihr gesprochen habt?«

Hawk-eye schüttelte langsam den Kopf und winkte Duncan, nach einer Stelle zu kommen, die das Feuer nicht beleuchtete. Nach dieser Vorsichtsmaßregel nahm er die Stellung der gespanntesten Aufmerksamkeit ein und horchte lang und scharf, ob sich der so unerwartete leise Laut nicht wiederholen würde. Er schien jedoch vergeblich zu lauschen; denn nach einer Minute fruchtloser Stille flüsterte er Duncan zu:

»Wir müssen Unkas rufen, der Junge hat indianische Sinne und hört, was uns ganz verborgen bleibt; denn ich, als eine weiße Haut, kann meine Natur nicht verleugnen.«

Der junge Mohikaner, der sich am Feuer leise mit seinem Vater unterhielt, fuhr auf, als er den Ruf einer Eule vernahm, und blickte nach den schwarzen Erdwällen, als suchte er den Ort, woher der Laut ertönte. Der Kundschafter wiederholte den Schrei, und in wenigen Augenblicken sah Duncan Unkas' Gestalt vorsichtig nach der Brustwehr heranschleichen, wo sie standen.

Hawk-eye teilte ihm in kurzen Worten seine Wünsche in delawarischer Sprache mit; sobald dieser vernommen hatte, um was es sich handle, warf er sich mit dem Gesicht auf die Erde, wo er, wie es Duncan schien, ruhig und regungslos liegenblieb.

Verwundert über die unbewegliche Lage des jungen Kriegers und neugierig zu beobachten, wie dieser die gewünschten Erkundigungen einziehen werde, trat Heyward einige Schritte vor und bückte sich zu dem dunkeln Gegenstand nieder, auf den er seine Augen geheftet hielt, entdeckte aber, daß Unkas verschwunden und das, was er erblickte, nur der dunkle Umriß hervorstehender Trümmer war.

»Was ist aus dem Mohikaner geworden?« fragte er den Kundschafter, indem er sich erstaunt wieder umwandte. »Ich sah ihn hier niederfallen und hätte geschworen, daß er hier auch geblieben sei!«

»St! sprecht leiser! denn wir wissen nicht, was für Ohren uns belauschen, und die Mingos sind eine scharfsichtige Brut. Unkas ist auf der Ebene und die Maquas, wenn welche um uns sind, bekommen vollauf mit ihm zu tun.«

»Ihr glaubt, Montcalm habe nicht alle seine Indianer weggezogen? Wir wollen die Unsern rufen und zu den Waffen greifen. Wir sind fünf und nehmen es schon mit einem Feinde auf.«

»Kein Wort zu ihnen, wenn Euer Leben Euch lieb ist! Seht den Sagamoren an, ganz wie ein großer Indianerhäuptling sitzt er an dem Feuer! Wenn Laurer in der Finsternis umherschleichen, so erkennen sie gewiß nicht an seiner Miene, daß wir an Gefahr denken!«

»Aber sie entdecken ihn, und das ist sein Tod. Seine Gestalt ist am Scheine des Feuers zu deutlich sichtbar, und er wird das erste und sicherste Opfer sein.«

»Die Wahrheit Eurer Worte ist unleugbar«, antwortete der Kundschafter, mehr als gewöhnliche Unruhe verratend, »aber was ist zu tun? Ein einziger Blick des Verdachts führt einen Angriff herbei, ehe wir uns zum Widerstand bereitet haben. Aus dem Zeichen, das ich Unkas gegeben habe, weiß er, daß wir Unrat wittern. Ich will ihm bedeuten, daß wir den Mingos auf der Spur sind: sein Indianerinstinkt wird ihm sagen, was er zu tun hat.«

Der Kundschafter hielt die Finger an den Mund und ließ einen leisen, zischenden Laut hören, über welchen Duncan zuerst beiseite fuhr, als hätte er eine Schlange gehört. Chingachgooks Haupt ruhte auf seiner Hand, und er schien in Gedanken versunken; sobald er aber den warnenden Laut des Tieres vernahm, von dem er seinen Namen trug, richtete er sich auf, und seine dunkeln Augen blickten schnell und scharf nach allen Seiten hin. Mit dieser plötzlichen und vielleicht unwillkürlichen Bewegung war jeder Anschein von Überraschung und Unruhe verschwunden. Seine Büchse lag unberührt und, wie es schien, kaum beachtet, im Bereiche seiner Hand. Der Tomahawk, den er zu seiner Bequemlichkeit im Gürtel gelockert hatte, fiel sogar auf den Boden, und seine Gestalt schien, wie bei einem Manne, dessen Sehnen und Nerven sich der Ruhe überlassen dürfen, zusammenzusinken. Schlau seine frühere Stellung wieder einnehmend, wechselte der Eingeborene gleichwohl die Lage seiner Hände, als ob die Bewegung bloß geschehe, um den Arm zu erleichtern, und erwartete den Ausgang mit einer Ruhe und Seelenstärke, die nur ein indianischer Krieger zeigen konnte.

Aber Heyward bemerkte, während der Mohikanerhäuptling für ein minder geübtes Auge zu schlummern schien, wie seine Nasenlöcher sich erweiterten und sein Haupt sich ein wenig auf die Seite neigte, um den Gehörorganen zu Hilfe zu kommen – wie seine lebhaften und schnellen Blicke sich unaufhörlich nach jedem Gegenstande wandten, den er mit dem Auge erreichen konnte.

»Seht einmal den edlen Kämpen an!« flüsterte Hawk-eye, Heywards Arm drückend. »Er weiß, daß ein Blick, eine Bewegung unsre Pläne vereiteln und uns der Satansbrut in die Hände liefern könnte« –

Hier unterbrach ihn der Blitz und Knall einer Büchse. Feuerfunken erfüllten die Luft rings um den Ort, auf den Heywards Augen noch mit Bewunderung und Erstaunen gerichtet waren. Ein zweiter Blick sagte ihm, daß Chingachgook in der Verwirrung verschwunden war. Mittlerweile hatte der Kundschafter seine Büchse vorgeworfen, zum Schusse bereit, und erwartete mit Ungeduld den Augenblick, wo ein Feind sich sehen lassen würde. Aber mit dem einzelnen, fruchtlosen Versuche auf Chingachgooks Leben schien der Angriff beendigt. Ein- oder zweimal glaubten die Horchenden ein entferntes Rauschen der Gebüsche zu vernehmen, wie wenn unbekannte Massen sich durchdrängten: aber bald deutete Hawk-eye auf ein Rudel verscheuchter Wölfe, die eilends vor dem Eindringling in ihre Gebiete Reißaus nahmen. Nach einer atemlosen Pause der Ungeduld plumpte etwas ins Wasser, und gleich darauf folgte der Knall einer andern Büchse.

»Das ist Unkas!« sprach der Kundschafter, »der Junge führt eine herrliche Büchse! Ich kenne ihren Knall wie ein Vater die Stimme seines Kindes; denn ich trug sie lange selbst, bis sich mir eine bessere bot.«

»Was soll das heißen?« fragte Duncan. »Wir werden bewacht, und es scheint auf unser Verderben abgesehen.«

»Der zerschossene Feuerbrand dort zeigt, daß man nichts Gutes im Schilde führte, und der Indianer hier mag beweisen, daß er keinen Schaden genommen hat«, versetzte der Kundschafter, indem er seine Büchse wieder in den Arm fallen ließ und Chingachgook, der eben wieder innerhalb des Lichtkreises erschien, in das Innere der Festungswerke folgte. »Wie steht es, Sagamore? Sind uns die Mingos ernstlich auf der Fährte, oder ist's bloß einer von dem Gewürm, das dem Heere nachzieht, um die Toten zu skalpieren – heimzuziehen, um sich bei den Squaws seiner ritterlichen Taten gegen die Blaßgesichter zu rühmen?«

Chingachgook nahm ruhig seinen Sitz wieder ein und gab keine Antwort, bis er den Feuerbrand untersucht hatte, den die Kugel getroffen, die ihm selbst beinahe verderblich geworden wäre. Hierauf hob er *einen* Finger empor und begnügte sich, das englische Wort auszusprechen:

»Einer.«

»Das dachte ich!« versetzte Hawk-eye, sich wieder setzend, »und da er den Schutz des Sees gewonnen hat, ehe Unkas abfeuern konnte, so ist es mehr denn wahrscheinlich, daß der Schurke den Leuten von einem großen Hinterhalte vorlügen wird, in welchem er gegen zwei Mohikaner und einen weißen Jäger gelegen habe – denn die beiden Offiziere können nur als müßige Zuschauer bei einem solchen Scharmützel betrachtet werden. Tu' er's immerhin! Es gibt überall in jeder Nation ein paar ehrliche Kerls, – obgleich sie, der Himmel weiß es, unter den Maquas dünn genug gesät sind – die einen solchen Glückspilz zurechtweisen können, wenn er es gar zu bunt macht. Aber das Blei von diesem Schuft ist dir recht an den Ohren vorbeigepfiffen, Sagamore.«

Ruhig und gleichgültig wandte Chingachgook kein Auge nach der Stelle hin, wo die Kugel aufgeschlagen war, und nahm dann seine frühere Haltung mit einer Fassung wieder an, die ein so unbedeutender Vorfall nicht stören konnte. Jetzt glitt Unkas wieder in ihren Kreis und setzte sich mit derselben Gleichgültigkeit, die sein Vater zeigte, an das Feuer.

Heyward war mit Erstaunen und lebhaftester Teilnahme Zeuge aller dieser Bewegungen. Es schien ihm, als hätten die Waldbewohner geheime Zeichen, durch die sie sich verständlich machten, die aber den Gesichtskreis seiner Beobachtungsgabe überstiegen. Statt jener eilfertigen Geschwätzigkeit, womit ein junger Weißer das, was in der Finsternis der Ebene vorgegangen war, mitgeteilt und vielleicht übertrieben hätte, war der junge Krieger, wie es schien, zufrieden, seine Taten für sich sprechen zu lassen. Es war wirklich hier für einen Indianer weder der Augenblick noch der Ort, sich des Vollbrachten zu rühmen, und wahrscheinlich wäre kein Wort mehr über den Gegenstand geäußert worden, hätte Heyward nicht dazu Veranlassung gegeben.

»Was ist aus unsrem Feinde geworden, Unkas?« fragte Duncan, »wir hörten deine Büchse und hofften, du werdest nicht umsonst geschossen haben.«

Der junge Häuptling schob eine Falte seines Jagdhemdes zurück und zeigte ruhig den verhängnisvollen Haarschopf, den er als Siegeszeichen trug. Chingachgook legte die Hand auf den Skalp und betrachtete ihn einen Augenblick mit tiefer Aufmerksamkeit; dann ließ er ihn, mit einem Ausdruck von Verachtung in seinen strengen Zügen, los und rief:

»Ein Oneida!«

»Ein Oneida!« wiederholte der Kundschafter, dessen Anteil an dem Ereignis sich beinahe in die Gleichgültigkeit seiner roten Genossen verlor, betrachtete aber das blutige Siegesunterpfand mit ungewöhnlichem Ernste. »Bei Gott, wenn die Oneidas uns auflauern, dann sind wir auf allen Seiten von Teufeln umgeben. Nun, für weiße Augen ist zwischen diesem Stückchen Haut und der eines andern Indianers kein Unterschied, und doch erklärt der Sagamore, sie komme von dem Schädel eines Mingo; ja er nennt sogar den Stamm des armen Teufels mit soviel Sicherheit, als ob der Skalp das Blatt eines Buches und jedes Haar ein Buchstabe wäre. Welches Recht haben die christlichen Weißen, sich ihrer Gelehrsamkeit zu rühmen, wenn der Wilde eine Sprache lesen kann, welche die Kunst ihres Weisesten beschämen müßte! Was sagst du dazu, Junge? Von welchem Volke war der Schurke?«

Unkas schaute in das Antlitz des Jägers und antwortete mit seiner klangreichen Stimme:

»Oneida!«

»Wieder Oneida! Wenn ein Indianer etwas sagt, so ist es gewöhnlich wahr; aber wenn ein anderer seines Volkes es bestätigt, so darf man's für ein Evangelium halten!«

»Der arme Schelm hat uns für Franzosen gehalten«, sagte Heyward, »sonst hätte er nicht einem Freunde nach dem Leben getrachtet!«

»Er einen Mohikaner, mit den Farben seines Volks bemalt, für einen Huronen halten! Ebenso leicht könntet Ihr die weißen Röcke von Montcalms Grenadieren mit den roten Jacken der Königlichen Amerikaner verwechseln«, entgegnete der Kundschafter. »Nein, nein, die Natter kannte ihren Weg wohl. Auch ist's am Ende kein so großer Verstoß; denn zwischen einem Delawaren und einem Mingo ist die Liebe nicht eben groß, gleichviel für wen ihre Stämme in einem Kampfe zwischen den Weißen auch streiten mögen. Was das betrifft, obgleich die Oneidas Seiner Majestät dem König dienen, der mein Souverän und Gebieter ist, ich hätte mich eben nicht lange bedacht, meinen Wildtöter auf ihn loszulassen, wenn er mir in die Quere gekommen wäre.«

»Das wäre eine Verletzung unserer Verträge und Eures Charakters unwürdig gewesen.«

»Wenn einer viel mit einem Volke verkehrt«, fuhr Hawk-eye fort, »und sie sind ehrlich und *er* kein Schuft, so werden sie einander zugetan. – Es ist wahr, die Arglist der Weißen hat unter diese Wilden eine solche Verwirrung gebracht, daß man kaum mehr weiß, wer Freund oder Feind ist. So ziehen denn die Huronen und die Oneidas, welche dieselbe oder beinahe dieselbe Sprache reden, einander die Skalpe ab, und die Delawaren sind in Spaltung untereinander. Einige sind daheim an ihrem Flusse bei ihrem großen Versammlungsfeuer geblieben und fechten für dieselbe Sache wie die Mingos, indes der größere Teil aus natürlichem Haß gegen die Maquas in Kanada ist: so ist alles in Unordnung und kein rechter Gang im Kriegführen! Es liegt jedoch nicht in der Art der Rothäute, mit jedem Kunstgriff der Politik die Farbe zu wechseln, und darum gleicht die Freundschaft zwischen einem Mohikaner und einem Mingo so ziemlich der Neigung eines Weißen zu der Schlange.«

»Es tut mir wehe, dies zu hören: ich hatte geglaubt, die Eingebornen, die innerhalb unserer Grenzen wohnen, hätten uns zu gerecht und zu gut gesinnt gefunden, als daß sie nicht unsere Sache ganz zu der ihrigen machten.«

»Nun, ich meine, es sei doch natürlich, daß man den eignen Streit vor dem fremden auskämpfe. Ich für mein Teil liebe die Gerechtigkeit und will deshalb nicht sagen, ich haßte einen Mingo, – das würde sich weder für meine Farbe noch für meine Religion schicken – doch – noch einmal: die Nacht allein war schuld, daß mein Wildtöter bei dem Tode dieses schleichenden Oneida nicht beteiligt ist!«

Überzeugt von dem Gewicht seiner Gründe und unbekümmert um den Eindruck, den sie auf die Ansicht des andern machten, wandte sich der ehrliche, aber unversöhnliche Waldmann von dem Feuer ab, zufrieden, den Streit ruhen zu lassen. Heyward begab sich wieder auf den Wall, weil er sich, nicht vertraut mit dieser Art von Kriegführung, zu unbehaglich fühlte, um ruhig an einem Orte zu bleiben, wo sich so hinterlistige Angriffe wiederholen konnten. Nicht so der Kundschafter und die Mohikaner! Ihre feinen und lange geübten Sinne, deren Schärfe oft ins Unglaubliche ging, hatten sie nicht nur instand gesetzt, die Gefahr zu entdecken, sondern ihnen auch über den Umfang und die Dauer derselben Gewißheit gegeben. Keiner von den dreien schien jetzt im geringsten zu zweifeln, daß sie in vollkommener Sicherheit seien; sie bewiesen ihren Glauben durch die Vorkehrungen, welche sie alsbald trafen, um weitere Maßregeln zu beraten.

Die Verwirrung unter den Nationen, ja selbst den Stämmen, auf welche Hawk-eye angespielt hatte, war um diese Zeit aufs höchste gestiegen. Das mächtige Band der Sprache und auch der gemeinschaftlichen Abkunft war mancherorten gelöst, und so kam es, daß der Delaware und der Mingo (mit welchem Namen man die sechs Nationen bezeichnete), in denselben Reihen kämpften, während der letztere den Skalp des Huronen suchte, der doch für einen Sprößling desselben Stammes galt. Die Delawaren selbst waren unter sich geteilt. Die Liebe zu dem Boden, der seinen Ahnen zugehört hatte, hielt zwar den Sagamoren der Mohikaner mit einem kleinen Trupp Delawaren, die in dem Fort Edward dienten, unter den Fahnen des Königs von England zurück: der bei weitem größte Teil seiner Nation aber stand, wie man wohl wußte, als Montcalms Verbündeter im Felde. Der Leser weiß wahrscheinlich, wenn es aus dem Verlauf unserer Erzählung noch nicht erhellt haben sollte, daß die Delawaren oder Lenapes darauf Anspruch machten, das Stammvolk jener zahlreichen Völkerschaften zu sein, welche einst Herren der meisten östlichen und nördlichen Staaten Amerikas waren, und unter denen die Gemeinschaft der Mohikaner einen alten und in hohem Ansehen stehenden Zweig bildete.

Mit den kleinlichen und verwickelten Interessen, die Freund gegen Freund bewaffnet und geborne Feinde als Waffenbrüder nebeneinandergestellt hatten, vollkommen vertraut, schickten sich der Kundschafter und seine Gefährten zur Beratung der Maßregeln an, die ihre künftigen Bewegungen unter so vielen entzweiten und rohen Stämmen leiten sollten. Duncan wußte von den indianischen Sitten genug, um zu verstehen, warum das Feuer wieder aufgeschürt wurde und die Krieger, Hawk-eye nicht ausgenommen, sich mit feierlichem Anstande unter den Wolken des Rauches wieder zusammensetzten. An die Ecke eines Winkels der Festungswerke gelehnt, wo er die Szene im Innern beobachten und zugleich ein wachsames Auge für jede Gefahr von außen behalten konnte, wartete er das Ergebnis der Beratung mit soviel Geduld ab, als er sich abgewinnen konnte.

Nach einer kurzen, bedeutungsvollen Pause zündete Chingachgook eine Pfeife mit hölzernem Rohre an, deren Kopf aus einem weißen Steine des Landes künstlich gearbeitet war, und fing an zu rauchen. Nachdem er den Duft des sänftigenden Krautes zur Genüge eingeatmet, gab er das Instrument in die Hände des Kundschafters. Auf diese Weise hatte die Pfeife dreimal die Runde gemacht, und einige Zeit verging im tiefsten Stillschweigen, ehe einer der Gefährten seinen Mund öffnete. Endlich trug der Sagamore, als der Älteste und Höchste im Rang, in wenigen Worten mit Ruhe und Würde den Gegenstand der Beratung vor. Ihm antwortete der Kundschafter, und Chingachgook entgegnete, als der andere Einwendungen machte. Der jugendliche Unkas blieb ein stiller und ehrerbietiger Zuhörer, bis ihn Hawk-eye in freundlicher Rücksicht um seine Meinung fragte. Heyward schloß aus der Miene und den Gebärden der verschiedenen Sprecher, daß Vater und Sohn die eine Meinung verfochten, während der Kundschafter auf der andern beharrte. Der Streit wurde allmählich wärmer, bis man deutlich sah, daß sich die Sprecher ziemlich in ihren Gegenstand vertieft hatten; trotz des zunehmenden Eifers aber, womit die Freunde stritten, hätte die ehrsamste christliche Versammlung, selbst die Zusammenkünfte ehrwürdiger Geistlichen nicht ausgenommen, an der Zurückhaltung und dem Anstande der Streitenden sich ein heilsames Muster der Mäßigung nehmen können. Unkas' Rede wurde mit derselben Aufmerksamkeit angehört wie die Worte gereifterer Einsicht, die sein Vater gesprochen; weit entfernt, Ungeduld zu verraten, antwortete keiner, ohne zuvor einige Augenblicke, wie es schien, in stillem Nachdenken über das Gesprochene schweigend verbracht zu haben.

Die Rede der Mohikaner war von so natürlichen und ausdrucksvollen Gebärden begleitet, daß es Heyward nicht schwer fiel, den Faden ihrer Beweisführungen zu verfolgen. Dunkler blieb ihm dagegen der Kundschafter, weil er aus geheimem Stolz auf seine Farbe jener kaltblütigen und nüchternen Sprechweise sich befleißigte, die allen Klassen der Angloamerikaner eigen ist, solange sie sich nicht in Aufregung befinden. Aus ihrer häufigen Wiederholung der Merkmale eines Waldzuges ließ sich schließen, daß sie auf eine Verfolgung zu Lande drangen, wogegen des Kundschafters immer wiederkehrende Armbewegung gegen den Horican anzudeuten schien, daß er für die Wasserstraße sprach.

Der letztere schien zu verlieren, und die Sache war auf dem Punkte, gegen ihn entschieden zu werden, als er sich plötzlich erhob, alle seine Ruhe fahrenließ, ganz die Weise eines Eingebornen annahm und alle Künste indianischer Beredsamkeit aufbot. Seinen Arm emporhaltend, wies er auf den Lauf der Sonne und wiederholte diese Gebärde für jeden Tag, den er für ihre Aufgabe für erforderlich hielt. Er beschrieb sodann einen langen, mühevollen Weg über Felsen und durch Gewässer. Das Alter und die Schwäche des schlummernden und arglosen Munro wußte er durch Zeichen anschaulich zu machen, die verstanden werden mußten. Selbst von Duncans Kräften schien er in seiner Rede keine hohe Meinung zu haben: er reckte seine flache Hand aus und bezeichnete ihn mit der Benennung »offene Hand«, – ein Name, den ihm seine Freigebigkeit bei allen befreundeten Stämmen erworben hatte. Dann folgte eine Darstellung der leichten und zierlichen Bewegungen des Kanus in schreiendem Kontraste mit den schwankenden Schritten eines müden und erschöpften Wanderers. Zum Schlusse deutete er auf den Skalp des Oneida und drang offenbar darauf, eilig aufzubrechen, und zwar so, daß keine Spur von ihnen zurückbleibe.

Die Mohikaner hörten mit vielem Ernste zu, und man las in ihrem Ausdrucke die Wirkung der Rede des andern. Sie ließen sich allmählich überzeugen und begleiteten gegen das Ende Hawk-eyes Worte mit dem gewohnten Ausruf der Einwilligung. Mit einem Worte, Unkas und sein Vater bekehrten sich zu seiner Meinung und verließen ihre bisher verfochtenen Ansichten mit soviel Bereitwilligkeit und Offenheit, daß sie infolge eines solchen Mangels an Konsequenz sicher allen politischen Ruf eingebüßt hätten, wären sie Repräsentanten eines großen zivilisierten Volkes gewesen.

Sobald die Sache nun entschieden war, schien der Streit vergessen mit allem, was daran hing, sein Resultat ausgenommen. Ohne umzuschauen, um in den Augen der Zuhörer einen Triumph zu lesen, streckte Hawk-eye seine hohe Gestalt ruhig vor dem erlöschenden Feuer auf die Erde nieder und schlief ein.

So gleichsam sich selbst überlassen, benutzten die Mohikaner, die sich seither so ausschließlich den Interessen anderer gewidmet hatten, diesen Augenblick für sich selbst. Mit einem Male den Ernst und die Strenge des Indianerhäuptlings ablegend, begann jetzt Chingachgook in dem sanften und heitern Tone der Zärtlichkeit zu seinem Sohne zu sprechen. Unkas begegnete vergnügt der vertraulichen Stimmung seines Vaters, und ehe das tiefe Atemholen des Kundschafters verriet, daß er eingeschlafen sei, war in dem Benehmen seiner beiden Gefährten ein völliger Wechsel vorgegangen.

Wir versuchen nicht, den Wohllaut dieser Sprache für Ohren, die so melodische Töne noch nie gehört haben, zu beschreiben, während sich die Mohikaner in Scherzen und Liebkosungen ergingen. Ihre Stimmen, besonders die des Jünglings, waren von wundervollem Umfang und vereinigten den tiefsten Baß mit Lauten von fast weiblicher Sanftheit. Die Augen des Vaters folgten den plastischen und sinnigen Bewegungen des Sohnes mit sichtbarem Vergnügen, und er stimmte wohlgefällig in das mitreißende und doch nur halblaute Lachen desselben ein. Unter dem Walten dieser zärtlichen und so natürlichen Gefühle war aus den gesänftigten Zügen des Sagamoren jede Spur von Wildheit verschwunden, und die Sinnbilder des Todes, die in grauenhaften Farben auf seinen Körper gemalt waren, schienen mehr den Scherz einer Mummerei als die stolze Absicht zu verkünden, Vernichtung und Zerstörung seinen Fußtritten folgen zu lassen.

Eine Stunde war in diesen Ergießungen edlerer Gefühle hingegangen, als Chingachgook plötzlich den Wunsch nach Ruhe zu erkennen gab, indem er den Kopf in seine Decke hüllte und sich auf der nackten Erde niederstreckte. Unkas gebot alsbald seiner lauten Fröhlichkeit Schweigen, schürte sorgfältig die Kohlen des Feuers zusammen, damit sie die Füße seines Vaters wärmen sollten, und suchte dann selbst unter den Ruinen des Forts eine Lagerstätte.

Aus der Sicherheit der erfahrenen Waldbewohner neues Vertrauen schöpfend, folgte Heyward ihrem Beispiel, und lange vor Mitternacht schienen sie, die im Schoße der Festungstrümmer ruhten, in so tiefen Schlaf versunken wie die leblosen Schlachtopfer, deren Gebeine auf der umgebenden Ebene bereits zu bleichen begannen.

Zwanzigstes Kapitel

Albanien, mein Auge weil' auf dir,
Du rauhe Amme wilder Männer! –
Childe Harold

Der Himmel war noch mit Sternen besät, als Hawk-eye kam, um die Schläfer zu wecken. Ihre Mäntel beiseite werfend, waren Munro und Heyward schon auf den Beinen, während der Waldmann am Eingang des kunstlosen Obdaches, unter dem sie die Nacht zugebracht hatten, noch mit gedämpfter Stimme ihre Namen rief. Als sie aus ihrem Verstecke traten, fanden sie Hawk-eye nahebei ihrer wartend. Ihr einziger Gruß war das bedeutungsvolle Zeichen des Stillschweigens, das ihr scharfblickender Führer wiederholte.

»Betet in Gedanken!« flüsterte er, auf sie zutretend, »denn Er, zu dem Ihr betet, versteht alle Sprachen, die des Herzens sowohl als des Mundes. Aber sprecht keine Silbe; selten trifft eines Weißen Stimme in diesen Wäldern den rechten Ton, wie wir an dem Beispiel des armen Teufels, des Sängers, gesehen haben. Kommt«, fuhr er fort, sich nach einem Walle des Forts wendend, »wir wollen in den Graben hinabsteigen und beim Gehen sorgfältig auf die Steine und Holzstücke treten.«

Seine Begleiter willfahrten, obgleich für zwei unter ihnen die Gründe dieser außerordentlichen Vorsichtsmaßregeln noch ein Geheimnis waren. Als sie sich in der niedern Höhlung befanden, welche die Erdwälle des Forts von drei Seiten umgab, fanden sie den Weg beinahe ganz durch Trümmer versperrt. Vorsicht und Geduld machten es ihnen jedoch möglich, dem Kundschafter nachzuklettern, bis sie das sandige Ufer des Horican erreichten.

»Das ist 'ne Fährte, die man nur mit der Nase verfolgen kann«, sagte der Kundschafter, auf den schwierigen Weg zurückblickend. »Gras ist ein verräterischer Teppich für Fliehende, aber Holz und Stein nehmen keine Spur eines Mokassin an. Hättet Ihr Eure bespornten Stiefel angehabt, so wäre immerhin noch etwas zu fürchten gewesen; aber mit einer passend zugerichteten Hirschhaut unter den Füßen darf sich einer gemeinhin den Felsen ganz sicher anvertrauen. Ein wenig näher ans Land mit dem Kanu, Unkas; in den Sand drückt sich ein Fuß so leicht ein wie auf die Butter der Deutschen am Mohawk. Gemach, Junge, gemach! Es darf das Ufer nicht berühren, sonst merken die Schelme, wo wir den Ort verlassen haben.«

Der junge Mann beobachtete diese Vorsicht: der Kundschafter legte ein Brett, das er aus den Trümmern mitgenommen hatte, auf den Kahn und winkte den beiden Offizieren, einzusteigen. Sobald dies geschehen war, wurde alles wieder sorgsam in den früheren Zustand gebracht, und es gelang Hawk-eye, sein kleines Birkenfahrzeug zu gewinnen, ohne eine jener Spuren zu hinterlassen, die sie so sehr zu fürchten schienen. Heyward schwieg, bis die Indianer das Kanu vorsichtig eine Strecke von dem Fort weg in den Schutz der breiten, dunkeln Schatten, die von den östlichen Bergen auf den Wasserspiegel des Sees fielen, gerudert hatten. Dann fragte er:

»Warum mußten wir so verstohlen und eilig abziehen?«

»Wenn das Blut eines Oneida eine so reine Wasserfläche wie die, auf der wir fahren, färben könnte«, versetzte der Kundschafter, »so würden Eure zwei Augen diese Frage selbst beantworten. Habt Ihr den schleichenden Wurm vergessen, den Unkas erschlagen hat?«

»Keineswegs. Aber es hieß ja, er sei allein, und Tote sind nicht mehr zu fürchten.«

»Ja, bei seiner Teufelei war er allein! Aber ein Indianer, dessen Stamm so viele Krieger zählt, darf nicht leicht fürchten, sein Blut fließen zu sehen, ohne daß dafür einigen Feinden der Todesschrei entrissen wird.«

»Aber unsre Gegenwart – das Ansehen Oberst Munros würde ein hinlänglicher Schutz gegen den Unwillen unsrer Verbündeten sein, besonders in einem Fall, wo der Elende sein Schicksal nur zu wohl verdient hat. Ich hoffe zum Himmel, daß ein so wenig triftiger Grund Euch nicht einen Schritt von der geraden Richtung unsers Weges abzuweichen vermocht habe.«

»Glaubt Ihr, die Kugel des Spitzbuben wäre ausgewichen, wenn Seine Majestät der König ihr im Wege gestanden hätte?« entgegnete der unbeugsame Kundschafter. »Warum ließ der große Franzose, der Generalkapitän von Kanada ist, nicht die Tomahawks der Huronen begraben, wenn das Wort eines Weißen so großen Einfluß auf die Natur eines Indianers übt?« Heywards Antwort wurde durch einen leisen Seufzer Munros unterbrochen: er schwieg deshalb aus Achtung vor dem Kummer seines betagten Freundes einen Augenblick, fuhr aber dann fort:

»Der Marquis von Montcalm kann diese Schuld allein mit seinem Gott abmachen«, sprach der junge Mann in feierlichem Tone.

»Ja, ja, nun ist Vernunft in Euern Worten; denn sie stützen sich auf Religion und Ehre. Es ist ein großer Unterschied, ein Regiment Weißröcke zwischen Wilde und Gefangene zu werfen oder einem wütenden Wilden mit Worten, die stets ›mein Sohn‹ beginnen müssen, aus dem Gedächtnisse zu bringen, daß er ein Messer und eine Büchse trägt. Nein, nein«, fuhr der Kundschafter fort, indem er nach dem verschwindenden Ufer von William Henry zurückblickte, das immer weiter zurückwich, – und dabei, wie er pflegte, still und herzlich lachte: »Sie müssen unsere Spur auf dem Wasser suchen, und wenn die Satane nicht mit den Fischen Freundschaft schließen und von ihnen hören, wer an diesem schönen Morgen über ihren See gerudert ist, so kriegen wir den ganzen Horican hinter uns, ehe sie mit sich im reinen sind, welchen Weg sie einschlagen wollen.«

»Feinde vor und hinter uns, kann es unserer Reise nicht an Gefahren fehlen.«

»Gefahren!« wiederholte Hawk-eye ruhig, »nein, nicht eben Gefahren: mit wachsamen Ohren und scharfen Augen können wir den Schelmen immer ein paar Stunden vorausbleiben, und wenn wir zu den Büchsen greifen müssen, so verstehen drei von uns sie so gut zu gebrauchen wie nur irgendeiner auf der weiten Grenze. Nein, von Gefahr ist nicht gerade die Rede; nicht daß ich behaupten wollte, wir würden ganz frei ausgehen, dies ist unwahrscheinlich: 's kann zu einem kleinen Strauß, einem Scharmützel oder anderer Kurzweil kommen; aber wir können uns immer decken und haben reichlichen Schießbedarf.«

Wahrscheinlich hatte Heyward, wenn er von Gefahr sprach, einen andern Maßstab als der Kundschafter; denn statt etwas zu erwidern, schwieg er jetzt, während das Kanu mehrere Meilen auf dem Wasser dahinglitt. Gerade als der Tag anbrach, kamen sie in die Engen des Sees[29] und stahlen sich schnell und vorsichtig durch die zahllosen kleinen Eilande. Auf diesem Wege hatte sich Montcalm mit seinem Heere zurückgezogen und unsere Abenteurer mußten es für möglich halten, daß er einige Indianer als Hinterhalt zurückgelassen habe, um den Nachtrab zu decken und die Streifzügler zu sammeln. Sie nahten sich also der Durchfahrt in tiefstem Stillschweigen und mit ihrer gewöhnlichen Vorsicht.

Chingachgook legte sein Ruder beiseite, während Unkas und der Kundschafter das leichte Fahrzeug durch die Schlangenwindungen der Kanäle trieben, wo sie mit jedem Fuße, den sie vordrangen, auf ein plötzliches Hemmnis gefaßt sein mußten. Die Augen des Sagamoren rollten, während das Kanu sich leicht fortbewegte, behutsam von Insel zu Insel, von Busch zu Busch; sein scharfer Blick schweifte, sobald die Weite des Spiegels es erlaubte, längs der kahlen Felsen und der darüber hängenden Waldungen, welche die enge Wasserstraße begrenzten.

Heyward, den auf der einen Seite die Schönheit der Natur, auf der andern die in seiner Lage natürlichen Besorgnisse zu einem doppelt aufmerksamen Zuschauer machten, glaubte schon, daß für die letztern kein genügender Grund vorhanden gewesen, als die Ruder auf ein von Chingachgook gegebenes Zeichen plötzlich stille hielten.

»Hugh!« rief Unkas beinahe in demselben Augenblick, als sein Vater durch einen leichten Schlag auf den Rand des Kanus auf eine nahe Gefahr aufmerksam machte.

»Was gibt es?« fragte der Kundschafter. »Der See ist so glatt, als ob nie ein Wind darüber geweht hätte, und ich kann ihn meilenweit überblicken: nicht einmal der schwarze Kopf einer Wasserente ragt über seine Oberfläche hervor.«

Der Indianer hob ernsthaft sein Ruder auf und deutete auf einen Punkt, dem sich seine Augen unverrückt zuwandten. Duncans Augen folgten der Bewegung. Wenige Ruten vor ihnen lag eine niedrige bewaldete Insel, schien aber so still und friedlich, als ob ihre Einsamkeit nie durch den Tritt eines Menschen gestört worden wäre.

»Ich sehe nichts«, sprach er, »als Land und Wasser, und der Anblick ist entzückend!«

»St!« unterbrach ihn der Kundschafter. »Ja, Sagamore, du tust nie etwas ohne Grund. 's ist bloß ein Schatten, aber doch ist er nicht natürlich. Ihr seht den Nebel, Major, der sich über die Insel erhebt. Ihr könnt es keinen eigentlichen Nebel nennen: es ist mehr wie der Streif eines dünnen Gewölks.«

»Es sind Dünste, die aus dem Wasser kommen!«

»Das sieht ein Kind. Was ist aber der Rand eines schwärzern Dunstes, der sich weiter unten hinzieht, und den Ihr bis in das Dickicht von Haselstauden verfolgen könnt? 's ist von einem Feuer, das man aber, wie mir vorkommt, hat abbrennen lassen.«

»So wollen wir denn anlegen, und unsere Zweifel lösen«, sprach der ungeduldige Duncan, »der Trupp muß klein sein, der auf einem so kleinen Fleckchen Land liegen kann.«

»Wenn Ihr die List der Indianer nach den Regeln, die Ihr in Euern Büchern findet, oder mit dem Scharfsinn eines Weißen beurteilen wollt, so führt's Euch in die Irre, wo nicht dem Tode entgegen«, erwiderte Hawk-eye, indem er diese Merkmale mit seinem eigentümlichen Scharfblick betrachtete. »Wenn ich meine Meinung sagen darf, so haben wir nur zweierlei zu wählen: das eine ist, wir kehren um und geben alle Gedanken an die Verfolgung der Huronen auf –«

»Nimmermehr!« rief Heyward mit viel lauterer Stimme, als die Umstände rätlich machten.

»Gut! Gut!« fuhr Hawk-eye fort, indem er ihn hastig bedeutete, seine Ungeduld zu unterdrücken. »Ich bin auch Eurer Meinung, aber ich glaube, meiner Erfahrung schuldig zu sein, alles zu sagen. So müssen wir denn voran! Und wenn die Indianer oder die Franzosen in diesen Engen sind, so müssen wir durch die hohen Berge hin Spießruten laufen. Ist Vernunft in meinen Worten, Sagamore?«

Der Indianer antwortete nur damit, daß er das Ruder in das Wasser senkte und das Kanu weitertrieb. Da ihm die Lenkung des Laufes oblag, so war sein Entschluß durch diese Bewegung genugsam ausgesprochen. Auch die übrigen ruderten jetzt kräftig zu, und in wenigen Minuten hatten sie einen Punkt erreicht, von wo aus sie das ganze bisher verborgen gewesene nördliche Ufer der Insel mit einem Blick beherrschen konnten.

»Da sind sie, wenn nicht alle Kennzeichen täuschen!« flüsterte der Kundschafter; – »zwei Kanus und ein Rauch! Die Augen der Schelme sind noch in dem Nebel gefangen, sonst hätten wir schon ihr verdammtes Kriegsgeschrei hören müssen.

Zugerudert, Freunde! Wir entfernen uns von ihnen und sind schon beinahe aus der Schußweite einer Kugel.«

Der wohlbekannte Knall einer Büchse, deren Kugel auf der ruhigen Wasserfläche daherhüpfte und ein schrilles Geheul von der Insel unterbrachen seine Rede und verkündeten, daß sie entdeckt seien. Einen Augenblick darauf sah man mehrere Wilde in die Kanus stürzen, die bald in eiliger Verfolgung auf dem Wasser dahertanzten. Diese furchtbaren Vorläufer eines nahenden Kampfes brachten, soweit Duncan entdecken konnte, in den Gesichtszügen und Bewegungen seiner drei Führer keine Veränderung hervor, außer daß ihre Ruderschläge stärker und übereinstimmender wurden: die kleine Barke schien nun wie mit belebtem Flügelschlage dahinzueilen.

»Bleibe in dieser Richtung, Sagamore«, sagte Hawk-eye, kaltblütig über seine linke Schulter blickend, während er immer noch fortruderte, »halte das Fahrzeug gerade so! Die Huronen haben nie Gewehre, die so weit reichen; aber mein Wildtöter hat ein Rohr, auf welches ein Mann bauen kann.«

Als der Kundschafter sich überzeugt hatte, daß die Mohikaner allein imstande waren, das Kanu in der erforderlichen Entfernung zu halten, legte er ruhig sein Ruder beiseite und erhob die verhängnisbringende Büchse. Dreimal legte er sein Gewehr an die Schulter, die Gefährten erwarteten den Schuß, und dreimal senkte er es wieder, um die Indianer zu bitten, ihre Feinde ein wenig näher herankommen zu lassen. Endlich schien sein genaues, scharfes Auge befriedigt, er brachte seine linke Hand unter den Lauf und hob eben die Mündung langsam empor, als ein Ruf aus Unkas' Munde, der am Bug saß, seinen Schuß abermals verhinderte.

»Was gibt es, Junge?« fragte Hawk-eye, »du hast einen Huronen vom Todesschrei errettet! Hast du Grund dazu gehabt?« –

Unkas wies nach dem Felsenufer, wo ein anderes Kriegskanu ihren Weg gerade zu durchschneiden im Begriffe war. Offenbar war jetzt ihre Lage so äußert mißlich, daß es keiner Worte darüber bedurfte. Der Kundschafter legte seine Büchse weg und ergriff das Ruder wieder, während Chingachgook den Bug des Kanus ein wenig gegen das Westufer richtete, um die Entfernung zwischen ihnen und dem neuen Feind möglichst zu vergrößern. Zugleich drang sich ihnen die Gegenwart der Feinde wieder auf, die in ihrem Rücken waren und nun ein wildes und frohlockendes Geschrei ausstießen. Eine so bedenkliche Szene weckte selbst Munro aus seiner Teilnahmlosigkeit.

»Laßt uns nach den Felsen dort am Lande steuern«, sprach er mit der Miene eines erfahrnen Soldaten, »und mit den Wilden kämpfen! Gott möge mich und alle, die mit mir und den meinigen verbunden sind, davor bewahren, je einem Diener dieser Ludwige wieder zu trauen!«

»Wer im Indianerkrieg gut fahren will«, entgegnete der Kundschafter, »darf nicht zu stolz sein, von der Erfahrung der Eingebornen zu lernen. Mehr ans Land, Sagamore, wir umschiffen die Schelme, und vielleicht werden sie versuchen, weiter auszuholen.«

Hawk-eye hatte sich nicht geirrt: sobald die Huronen sahen, daß der Weg, den sie genommen, den Verfolgten einen Vorsprung ließ, steuerten sie allmählich weniger geradeaus und nahmen immer mehr eine schiefe Richtung, so daß die beiden Kanus bald in gleichlaufenden Linien etwa zweihundert Ruten voneinander fuhren. Jetzt galt es, wer am schnellsten ruderte! Die Bewegung der leichten Fahrzeuge war so schnell, daß der See vor ihnen kleine Wellen warf und sie durch ihre eigene Schnelligkeit in eine wogende Bewegung kamen. Dieser Umstand und die Notwendigkeit, alle Hände beim Rudern zu beschäftigen, war vielleicht die Ursache, daß die Huronen nicht sogleich Feuer gaben. Die Anstrengungen der Fliehenden waren jedoch zu groß, um lange andauern zu können, und die Verfolger hatten den Vorteil der Überzahl. Duncan bemerkte nicht ohne Bangigkeit, daß der Kundschafter verlegen um sich zu blicken begann, als suche er nach neuen Hilfsmitteln, ihre Flucht zu beschleunigen.

»Fahr ein wenig mehr aus der Sonne, Sagamore«, sprach der unverzagte Weidmann, »ich sehe, einer von den Schelmen denkt an seine Büchse. Ein einziges verwundetes Glied könnte uns unsere Skalpe kosten. Fahr etwas aus der Sonne, so haben wir bald die Insel zwischen uns und ihnen.«

Das Auskunftsmittel war nicht ohne Erfolg. Ein langgedehntes, niedriges Eiland lag in geringer Entfernung vor ihnen, und als sie an dasselbe herankamen, war das verfolgende Kanu genötigt, sich auf der andern Seite zu halten. Der Kundschafter und seine Gefährten ließen diesen Vorteil nicht unbenutzt; sobald sie durch die Gebüsche jeder Beobachtung entzogen waren, verdoppelten sie ihre Anstrengungen, die schon vorher ans Wunderbare grenzten. Die beiden Kanus kamen um die letzte niedrige Spitze wie zwei Renner am Ziele ihres Laufes: die Fliehenden aber voran. Diese Veränderung brachte sie jedoch einander näher, während sie auf der andern Seite ihre beiderseitige Lage änderte.

»Du hast gezeigt, daß du dich auf die birkenen Fahrzeuge verstehst, Unkas, als du dieses unter den Kanus der Huronen auswähltest«, bemerkte lächelnd der Kundschafter, mehr befriedigt durch ihren Vorsprung im Rudern als durch die schwache Aussicht, endlich zu entrinnen, die sich nun öffnete. »Die Schelme haben sich wieder ganz aufs Rudern gelegt, und wir müssen mit Stücken glatten Holzes statt mit dem dunkeln Rohr und scharfen Augen um unsere Skalpe kämpfen. Holt weiter mit dem Ruder aus, Freunde, und haltet Takt!«

»Sie schicken sich zum Schießen an«, sagte Heyward, »und da wir in *einer* Linie mit ihnen sind, so werden sie kaum fehlen.«

»So legt Euch auf den Boden des Fahrzeugs«, erwiderte der Kundschafter, »Ihr und der Oberst; es sind dann schon ein paar Zielpunkte weniger.«

Heyward antwortete lächelnd:

»Das wäre ein gutes Beispiel, wenn die Höchsten im Rang sich ducken würden, während die Krieger im Feuer stehen.«

»Gott und Herr!« rief der Kundschafter, »das ist wieder einmal eines Weißen Mut und eine Ansicht, die vor der Vernunft ganz zusammenfällt! Meint Ihr, der Sagamore oder Unkas oder selbst ich, dem kein unechter Tropfen Blutes in den Adern rinnt, würden sich bei einem Scharmützel bedenken, ein Versteck zu suchen, wenn es nichts nützte, sich bloßzustellen? Wozu haben sich die Franzmänner in Quebec verschanzt, wenn man immer im freien Felde fechten muß?«

»Alles dies ist sehr wahr, mein Freund«, erwiderte Heyward, »und doch verbietet unsere Sitte uns, Euren Wunsch zu erfüllen.«

Eine Salve der Huronen unterbrach das Gespräch, und als die Kugeln um ihre Ohren pfiffen, sah Duncan, wie Unkas sich umwandte, um nach ihm und Munro zu sehen. Ungeachtet der Nähe des Feindes und der eigenen großen Gefahr drückte die Miene des jungen Kriegers, wie Heyward glauben mußte, keine andere Empfindung als Erstaunen darüber aus, daß Leute sich so nutzlos einer Gefahr aussetzen wollten. Chingachgook war wahrscheinlich mit den Begriffen der Weißen mehr bekannt: denn er blieb, ohne einen Seitenblick zu tun, einzig mit dem Werkzeuge der Lenkung des Kahns beschäftigt. Gleich darauf schlug eine Kugel dem Häuptling das leichte und geglättete Ruder aus den Händen und schleuderte es weit vor sie in die Luft. Die Huronen stießen einen Jubelschrei aus und ergriffen die Gelegenheit, eine zweite Salve zu geben. Unkas beschrieb mit seinem Ruder einen Bogen in dem Wasser, und während das Kanu pfeilschnell vorschoß, erhaschte Chingachgook sein Ruder wieder, schwang es hoch empor, das Schlachtgeschrei der Mohikaner erhebend, und wandte dann wieder alle seine Stärke und Geschicklichkeit der wichtigsten Aufgabe des Ruderns zu.

Der weittönende Ruf: Le gros Serpent! La longue Carabine! Le Cerf agile! erscholl mit einem Male auf den Kanus hinter ihnen und schien die Verfolger mit neuem Eifer zu beleben. Der Kundschafter ergriff seinen Wildtöter mit der Linken und schwang ihn triumphierend über seinem Haupte den Feinden entgegen. Die Wilden beantworteten diesen Hohn mit einem Geheul, und unmittelbar darauf folgte eine weitere Salve. Die Kugeln sausten auf dem See daher, und eine schlug sogar durch die Rinde ihres kleinen Kahns. Keine merkliche Aufregung war während dieses kritischen Augenblicks an den Mohikanern zu entdecken, ihre Gesichtszüge drückten weder Hoffnung noch Furcht aus; aber der Kundschafter sah sich nach Heyward um und sagte, still vor sich hin lachend:

»Die Schufte hören sich gerne schießen, aber kein Auge findet sich unter den Mingos, welches in einem auf den Wellen tanzenden Kanu die Schußweite bemessen könnte. Ihr seht, die dummen Teufel nahmen einen Mann zum Laden weg, und, aufs geringste angeschlagen, machen wir drei Schuh vorwärts, wenn sie zwei!«

Duncan, welcher sich während dieser gemütlichen Schätzung der Entfernungen nicht ganz so behaglich fühlte wie seine Gefährten, war froh, als er sah, wie sie durch ihre überlegene Gewandtheit und die verschiedenartige Beschäftigung der Feinde einen merklichen Vorteil gewannen. Die Huronen feuerten wieder, und eine Kugel schlug in die Schaufel von Hawk-eyes Ruder, doch ohne ihn zu verletzen.

»Nicht übel!« sprach der Kundschafter, die leichte Zersplitterung an seinem Ruder untersuchend; »es hätte einem Kinde nicht die Haut geritzt, viel weniger Männern, die gleich uns schon aller Ungunst des Himmels in Wind und Wetter getrotzt haben. Nun, Major, wenn Ihr's etwas mit dem Stücke flachen Holzes versuchen wollt, so will ich meinen Wildtöter an der Unterhaltung teilnehmen lassen.«

Heyward ergriff das Ruder und machte sich mit einem Eifer ans Werk, der sein geringes Geschick ersetzte, während Hawk-eye das Zündkraut seiner Büchse untersuchte. Er zielte schnell und feuerte. Der Hurone im Bug des vordern Kanus hatte sich in gleicher Absicht erhoben, sank aber zurück und ließ seine Büchse ins Wasser fallen. Doch raffte er sich in einem Augenblick wieder auf, aber seine Gebärden waren wild und verstört. Zugleich hörten seine Begleiter auf zu rudern, die verfolgenden Kanus stießen zusammen und blieben stehen. Chingachgook und Unkas benutzten die augenblickliche Pause, um Atem zu schöpfen; Duncan aber fuhr fort, mit ausdauerndem Eifer zu arbeiten. Vater und Sohn warfen jetzt ruhige, aber forschende Blicke aufeinander, um zu sehen, ob keiner durch das Feuer der Feinde verletzt worden sei; denn beide wußten wohl, daß kein Schrei oder Ausruf in einem solchen Augenblick der Not den Unfall hätte verraten dürfen. Einige große Tropfen Blutes rannen über die Schulter des Sagamoren herab, und als er sah, daß Unkas' Blicke zu lange darauf verweilten, schöpfte er etwas Wasser in der hohlen Hand, um den Fleck damit zu waschen, und begnügte sich, den Sohn auf diese einfache Weise von der geringen Bedeutung der Wunde zu überzeugen.

»Gemach, gemach, Major!« sagte der Kundschafter, welcher indessen seine Büchse wieder geladen hatte. »Wir sind schon ein wenig zu weit entfernt, als daß eine Büchse ihre Vorzüge entfalten könnte, und Ihr seht, die Schelme beraten sich soeben. Laßt sie auf Schußweite herankommen; ich darf mich wohl auf mein Auge verlassen! Sie sollen den ganzen Horican hinab gelockt werden, und ich will dafür stehen, daß keiner ihrer Schüsse im schlimmsten Falle mehr als die Haut streifen soll, während mein Wildtöter zweimal in drei Schüssen ihnen ans Leben gehen soll.«

»Wir vergessen den Zweck unserer Reise«, entgegnete der besorgte Duncan. »Um Gottes willen laßt uns diesen Vorteil benutzen, um uns immer weiter von den Feinden zu entfernen.«

»Gebt mir meine Kinder!« rief Munro mit unterdrückter Stimme, »treibt kein Spiel mit der Angst eines Vaters, gebt mir meine Kinder wieder!«

Seit langer Zeit geübte Achtung gegen die Befehle seiner Vorgesetzten hatte den Kundschafter die Tugend des Gehorsams gelehrt. Einen letzten, zaudernden Blick auf die entfernten Kanus werfend, legte er seine Büchse beiseite und ergriff, den ermüdeten Duncan ablösend, wieder das Ruder, das er mit Sehnen, die keine Erschöpfung kannten, regierte. Seine Anstrengungen wurden durch die Mohikaner unterstützt, und in wenigen Minuten war eine solche Wasserfläche zwischen ihnen und den Feinden, daß Heyward wieder freier atmete.

Der See dehnte sich jetzt weiter aus und ihr Weg ging über weite Wasserräume, die, wie bisher, von hohen, rauhen Felsen eingefaßt waren. Die wenigen Inseln waren leicht zu vermeiden. Die Ruderschläge wurden abgemessener und regelmäßiger, während die Ruderer nach der hitzigen, gefahrvollen Verfolgung, von der sie sich kaum etwas erholten, ihre Anstrengungen mit einer Kaltblütigkeit fortsetzten, als ob ihre bisherige Eile nur ein Spiel, nicht das Gebot dringender, ja verzweifelter Umstände gewesen wäre.

Statt dem westlichen Ufer zu folgen, wohin ihr Weg führte, steuerte der schlaue Mohikaner mehr auf die Berge zu, hinter welche, wie man wußte, Montcalm sein Heer nach der furchtbaren Festung Ticonderoga geführt hatte. Da die Huronen allem Ansehen nach die Verfolgung aufgegeben hatten, so war scheinbar kein Grund für eine so übermäßige Vorsicht vorhanden. Dennoch dauerte sie stundenlang, bis sie in eine Bucht am nördlichen Ufer des Sees gelangten. Hier wurde das Kanu ans Ufer getrieben, und alle stiegen ans Land. Hawk-eye und Heyward bestiegen eine nahe Anhöhe, und jener, die weite Wasserfläche unter ihnen überschauend, machte diesen auf einen kleinen schwarzen Fleck aufmerksam, der in der Entfernung von mehreren Meilen unter einer Landspitze sichtbar war.

»Seht Ihr ihn?« fragte der Kundschafter. »Für was würdet Ihr nun diesen Fleck halten, wenn Ihr mit Eurer Erfahrung als Weißer allein den Weg durch diese Wasserwildnis machen müßtet?«

»Nach der Entfernung und der Größe würd' ich es für einen Vogel halten. Kann es etwas Lebendiges sein?«

»Es ist ein Kanu von guter Birkenrinde und wird von wilden, listigen Mingos gerudert. Obgleich die Vorsehung den Bewohnern der Wälder Augen verliehen hat, die in den Niederlassungen nutzlos wären, wo es künstliche Mittel gibt, die Sehkraft zu heben, so sind doch menschliche Organe außerstande, alle die Gefahren zu bemerken, von denen wir in diesem Augenblicke umgeben sind. Die Schelme tun, als dächten sie nur an das Abendmahl: sobald es aber finster ist, sind sie, Spürhunden gleich, uns auf der Fährte. Wir müssen sie loswerden oder auf Renard Subtils Verfolgung verzichten. Diese Seen sind manchmal zu etwas gut, besonders wenn das Wild ins Wasser stürzt«, fuhr der Kundschafter fort, mit etwas besorglicher Miene um sich blickend, »aber sie geben niemand Schutz, wenn nicht den Fischen. Gott weiß, was aus dem Land werden würde, wenn die Weißen je ihre Niederlassungen weit über die zwei Flüsse ausdehen wollten. Jagd und Krieg würden alle ihre Schönheit einbüßen.«

»Laßt uns keinen Augenblick ohne gute und dringende Gründe verlieren.«

»Der Rauch will mir gar nicht gefallen, den Ihr dort an dem Felsen über dem Kanu aufsteigen seht«, unterbrach ihn der beschäftigte Kundschafter. »Ich setze mein Leben daran, andre Augen als die unseren sehen ihn und wissen, was er zu bedeuten hat. Nun, Worte machen nichts besser, und es ist Zeit, daß wir handeln.«

Hawk-eye stieg tief nachdenklich von seinem Ausguck an das Ufer hinab. Hier teilte er den Erfolg seiner Beobachtungen seinen Gefährten in delawarischer Sprache mit, und eine kurze, ernstliche Beratung folgte. Als sie zu Ende war, schritten alle drei sogleich zur Ausführung ihrer Beschlüsse.

Sie hoben das Kanu aus dem Wasser und trugen es auf den Schultern nach dem Walde, indem sie möglichst breite, in die Augen fallende Spuren hinterließen. In kurzem erreichten sie ein Gewässer, welches sie überschritten und sich bald an einem nackten Felsen von bedeutendem Umfange fanden. Von hier aus, wo ihre Fußtapfen nicht weiter sichtbar sein konnten, wandten sie ihren Weg zurück nach dem Bache, indem sie mit äußerster Vorsicht rückwärts gingen. Jetzt folgten sie dem Bett des kleinen Flusses bis nach dem See und ließen ihr Kanu alsbald wieder ins Wasser. Ein niedriger Felsenvorsprung verbarg sie hier vor der Landspitze, und der Rand des Sees war eine Strecke weit mit dichten, herabhängenden Büschen bewachsen. Unter dem Schutze dieser von der Natur gebotenen Vorteile verfolgten sie ihren Weg mit ausdauerndem Eifer, bis der Kundschafter es für angemessen hielt, wieder zu landen.

Hier blieben sie liegen, bis der Abend die Gegenstände dem Auge unkenntlich und ungewiß machte. Dann nahmen sie ihren Weg wieder auf und ruderten, von der Finsternis begünstigt, in aller Stille rüstig auf das westliche Ufer zu. Obgleich die rauhen Umrisse der Berge, auf die sie lossteuerten, Duncans Auge keine unterscheidenden Kennzeichen boten, so lief der Mohikaner doch in den kleinen Hafen, den er gewählt hatte, mit der Sicherheit und Umsicht eines erfahrenen Lotsen ein.

Das Boot wurde wieder aufgehoben und in die Wälder getragen, wo sie es sorgfältig unter einem Haufen Strauchwerk verbargen. Die Reisenden nahmen jetzt ihre Waffen und ihre Gepäck an sich, und der Kundschafter kündigte Munro und Heyward an, daß er mit den Indianern endlich bereit sei, ihre Wanderung anzutreten.

Einundzwanzigstes Kapitel

Und findet ihr dort einen Mann, so stirbt
Er eines Flohes Tod.
Die lustigen Weiber von Windsor

Die Wanderer waren an der Grenze eines Landstrichs gelandet, der bis auf den heutigen Tag den Bewohnern der Vereinigten Staaten weniger bekannt ist als die Wüsten Arabiens oder die Steppen der Tatarei. Es war das unfruchtbare und rauhe Land, das die dem Champlain zinsbaren Flüsse von denen des Hudsons, des Mohawk und des St. Lorenz trennt. Seit der Periode unserer Erzählung hat der Unternehmungsgeist des Landes dasselbe mit einem Gürtel reicher, blühender Niederlassungen umgeben, obgleich auch jetzt nur der Jäger oder der Indianer in seine wilden Gebiete eingedrungen ist.

Da jedoch Hawk-eye und die Mohikaner die Berge und Täler dieser endlosen Wildnis oft durchstreift hatten, so bedachten sie sich mit der Zuversicht von Männern, die an Entbehrungen und Anstrengungen gewöhnt sind, nicht lange, in ihre Tiefen zu dringen. Mehrere Stunden lang hatten die Reisenden, von einem Sterne geleitet oder dem Lauf eines Waldbaches folgend, ihren mühsamen Weg fortgesetzt, da gebot der Kundschafter halt: nach einer kurzen Beratung mit den Indianern wurde ein Feuer angezündet und die gewöhnlichen Vorkehrungen getroffen, den Rest der Nacht an diesem Orte zuzubringen.

Dem ermunternden Beispiele ihrer erfahreneren und zuversichtlicheren Gefährten folgend, überließen sich Munro und Duncan ohne Furcht, wenn auch nicht mit Behaglichkeit, der Ruhe. Der Tau war verdunstet, die Sonne hatte die Nebel zerstreut und goß ein starkes und helles Licht in den Wald, als die Reisenden ihre Wanderung wieder begannen.

Nachdem sie einige Meilen zurückgelegt hatten, fing Hawk-eye, welcher voranging, an, bedächtiger und wachsamer vorwärts zu schreiten. Er blieb oft stehen, um die Bäume zu untersuchen, und ging über keinen Bach, ohne die Tiefe, Schnelligkeit und Farbe seines Wassers zu beobachten. Seinem eigenen Urteile mißtrauend, holte er häufig und angelegentlich die Meinung Chingachgooks ein. Während dieser Besprechungen bemerkte Heyward, daß Unkas stets ein ruhiger und stillschweigender, obgleich wie es schien, teilnahmsvoller Zuhörer war. Er fühlte sich stark versucht, den jungen Häuptling anzureden und ihn über seine Ansicht von ihren Fortschritten zu befragen; aber die ruhige, würdevolle Haltung des Eingebornen ließ ihn glauben, daß auch der andere dem Scharfsinne und der Einsicht der Älteren unbedingt vertraue. Zuletzt sprach der Kundschafter englisch und erklärte mit *einem* Male die Verlegenheit ihrer Lage.

»Als ich fand, daß die Spuren des Heimwegs der Huronen nordwärts gingen«, sprach er, »da brauchte es kein gereiftes Urteil, um zu schließen, daß sie den Tälern nachgehen und sich zwischen den Wassern des Hudsons und des Horican halten würden, bis sie zu den Quellen der Flüsse Kanadas kämen, die sie in das Herz des Franzosenlandes führen müßten. Jetzt sind wir hier nicht weit von dem Scaroon und haben keine Spur einer Fährte getroffen! Irren ist menschlich, und möglicherweise haben wir nicht den rechten Weg eingeschlagen!«

»Der Himmel bewahre uns vor solch einem Irrtum!« rief Duncan. »Wir wollen zurück und mit schärferen Blicken suchen. Hat Unkas in solcher Not keinen Rat zu erteilen?«

Der junge Mohikaner warf einen Blick auf seinen Vater, schwieg aber mit der vorigen Miene der Ruhe und Zurückhaltung still. Chingachgook hatte dies bemerkt und winkte ihm mit der Hand zu sprechen. Kaum war die Erlaubnis erteilt, so ging die ernste Ruhe des Jünglings in einen Ausdruck der Freude und des Scharfsinns über. Mit der Geschwindigkeit eines Wildes lief er eine kleine Anhöhe hinauf, die sich dicht vor ihnen erhob, und blieb frohlockend über einer Spur frisch aufgewühlter Erde stehen, die von dem Tritt eines schweren Tieres herzuführen schien. Aller Augen folgten der unerwarteten Bewegung und lasen in der triumphierenden Miene des Jünglings den glücklichen Erfolg seiner Forschung.

»Das ist 'ne Spur!« rief der Kundschafter, auf den Platz vortretend, »der Junge ist schnell von Blick und kühn für sein Alter!«

»Es ist sonderbar«, murmelte Duncan zur Seite, »daß er mit seiner Entdeckung so lange an sich gehalten hat.«

»Es wäre noch mehr zu verwundern gewesen, wenn er unaufgefordert gesprochen hätte. Nein, nein, ein Junge bei euch Weißen, der seine Weisheit aus den Büchern schöpft und sein Wissen nach den Seiten eines Buches mißt, mag sich einbilden, daß er mit dem Kopfe wie mit den Beinen seinen Vater überhole: aber hier, wo es auf Erfahrung ankommt, lernt der Schüler den Wert der Jahre schätzen und achtet sie demgemäß.«

»Seht!« sprach Unkas, nach Norden und Süden auf die deutlichen Zeichen einer starken Fährte zu beiden Seiten deutend, »das schwarze Haar ist hier dem Froste zu gegangen.«

»Kein Spürhund hat je eine schönere Fährte gefunden«, versetzte der Kundschafter, plötzlich auf dem angedeuteten Wege vorwärts eilend, »der Himmel ist uns günstig, sehr günstig, und wir brauchen jetzt die Nase nicht mehr auf die Erde zu halten. Ja, hier sind wieder die zwei einseitigen Pferdchen; der Hurone marschiert wie ein General der Weißen. Er ist nicht recht bei Trost, er ist toll! Sieh, Sagamore, ob du kein Radgeleise findest«, fuhr er fort, indem er mit neu erwachter Befriedigung lachend rückwärts blickte, »bald wird der Tor noch in der Kutsche fahren, indes ihm sechs der besten Augen auf der Grenze dicht auf der Ferse folgen.«

Die Aufgeräumtheit des Kundschafters und der unerwartet glückliche Erfolg, der nun ihren über mehr denn vierzig Meilen ausgedehnten Weg gekrönt hatte, verfehlte nicht, auch den andern neue Hoffnung mitzuteilen. Ihr Vordringen geschah überaus schnell und mit einer Zuversichtlichkeit, die ein Reisender auf der Landstraße hätte haben können. Wenn ein Felsen, ein Bach oder etwas härterer Boden den Faden des Knäuels, dem sie folgten, unterbrach, so fand ihn das untrügliche Auge des Kundschafters in einiger Entfernung wieder auf, und selten war es nötig, auch nur einen Augenblick stehenzubleiben. Sehr erleichtert wurde ihre Reise durch die Gewißheit, daß Magua es notwendig gefunden, seinen Weg durch die Täler zu nehmen: ein Umstand, der die Hauptrichtung ihrer Straße unzweifelhaft machte. Der Hurone hatte übrigens die gewöhnlichen Kunstgriffe der Eingebornen, wenn sie sich vor einem Feinde zurückziehen, nicht gänzlich verabsäumt. Falsche Spuren und plötzliche Wendungen waren häufig, sooft ein Bach oder die Bodenbeschaffenheit es tunlich machte; aber die Verfolger ließen sich nur selten täuschen oder verfehlten wenigstens nicht, ihren Irrtum zu entdecken, ehe sie Zeit oder Richtung auf der trügerischen Spur verloren hatten.

Gegen die Mitte des Nachmittags waren sie über den Scaroon gegangen und folgten nun der Richtung der untergehenden Sonne. Nachdem sie von einer Anhöhe herab in eine Niederung herabgestiegen waren, durch welche ein kleiner Bach dahineilte, kamen sie unerwartet an eine Stelle, wo Le Renards Zug offenbar haltgemacht hatte. Halbverzehrte Feuerbrände lagen um eine Quelle: Überreste eines Damhirsches lagen zerstreut umher, und die Bäume trugen unverkennbare Spuren, daß die Pferde sie abgeweidet hatten. In einiger Entfernung entdeckte Heyward ein kleines Laubdach, das er mit zärtlicher Rührung betrachtete, in dem Gedanken, daß Kora und Alice darunter geruht hätten. Während aber die Erde rundum zertreten war und Fußtapfen von Männern und Tieren im ganzen Umkreis des Platzes deutlich hervortraten, schien hier mit einem Male alle Spur zu verschwinden.

Leicht konnte man die Fährte der Narragansets verfolgen, sie schienen aber ohne Führer umhergelaufen und nur ihrem Futter nachgegangen zu sein. Endlich fand Unkas, der mit seinem Vater der Spur der Pferde gefolgt war, ein Zeichen, das ihre Nähe unwiderleglich verkündete. Ehe er aber den Tritten nachging, teilte er die Entdeckung seinen Begleitern mit, und während die letzteren sich über diesen Umstand berieten, erschien der junge Indianer wieder und führte die beiden Pferdchen mit zerbrochenen Sätteln und beschmutzten Decken herbei, als wären sie mehrere Tage sich selbst überlassen umhergelaufen.

»Worauf deutet dies?« – fragte Duncan erbleichend und besorgt um sich blickend, als ob die Büsche und Blätter ein entsetzliches Geheimnis entdecken könnten.

»Daß wir mit unsrer Reise zu einem schnellen Ende gekommen sind und uns in Feindesland befinden«, versetzte der Kundschafter. »Wäre der Schurke bedrängt worden, und hätten die Mädchen keine Pferde gehabt, um mit den übrigen Schritt halten zu können, so hätte er ihnen vielleicht die Skalpe abgezogen: aber ohne einen Feind auf den Fersen und mit solchen Tieren versehen, hat er ihnen kein Haar auf dem Haupte gekrümmt. Ich weiß, was Ihr denkt, und Schande ist's für unsere Farbe, daß Ihr Grund dazu habt; wer aber glaubt, ein Mingo mißhandle eine Frau, es sei denn, um sie zu erschlagen, der kennt die Indianer und das Leben in den Wäldern nicht. Nein, nein, ich habe gehört, daß die französischen Indianer in diese Berge gekommen sind, um den Elch zu jagen, und wir sind in die Nähe ihres Lagers gekommen. Warum sollten sie auch nicht? Jeden Tag kann man morgens und abends die Kanonen von Ty in diesen Bergen hören; denn die Franzosen führen eine neue Verteidigungslinie zwischen den Provinzen des Königs und Kanada auf. Es ist wahr, die Pferde sind hier, aber die Huronen sind fort. Wir müssen jetzt den Pfad aufspüren, auf dem sie sich davongemacht haben.«

Hawk-eye und die Mohikaner gingen alsbald ernstlich ans Werk. Ein Kreis von einigen hundert Fuß ward um den Platz gezogen, und jeder nahm sich seinen Teil davon. Die Forschung führte jedoch zu keinem Resultate. Häufige Spuren von Fußtritten waren vorhanden; allein die Leute schienen nur umhergelaufen zu sein, ohne die Absicht, den Ort zu verlassen. Der Kundschafter und seine Gefährten machten noch einmal die Runde um den Ruheplatz, indem einer dem andern langsam folgte, bis sie in der Mitte zusammentrafen, ohne inzwischen klüger geworden zu sein.

»Solche Arglist deutet auf den Satan!« rief Hawk-eye, als er den enttäuschten Blicken seiner Gefährten begegnete. »Wir müssen wieder hinab, Sagamore, und von der Quelle an den Boden Zoll für Zoll untersuchen. Der Hurone soll sich bei seinem Stamm nicht rühmen, daß sein Fuß keine Spur hinterlasse.«

Mit gutem Beispiel vorangehend, begann der Kundschafter die Untersuchung mit erneutem Eifer. Jedes Blatt wurde umgekehrt, jedes dürre Reis weggeräumt, jeder Stein aufgehoben – denn es war eine bekannte List der Indianer, sich solcher Mittel zu bedienen, um jeden Tritt mit der größten Geduld und Sorgfalt zu verdecken. Noch immer blieb die Untersuchung ohne Erfolg. Endlich überdämmte Unkas, den eine gewohnte Lebhaftigkeit am ersten zur Vollendung seiner Aufgabe geführt hatte, den kleinen Bach, der jener Quelle entsprang, mit Erde und lenkte so seinen Lauf in ein anderes Bett. Sobald sein schmaler Grund hinter dem Damme trocken lag, bückte er sich mit scharfem, neugierigem Blicke darauf nieder. Ein Ruf ausgelassener Freude kündigte sogleich den Erfolg des jungen Kriegers an. Alle umstanden die Stelle, wo Unkas auf die Spur eines Mokassins in der feuchten Anschwemmung deutete. »Der Junge wird seinem Volke Ehre machen«, sprach Hawk-eye, die Fährte mit so vieler Bewunderung betrachtend, als der Naturforscher dem Stoßzahn eines Mammuts oder der Rippe eines Mastodons schenken würde; »ja, und den Huronen ein Dorn im Auge sein. Das ist aber kein Fußtritt eines Indianers! Das Gewicht ruht zu sehr auf der Ferse, und die Zehen sind viereckig, als wäre einer der französischen Tänzer hier gewesen und hätte seinen Leuten Kunststücke vorgemacht! Geh zurück, Unkas, und bring mir das Maß von des Singmeisters Fuß! Dort dem Felsen gegenüber an dem Abhang des Hügels findest du einen herrlichen Abdruck davon.«

Während der Jüngling mit diesem Auftrag beschäftigt war, betrachteten der Kundschafter und Chingachgook die Spuren mit großer Aufmerksamkeit. Das Maß traf zu, und der erstere tat unbedenklich den Ausspruch, daß es Davids Fußtritt sei, der seine Schuhe wieder mit Mokassins habe vertauschen müssen.

»Jetzt ist mir alles so klar und deutlich, als ob ich Le Subtils Künsten zugesehen hätte«, fuhr er fort. »Da der Singmeister ein Mensch ist, dessen Hauptkraft in seiner Kehle und in seinen Füßen liegt, so mußte er vorausgehen, und die andern sind in seine Fußtapfen getreten.«

»Aber«, rief Duncan, »ich sehe keine Spuren von –«

»Den Mädchen!« unterbrach der Kundschafter, »der Schelm muß ein Mittel gefunden haben, sie so weit zu tragen, bis er glaubte, er habe allen Verfolgungen die Spur entzogen. Mein Leben daran – ehe wir eine große Strecke hinter uns haben, treffen wir wieder die Spur ihrer niedlichen Füßchen!«

Der ganze Zug brach jetzt auf und verfolgte den Lauf des Bachs, mit aufmerksamen Augen die regelmäßigen Spuren verfolgend. Das Wasser floß bald wieder in sein altes Bett, aber sie behielten den Boden auf beiden Seiten stets im Auge, überzeugt, daß unten im Wasser die Fährte fortgehe. Mehr als eine halbe Meile waren sie gegangen, bis der Bach um den Fuß eines großen und kahlen Felsens rieselte. Hier hielten sie, um sich zu vergewissern, daß die Huronen an dieser Stelle das Wasser nicht verlassen hätten.

Und wohl ihnen, daß sie dies nicht unterließen. Das lebhafte, scharfe Auge des jungen Kriegers fand bald die Spur eines Indianerfußes auf einem Büschel Moos, auf den jener aus

Unachtsamkeit getreten war. Diese Entdeckung verfolgend, trat er in das nahe Dickicht und fand eine Spur, so frisch und deutlich wie jene, die sie vor der Quelle gefunden hatten. Ein zweiter Ruf verkündete das gute Glück des Jünglings seinen Begleitern, und alles Suchen hatte nun ein Ende.

»Ja, ja, indianische Schlauheit war es«, sagte der Kundschafter, als sich alle um die Stelle versammelt hatten, »und sie hätte weiße Augen sicherlich irregeführt.«

»Gehen wir weiter?« fragte Heyward.

»Gemach! gemach! Wir kennen jetzt unsern Weg; es wird aber gut sein, wenn wir alles genau untersuchen. Das ist mein Grundsatz, Major; und wenn einer in dem Buche der Natur zu lesen verabsäumt, so erfährt er nicht, was ihm offen vor Augen liegt. Alles ist jetzt klar am Tage, nur nicht, wie er die Mädchen über die nasse Fährte gebracht hat. Selbst ein Hurone wäre zu stolz, die zarten Füße das Wasser berühren zu lassen.«

»Erklärt uns dies vielleicht das schwere Rätsel?« fragte Heyward, auf die Bruchstücke einer Art von Tragbahre deutend, die, aus rohen Ästen verfertigt und mit Weiden zusammengebunden, dann als unnütz nachlässig beiseite geworfen schien.

»Jetzt haben wir's!« rief der entzückte Hawk-eye. »Wenn die Schelme den Weg in einer Minute zurückgelegt haben, so waren Stunden nötig, ihrer Fährte ein Lügen-Ende zu zimmern. Nun, ich weiß, daß sie mit so geringfügiger Arbeit schon Tage zugebracht haben. Hier haben wir drei Paar Mokassins und zwei von kleinen Füßen. Es ist erstaunlich, daß menschliche Wesen auf so kleinen Gliedern gehen können! Unkas, gib mir den bockledernen Riemen, daß ich die Länge dieses Fußes messe. Bei Gott, 's ist der eines Kindes, und doch sind die Mädchen schlank und stattlich. Der Himmel ist parteiisch mit seinen Gaben, wiewohl er seine weisen Gründe dazu haben mag: das müssen die Besten und Zufriedensten von uns zugeben.«

»Die zarten Glieder meiner Töchter sind diesen Mühseligkeiten nicht gewachsen«, sagte Munro, der die leichten Fußtritte seiner Kinder mit väterlicher Zärtlichkeit betrachtete. »Wir werden ihre verschmachteten Gestalten in dieser Wüste finden.«

»Das habt ihr eigentlich nicht zu besorgen«, versetzte der Kundschafter, langsam den Kopf schüttelnd, »das ist ein fester und gerader Schritt, wenn auch kurz und leicht. Seht, die Ferse berührte kaum den Boden, und hier hat die mit dem dunkeln Haar einen kleinen Sprung über Wurzeln gemacht. Nein, nein; wie ich die Sache verstehe, so war hier keine von ihnen dem Verschmachten nahe. Der Sänger fängt aber nun an, wunde Füße und müde Beine zu kriegen. das sieht man an der Fährte da. Hier, seht ihr, ist er ausgeglitten. Er hat ein weites und unsicheres Geleise; da ist es, wie wenn er auf Schneeschuhen gegangen wäre. Ja, ja, einer, der immer nur seine Kehle schult, kann seine Beine nicht recht ziehen.«

Durch solche untrüglichen Zeugnisse erriet der geübte Weidmann die Wahrheit so sicher und treffend, als ob er bei allen den Vorfällen, die sein Scharfsinn so leicht erklärte, gegenwärtig gewesen wäre. Erfreut über diese Resultate und beruhigt durch seine so schlagende, einfache Schlußweise, setzte die Gesellschaft ihren Marsch fort, nachdem sie eine Weile gehalten, um ein eiliges Mahl einzunehmen.

Nach beendigtem Essen warf der Kundschafter einen Blick auf die untergehende Sonne und eilte mit einer Schnelligkeit dahin, daß Heyward und der immer noch kräftige Munro alle Muskeln anstrengen mußten, um mit ihm gleichen Schritt zu halten. Ihr Weg ging immer längs der schon erwähnten Niederung. Da die Huronen keine weitere Vorsicht gebraucht hatten, ihre Fährte zu verbergen, so hielt keine Ungewißheit die Verfolger mehr auf. Ehe jedoch eine Stunde verging, ließ die Eile Hawk-eyes merklich nach, und sein Haupt wandte sich, statt die frühere gerade Richtung nach vorne beizubehalten, vorsichtig bald auf diese, bald auf jene Seite, als ob er eine nahende Gefahr ahne. Endlich hielt er an und wartete, bis die ganze Gesellschaft zu ihm herangekommen war. »Ich wittere die Huronen«, sagte er zu den Mohikanern, »dort zwischen den Baumgipfeln wird es Licht, wir kommen am Ende ihrem Lager zu nahe. Sagamore, nimm du den Hügel hier zur Rechten, und Unkas geht links den Bach entlang, indes ich die Spur verfolge. Wenn es was gibt, so wird dreimal wie 'ne Krähe gekrächzt. Ich sah soeben einen dieser Vögel durch die Luft streichen, gerade über jener abgestorbenen Eiche – auch ein Zeichen, daß wir an ein Lager kommen.«

Die Indianer entfernten sich, ohne ein Wort zu erwidern, jeder nach seiner Seite hin, während Hawk-eye mit den beiden Offizieren weiter vorschritt. Heyward drängte sich bald an der

Seite ihres Führers heran, begierig, der Feinde, die er mit solcher Mühe und Angst verfolgte, ansichtig zu werden. Sein Begleiter wies ihn an, nach dem Rande des Waldes zu schleichen, der, wie gewöhnlich, mit einem Dickicht umgeben war, und zu warten, bis er komme: denn er wollte einige verdächtige Zeichen, die sich zur Seite darboten, untersuchen. Duncan gehorchte und fand sich bald an einem Punkte, wo er eine Aussicht beherrschte, die ihm so außerordentlich wie neu erschien.

Die Bäume waren viele Morgen weit gefällt und die Glut eines milden Sommerabends lag auf der Lichtung, in schönem Kontrast mit der dunkleren Färbung der Wälder. In geringer Entfernung von der Stelle, wo Duncan stand, hatte sich der Bach zu einem kleinen See erweitert, der den größten Teil der Niederung zwischen den Bergen einnahm und aus diesem weiten Becken in einem so regelmäßigen und sanften Wasserfalle abfloß, daß man mehr das Werk von Menschenhänden als ein Gebilde der Natur zu erblicken glaubte. Hunderte von Wohnungen aus Erde standen an dem Rande des Sees und selbst noch in dem Wasser, als ob die Flut über ihr gewöhnliches Ufer getreten wäre. Die eigentümlichen Dächer, zum Schutze gegen das Unwetter wundersam gerundet, zeugten von mehr Sorgfalt und Umsicht, als die Eingebornen ihren gewöhnlichen Hütten zu widmen pflegten, und waren denen am wenigsten zu vergleichen, die nur zu vorübergehendem Gebrauche während der Jagd und des Kriegs dienten. Kurz, das ganze Dorf oder die kleine Stadt, wie man es nennen konnte, war niedlicher und mit mehr Kunstaufwand gebaut, als die Weißen bei den Indianern gewöhnlich vorauszusetzen pflegten. Der Ort schien jedoch verlassen; wenigstens war Duncan eine Weile dieser Meinung: endlich aber glaubte er mehrere menschliche Gestalten zu erblicken, die auf allen vieren herankamen und etwas Schweres, wie er schließen wollte, vielleicht eine furchtbare Kriegsmaschine, hinter sich schleppten. Ebenjetzt schauten mehrere schwarze Köpfe aus den Wohnungen hervor, und der Platz schien plötzlich von Wesen belebt, die so schnell von Versteck zu Versteck eilten, daß es ihm unmöglich war, ihre Stimmung oder Absicht zu unterscheiden. Beunruhigt durch diese verdächtigen und unerklärlichen Bewegungen, war er im Begriff, das Krähensignal zu geben, als ein nahes Rauschen der Blätter seine Augen nach einer andern Seite zog.

Der junge Mann fuhr auf und prallte einige Schritte instinktmäßig zurück, als er einige hundert Schritte vor sich einen fremden Indianer erblickte. Er ermannte sich jedoch augenblicklich wieder und blieb, statt Lärm zu machen, der ihm selbst hätte verderblich werden können, unbeweglich stehen, ein aufmerksamer Beobachter des neuen Ankömmlings.

Ein Augenblick ruhiger Betrachtung überzeugte Duncan, daß er noch unentdeckt sei. Der Eingeborne schien, wie er, beschäftigt, die niedrigen Hütten des Dorfes und die eiligen Bewegungen seiner Bewohner zu beschauen. Unter der Maske einer grotesken Malerei waren seine Gesichtszüge unmöglich zu erkennen: doch war es Duncan, als ob sie eher Schwermut als Wildheit ausdrückten. Sein Kopf war, wie gewöhnlich, geschoren bis auf den Scheitel, von dessen Schopf drei oder vier verwitterte Falkenfedern lose herabwehten. Ein zerrissener Kalikomantel umgab seinen Leib zur Hälfte, während der untere Teil seiner Bekleidung aus einem schlichten Hemde bestand, dessen Ärmel einen Dienst versahen, der sonst durch eine weit bequemere Vorrichtung geleistet wird. Seine Beine waren nackt und von Dornen kläglich zerrissen, seine Füße aber trugen ein paar Mokassins von gutem Hirschleder. Kurz, das Aussehen des Individuums war verwahrlost und elend.

Duncan war immer noch mit neugieriger Betrachtung seines Nachbars beschäftigt, als der Kundschafter still und vorsichtig an seine Seite schlich.

»Ihr seht, wir haben eine ihrer Niederlassungen oder ein Lager erreicht«, flüsterte ihm der junge Mann zu, »und hier ist einer der Wilden selbst, der unsere ferneren Bewegungen sehr störend hemmt.«

Hawk-eye fuhr auf und ließ seine Büchse sinken, als er, dem Finger seines Begleiters folgend, den Fremden gewahrte. Doch senkte er die gefährliche Mündung wieder und streckte seinen langen Nacken vor, als sollte dieser eine so mißliche Untersuchung noch weiter unterstützen.

»Der Schelm ist kein Hurone«, sprach er, »auch keiner aus den Kanadastämmen, und doch seht Ihr an seinen Kleidern, daß er einen Weißen geplündert hat. Ja, Montcalm hat die Wälder für seinen Einfall gebrandschatzt und eine lärmende, mörderische Rotte um sich versammelt. Könnt Ihr sehen, wo er seine Büchse oder seinen Bogen abgelegt hat?«

»Er scheint unbewaffnet, und überhaupt keine schlimmen Absichten zu hegen. Wenn er nicht seine Gefährten, die dort unten am Wasser sich ducken, in Alarm bringt, so haben wir nur wenig von ihm zu fürchten.«

Der Kundschafter wandte sich gegen Heyward und sah ihn einen Augenblick mit unverhohlenem Erstaunen an; dann öffnete er den Mund weit und brach in ein volles und herzliches Lachen aus, aber immer in jener schweigsamen Weise, die ihn häufige Gefahr gelehrt hatte.

»Gefährten, die am Wasser herumschleichen!« wiederholte er: »Das hat man davon, daß man seine Jugend in der Schule und innerhalb der Niederlassungen verbringt! Der Schelm hat jedoch lange Beine und wir dürfen ihm nicht ganz trauen. Haltet ihn mit Eurer Büchse in Respekt, bis ich durch das Gebüsch von hinten heranschleiche und ihn lebendig fange. Schießt aber auf keinen Fall!«

Schon war sein Gefährte halb in dem Dickicht verschwunden, als Heyward seinen Arm vorstreckte und ihn mit der Frage noch einmal anhielt:

»Wenn ich Euch in Gefahr weiß, soll ich da nicht einen Schuß wagen?«

Hawk-eye sah ihn einen Augenblick an wie einer, der nicht recht wußte, wie er die Frage nehmen solle; dann nickte er mit dem Kopfe und antwortete lachend, obgleich kaum hörbar:

»Ein ganzes Pelotonfeuer, Major!«

Im nächsten Augenblick verbargen ihn die Blätter. Duncan wartete einige Minuten in fieberhafter Ungeduld, bis er den Kundschafter wieder gewahrte. Jetzt kam dieser von neuem zum Vorschein, auf der Erde liegend, von der ihn sein Anzug schwer unterscheiden ließ, und gerade auf seinen erhofften Gefangenen zukriechend. Als er noch einige Schritte von ihm entfernt war, richtete er sich still und langsam auf. In diesen Augenblick fielen mehrere laute Schläge in das Wasser, und Duncan wandte seine Augen gerade noch zur Zeit, um hundert schwarze Gestalten zusammen in das kleine in Aufruhr gebrachte Gewässer plumpsen zu sehen. Er griff nach seiner Büchse, und seine Blicke richteten sich wieder auf den nahen Indianer. Statt über den Lärm zu stutzen, streckte der Wilde unwillkürlich den Hals vor, als ob auch er die Bewegungen um den düstern See mit einer Art einfältiger Neugierde bewachen wolle. Mittlerweile schwebte Hawk-eyes Hand über ihm, sank aber wieder ohne sichtbaren Grund, und ihr Eigentümer überließ sich von neuem einem lange, obgleich immer noch verborgenen, Ausbruch von Heiterkeit. Endlich, nachdem sein herzliches Gelächter zu Ende war, gab er, statt sein Schlachtopfer an der Kehle zu fassen, ihm einen leichten Schlag auf die Schulter und rief laut:

»Wie, Freund, habt Ihr vor, die Biber singen zu lehren?«

»Gewiß«, war die schnelle Antwort. »Das Wesen, das ihnen möglich machte, seine Gabe so gut anzuwenden, wird ihnen nicht die Stimme versagen, sein Lob zu singen.«

Zweiundzwanzigstes Kapitel

Grund. Sind wir alle beisammen?
Quitte. Nun, hier ist ein ungemein
Bequemer Ort für unsere Probe.
Shakespeare

Der Leser wird sich Heywards Überraschung eher vorstellen können, als wir sie zu beschreiben vermögen. Seine lauernden Indianer waren plötzlich in vierfüßige Tiere umgewandelt, sein See in einen Biberteich, sein Wasserfall in einen von diesen fleißigen und erfinderischen Vierfüßlern angelegten Damm, ein verdächtiger Feind in einen erprobten Freund, David Gamut, den Meister im Psalmengesang. Die Gegenwart des letztern rief so viel unerwartete Hoffnung in betreff der Schwestern ins Leben, daß der junge Mann, ohne sich einen Augenblick zu bedenken, aus seinem Verstecke hervorsprang und auf die beiden Hauptspieler in dieser Szene zueilte.

Hawk-eyes lustige Laune ließ sich nicht so leicht unterdrücken. Ohne weiteres drehte er mit rauher Hand den geschmeidigen Gamut auf der Ferse herum und versicherte mehr denn einmal, die Wahl seines Kostüms mache den Huronen alle Ehre; dann ergriff er des Gefährten Hand, drückte sie mit einer Kraft, die dem ehrlichen David Tränen aus den Augen preßte, und wünschte ihm Glück zu seiner neuen Stellung.

»So waret Ihr also wirklich im Begriff, unter den Bibern eine Singschule aufzutun, nicht wahr?« fragte er. »Die gelehrigen Teufel haben den Handel schon halb los, sie schlagen mit ihren Schwänzen den Takt, wie Ihr eben gehört habt. Übrigens hatten sie Zeit dazu, sonst hätte ihnen mein Wildtöter den ersten Ton angegeben. Ich habe Leute gekannt, die lesen und schreiben konnten und nicht halb soviel verstanden wie ein alter Biber. Was aber das Singen betrifft, so läßt sich nichts mit ihnen machen. Die armen Tiere sind stumm geboren. Was haltet Ihr von einem Gesang wie diesen?«

David hielt sich die Hände vor die beleidigten Ohren, als das Krächzen einer Krähe durch die Luft ertönte, und selbst Heyward, obgleich er die Natur des Geschreis kannte, sah unwillkürlich empor, als wollte er den Vogel suchen.

»Seht«, fuhr der Kundschafter lachend fort, indem er auf seine zwei Begleiter deutete, die, dem Signale folgend, bereits herbeikamen, »das heiß ich 'ne Musik, die Saft und Kraft hat! Sie bringt zwei gute Büchsen an meine Seite, der Messer und Tomahawks zu geschweigen. Doch wir sehen, daß Ihr gesund und wohlbehalten seid, nun sagt uns, was aus den Mädchen geworden ist.«

»Sie sind in der Gefangenschaft der Heiden«, sprach David, »und wenn auch im Geiste sehr betrübt, doch körperlich völlig wohlbehalten und sicher.«

»Beide?« fragte Heyward beinahe atemlos.

»Gewiß. Wenn auch unsere Reise anstrengend und unsere Kost nicht die beste war, so hatten wir doch wenig zu klagen, außer dem Zwang, den man unserer Neigung antat, indem man uns in ein fernes Land zur Gefangenschaft führte.«

»Gott segne Euch für diese Worte!« rief der zitternde Munro, »so erhalt' ich denn meine Kinder so unverletzt und engelrein wieder, als ich sie verloren habe!«

»Ich glaube nicht, daß ihre Befreiung so nahe ist«, entgegnete der zweifelnde David. »Der Anführer dieser Wilden ist von einem bösen Geiste besessen, den nur die Allmacht des Herrn zähmen kann. Schlafend und wachend habe ich's bei ihm versucht, aber weder Töne noch Worte scheinen seine Seele zu rühren.«

»Wo ist der Schurke?« unterbrach ihn der Kundschafter ungestüm.

»Er jagt heute mit seinen jungen Leuten den Elch, und morgen, höre ich, ziehen sie weiter in die Wälder, näher an die Grenze Kanadas. Das ältere Mädchen ist zu einem benachbarten Volke gebracht worden, dessen Wohnungen dort hinter jenen schwarzen Felsengipfeln liegen; die jüngere aber muß bei den Weibern der Huronen bleiben, deren Hütten nur zwei kurze Meilen von hier auf einem Tafellande stehen, wo das Feuer die Dienste der Axt versehen und den Ort für ihre Aufnahme bereitet hat.«

»Alice, meine sanfte Alice!« rief Heyward mit gedämpfter Stimme, »du hast sogar den Trost verloren, bei deiner Schwester zu sein.«

»Gewiß. Aber alle Aufrichtung, die das Gebet und Lobgesänge dem niedergebeugten Geist geben könnten, ist ihr zuteil geworden.«

»Hat sie denn noch Sinn für die Musik?«

»Ja, wenn sie ernst und feierlich ist; obgleich ich bekennen muß, daß das Mädchen, allen meinen Bemühungen zum Trotz, öfter weint als lächelt. In solchen Augenblicken gebiete ich den heiligen Gesängen Schweigen; aber es gibt manche liebliche Momente tröstlicher Mitteilung, da dann die Wilden erstaunt aufhorchen, wenn wir unsere Stimmen zum Himmel erheben.«

»Und warum läßt man Euch so unbewacht umhergehen?«

David versuchte seinen Zügen einen Ausdruck bescheidener Demut zu geben, ehe er mit sanfter Stimme antwortete:

»Wenig Ruhm gebührt einem Wurme, wie ich bin. Aber wenn auch die Macht des Psalmengesangs während der Szene auf jenem schrecklichen Blutfeld unterbrochen ward, so hat er doch selbst auf die Gemüter der Heiden seinen Einfluß wiedergewonnen, und ich darf gehen und kommen, wie ich will.«

Der Kundschafter lachte, berührte bedeutungsvoll seine eigene Stirne und erklärte vielleicht diese absonderliche Nachsicht noch genügender, indem er sagte:

»Die Indianer tun einem Verwirrten nie etwas zuleide. Warum aber, wenn der Weg offen vor Euch lag, wandeltet Ihr nicht auf Eurer eignen Fährte, die nicht so spurlos ist als die eines Eichhorns, zurück und brachtet Kunde nach dem Fort Edward?«

Der Kundschafter, der bloß seine unerschütterliche Eisennatur im Auge hatte, verlangte von David eine Leistung, die dieser wahrscheinlich unter keinen Umständen vollbracht hätte. Ohne aber ganz seinen sanften Ausdruck zu verlieren, begnügte sich der Psalmensänger zu antworten:

»Wenn sich auch mein Geist nach den Wohnungen des Christentums zurücksehnt, so wollten doch meine Füße lieber den zarten Wesen, die meiner Obhut anvertraut worden, selbst in die abgöttische Provinz der Jesuiten folgen als einen Schritt rückwärts tun, während sie in Gefangenschaft und Kummer schmachten.«

Obgleich die figürliche Sprache Davids nicht sehr verständlich war, so konnte doch der treuherzige, entschiedene Ausdruck seines Auges und das Feuer seiner ehrlichen Miene nicht leicht mißdeutet werden. Unkas trat näher zu ihm heran und betrachtete den Sprecher mit beifälligem Blick, während sein Vater durch den gewohnten kräftigen Ausruf der Befriedigung sein Wohlgefallen zu erkennen gab. Kopfschüttelnd erwiderte der Kundschafter:

»Es war nie des Herrn Wille, daß der Mensch alle seine Sorgfalt auf die Kehle verwenden und andere edlere Gaben darob vernachlässigen sollte! Aber er ist in die Hände einfältiger Weiber gefallen, statt daß er unter dem blauen Himmel und unter den Schönheiten des Waldes seine Erziehung hätte suchen sollen. Hier, Freund! Ich wollte mit diesem Eurem Tutinstrument ein Feuer anzünden; da Ihr es aber hochhaltet, so nehmt und pfeift wieder nach Herzenslust!«

Gamut empfing seine Pfeife mit einem so lebhaften Ausdruck von Freude, als er mit seinem wichtigen Beruf für verträglich hielt. Nachdem er das Instrument, seiner eigenen Stimme gegenüber, zu wiederholten Malen gespürt hatte, machte er, endlich überzeugt, daß keiner seiner Klänge verloren sei, einen ernstlichen Versuch, einige Stanzen aus einem der längsten Herzensergüsse in dem oft erwähnten Büchlein abzusingen.

Heyward störte jedoch eilig diesen frommen Vorsatz mit Fragen über Fragen über die bisherige und dermalige Lage seiner Mitgefangenen, und zwar mit mehr Zusammenhang, als seine Gefühle beim Beginn der Unterredung gestattet hatten. David sah sich, obgleich er den wiedergewonnenen Schatz mit sehnsüchtigen Augen betrachtete, gezwungen zu antworten, zumal da auch der ehrwürdige Vater an den Fragen teilnahm, und das mit einem Interesse, das gebieterisch Befriedigung forderte. Auch der Kundschafter verfehlte nicht, bei schicklicher Gelegenheit eine Erkundigung einzuwerfen. Auf diese Weise gelangten die Verfolger, obgleich mit häufigen Pausen, welche gewisse drohende Töne aus dem wiedererlangten Instrumente füllten, zur Kenntnis der wichtigsten Umstände, die ihnen zur Ausführung ihres großen, alle Tätigkeit in Anspruch nehmenden Unternehmens, der Befreiung der beiden Schwestern, von großem Nutzen sein konnten. Davids Erzählung war einfach und die Tatsachen nur wenige.

Magua hatte auf dem Berge gewartet, bis sich ein sicherer Augenblick zum Rückzuge bot; dann war er herabgestiegen und hatte den Weg längs der Westseite des Horican in der Richtung nach Kanada eingeschlagen. Da der kluge Hurone die Pfade kannte und wußte, daß keine unmittelbare Gefahr der Verfolgung drohte, so drangen sie nur langsam und ohne alle Ermüdung vor. Aus der ungeschminkten Erzählung Davids ging hervor, daß seine Gegenwart mehr geduldet als gewünscht wurde, obgleich auch Magua nicht ganz frei von der Verehrung war, womit die Indianer diejenigen betrachten, die der Große Geist an ihrem Verstande heimgesucht hat. Nachts wurde die größte Vorsicht gegenüber den Gefangenen beobachtet, um sie vor den Dünsten der Wälder zu schützen, aber auch ihr Entweichen zu verhindern. An der Quelle ließ man die Pferde laufen, wie wir gesehen haben, und ungeachtet der Entfernung und Länge der Fährte wurden doch die bereits erwähnten Kunstgriffe gebraucht, um alle weitere Spur zu ihrem Versteck abzuschneiden. Bei ihrer Ankunft im Lager seines Volks trennte Magua die Gefangenen, einer Politik zufolge, die selten verlassen wurde. Kora war zu einem Stamme gesandt worden, der ein benachbartes Tal vorübergehend bewohnte: David aber war zu unbekannt mit den Sitten und der Geschichte der Eingebornen, um über seinen Namen oder seine Eigentümlichkeit genügende Auskunft geben zu können, und wußte bloß, daß er den letzten Zug gegen William Henry nicht mitgemacht hatte; daß aber diese Wilden, gleich den Huronen, Verbündete Montcalms waren und einen freundlichen, wiewohl behutsamen Verkehr mit dem kriegerischen und wilden Volke unterhielten, das der Zufall ebenjetzt in so nahe und unangenehme Berührung mit ihnen gebracht hatte.

Die Mohikaner und der Kundschafter horchten auf seine oft unterbrochene und unvollständige Erzählung mit einer Anteilnahme, die sichtbar stieg; als er die Weise des Volksstamms, unter welchem Kora als Gefangene weilte, schildern wollte, fragte der letztere plötzlich:

»Sahet Ihr die Form ihrer Messer? Waren sie englischen oder französischen Ursprungs?«

»Meine Gedanken waren nicht auf solche Eitelkeiten gerichtet, sondern bloß auf Trost für die beiden Mädchen bedacht.«

»Die Zeit könnte kommen, wo Ihr das Messer eines Wilden für kein so verächtliches Ding ansehen würdet«, versetzte der

Kundschafter mit dem Ausdruck tiefer Verachtung für die Einfalt des andern. »Haben sie ihr Kornfest gefeiert? Oder könnet Ihr etwas von den Totems ihres Stammes sagen?«

»Was das Korn betrifft, so hatten wir häufige und reiche Feste: es war im Überfluß vorhanden, auch ist das Korn, in Milch gekocht, lieblich für den Mund und heilsam für den Magen. Was die Totems betrifft, so weiß ich nicht, was das ist; wenn es sich aber in irgendeiner Weise auf die indianische Musik bezieht, so darf man bei ihnen gar nicht darnach fragen. Nie erheben sie ihre Stimmen, Gott zu preisen, und es scheint, daß sie zu den gottlosesten Götzendienern gehören.«

»Da lästert Ihr die Natur der Indianer. Selbst der Mingo betet nur den wahren, lebendigen Gott an; und ich sag' es zur Schande unsrer Farbe – 's ist eine heillose Erfindung der Weißen – wenn sie den indianischen Krieger zu einem Anbeter selbstgeschaffener Bilder machen wollen. Wahr ist es, sie suchen mit dem bösen Feinde Frieden zu schließen, wie's einer mit einem Gegner tut, über den er nicht Meister werden kann; aber um Gunst und Beistand flehen sie nur den großen und guten Geist an.«

»Das mag sein«, bemerkte David, »aber ich habe seltsame, phantastische Bilder gesehen, womit sie sich bemalen, und ihre Bewunderung und Sorgfalt für dieselben hatte viel von geistlichem Stolze; besonders eines, das noch dazu ein ekelhaftes, unreines Tier vorstellte.«

»War es eine Schlange?« fragte schnell der Kundschafter.

»Fast so was. Es hatte viel von einer gemeinen, kriechenden Landschildkröte.«

»Hugh!« riefen die aufmerksamen Mohikaner in *einem* Atem, während der Kundschafter den Kopf mit der Miene eines Mannes schüttelte, der eine wichtige, aber keineswegs erfreuliche Entdeckung gemacht hat. Dann sprach der Vater in der Mundart der Delawaren und mit einer Ruhe und Würde, die sogar die Aufmerksamkeit derer fesselte, denen seine Worte unverständlich waren. Seine Gebärden waren ausdrucksvoll und mitunter energisch. Einmal hob er seinen Arm hoch empor, und als er ihn wieder sinken ließ, schoben sich die Falten seines leichten Mantels beiseite, und ein Finger blieb auf der Brust ruhen, als ob er durch diese Stellung seine Meinung bekräftigen wollte. Duncans Augen folgten der Bewegung, und er gewahrte, daß das eben erwähnte Tier in blauer Farbe schön, aber schwach auf die schwärzliche Brust des Häuptlings gemalt war. Alles, was er von der gewaltsamen Trennung der mächtigen Stämme der Delawaren je gehört hatte, drängte sich jetzt seinem Geiste auf, und er erwartete den geeigneten Augenblick zum Sprechen mit einer Ungeduld, die sein lebhafter Anteil an der Sache beinahe unerträglich machte. Seinem Wunsche kam jedoch der Kundschafter zuvor, der sich von seinem roten Freunde abwandte und begann:

»Wir sind auf etwas gekommen, das uns nützlich oder schädlich werden kann, wie der Himmel es fügen wird. Der Sagamore stammt aus dem edeln Blute der Delawaren und ist der große Häuptling ihrer Schildkröten! Daß einige aus diesem Geschlecht unter dem Volke sind, von dem der Sänger erzählt, ist aus seinen Worten klar; und hätte er nur die Hälfte des Atems, den er ausblies, indem er aus seiner Kehle eine Trompete machte, auf kluge Fragen verwendet, so wüßten wir jetzt, wie viele Krieger sie zählen. Es ist immer ein gefährlicher Weg, den wir betreten; denn ein Freund, der sein Gesicht von Euch abgewandt hat, ist oft blutdürstiger als ein Feind, der auf Euern Skalp ausgeht.«

»Sprecht Euch aus«, bat Duncan.

»'s ist ein langer, trauriger Verlauf, an den ich nicht gern denke; denn es läßt sich nicht leugnen, daß das Übel vornehmlich von Weißhäutern angerichtet wurde; und das Ende vom Liede war, daß der Bruder gegen den Bruder den Tomahawk erhob und der Mingo mit dem Delawaren auf *einem* Pfade wandelte!«

»So vermutet Ihr denn, daß es ein Teil jenes Volkes sei, bei welchem sich Kora gegenwärtig befindet?«

Der Kundschafter nickte bejahend, obgleich er wenig geneigt schien, die Erörterung eines ihm peinlichen Gegenstandes weiter fortzuspinnen. Der ungeduldige Duncan entwarf jetzt hastig mehrere tollkühne Vorschläge, die Befreiung der Schwestern zu versuchen, und Munro entschlug sich seiner Teilnahmslosigkeit und hörte auf die verzweifelten Pläne des jungen Mannes mit einer Rücksicht, die man von seinen grauen Haaren und seinem Alter nicht erwartet hätte. Der Kundschafter aber wartete, bis sich die Hitze des Liebhabers ein wenig gelegt hatte, und wußte ihn dann von der Torheit vorschnellen

Handelns in einer Sache zu überzeugen, welche die kaltblütigste Überlegung und die äußerste Seelenstärke erfordere.

»Es wäre am besten«, fügte er hinzu, »wir ließen diesen Mann wieder hineingehen, damit er in ihrem Lager bliebe und den Mädchen Kunde von unserer Annäherung brächte, dann rufen wir ihn wieder durch ein Signal zu weiteren Beratungen. Ihr könnt doch das Geschrei einer Krähe von dem Pfeifen des Windfängers unterscheiden?«

»'s ist ein unterhaltender Vogel«, antwortete David, »und hat einen sanften und melancholischen Ton, obwohl sein Takt zu schnell und regellos ist.«

»Er meint den Wish-ton-wish«, sagte der Kundschafter, »nun gut, wenn Euch jenes Pfeifen gefällt, so soll das Euer Signal sein. Merkt's Euch denn, wenn Ihr den Ruf des Windfängers dreimal hört, so kommt Ihr in die Büsche, wo Ihr den Vogel vermutet« –

»Halt!« unterbrach ihn Heyward; »ich will ihn begleiten.«

»Ihr!« rief der erstaunte Hawk-eye, »seid Ihr müde, die Sonne auf- und untergehen zu sehen?«

»David ist ein lebendiger Beweis, daß die Huronen nicht immer unbarmherzig sind.«

»Ja, aber David kann seine Kehle benutzen, und kein anderer Mensch, der bei Sinnen ist, wird sie so mißbrauchen.«

»Auch ich kann den Narren, den Wahnsinnigen, den Helden spielen, kurz alles, wenn es gilt, sie, die ich liebe, zu befreien. Macht keine Einwendungen mehr: ich bin entschlossen.«

Hawk-eye, sah den jungen Mann einen Augenblick mit sprachlosem Erstaunen an. Aber Duncan, der aus Achtung vor dem Geschick und den Diensten des andern ihm bisher beinahe blindlings gefolgt war, nahm jetzt die Miene des höheren Ranges auf eine Weise an, der man nicht leicht widerstehen konnte. Er winkte mit der Hand, zum Zeichen, daß er jede Gegenvorstellung verschmähe, und fuhr dann mit ruhigerer Stimme fort:

»Ihr habt die Mittel, mich zu verkleiden; wandelt mich um, bemalt mich, wie es Euch beliebt, kurz, macht einen andern Mann aus mir, einen Narren, wenn Ihr wollt.«

»Für einen, wie ich bin, ziemt es sich nicht, zu sagen, daß er, der bereits durch die mächtige Hand der Vorsehung gebildet ist, eine Umwandlung nötig habe«, murmelte der unzufriedene Kundschafter. »Wenn Ihr Eure Abteilung in den Krieg schickt, so findet Ihr es wenigstens geraten, Plätze und Abzeichen für ein Lager zu bestimmen, damit die, welche auf Eurer Seite fechten, wissen, wann und wo sie einen Freund zu erwarten haben.«

»Hört mich an«, unterbrach ihn Duncan, »Ihr habt von diesem getreuen Begleiter der Gefangenen gehört, daß die Indianer von zwei verschiedenen Stämmen, wo nicht Nationen sind. Bei einem, den Ihr für einen Zweig der Delawaren haltet, ist sie, die Ihr Schwarzhaar nennt, die andere und jüngere der Ladys befindet sich unstreitig bei unsern erklärten Feinden, den Huronen. Meiner Jugend und meinem Range kommt es zu, das letztere Abenteuer zu bestehen. Während Ihr daher mit Euern Freunden über die Befreiung der einen Schwester unterhandelt, will ich die andere erlösen oder sterben!«

Neu erwachtes Feuer glühte in den Augen des jungen Soldaten, und seine ganze Gestalt erhielt unter diesem Einflusse etwas Ehrfurchtforderndes. Hawk-eye, welcher den Scharfsinn der Indianer zu gut kannte, um nicht die Gefahr eines solchen Unternehmens vorher zu fühlen, wußte gleichwohl nicht recht, wie er diesen plötzlichen Entschluß bekämpfen sollte.

Es lag vielleicht in diesem Gedanken etwas, was seiner eigenen kühnen Natur und seiner geheimen Vorliebe für verzweifelte Abenteuer zusagte. Diese war mit seiner Erfahrung gestiegen, bis Wagnis und Gefahr ihm gewissermaßen zum Lebensbedürfnis geworden waren. Statt dem Plane Duncans sich weiter entgegenzusetzen, schlug seine Stimmung plötzlich um, und er bot sich zur Mithilfe an.

»Kommt«, sprach er wohlwollend lächelnd, »dem Bock, der ins Wasser will, muß man vorangehen, nicht folgen. – Chingachgook hat so viele Farben als die Frau eines Ingenieuroffiziers, der die Natur auf Papierschnitzel malt, so daß die Berge wie Haufen verdorbenen Heues aussehen und man den blauen Himmel mit den Händen erreichen könnte. Der Sagamore kann auch gut damit umgehen. Setzt Euch da auf den Baumstamm, und ich wette meinen Kopf, er macht noch schneller einen natürlichen Narren aus Euch, so daß Ihr Euch selbst gefallen sollt.«

Duncan gehorchte, und der Mohikaner, welcher der Unterredung aufmerksam zugehört hatte, unterzog sich gern dem Geschäft. Lange geübt in all den feineren Künsten der Eingebornen, zog er mit großer Gewandtheit und Schnelligkeit jene phantastischen Schattenlinien, welche die Wilden als ein Zeichen fröhlicher und scherzhafter Gemütsstimmung zu betrachten pflegen. Jeder Zug, der möglicherweise auf eine geheime Neigung zum Kriege hätte bezogen werden können, wurde sorgfältig vermieden, während er auf der andern Seite auf jede Nuance achtete, die eine freundliche Gesinnung bekräftigen konnte.

Kurz, er opferte gänzlich den Krieger der Mummerei des Narren. Solche Erscheinungen waren bei den Indianern nicht ungewöhnlich, und da Duncan bereits durch seine Kleidung zur Genüge unkenntlich war, durfte man mit einigem Grund annehmen, er werde sich bei seiner Kenntnis des Französischen für einen Gaukler von Ticonderoga ausgeben dürfen, der unter den verbündeten und befreundeten Stämmen umherschwärme.

Als er sich gehörig bemalt glaubte, gab ihm der Kundschafter manchen freundlichen Rat, verabredete Signale und bezeichnete den Ort, wo sie sich im Falle gegenseitigen Erfolges treffen wollten. Munros Trennung von seinem jungen Freunde war schwerer, und doch ergab er sich mit einer Gleichgültigkeit darein, die bei seiner natürlichen Wärme und seinem Edelmut sich nur aus einer so gedrückten Stimmung erklären ließ. Der Kundschafter führte Heyward beiseite und teilte ihm mit, daß er den General unter dem Schutze Chingachgooks an einem sicheren Orte unterbringen wolle, während er und Unkas unter dem Volksstamm, den sie mit Grund für delawarisch halten durften, Nachforschungen anstellen wollten. Nachdem er ihm wiederholt seinen Rat erteilt und die nötigen Vorsichtsmaßregeln angegeben hatte, sprach er endlich in feierlichem Ton und mit einer Wärme des Gefühls, die Duncan tief bewegte: »Und nun segne Euch Gott! Ihr habt einen Mut gezeigt, wie ich ihn liebe: Er ist das Angebinde der Jugend, mehr noch eines warmen Blutes und kühnen Herzens. Aber glaubt der Warnung eines Mannes, der Gründe genug für die Wahrheit seiner Worte hat. Ihr werdet all Eurer Mannheit und schärferen Verstandes bedürfen, als man aus den Büchern lernt, um einen Mingo zu überlisten oder seinen Mut zu übertreffen. Gott segne Euch! Wenn die Huronen Herren Eures Skalpes werden, so verlaßt Euch auf das Wort eines Mannes, der zwei tapfere Krieger in seinem Rücken hat: sie sollen ihren Sieg teuer bezahlen – ein

Leben für jedes Haar. Noch einmal, junger Herr, die Vorsehung segne Eure gute Sache, vergeßt nicht, daß, um diese Schelme zu täuschen, Dinge erlaubt sind, für die ein Weißer sonst nicht geschaffen ist.«

Duncan schüttelte seinem würdigen und widerstrebenden Gefährten mit Wärme die Hand, empfahl den betagten Freund aufs neue seiner Fürsorge und gab, seine freundlichen Wünsche erwidernd, David das Zeichen zum Aufbruch. Hawk-eye sah dem hochsinnigen, abenteuerlichen jungen Manne mehrere Augenblicke mit unverhohlener Bewunderung nach, schüttelte dann bedenklich das Haupt, wandte sich und begab sich mit seinen Begleitern in den Schutz des Waldes.

Der Weg, den Duncan und David gingen, führte gerade über die Lichtung längs des Biberteiches hin. Als Heyward sich allein mit einem Menschen sah, der, bei seiner Einfalt, so wenig imstande war, in Fällen der Not Beistand zu leisten, fing er an, sich erst recht der Schwierigkeiten seiner Aufgabe bewußt zu werden. Das verschwindende Tageslicht erhöhte noch das düstere Aussehen der öden und rauhen Wildnis, die sich nach jeder Richtung hin erstreckte, und selbst die Stille der kleinen so stark bevölkerten Hütten hatte etwas Unheimliches. Während er diese staunenswerten Bauten und die wundervollen Vorsichtsmaßregeln ihrer scharfsinnigen Bewohner betrachtete, drang sich ihm auf, daß selbst die Tiere in dieser weiten Wildnis einen Instinkt besäßen, der sich beinahe der Vernunft des Menschen vergleichen dürfe, und er konnte nicht ohne Bangigkeit an den ungleichen Kampf denken, in den er sich so unbesonnen gestürzt hatte. Dann trat wieder in glühenden Farben Alices Bild, ihr Unglück, die Gefahr, in der sie schwebte, vor seine Seele, und alles Bedenkliche seiner eigenen Lage war vergessen. Er munterte David auf und ging mit dem leichten, kräftigen Schritt unternehmenden Jünglingsmutes dahin.

Nachdem sie beinahe in einem Halbkreis um den Teich gegangen waren, verließen sie den Lauf des Wassers und erstiegen eine kleine Anhöhe auf der Niederung, über welche sie wanderten. Binnen einer halben Stunde kamen sie an den Saum einer zweiten Lichtung, wie es schien, gleichfalls das Werk der Biber, von diesen scharfsichtigen Tieren aber wahrscheinlich aus irgendeinem Grunde um der günstigern Stelle willen, die sie jetzt innehatten, verlassen. Ein sehr natürliches Gefühl ließ

Duncan einen Augenblick zögern, als scheue er sich, den Schutz des Waldpfads aufzugeben, einem Manne gleich, der alle seine Energie für ein gewagtes Unternehmen aufbietet, in welchem er ihrer, wie er sich insgeheim sagt, in vollem Maße benötigt ist. Er benutzte die kleine Pause, sich durch einige flüchtige, eilige Blicke, soweit als möglich, zu unterrichten. Auf der entgegengesetzten Seite der Lichtung und nahe der Stelle, wo der Bach von einer höheren Fläche über Felsenstücke herabfiel, entdeckte er fünfzig bis sechzig Wohnstellen, ganz roh aus Baumstämmen, Zweigen und Erde aufgebaut. Sie standen ohne Ordnung durcheinander und schienen mit wenig Rücksicht auf Zierlichkeit und Schönheit errichtet. Wirklich blieben sie so weit hinter dem Dorfe, das Duncan soeben gesehen hatte, in jenen beiden Beziehungen zurück, daß er eine zweite, nicht geringere Überraschung zu erwarten begann. Dieser Eindruck verminderte sich auch keineswegs, als er in zweifelhaftem Dämmerlicht zwanzig bis dreißig Gestalten erblickte, die sich aus dem Verstecke des hohen, rauhen Grases vor den Hütten abwechselnd erhoben und dem Auge wieder entschwanden, als ob sie in die Erde schlüpfen wollten. So plötzlich und flüchtig gesehen, erschienen sie mehr wie finstere Gespenster oder andere übermenschliche Wesen denn als Geschöpfe, aus dem gewöhnlichen Stoffe von Fleisch und Blut gebildet. Eine hagere, nackte Gestalt ward für einen Augenblick sichtbar, warf ihre Arme wild in die Luft, und plötzlich war ihre Stelle wieder leer. Mit einem Male erschien sie weit davon wieder oder machte einer andern von ebenso rätselhaftem Aussehen Platz. Als David bemerkte, daß sein Begleiter zögerte, folgte er der Richtung seines Blickes und rief Heyward einigermaßen zur Besinnung zurück, indem er sagte:

»Hier ist viel fruchtbarer, unbebauter Boden, und ich darf ohne den sündhaften Sauerteig des Selbstlobs wohl hinzufügen, daß seit meinem kurzen Aufenthalt in diesen Hütten des Heidentums viel guter Same, aber leider nur auf den Weg, ausgestreut worden ist.«

»Diese Stämme lieben die Jagd mehr als Arbeit und Landbau«, antwortete der arglose Duncan, noch immer auf die Gegenstände seiner Verwunderung schauend.

»Es ist eher Freude als Arbeit für den Geist, die Stimme zum Lob zu erheben; aber diese Jungen mißbrauchen ihre Gaben auf eine traurige Weise; selten habe ich Knaben ihres Alters gefunden, welche die Natur so freigebig mit der Anlage zum Psalmgesang beschenkt hätte, und gleichwohl vernachlässigt sie niemand mehr. Drei Nächte hab ich hier verweilt und zu drei verschiedenen Malen die Unholde zu einem heiligen Gesang versammeln wollen, und ebensooft haben sie meine Bemühungen mit einem Geheul und Geschrei erwidert, daß es mir das Herz durchschnitt.«

»Von wem sprecht Ihr?«

»Von den Teufelskindern dort, welche die kostbare Zeit mit so eiteln Possen vergeuden. Ach, der heilsame Zwang der Kinderzucht ist bei diesem sich selbst überlassenen Volke wenig bekannt. In diesem Lande der Birken sieht man keine Rute, und es sollte einen nicht wundernehmen, daß die kostbarsten Segnungen des Himmels zu solchen Mißtönen verschwendet werden.«

David hielt sich die Hände vor die Ohren gegen das schrille Geheul der jungen Horde, das den ganzen Wald erfüllte, Duncan aber verzog die Lippe zu einem Lächeln, als spotte er über seinen eignen Aberglauben, und sprach dann mit festem Tone:

»Wir wollen weitergehen.«

Ohne die Schutzmittel von den Ohren zu entfernen, willfahrte der Singmeister, und sie verfolgten zusammen ihren Weg nach den Zelten der Philister, wie David sich zuweilen auszudrücken liebte.

Dreiundzwanzigstes Kapitel

Spricht auch des Waldes edles Tier
Sein Recht an in dem Jagdrevier;
Gibt man dem Hirsche Raum und Frist,
Eh' springt der Hund, der Bogen zischt: –
Wo, wie den Schleicher Fuchs man schlägt,
Wann man ihn fängt, doch niemand frägt.
Die Jungfrau vom See

Nicht leicht findet man die Lager der Eingebornen gleich denen der besser unterrichteten Weißen von bewaffneten Kriegern bewahrt. Von dem Nahen jeder Gefahr, während sie noch ferne ist, wohl unterrichtet, bleibt der Indianer im allgemeinen sicher mit seiner Kenntnis der Zeichen des Waldes und im Vertrauen auf die langen und schwierigen Pfade, die ihn von den gefürchtetsten Gegnern trennen. Der Feind, der durch ein glückliches Zusammentreffen von Umständen Mittel gefunden, die Wachsamkeit der Kundschafter zu täuschen, begegnet in der Nähe ihrer Wohnungen selten Schildwachen, welche Lärm machen könnten. Zudem kannten die den Franzosen befreundeten Stämme das Gewicht des Schlages zu gut, der ihre Feinde eben betroffen hatte, um unmittelbare Gefahr von den Nationen zu fürchten, welche der britischen Krone untertan waren.

Als sich daher Duncan und David inmitten der Kinder befanden, welche die bereits erwähnten läppischen Spiele trieben, hatten diese nicht die geringste Kunde von ihrer Annäherung gehabt. Kaum aber waren sie erblickt worden, so erhob die ganze Kinderrotte einstimmig ein gellendes Warnungsgeschrei und verschwand wie durch einen Zauberschlag vor den Augen der Fremden. Die nackten lohfarbigen Leiber der sich duckenden Unholde gingen zu dieser Tageszeit so ganz in die Farbe des verwitterten Grases über, daß es anfangs wirklich schien, als ob sie die Erde verschlungen hätte. Als aber die erste Überraschung vorüber war und Duncan genauer hinschaute, begegnete sein Blick überall schwarzen, lebhaft rollenden Augen.

Dieses plötzliche Vorspiel der Ausforschung war für Heyward eben nicht sehr ermutigend und sagte ihm, was er erst von dem reiferen Urteile der Männer zu erwarten hätte. Es war ein Augenblick, wo der junge Krieger gerne den Rückweg angetreten hätte; allein jeder Schein von Zögerung wäre zu spät gekommen. Das Geschrei der Kinder hatte ein Dutzend Krieger an die Tür der nächsten Wohnung gezogen, wo sie in einer düster und wilden Gruppe zusammen blieben und mit ernster Würde die Annäherung der unverhofften Besucher erwarteten.

David, einigermaßen vertraut mit der Szene, schritt mit einer Festigkeit voran, die jedes leichten Hindernisses zu spotten schien, und trat eben in jene Hütte ein. Sie war das Hauptgebäude des Dorfes, obgleich roh aus Rinde und Baumästen errichtet. Innerhalb seiner Wände hielt der Stamm bei seinem zeitweiligen Aufenthalte an den Grenzen der englischen Provinz seine öffentlichen Versammlungen und Beratungen. Während Duncan zwischen den dunkeln und mächtigen Gestalten der Wilden, die an der Schwelle zusammengedrängt waren, hindurchging, konnte er nur mit Mühe in seiner Miene die notwendige Unbefangenheit behaupten; in der Überzeugung aber, daß sein Leben von seiner Geistesgegenwart abhänge, überließ er sich der Willkür seines Begleiters, folgte ihm auf dem Fuße und suchte auf dem Wege alle Gedanken für das nun Kommende wieder zu sammeln. Sein Blut stockte, als er sich in der unmittelbarsten Berührung mit so wilden und unversöhnlichen Feinden sah; er bemeisterte aber seine Gefühle insoweit, daß er, ohne in seinem Ausdruck eine solche Schwäche zu verraten, in der Mitte der Hütte gelangte. Nach dem Beispiel des besonnenen Gamut nahm auch er ein Bündel wohlriechenden Buschwerks von einem Haufen in der Ecke der Hütte und ließ sich schweigend darauf nieder.

Sobald der neue Ankömmling an den beobachtenden Kriegern vorbeigeschritten war, verließen diese den Eingang, stellten sich um ihn her und schienen geduldig den Augenblick zu erwarten, wo die Würde des Fremden ihm zu sprechen gestatten würde. Bei weitem der größte Teil stand in müßiger, träger Stellung an die aufrechten Pfosten gelehnt, die das schwache Gebäude stützten, während drei oder vier der ältesten und ausgezeichnetsten Häuptlinge sich etwas mehr im Vordergrunde niedersetzten.

Eine blendende Fackel brannte und sandte, wie sie unter der

Zugluft hin und her flackerte, ihren rötlichen Schimmer von Gesicht zu Gesicht und von Gestalt zu Gestalt. Duncan benutzte ihr Licht, um aus den Mienen seiner Gastfreunde zu erforschen, welcher Empfang seiner wartete. Aber sein Scharfblick half ihm der wohlüberlegten Hinterlist des Volkes gegenüber, unter dem er sich befand, wenig. Die vorne sitzenden Häuptlinge warfen kaum einen Blick auf seine Person und hefteten ihre Augen mit einem Ausdruck auf die Erde, den man für Achtung nehmen, aber ebensoleicht als Mißtrauen fürchten konnte. Die Männer, welche im Schatten standen, waren weniger zurückhaltend. Duncan begegnete bald ihren forschenden, aber verstohlenen Blicken, wie sie seine Gestalt und seinen Aufzug Zoll für Zoll musterten und keinen Zug seiner Miene, keine Gebärde keine Linie seiner Malerei, ja keinen Teil seiner Bekleidung unbeachtet und unbeurteilt ließen.

Endlich trat einer, dessen Haare sich bereits mit Grau zu mengen begannen, dessen sehnige Glieder und fester Tritt aber ankündigten, daß er noch allen Ansprüchen des Mannesalters genügen könne, aus dem Dunkel eines Winkels hervor, wohin er sich wahrscheinlich begeben hatte, um ungesehen beobachten zu können, und sprach. Da er aber in der Mundart der Wyandots oder Huronen redete, so blieben seine Worte Heyward unverständlich, schienen aber nach den Gebärden, die sie begleiteten, mehr Artigkeit als Unwillen auszudrücken. Duncan schüttelte den Kopf und deutete durch eine Gebärde an, daß er nicht zu antworten vermöge.

»Spricht keiner meiner Brüder französisch oder englisch?« fragte er in der ersteren Sprache, von einem Gesicht auf das andere schauend, in der Hoffnung, einem bejahenden Nicken zu begegnen.

Obgleich mehr denn *ein* Kopf sich wandte, den Sinn seiner Worte zu fassen, so blieben sie doch unbeantwortet.

»Es wäre mir leid«, fuhr Duncan langsam und in dem einfachsten Französisch, dessen er mächtig war, fort, »wenn ich glauben müßte, daß keiner in dieser weisen und tapferen Nation die Sprache des ›großen Monarchen‹, deren er sich gegen seine Kinder bedient, verstehe. Schwer würde es ihm auf das Herz fallen, müßte er denken, daß seine roten Krieger ihm so wenig Ehrfurcht bezeigen!«

Eine lange und ängstliche Pause erfolgte, keine Bewegung

eines Gliedes, kein Ausdruck eines Auges ließ die Wirkung erraten, die seine Bemerkung hervorgebracht hatte. Duncan, welcher wußte, daß Stillschweigen eine Tugend bei seinen Wirten hieß, benutzte gerne diese Sitte, unterdessen seine Gedanken zu ordnen. Endlich antwortete derselbe Krieger, der sich vorher an ihn gewandt hatte, mit der trockenen Frage in kanadischer Mundart:

»Wenn unser großer Vater mit seinem Volke spricht, geschieht es in der Sprache der Huronen?«

»Er kennt keinen Unterschied unter seinen Kindern, mag die Farbe ihrer Haut rot, schwarz oder weiß sein«, antwortete Duncan ausweichend, »obgleich er besonderes Wohlgefallen an den Huronen hat!«

»Wie wird er aber sprechen«, fragte der schlaue Häuptling, »wenn die Läufer ihm die Skalpe zählen, die vor fünf Nächten noch auf den Köpfen der Yengeese wuchsen?«

»Sie waren seine Feinde«, sprach Duncan, unwillkürlich schaudernd, »und ohne Zweifel wird er sagen: ›Es ist gut – meine Huronen sind sehr tapfer.‹«

»Unser Kanadavater denkt nicht so. Statt vorwärts zu schauen und seine Indianer zu belohnen, sind seine Augen rückwärts gewendet. Er sieht die toten Yengeese, aber keine Huronen. Was kann dies bedeuten?«

»Ein großer Häuptling wie er hat mehr Gedanken als Zungen. Er schaut sich um, zu sehen, ob ihm keine Feinde auf der Fährte seien.«

»Das Kanu eines toten Kriegers schwimmt nicht mehr auf dem Horican«, entgegnete düster der Wilde. »Seine Ohren sind den Delawaren offen, welche nicht unsere Freunde sind, und sie füllen sie mit Lügen.«

»Es kann nicht sein. Seht, er hat mich, da mir die Kunst, Kranke zu heilen, eigen ist, geheißen, zu seinen Kindern, den roten Huronen an den großen Seen, zu gehen, um zu fragen, ob welche krank seien.«

Eine zweite Pause folgte dieser Ankündigung des Berufs, den sich Duncan gegeben hatte. Aller Augen hefteten sich zu gleicher Zeit auf ihn, als wollten sie die Wahrheit oder Falschheit seiner Aussage erkunden, und mit so kühnem Scharfblick, daß der Gegenstand ihrer Ausforschung zittern mußte. Er wurde jedoch von dem früheren Sprecher wieder beruhigt.

»Bemalen die kunstfertigen Männer in Kanada sich die Haut?« fragte der Hurone kaltblütig weiter, »sie rühmten sich doch sonst ihres blassen Gesichtes!«

»Wenn ein Indianerhäuptling zu seinen weißen Vätern kommt«, versetzte Duncan mit großer Festigkeit, »so legt er seine Büffelkleidung ab, um das Hemd zu tragen, das ihm angeboten wird. Meine Brüder haben mir diese Farben gegeben, und ich trage sie.«

Ein halblautes Gemurmel des Beifalls verkündigte, daß diese Artigkeit für den Stamm günstig aufgenommen wurde. Der ältliche Häuptling machte eine Gebärde der Zufriedenheit, in welche die meisten seiner Genossen, ihre Hand ausreckend, mit einem kurzen Ausrufe des Wohlgefallens einstimmten. Duncan atmete wieder freier, in der Meinung, das Schwerste sei vorüber, und da er sich bereits auf eine einfache und glaubhafte Erzählung zur Stütze seines angeblichen Berufes vorbereitet hatte, so fand seine Hoffnung auf endliches Gelingen neue Nahrung.

Nach einem kurzen Stillschweigen erhob sich ein anderer Krieger, als wollte er seine Gedanken vorher ordnen, um auf die eben gegebene Erklärung des Gastes gebührenden Bescheid zu erteilen, und schickte sich zum Sprechen an. Schon bewegten sich seine Lippen, da erschollen dumpfe, aber schreckliche Laute aus dem Walde, denen unmittelbar ein helltönendes, schrilles Geschrei von solcher Dauer folgte, daß es dem kläglichen langen Geheul eines Wolfes glich. Diese plötzliche und furchtbare Unterbrechung schreckte Duncan von seinem Sitze auf und ließ ihn über den Eindruck dieser gräßlichen Töne alles übrige vergessen. In demselben Augenblick verließen alle Krieger zugleich die Hütte, und die Luft erfüllten draußen laute Ausbrüche von Geschrei, die jene schrecklichen immer noch aus den Blätterhallen des Waldes schallenden Laute beinahe übertönten. Unfähig, sich länger zu beherrschen, eilte auch der Jüngling aus der Hütte und fand sich plötzlich mitten unter einem unordentlichen Haufen, der beinahe alles, was in den Grenzen des Lagers Leben hatte, in sich schloß. Männer, Weiber und Kinder, Alte, Gebrechliche, Rüstige, Starke – alles war auf den Beinen: die einen riefen laut, andere schlugen wie verrückt vor Freude die Hände zusammen, und alle drückten ihr wildes Frohlocken über ein unerwartetes Ereignis aus. Obgleich anfangs wie betäubt von dem Aufruhr, fand Heyward bald in der folgenden Szene alles erklärt.

Der Himmel gab noch hinreichendes Licht, um die helleren Öffnungen zwischen den Gipfeln der Bäume bemerken zu lassen, wo verschiedene Pfade aus der Lichtung in die Tiefen der Wildnis führten. Auf einem derselben kam eine Reihe von Kriegern aus dem Walde hervor und näherte sich langsam den Wohnungen.

Einer der Vordersten trug eine kurze Stange, an welcher, wie man nachher sah, mehrere menschliche Skalpe aufgehängt waren. Die erschütternden Töne, welche Duncan gehört, waren das, was die Weißen nicht ungeeignet das Todesgeschrei nennen, und jede Wiederholung derselben sollte dem Stamme das Schicksal eines Feindes verkünden.

So weit konnte Heyward von seiner Erfahrung Aufschluß erhalten. Da er jetzt wußte, daß die unerwartete Rückkehr aus einem glücklichen Kriegszuge die Ursache der Unterbrechung gewesen war, so verschwand jede Besorgnis, und er wünschte sich innerlich Glück zu einer so willkommenen Erleichterung, die stark die Aufmerksamkeit von ihm abziehen mußte.

Etwa hundert Schritte von den Hütten machten die neu angekommenen Krieger halt. Ihr klägliches und erschreckendes Geheul, das bald das Wehklagen der Sterbenden, bald den Triumph der Sieger darstellen sollte, hatte gänzlich aufgehört. Einer von ihnen rief jetzt laut in Worten, welche ferne davon, die Ohren der Zuhörer zu erschrecken, ihnen doch kaum verständlicher waren als das eben verstummte ausdrucksvolle Geheul. Es würde schwer sein, einen Begriff von der wilden Verzückung zu geben, mit welcher die so mitgeteilte Kunde aufgenommen wurde. Das ganze Lager bildete in einem Augenblicke den Schauplatz der wildesten, geräuschvollsten Bewegung. Die Krieger zogen ihre Messer und bildeten, sie emporschwingend, zwei Reihen zu einer Gasse, welche von dem Siegerhaufen bis zu den Hütten führte. Die Squaws ergriffen Keulen, Äxte oder die erste beste Angriffswaffe, die sich ihren Händen darbot, und stürzten herbei, um in dem grausamen Spiele, das nun beginnen sollte, ihre Rollen zu übernehmen. Selbst die Kinder wollten nicht ausgeschlossen sein: Knaben, die kaum Waffen handhaben konnten, rissen ihren Vätern die Tomahawks aus dem Gürtel, schlichen sich in die Reihen und ahmten geschickt die wilden Bewegungen ihrer Eltern nach.

Große Haufen Gestrüpp lagen in der Lichtung zerstreut umher, und eine erfahrene, alte Squaw war beschäftigt, deren so viele anzuzünden, als zur Beleuchtung der kommenden Szene erforderlich war. Die Flamme schlug empor, sie war mächtiger als der scheidende Tag und ließ die Gegenstände zwar deutlich, aber nur um so gräßlicher erscheinen. Die ganze Szene bot das fesselndste Gemälde, dessen Rahmen der dunkle Saum der hohen Fichten bildete. Die neu angekommenen Krieger waren am weitesten entfernt, im Vordergrunde aber standen zwei Männer, aus der Zahl der übrigen auserwählt, um in dem nun beginnenden Schauspiele die Hauptrollen zu spielen. Das Licht war nicht stark genug, ihre Gesichtszüge deutlich erkennen zu lassen, aber man sah wohl, daß sie von sehr verschiedenen Gefühlen bewegt wurden. Während der eine in fester Haltung aufrecht stand, bereit, seinem Schicksal als Held sich zu unterwerfen, senkte der andere sein Haupt, als wäre er von Schrecken gelähmt oder von Scham darnieder gedrückt. Der edelmütige Duncan fühlte sich mächtig angetrieben, dem ersteren Bewunderung und Teilnahme zu zollen, obgleich sich keine Gelegenheit bot, seinen edeln Regungen Worte zu geben. Er bewachte mit unverwandtem Auge seine geringsten Bewegungen, und während er den leichten Umrissen eines wunderbar schön gebildeten und kräftigen Körpers folgte, suchte er sich zu überreden, daß der junge Gefangene, wenn es in der Macht eines Menschen stehe, unterstützt durch Mut und Entschlossenheit die Probe so schwerer Gefahr glücklich zu bestehen, wohl auf Glück in dem ihm bevorstehenden gewagten Laufe hoffen dürfe. Unvermerkt näherte sich der junge Mann den dunkeln Reihen der Huronen und atmete kaum, so gespannt war sein Interesse für das ganze Schauspiel. Jetzt ertönte das Signalgeschrei, und die augenblickliche Stille, welche vorangegangen war, wurde durch einen Ausbruch von Geheul unterbrochen, der seinesgleichen noch nicht gefunden hatte. Das eine gänzlich mutlose Schlachtopfer blieb regungslos stehen, der andere aber sprang bei dem Schrei mit der Geschwindigkeit und Gewandtheit eines Hirsches davon. Statt durch die feindlichen Linien, wie man erwartet hatte, zu stürzen, hatte der Gefangene kaum die gefährliche Enge erreicht, als er sich wandte und, ehe ein

Streich gegen ihn geführt werden konnte, über die Köpfe einer Reihe Kinder setzte und mit einem Male die äußere, sicherere Seite der furchtbaren Kriegerreihe gewann. Dieser List folgten hundertstimmige Verwünschungen: die ganze, aufgeregte Menge stob auseinander und zerstreute sich in wilder Verwirrung über den Platz.

Ein Dutzend Haufen brennenden Gestrüpps ergossen ihr rötliches Licht über den Platz, der einer unheimlichen, geisterhaften Kampfstätte glich, wo böse Dämonen sich versammelt hatten, um ein blutiges, ruchloses Werk zu beginnen. Die Gestalten im Hintergrunde glichen überirdischen Wesen, während sie vor dem Auge vorbeiglitten und die Lüfte mit tollen und sinnlosen Bewegungen durchschnitten: die wilden Leidenschaften solcher aber, die an der Flamme vorüberkamen, erschienen furchtbar deutlich in dem Lichte, das über ihre wutsprühenden Züge lief.

Es läßt sich leicht denken, daß unter solch einem Getümmel rachedürstender Feinde der Flüchtling nicht zu Atem kommen konnte. Einen einzigen Augenblick schien es, als ob er den Wald erreichen würde, aber der ganze Schwarm der Sieger warf sich ihm entgegen und trieb ihn in die Mitte einer erbarmungslosen Verfolgung zurück. Sich umwendend wie ein eingeholter Hirsch, schoß er pfeilschnell über ein hoch auflodderndes Feuer, durchdrang die ganze Menge ungefährdet und erschien wieder auf der entgegengesetzten Seite der Lichtung. Aber auch hier traf er auf einige der älteren und schlaueren Huronen, die ihn abermals zurücktrieben. Noch einmal warf er sich in das Gedränge, als ob er in der allgemeinen Verwirrung Sicherheit suchte, und dann vergingen einige Augenblicke, während welcher Duncan den gewandten und mutigen jungen Fremdling verloren glauben mußte.

Man konnte nichts unterscheiden als eine dunkle Masse menschlicher Gestalten, welche sich in einem verworrenen Getümmel stießen und durcheinander drängten. Arme, blitzende Messer und furchtbare Keulen ließen sich erkennen, aber die Streiche wurden augenscheinlich nur aufs Geratewohl geführt. Der furchtbare Eindruck dieser Szene ward durch das durchdringende Geschrei der Weiber und das wilde Geheul der Krieger noch erhöht. Hier und da fiel ein flüchtiger Lichtschein auf eine leichte Gestalt, welche in verzweifeltem Sprunge durch die

Luft schoß, und ließ Duncan mehr hoffen als glauben, der Gefangene sei immer noch Herr seiner bewundernswürdigen Stärke und Gewandtheit. Plötzlich warf sich die Menge zurück nach der Stelle, wo er selber stand: die schwerfällige Masse der Verfolger drängte die vorn stehenden Weiber und Kinder und warf einige zu Boden. Der Fremde ward in der Verwirrung wieder sichtbar. Menschliche Kräfte aber mußten einer so fürchterlichen Probe erliegen. Dies schien der Gefangene zu fühlen: die augenblickliche Öffnung benutzend, brach er aus der Mitte der Krieger hervor und machte einen verzweifelten und, wie es Duncan schien, letzten Versuch, den Wald zu gewinnen. Gleich als wüßte er, daß ihm von dem jungen Soldaten keine Gefahr drohe, berührte er ihn beinahe auf seiner Flucht, dicht an ihm vorbei eilend. Ein hoher, mächtiger Hurone, der seine Kräfte bisher geschont hatte, war ihm auf den Fersen und drohte mit aufgehobenem Arm einen tödlichen Streich zu führen. Duncan streckte seinen Fuß vor, und dieser Stoß warf den ungestümen Wilden weit vor sein beabsichtigtes Opfer gestreckt auf die Erde hin. Mit Gedankenschnelle benutzte der Verfolgte den Vorteil; er wandte sich, blitzte einem Meteore gleich vor Duncan vorbei, und als dieser im nächsten Augenblick seine Besinnung wiedergewann und nach dem Gefangenen umschaute, sah er ihn ruhig gegen einen kleinen bemalten Pfosten vor dem Tor der Haupthütte gelehnt dastehen.

Aus Furcht, daß die Rolle, die er bei dieser Rettung gespielt, ihm selbst verderblich werden könnte, verließ Duncan ohne Verzug seinen Platz und folgte dem Haufen, der sich unmutig und düster nach den Wohnungen zog, einer schaulustigen Volksmenge ähnlich, die vergeblich auf eine Hinrichtung gewartet hat. Neugierde oder vielleicht ein besseres Gefühl trieb ihn, sich dem Fremden zu nähern. Dieser hielt mit einem Arm den schützenden Pfosten umschlungen und atmete nach seiner verzweifelten Anstrengung tief und schwer, doch zu stolz, das geringste Zeichen des Leidens von sich zu geben. Er war jetzt durch eine unvordenkliche und heilige Sitte geschützt, bis der Stamm in voller Versammlung sein Schicksal beraten und entschieden hatte. Wenn man übrigens aus der Stimmung derer, die den Platz umgaben, Schlüsse ziehen durfte, so war das Ergebnis leicht vorauszusehen.

Kein Schimpfwort gab es in der Huronensprache, das die getäuschten Weiber nicht gegen den glücklichen Fremden verschwenderisch ausgestoßen hätten. Sie verhöhnten seine Anstrengungen und sagten ihm mit bitterem Spott, daß seine Füße besser als seine Hände seien; daß er Flügel verdiene, da er weder Pfeil noch Messer zu kennen scheine. Der Gefangene gab auf alles dies keine Antwort, sondern begnügte sich, eine Stellung zu beobachten, in der sich Würde wunderbar mit Verachtung mischte. Diese Ruhe sowohl als das gute Glück des Gefangenen erbitterten die Weiber gleich sehr, ihre Worte erstickten und gingen in ein schrilles, durchdringendes Geheul über. Gerade jetzt drang die geschäftige Alte, welche die Vorsicht gebraucht hatte, das Gesträuch in Brand zu stecken, durch die Menge und machte sich vor dem Gefangenen freie Bahn. Die schmutzige und verwitterte Erscheinung dieser Unholdin mochte leicht auf ein Vorhandensein übermenschlicher Kräfte schließen lassen. Ihr leichtes Gewand zurückwerfend, streckte sie höhnisch ihren langen knöchernen Arm vor und rief, um dem Gegenstand ihrer Schmähungen verständlicher zu werden, in der Sprache der Lenapen:

»Höre mich, Delaware«, schrie sie, indem sie ihm ins Antlitz ein Schnippchen schlug, »deine Nation ist ein Geschlecht von Weibern; die Hacke schickt sich besser für eure Hände als die Büchse. Eure Squaws gebären Hirsche; käme ein Bär, eine wilde Katze oder eine Schlange unter euch zur Welt, so würdet ihr Reißaus nehmen. Die Huronenmädchen sollen dir Weiberröcke machen, und wir wollen nach einem Manne für dich sehen.«

Ein wildes Gelächter folgte diesem Angriff, und die sanften, melodischen Töne der jüngeren Frauen klangen seltsam mit der kreischenden Stimme der ältern und boshafteren Genossin zusammen. Allein der Fremde trotzte allen diesen Bemühungen. Sein Haupt blieb unbeweglich, nicht die leiseste Kenntnis schien er von den Anwesenden zu nehmen, außer wenn sein stolzes Auge von Zeit zu Zeit gegen die dunkeln Gestalten der Krieger rollte, welche – schweigende, finstere Beobachter der Szene – in dem Hintergrunde auf und nieder schritten.

Wütend über die Selbstbeherrschung des Gefangenen, stemmte die Alte ihre Arme in die Seite, warf sich in eine herausfordernde Stellung und brach von neuem in einen Strom von Schmähungen aus, welche keine Kunst vermögend wäre, mit

Erfolg zu Papier zu bringen. Sie verströmte jedoch vergeblich ihren Atem: obgleich sie unter ihrem Volke als eine Heldin in der Kunst zu schmähen gelten konnte und sich in eine Wut gesteigert hatte, die ihr den Schaum aus dem Munde trieb, so konnte sie es doch nicht dahin bringen, daß der regungslos dastehende Fremde auch nur einen Muskel rührte. Der Ärger über diese Gleichgültigkeit begann sich auch den andern Zuschauern mitzuteilen, und ein Jüngling, der eben erst aus dem Knabenalter in die Jahre der Mannheit hinüberschritt, kam der keifenden Alten zu Hilfe, indem er, einen Tomahawk vor dem Schlachtopfer schwingend, ihren Hohn mit seinen leeren Ruhmreden verstärkte. Jetzt wandte der Gefangene sein Antlitz nach dem Lichte und sah auf den Knaben mit einem Blick herab, der mehr als Verachtung ausdrückte; im nächsten Augenblick lehnte er wieder ruhig am Pfosten, aber diese Veränderung der Stellung hatte Duncan vergönnt, einige Blicke mit den festen, durchdringenden Augen des Gefangenen – mit Unkas zu wechseln.

Atemlos vor Erstaunen und schwer geängstigt durch die gefährliche Lage des Freundes, wich Heyward diesem Blick aus, zitternd, das Verderben des Gefangenen – wußte er auch nicht, wie – zu beschleunigen. Doch diese Furcht war für den Augenblick unnütz. Jetzt drängte sich ein Krieger durch die erhitzte Menge, Weiber und Kinder mit ernster Miene beiseite weisend, nahm Unkas beim Arm und führte ihn zur Türe des Versammlungshauses. Alle Häuptlinge und die meisten ausgezeichneten Krieger der Nation folgten, und der ängstliche Heyward fand Mittel, sich unter ihnen miteinzudrängen, ohne eine ihm selbst gefährliche Aufmerksamkeit zu erregen.

Einige Minuten gingen darüber hin, den Anwesenden nach ihrem Rang und Einfluß in dem Stamme Plätze anzuweisen. Die Ordnung war ziemlich dieselbe wie bei dem früheren Zusammentreffen: die älteren und höheren Häuptlinge nahmen den Vordergrund des geräumigen Gemaches ein, hell beleuchtet von dem blendenden Lichte einer Fackel, indes die jüngeren, untergeordneteren Krieger im Hintergrunde sich sammelten, eine dunkle Masse schwärzlicher Gestalten und scharf ausgeprägter Gesichtszüge. Mitten im Kreise, unmittelbar unter einer Öffnung, durch welche ein paar Sterne flimmerten, stand Unkas, ruhig, erhaben, gefaßt. Seine Hoheit und Würde verfehlte ihren Eindruck auf die Sieger nicht: ihre Blicke wandten sich oft mit einem Ausdruck auf ihn, der, die Unbeugsamkeit ihrer Entschlüsse verkündend, dennoch von Bewunderung für den kühnen Mut des Fremdlings zeugte.

Anders das Individuum, welches Duncan vor dem verzweifelten Reihenlauf neben seinem Freunde hatte stehen sehen. Statt an der Jagd teilzunehmen, hatte der Gefangene während dieses wilden Aufruhrs, einem Bilde der Scham oder des Unglücks gleich, niedergedrückt dagestanden. Obgleich keine Hand sich ausgereckt hatte, ihn zu grüßen, kein Auge sich herabließ, seine Bewegungen zu bewachen, war auch er gleichfalls in die Hütte getreten, als zöge ihn ein Verhängnis, dem er sich ohne Kampf fügen müsse. Heyward benutzte die erste Gelegenheit, ihm ins Gesicht zu sehen, in der geheimen Besorgnis, auch in seinen Zügen einem Bekannten zu begegnen; allein es waren die eines Fremden, und er trug, was ihm noch unerklärlicher schien, alle unterscheidenden Merkmale eines Huronenkriegers. Statt jedoch unter seinen Stamm zu treten, setzte er sich beiseite, einsam mitten unter der Menge, und duckte sich in eine demütige Stellung, als wolle er so wenig Raum als möglich einnehmen. Als jeder den ihm zukommenden Platz eingenommen hatte und allgemeine Stille eingetreten war, begann der Häuptling mit grauen Haaren, den wir bereits erwähnt haben, in der Sprache der Lenni-Lenapen:

»Delaware«, sprach er, »obgleich aus einer Nation von Weibern, hast du dich doch als ein Mann erprobt. Gerne würd' ich dir Nahrung geben, aber wer mit einem Huronen ißt, muß sein Freund werden. Ruhe im Frieden bis zur Morgensonne, dann soll unser letztes Wort gesprochen werden.«

»Sieben Nächte und sieben Sommertage habe ich auf der Fährte der Huronen gefastet«, erwiderte kaltblütig Unkas. »Die Kinder der Lenapen wissen auf dem Pfade der Gerechten zu wandeln, ohne sich mit Essen aufzuhalten.«

»Zwei meiner jungen Krieger verfolgen deinen Begleiter«, fuhr der andere wieder fort, ohne, wie es schien, auf die Ruhmrede seines Gefangenen zu achten, »wenn sie zurück sind, werden unsere weisen Männer zu dir sagen: Leb oder stirb!«

»Hat ein Hurone keine Ohren?« rief Unkas verächtlich aus. »Zweimal hat der Delaware, seit er Euer Gefangener ist, den

Knall einer Büchse gehört, die er wohl kennt. Eure jungen Männer kehren nimmer zurück!«

Eine kurze und düstere Pause folgte dieser kühnen Behauptung. Duncan, welcher merkte, daß der Mohikaner auf die verhängnisvolle Büchse des Kundschafters anspielte, beugte sich vorwärts und suchte zu beobachten, welchen Eindruck diese Worte auf die Sieger machen würden; der Häuptling begnügte sich aber, einfach zu erwidern: »Wenn die Lenapen so geschickt sind, warum ist einer ihrer tapfersten Krieger hier?«

»Er folgte den Fußtapfen eines fliehenden Feiglings und fiel in eine Schlinge. Auch der schlaue Biber kann gefangen werden.«

Während Unkas so sprach, deutete er mit dem Finger auf den einsamen Huronen, ohne jedoch einem so unwürdigen Gegenstande weitere Aufmerksamkeit zu schenken. Diese Antwort und die Miene des Sprechers brachten unter seinen Zuhörern große Aufregung hervor. Aller Augen wandten sich finster auf den durch jene einfache Gebärde Bezeichneten, und ein dumpfes, drohendes Gemurmel lief durch die Versammelten. Diese verhängnisvollen Laute erreichten die äußere Türe und das Ohr der Weiber und Kinder, die so dicht zusammengedrängt standen, daß zwischen Schulter und Schulter keine Lücke blieb, die nicht durch die dunkeln Lineamente eines neugierigen menschlichen Gesichts ausgefüllt worden wäre. Indessen verkehrten die älteren Häuptlinge in der Mitte untereinander in kurzen, abgebrochenen Sätzen. Kein Wort ward gesprochen, das nicht die Meinung des Sprechers auf die einfachste, kräftigste Weise zu erkennen gab. Abermals trat eine lange, feierliche Stille ein. Sie war, wie alle wußten, der ernste Vorbote eines wichtigen und schweren Urteilsspruchs. Die den äußeren Kreis Bildenden stellten sich auf die Zehenspitzen, um sehen zu können; selbst der Schuldige vergaß für einen Augenblick seine Schmach und gab, von einem stärkeren Gefühle ergriffen, seine niedergeschlagenen Gesichtszüge preis, um einen ängstlichen, unruhigen Blick auf die finstere Versammlung der Häuptlinge zu werfen. Das Stillschweigen ward endlich von dem öfter genannten betagten Häuptlinge unterbrochen. Er erhob sich von der Erde, ging an der unbeweglichen Gestalt des Mohikaners vorbei und stellte sich in würdevoller Haltung vor den Schuldigen. In diesem Augenblick trat die vorerwähnte alte Squaw, eine Fackel in der Hand in den Kreis, begann, auf die eine Seite geneigt, einen langsamen Tanz und murmelte die unverständlichen Worte einer Art von Beschwörung. Obgleich sie sich ungerufen eingedrängt hatte, so ließ man sie dennoch gewähren.

Als sie sich Unkas genähert hatte, hielt sie ihm den lodernden Feuerbrand dicht entgegen, dessen roter Schein ein so volles Licht auf ihn warf, daß man die geringste Bewegung in seinen Gesichtszügen unterscheiden konnte. Der Mohikaner beharrte in seiner festen, stolzen Haltung; sein Auge verschmähte es, ihrem forschenden Blicke zu begegnen, und schaute fest in die Ferne, als ob es die Hindernisse, die seine Blicke hemmten, durchdränge und in die Zukunft schaue. Zufrieden mit ihrer Untersuchung, verließ sie ihn mit einem leichten Ausdruck des Vergnügens, um ihren schuldigen Landsmann derselben Probe zu unterwerfen.

Der junge Hurone war mit den Kriegsfarben seines Stammes bemalt, und sein Anzug verhüllte wenig von seinen schön gebildeten Formen. Das Licht ließ alle Glieder und Gelenke genau unterscheiden, aber schaudernd wandte sich Duncan ab, als er sah, wie sie in unbesiegbarer Todesangst rangen. Die Alte stimmte bei diesem traurigen und schimpflichen Anblick ein tiefes, klagendes Geheul an; der Häuptling aber streckte seinen Arm aus und drängte sie sanft auf die Seite.

»Schwankendes Rohr!« sprach er, den jungen Schuldigen bei seinem Namen und in seiner Muttersprache anredend, »obgleich der Große Geist dich gefällig für das Auge geschaffen hat, so wäre es doch besser, du wärest nicht geboren worden. Deine Zunge ist laut in dem Dorf, aber stumm in der Schlacht. Keiner meiner Jünglinge schlägt den Tomahawk tiefer in den Kriegspfosten – keiner so schwach auf die Yengeese. Die Feinde kennen die Gestalt deines Rückens, haben aber nie die Farbe deiner Augen gesehen. Dreimal haben sie dir zugerufen zu kommen, und ebensooft hast du vergessen zu antworten. Dein Name wird in deinem Stamm nie wieder genannt werden. – Er ist bereits vergessen.«

Während der Häuptling langsam diese Worte sprach und nachdrucksvoll zwischen jedem Satze innehielt, erhob der Schuldige aus Achtung vor dem Rang und den Jahren des andern sein Antlitz. Scham, Schrecken und Stolz kämpften in seinen Zügen. Sein Auge, vor innerem Schrecken krampfhaft zusammengezogen, irrte auf den Personen umher, von deren Atem sein Ruf abhing, und Stolz gewann für einen Augenblick die Oberhand. Er stand auf, entblößte seine Brust und blickte fest auf das scharfe, blinkende Messer, das sein unerbittlicher Richter bereits emporhielt. Als die Waffe ihm langsam in das Herz drang, lächelte er sogar, als freue er sich, den Tod nicht so furchtbar zu finden, als er erwartet hatte, und fiel in schwerem Falle auf sein Gesicht zu den Füßen des starren und unbeugsamen Unkas nieder.

Die Squaw erhob ein lautes, klägliches Geheul, stieß die Fackel auf die Erde und begrub alles umher in tiefe Finsternis. Die ganze schaudernde Gruppe der Zuschauer eilte gleich aufgeschreckten Geistern aus dem Hause, und Duncan glaubte sich mit dem noch zuckenden Schlachtopfer eines indianischen Richterspruchs allein in demselben zurückgelassen.

Vierundzwanzigstes Kapitel

Der Weise sprach's, alsbald der Fürsten Rat
Sich auflöst', ihrem Haupte zu gehorchen.
Popes Jliade

Ein einziger Augenblick überzeugte den Jüngling, daß er sich getäuscht hatte. Eine Hand legte sich mit kräftigem Druck auf seinen Arm, und Unkas' leise Stimme flüsterte ihm in das Ohr:

»Die Huronen sind Hunde. Vor dem Anblick des Blutes eines Feigen erzittert ein Krieger nicht. Das ›graue Haupt‹ und der Sagamore sind in Sicherheit, und Hawk-eyes Büchse schläft nicht. Geh – Unkas und die ›offene Hand‹ sind sich jetzt fremd. Es ist genug!«

Heyward hätte gerne noch mehr gehört, aber ein sanfter Druck des Freundes schob ihn nach der Türe hin und mahnte ihn an die Gefahr, die mit einer Entdeckung ihres Verkehrs verbunden sein mußte. Langsam und widerstrebend fügte er sich in die Notwendigkeit, verließ die Hütte und trat unter die Menge, welche in der Nähe verweilte. Die erlöschenden Feuer der Lichtung warfen ein düsteres, ungewisses Licht auf die dunkeln Gestalten, welche stillschweigend hin und her schritten; von Zeit zu Zeit drang ein hellerer Schein, stärker als gewöhnlich, in die Hütte und ließ Unkas' Gestalt immer noch in derselben aufrechten Stellung, neben ihm die Leiche des Huronen, erblicken.

Ein Trupp Krieger trat wieder herein und trug jene leblosen Überreste in den benachbarten Wald. Nach diesem Auftritte wanderte Duncan, unbefragt und unbeachtet, an den Wohnungen entlang, bemüht, eine Spur von der aufzufinden, für welche er sich in solche Gefahr begeben hatte. Bei der jetzigen Stimmung der Wilden wäre es ihm leicht gewesen, zu entfliehen und seine Freunde wiederzufinden, hätte ihm ein solcher Gedanke kommen können. Aber außer der nimmer ruhenden Angst um Alice hielt ihn auch die neue, wenngleich minder quälende Sorge um Unkas an dem Orte fest. Er streifte daher von Hütte zu Hütte weiter, doch immer nur um neuer Täuschung mit seinen suchenden Blicken zu begegnen, bis er im ganzen Dorfe die Runde gemacht hatte. Endlich gab er seine Nachforschung auf, die so fruchtlos blieb, und kehrte nach der Beratungshütte zurück, entschlossen, David aufzusuchen und zu befragen, um seinem Zweifeln ein Ende zu machen. Als Duncan das Gebäude erreicht hatte, das Gerichtsstätte und Hinrichtungsort zumal geworden, fand er, daß die Aufregung bereits verschwunden war. Die Krieger hatten sich wieder versammelt und rauchten ruhig ihre Pfeifen, während sie sich über die Hauptvorfälle auf ihrem letzten Zuge nach der Quelle des Horican ernsthaft unterhielten. Obgleich Duncans Rückkehr sie an seinen vorgeblichen Stand und die verdächtigen Umstände seines Besuchs erinnern mußte, so blieb sie doch ohne sichtbaren Eindruck. Ja, die kaum entschwundene schreckliche Szene begünstigte sogar seine Zwecke, und er durfte nur in sein Inneres blikken, um sich von der Notwendigkeit einer schnellen Benutzung dieses unerwarteten Vorteils zu überzeugen.

Ohne sichtbares Zögern trat er in die Hütte und nahm seinen Sitz mit einem Ernste ein, der zu dem Benehmen seiner Gastfreunde ungemein gut paßte. Ein flüchtiger, aber forschender Blick genügte ihm darzutun, daß Unkas an seinem früheren Platz geblieben, David aber nicht wieder erschienen sei. Jener war keiner andern Bewachung unterworfen als den aufmerksamen Blicken eines jungen Huronen, der an seiner Seite stand. Ein bewaffneter Krieger lehnte überdies an dem Pfosten, der eine Seite des engen Torweges bildete. In jeder andern Hinsicht schien der Gefangene frei zu sein, nur war er von aller Teilnahme an der Unterhaltung ausgeschlossen und glich mehr einer geformten Bildsäule als einem Manne, der Leben und Willen in sich trug.

Heyward hatte vor zu kurzer Zeit ein schreckliches Beispiel von dem schnellen Strafverfahren eines Volkes erlebt, in dessen Hände er gegeben war, um sich durch übertriebene Keckheit einer Gefahr auszusetzen. Er hatte daher gerne statt aller Unterhaltung in schweigendem Nachsinnen verharrt, da eine Entdeckung seines wahren Charakters so augenblicklich verderblich für ihn hätte werden können. Zum Unglück aber für diesen klugen Entschluß schienen die Anwesenden anders gestimmt. Er hatte den Platz noch nicht lange inne, den er klüglich etwas im Schatten eingenommen hatte, als ein zweiter älterer Krieger, der französisch sprach, sich an ihn wandte.

»Mein Kanadavater vergißt seine Kinder nicht«, sagte der Häuptling, »ich danke ihm. Ein böser Geist lebt in der Frau eines meiner jungen Männer. Kann der kundige Fremde ihn hinwegschrecken?«

Heyward besaß einige Kenntnis von den Gaukeleien, die unter den Indianern gegen vermeintliches Besessensein im Schwange waren. Er sah mit einem Blicke, daß dieser Umstand vielleicht für seine eigenen Zwecke ausgebeutet werden könne, und es hätte ihm daher ebenjetzt wohl nicht leicht ein erwünschterer Vorschlag gemacht werden können. Da er aber von der Notwendigkeit überzeugt war, die Würde seines vorgeblichen Charakters zu bewahren, so unterdrückte er seine Gefühle und antwortete in einem entsprechend geheimnisvollen Tone:

»Die Geister sind verschieden: die einen weichen der Macht der Weisheit, die andern sind zu mächtig für sie.«

»Mein Bruder ist ein großer Arzt«, sprach der schlaue Wilde, »will er es versuchen?«

Eine Gebärde der Zustimmung war die Antwort. Der Hurone war mit der Zusage zufrieden, nahm seine Pfeife wieder auf und wartete auf einen schicklichen Augenblick zum Aufbruch. Der ungeduldige Heyward verwünschte innerlich die ruhige Sitte der Wilden, die dem Scheine so viele Opfer brachte, nahm aber klüglich dieselbe Gleichgültigkeit wie der Häuptling an, der wirklich ein naher Verwandter der gequälten Frau war. Minute um Minute schwand, und der Aufschub dünkte den angehenden Scharlatan stundenlang, da setzte endlich der Hurone seine Pfeife beiseite und zog seinen Mantel über die Brust, als sei er im Begriff, ihn nach der Wohnung der Kranken zu führen. In diesem Augenblicke aber verdunkelte die mächtige Gestalt eines Kriegers das Licht des Torwegs und setzte sich, stillschweigend durch die aufmerksame Gruppe hinschreitend, auf das andere Ende des niederen Haufens Gestrüpp, welcher Duncan trug. Dieser warf einen ungeduldigen Blick auf seinen Nachbar, und ein unwillkürlicher Schauder überlief ihn, als er sich in so unmittelbarer Berührung mit Magua fand.

Die plötzliche Rückkehr dieses arglistigen und gefürchteten Häuptlings ließ den Huronen seinen Weg aufschieben. Mehrere

Pfeifen, die bereits ausgelöscht waren, wurden wieder angezündet, während der neue Ankömmling, ohne ein Wort zu sprechen, seinen Tomahawk aus dem Gürtel zog, den Kopf an dem oberen Ende desselben füllte und die Dünste des Krautes durch den hohen Schaft mit einer Gleichgültigkeit einsog, als wäre er nicht zwei ermüdende Tage auf einer langen und anstrengenden Jagd ausgewesen. Zehn Minuten, welche Duncan ebenso viele Menschenalter schienen, mochten auf diese Weise verflossen sein, und sämtliche Krieger waren in eine weiße Rauchwolke eingehüllt, ehe einer von ihnen sprach.

»Willkommen!« rief endlich einer, »hat mein Freund den Elch gefunden?«

»Die jungen Krieger schwanken unter ihren Lasten«, versetzte Magua, »das schwankende Rohr gehe auf den Jagdpfad: er wird sie treffen.«

Eine tiefe feierliche Stille folgte dem Klange des verbotenen Namens. Die Pfeife fiel aus jedem Munde, als ob alle im nämlichen Augenblicke etwas Unreines eingesogen hätten. Der Rauch wirbelte in kleinen Säulen über ihre Köpfe empor und zog sich schneckenförmig und schnell durch die Öffnung am Dache der Hütte, den Platz unter sich von seinem Dunste reinigend, so daß die dunkeln Gesichter wieder deutlicher sichtbar wurden. Die Blicke der meisten Krieger waren auf die Erde geheftet, und nur wenige Jüngere, minder Begabte in der Versammlung ließen ihre wilden, blitzenden Augäpfel nach einem Greis mit weißen Haaren rollen, der zwischen zwei der geehrtesten Häuptlinge des Stammes saß. Es lag übrigens nichts in dem Äußern und dem Anzug dieses Indianers, das ihn zu solcher Auszeichnung hätte berechtigen können. Seine Miene drückte eher Niedergeschlagenheit aus, als daß sie sich durch die den Eingebornen eigene Haltung bemerklich machte, und seine Kleidung war die gewöhnliche des Indianers der niederen Klassen. Wie bei den meisten um ihn her war auch sein Blick eine Weile zur Erde gerichtet; als er aber endlich einmal seine Augen verstohlen beiseite sehen ließ und gewahrte, daß er der Gegenstand allgemeiner Aufmerksamkeit geworden war, stand er auf und erhob mitten in der allgemeinen Stille seine Stimme.

»Es war eine Lüge«, sprach er, »ich hatte keinen Sohn. Er, der mit diesem Namen genannt wurde, ist vergessen; sein Blut war blaß und kam nicht aus den Adern eines Huronen; die verruchten Chippewas hatten mein Weib betört. Der Große Geist hat gesagt: Wiß-en-tushs Geschlecht soll enden – Glücklich der, welcher weiß, daß das Verderben in seinem Geschlecht mit ihm stirbt! Ich habe gesprochen.«

Der Redner, dessen Sohn der feinherzige junge Indianer gewesen war, blickte umher, als wolle er in den Augen der Zuhörer Beifall über seinen Stoizismus lesen. Aber die strengen Sitten seines Volkes hatten dem alten schwachen Manne eine zu harte Probe auferlegt, der Ausdruck seines Auges widersprach seinen bilderreichen ruhmredigen Worten, während jeder Muskel seines mit Runzeln bedeckten Gesichtes vor innerer Qual zuckte. Er blieb noch einen Augenblick stehen, um seinen bittern Triumph zu genießen, und wandte sich dann ab, als schauderte er bei dem Anblick der Menschen, verhüllte das Gesicht mit seiner Decke und entfernte sich mit dem geräuschlosen Tritte eines Indianers, um in der Abgeschiedenheit seiner eigenen Hütte die Teilnahme einer Gefährtin zu suchen, alt, kummervoll und kinderlos wie er.

Die Indianer, welche an eine Vererbung der Tugenden und Fehler des Charakters glauben, ließen ihn stillschweigend hinausgehen.

Als er sich entfernt hatte, zog einer der Häuptlinge, getrieben von einer zarten Rücksicht, die manche gebildeteren Kreise der Gesellschaft anstreben sollten, die Aufmerksamkeit der jungen Krieger von der Schwäche ab, von der sie soeben noch Zeugen gewesen waren, und wandte sich in freundlichem Tone an Magua, den letzten Ankömmling.

»Die Delawaren sind um mein Dorf geschlichen wie die Bären nach den Honigkörben. Aber wer hat einen Huronen je schlafend gefunden?«

Die finstere drohende Gewitterwolke, die dem Donnerschlage vorangeht, ist nicht schwärzer, denn Maguas Braue war, als er rief:

»Die Delawaren von den Seen!«

»Nicht doch. Die, welche Weiberröcke an ihrem eignen Flusse tragen. Einer von ihnen ist durch den Stamm gegangen.«

»Haben meine jungen Krieger seinen Skalp genommen? –«

»Seine Beine waren gut, obgleich sein Arm besser für die Hacke als für den Tomahawk taugt«, erwiderte der andere, auf die unbewegliche Gestalt des Mohikaners deutend.

Statt mit weibischer Neugierde seine Augen an dem Anblick eines Gefangenen zu weiden, dessen Volk er mit so vielem Grund haßte, rauchte Magua mit der nachdenklichen Miene fort, die ihm eigen war, wenn seine Arglist oder Beredsamkeit nicht ummittelbar in Anspruch genommen wurde. Obgleich über die in der Rede des alten Vaters kundgewordenen Tatsachen insgeheim verwundert, erlaubte er sich doch keine Frage, jede weitere Ausforschung auf eine schicklichere Zeit aufsparend. Erst nach einer geraumen Weile schüttete er die Asche aus seiner Pfeife, nahm den Tomahawk wieder zu sich, zog den Gürtel fester an und stand auf, zum erstenmal einen Blick auf den Gefangenen werfend, der etwas hinter ihm stand. Der aufmerksame, obgleich scheinbar in Gedanken vertiefte Unkas bemerkte diese Bewegung, wandte sich plötzlich dem Lichte zu, und ihre Blicke begegneten sich. Fast eine Minute standen diese kühnen, unbeugsamen Geister einander gegenüber, sich fest in das Auge schauend, und keiner schlug den Blick vor dem stolzen Ausdruck des Gegners nieder. Unkas' Gestalt hob sich, und seine Nasenlöcher öffneten sich gleich denen des verfolgten Tigers; aber so entschieden und unbeugsam war seine Stellung, daß die Einbildungskraft leicht ein treffliches, fehlerloses Abbild der kriegerischen Gottheit seines Stammes aus ihm geschaffen hätte. Die Umrisse der zuckenden Züge Maguas waren geschmeidiger; seine Miene verlor allmählich an Trotz und ging in einen Ausdruck wilder Freude über; er atmete tief auf, den furchtbaren Namen – »Le Cerf agile!« – aussprechend.

Alle Krieger sprangen auf, als dieser wohlbekannte Name genannt wurde, und eine Weile wich die stoische Standhaftigkeit der Eingeborenen gänzlich der Gewalt der Überraschung. Der verhaßte und doch geachtete Name ward aus aller Munde wiederholt und ertönte selbst über die Grenzen der Hütte hinaus. Die Weiber und Kinder, welche den Eingang belagerten, nahmen ihn auf wie ein Echo, dem ein schrilles, klägliches Geheul folgte. Dieses war noch nicht verhallt, als die Aufregung unter den Männern sich bereits gänzlich gelegt hatte. Alle Anwesenden setzten sich wieder, als schämten sie sich ihrer Übereilung; aber noch manche Minute ruhten ihre Augen auf dem Gefangenen, einen Krieger mit neugierigen Blicken prüfend, der so oft an den Besten ihrer Nation seine Tapferkeit bewährt hatte.

Unkas genoß diesen Sieg, begnügte sich aber, seinen Triumph durch ein ruhiges Lächeln auszudrücken – ein Zeichen der Verachtung, das allen Zeiten und Völkern eigen ist. Magua gewahrte diesen Ausdruck, erhob seinen Arm und schüttelte ihn gegen den Gefangenen, so daß die leichten Silberzieraten an seinen Armbändern von der zitternden Bewegung des Gliedes rasselten, während er in rachedrohendem Tone auf englisch ausrief:

»Mohikaner, du stirbst!«

»Die heilenden Wasser bringen die toten Huronen nie mehr zum Leben«, erwiderte Unkas in der wohlklingenden Sprache der Delawaren, »die rollenden Wogen bespülen ihre Gebeine: ihre Männer sind Weiber, ihre Weiber Eulen. Geh – ruf die Hunde von Huronen zusammen auf, daß sie einen Krieger schauen mögen. Meine Nase ist beleidigt, sie riecht das Blut eines Feigen.«

Die letzte Anspielung schlug tief, und die Wunde brannte. Manche unter den Huronen verstanden die fremde Sprache, in welcher der Gefangene redete: so auch Magua. Der schlaue Wilde nahm seinen Vorteil wahr und eilte, ihn zu benutzen. Sein leichtes Fell von der Schulter werfend, reckte er seinen Arm aus und ließ seiner arglistigen, verderblichen Beredsamkeit freien Lauf. Wie sehr auch sein Einfluß durch die unheilvolle Schwäche, der er sich zuzeiten hingab, und durch seinen Abfall von dem Stamme gelitten haben mochte – sein Mut und sein Ruf als Redner waren unbestritten geblieben. Er sprach nie ohne Zuhörer und selten, ohne daß er Anhänger für seine Meinung gewann. Im gegenwärtigen Falle wurde sein natürliches Talent noch durch den Durst nach Rache gestachelt.

Er erzählte von neuem die Ereignisse bei dem Angriff auf der Glenn-Insel, den Tod seiner Genossen und das Entkommen ihrer furchtbarsten Feinde. Dann beschrieb er die Natur und die Umgebung des Erdhügels, wohin er die Gefangenen geführt hatte, die in seine Hände gefallen waren. Seiner eigenen blutdürstigen Absichten gegen die Mädchen und seiner vereitelten Bosheit gedachte er mit keinem Wort, sondern ging rasch zu dem Überfall durch La longue Carabine mit seinen Genossen und dessen unglücklichem Ausgang über. Hier machte er eine Pause und schaute um sich, Ehrfurcht für das Andenken der Gefallenen heuchelnd, in Wahrheit aber, um den Eindruck seiner beginnenden Rede zu beobachten. Wie gewöhnlich waren aller Augen auf sein Antlitz geheftet, die düstern Gestalten schienen belebte Bildsäulen, so regungslos war ihre Stellung, so gespannt die Aufmerksamkeit jedes einzelnen.

Jetzt ließ Magua seine Stimme, die bisher hell, stark, erhoben gewesen war, sinken und berührte die Verdienste der Gefallenen. Keine Eigenschaft, die auf das Mitgefühl eines Indianers Einfluß üben konnte, blieb ungerühmt. Der eine war als nimmer fehlender Jäger bekannt; ein anderer war unermüdlich gewesen, die Fährte des Feindes zu verfolgen. Dieser war tapfer, jener edelmütig. Kurz, er wußte seine Anspielung so gut anzubringen, daß es ihm bei einem Volksstamme, der aus so wenigen Familien bestand, gelingen mußte, jede Saite anzuschlagen, die in irgendeiner Brust widerklingen konnte.

»Sind die Gebeine« – so schloß er – »meiner jungen Krieger auf dem Begräbnisplatz der Huronen? Ihr wißt es, nein! Ihre Geister sind nach der untergehenden Sonne gegangen und ziehen bereits über die großen Wasser nach den glücklichen Jagdgründen. Aber sie sind hingegangen ohne Nahrung, ohne Büchsen oder Messer, ohne Mokassins, nackt und arm, wie sie geboren wurden. Soll das so sein? Sollen ihre Seelen in das Land der Gerechten treten gleich hungrigen Irokesen oder unmännlichen Delawaren – oder sollen sie ihren Freunden begegnen, Waffen in der Hand und Mäntel auf dem Rücken? ›Was‹, werden unsre Väter denken, ›ist aus den Stämmen der Wynandots geworden?‹ Mit finstrem Blick werden sie auf ihre Kinder schauen und sprechen: ›Geht! Ein Chippewa ist unter dem Namen eines Huronen hierhergekommen.‹ Brüder, wir dürfen der Toten nicht vergessen; einer Rothaut Gedächtnis ist immer frisch. Wir wollen den Rücken dieses Mohikaners beladen, bis er unter unseren Gaben zu Boden sinkt, und ihn den jungen Kriegern nachsenden. Sie rufen uns um Hilfe an; aber unsere Ohren sind nicht offen; sie sprechen: ›Vergeßt uns nicht!‹ Wenn sie den Geist dieses Mohikaners unter seiner Bürde ihnen nachkeuchen sehen, werden sie erkennen, daß wir noch der gleichen Gesinnung sind. Dann werden sie glücklich ihres Weges ziehen, und unsere Kinder werden sagen: ›Dies taten unsere Väter für ihre Freunde, wir müssen ein gleiches für sie tun.‹ Was ist ein Yengee? Wir haben viele erschlagen, aber die Erde ist noch blaß. Ein Fleck auf dem Namen eines Huronen kann nur durch Blut getilgt werden, das aus den Adern eines Indianers strömt. So sterbe denn dieser Delaware!«

Die Wirkung einer solchen Rede, die in der nervigen Sprache und mit dem hinreißenden Vortrage eines huronischen Redners gesprochen ward, war nicht zu verkennen. Magua hatte die natürlichen Gefühle und den religiösen Aberglauben seiner Zuhörer auf eine so schlaue Weise zu vermengen gewußt, daß ihre Gemüter, durch Gewohnheit schon darauf vorbereitet, den Manen ihrer Landsleute blutige Opfer zu bringen, jede Spur von Menschlichkeit in dem Wunsche nach Rache verloren. Ein Krieger insbesondere, ein Mann von wilder, unbändiger Miene, hatte sich durch die Aufmerksamkeit ausgezeichnet, welche er den Worten des Sprechers geschenkt hatte. Sein Ausdruck wechselte unter jeder vorübergehenden Bewegung, bis er sich in einem Blick tödlicher Bosheit festsetzte. Er sprang auf, als Magua kaum geendet hatte, und schwang, ein dämonisches Geheul erhebend, eine kleine hellgeschliffene Streitaxt, die im Fackellicht erglänzte, über seinem Haupte. Die Bewegung und das Geschrei erfolgten zu plötzlich, als daß Worte die blutige Absicht hätten abwenden können. Es war, als ob ein blitzender Strahl seiner Hand entschösse, in demselben Augenblick mächtig durchkreuzt von einem dunklen Streifen. Die schnelle, entschlossene Bewegung des Häuptlings kam nicht ganz zu spät. Die kühne Waffe durchschnitt die Kriegsfeder auf dem Skalpierschopf des jungen Mohikaners und fuhr durch die schwache Wandung der Hütte, als wäre sie von einer furchtbaren Maschine geschleudert worden.

Duncan war Zeuge der drohenden Handlung gewesen und sprang schnell auf seine Füße, während sein Herzblut stockte und die edelmütigsten Entschlüsse zugunsten seines Freundes in ihm erwachten. Ein Blick sagte ihm, daß der Streich fehlgegangen war, und sein Schrecken ging in Bewunderung über. Unkas stand ruhig da, seinem Feinde mit einer Miene, die über jede Aufregung erhaben war, fest ins Auge blickend. Marmor konnte nicht kälter, unbeweglicher, starrer sein, als der Ausdruck, womit er diesem plötzlichen, rachsüchtigen Angriff begegnete. Dann aber lächelte er, den Mangel an Geschick, der ihn gerettet hatte, gleichsam bemitleidend, und murmelte einige Worte der Verachtung in seiner Muttersprache.

»Nein«, sprach Magua, nachdem er sich überzeugt hatte, daß

der Gefangene unbeschädigt war, »die Sonne muß seine Schande beleuchten. Die Squaws sollen sehen, wie sein Fleisch zittern wird, oder unsre Rache ist nur ein Knabenspiel. Geht, bringt ihn an einen Ort, wo Schweigen herrscht. Wir wollen sehen, ob ein Delaware in der Nacht schlafen kann, und am andern Morgen sterben.«

Die jungen Krieger, welche den Gefangenen zu bewachen hatten, wanden alsbald ihre Bastriemen um seine Arme und führten ihn unter tiefer unheimlicher Stille aus der Hütte. Nur unter der Öffnung des Eintritts zögerte Unkas' fester Tritt: er wandte sich und warf einen eilenden, stolzen Blick auf seine Feinde umher. In diesem las Duncan freudig den Ausdruck eines Mutes, der immer noch nicht alle Hoffnung aufgab.

Magua begnügte sich mit dem gewonnenen Erfolge oder war zu sehr mit geheimen Plänen beschäftigt, um seine Nachforschungen fortzusetzen. Seinen Mantel schüttelnd und über der Brust faltend, verließ auch er die Hütte, ohne einen Gegenstand zu verfolgen, der für seinen Nebenmann so leicht verderblich werden konnte. Trotz des in ihm wachsenden Rachegefühls, trotz seiner natürlichen Festigkeit und der Besorgnis für Unkas fühlte sich Heyward doch durch die Entfernung eines so gefährlichen und listigen Feindes merklich erleichtert. Die Aufregung, welche Maguas Rede hervorgerufen hatte, legte sich allmählich. Die Krieger nahmen ihre Sitze wieder ein, und Wolken und Rauch füllten abermals die Hütte. Fast eine halbe Stunde ward keine Silbe gesprochen, kaum ein Blick beiseite geworfen. Ein ernstes, nachdenkliches Schweigen war die natürliche Folge dieser Szene der Gewalt und der Aufregung unter Menschen, die neben solcher Leidenschaftlichkeit so viel Selbstbeherrschung zeigten.

Als der Häuptling, welcher sich Duncans Hilfe erbeten, seine Pfeife zu Ende geraucht hatte, machte er eine letzte und ungehinderte Bewegung zum Aufbruch. Ein Wink mit dem Finger war für den vermeintlichen Arzt das Zeichen zu folgen, und während Duncan durch die Rauchwolken schritt, war er in mehr als einer Hinsicht froh, bald die reine Luft eines kühlen und erfrischenden Sommerabends wieder atmen zu dürfen.

Statt den Weg nach den Hütten zu nehmen, wo Heyward bereits seine erfolglose Nachforschung angestellt hatte, wandte sich sein Begleiter seitwärts und schritt gerade auf den Abhang eines nahen Berges zu, der über den derzeitigen Wohnsitz der Huronen emporragte. Ein Dickicht von Unterholz umgab seinen Fuß, und ein schmaler, geschlängelter Pfad lag gerade vor ihnen. Die Knaben hatten ihre Spiele in der Lichtung wieder begonnen und gaben eben unter sich eine mimische Vorstellung der Jagd nach dem Kriegspfosten. Um ihre Spiele der Wirklichkeit so nahe als möglich zu bringen, hatte einer der kecksten einige Feuerbrände in Bündel von abgehauenen Baumwipfeln geworfen, die bis jetzt der Flamme entgangen waren. Der Schein eines dieser Feuer leuchtete dem Häuptling und Duncan auf ihrem Wege und erhöhte noch den wilden Charakter der rauhen Landschaft. In geringer Entfernung von einem kahlen Felsen und gerade vor demselben kamen sie an eine Grasfläche, die sie eben durchschreiten wollten. In diesem Augenblick erhielt das Feuer neue Nahrung, und das Licht der mächtigen Flamme drang selbst bis zu jener entfernten Stelle. Es fiel auf die weiße Oberfläche des Berges und strahlte auf ein dunkles, geheimnisvoll aussehendes Wesen zurück, das sich unerwartet auf ihrem Wege erhob.

Der Indianer zögerte, als sei er unschlüssig, ob er weitergehen solle, und ließ seinen Begleiter zu sich herankommen. Ein großer schwarzer Knäuel, der anfangs stillzuliegen schien, begann sich jetzt auf eine für Duncan unerklärliche Weise zu bewegen. Das Feuer flammte von neuem auf, und sein Schein fiel deutlicher auf den Gegenstand. Jetzt erkannte selbst Duncan das Tier an der unruhigen und schwankenden Stellung, die den obern Teil seiner Gestalt in beständiger Bewegung erhielt, während das Ganze zu sitzen schien – als einen Bären. Obgleich er laut und wild brummte und von Zeit zu Zeit seine feurigen Augäpfel sichtbar wurden, gab er doch kein Zeichen von Feindseligkeit. Der Hurone wenigstens schien von den friedlichen Absichten des seltsamen Eindringlings überzeugt; denn er verfolgte nach einer aufmerksamen Betrachtung ruhig seinen Weg.

Duncan, welcher wußte, daß dieses Tier unter den Indianern oft als Haustier gefunden wird, folgte dem Beispiel seines Begleiters, in der Meinung, ein Lieblingsbär des Stammes habe, auf Futter ausgehend, seinen Weg in das Dickicht gefunden, und sie kamen unangefochten vorbei. Obgleich genötigt, mit dem Ungeheuer in nahe Berührung zu kommen, schritt der

Hurone, der anfänglich über diesen seltsamen Gast sich so vorsichtig zu unterrichten gesucht hatte, nun ohne einen Augenblick weiteren Forschens voran, aber Heyward konnte nicht umhin, sich nochmals umzusehen, in wachsamer Hut gegen Angriffe von hinten. Seine Unruhe verminderte sich in keiner Weise, als er bemerkte, wie das Tier den Weg entlang rollte und ihnen auf dem Fuße folgte. Er wollte eben sprechen, als der Indianer in diesem Augenblick eine Tür von Rinde beiseite schob und in eine Höhle im Innern des Berges trat.

Zufrieden, sich einen so leichten Rückzug gesichert zu sehen, folgte ihm Duncan auf dem Fuße und wollte die leichte Türe der Öffnung hastig hinter sich schließen, als er sie seiner Hand durch das Tier entrissen fühlte, dessen zottige Gestalt unverweilt den Eingang verdunkelte. Sie befanden sich jetzt in dem engen und langen Gang einer Felsenspalte, wo jede Umkehr, ohne auf das Tier zu stoßen, unmöglich war. In dieser Not das Beste wählend, eilte der junge Mann vorwärts, sich möglichst nahe an seinen Führer haltend. Der Bär brummte häufig dicht auf seinen Fersen, und ein- oder zweimal legten sich ihm seine ungeheuren Tatzen auf den Rücken, als wolle er ein weiteres Vordringen in die Höhle hindern.

Wie lange Heywards Nerven in dieser so außerordentlichen Lage ausgehalten haben würden, läßt sich schwer entscheiden; denn glücklicherweise wurde er bald erlöst. Ein Lichtschimmer war beständig vor ihnen gewesen, und sie befanden sich jetzt an der Stelle, von welcher er ausging.

Die geräumige Höhlung des Felsens war auf eine rohe Weise den Zwecken verschiedener Gemächer angepaßt worden. Die Unterabteilungen waren einfach, aber sinnreich aus Stein, Ästen und Rinde in buntem Gemisch aufgeführt. Öffnungen von oben ließen das Tageslicht herein, und bei Nacht vertraten Feuer und Fackeln die Stelle der Sonne. Hierher hatten die Huronen ihre meisten Besitztümer von Wert gebracht, besonders diejenigen, welche Gemeingut des Stammes waren; und hierher war, wie sich jetzt zeigte, auch die kranke Frau, die man für ein Opfer übernatürlicher Mächte hielt, geschafft worden, in dem unbewußten Eindrucke, ihrem Quälgeiste werde es schwerer fallen, mit seinem Angriffe durch die Steinwände als durch die Laubdächer der Hütten zu dringen. Das Gemach, in welches Duncan mit seinem Führer zuerst eintrat, war ausschließlich der

Bequemlichkeit der Kranken gewidmet. Er näherte sich ihrem Lager, das von Weibern umgeben war, in deren Mitte Heyward zu seiner Überraschung den vermißten Freund David entdeckte.

Ein einziger Blick überzeugte den vorgeblichen Arzt, daß die Kranke der Hilfe der Heilkunst bereits entrückt sei. Sie lag in einer Art Lähmung, gleichgültig gegen ihre ganze Umgebung, und schien zum Glück ihre Leiden nicht zu empfinden. Heyward war es keineswegs unlieb, daß er seine Gaukeleien an einem Wesen üben sollte, das sich viel zu schlecht befand, um an ihrem Erfolg oder Mißlingen noch Interesse zu nehmen. Der leichte Gewissensskrupel, den der beabsichtigte Betrug in ihm erregt hatte, war alsbald beschwichtigt, und er begann eben seine Gedanken zu sammeln, um seine Rolle mit gebührendem Nachdruck zu spielen, als er fand, daß ein anderer seiner Geschicklichkeit zuvorkommen und die Gewalt der Musik erproben wollte.

Gamut, der bereit gewesen war, seinen Geist zu einem Gesang zu erheben, als die neuen Ankömmlinge eintraten, zog nach augenblicklichem Aufschub einen Ton aus seiner Pfeife und begann eine Hymne, die Wunder gewirkt haben würde, wenn der feste Glaube an ihre Wirksamkeit hier hätte von Belang sein können. Man ließ ihn zu Ende singen, da die Indianer seine vermeintliche Geistesschwäche schonten und dem jungen Soldaten der Verzug zu gelegen kam, um die geringste Unterbrechung zu wagen. Die letzte hinsterbende Kadenz klang eben in Duncans Ohren, da fuhr er erschreckt beiseite; denn er hörte dieselben Strophen hinter sich mit einer Stimme, die nur halb menschlich, wie aus einem Grabe herauftönte, wiederholen. Er sah um sich und erblickte das zottige Untier in einem schattigen Winkel der Höhle, wo es auf den Hinterbeinen sitzend seinen Leib in der unruhigen Weise dieser Tiere rastlos hin und her wiegte und mit dumpfem Brummen Laute, wo nicht Worte wiederholte, die mit der Melodie des Sängers eine entfernte Ähnlichkeit hatten.

Die Wirkung eines so unerwarteten Echos auf David läßt sich leichter denken als beschreiben. Er öffnete die Augen weit, als ob er an ihrer Wirklichkeit zweifelte, und seine Stimme verstummte augenblicklich vor Erstaunen. Ein tiefdurchdachter Plan, Heyward wichtige Mitteilungen zu machen, ward aus seinem Gedächtnis durch ein Gefühl vertrieben, das so ziemlich der Furcht glich, von ihm aber lieber für Bewunderung gehalten wurde. Unter solchen Einflüssen rief er laut: »Sie erwartet Euch! – Sic ist in der Nähe!« und rannte eilig zur Höhle hinaus.

Fünfundzwanzigstes Kapitel

Snug. Habt Ihr des Löwen Rolle aufgeschrieben?
Wenn ja, so gebt sie mir, ich studiere sehr schwer ein.
Quince. Ihr könnt sie aus dem Stegreif sprechen,
dürft nur brüllen.

Sommernachtstraum

Es lag eine seltsame Mischung von Komischem und Feierlichem in dieser Szene. Das Tier setzte seine wiegenden Bewegungen, wie es schien, mit unermüdlicher Beharrlichkeit fort, obgleich sein possierlicher Versuch, Davids Melodie nachzuahmen, aufhörte, sobald dieser das Feld verlassen hatte. Gamuts Worte waren, wie wir gesehen, englisch gesprochen worden, und Duncan glaubte irgendeinen verborgenen Sinn darin zu ahnen, obgleich kein Gegenstand seiner Umgebung ihm die Anspielung enthüllen half. Jeder weiteren Vermutung hierüber setzte indes der Häuptling alsbald ein Ziel, indem er an das Lager der Kranken trat und die ganze weibliche Gruppe, die sich hier zusammengedrängt hatte, um Zeuge von der Kunst des Fremden zu sein, hinwegwinkte. Wenn auch mit Widerstreben, so gehorchten die Frauen doch sogleich, und als das leise Echo aufgehört hatte, welches längs des hohlen von der Natur gebildeten Ganges von dem Schließen der fernen Türe her ertönte, deutete er auf seine unempfindlich daliegende Tochter und sprach:

»Jetzt zeige mein Bruder seine Kunst!«

So unumwunden aufgefordert, seinen angenommenen Beruf auszuüben, mußte Heyward fürchten, der geringste Verzug möchte verderblich werden. Er bemühte sich also, seine Gedanken zu sammeln, und schickte sich an, jene Beschwörungsweise und die seltsamen Gebräuche in Anwendung zu bringen, unter welchen die indianischen Zauberkünstler ihre Unwissenheit und Ohnmacht zu verbergen gewöhnt sind. Ohne Zweifel aber hätte er bei dem ungeordneten Zustande seiner Gedanken bald einen Verdacht erregenden, wenn nicht Unheil drohenden Fehler begangen, wenn seine ersten Versuche nicht durch ein wildes Gebrumm des Vierfüßlers unterbrochen worden wären. Zu drei verschiedenen Malen erneuerte er seine Bemühungen, und ebenso begegnete er demselben unerklärlichen Widerstand: jede Unterbrechung schien grimmiger und drohender als die vorhergegangene.

»Die Meister der Kunst sind eifersüchtig«, bemerkte der Hurone, »ich gehe. Bruder, die Frau ist das Weib eines meiner wackersten jungen Krieger; nimm dich ihrer an! Ruhig!« fügte er hinzu, dem ergrimmten Tiere Stille befehlend: »Ich gehe.«

Der Häuptling hielt Wort, und Duncan fand sich jetzt in dieser wilden, öden Behausung mit der hilflosen Kranken und dem grimmigen, gefährlichen Untier allein. Dieses lauschte mit dem Scharfsinne, der den Bären eigen ist, auf die Bewegungen des Indianers, bis ein zweites Echo verkündete, daß auch er die Höhle verlassen habe. Jetzt wandte sich der Bär, watschelte auf Duncan zu und setzte sich in seiner natürlichen Stellung aufrecht wie ein Mann vor ihn hin. Der junge Mann sah sich ängstlich nach einer Waffe um, mit der er dem Angriffe Widerstand zu leisten vermöchte, den er nun ernstlich erwartete. Das Tier schien jedoch seine Laune plötzlich geändert zu haben. Statt unzufrieden fortzubrummen oder weitere Zeichen von Unwillen zu geben, schüttelte es gewaltig seinen zottigen Pelz, wie von einem seltsamen, innern Krampfe ergriffen. Mit seinen ungeheuren, schwerfälligen Tatzen kraute es täppisch an der grinsenden Schnauze; während Heyward seinen Bewegungen mit ängstlicher Wachsamkeit folgte, fiel der grimmige Kopf auf die eine Seite, und statt seiner erschien das ehrliche, kecke Gesicht des Kundschafters, der von Grund des Herzens und auf seine eigentümliche Weise in ein heiteres Lachen ausbrach.

»St!« sprach der vorsichtige Weidmann, Heywards Ausruf der Überraschung hindernd, »die Schelme sind noch in der Nähe, und jeder Laut, der nicht zu Eurer Zauberei paßte, brächte den ganzen Haufen zu uns zurück!«

»Erklärt mir erst den Zweck dieser Mummerei, und warum Ihr ein so verzweifeltes Abenteuer gewagt habt!«

»Ach, Vernunft und Berechnung werden oft vor dem Zufall zunichte!« versetzte der Kundschafter. »Weil aber 'ne Geschichte immer mit dem Anfang beginnen soll, will ich Euch alles in guter Ordnung erzählen. Als wir uns trennten, brachte ich den Kommandanten mit dem Sagamoren in ein altes Biberquartier, wo sie vor den Huronen sicherer sind, als sie in dem Fort Edward wären; denn Eure Indianer vom hohen Nordwesten her, die noch nicht viel Krämer unter sich gehabt haben, hegen stets Achtung vor dem Bibergeschlecht. Dann gingen wir, wie besprochen, nach dem andern Lager ab. Habt Ihr den Jungen gesehen?«

»Zu meinem großen Leidwesen! – Er ist gefangen und verurteilt mit Sonnenaufgang zu sterben!«

»Ich besorgte immer, daß es so mit ihm kommen würde!« sagte der Kundschafter in minder zuversichtlichem und minder heiterem Tone. Bald aber gewann er die natürliche Festigkeit seiner Stimme wieder und fuhr fort: »Sein Mißgeschick ist der eigentliche Grund meines Hierseins: denn es wäre eine Schande, einen solchen Jungen in den Händen der Huronen zu lassen – ein seltenes Fest wär' es für die Schurken, wenn sie den ›Springenden Elch‹ und ›La longue Carabine‹, wie sie mich heißen, an einen Pfahl binden könnten! Und doch weiß ich nicht, warum sie mir einen solchen Namen gegeben haben: es ist zwischen den Tugenden meines Wildtöters und den Leistungen eurer echten kanadischen Karabiner so wenig Ähnlichkeit als zwischen einem Stück Pfeifenerde und einem Flintenstein!«

»Bleibt bei Eurer Erzählung!« sprach der ungeduldige Heyward. »Wir wissen nicht, wann die Huronen wiederkommen.«

»Fürchtet nichts! Ein Beschwörer muß seine Zeit haben, so gut wie ein wandernder Priester in den Kolonien: wir werden so wenig unterbrochen als ein Missionar am Beginn einer zweistündigen Rede. – Nun gut – Unkas und ich stießen auf eine heimkehrende Bande dieser Schelme; der Junge war viel zu vorschnell für einen Kundschafter; nun, was das betrifft, er hat einmal heißes Blut, und ich will ihn darob nicht so sehr tadeln; kurz, einer der Huronen war eine Memme und brachte ihn fliehend in einen Hinterhalt.«

»Und teuer hat er seine Schwäche bezahlt.«

Der Kundschafter fuhr mit der Hand bezeichnend um seine Kehle und nickte, indem er sagte: »Ich verstehe, was Ihr meint.« Hierauf fuhr er etwas lauter, wenn auch nicht verständlicher fort:

»Nach dem Verlust des Jungen fiel ich auf die Huronen, wie Ihr wohl denken könnt. Es gab ein paar Scharmützel zwischen mir und einigen ihrer Wegelagerer, doch das wollte nicht viel heißen. Nachdem ich die Schelme angeschossen hatte, kam ich ohne weitere Störung nahe genug an ihre Hütten heran. Was konnte mir das Glück Besseres bescheren, als daß es mich an eine Stelle führte, wo einer der berühmtesten Beschwörer ihres Stammes sich, wie ich wohl sah, zu einem großen Strauß mit dem Satan anputzte. Doch warum soll ich das ein Glück nennen, was nun als eine besondere Fügung der Vorsehung erscheint? Ein gut gezielter Schlag auf den Kopf machte dem Schelm für eine Weile die Beine steif: ich ließ ihm zum Abendimbiß einen Walnußknebel zwischen den Zähnen, um Lärm zu verhüten, und hängte ihn dann zwischen zwei jungen Bäumen auf. Endlich zog ich ihm seinen Putz vom Leibe und übernahm selbst die Bärenrolle, damit die Operation nicht ins Stocken geriet.«

»Und bewunderungswürdig habt Ihr den Charakter dargestellt; das Tier selbst wäre von Eurer Vorstellung beschämt worden.«

»Du mein Gott, Major!« versetzte der geschmeichelte Weidmann, »ich wäre für einen, der so lange in der Wildnis seine Studien getrieben hat, ein armseliger Stümper, wenn ich nicht die Natur und die Bewegungen einer solchen Bestie innehätte! Wär's erst ein recht großer Panther oder eine wilde Katze gewesen, da hättet Ihr sehen sollen, wie ich Euch ein Stückchen aufgeführt hätte, des Ansehens wert! Es will eben keine Heldentat heißen, ein so dummes Tier nachzuahmen; aber auch bei einem Bären kann man's übertreiben. Ja, ja, nicht jedermann weiß, wie viel leichter man die Natur übertreibt, als sie erreicht! – Aber wir haben noch alles vor uns. Wo ist das Mädchen?«

»Das weiß der Himmel; ich habe jede Hütte im Dorf durchforscht, ohne die geringste Spur von ihrer Anwesenheit unter dem Stamme zu entdecken.«

»Ihr hörtet doch den Sänger beim Fortgehen sagen: – ›Sie ist hier und erwartet Euch!‹«

»Ich mußte glauben, er habe das unglückliche Weib da gemeint.«

»Der einfältige Mann hatte Angst und plumpte mit seiner Botschaft heraus, sicher lag mehr darin. Hier sind Wände genug, die ganze Dorfschaft getrennt unterzubringen. Ein Bär muß klettern können; ich will 'mal hinüber spionieren, es sind vielleicht Honigtöpfe in diesen Felsen verborgen, und ich bin eine Bestie, die auf solche Süßigkeiten erpicht ist.«

Der Kundschafter sah zurück, seinen eigenen Einfall belachend, während er unter beständigem Nachahmen der linkischen Bewegungen eines Bären die Scheidewand hinaufkletterte. Sobald er den Gipfel erreicht hatte, winkte er Heyward zu schweigen und glitt so schnell, als tunlich, wieder herab.

»Sie ist hier!« flüsterte er, »und durch diese Türe könnt Ihr zu ihr kommen. Gern hätt ich ein Wort des Trostes zu dem betrübten Kinde gesprochen, aber der Anblick eines solchen Ungeheuers hätte ihren Verstand gefährdet. Übrigens – Major, Ihr seid in Eurer Malerei eben auch nicht der Einladendste.«

Duncan, der bereits hastig vorgeeilt war, zog sich bei dieser entmutigenden Rede alsbald wieder zurück. »Seh' ich denn wirklich so abstoßend aus?« fragte er ärgerlich.

»Ihr würdet damit keinen Wolf schrecken noch ein Regiment der Königlichen Amerikaner vom Angriffe abhalten, aber ich weiß eine Zeit, wo Ihr besser in die Augen fielet. Solche gestreifte Gesichter stehen den Squaws wohl an, aber Mädchen von weißen Blute ziehen ihre eigene Farbe vor.«

»Seht«, fügte er hinzu, auf eine Stelle weisend, wo das Wasser aus einem Felsen rieselte und ein kleines Kristallbecken bildete, ehe es einen Ausfluß durch die nahen Felsenspalten fand, »da werdet Ihr leicht des Sagamoren Tünche los, und wenn Ihr zurückkommt, will ich meine Kunst an einem neuen Schmuck versuchen. Es ist so gewöhnlich bei einem Beschwörer, daß er die Malerei wechselt, als wenn ein Windbeutel in den Kolonien seinen Putz ändert.«

Der besonnene Weidmann konnte nicht viele Argumente suchen, um seinem Rate Nachdruck zu geben. Er hatte noch nicht ausgesprochen, als Duncan sich bereits das Wasser zunutze machte. In einem Augenblick war jeder schreckhafte oder zurückstoßende Zug verwischt, und der junge Mann erschien wieder in der Gesichtsbildung, mit welcher ihn die Natur begabt hatte. So zu dem Besuche bei seiner Geliebten vorbereitet, nahm er hastig Abschied von seinem Begleiter und verschwand durch den bezeichneten Gang. Der Kundschafter sah sein Weggehen mit Wohlgefallen, nickte freundlich mit dem Kopfe und murmelte seine besten Wünsche, worauf er mit aller Kaltblütigkeit die Speisekammer der Huronen untersuchte, da die Höhle unter anderem dazu diente, den Ertrag der Jagden aufzubewahren.

Duncan hatte keinen andern Führer als ein entferntes flimmerndes Licht, das dem Liebenden jedoch den Dienst des Polarsterns vertrat und ihm in den Hafen seiner Hoffnungen einlaufen half. Dieser war nur eine andere Abteilung der Höhle, einzig zum Gewahrsam einer so wichtigen Gefangenen, wie die Tochter des Kommandanten von William Henry war, instand gesetzt. Der Raum war voll von zerstreuter Beute aus der unglücklichen Festung. Mitten unter diesem Chaos fand er sie, die er suchte, bleich, ängstlich, erschrocken, aber immer liebenswürdig. David hatte sie auf einen solchen Besuch vorbereitet.

»Duncan!« rief sie mit einer Stimme, die über ihrem eigenen Klange zu zittern schien.

»Alice!« antwortete er, sorglos über Koffer, Kistchen, Waffen und Hausgeräte hinwegspringend, bis er an ihrer Seite stand.

»Ich wußte, daß Sie mich nie verlassen würden«, sprach sie, zu ihm aufblickend, während eine flüchtige Röte über ihr bekümmertes Antlitz lief. »Aber Sie sind allein! So dankenswert es ist, in solchem Andenken zu stehen, so wünschte ich doch, Sie wären nicht ganz allein.«

Duncan, welcher sah, daß sie zitterte und nicht länger imstande war, aufrecht zu bleiben, nötigte sie sanft zum Sitzen und erzählte ihr die Hauptbegebnisse, die wir bereits zu schildern hatten. Alice horchte mit atemloser Aufmerksamkeit, und obgleich der junge Mann die Sorge des niedergebeugten Vaters nur leicht erwähnte, doch immer so, daß er das Selbstgefühl seiner Zuhörerin nicht verletzte, so rannen doch die Tränen so reichlich über die Wangen der Tochter, als ob sie noch nie zuvor geweint hätte. Die besänftigende Zärtlichkeit Duncans stillte jedoch bald den ersten Ausbruch ihres Schmerzes, und sie hörte ihm mit ungeteilter Aufmerksamkeit, wenn nicht mit Fassung zu, bis er mit seiner Erzählung zu Ende war.

»Und jetzt, Alice«, fügte er hinzu, »werden Sie sehen, wie viel wir noch von Ihnen erwarten müssen. Mit Hilfe unseres erfahrenen und unschätzbaren Freundes, des Kundschafters, könnte es möglich werden, uns den Händen dieses wilden Volkes zu entziehen. Sie werden aber alle Ihre Seelenstärke aufbieten müssen: bedenken Sie, daß Sie den Armen Ihres ehrwürdigen Vaters zueilen, und wie sehr sein und Ihr Glück von Ihren Anstrengungen abhängt.«

»Kann ich anders für einen Vater handeln, der so viel für mich getan hat?«

»Und auch für mich«, fiel der Jüngling ein, ihre Hand, die er zwischen den seinigen hielt, sanft drückend.

Der Blick der Unschuld und Überraschung, der aus ihrem Auge auf Heyward fiel, sagte diesem, daß er sich deutlicher erklären müsse.

»Hier ist weder Ort noch Zeit, Sie mit selbstischen Wünschen bekannt zu machen«, fügte er hinzu, »aber welches Herz, das so bedrängt wie das meinige ist, sollte nicht wünschen, seine Bürde abzuwerfen? Unglück, sagt man, sei das mächtigste aller Bande; was mir gemeinschaftlich um Ihretwillen erduldet haben, ließ nur wenig zwischen Ihrem Vater und mir dunkel.«

»Und meine teuerste Kora, Duncan, gewiß ist Kora nicht vergessen worden?«

»Nicht vergessen! nein, sie ist bemitleidet, betrauert worden, wie selten ein Mädchen zuvor. Ihr ehrwürdiger Vater kannte keinen Unterschied zwischen seinen Kindern, aber ich – Alice, Sie werden mir vergeben, wenn ich sage, daß für mich ihr Wert in etwas verdunkelt –«

»Dann haben Sie den Wert meiner Schwester nicht kennengelernt«, sprach Alice, ihre Hand zurückziehend, »sie spricht immer von Ihnen als von ihrem teuersten Freunde.«

»Mit Freude darf ich sie dafür halten«, versetzte Duncan hastig, »ich wünschte, sie wäre es mir in noch höherem Grade; aber mit Ihnen, Alice, darf ich nach Ihres Vaters Erlaubnis noch auf ein näheres, teureres Band hoffen.«

Alice zitterte heftig und wandte ihr Gesicht einen Augenblick beiseite, einer ihrem Geschlechte so natürlichen Empfindung nachgebend: doch bald schwand dieser Eindruck und sie war wieder Herrin ihrer Fassung, wenn nicht ihrer Gefühle.

»Heyward«, sprach sie, ihn mit einem rührenden Ausdruck von Unschuld und Vertrauen anblickend, »geben Sie mir die heilige Gegenwart und die Einwilligung meines ehrwürdigen Vaters, bevor Sie weiter in mich dringen.«

»Mehr durfte und weniger konnte ich nicht sagen«, war der Jüngling im Begriff zu antworten, als ihn ein leichter Schlag auf seine Schulter unterbrach. Er sprang auf, wandte sich gegen den

Eindringling, und seine Blicke fielen auf die dunkle Gestalt und das boshafte Gesicht Maguas. Das gedämpfte Lachen aus der Kehle des Wilden tönte in einem solchen Augenblick für Duncan wie der höllische Hohn eines Dämons. Wäre er dem ungestümen, heftigen Drange des Augenblicks gefolgt, so hätte er sich auf den Huronen geworfen und sein Schicksal dem Ausgang eines Kampfes um Leben und Tod anvertraut. Da er aber keine Waffe hatte und nicht wußte, welche Hilfe dem listigen Feinde noch zu Gebote stehe – da er zudem für die Sicherheit eines Wesens zu wachen hatte, das eben jetzt seinem Herzen teurer als je geworden war, gab er diesen verzweifelten Entschluß ebensoschnell auf, als er ihn gefaßt hatte.

»Was hast du vor?« fragte Alice, ihre Hände sanft auf ihrer Brust kreuzend, während sie damit kämpfte, die tödliche Angst für Heyward unter dem abweisenden und kalten Benehmen zu verbergen, womit sie ihren Sieger bei jedem Besuche zu empfangen pflegte.

Der triumphierende Indianer hatte seine strenge Haltung wieder angenommen, zog sich aber vor den drohenden Blicken aus dem feurigen Auge des jungen Mannes vorsichtig zurück. Er betrachtete beide Gefangenen eine Weile mit festem Blicke, trat dann beiseite und wälzte ein Stück Holz vor eine andere Türe als die, durch welche Duncan eingetreten war. Dieser begriff jetzt die Art des Überfalls, und da er sich unrettbar verloren glaubte, zog er Alice an seine Brust und stand bereit, sich einem Schicksal zu unterwerfen, das ihm sehr naheging, da er es in solcher Gesellschaft erleiden sollte. Magua sann aber nicht auf augenblickliche Gewalttat: seine ersten Maßregeln gingen nur dahin, sich seines neuen Gefangenen zu versichern, ja er warf nicht einmal einen Blick weiter auf die regungslosen Gestalten in der Mitte der Höhle, bis jede Möglichkeit, durch die geheime Pforte zu entfliehen, die er benutzt hatte, abgeschnitten war. Heyward blieb ein aufmerksamer Beobachter aller seiner Bewegungen, ruhig dastehend, indem er die zarte Gestalt Alices an sein Herz gedrückt hielt, zu stolz und zu hoffnungslos, einen so oft überwundenen Feind um Schonung anzuflehen. Als Magua seine Vorkehrungen getroffen, näherte er sich den Gefangenen und sagte in englischer Sprache:

»Die Blaßgesichter fangen die schlauen Biber; die Rothäute aber wissen, wie man die Yengeese fängt.«

»Hurone, tue, was du kannst!« rief der aufgereizte Heyward vergessend, daß er jetzt zwei Leben aufs Spiel setzte. »Ich verachte dich wie deine Rache!«

»Wird der weiße Mann auch am Pfahle so sprechen?« fragte Magua, seine Worte mit einem Hohnlächeln begleitend, das zeigte, wie wenig er an diesen Entschluß des anderen glaubte.

»Hier, dir dem einzelnen ins Gesicht und in Gegenwart deines Stammes!«

»Le Renard Subtil ist ein großer Häuptling!« erwiderte der Indianer, »er wird seine jungen Leute herbeiholen, damit sie sehen, wie standhaft ein Blaßgesicht Martern verlachen kann.«

Mit diesen Worten wandte er sich ab und war im Begriff, durch den Gang, durch welchen Duncan gekommen war, sich zu entfernen, als ein Brummen sein Ohr traf und ihn etwas zögern ließ. Die Gestalt des Bären erschien jetzt unter der Türe, setzte sich nieder und wiegte sich wieder mit gewohnter Beweglichkeit. Magua betrachtete ihn, wie der Vater der kranken Frau, einen Augenblick scharf, als wollte er über seine wahre Natur ins klare kommen. Über den gewöhnlichen Aberglauben seines Stammes weit erhaben, unterschied er bald die wohlbekannte Maske des Beschwörers und wollte in kalter Verachtung an ihm vorübergehen. Doch ein lauteres und drohenderes Brummen desselben veranlaßte ihn noch einmal stillzustehen; endlich aber schien er entschlossen, sich durch die Posse nicht länger aufhalten zu lassen, und ging festen Schrittes weiter. Der kunstfertige Bär, welcher vorgetreten war, zog sich langsam vor ihm bis an den Eingang zurück, wo er sich auf seine Hinterbeine stellte und nach der Weise seines Vorbildes in der Tierwelt mit den Tatzen in der Luft herumschlug.

»Narr!« rief der Häuptling auf huronisch, »geh, spiele mit Kindern und Weibern und mache dich nicht an weise Männer!«

Noch einmal versuchte er, an dem vermeintlichen Scharlatan vorbeizukommen, indem er selbst eine Scheindrohung mit dem Messer oder dem Tomahawk verschmähte, der an seinem Gürtel hing. Plötzlich aber streckte das Tier seine Arme oder vielmehr Füße aus und umschloß ihn mit einer Gewalt, die sich selbst mit der des weitberühmten Riesenbären hätte messen dürfen. Duncan war allen Bewegungen Hawk-eyes mit atemloser Erwartung gefolgt. Er ließ zuerst Alice los, haschte dann nach einem Riemen von Bocksleder, der um ein Bündel geschnürt war, und stürzte, als er seinen Feind, beide Arme an die Seite gepreßt, von den eisenfesten Muskeln des Kundschafters umschlungen sah, auf Magua zu, um ihn festzubinden. Schneller, als wir es erzählen, hatte er ihm Arme, Beine und Füße zwanzigfach mit den Riemen umzogen. Als der furchtbare Hurone so ganz und gar gefesselt war, ließ der Kundschafter seine Beute los, und Duncan legte seinen Feind, der völlig hilflos war, auf den Rücken.

Während dieser plötzlichen und unerwarteten Operation hatte Magua nicht den leisesten Ruf von sich gegeben, obwohl er sich aus Leibeskräften sträubte, bis er überzeugt war, daß er sich in den Händen eines Mannes von weit stärkeren Muskeln befinde. Als aber Hawk-eye, um sein Verfahren in Kürze zu erklären, die zottigen Bärenkinnbacken beiseite schob und sein eigenes, finsteres und rauhes Antlitz den Blicken des Gegners zeigte, war die Philosophie des Huronen so weit aus dem Feld geschlagen, daß er das nie fehlende »Hugh!« ausstieß.

»Ja, nun bist du wieder deiner Zunge mächtig!« sprach der unerschütterte Sieger, »damit du sie aber nicht zu unserem Verderben gebrauchst, muß ich mir erlauben, dir den Mund zu stopfen.«

Da keine Zeit zu verlieren war, so machte sich der Kundschafter sogleich daran, diese nötige Vorsichtsmaßregel ins Werk zu setzen; nachdem er den Indianer geknebelt hatte, schien dieser mit allem Fug als kampfunfähig betrachtet werden zu dürfen.

»Wo kam der Schurke herein?« fragte der emsige Kundschafter, als er sein Werk vollendet hatte. »Seit Ihr mich verlassen habt, ist nicht eine Seele an mir vorbeigekommen.«

Duncan wies auf die Tür, durch die Magua seinen Eingang genommen hatte: der Rückzug durch sie bot aber jetzt zu viele Hindernisse dar.

»So kommt mit dem Mädchen«, fuhr sein Freund fort, »wir müssen versuchen, durch den andern Ausgang in den Wald zu gelangen!«

»Es ist unmöglich!« entgegnete Duncan, »die Furcht hat sie bewältigt. Sie ist hilflos. Alice, meine süße, meine einzige Alice, raffe dich auf! Jetzt ist der Augenblick zur Flucht! – Es ist umsonst. Sie hört uns, ist aber unvermögend zu folgen. Geht, edler, würdiger Freund! Rettet Euch und überlaßt mich meinem Schicksal!«

»Jede Fährte hat ihr Ende, und jedes Unglück gibt eine Lehre!« entgegnete der Kundschafter. »Da, wickelt sie in diese Indianerkleidung, doch so, daß ihre kleine Gestalt ganz unsichtbar wird! Nein, der Fuß hat seinesgleichen nicht in der Wildnis, er wird sie verraten! Alles, auch das Geringste verbergen! Jetzt nehmt sie in die Arme und folgt. Das übrige sei mir überlassen!«

Duncan war, wie man aus den Worten seines Gefährten schließen wird, eifrig beschäftigt zu gehorchen, und kaum hatte der andere ausgeredet, so nahm er die leichte Gestalt Alices in seine Arme und folgte den Fußtritten des Kundschafters. Sie fanden die kranke Frau, wie sie sie verlassen hatten, ganz allein und schritten schnell durch die Felsengalerie dem Ausgange zu. Als sie sich der kleinen Rindentür näherten, verkündigte ihnen ein Gemurmel von Stimmen, daß die Freunde und Verwandten der Kranken außen versammelt waren, geduldig eine Aufforderung zum Wiedereintritt erwartend.

»Wenn ich meine Lippen öffne, um zu sprechen«, flüsterte Hawk-eye, »so wird den Schelmen mein Englisch, die wahre Sprache einer Weißhaut, verraten, daß ein Feind unter ihnen ist. Ihr müßt daher Euer Kauderwelsch preisgeben, Major, müßt sagen, daß wir den bösen Geist in die Höhle eingeschlossen haben und die Frau in die Wälder nehmen wollen, um stärkende Wurzeln für sie zu finden. Nehmt all Eure Schlauheit zusammen; denn hier ist dergleichen wohl erlaubt.«

Die Türe öffnete sich ein wenig, als ob jemand von außen horchen wollte, was innen vorgehe. Dies nötigte den Kundschafter, mit seinen Anleitungen zu schweigen. Ein wildes Gebrumm trieb den Lauscher zurück, der Kundschafter stieß kühn die Rindentür auf und verließ den Ort, fortwährend die Bärenrolle spielend. Duncan ging dicht auf seinen Fersen und fand sich alsbald mitten in einem Trupp von zwanzig ängstlich neugierigen Verwandten und Freunden. Der Haufe wich etwas zurück und ließ den Vater und einen, welcher der Gatte der Frau zu sein schien, näher treten.

»Hat mein Bruder den bösen Geist ausgetrieben?« fragte der erstere. »Was hat er in seinen Armen?«

»Dein Kind!« sprach Duncan feierlich, »die Krankheit ist

von ihr gewichen und ist in den Felsen eingeschlossen. Ich trage die Frau eine Strecke weit fort und will sie dann gegen künftige Anfälle stärken. Sie soll in dem Wigwam des jungen Mannes sein, wenn die Sonne wiederkehrt!«

Als der Vater des Fremden Worte in die Huronensprache übertragen hatte, verkündete ein unterdrücktes Murmeln das Wohlgefallen, mit welchem die Nachricht aufgenommen wurde. Der Häuptling winkte Duncan selbst mit der Hand, weiterzugehen, indem er mit lauter, fester Stimme und stolzem Ausdrucke sprach:

»Geh – ich bin ein Mann, ich will nach der Höhle und mit dem bösen Geiste kämpfen.«

Heyward hatte gerne gehorcht und war schon an der kleinen Gruppe vorbei, als ihn diese beunruhigenden Worte wieder anhielten.

»Ist mein Bruder von Sinnen?« rief er, »ist er grausam? Er wird der Krankheit begegnen, und sie wird in ihn selbst fahren: oder er treibt sie heraus, damit sie seine Tochter in die Wälder jage. Nein – meine Kinder mögen außen warten, und wenn der Geist erscheint, ihn mit Keulen niederschlagen. Er ist schlau, und wird sich in den Berg begraben, wenn er sieht, wie viele gerüstet sind, ihn zu bekämpfen.«

Diese sonderbare Warnung hatte den erwünschten Erfolg. Statt in die Höhle zu treten, zogen der Vater und der Gatte ihre Tomahawks und hielten sich bereit, ihre Rache an dem vermeintlichen Quäler ihrer armen Verwandten zu üben, während die Weiber und Kinder in gleicher Absicht Äste von den Büschen brachen oder Felsbrocken aufnahmen. In diesem günstigen Augenblick verschwanden die vorgeblichen Beschwörer.

Obwohl Hawk-eye so viel auf die abergläubische Natur der Indianer rechnete, wußte er doch recht gut, daß die weiseren Häuptlinge deren Äußerungen mehr nur duldeten als teilten – wußte, wie kostbar ihre Zeit in einer so dringenden Not sei. So weit auch die Selbsttäuschung der Feinde gehen mochte und sosehr sie ihre Pläne begünstigt hatte, so konnte doch der geringste Verdacht, der einem klügeren Indianer aufstieg, ihnen nach allem verderblich werden. Er schlug deshalb den Pfad ein, der am wenigsten beobachtet werden konnte, und hielt sich mehr am Rande als innerhalb des Dorfes. In einiger Entfernung waren die Krieger bei dem Lichte der erlöschenden Feuer immer noch sichtbar, von Hütte zu Hütte schreitend. Die Kinder aber hatten die Spiele mit ihren Fellbetten vertauscht, und die Ruhe der Nacht begann über die Aufregung und Unruhe eines so geräuschvollen, denkwürdigen Abends zu siegen.

Alice lebte unter dem erfrischenden Einflusse der freien Luft wieder auf, und da mehr ihre physischen als ihre Geisteskräfte Ursache der früheren Schwäche gewesen waren, so bedurfte sie keiner Erklärung dessen, was sich zugetragen hatte.

»Jetzt lassen Sie mich versuchen zu gehen«, sprach sie, nachdem der Wald erreicht war, insgeheim errötend, daß sie nicht früher imstande gewesen war, Duncans Arme zu verlassen, »ich fühle mich vollkommen wiederhergestellt.«

»Nein, Alice, Sie sind noch zu schwach!«

Das Mädchen sträubte sich sanft, um frei zu werden, und Heyward mußte die kostbare Bürde verlieren. Der menschliche Bär hatte sicherlich keine Ahnung von den köstlichen Empfindungen des Liebhabers, während er die Geliebte in seinen Armen hielt, und vielleicht war ihm sogar das Gefühl keuscher Scham unbekannt, das die zitternde Alice beherrschte. Als er sich in gehöriger Entfernung von den Hütten befand, machte er halt und sprach über einen Gegenstand, dessen er ganz Meister war.

»Dieser Pfad führt Euch nach dem Bache«, sprach er, »folgt seinem nördlichen Ufer, bis Ihr zu einem Wasserfalle kommt; dann steigt auf den Berg zur Rechten, und Ihr werdet die Feuer eines andern Volkes erblicken. Dahin müßt Ihr gehen und um Schutz bitten; wenn es echte Delawaren sind, so seid Ihr geborgen. Mit dem zarten Geschöpfe weiter zu entfliehen, ist jetzt unmöglich. Die Huronen würden unsrer Fährte folgen und Herren unsrer Skalpe sein, ehe wir noch ein Dutzend Meilen gegangen wären. Geht, und die Vorsehung schirme Euch!«

»Und Ihr?« fragte Heyward überrascht, »wir trennen uns doch nicht hier?«

»Die Huronen haben den Stolz der Delawaren, den Letzten aus dem hohen Blute der Mohikaner, in ihrer Gewalt«, entgegnete der Kundschafter. »Ich geh' und sehe, was für ihn geschehen kann. Hätten sie sich Eures Skalps bemeistert, Major, so wäre, wie ich versprochen habe, für jedes Haar darauf ein

Schurke gefallen: wird aber der junge Sagamore an den Pfahl geführt, dann sollen die Indianer sehen, wie auch ein Mann von unverfälschtem Blute sterben kann.«

Nicht im geringsten gekränkt durch den entschiedenen Vorzug, den der unerschrockene Weidmann dem gab, der gewissermaßen sein Adoptivkind genannt werden konnte, fuhr Duncan fort, alle Gründe geltend zu machen, die sich gegen ein so verzweifeltes Vorhaben darboten. Alice unterstützte ihn, Heywards Bitten durch die ihrigen verstärkend, indem sie den Freund beschwor, einen Entschluß aufzugeben, bei dem sich so viel Gefahr und so wenig Hoffnung auf Erfolg voraussehen ließ. Ihre edelmütige Beredsamkeit sprach sich aber vergebens aus. Der Kundschafter hörte sie aufmerksam, aber ungeduldig an und schloß die Erörterung in einem Tone, der Alice sogleich zum Schweigen brachte, während er Heyward überzeugte, wie fruchtlos fernere Vorstellungen bleiben würden.

»Ich habe sagen hören«, sprach er, »es gebe in der Jugend ein Gefühl, das den Mann fester an das Weib kette als den Vater an den Sohn. Das mag sein. Ich war selten dort, wo Frauen meiner Farbe weilen; aber innerhalb der Kolonien mag dies in der Natur liegen. Ihr habt Euer Leben und alles, was Euch teuer ist, aufs Spiel gesetzt, um dieses zarte Geschöpf zu retten, und ich vermute, daß eine solche Empfindung dem allem zugrunde liegt. Was aber mich betrifft, so habe ich den Jungen gelehrt, was eine Büchse wert ist, und reichlich hat er mich dafür belohnt. In manchem blutigen Scharmützel habe ich an seiner Seite gekämpft, und solange ich den Knall seiner Büchse mit dem einen Ohr und die des Sagamoren mit dem andern hören konnte, wußte ich, daß kein Feind mir im Rücken war. Winter und Sommer, Tag und Nacht haben wir gemeinsam die Wildnis durchstreift, aus derselben Schüssel gegessen, und einer wachte, indes der andere schlief. Ehe man aber sagen soll, Unkas sei den Martern übergeben worden, während ich in der Nähe war – es ist nur ein Herrscher über uns allen, welche Farbe wir auch haben mögen, und ihn ruf' ich zum Zeugen an –, ehe der Mohikanerjunge stirbt, weil ihm kein Freund zu Hilfe kommt, eher soll Treu und Glauben von der Erde weichen und mein Wildtöter so harmlos werden wie die tutende Waffe des Sängers.«

Duncan ließ den Arm des Kundschafters los; dieser wandte

sich um und schlug festen Schrittes den Weg nach den Hütten wieder ein.

Nachdem sie eine Weile stillgestanden, ihm nachzusehen, nahm Heyward, so glücklich und dennoch sorgenvoll, mit Alice seinen Weg nach der entfernten Wohnstätte der Delawaren.

Sechsundzwanzigstes Kapitel

Grund. Laßt mich auch den Löwen spielen!
Sommernachtstraum

Trotz seines hochsinnigen Entschlusses sah Hawk-eye recht wohl ein, welche Schwierigkeiten und Gefahren vor ihm lägen. Auf dem Rückwege nach dem Lager hatte sein scharfer und geübter Verstand vollauf zu tun, auf Mittel zu sinnen, wie er der mißtrauischen Wachsamkeit seiner Feinde begegnen könnte, die, wie er wohl wußte, der seinigen in nichts nachstand. Nur die Farbe seiner Haut hatte Magua und jenem Beschwörer das Leben gerettet: sie wären als die ersten Opfer für seine Sicher heit gefallen, hätte nicht der Kundschafter eine solche Handlung, sosehr sie auch mit der Indianernatur zusammenstimmen mochte, für durchaus eines Mannes unwürdig gehalten, der sich seiner unvermischten Abstammung rühmte. Deshalb vertraute er den Weiden und Banden, womit er seine Gefangenen gefesselt hatte, und verfolgte seinen Weg gerade nach dem Mittelpunkte der feindlichen Wohnungen zu.

Als er sich aber den Gebäuden näherte, wurde sein Schritt bedächtiger, und sein wachsames Auge ließ kein Zeichen, ob günstig oder drohend, unbeachtet. Eine verwahrloste Hütte stand etwas vor den übrigen, und schien halb vollendet verlassen worden zu sein, ohne Zweifel, weil es an einigen wichtigeren Erfordernissen wie an Holz oder Wasser gebrach. Ein schwaches Licht schimmerte durch die Ritzen und verkündete, daß sie dessenungeachtet nicht ohne Bewohner war. Hierher lenkte der Kundschafter seine Schritte, wie ein kluger Heerführer erst die Außenwerke seines Feindes untersucht, ehe er den Hauptangriff wagt.

Eine Stellung annehmend, die der Weise des nachzuahmenden Tieres entsprach, kroch Hawk-eye nach einer kleinen Öffnung, durch die er das Innere überblicken konnte. Die Hütte war Davids Zufluchtsort. Hierher hatte sich der gläubige Singmeister mit seinen Sorgen, seinen Befürchtungen und seinem demütigen Vertrauen auf den Schutz des Himmels begeben. In demselben Augenblick, da Gamuts unförmliche Gestalt dem Kundschafter unter die Augen trat, war der Weidmann selbst, obwohl in der täuschenden Bärenhülle, der Gegenstand tiefsten Nachsinnens für den einsamen Sänger.

So unbedingt auch David auf die Wirklichkeit der alten Wunder baute, so mied er doch den Glauben an eine unmittelbare übernatürliche Einwirkung auf den Gang des jetzigen Weltlaufs. Mit andern Worten: während er unbedingt an die Sprechfähigkeit von Bileams Esel glaubte, war er über das Singtalent des Bären noch in einigem Zweifel, und doch hatten ihm für das letztere seine eigenen vortrefflichen Organe Zeugnis abgelegt. Es lag in seiner Miene und seinem Gebaren etwas, das dem Kundschafter eine völlige Verwirrung des Geistes verriet. Er saß auf einem Bündel Sträucher, die hier und da einen kleinen Beitrag zur Nährung seines bescheidenen Feuers gaben, das Haupt auf einen Arm gestützt, in einer Stellung melancholischen Nachdenkens. Das Kostüm des Jüngers der Musik hatte außer der neulich erwähnten keine weitere Veränderung erlitten; nur hatte er seinen Kahlkopf mit einem dreieckigen Biberhute bedeckt, der nicht anziehend genug gewesen war, die Habgier eines der Sieger zu reizen.

Der scharfsinnige Kundschafter, der Hast eingedenk, mit welcher jener seinen Posten am Bette der kranken Frau verlassen hatte, war nicht ohne Mutmaßungen über den Gegenstand einer so feierlichen Betrachtung geblieben. Nachdem er die Runde um die Hütte gemacht und sich versichert hatte, daß sie ganz vereinzelt dastehe, wagte er, überzeugt, bei dem Gemütszustande des Bewohners vor Besuchern geschützt zu sein, durch die niedere Türe einzutreten, gerade vor Gamut hin. Die Stellung des letzteren ließ das Feuer gerade zwischen ihnen, und als Hawk-eye sich auf seine Hinterbeine niedergelassen, sahen sie einander nahezu eine Minute lang sprachlos an. Diese plötzliche, so sehr überraschende Erscheinung war beinahe zuviel, ich will nicht sagen für die Philosophie, aber für den Glauben und die Entschlossenheit Davids. Er tappte nach seiner Pfeife und erhob sich in der dunkeln Absicht, eine musikalische Beschwörung zu versuchen.

»Finsteres, geheimnisvolles Ungeheuer!« rief er, mit zitternden Händen seine hilfreiche Brille auf der Nase befestigend und nach dem nie fehlenden Helfer in der Not, der gefeierten Psalmen-Übersetzung, suchend; »ich weiß nicht, wer du bist, noch was du begehrst: verfolgst du aber die Person und die Rechte eines der demütigsten Diener des Tempels, so höre die begeisterte Sprache des Jünglings in Israel und hebe reuevoll dich von hinnen!«

Der Bär schüttelte seinen zottigen Körper, und eine wohlbekannte Stimme erwiderte:

»Steckt Euer Pfeifinstrument ein und lehrt Eure Kehle Bescheidenheit! Fünf Worte einfaches, verständliches Englisch sind jetzt geradesoviel wert als stundenlanges Schreien!«

»Wer bist du?« fragte David, durchaus unfähig, seine ursprüngliche Absicht auszuführen, und beinahe nach Atem schnappend.

»Ein Mensch, wie Ihr, dessen Blut so wenig von einem Bären oder einem Indianer hat als das Eurige. Habt Ihr so bald vergessen, von wem das närrische Instrument kommt, das Ihr da in der Hand haltet?«

»Ist es möglich?« rief David, freier atmend, als ihm die Wahrheit zu tagen begann. »Gar manches Wunderbare habe ich seit meinem Aufenthalte unter den Heiden gesehen; aber hierüber geht nichts!«

»Kommt, kommt«, versetzte Hawk-eye, sein ehrliches Gesicht enthüllend, um das wankende Vertrauen seines Freundes noch mehr zu befestigen, »da seht Ihr eine Haut, die zwar nicht so weiß wie ein Mädchengesicht ist, aber doch nicht mehr Röte hat, als Wind und Sonne ihr gegeben haben. Aber jetzt an die Arbeit!«

»Zuerst erzählt mir von dem Mädchen und dem jungen Manne, der sie mutig aufgesucht hat«, unterbrach ihn David.

»Ja, *die* sind glücklich vor den Tomahawks der Schufte gerettet. Könnt Ihr mich aber auf Unkas' Fährte bringen?«

»Der junge Mann ist in Banden, und ich fürchte sehr, sein Tod ist beschlossen! Es tut mir sehr weh, daß ein so reichbegabter Mensch in Unwissenheit dahinfährt – ich habe eine so schöne Hymne ausgesucht!«

»Könnt Ihr mich zu ihm führen?«

»Das wird nicht schwer sein!« antwortete David zögernd, »obgleich ich sehr fürchte, daß Eure Gegenwart sein Unglück eher steigern als erleichtern wird.«

»Kein Wort mehr! Führt mich zu ihm!« versetzte Hawk-eye,

sein Gesicht wieder verbergend, indem er, das beste Beispiel gebend, sogleich die Hütte verließ.

Unterwegs erfuhr der Kundschafter, daß sein Gefährte bereits einmal Zugang zu Unkas gefunden habe, kraft des Vorrechts, das ihm seine vermeintliche Geistesschwäche verlieh, und durch die Gunst eines der Wächter, den er für sich eingenommen und schon früher, weil er etwas Englisch verstand, zu einem Gegenstande der Bekehrung ausersehen hatte.

Wieweit der Hurone die Absichten seines neuen Freundes begriff, läßt sich nicht entscheiden; weil aber ausschließliche Aufmerksamkeit einem Wilden ebenso schmeichelhaft ist wie zivilisierteren Menschen, so war der schon erwähnte Erfolg leicht erklärlich. Wir wiederholen nicht, mit welcher Gewandtheit der Kundschafter dem schlichten David diese Einzelheiten zu entlocken wußte; auch verweilen wir nicht bei den Anweisungen, die er ihm gab, nachdem er im Besitze der nötigen Tatsachen war, da das Ganze dem Leser im Verlaufe der Erzählung hinlänglich klarwerden wird.

Die Hütte, in welche Unkas eingeschlossen war, stand in der Mitte des Dorfes und in einer Lage, die jede unbemerkte Entfernung oder Annäherung gleichschwer machte. Hawk-eyes Politik erforderte aber auch nicht den leisesten Schein von Heimlichkeit. Im Vertrauen auf seine Verkleidung und sein Geschick, die übernommene Rolle durchzuführen, schlug er den geradesten und nächsten Weg nach der Wohnung ein. Die nächtliche Stunde gewährte ihm jedoch einigermaßen den Schutz, auf welchen er so wenig Wert zu legen schien. Die Knaben lagen bereits in tiefem Schlafe, und die Weiber, sowie die meisten Krieger hatten sich für die Nacht in ihre Hütten begeben. Nur vier oder fünf Wilde hielten sich in der Nähe des Haftortes auf, um das Benehmen ihres Gefangenen behutsam, aber streng zu beobachten.

Als sie Gamut mit einem Begleiter in der wohlbekannten Maske eines ihrer angesehensten Beschwörer erblickten, machten sie beiden ohne Widerrede Platz, hatten aber, wie es schien, keine Lust, sich zu entfernen. Im Gegenteil fühlten sie sich jetzt offenbar bestimmt, um so eifrigere Wächter zu bleiben, indem sie von einem solchen Besuche das Schauspiel geheimnisvoller Zauberbräuche erwarteten. Da der Kundschafter ganz unfähig war, mit den Huronen in ihrer Sprache zu reden, so mußte er die Unterhaltung David allein überlassen. Trotz seiner Einfalt machte dieser dem empfangenen Unterricht alle Ehre und erfüllte selbst die kühnsten Hoffnungen seines Lehrers.

»Die Delawaren sind Weiber!« rief er, an den Wilden sich wendend, der ein wenig von der Sprache verstand, welche er redete; »die Yengeese, meine Landsleute, waren töricht genug, ihnen zu sagen, sie sollten den Tomahawk gegen ihre Väter in Kanada ergreifen, ohne ihres Geschlechtes zu gedenken! Wünscht mein Bruder zu hören, wie Le Cerf agile um den Weiberrock bittet? – will er ihn am Pfahle vor den Huronen weinen sehen?«

Ein entschieden beifälliges »Hugh«, in scharfem Tone gesprochen, bewies, mit welcher Freude der Wilde Zeuge einer solchen Darlegung von Schwäche an einem lange gehaßten und so sehr gefürchteten Feinde sein würde. »So laßt ihn beiseite treten, und der weiße Mann wird den Hund anblasen! Sag es meinen Brüdern!«

Der Hurone erklärte seinen Kameraden Davids Absicht, und diese vernahmen sie mit einem Vergnügen, wie man es von so zuchtlosen Gemütern bei der Aussicht auf eine raffinierte Grausamkeit erwarten durfte. Sie zogen sich ein wenig vom Eingang zurück und winkten dem vermeintlichen Beschwörer einzutreten. Der Bär aber, anstatt zu gehorchen, blieb in seiner sitzenden Stellung und brummte fort.

»Der kundige Mann fürchtet, sein Atem möchte seine Brüder treffen und auch ihnen den Mut nehmen«, fuhr David fort, den ihm gewordenen Wink benutzend, »sie müssen weiter davon stehen.«

Die Huronen, welche ein solches Mißgeschick für den schwersten Schlag hielten, der sie treffen könnte, zogen sich insgesamt zurück in eine Stellung, wo sie zwar außer Hörweite waren, aber doch den Eingang mit ihren Augen beherrschten. Jetzt verließ der Bär, als wäre er über ihre Sicherheit beruhigt, seinen Platz und schritt langsam hinein. Der Ort war still und duster, da der Gefangene ganz allein war; nur die erlöschende Glut eines Feuers, das zum Kochen benutzt worden war, beleuchtete ihn.

Unkas nahm einen entfernten Winkel ein, an die Wand gelehnt und an Händen und Füßen mit starken, schmerzhaften

Banden festgeschnürt. Als der furchtbare Gegenstand dem jungen Mohikaner zuerst unter die Augen trat, warf er nicht einen Blick auf das Tier. Der Kundschafter, welcher David an der Türe zurückgelassen hatte, um sicher zu bleiben, daß man sie nicht beobachte, hielt es für ratsam, seine Verkleidung beizubehalten, bis er hierüber Gewißheit hatte. Statt zu sprechen, bemühte er sich, die Fratzen des Tiers, das er vorstellte, nachzuahmen. Der junge Mohikaner, welcher anfänglich glaubte, seine Feinde hätten, um ihn zu quälen und seine Nerven auf die Probe zu stellen, einen wirklichen Bären hereingetrieben, entdeckte bald in diesen Bewegungen, die Heyward so naturgetreu schienen, gewisse Mängel, die ihm mit einemmal den Betrug verrieten. Hätte Hawk-eye geahnt, wie niedrig der erfahrenere Unkas seine Kunstleistungen anschlage, so hätte er wahrscheinlich ihm zum Verdruß diese Unterhaltung noch etwas verlängert. Der verächtliche Ausdruck des jungen Mannes erlaubte aber so viele Deutungen, daß dem würdigen Kundschafter das Kränkende einer solchen Entdeckung erspart blieb. Sobald daher David das verabredete Zeichen gab, ließ sich statt des wilden Bärengebrumms ein leiser Zischlaut in der Hütte vernehmen.

Unkas hatte sich gegen die Wand der Hütte herumgeworfen und hielt seine Augen geschlossen, als wollte er den Anblick eines so verächtlichen und widerlichen Gegenstandes meiden; sobald sich aber das Geräusch einer Schlange hören ließ, richtete er sich auf, bückte sein Haupt tief, wandte sich nach allen Seiten und blickte forschend umher, bis sein kühnes Auge auf dem zottigen Untier unverwandt, als wäre es durch Zauberkraft gefesselt, ruhen blieb. Dieselben Töne wiederholten sich und kamen offenbar aus dem Rachen des Tieres. Noch einmal durchstreiften die Augen des Jünglings das Innere der Hütte, blieben aber auf derselben Stelle haften, und er sprach mit tiefer, gedämpfter Stimme:

»Hawk-eye!«

»Schneide seine Bande entzwei!« gebot Hawk-eye dem eben herantretenden David.

Der Sänger tat, wie er angewiesen wurde, und Unkas fand seine Glieder wieder in Freiheit. In demselben Augenblick raschelte die dürre Bärenhaut, und der Kundschafter, in eigener Person, sprang auf seine Füße. Der Mohikaner begriff die Absicht des Freundes und seine Pläne ohne Worte: weder ein Laut noch ein Ausdruck seiner Züge verriet Überraschung. Als Hawk-eye sein zottiges Gewand abgeworfen hatte, wozu es nur der Lösung einiger Riemen bedurfte, zog er ein langes, blitzendes Messer hervor und gab es Unkas in die Hand.

»Die roten Huronen sind draußen«, sprach er, »laßt uns bereit sein!«

Zu gleicher Zeit legte er seinen Finger bezeichnend auf eine andere ähnliche Waffe, die Frucht seiner Tapferkeit unter den Feinden an dem verflossenen Abend.

»Wir wollen gehen«, sprach Unkas.

»Wohin?«

»Zu den Schildkröten, sie sind die Kinder meiner Großväter.«

»Ja, Junge«, sprach der Kundschafter englisch – eine Sprache, deren er sich gerne bediente, wenn er etwas zerstreut war, »dasselbe Blut rinnt in Euren Adern, ich glaub' es gern, aber Zeit und Entfernung haben seine Farbe etwas verändert. Was fangen wir mit den Mingos vor der Türe an? Sie sind ihrer sechs, und der Sänger ist so gut als niemand.«

»Die Huronen sind Prahler!« sagte Unkas verächtlich, »ihr Totem ist der Elch, und sie laufen wie Schnecken. Die Delawaren sind Kinder der Schildkröte und überholen den Hirsch.«

»Ja, Junge, in deinen Worten ist Wahrheit, und ich zweifle nicht, daß du in einem Lauf die ganze Nation hinter dir ließest, so wie du auf einer Strecke von zwei Meilen zum Ziele und wieder zu Atem gekommen wärst, ehe einer dieser Schelme in die Hörweite des anderen Dorfes gelangte. Aber die Gaben des weißen Mannes liegen mehr in seinen Armen als in den Beinen. So gut als einer will ich jedem Huronen das Hirn einschlagen; wenn's aber einen Wettlauf gilt, kann ich mich nicht messen mit den Schelmen.«

Unkas, der sich bereits dem Eingang genähert hatte und im Begriff war, vorauszugehen, fuhr wieder zurück und stellte sich noch einmal in die Tiefe der Hütte. Hawk-eye aber, mit seinen eigenen Gedanken zu sehr beschäftigt, um auf diese Bewegung zu achten, fuhr fort, mehr mit sich selbst, als zu seinem Begleiter sprechend:

»Bei alledem ist es unvernünftig, einen Mann von den Gaben des andern abhängig zu machen. So wirst du besser tun, Unkas, wenn du den Lauf beginnst, indes ich die Haut wieder anlege und mich in Ermangelung der Schnelle auf die List verlasse!«

Der junge Mohikaner antwortete nicht, sondern schlug ruhig die Arme übereinander und lehnte sich gegen einen der Pfosten, welche das Gebäude trugen.

»Nun«, sprach der Kundschafter, ihn anblickend, »warum zögerst du? Ich habe Zeit genug vor mir, da die Schelme doch zuerst ihre Jagd auf dich beginnen werden.«

»Unkas bleibt«, war seine ruhige Antwort.

»Wozu?«

»Um mit meines Vaters Bruder zu kämpfen und zu sterben mit dem Freunde der Delawaren.«

»Ja, Junge«, erwiderte Hawk-eye, Unkas' Hand zwischen seinen Eisenfingern drückend, »'s hätte mehr einem Mingo als einem Mohikaner gleich gesehen, wenn du mich verlassen hättest. Aber ich dachte, ich wollte dir's anbieten, da ich weiß, daß die Jugend gemeiniglich am Leben hängt. Nun, was sich im Krieg nicht durch offnen Mut ausrichten läßt, muß durch Umschweife geschehen. Leg' die Bärenhaut an, ich zweifle nicht, daß du vielleicht so gut wie ich den Bären spielen kannst.«

Was auch immer Unkas' geheime Meinung von ihrer beiderseitigen Geschicklichkeit in diesem Punkte sein mochte, so verriet doch seine ernste Miene keinen Anspruch auf Überlegenheit. Schweigend, aber rasch steckte er sich mit vielem Geschick in die Bärenhülle, weiterer Schritte gewärtig, die sein älterer Begleiter angeben würde.

»Nun, Freund«, sprach Hawk-eye, an David sich wendend, »ein Kleidertausch wird Euch sehr lieb sein, sintemal Ihr Euch an diese Notbehelfe der Wildnis doch nicht recht gewöhnen könnt. Da, nehmt mein Jagdhemd und meine Mütze und gebt mir Eure Decke und Euren Hut dafür. Auch Euer Buch, Eure Brille und Euer Tutinstrument müßt Ihr mir anvertrauen, und treffen wir uns je in besseren Zeiten wieder, so sollt Ihr alles zurückerhalten und meinen besten Dank obendrein.«

David überließ ihm diese verschiedenen Dinge mit einer Bereitwilligkeit, die seinem Edelmut große Ehre gemacht haben würde, hätte er nicht in mancher Hinsicht bei dem Tausche gewonnen. Hawk-eye bedurfte nur kurzer Zeit, die erborgten Kleider anzulegen; als seine rastlosen Augen hinter den Gläsern verborgen waren und der dreieckige Kastorhut sein Haupt überragte, konnte er, da beide in ihrer Statur nicht zu verschieden waren, beim Sternenlicht wohl für den Sänger gelten. Sobald diese Vorkehrungen getroffen waren, wandte sich der Kundschafter an David und gab ihm zum Abschied seine Verhaltungsregeln. –

»Seid Ihr von Natur sehr furchtsam?« fragte er ihn mit derbem Freimut, um sich erst das ganze Verhältnis angemessen klarzumachen, ehe er eine bestimmte Vorschrift zu geben wagte.

»Meine Bestrebungen sind friedlich und meine Gemütsart neigt sich, wie ich in Demut glaube, hauptsächlich zur Milde und Liebe«, versetzte David, etwas verletzt durch diesen unmittelbaren Angriff auf seine Männlichkeit, »aber keiner kann mir nachsagen, daß ich selbst in den größten Nöten mein Vertrauen auf den Herrn verloren hätte.«

»Die Hauptgefahr wird Euch in dem Augenblick drohen, wo die Wilden finden werden, daß sie betrogen sind. Schlägt man Euch da nicht auf das Haupt, so schützt Euch Euer Geisteszustand, und Ihr könnt dann mit gutem Grund erwarten, in Eurem Bette zu sterben. Wenn Ihr bleibt, so müßt Ihr Euch hier in den Schatten setzen und Unkas' Rolle übernehmen, bis die schlauen Indianer den Betrug entdecken: dann wird, wie ich schon erwähnt, Euer Prüfungsstündlein kommen. So wählt denn selbst, ob Ihr einen Lauf mitmachen oder hierbleiben wollt!«

»Das letztere!« antwortete David entschlossen, »ich will an der Stelle des Delawaren hierbleiben. Tapfer und edelmütig hat er für mich gekämpft; so viel und noch mehr will ich für ihn tun.«

»Ihr habt wie ein Mann gesprochen und wie einer, der unter weiserer Zucht wohl Größeres geleistet hätte. Drückt Euern Kopf herab und zieht Eure Beine ein; ihre Beschaffenheit möchte sonst die Wahrheit zu früh an den Tag bringen. Schweigt, solange Ihr könnt; und wenn Ihr sprecht, so wär' es am klügsten, sogleich einen Eurer lauten Gesänge anzustimmen: dies wird die Indianer daran erinnern, daß Ihr nicht so zurechnungsfähig wie andere Menschenkinder seid. Wenn sie Euch aber den Skalp abziehen, wiewohl ich hoffe und glaube, daß sie dies nicht tun werden, so verlaßt Euch darauf, daß Unkas und ich es ihnen gedenken und Euch rächen, wie's echten Kriegern und treuen Freunden ziemt.«

»Halt!« sprach David, als er merkte, daß sie ihn mit dieser Zusicherung verlassen wollten; »ich bin ein unwürdiger und geringer Nachfolger dessen, der nie den verdammlichen Grundsatz der Rache predigte. Sollte ich fallen, so bringt meinen Manen kein Opfer; verzeiht vielmehr meinen Verderbern; und wenn Ihr überhaupt an sie denkt, so sei es nur im Gebet um Erleuchtung ihres Geistes und um ihr ewiges Heil.«

Der Kundschafter zögerte und schien in Nachdenken versunken.

»Das ist ein Grundsatz«, sprach er, »nicht wie man ihn in den Wäldern hat, und doch schön und edel und sehr beherzigenswert.« Mit einem schweren Sehnsuchtsseufzer, einem der letzten vielleicht nach dem Leben, das er so lange schon verlassen hatte, fuhr er fort: »Ich möchte sehr gerne selbst ihm nachleben, als einer, der keinen unechten Blutstropfen in seinen Adern hat; er ist aber nicht immer so leicht bei einem Indianer zu befolgen, wie bei einem Mitchristen. Nun, Gott segne Euch, Freund; Ihr seid, glaub' ich, nicht eben auf einer falschen Fährte, betrachtet man die Sache recht, wenn Ihr die Ewigkeit Euch immer vor Augen haltet. Freilich kommt viel auf die Naturgaben an und die Stärke der Versuchung.«

Mit diesen Worten kehrte der Kundschafter um und schüttelte David herzlich die Hand. Nach dieser Freundschaftsbezeigung verließ er, von dem neuen Darsteller des Bären begleitet, die Hütte.

Sobald sich Hawk-eye unter den Augen der Huronen befand, richtete er seine hohe Gestalt nach der unbeholfenen Weise Davids empor, reckte seinen Arm aus, als ob er den Takt angeben wollte, und begann eine Art Nachahmung seines Psalmgesanges. Zum Glück für den Erfolg dieses mißlichen Versuchs hatte er es mit Ohren zu tun, die an den süßen Wohlklang harmonischer Töne wenig gewöhnt waren: sonst wäre dieses klägliche Beginnen unfehlbar entdeckt worden. Sie mußten in eine gefährliche Nähe mit der dunkeln Gruppe der Wilden gelangen, und je mehr sie heranschritten, desto lauter ertönte des Kundschafters Stimme. Als sie zunächst an den Feinden waren, streckte der Hurone, welcher englisch sprach, den Arm aus und hielt den vermeintlichen Singmeister an.

»Der Hund von Delawaren –« sprach er, sich vorwärtslehnend, um den Ausdruck des andern durch das Dämmerlicht zu erkennen: »fürchtet er sich? Werden die Huronen Seufzer von ihm hören?«

Ein so entsetzlich natürliches Brummen aber erscholl in diesem Augenblick aus dem Bärenrachen, daß der junge Indianer seinen Mann losließ und beiseite fuhr, als wollte er sich erst überzeugen, ob, was vor ihm hertrolle, ein wirklicher Bär oder eine Nachahmung sei. Hawk-eye benutzte in der Furcht, daß seine Stimme ihn den schlauen Feinden verraten könne, die Unterbrechung mit Freuden zu einer neuen musikalischen Produktion, die in der Sprache der verfeinerten Gesellschaft ohne Zweifel ein Höllenlärm genannt worden wäre. Bei seinen jetzigen Zuhörern aber gab das ihm nur einen Anspruch mehr auf die Achtung, welche sie solchen, die ihrer Meinung nach geistesgestört sind, nie versagen. Der kleine Indianerhaufe zog sich geschlossen zurück und ließ den vermeintlichen Beschwörer mit seinem begeisterten Gehilfen weiterziehen.

Es war keine geringe Aufgabe für Unkas' und des Kundschafters Seelenstärke, den langsamen, gravitätischen Schritt beizubehalten, den sie längs der Wohnhütten angenommen hatten, besonders, als sie gleich darauf gewahrten, daß die Neugierde bei den Wächtern die Oberhand über die Furcht gewonnen hatte, so daß sie sich der Hütte näherten, um Zeugen der Wirksamkeit der Bezauberungen zu sein. Die geringste unüberlegte oder ungeduldige Bewegung Davids konnte sie verraten, und für die Sicherheit des Kundschafters bedurfte es notwendig einiger Zeit. Der laute Gesang, den der letztere geraten fand fortzusetzen, zog verschiedene neugierige Gaffer unter die Türen der Hütten, an denen sie vorübergingen, und ein- oder zweimal führte Aberglaube oder Wachsamkeit einen finster blickenden Krieger quer über ihren Pfad. Sie wurden jedoch nicht angehalten. Die Dunkelheit der Nacht und die Keckheit des Wegestücks waren ihre besten Verbündeten.

Die Abenteurer hatten das Dorf hinter sich und näherten sich nun rasch dem Schutze der Wälder, da ließ sich aus der Hütte, in welcher Unkas bewacht worden war, ein lautes, anhaltendes Geschrei vernehmen. Der Mohikaner richtete sich hoch auf und schüttelte sein zottiges Kleid, als ob das Tier, welches er darstellte, eine verzweifelte Anstrengung machen wolle.

»Halt!« sprach der Kundschafter, seinen Freund an der

Schulter greifend, »laß sie noch einmal schreien; es war nichts als ihre Verwunderung!«

Sie hatten keinen Grund zu zögern: im nächsten Augenblick erfüllte ein neues Geschrei die Lüfte und lief durch das ganze Dorf. Unkas warf seine Haut ab und schritt in seinem eigenen schöngeformten Gliederbaue weiter. Hawk-eye schlug ihn leicht auf die Schultern und glitt voran.

»Jetzt mögen die Teufelskinder unsere Fährte finden!« sagte der Kundschafter, indem er zwei Büchsen mit allen nötigen Erfordernissen unter einem Busch hervorzog, seinen Wildtöter schwang und Unkas die andre Waffe hinhielt; »zwei wenigstens laufen dem Tode in die Arme.«

Gleich Jägern, die des Wildes harren, ihre Gewehre niederhaltend, eilten sie fort und waren bald in der Dunkelheit des Waldes verschwunden.

Siebenundzwanzigstes Kapitel

> Antonius... Ich will mir's merken:
> Wenn Cäsar sagt: ›Tu dies‹, so ist's getan.
> *Julius Cäsar*

Die Ungeduld der Wilden, welche um Unkas' Gefängnishütte schlenderten, hatte, wie wir gesehen haben, ihre Furcht vor dem Hauche des Beschwörers überwunden. Vorsichtig und mit klopfendem Herzen stahlen sie sich an eine Spalte heran, durch welche der schwache Schein des Feuers flimmerte. Mehrere Minuten hielten sie Davids Gestalt für die ihres Gefangenen, bis es kam, wie Hawk-eye vorausgesehen hatte. Müde, die Enden seiner langen Person so nahe beisammen zu halten, ließ der Sänger seinen untern Gliedmaßen Freiheit, bis einer der unförmlichen Füße mit der Glutasche in Berührung kam und sie beiseite schob. Zuerst glaubten die Huronen, der Delaware sei durch Zauberkraft so entstellt worden. Als aber David, der nicht an Beobachtung dachte, seinen Kopf umwandte und sein mildes, ehrliches Antlitz statt der stolzen Züge ihres Gefangenen sehen ließ, da hätte es mehr denn der Leichtgläubigkeit eines Eingebornen bedurft, um längere Zweifel zu hegen. Sie stürzten alle in die Hütte, legten ohne viel Umstände ihre Hände auf den Gefangenen und entdeckten alsbald den Betrug. Jetzt erhob sich das erste Geschrei, das die Flüchtlinge vernommen hatten: ihm folgten die grimmigsten und Rache drohendsten Gebärden, so daß David, obwohl fest entschlossen, den Rückzug seiner Freunde zu decken, glauben mußte, sein eigenes Stündlein sei gekommen. Seines Buchs und seiner Pfeife beraubt, mußte er wohl sein Gedächtnis in Anspruch nehmen, das ihn auch in solchen Dingen selten im Stiche ließ; er erhob in einer lauten, leidenschaftlichen Weise seine Stimme und suchte sich den Übergang in die andre Welt durch das Absingen eines Leichengesanges zu versüßen. Die Indianer wurden noch zu rechter Zeit an seine Geistesschwäche erinnert, stürzten an die freie Luft und brachten in der bereits beschriebenen Weise das ganze Dorf auf die Beine.

Der eingeborne Krieger ficht, wie er schläft, ohne durch besondere Schutzmittel gedeckt zu sein. Kaum war daher das Lärmgeschrei ausgestoßen, als schon zweihundert Huronen auf den Beinen und zum Kampf oder zur Jagd bereit waren, wie es der Augenblick erheischte. Die Entweichung des Gefangenen war bald bekannt, und der ganze Stamm scharte sich in Masse um die Versammlungshütte, ungeduldig der Befehle seiner Häuptlinge wartend. Bei einem so unerwarteten Anruf an ihre Weisheit mußte die Abwesenheit des schlauen Magua tief empfunden werden. Sein Name ward genannt, und verwundert schauten alle um sich, als er nicht erscheinen wollte. Boten wurden nach seiner Wohnung entsendet, ihn herbeizurufen.

Mittlerweile erhielten einige der schnellsten und besonnensten jungen Krieger die Weisung, unter dem Schutze des Waldes die Lichtung ringsum zu durchsuchen, ob nicht ihre verdächtigen Nachbarn, die Delawaren, Schlimmes im Schilde führten. Weiber und Kinder rannten hin und her; kurz, das ganze Lager bot abermals den Anblick wilder Verwirrung. Allmählich schwanden jedoch die Merkmale der Unordnung, und in wenigen Minuten waren die ältesten und ausgezeichnetsten Häuptlinge in der Hütte zu ernstlicher Beratung versammelt.

Ein Geschrei vieler Stimmen verkündete bald die Ankunft eines Streiftrupps, von dem man einigen Aufschluß über diese rätselhafte Überraschung erwarten durfte.

Die Menge draußen machte Platz, und mehrere Krieger traten ein, den unglücklichen Beschwörer mit sich führend, den der Kundschafter in solche Not gebracht hatte.

Obgleich der Mann bei den Huronen sehr verschieden angesehen war, – die einen glaubten unbedingt an seine Macht, die andern hielten ihn für einen Betrüger – fand er doch jetzt bei allen die gespannteste Aufmerksamkeit. Als seine kurze Geschichte zu Ende war, trat der Vater der kranken Frau vor und erzählte dagegen, was er wußte. Diese beiden Berichte bildeten die beste Grundlage für die folgenden Nachforschungen, welche alsbald mit der den Wilden eigentümlichen Schlauheit begonnen wurden.

Statt in einem verworrenen, unordentlichen Haufen nach der Höhle zu stürzen, wurden zehn der weisesten und entschlossensten Häuptlinge ausersehen, die Untersuchung vorzunehmen. Da keine Zeit zu verlieren war, erhoben sich diese nach beendeter Wahl sogleich und verließen die Hütte, ohne ein Wort zu sprechen. Am Eingange angelangt, machten die jüngeren Männer den älteren Platz, und alle betraten den niedrigen, finsteren Felsengang mit dem festen Mute von Kriegern, die entschlossen sind, sich dem öffentlichen Besten zu opfern, wiewohl sie zugleich geheime Zweifel über das Wesen der Macht hegten, mit der sie streiten sollten.

In dem düsteren Vorgemach der Höhle herrschte Stillschweigen. Die Frau lag noch an demselben Orte und in ihrer früheren Stellung, obgleich mehrere Anwesende gesehen haben wollten, wie sie der vermeintliche Arzt der weißen Männer in die Wälder getragen habe. Ein so offenbarer und auffallender Widerspruch mit der Erzählung des Vaters richtete aller Augen auf ihn. Verletzt von dem stillen Vorwurf und von einem so unerklärlichen Umstand innerlich beunruhigt, trat der Häuptling an die Seite des Lagers und warf einen ungläubigen Blick auf die Züge seiner Tochter, als ob er ihr wirkliches Dasein bezweifle. Sie war tot.

Die mächtigen Gefühle der Natur gewannen für einen Augenblick die Oberhand: der alte Krieger bedeckte sich in seinem Kummer die Augen. Bald aber faßte er sich wieder, schaute seine Begleiter an und sagte, auf die Leiche deutend, in der Sprache seines Volkes:

»Das Weib meines jungen Mannes hat uns verlassen! Der Große Geist zürnt mit seinen Kindern.«

Die traurige Kunde wurde in feierlicher Stille aufgenommen. Nach einer kurzen Pause schickte sich einer der älteren Indianer zum Sprechen an, als ein dunkel aussehender Körper aus dem anstoßenden Gemache mitten in das Zimmer, in welchem sie standen, hineinrollte. Unbekannt mit der Natur der Wesen, denen sie hier begegnen sollten, wichen alle ein wenig zurück, verwundert dreinschauend, bis der Gegenstand mehr ans Licht kam, sich aufrichtete, und die verzerrten, aber immer noch wilden und grimmigen Züge Maguas sichtbar wurden. Dieser Entdeckung folgte ein allgemeiner Ausruf des Erstaunens.

Sobald jedoch der wahre Zustand des Häuptlings entdeckt war, setzten sich mehrere Messer in Bewegung, und bald waren Maguas Glieder und Zunge in Freiheit. Der Hurone erhob sich und schüttelte sich wie ein Löwe, der sein Lager verläßt. Nicht ein Wort entschlüpfte ihm. Seine Hand spielte krampfhaft mit dem Griff seines Messers, während seine dunkeln Augen über die Anwesenden hinliefen, als suchten sie einen Gegenstand für den ersten Ausbruch seiner Rache.

Es war ein Glück für Unkas, den Kundschafter und selbst David, daß sie alle in diesem Augenblick außer dem Bereiche seines Armes waren: denn sicher hätte jetzt nicht die raffinierteste Grausamkeit ihren Tod verzögert, dem Ausbruche wilder Leidenschaft gegenüber, der dem Wilden beinahe die Stimme erstickte. Da Magua aber überall nur Gesichter traf, die er als Freunde kannte, knirschte er mit den Zähnen wie mit eisernen Raspeln und schlang seine Wut in Ermangelung eines Opfers, an dem er sie hätte auslassen können, in sich. Diese Zorneswut entging keinem Anwesenden, und mehrere Minuten verflossen, ohne daß ein Wort gesprochen wurde, weil jeder fürchten mußte, eine jetzt schon an Wahnsinn grenzende Leidenschaft noch zu steigern. Endlich aber nahm der älteste Häuptling das Wort:

»Mein Freund hat einen Feind gefunden«, sprach er. »Ist er in der Nähe, daß die Huronen Rache nehmen können?«

»Laßt den Delawaren sterben!« rief Magua mit einer Donnerstimme.

Eine abermalige, lange und bedeutungsvolle Pause folgte und ward wie zuvor mit gebührender Vorsicht von demselben Häuptling unterbrochen.

»Der Mohikaner ist schnellfüßig und springt weit!« sprach er, »aber meine jungen Männer sind auf seiner Fährte.«

»So ist er fort?« fragte Magua in tiefen Kehltönen, die aus dem Innersten seiner Brust zu kommen schienen.

»Ein böser Geist ist unter uns gewesen, und der Delaware hat unsere Augen geblendet.«

»Ein böser Geist!« wiederholte der andere spottend, »es ist der Geist, der schon so vielen Huronen das Leben geraubt hat. Der Geist, der meine jungen Männer an dem herabstürzenden Flusse erschlug, der ihre Skalpe an der Heilquelle nahm und jetzt die Arme Le Renard Subtils gebunden hat!«

»Von wem spricht mein Freund?«

»Von dem Hunde, der unter einer blassen Haut das Herz und die List eines Indianers hat, von La longue Carabine!«

Dieser furchtbare Name übte den gewöhnlichen Eindruck auf seine Zuhörer. Als sie aber Zeit zum Nachdenken gewannen, und die Krieger daran dachten, daß ihr kühner und furchtbarer Feind mitten in ihrem Lager gewesen war und Unheil gestiftet hatte, trat furchtbare Wut an die Stelle der Verwunderung, und alle jene wilden Leidenschaften, die eben noch in Maguas Brust gekämpft hatten, gingen plötzlich auf seine Gefährten über. Die einen knirschten vor Grimm mit den Zähnen, andere machten ihren Gefühlen in einem Geheul Luft, während noch andere wie wahnsinnig in das Leere schlugen, als ob der Gegenstand ihrer Rache wirklich diese Streiche empfände. Allein dieser plötzliche Ausbruch der Leidenschaft verwandelte sich alsbald in jene stille, finstere Zurückhaltung, deren Miene sie in Augenblicken der Untätigkeit immer annahmen.

Magua, welcher seinerseits Zeit zum Nachsinnen gewonnen hatte, veränderte jetzt sein Benehmen und gab sich mit einer Würde, die der Wichtigkeit der Sache entsprach, das Ansehen eines Mannes, der weiß, was er zu tun und zu bedenken hat

»Laßt uns zu meinem Volke gehen«, sprach er, »sie warten auf uns.«

Seine Gefährten willigten schweigend ein: der ganze Haufe verließ die Höhle und kehrte nach der Ratshütte zurück. Als sie sich niedergelassen hatten, wandten sich aller Augen auf Magua, der aus diesem Zeichen entnahm, daß sie ihm einstimmig die Pflicht der Erzählung des Geschehenen übertragen wollten. Er stand auf und gab ohne Zweideutigkeit oder Rückhalt seinen Bericht. Die ganze Täuschung, die Duncan und Hawk-eye unternommen, lag jetzt offen vor Augen; selbst die Abergläubischsten in dem Stamme konnten über den Charakter der Begebenheiten nicht länger im Zweifel sein. Es war zu offenkundig, daß sie empörend, schimpflich getäuscht worden waren. Als er geendet und seinen Sitz wieder eingenommen hatte, sahen sich die versammelten Stammesgenossen – seine Zuhörer schlossen die ganze Zahl der streitbaren Männer ein – gegenseitig an, so verwundert über die Keckheit wie über den Erfolg ihrer Feinde. Der erste Gegenstand der Überlegung waren Mittel und Gelegenheit zur Rache.

Eine weitere Schar Krieger wurde den Flüchtlingen nachgesendet, und die Häuptlinge schickten sich zu der ernstlichsten Beratung an. Verschiedene Auskunftsmittel wurden nacheinander von den älteren Kriegern vorgebracht, und Magua hörte sie alle mit ehrfurchtsvollem Stillschweigen an. Der verschlagene Wilde hatte seine ganze Umsicht und Selbstbeherrschung wiedergewonnen, und ging jetzt mit gewohnter Vorsicht und List auf sein Ziel los. Erst als alle, die reden wollten, sich geäußert hatten, sprach auch er seine Ansicht aus. Besonderes Gewicht erhielt sie durch den Umstand, daß indessen einige der Läufer zurückgekehrt waren und berichteten, ihre Feinde hätten nach den Merkzeichen der Spur ohne allen Zweifel in dem benachbarten Lager ihrer verdächtigen Verbündeten, der Delawaren, Schutz gesucht. Im Besitze dieser wichtigen Kunde legte der schlaue Häuptling den Genossen seine Pläne vor, und sie wurden, wie sich von seiner geschickten Beredsamkeit erwarten ließ, ohne Widerrede angenommen. Seine Meinungen und Gründe waren kurz folgende.

Es wurde bereits erwähnt, daß die Schwestern infolge einer Politik, von welcher die Wilden nur selten abgehen, getrennt wurden, sobald sie das Huronendorf erreicht hatten.

Magua hatte bald entdeckt, daß er auf Kora, solange Alice in seiner Gewalt sei, den entschiedensten Einfluß besitze. Er behielt daher die letztere im Bereiche seiner Hand und vertraute die erstere, auf welche er am meisten Wert legte, der Haft seiner Verbündeten an.

Diese Anordnung, die übrigens nur für den Augenblick getroffen war, sollte einesteils seinen Nachbarn schmeicheln, andernteils einer unumgänglichen Regel indianischer Politik huldigen.

Während der Häuptling unaufhörlich von den Rachegefühlen aufgestachelt wurde, die in einem Wilden selten schlummern, behielt er seine bleibenderen persönlichen Interessen nichtsdestoweniger im Auge. Die Torheiten und Treulosigkeiten seiner Jugendzeit mußten durch eine lange und peinvolle Buße gesühnt werden, ehe er auf den vollen Wiedergenuß des alten Vertrauens hoffen durfte, und ohne Vertrauen war bei einem Indianerstamme an kein Ansehen zu denken. In dieser schwierigen und mißlichen Lage hatte der listige Eingeborne kein Mittel versäumt, seinen Einfluß zu vergrößern; eines seiner glücklichsten Mittel war der Erfolg gewesen, mit welchem er die Gunst ihrer mächtigen und gefährlichen Nachbarn gewonnen hatte. Das Ergebnis seiner Mühen hatte allen Erwartungen seiner Politik entsprochen; denn die Huronen waren keineswegs frei von dem mächtigen Hange der menschlichen

Natur, jeder Gabe nur in dem Grade Wert beizumessen, wie sie von anderen geschätzt wird.

Während aber Magua den Rücksichten für das Gemeinwohl dieses vorgebliche Opfer brachte, ließ er seine persönlichen Beweggründe nie außer acht. Die unvorhergesehenen Ereignisse, die alle Gefangenen seiner Gewalt entzogen hatten, waren ihm sehr in den Weg getreten; er sah sich jetzt in die Notwendigkeit versetzt, diejenigen um eine Gunst anzugehen, denen er noch vor so kurzer Zeit Verbindlichkeiten aufzuerlegen sich bemüht hatte.

Mehrere Häuptlinge hatten tief angelegte, verräterische Pläne zu einem Überfall der Delawaren vorgelegt, um durch Eroberung ihres Lagers mit einem Schlage auch die Gefangenen wiederzugewinnen; denn alle waren darüber einig, daß die Ehre und das Interesse ihrer Nation, der Friede und die Glückseligkeit ihrer gefallenen Landsleute gebieterisch einige Opfer für ihre Rache erheischten. Aber es wurde Magua nicht schwer, Pläne verwerfen zu lassen, deren Ausführung so gefahrvoll und deren Erfolg so zweifelhaft war. Er setzte die damit verbundenen Wagnisse und die möglichen Täuschungen mit gewohntem Geschick auseinander, und erst nachdem jedes Hindernis, das die andern Meinungen bildeten, beseitigt war, wagte er es, mit seinen eigenen Vorschlägen hervorzutreten.

Er fing damit an, der Eigenliebe seiner Zuhörer zu schmeicheln, ein untrügliches Mittel, sich Aufmerksamkeit zu sichern. Nachdem er die vielen Anlässe aufgezählt, bei denen die Huronen, Beleidigungen rächend, ihren Mut und ihre Tapferkeit gezeigt hätten, schweifte er in ein beredtes und hohes Lob der Weisheit ab. Er schilderte ihnen, wie diese Tugend den großen Unterschied zwischen den Bibern und andern Tieren, zwischen diesen und den Menschen und endlich insbesondere zwischen den Huronen und den übrigen Geschlechtern der Menschen bilde. Nachdem er das Gewicht der Besonnenheit gehörig hervorgehoben hatte, ging er dazu über zu zeigen, wie sie in der jetzigen Lage des Stammes in Anwendung zu bringen sei. Auf der einen Seite, sprach er, blicke ihr großer blasser Vater, der Statthalter von Kanada, mit unmutigem Auge auf seine Kinder, seit ihre Tomahawks so gerötet seien; auf der anderen Seite würde ein Volk, so zahlreich als sie selbst, eine andere Sprache redend, und mit ganz verschiedenen Interessen, welches sie nicht liebe, jeden Vorwand willkommen heißen, die Huronen bei ihren großen weißen Häuptlingen in Ungnade zu bringen. Er sprach sodann von ihren Bedürfnissen, von den Belohnungen, welche sie für ihre früheren Dienste zu beanspruchen hätten, berührte die Entfernung von ihren eigenen Jagdgebieten und Stammdörfern, – die Notwendigkeit endlich, unter so mißlichen Umständen mehr die Klugheit als die Neigung um Rat zu fragen. Als er gewahrte, daß zwar die älteren Männer seiner Mäßigung Beifall zollten, viele der wildesten und ausgezeichnetsten Krieger aber mit finsteren Blicken seine listigen Pläne anhörten, führte er sie schlau auf einen Gegenstand zurück, den sie am meisten liebten: er redete offen von den Früchten ihrer Weisheit, die, wie er kühn aussprach, ein vollständiger, endlicher Triumph über ihre Feinde sein würden. Ja, er deutete an, daß bei gehöriger Vorsicht ihr Erfolg sich auf die Vernichtung aller derer, die sie zu hassen Grund hätten, werde ausdehnen lassen. Kurz er wußte das kriegerische Element mit der Politik, das Klare mit dem Dunkeln so zu vermischen, daß er der Vorliebe beider Parteien schmeichelte und jeder Hoffnungen übrigließ, während keine sagen konnte, daß sie seine Absichten vollkommen verstehe.

Der Redner oder Staatsmann, der einen solchen Stand der Dinge herbeizuführen weiß, ist gemeiniglich bei seinen Zeitgenossen beliebt, wie ihn auch die Nachwelt ansehen mag. Alle merkten, daß mehr zugrunde lag, als ausgesprochen wurde, und jeder glaubte, die verborgene Meinung voraussetzen zu dürfen, die seine Fassungskraft oder seine Wünsche ihm an die Hand gaben.

Bei dieser günstigen Stimmung der Gemüter war es kein Wunder, daß Magua die Oberhand behielt. Der Stamm erklärte sich bereit, mit Besonnenheit zu Werke zu gehen, und die Leitung des ganzen Unternehmens wurde einstimmig einem Häuptling übertragen, der zu so weisen und verständlichen Hilfsmitteln geraten habe.

Magua hatte *ein* großes Ziel seiner verschmitzten und unternehmenden Politik erreicht. Er hatte nicht nur den Grund wieder gewonnen, den er in der Gunst seiner Landsleute verloren gehabt, sondern sah sich selbst an die Spitze der Angelegenheiten gestellt. Er war in Wahrheit ihr Herrscher, und solange er seine Popularität behaupten konnte, war kein Monarch der

Erde unumschränkter, besonders solange sein Stamm sich in Feindesland befand. Er warf daher das Ansehen eines Beraters ab und nahm den Ernst und die Würde an, die ihm nötig schienen, um ein so wichtiges Amt zu stützen.

Läufer wurden nach verschiedenen Richtungen abgeordnet, um sich zu unterrichten: Kundschafter mußten sich dem Lager der Delawaren nähern und es auskundschaften; die Krieger wurden nach ihren Wohnungen mit dem Bedeuten entlassen, daß man ihrer Dienste bald benötigt sein werde; die Weiber und Kinder erhielten den Befehl, sich zurückzuziehen, mit der Weisung, daß Stillschweigen ihre Sache sei. Als diese verschiedenen Anordnungen getroffen waren, durchschritt Magua das Dorf und trat hier und dort in eine Hütte, wo er mit seinem Besuche dem Bewohner zu schmeicheln glauben konnte. Er bestärkte seine Freunde in ihrem Vertrauen, ermutigte die Wankenden und befriedigte alle. Jetzt suchte er seine eigene Wohnung auf. Das Weib, das der Huronenhäuptling verlassen hatte, als er von seinem Volke verjagt wurde, war tot. Kinder besaß er nicht; er hatte jetzt seine Hütte allein inne, ohne irgendeinen Gefährten. Es war die halbverfallene, einsame Wohnung, in welcher David entdeckt worden war: diesen hatte Magua bei den wenigen Gelegenheiten, wo sie sich trafen, mit der gleichgültigen Verachtung stolzer Überlegenheit um sich geduldet.

Hierher zog sich Magua zurück, nachdem seine politische Tätigkeit beendet war. Aber während andere schliefen, kannte und suchte er keine Ruhe. Wäre einer neugierig genug gewesen, die Bewegungen des neuerwählten Häuptlings zu belauschen, so würde er ihn in einem Winkel seiner Hütte gefunden haben, wo er von der Stunde an, da er sich zurückzog, bis zu der Zeit, die er den Kriegern zur Versammlung bestimmt hatte, in stillem Brüten über seine Pläne saß. Gelegentlich strich der Wind durch die Spalten der Hütte, und das schwache Feuer, das hin und wieder aus der Asche aufflackerte, warf ein flüchtiges Licht auf den Bewohner der düsteren Klause. In solchen Augenblikken wäre es der Einbildungskraft leicht geworden, den grimmigen Wilden in den Fürsten der Finsternis umzuschaffen, wie er über vermeintlich erlittenes Unrecht brütet und auf Verderben sinnt.

Lange ehe der Tag graute, trat ein Krieger nach dem andern

in Maguas einsame Hütte, bis ihrer zwanzig versammelt waren. Jeder trug seine Büchse und das übrige Zubehör des Krieges, obgleich ihre Bemalung einen durchaus friedlichen Charakter zeigte. Unbeachtet war der Eintritt dieser wildaussehenden Wesen geblieben; die einen setzten sich in die umschatteten Stellen des Raumes nieder, andere standen gleich Bildsäulen regungslos da, bis alle in der festgesetzten Anzahl erschienen waren.

Jetzt erhob sich Magua, gab ein Zeichen zum Aufbruch und trat selbst an die Spitze. Sie folgten ihrem Führer einer nach dem andern in der wohlbekannten Ordnung, die man bezeichnenderweise den »Indianerzug« genannt hat. Gänzlich verschieden von der Weise, in welcher das unruhevolle Kriegshandwerk sonst betrieben wird, schlichen sie still und unbeachtet aus ihrem Lager, mehr vorüberhuschenden Gespenstern gleich als Kriegern, welche eiteln Ruhm durch tollkühne und verzweifelte Wagstücke gewinnen wollen.

Statt den Weg einzuschlagen, der unmittelbar nach dem Lager der Delawaren führte, folgte Magua mit seinen Leuten eine Strecke weit den Windungen des Stromes, an dem kleinen, künstlichen Biberteich entlang. Der Tag brach eben an, als sie die von den fleißigen, kunstfertigen, verständigen Tieren geschaffene Lichtung betraten. Magua hatte sein altes Kostüm wieder angenommen und trug auf der zubereiteten Tierhaut, die seine Bekleidung bildete, die Umrisse eines Fuchses; ein anderer Häuptling in dem Trupp führte den Biber als sein besonderes Abzeichen oder Totem. Dieser hätte gewissermaßen eine heilige Pflicht versäumt, wäre er an einer so mächtigen Gemeinschaft vermeintlicher Verwandten ohne ein Zeichen der Achtung vorübergegangen. Er hielt daher inne und redete die Tiere so freundlich und liebreich an, als ob er zu vernünftigen Wesen spräche. Er nannte sie seine Vettern, bedeutete ihnen, daß sie nur seinem schützenden Einflusse ihre ungestörte Ruhe zu verdanken hätten, während so manche habsüchtige Handelsleute die Indianer reizen wollten, ihnen das Leben zu nehmen. Er versprach ihnen auch für die Zukunft seine Gunst und ermahnte sie, dankbar hierfür zu sein. Er sprach sodann von der Unternehmung, in der er begriffen sei, und gab ihnen, wiewohl auf eine sehr zarte Weise und durch Umschweife zu verstehen, wie gut es sein möchte, wenn sie ihrem Verwandten einen Teil der Klugheit zukommen ließen, durch die sie selbst so berühmt seien[30].

Während dieses merkwürdigen Vortrags blieben die Begleiter des Sprechers so ernst und aufmerksam auf das, was er sagte, als ob auch sie von dessen Schicklichkeit vollkommen überzeugt wären. Ein- oder zweimal erhoben sich schwarze Gegenstände über die Oberfläche des Wassers, und der Hurone bezeigte Freude darüber, wie wenn seine Worte nicht vergeblich gewesen wären. Als er eben seine Rede beendigt hatte, streckte ein großer Biber den Kopf aus der Türe einer Wohnung hervor, deren Erdwände sehr gelitten hatten und welche die Indianer ihrer Lage nach für unbewohnt halten mochten. Ein so außerordentliches Zeichen von Vertrauen wurde von dem Redner als ein höchst günstiges Omen aufgenommen, und obgleich sich das Tier etwas eilig zurückzog, so verschwendete der Häuptling dennoch Lobsprüche und Worte des Dankes.

Magua dachte, es sei nun genug Zeit damit verloren worden, der verwandtschaftlichen Neigung des Kriegers ihre Ehre anzutun, und gab ein Zeichen weiterzugehen. Während die Indianer mit so leisen Tritten weiterzogen, daß sie kein gewöhnliches Ohr gehört haben würde, wagte sich derselbe ehrwürdig aussehende Biber noch einmal mit dem Kopfe aus seinem Versteck hervor. Hätte einer der Huronen sich umgewandt, so hätte er bemerken müssen, daß das Tier ihren Bewegungen mit einem Interesse und einem Scharfblick folgte, die man leicht für Vernunft hätte nehmen können. Wirklich waren die Bewegungen des Vierfüßlers so ausdrucksvoll und verständlich, daß selbst der erfahrenste Beobachter sie nur schwer zu enträtseln vermocht hätte, ehe der Trupp Wilder in den Wald getreten war und alles sich damit aufklärte, daß das ganze Tier aus der Hütte kroch und zugleich die ernsten Züge Chingachgooks aus der Pelzmaske hervortraten.

Achtundzwanzigstes Kapitel

Nur kurz, ich bitte euch: Ihr seht, ich habe viel zu tun.
Viel Lärmen um nichts

Der Stamm oder vielmehr Halbstamm der Delawaren, den wir schon so oft erwähnt haben und dessen Lagerplatz so nahe bei dem jetzigen Wohnorte der Huronen war, konnte ungefähr die gleiche Anzahl Krieger versammeln wie dieses Volk. Gleich ihren Nachbarn waren sie Montcalm auf das Gebiet der englischen Krone gefolgt und machten ernstliche und drückende Einfälle in die Jagdgründe der Mohawks, obgleich sie mit der bei den Eingebornen so häufigen geheimnisvollen Zurückhaltung es gut fanden, ihren Beistand gerade da zu versagen, wo er am willkommensten gewesen wäre. Die Franzosen hatten sich diesen unerwarteten Abfall eines Teils ihrer Verbündeten auf verschiedene Weise erklärt. Die vorherrschende Meinung war jedoch, daß es aus Ehrfurcht vor einem alten Vertrage geschehen sei, kraft dessen sie einst von den sechs Nationen Schutz im Kriege erhielten und somit jetzt nicht gerne ihren früheren Herren feindlich gegenübergetreten wären. Der Stamm selbst hatte sich begnügt, Montcalm durch seine Abgesandten mit indianischer Kürze zu verkünden, ihre Streitäxte seien stumpf: es bedürfe Zeit, sie wieder zu schärfen. Der staatskluge Befehlshaber von Kanada hielt es für geratener, nachzugeben, um einen untätigen Freund zu behalten, statt ihn durch Maßregeln einer übel angewandten Strenge zum offenen Feinde zu machen.

An dem Morgen, an welchem Magua seinen schweigsamen Trupp auf die geschilderte Weise von der Biberkolonie nach dem Walde führte, beschien die über dem Delawarenlager aufgehende Sonne ein geschäftiges Volk, das eifrig in Anspruch von den gewöhnlichen Vorbereitungen für den Mittag genommen war. Die Weiber rannten von Hütte zu Hütte, die einen ihren Morgenimbiß bereitend, andere eifrig bemüht, ihren Anzug zu vervollständigen, die meisten aber in hastigem Flüstern mit ihren Freundinnen.

Die Krieger standen untätig in Gruppen beisammen, mehr nachdenklich als gesprächig, und wenn ein paar Worte fielen, so geschah es im Tone von Männern, die ihre Meinung zuvor gehörig erwogen haben. Die Jagdgeräte lagen in Menge zwischen den Hütten, aber niemand schickte sich an, sie zu benutzen. Hier und da prüfte ein Krieger seine Waffen mit einer Aufmerksamkeit, wie sie selten vorkommt, wenn man keinem andern Feinde als dem Tiere des Waldes begegnen will. Gelegentlich hefteten sich die Augen einer ganzen Gruppe auf eine große, stille Hütte mitten im Dorfe, als ob sie den Gegenstand ihrer gemeinsamen Gedanken in sich schlösse.

Während dieser Szene erschien plötzlich an dem äußersten Ende des Felsengrundes, der die Fläche des Dorfes bildete, die Gestalt eines Mannes. Er war unbewaffnet, und seine Bemalung war eher darauf berechnet, den natürlichen Ausdruck seiner strengen Züge zu mildern, als zu erhöhen. Sobald er von den Delawaren gesehen werden konnte, blieb er stehen und machte ein Zeichen der Freundschaft, indem er den Arm gen Himmel emporwarf und dann bedeutungsvoll auf die Brust sinken ließ. Die Bewohner des Dorfes erwiderten seinen Gruß mit einem leisen Gemurmel des Willkomms und munterten ihn durch ähnliche Zeichen freundlicher Gesinnung auf, näherzukommen. Ermutigt durch diese Zusicherungen, verließ die dunkle Gestalt den Rand der natürlichen Felsenterrasse, wo sie einen Augenblick verweilt und sich in dunkeln Umrissen von dem sich rötenden Morgenhimmel abgehoben hatte, und trat würdevoll mitten in den Umkreis der Hütten. Während der Mann sich näherte, hörte man nichts als das Klirren der kleinen silbernen Zierate, die Hals und Arm schmückten, und das Klingen der Glöckchen, die seine hirschledernen Mokassins umgaben. Mit aufmerksamer Achtung grüßte er die Männer, an denen er vorüberging, ohne die Weiber zu beachten, als hielte er ihre Gunst in der Angelegenheit, die ihn herführte, für durchaus unwichtig. Als er die Gruppe erreicht hatte, die augenscheinlich, nach der Hoheit der Mienen zu schließen, die angesehensten Häuptlinge vereinigte, hielt der Fremde inne, und die Delawaren erkannten nun in der rüstigen, hohen Gestalt vor ihnen den wohlbekannten Huronenhäuptling Le Renard Subtil.

Der Empfang war ernst, schweigsam, gemessen. Die vorn stehenden Krieger traten beiseite, ihrem bewährtesten Redner

Bahn öffnend, einem Manne, aller Sprachen mächtig, die unter den nördlichen Ureinwohnern gepflegt wurden.

»Der weise Hurone ist willkommen«, begann der Delaware in der Sprache der Maquas. »Er ist gekommen, Succatasch[31] mit seinen Brüdern von den Seen zu essen.«

»Er ist gekommen«, wiederholte Magua, sein Haupt mit der Würde eines morgenländischen Fürsten neigend.

Der Häuptling reckte den Arm aus, nahm den anderen bei der Hand, und neue Freundschaftsbezeugungen wurden gewechselt. Dann lud der Delaware den Gast ein, in seine eigene Hütte zu treten und sein Morgenmahl zu teilen. Die Einladung wurde angenommen, die beiden Krieger, von drei oder vier älteren Männern begleitet, entfernten sich langsam, indes die übrigen Delawaren vor Begierde brannten, den Grund eines so ungewöhnlichen Besuches kennenzulernen, und doch weder durch Zeichen noch durch Worte die geringste Ungeduld verrieten.

Während des kurzen und mäßigen Mahles spann sich die Unterhaltung äußerst vorsichtig fort und berührte allein die Ereignisse der Jagd, auf welcher Magua vor kurzem begriffen gewesen war. Selbst Männer von der feinsten Bildung hätten sich nicht besser denn seine Wirte das Ansehen zu geben vermocht, als betrachteten sie Maguas Besuch als etwas ganz Unverfängliches, obgleich jeder Anwesende vollkommen überzeugt war, es liege ihm eine versteckte Absicht zugrunde, die sicher von Wichtigkeit für sie selbst sei. Nachdem aller Eßlust befriedigt war, entfernten die Squaws die hölzernen Teller und Kürbisflaschen, und beide Parteien schickten sich an, die Waffen ihres Scharfsinns auf eine Hauptprobe zu stellen.

»Ist das Antlitz meines großen Kanadavaters wieder seinen Kindern, den Huronen, zugewendet?« fragte der Sprecher der Delawaren.

»Wann war es anders?« entgegnete Magua. »Er nennt mein Volk vielgeliebt.«

Der Delaware gab mit einer Verbeugung zu, was er als falsch erkennen mußte, und fuhr fort:

»Die Tomahawks Eurer jungen Krieger sind sehr rot geworden?«

»So ist es, aber sie sind jetzt blank und stumpf; denn die Yengeese sind tot und die Delawaren unsere Nachbarn.«

Der Delaware erwiderte diese friedfertige Artigkeit mit einer Bewegung der Hand und schwieg. Magua fragte, als ob er erst durch die Anspielung auf das Blutbad wieder daran erinnert würde:

»Macht die Gefangene meinen Brüdern Beschwerde?«

»Sie ist willkommen.«

»Der Pfad zwischen den Huronen und den Delawaren ist kurz und offen; sendet sie an meine Squaws, wenn sie meinem Bruder lästig fällt.«

»Sie ist willkommen«, erwiderte der Häuptling der andern Nation mit größerem Nachdruck.

Magua blieb in leichter Verwirrung einige Minuten still, anscheinend in völliger Gleichgültigkeit darüber, daß sein erster Versuch, Kora wiederzugewinnen, scheiterte.

»Lassen meine jungen Krieger den Delawaren Raum auf den Bergen für ihre Jagden?« fuhr er endlich fort.

»Die Lenapen sind Herren ihrer eigenen Berge!« versetzte der andere etwas stolz.

»Es ist gut. Gerechtigkeit ist die Lenkerin der Rothäute! Warum sollten sie gegeneinander ihre Tomahawks schärfen und ihre Messer wetzen? Sind nicht der Blaßgesichter mehr als der Schwalben in der Blütezeit?«

»Gut!« riefen zwei oder drei seiner Zuhörer zu gleicher Zeit.

Magua wartete ein wenig, bis seine Worte die Delawaren etwas milder gestimmt hatten, und fügte dann hinzu:

»Sind nicht fremde Mokassins in den Wäldern gewesen? Haben meine Brüder nicht die Fußtritte weißer Männer getroffen?«

»Möge unser Kanadavater kommen«, antwortete der andere ausweichend, »seine Kinder sind bereit, ihn zu sehen.«

»Wenn der große Häuptling kommt, so geschieht es, um mit den Indianern in ihren Wigwams zu rauchen. Die Huronen sagen ebenso: ›Er ist willkommen.‹ Aber die Yengeese haben lange Arme und Beine, die nie ermüden! Meinen jungen Männern träumte, sie hätten die Spur der Yengeese nahe an dem Lager der Delawaren gesehen!«

»Sie werden die Lenapen nicht schlafend finden.«

»Es ist gut. Der Krieger, dessen Auge offen ist, kann seinen Feind sehen«, sagte Magua, und suchte einen anderen Boden zu gewinnen, da er sich außerstande sah, seinen vorsichtigen Gegenspieler zu ergründen:

»Ich habe meinem Bruder Geschenke gebracht. Seine Nation wollte nicht auf den Kriegspfad gehen, weil sie es nicht für geeignet hielt; aber ihre Freunde erinnerten sich, wo sie wohnte!«

Als der schlaue Häuptling auf diese Weise seine freigebige Absicht verkündet hatte, stand er auf und breitete mit würdevollem Ernste vor den geblendeten Augen seiner Wirte die Geschenke aus. Sie bestanden hauptsächlich in Schmuckwaren von geringem Werte, den erschlagenen Frauen von William Henry abgenommen. Die Verteilung dieser Kleinigkeiten machte der Klugheit des Huronen nicht weniger Ehre als ihre Auswahl. Während er das Wertvollere den zwei ausgezeichnetsten Häuptlingen übergab, von denen einer sein Wirt war, würzte er seine Gaben an die Geringeren mit so gut angebrachten, treffenden Schmeichelreden, daß auch sie sich nicht beklagen durften. Kurz, bei der ganzen Zeremonie wußte er Freigebigkeit und Schmeichelei so glücklich zu verbinden, daß der Geber in den Augen der Empfänger alsbald die Wirkung einer Großmut erkannte, die er so geschickt mit Lobsprüchen verknüpft hatte.

Dieser wohlberechnete Kunstgriff von seiten Maguas blieb nicht ohne augenblickliche Resultate. Der Ernst der Delawaren ging in einen Ausdruck von Herzlichkeit über; Maguas Wirt insbesondere wiederholte, seinen reichlichen Anteil an der Beute einige Augenblicke mit besonderem Wohlgefallen betrachtend, mit großem Nachdruck die Worte:

»Mein Bruder ist ein weiser Häuptling. Er ist willkommen!«

»Die Huronen lieben ihre Freunde, die Delawaren«, versetzte Magua. »Warum sollten sie nicht? Dieselbe Sonne hat sie gefärbt, und ihre gerechten Männer werden nach dem Tode in denselben Jagdgründen jagen. Die Rothäute sollten Freunde sein und mit offenen Augen auf die weißen Männer schauen. Hat mein Bruder keinen Kundschafter in den Wäldern aufgespürt?« –

Der Delaware, dessen Name Hartherz bedeutete, eine Benennung, welche die Franzosen mit Le Cœur dur übersetzt hatten, vergaß seinen festen hartnäckigen Sinn, der ihm wahrscheinlich einen so bezeichneten Namen verschafft hatte. Seine

Miene verlor merklich an Ernst, und er brachte es über sich, deutlicher zu antworten.

»Fremde Mokassins sind um mein Lager gewesen; ihre Spur reichte bis an meine Hütten.«

»Hat mein Bruder die Hunde hinausgejagt?« fragte Magua, ohne auf die frühere Zweideutigkeit in der Antwort des Häuptlings zu achten.

»Das ging nicht an. Der Fremde ist den Kindern der Lenapen stets willkommen.«

»Der Fremde, aber nicht der Spion!«

»Schicken die Yengeese ihre Weiber als Spione? Sagte nicht der Huronenhäuptling, er habe Weiber in der Schlacht zu Gefangenen gemacht?« –

»Er hat keine Lüge gesprochen. Die Yengeese haben ihre Kundschafter ausgesendet. Sie sind in meinen Wigwams gewesen, haben aber keinen Willkommen gefunden: dann flohen sie zu den Delawaren – ›denn‹, sagen sie, ›die Delawaren sind unsre Freunde; ihre Gemüter sind unserem Kanadavater entfremdet‹!«

Diese Wendung, die in das Herz traf, zeigte den Meister und hätte Magua in gebildeteren Kreisen der Gesellschaft den Ruf eines geschickten Diplomaten verdient. Der neuerliche Abfall ihres Stammes hatte den Delawaren, wie sie selbst wohl wußten, viele Vorwürfe von seiten ihrer französischen Verbündeten zugezogen, und sie mußten jetzt fühlen, daß ihre künftigen Schritte mit Eifersucht und Mißtrauen bewacht werden würden. Es bedurfte keiner tiefen Einsicht in Ursache und Wirkung, um vorauszusehen, daß eine solche Lage der Dinge ihren künftigen Bewegungen höchst nachteilig werden konnte. Ihre entfernten Dörfer, ihre Jagdreviere und Hunderte von Weibern und Kindern, selbst ein wesentlicher Teil ihrer Streitkräfte, befanden sich augenblicklich innerhalb der Grenzen des französischen Gebiets. So wurde diese beunruhigende Kunde, wie Magua beabsichtigte, mit offenbarer Mißbilligung, wo nicht mit Bestürzung aufgenommen.

»Mein Vater blicke in mein Gesicht«, sprach Le Cœur dur, »er wird keinen Wechsel finden. Es ist wahr, meine jungen Krieger gingen nicht auf dem Kriegspfade; sie hatten Träume, die es ihnen verwehrten. Aber sie lieben und verehren den großen weißen Häuptling.«

»Wird er so denken, wenn er hört, daß sein größter Feind in dem Lager seiner Kinder genährt wird? – Wenn man ihm erzählt, daß ein blutdürstiger Yengee an eurem Feuer raucht? Daß das Blaßgesicht, welches so viele seiner Freunde erschlagen hat, bei den Delawaren aus- und eingeht? Geht – mein großer Kanadavater ist kein Tor!«

»Wo ist der Yengee, den die Delawaren fürchten?« entgegnete der andere. »Wer hat meine jungen Männer erschlagen? Wer ist der Todfeind meines großen Vaters?«

»La longue Carabine!«

Die Delawarenkrieger schraken bei dem wohlbekannten Namen auf und verrieten durch ihr Erstaunen, daß sie jetzt erst erfuhren, daß ein unter den indianischen Verbündeten Frankreichs so vielgerühmter Krieger sich in ihrer Gewalt befinde.

»Was meint mein Bruder?« fragte Le Cœur dur in einem Tone der Überraschung, der weit über die sonstige Gleichgültigkeit seines Volkes ging.

»Ein Hurone lügt nie!« entgegnete Magua kalt, sein Haupt an die Wand der Hütte lehnend und sein leichtes Gewand über die sonngebräunte Brust ziehend. »Wenn die Delawaren ihre Gefangenen zählen, so werden sie einen finden, dessen Haut weder rot noch blaß ist.«

Eine lange Pause des Nachdenkens folgte. Der Häuptling beriet abseits mit seinen Gefährten, und Boten wurden ausgesandt, um noch andere ausgezeichnete Männer des Stammes herbeizuholen.

Ein Krieger nach dem andern kam heran, jedem wurde die wichtige Nachricht, welche Magua eben mitgeteilt hatte, bekanntgemacht. Alle nahmen sie mit einem Ausdrucke der Verwunderung und dem gewöhnlichen leisen, tiefen Kehllaute auf. Die Neuigkeit lief von Mund zu Mund, bis das ganze Lager in mächtiger Aufregung war. Die Frauen stellten ihre Arbeiten ein, um die wenigen Silben, welche den beratenden Kriegern unwillkürlich entfielen, aufzuhaschen. Die Knaben verließen ihre Spiele, gingen furchtlos unter ihren Vätern umher und schauten mit neugieriger Verwunderung auf, wenn sie kurze Ausrufe des Erstaunens über die Tollkühnheit des verhaßten Feindes vernahmen, die sich ohne Scheu hören ließen. Mit *einem* Worte, jede Beschäftigung wurde verlassen, alles beiseite gesetzt, damit der ganze Stamm nach seiner eigentümlichen

Weise sich den neuen Eindrücken ungestört hinzugeben vermöchte.

Als die Aufregung sich ein wenig gelegt hatte, waren die Alten darauf bedacht, ernstlich zu erwägen, was unter so mißlichen und verwickelten Verhältnissen die Ehre und Sicherheit des Stammes verlange. Während aller dieser Vorgänge und mitten in der allgemeinen Bewegung hatte Magua nicht nur seinen Sitz, sondern auch seine ursprüngliche Stellung behauptet: er lehnte sich an eine Wand der Hütte, so regungslos und scheinbar gleichgültig, als ob ihn das Ergebnis der Beratung gar nicht berühre. Gleichwohl entging seinem wachsamen Auge kein Merkmal der künftigen Absichten seiner Wirte. Vollkommen vertraut mit dem Charakter des Volkes, mit welchem er zu tun hatte, erkannte er jede Maßregel, die sie berieten, im voraus; ja, man konnte beinahe sagen, er durchschaute in manchen Fällen ihre Absicht, ehe sie ihnen selbst deutlich war.

Die Beratung der Delawaren war kurz. Als sie geendet hatten, verkündete eine allgemeine Bewegung, daß ihr unmittelbar eine feierliche und förmliche Versammlung des ganzen Stammes folgen würde. Da eine solche höchst selten und nur in Fällen von der äußersten Wichtigkeit zusammenberufen wurde, so erkannte der schlaue Hurone, der bisher immer noch allein saß, ein finsterer Beobachter des Geschehenden, – daß nun alle seine Pläne zu ihrer endgültigen Entscheidung kommen müßten. Er verließ daher die Hütte und schritt schweigend dem Platze vor dem Lager zu, wo sich bereits die Krieger zu versammeln begannen.

Es mochte eine halbe Stunde vergangen sein, bis alle, Weiber und Kinder miteingeschlossen, ihre Stelle eingenommen hatten. Dieser Verzug mochte seine Erklärung in den ernsten Vorbereitungen finden, die man für eine so feierliche und ungewöhnliche Beratung nötig glaubte. Als die Sonne aber über die Gipfel des Berges emporstieg, an dessen Fuße die Delawaren ihr Lager erbaut hatten, saßen die meisten; als ihre glänzenden Strahlen durch die Umrisse der die Anhöhe umsäumenden Bäume brachen, fielen sie auf eine von der tiefsten Teilnahme ergriffene Menge, so ernst, so aufmerksam, als nur je eine von ihren Morgenstrahlen beleuchtet wurde. Ihre Zahl betrug etwas über tausend Seelen.

Bei einer Versammlung so ernst gestimmter Wilder trifft es

sich nie, daß ein Mitglied in ungeduldigem Streben nach vorzeitiger Auszeichnung die Zuhörer in eine übereilte und vielleicht unbesonnene Erörterung fortreißt, um seinen eigenen Ruf zu vergrößern. Eine solche anmaßende Voreiligkeit würde ein frühreifes Talent mit *einemmal* und für immer zugrunde richten. Den ältesten und erfahrensten Männern des Volkes allein blieb es vorbehalten, den Gegenstand der Beratung dem Stamme vorzulegen. Ehe ein solcher es gut gefunden hatte, eine Anregung zu geben, konnten weder Waffentaten noch natürliche Talente noch Rednerruhm die geringste Unterbrechung entschuldigen. In dem nun vorliegenden Falle blieb selbst der betagte Krieger, der das Vorrecht zu sprechen hatte, still, wie bewältigt von der Wichtigkeit des Gegenstandes. Bereits weit länger als gewöhnlich hatte die Pause des Nachdenkens gedauert, die solchen Beratungen voranzugehen pflegt: aber selbst dem jüngsten Knaben entschlüpfte kein Zeichen der Ungeduld oder Verwunderung. Von Zeit zu Zeit schaute ein Auge von der Erde empor, auf welche die Blicke der meisten geheftet waren, und streifte nach einer einzelnen Hütte, die sich jedoch von den andern um sie her durch nichts als durch die Sorgfalt unterschied, mit der man sie gegen die Anfälle der Witterung geschützt hatte.

Endlich ließ sich ein dumpfes Gemurmel vernehmen, wie es so geeignet ist, eine größere Volksmenge aufzuregen, und der ganze Stamm erhob sich wie durch gemeinsamen Antrieb. Alsbald öffnete sich die Tür der fraglichen Hütte, drei Männer traten heraus und nahten sich langsam dem Platze der Beratung. Sie waren alle betagt, sogar älter als die Bejahrtesten der Anwesenden: aber der eine in ihrer Mitte, der sich auf seine Gefährten stützte, hatte eine Reihe von Jahren erlebt, wie sie dem Menschen nur selten vergönnt wird. Seine Gestalt, einst aufrecht und stolz gleich der Zeder, wankte jetzt unter der Bürde von mehr als hundert Jahren. Der leichte, elastische Tritt des Indianers war bei ihm verschwunden: mühsam und beschwerlich konnte er nur Zoll für Zoll von seinem Wege zurücklegen. Sein dunkles, runzelvolles Gesicht bildete einen seltsamen, wilden Kontrast mit den langen, weißen Locken, die über seine Schultern fielen und in ihrer Fülle verkündeten, daß vielleicht Generationen hingegangen waren, seit sie zum letztenmal abgeschnitten worden.

Der Anzug dieses Patriarchen – denn so konnte man ihn in Betracht seines hohen Alters, seiner großen Verwandtschaft unter dem Volke und seines Einflusses mit allem Fug nennen – war reich und Ehrfurcht gebietend, obgleich der einfachen Sitte des Stammes ganz angemessen. Seine Bekleidung bestand aus den schönsten Fellen, die man ihres Pelzes beraubt hatte, um Raum für eine sinnbildliche Darstellung seiner Kriegstaten in vergangenen Zeiten zu gewinnen. Seine Brust war überdeckt mit Denkmünzen, zum Teil von massivem Silber, einige sogar von Gold, Geschenke, die er im Laufe seines langen Lebens von verschiedenen christlichen Herrschern empfangen hatte. Er trug ferner Armbänder und Spangen um die Knöchel der Füße aus demselben Metall. Sein Haupt, auf welchem ringsumher das Haar frei wuchs, da er so lange schon das Kriegsleben verlassen hatte, umschloß eine Art Diadem von Silber, mit minder wertvollen, aber blinkenderen Zieraten geschmückt, aus welchen drei glänzende Straußenfedern niederwallten und in ihrem tiefen Schwarz einen auffallenden Kontrast mit seinem schneeweißen Lockenhaar bildeten. Sein Tomahawk war mit Silber beinahe überdeckt, und der Griff seines Messers schimmerte wie ein Horn von lauterem Golde.

Sobald sich die erste freudige Aufregung über das unerwartete Erscheinen dieses verehrten Mannes ein wenig gelegt hatte, hörte man den Namen »Tamenund« von Mund zu Mund flüstern. Oft hatte Magua den Ruhm dieses weisen und gerechten Delawarenhäuptlings preisen hören, einen Ruhm, der so weit ging, daß man ihm die seltene Glücksgabe geheimen Umgangs mit dem Großen Geiste zuschrieb, eine Meinung, die seinen Namen sogar, mit geringer Veränderung, als den vermeintlichen Schutzheiligen eines großen Reiches bis auf die weißen Usurpatoren seines alten Gebiets gebracht[32]. Der Huronenhäuptling eilte daher hastig aus dem Gedränge hervor nach einer Stelle, von wo aus er die Züge des Mannes näher ins Auge fassen konnte, dessen entscheidende Stimme einen so wesentlichen Einfluß auf seine eigene Angelegenheit haben sollte.

Die Augen des Greises waren geschlossen, als wären sie müde, das selbstsüchtige Treiben menschlicher Leidenschaften so lange mitangesehen zu haben. Die Farbe seiner Haut war verschieden von dem Aussehen der meisten Indianer um ihn her; sie war tiefer und dunkler, was von den feinen labyrinthischen Umrissen vieler verschlungener und doch regelmäßiger Figuren herrühren mochte, die durch Tätowieren seinem ganzen Körper eingezeichnet waren. Ungeachtet der in die Augen fallenden Stellung des stumm beobachtenden Huronen ging er an Magua vorüber, ohne ihn zu beachten, und schritt, auf seine ehrwürdigen Begleiter gestützt, der erhöhten Stelle zu, wo er sich mit der Würde eines Monarchen und der Miene eines Vaters mitten unter seinem Volke niederließ.

Nichts ging über die Ehrfurcht und Liebe, womit dieser unerwartete Besuch, der eher einer anderen Welt anzugehören schien, von dem Volke aufgenommen ward. Nach einer Pause der Ehrfurcht und des Taktes erhoben sich die angesehensten Häuptlinge, traten vor den Patriarchen und legten ehrerbietig seine Hände auf ihre Häupter, als wollten sie seinen Segen erbitten. Die jüngeren Männer begnügten sich, sein Kleid zu berühren oder sich ihm nur zu nähern, um in derselben Luft mit dem so betagten, gerechten und tapferen Manne zu atmen. Aber nur die ausgezeichnetsten jungen Krieger wagten das letztere zu tun: die große Masse der Versammelten fühlte sich glücklich genug, auch nur die Erscheinung eines so hochverehrten und innig geliebten Mannes schauen zu dürfen. Sobald dieser Tribut der Zuneigung und Ehrfurcht dargebracht war, traten die Häuptlinge wieder auf ihre Plätze zurück, und tiefes Schweigen herrschte in dem ganzen Lager.

Bald aber erhoben sich einige junge Krieger, die von einem der betagten Begleiter Tamenunds in der Stille ihre Weisung erhalten hatten, verließen die Versammlung und begaben sich nach der Hütte, welche den ganzen Morgen her Gegenstand so vieler Aufmerksamkeit gewesen war. In wenigen Minuten erschienen sie wieder und geleiteten die Fremden, welche die Ursache aller dieser feierlichen Vorbereitungen waren, nach dem Sitze des Gerichts. Die Menge öffnete eine Gasse, und als der Zug eingetreten war, schlossen sich die Reihen wieder und bildeten in weitem Halbrund einen dichten Gürtel menschlicher Leiber.

Neunundzwanzigstes Kapitel

Die Völker saßen, auf Achilles stand
Und zu der Fürsten Führer so sich wandt.
Popes Iliade

Die erste unter den Gefangenen war Kora, die in zärtlicher Schwesterliebe ihren Arm in den Alices geschlungen hatte. Trotz der furchtbaren, drohenden Umgebung von Wilden auf allen Seiten konnte keine Sorge um ihr eigenes Schicksal das hochsinnige Mädchen anhalten, ihre Augen unverwandt auf die blassen und ängstlichen Züge der zitternden Alice zu heften. Dicht an ihrer Seite stand Heyward, der in einem solchen Augenblicke ängstlicher Ungewißheit mit einer Teilnahme auf beide Gefährtinnen blickte, die seiner Liebe für Alice kaum ein Übergewicht ließ. Hawk-eye hatte sich ein wenig mehr in den Hintergrund gestellt, einer Achtung für den höheren Rang seiner Gefährten folgend, die selbst die Gleichheit ihrer jetzigen Lage ihn nicht vergessen lassen konnte. Unkas war nicht zugegen.

Als die Stille wiederhergestellt war, erhob sich nach der gewohnten langen, eindrucksvollen Pause einer der bejahrten Häuptlinge, die an der Seite des Patriarchen saßen, und fragte in sehr verständlichem Englisch mit lauter Stimme:

»Welcher von meinen Gefangenen ist La longue Carabine!«

Weder Duncan noch der Kundschafter antwortete. Ersterer aber ließ seine Augen über die dunkle, schweigsame Versammlung laufen und fuhr einen Schritt zurück, als er auf Maguas boshaftes Angesicht traf. Er sah mit *einem* Male, daß der tückische Wilde seine Hand bei ihrer Anklage vor dem Stamme mit im Spiele habe, und war alsbald entschlossen, der Ausführung seiner verderblichen Pläne jedes mögliche Hindernis in den Weg zu legen. Ein Beispiel des schnellen Rechtsverfahrens der Indianer war noch ganz frisch in seiner Erinnerung, und er fürchtete, sein Gefährte möchte für ein zweites ausersehen sein. Da ihm dieser entscheidende Augenblick wenig oder keine Zeit zur Überlegung ließ, war er schnell entschlossen, seinen unschätzbaren Freund zu schirmen, welche Gefahr auch auf ihn fallen möchte. Ehe er jedoch Zeit zu sprechen hatte, wurde dieselbe Frage lauter und mit klarerem Ausdruck wiederholt.

»Gebt uns Waffen«, antwortete der junge Mann stolz, »und laßt uns in jene Wälder dort gehen. Unsere Taten sollen für uns sprechen.«

»Das ist der Krieger, dessen Name unsere Ohren erfüllt hat!« sprach der Häuptling, Heyward mit jener neugierigen Teilnahme betrachtend, die sich unvermeidlich beim Anblick eines Mitmenschen, den Verdienste oder Zufall, Tugenden oder Verbrechen berühmt gemacht haben, einstellt. »Was hat den weißen Mann in das Lager der Delawaren geführt?«

»Meine Not. Ich kam um Nahrung, Obdach und Freunde.«

»Das kann nicht sein, die Wälder sind voll von Wild. Das Haupt eines Kriegers bedarf keines Obdachs als des unbewölkten Himmels, und die Delawaren sind die Feinde und nicht die Freunde der Yengeese. Geh – dein Mund hat gesprochen, aber dein Herz sagte nichts.«

Duncan, ein wenig verlegen, wie er fortfahren sollte, schwieg; der Kundschafter aber, welcher aufmerksam die ganze Zeit über zugehört hatte, trat mutig hervor und erwiderte:

»Daß ich auf den Ruf La longue Carabine! nicht antwortete, hatte seinen Grund nicht in Scham oder in Furcht: denn weder die eine noch die andere ziemt dem Manne von Ehre. Aber ich gestehe den Mingos nicht das Recht zu, dem einen Namen zu geben, dessen Freunde seiner Gaben in diesem Betreff nicht uneingedenk geblieben sind; zudem ist ihr Name eine Lüge, mein Wildtöter ist ein gezogenes Rohr und kein Karabiner. Ich bin der Mann, der von seiner Verwandtschaft den Namen Nathanael erhalten hat, den Ehrennamen Hawk-eye von den Delawaren, die an ihrem eignen Flusse leben: der Mann endlich, den die Irokesen ohne alle Gewähr von mir, der doch am meisten dabei beteiligt ist, ›die lange Büchse‹ zu betiteln sich erlaubt haben.«

Die Augen aller Anwesenden, welche bisher Duncans Person mit ernstem Blicke gemessen hatten, wandten sich nun augenblicklich auf die aufrechte, eisenfeste Gestalt des neuen Prätendenten für jene ausgezeichnete Benennung. Es fiel keineswegs auf, daß sich zwei Individuen fanden, welche eine so hohe Ehre anzusprechen Miene machten: denn Betrüger waren unter den Eigeborenen, wenn auch selten, doch nicht unbekannt. Aber dennoch war es wesentlich für den gerechten und strengen Sinn der Delawaren, hier jeden Irrtum zu zerstören. Einige ihrer älteren Männer gingen abseits mit sich zu Rate und schienen entschlossen, ihren Besucher darüber zu befragen.

»Mein Bruder hat gesagt, eine Schlange sei in mein Lager gekrochen«, sprach der Häuptling zu Magua, »welchen meinte er damit?«

Der Hurone deutete auf den Kundschafter.

»Will ein weiser Delaware einem kläffenden Wolfe Glauben schenken?« rief Duncan, noch mehr überzeugt von den schlimmen Absichten seines alten Feindes »Ein Hund lügt niemals; wann aber hat man einen Wolf die Wahrheit sprechen hören?«

Die Augen Maguas sprühten Feuer; aber schnell besann er sich, wie notwendig es sei, Geistesgegenwart zu behaupten, und wandte sich mit der Miene stillen Unwillens ab, versichert, daß der Scharfsinn der Indianer die Wahrheit in der Streitsache bald entdecken würde. Er täuschte sich nicht: nach einer zweiten kurzen Beratung kehrte sich der behutsame Delaware wieder zu ihm und teilte, wiewohl in den gewähltesten Ausdrücken, den Entschluß der Häuptlinge mit.

»Mein Bruder ist ein Lügner genannt worden«, sprach er, »und seine Freunde sind darob erzürnt. Sie wollen zeigen, daß er die Wahrheit gesprochen hat. Gebt meinen Gefangenen Gewehre, und laßt sie zeigen, welcher der Mann ist.«

Magua stellte sich, als nähme er dieses Auskunftsmittel für eine Artigkeit, obgleich er wohl wußte, daß nur Mißtrauen gegen ihn zugrunde liege, und machte eine Gebärde der Zustimmung: wohl damit zufrieden, daß ein so geschickter Schütze wie der Kundschafter, seine Wahrhaftigkeit zu erhärten, bestimmt war.

Die streitenden Freunde erhielten alsbald ihre Waffen mit der Weisung, über die Häupter der sitzenden Menge hinweg nach einem irdenen Gefäße zu schießen, das zufällig etwas über sechzig Schritte von der Stelle, wo sie standen, auf einem Baumstamme lag.

Heyward lächelte innerlich über den Gedanken eines Wettkampfes mit dem Kundschafter, obgleich er fest entschlossen war, in der Täuschung zu beharren, bis er die wahre Absicht Maguas kenne. Er hob seine Büchse mit der größten Achtsamkeit empor, zielte zu drei wiederholten Malen und feuerte. Die Kugel zerriß das Holz wenige Zoll von dem Gefäß, und ein allgemeiner Ruf des Beifalls verkündete, daß man den Schuß als einen Beweis von großer Geschicklichkeit im Gebrauche der Waffe ansehe. Selbst Hawk-eye nickte mit dem Kopf, als wollte er sagen, es sei besser gegangen, als er erwartet habe. Statt sich aber zu dem beabsichtigten Wettstreite mit dem glücklichen Schützen fertig zu machen, lehnte er sich länger als eine Minute auf seine Büchse, als sei er gänzlich in Gedanken versunken. Aus diesen Träumereien ward er jedoch von einem der jungen Indianer aufgestört, der die Waffen gebracht hatte. Dieser berührte seine Schulter und sprach in äußerst gebrochenem Englisch:

»Kann das Blaßgesicht besser machen?«

»Ja, Hurone!« rief der Kundschafter, seine kurze Büchse mit der Rechten erhebend und sie gegen Magua mit einer Leichtigkeit schwingend, als ob es ein Rohr wäre, »ja, Hurone, ich könnte dich jetzt treffen, und keine Macht der Erde könnte die Tat hindern. Der kreisende Falke ist der Taube nicht gewisser, als ich deiner in diesem Augenblicke bin, wollte ich dir meine Kugel durch das Herz jagen! Warum sollt' ich's nicht? Warum? Weil meine Farbe mir's nicht zuläßt, und ich über zarte, unschuldige Wesen Unheil herabrufen könnte! Wenn du ein Wesen kennst wie Gott, so danke ihm in deinem innersten Herzen – du hast allen Grund dazu!«

Die wuterglühte Miene, das grimmige Auge und die schwellende Gestalt des Kundschafters brachten einen Eindruck stiller Ehrfurcht auf die Hörer hervor. Die Delawaren hielten vor Erwartung den Atem an, aber Magua blieb, wiewohl er der Schonung seines Feindes mißtraute, ruhig und unbeweglich stehen, wo ihn die Menge in dem Gedränge festhielt, als sei er mit der Erde verwachsen.

»Besser machen!« wiederholte der junge Delaware, an der Seite des Kundschafters.

»Besser machen – was, Narr? – was?« rief Hawk-eye, immer noch ergrimmt seine Waffe über dem Haupte schwingend, obgleich sein Auge nicht länger Magua suchte.

»Wenn der weiße Mann der Krieger ist, für den er sich ausgibt«, sprach der betagte Häuptling, »so schieße er näher an das Ziel!«

Der Kundschafter lachte laut – ein Geräusch, welches Heyward wie übernatürlich klang und ihn zusammenschrecken machte – und ließ das Gewehr schwer in die ausgereckte linke Hand fallen. Es ging los, scheinbar durch die Erschütterung, trieb die zerschmetterten Stücke des Gefäßes in die Luft und streute sie auf allen Seiten umher. Beinahe in demselben Augenblick hörte man den rasselnden Schall der Büchse, wie er sie verächtlich zu Boden warf.

Der erste Eindruck eines so außerordentlichen Auftritts war steigende Bewunderung. Dann lief ein leises Gemurmel durch die Menge, das allmählich lauter ward und mehr und mehr aufschwellend endlich einen lebhaften Gegensatz in den Gefühlen der Zuschauer kundgab. Während einige einer so beispiellosen Geschicklichkeit unverhohlen ihren Beifall zollten, war der bei weitem größere Teil des Stammes geneigt zu glauben, der Schuß danke seinen Erfolg nur dem Zufall. Heyward zögerte nicht, eine Meinung zu bestätigen, die seinen eigenen Ansprüchen so günstig war. »Es war Zufall!« rief er, »niemand kann schießen, ohne zu zielen.«

»Zufall!« echote der gereizte Weidmann, der sich nun einmal in den Kopf gesetzt hatte, die Identität seiner Person um jeden Preis zu behaupten, und bei dem alle geheimen Winke Heywards, die Täuschung zu begünstigen, gänzlich verloren waren. »Hält jener lügnerische Hurone es auch für Zufall? Gebt ihm ein Gewehr, stellt ihn uns gegenüber, offen, ohne Schutz, auf daß die Vorsehung und unsre Augen die Sache entscheiden. Euch mach' ich diesen Vorschlag nicht, Major: unser Blut ist von *einer* Farbe, und wir dienen einem Herrn.«

»Daß der Hurone ein Lügner ist, liegt am Tage«, versetzte Heyward kalt. »Ihr habt ihn selbst behaupten hören, Ihr seiet La longue Carabine.«

Es läßt sich unmöglich sagen, zu welch heftigen Beteuerungen den eigensinnigen Hawk-eye der ungestüme Wunsch, seine Identität zu verfechten, noch geführt hätte, wäre nicht der betagte Delaware noch einmal ins Mittel getreten. »Der Falke, der aus den Wolken kommt, kann zurückkehren, wenn er will«, sprach er, »gebt ihnen die Gewehre!« Diesmal ergriff der Kundschafter die Büchse mit Begierde, und Magua hatte, obwohl er die Bewegungen des Schützen mit scheelen Augen beobachtete, keinen weiteren Grund zu Besorgnissen

»Nun soll es sich entscheiden, im Angesichte dieses Delawarenstammes, wer der bessere Mann ist!« rief der Kundschafter, mit dem Finger, der so oft zu einem tödlichen Schuß losgedrückt hatte, auf die Zielmarke seiner Büchse deutend. »Ihr seht die Kürbisflasche dort an dem Baume hängen, Major; wenn Ihr ein Schütze seid, wie er in den Grenzlanden sein muß, so schießt Ihr einmal die Schale ein!«

Duncan faßte den Gegenstand ins Auge und schickte sich an, die Probe von neuem zu bestehen. Die Kürbisflasche war eines jener kleinen Gefäße, deren sich die Indianer bedienen, und hing an einem Riemen aus Hirschleder von dem dürren Aste einer kleinen Fichte herab, volle hundertfünfundzwanzig Schritt entfernt. Ein so wunderliches Gefühl ist die Eigenliebe, daß der junge Soldat die ursprüngliche Veranlassung dieses Wettstreites über dem Wunsche zu siegen vergaß, während er die gänzliche Wertlosigkeit der Stimme seiner wilden Kampfrichter kennen mußte. Wir haben bereits gesehen, daß seine Geschicklichkeit nichts weniger als unbedeutend war, und er beschloß nun, sie auf die höchste Spitze zu treiben. Hätte sein Leben von dem Ausgang abgehangen, er hätte nicht aufmerksamer und sorgfältiger zielen können. Er gab Feuer, und drei oder vier junge Indianer, welche bei dem Knalle vorgesprungen waren, verkündeten jubelnd, die Kugel stecke dicht neben dem eigentlichen Ziele in dem Baum. Die Krieger erhoben allesamt ein Freudengeschrei und wandten dann ihre Augen forschend auf die Bewegungen des Nebenbuhlers.

»Das reicht hin für die Königlichen Amerikaner!« sprach Hawk-eye, noch einmal in seiner stillen, innerlichen Weise lachend, »aber hätte mein Gewehr oft nur so weit die rechte Linie verfehlt, so würde mancher Marder, dessen Pelz jetzt den Muff einer Dame ziert, noch in den Wäldern sein; ja, und mancher blutdürstige Mingo, der dahingegangen ist zum letzten Gericht, würde noch heutigentags seine Teufeleien in den Grenzprovinzen treiben. Ich hoffe, die Squaw, der die Flasche gehört, hat noch mehr dergleichen in ihrem Wigwam; denn diese da wird kein Wasser mehr halten!«

Der Kundschafter hatte unter dem Sprechen sein Zündpulver aufgeschüttet und die Büchse gespannt; als er fertig war, setzte er einen Fuß rückwärts und hob die Mündung langsam in die Höhe; die Bewegung geschah sicher, gleichförmig und in einer und derselben Richtung. Als sie gänzlich waagerecht lag, ruhte sie einen Augenblick, ohne im geringsten zu zittern oder die Lage zu ändern, als ob Mann und Büchse in Stein gehauen wären. Während dieses Stillstands entlud sich ihr Inhalt in einem hellen, glänzenden Feuerstrom. Abermals sprangen die jungen Indianer vor, doch ihr hastiges Suchen und die Täuschung in ihren Blicken verkündeten, daß keine Spuren der Kugel zu sehen waren.

»Geh!« sprach der alte Häuptling zu dem Kundschafter im Tone tiefer Mißbilligung, »du bist ein Wolf in der Haut eines Hundes. Ich will mit der Langen Büchse der Yengeese sprechen.«

»Ach, daß ich die Flinte hätte, welche mir den Namen gab, den du gebrauchst: ich wollte mich verbindlich machen, den Riemen durchzuschießen und die Kürbisflasche herabzuwerfen, ohne sie zu zerbrechen!« sprach Hawk-eye, keineswegs außer Fassung gebracht durch das Benehmen des andern. »Narren, wenn ihr die Kugel eines Scharfschützen aus diesen Wäldern finden wollt, müßt ihr *in*, nicht *außer* dem Ziele suchen!«

Die jungen Indianer verstanden seine Meinung sogleich; denn er sprach diesmal delawarisch: sie rissen den Kürbis vom Baume herab und hielten ihn unter ausgelassenem Jubelgeschrei in die Höhe, indem sie auf ein Loch in dem Boden zeigten, das die Kugel, durch die gewöhnliche Mündung in der Mitte der obern Seite dringend, geschlagen hatte. Bei dieser unerwarteten Aufklärung brach ein lautes und stürmisches Beifallrufen aus dem Munde aller anwesenden Krieger. Es entschied die Frage und gab Hawk-eye den Besitz seines gefährdeten Ruhmes wieder. Die Augen voll Neugierde und Bewunderung, welche sich wieder zu Heyward gewandt hatten, blieben jetzt auf der verwitterten Gestalt des Kundschafters ruhen, und dieser war von nun an der Hauptgegenstand der Aufmerksamkeit für die einfachen und unverdorbenen Wesen um ihn her. Als die plötzliche, geräuschvolle Aufregung sich ein wenig gelegt hatte, nahm der betagte Häuptling sein Verhör wieder auf:

»Warum wolltest du meine Ohren stopfen?« fragte er Duncan, »sind die Delawaren Toren, daß sie nicht imstande sein sollen, den jungen Panther von der Katze zu unterscheiden?«

»Und doch werden sie in dem Huronen einen falschen Singvogel finden!« sprach Duncan, indem er sich bemühte, die Bildersprache der Eingebornen anzunehmen.

»Es ist gut. Wir werden sehen, wer die Ohren der Männer schließen kann. Bruder!« fügte der Häuptling hinzu, seine Augen auf Magua lenkend, »die Delawaren hören.«

So besonders und unmittelbar aufgefordert, seine Absicht zu erklären, erhob sich der Hurone, schritt mit großer Würde und Besonnenheit in die Mitte des Kreises, den Gefangenen gerade gegenüber, und schickte sich zum Sprechen an. Ehe er aber seinen Mund öffnete, ließ er seine Blicke langsam über den ganzen lebendigen Gürtel ernster Gesichter schweifen, als wolle er seinen Vortrag der Fassungskraft der Zuhörer anbequemen. Auf Hawk-eye warf er einen feindseligen und doch achtungsvollen Blick, auf Duncan einen des unauslöschlichen Hasses: die zusammenschauernde Gestalt Alices würdigte er kaum des Ansehens; als aber sein Auge der kühnen, gebieterischen und doch so liebenswürdigen Erscheinung Koras begegnete, blieb es eine Weile mit einem Ausdrucke haften, der sich schwer beschreiben ließe. Dann sprach er, ganz von seinen finstern Plänen erfüllt, in der Sprache Kanadas, die, wie er wohl wußte, von den meisten seiner Zuhörer verstanden wurde.

»Der Geist, welcher die Menschen schuf, färbte sie auf verschiedene Weise«, begann der schlaue Hurone. »Die einen sind schwärzer als der träge Bär. Diese, sprach er, sollten Sklaven sein, und er gebot ihnen, gleich dem Biber, immerwährende Arbeit. Wenn der Südwind weht, mögt ihr sie lauter als die brüllenden Büffel stöhnen hören an den Gestaden des großen Salzsees, wo die großen Kanus sie herdenweise bringen und wegführen. Andere schuf er mit Gesichtern blässer als der Hermelin in den Wäldern: diese hieß er Krämer werden, Hunde gegen ihre Weiber und Wölfe gegen ihre Sklaven. Diesem Volke gab er die Natur der Taube, Schwingen, die nie müde werden, Junge zahlloser als die Blätter der Bäume, und eine Freßlust, die Erde zu verschlingen. Er gab ihm Zungen gleich dem falschen Rufe der wilden Katze, Herzen wie den Kaninchen; die Schlauheit des Schweins (aber nicht die des Fuchses), und Arme länger als die Beine des Elchs. Mit seiner Zunge stopft es die Ohren der Indianer; sein Herz rät ihm, Krieger zu dingen, um seine Schlachten auszukämpfen; seine Schlauheit lehrt es, die Schätze der Erde an sich zu raffen, und seine Arme umschließen das Land von den Gestaden des Salzwassers bis zu den Inseln der großen Seen. Seine Gefräßigkeit macht es krank. Gott gab ihm genug, und doch will er alles haben. So sind die Blaßgesichter.

Noch andere schuf der Große Geist mit Häuten glänzender und röter als die Sonne dort«, fuhr Magua fort, ausdrucksvoll gegen den matten Lichtkörper deutend, der sich durch die Nebelatmosphäre am Horizont durchkämpfte, »und diese bildete er nach seinem eigenen Sinn. Er gab ihnen dies Eiland, wie er es geschaffen hatte, bedeckt mit Bäumen und voll Wildes. Der Wind bahnte ihnen Lichtungen, die Sonne und der Regen reiften ihre Früchte, und der Schnee kam, sie Dankbarkeit zu lehren. Was bedurften sie Straßen, um darauf zu reisen! Sie sahen durch die Berge. Wenn die Biber arbeiteten, lagen sie im Schatten und sahen ihnen zu. Die Winde kühlten sie im Sommer; im Winter hielten Felle sie warm. Wenn sie untereinander fochten, so war es nur, um sich als Männer zu erproben. Sie waren tapfer, sie waren gerecht, sie waren glücklich.«

Hier machte der Redner eine Pause und blickte abermals um sich, ob seine Worte das Gefühl der Zuhörer gewonnen hätten. Überall traf er die Augen, die sich auf ihn richteten, die Häupter emporgehoben, die Nasenlöcher weit geöffnet, als ob jeder einzelne Kraft und Mut in sich fühle, das seinem Geschlecht widerfahrene Unrecht wiedergutzumachen.

»Wenn der Große Geist seinen roten Kindern verschiedene Sprachen gab«, fuhr er in gedämpftem, leisem, fast melancholischem Tone fort, »so war es, damit alle Tiere sie verstehen möchten. Die einen wies er auf die Schneegefilde zu ihrem Vetter, dem Bären; andere nach dem Untergang der Sonne, auf den Weg nach den glücklichen Jagdgründen; einige in die Länder um die großen frischen Wasser. Seinen Größten und Geliebtesten aber gab er die sandigen Küstenflächen des Salzsees. Kennen meine Brüder den Namen dieses begünstigten Volkes?«

»Es waren die Lenapes!« riefen zwanzig Stimmen hastig und in *einem* Atem.

»Es waren die Lenni-Lenapes!« erwiderte Magua, das Haupt wie aus Ehrfurcht vor ihrer ehemaligen Größe beugend. »Es waren die Stämme der Lenapen! Die Sonne ging ihnen auf aus dem Wasser, das salzig, und ging unter in dem Wasser, das süß war: nie verbarg sie sich ihren Augen. Doch warum sollte ich, ein Hurone aus den Wäldern, einem weisen Volke seine eigenen Überlieferungen erzählen? Warum es erinnern an die erlittene Unbill, an seine alte Größe, seine Taten, seinen Ruhm, sein Glück, seine Verluste, seine Niederlagen, sein Elend? Ist keiner unter ihnen, der das alles mitangesehen hat, der weiß, daß ich Wahrheit rede? Ich bin zu Ende. Meine Zunge ist stumm; denn mein Herz ist von Blei. Ich höre.«

Als der Sprecher plötzlich verstummte, wandten sich jedes Gesicht und aller Augen wie durch gemeinsamen Antrieb auf den ehrwürdigen Tamenund. Von dem Augenblick an, da er seinen Sitz eingenommen, bis jetzt hatten die Lippen des Patriarchen sich nicht geöffnet, und kaum war ihm ein Zeichen des Lebens entschlüpft. Er saß, von Schwäche niedergedrückt, und schien während der ganzen Eröffnungsszene, in der die Geschicklichkeit des Kundschafters sich so glänzend gezeigt hatte, auf nichts zu achten, was um ihn her vorging. Als aber Magua die Töne seiner Stimme unmerklich steigerte, zeigte er einige leise Teilnahme und hob sogar ein- oder zweimal das Haupt, als wolle er lauschen. Als der schlaue Hurone aber seine Nation beim Namen nannte, öffneten sich die Augenlider des alten Mannes, und er schaute auf die Menge mit jenem leeren, bedeutungslosen Ausdruck, den man dem Gesichte eines Gespenstes zuschreiben möchte. Er machte jetzt eine Anstrengung aufzustehen: unterstützt von seinen beiden Freunden, ward er seiner Glieder mächtig und hatte nun eine Haltung gewonnen, die durch ihre Würde Ehrfurcht gebot, wiewohl seine Knie vor Schwäche zitterten.

»Wer ruft die Kinder der Lenapen auf?« sprach er in tiefem Kehltone, der durch die atemlose Stille der Menge hörbar wurde; »wer spricht von Dingen, die vergangen sind? Wird nicht das Ei zum Wurme? der Wurm zur Fliege, die dann zugrunde geht? Warum den Delawaren von Gütern sprechen, die verloren sind? Lieber dem Manitu danken für das, was geblieben ist.«

»Ein Wyandot tut es«, sprach Magua, dem rohen Erdhügel nähertretend, auf welchem der andere stand, »ein Freund von Tamenund.«

»Ein Freund!« wiederholte der Weise, dessen Braue sich finster zusammenzog, so daß sein Ausdruck einen Teil jener Strenge wiedergewann, welche sein Auge in früheren Jahren so furchtbar machte – »Sind die Mingos Herren der Erde? Was führt einen Huronen hierher?«

»Gerechtigkeit. Seine Gefangenen sind bei seinen Brüdern, und er kommt nach seinem Eigentum.«

Tamenund wandte sein Haupt gegen einen der Alten, die ihn unterstützten, und ließ sich mit kurzen Worten berichten. Dann faßte er den Bittenden ins Auge, betrachtete ihn eine Weile mit tiefer Aufmerksamkeit und sprach mit leiser Stimme, zögernd:

»Gerechtigkeit ist das Gesetz des großen Manitu. Meine Kinder, gebt dem Fremden zu essen. Dann, Hurone, nimm, was dein ist, und entferne dich!«

Nach diesem feierlichen Urteilsspruch ließ sich der Patriarch nieder und schloß die Augen wieder, als hätte er größeres Gefallen an den Bildern seiner eignen gereiften Erfahrung als an den Gegenständen der Außenwelt. Gegen einen solchen Ausspruch zu murren, geschweige sich zu widersetzen, wagte kein Delaware. Diese Worte waren kaum ausgesprochen, als vier oder fünf jüngere Krieger hinter Heyward und den Kundschafter traten und ihre Arme so geschickt und schnell mit Riemen umschlangen, daß sie beide gänzlich gefesselt waren. Duncan war zu sehr in Anspruch genommen von seiner kostbaren, beinahe besinnungslosen Bürde, um ihre Absicht zu merken, ehe sie ausgeführt wurde, und letzterer, der sogar die feindlich gesinnten Stämme der Delawaren als eine Art höherer Wesen betrachtete, unterwarf sich ohne Widerstand. Vielleicht hätte er sich nicht so leidend verhalten, wenn ihm die Mundart, in welcher das vorhergehende Gespräch geführt worden war, völlig verständlich gewesen wäre.

Magua warf einen Blick des Triumphes auf die ganze Versammlung um ihn, ehe er zur Ausführung seines Vorhabens schritt. Da er die Männer außerstande sah, Widerstand zu leisten, wandte er sich zu Kora, auf deren Besitz er den größten Wert legte. Sie begegnete seinem Blicke mit einem so ruhigen und festen Auge, daß sein Entschluß zu wanken begann. Seines früheren Kunstgriffs gedenkend, nahm er Alice aus den Armen des Kriegers, an den sie sich lehnte, bedeutete Heyward, ihm zu folgen, und winkte der ihn umgebenden Menge, ihm einen Weg zu öffnen. Statt aber diesem Antrieb zu folgen, stürzte Kora zu den Füßen des Patriarchen, erhob ihre Stimme und rief: –

»Gerechter, ehrwürdiger Delaware, an deine Weisheit und Macht wenden wir uns um Gnade! Sei taub gegen jenes arglistige, gewissenlose Ungeheuer, das deine Ohren mit Falschheit vergiftet, um seinen Blutdurst zu stillen. Du, der du lange gelebt und die Übel der Welt kennengelernt hast, solltest das Elend der Unglücklichen zu mildern wissen!«

Die Augen des alten Mannes öffneten sich schwerfällig, und noch einmal blickte er auf die versammelte Menge. Als die durchdringenden Töne der Flehenden sein Ohr trafen, bewegten sie sich langsam zu Kora und blieben endlich fest auf ihr ruhen. Auf die Knie geworfen und mit ineinandergeschlungenen, auf die Brust gedrückten Händen, war sie ein schönes, atmendes Standbild ihres Geschlechts, während sie mit einer Art heiliger Ehrfurcht auf das verwelkte, aber majestätische Antlitz des Greises blickte. Allmählich veränderte sich der Ausdruck von Tamenunds Zügen, und ihre Leere ging in Bewunderung über; ein Teil jenes Geistes flog wieder über sie, dessen jugendliches Feuer ein Jahrhundert früher so oft in die Adern der Delawarenstämme hinüberströmte. Ohne Hilfe und, wie es schien, ohne Anstrengung sich erhebend, fragte er mit einer Stimme, deren Festigkeit seine Zuhörer in Erstaunen setzte:

»Wer bist du?«

»Ein Weib – von einem verhaßten Geschlechte, wenn du willst – eine Yengee, aber ein Wesen, das dir nie etwas zuleide getan hat und deinem Volk nichts zuleide tun kann, wenn es auch wollte, – ein Wesen, das dich um Beistand anfleht.«

»Sagt mir, meine Kinder«, fuhr der Patriarch mit heiserer Stimme fort, seiner Umgebung winkend, obgleich seine Augen immer noch auf der knienden Kora verweilten: »Wo haben sich die Delawaren gelagert?«

»Auf den Bergen der Irokesen, jenseits der klaren Quellen des Horican.«

»Mancher sengende Sommer ist gekommen und gegangen«, fuhr der Weise fort, »seit ich von den Wassern meines eigenen Flusses getrunken habe. Die Kinder des Miquon[33] sind die gerechtesten unter den weißen Männern, aber sie waren durstig und nahmen ihn für sich. Folgen sie uns so weit?«

»Wir folgen niemand nach, wir begehren nichts«, antwortete Kora. »Als Gefangene wurden wir gegen unsern Willen in Eure Mitte gebracht und bitten nur um Erlaubnis, im Frieden zu den

Unsrigen heimkehren zu dürfen. Bist du nicht Tamenund – der Vater – der Richter – fast möchte ich sagen, der Prophet – dieses Volkes?«

»Ich bin Tamenund, der so viele Tage erlebt hat.«

»Es sind jetzt sieben Jahre her, daß einer aus deinem Volk in den Händen eines weißen Häuptlings an den Grenzen dieser Provinz war. Er machte darauf Anspruch, von dem Blute des guten und gerechten Tamenund zu sein. ›Geh‹, sprach der weiße Mann, ›um deines Verwandten willen bist du frei!‹ Erinnerst du dich des Namens dieses englischen Kriegers?«

»Ich erinnere mich«, versetzte der Patriarch mit der eigentümlichen Erinnerungsgabe des höchsten Alters, »als ich noch ein lachender Knabe war, stand ich an dem Sande des Meerufers und sah ein großes Kanu mit Schwingen weißer als die des Schwans und breiter als die vieler Adler vom Aufgang der Sonne kommen –«

»Nein, nein, ich spreche von keiner so fernen Zeit, sondern von einer Wohltat, die der meinigen einer einem Verwandten von dir erwiesen hat: dein jüngster Krieger kann sich dessen erinnern!«

»War es, als die Yengeese und die Holländer um die Jagdgebiete der Delawaren kämpften? Da war Tamenund ein Häuptling und vertauschte zuerst den Bogen mit dem Blitze der Blaßgesichter –«

»Auch da nicht«, unterbrach ihn Kora, »viele Jahrzehnte später! Ich rede von etwas von gestern. Gewiß, gewiß, – du hast es nicht vergessen!«

»Erst gestern noch«, fuhr der Alte mit rührendem Pathos fort, »waren die Kinder der Lenapen Herren der Welt. Die Fische des Salzsees, die Vögel, die Tiere und die Mengwes der Wälder erkannten sie als Sagamoren.«

Kora ließ bitter getäuscht ihr Haupt sinken und kämpfte einen Augenblick mit ihrem Schmerz; dann erhob sie ihr sprechendes Antlitz und ihre strahlenden Augen und fuhr in einem Tone fort, der beinahe ebenso eindringlich als die überirdisch klingende Stimme des Patriarchen war:

»Sag mir, ist Tamenund Vater?«

Mit einem wohlwollenden Lächeln auf seinen erstorbenen Zügen blickte der Greis auf sie herab, warf seine Augen langsam über die Versammlung und antwortete:

»Vater einer Nation.«

»Für mich selbst erbitte ich nichts. Wie bei dir und den deinigen, ehrwürdiger Häuptling«, fuhr sie fort, ihre Hände krampfhaft auf das Herz gedrückt, und das Haupt so tief senkend, bis ihre glühenden Wangen von der Fülle glänzend schwarzer Lokken, welche unordentlich über ihre Schultern fielen, beinahe bedeckt wurden – »ist der Fluch meiner Vorfahren schwer auf ihr Kind gefallen. Aber dort ist eine, die nie zuvor des Himmels Ungunst gekannt hat. Sie ist die Tochter eines alten, schwachen Mannes, dessen Tage ihrem Ende nahe sind. Sie hat viele, sehr viele, die sie lieben, deren Wonne sie ist, und sie ist zu gut, viel zu kostbar, ein Opfer jenes Schurken zu werden!«

»Ich weiß, die Blaßgesichter sind ein stolzes und hungriges Geschlecht. Ich weiß, sie wollen nicht nur die Erde besitzen; selbst der Gemeinste ihrer Farbe soll besser als die Sachems der roten Männer sein. Die Hunde und die Krähen ihrer Stämme«, fuhr der ernste, alte Häuptling fort, ohne auf die tief verwundeten Gefühle seiner Zuhörerin zu achten, deren Haupt sich vor Scham beinahe in die Erde drückte, »würden bellen und krähen, ehe sie ein Weib, dessen Farbe nicht weiß wie der Schnee wäre, in ihre Wigwams nähmen. Aber sie mögen nicht zu laut vor Manitus Angesicht prahlen! Bei Sonnenaufgang kamen sie ins Land, sie könnten's wieder bei Sonnenuntergang verlassen müssen. Oft hab' ich die Heuschrecken das Laub von den Bäumen streifen sehen, aber die Zeit der Blüten ist immer wieder gekommen.«

»So ist es«, sprach Kora mit einem tiefen Seufzer, als ob sie aus einer Erstarrung wiederauflebte. Sie erhob ihr Gesicht, warf ihren glänzenden Schleier zurück und fuhr fort mit einem Auge, dessen Feuer der tödlichen Blässe ihres Gesichtes widersprach, »aber, warum, dürfen wir nicht fragen. Doch noch einer von deinem eigenen Volke ist da, der noch nicht vor dich gebracht worden ist; ehe du den Huronen im Triumphe fortziehen lässest, höre ihn!«

Als Tamenund zweifelhaft um sich blickte, sprach einer seiner Begleiter:

»Es ist eine Schlange – eine Rothaut im Solde der Yengeese. Wir behalten ihn für die Marter.«

»Laßt ihn kommen!« sprach der Weise.

Noch einmal sank Tamenund auf seinen Sitz zurück, und

während die jungen Krieger sich anschickten, seinem einfachen Befehl zu willfahren, herrschte eine so tiefe Stille, daß man die Blätter auf den Bäumen des Waldes umher, von dem Hauche eines leichten Morgenwindes hin und her getrieben, deutlich säuseln hörte.

Dreißigstes Kapitel

Wenn Ihr's mir weigert, pfui auf Eu'r Gesetz!
Dann sind Venedigs Urteil' ohne Kraft:
Ich will mein Recht; antworte, soll ich's haben?
Shakespeare

Manche ängstliche Minute dauerte das Stillschweigen, und kein Menschenlaut unterbrach es. Dann öffnete sich die wogende Menge, schloß sich wieder und Unkas stand in dem Kreise der Versammelten. Alle Augen, welche bisher in den Gesichtszügen des Weisen, als dem Born ihrer Einsicht, neugierig geforscht hatten, wandten sich jetzt und hafteten in stiller Bewunderung auf der hohen, geschmeidigen, tadellosen Gestalt des Gefangenen. Aber weder die Umgebung noch die ausschließliche Aufmerksamkeit, die er auf sich zog, störte die Selbstbeherrschung des jungen Mohikaners. Er warf einen bedächtigen, beobachtenden Blick um sich her und begegnete dem entschiedenen feindseligen Ausdruck der Häuptlinge mit derselben Ruhe wie dem neugierigen Gaffen der Kinder. Als aber sein stolzes und forschendes Auge zuletzt auf Tamenund fiel, blieb es ruhen, als ob alle anderen Gegenstände vergessen wären. Dann trat er mit leisem, geräuschlosem Schritt auf dem Platze vor, unmittelbar zu dem erhöhten Stuhle des Weisen. Hier stand er unbeachtet, jenen scharf ins Auge fassend, bis einer der Häuptlinge Tamenund von seiner Gegenwart in Kenntnis setzte.

»In welcher Sprache spricht der Gefangene mit Manitu?« fragte der Patriarch, ohne die Augen aufzuschlagen.

»In der seiner Väter«, antwortete Unkas, »in der Sprache der Delawaren.«

Auf diese plötzliche, unerwartete Äußerung lief ein gedämpftes, wildes Murren durch die Menge hin, dem Brummen des Löwen vergleichbar, wenn seine Leidenschaft erwacht: ein furchtbares Vorzeichen künftigen Grimmes. Der Eindruck dieser Worte auf den Weisen war ebensostark, obgleich er sich auf andere Art zu erkennen gab. Er fuhr mit der Hand über die Augen, als wolle er ihnen einen so schmachvollen Anblick fernhalten, und wiederholte in seinen leisen Kehllauten die soeben gehörten Worte:

»Ein Delaware! Ich habe erlebt, daß die Stämme der Lenapen, von ihren Versammlungsfeuern vertrieben, gleich zersprengten Rudeln Wildes zwischen die Berge der Irokesen zerstreut wurden. Ich habe die Äxte eines fremden Volkes die Wälder in den Tälern fällen sehen, welche die Stürme des Himmels verschont hatten. Ich habe gesehen, wie das Wild, das auf den Bergen geht, und die Vögel, welche über die Bäume fliegen, in den Wigwams der Menschen leben, aber noch nie zuvor hab' ich gefunden, daß ein Delaware so niederträchtig war, einer giftigen Schlange gleich in die Lager seiner Nation zu kriechen.«

»Die Singvögel haben ihre Schnäbel geöffnet«, entgegnete Unkas in den sanftesten Tönen seiner melodischen Stimme, »und Tamenund hat auf ihren Gesang gehört!«

Der Weise fuhr empor und neigte sein Haupt auf die Seite, als wollte er die fliehenden Töne einer verklungenen Melodie erhaschen.

»Träumt Tamenund?« rief er. »Welche Stimme klingt in seinem Ohr? Sind die Winter rückwärts gegangen? Wird der Sommer wieder zu den Kindern der Lenapen kommen?«

Feierliches, ehrfurchtsvolles Schweigen folgte diesem unzusammenhängenden Ausbruch aus dem Munde des delawarischen Propheten. Sein Volk verwandelte diese unverständliche Rede sofort in eine jener geheimnisvollen Unterredungen, die er, wie sie glaubten, öfter mit einem höheren Wesen pflege, und alle erwarteten mit heiliger Scheu den Schluß der Offenbarung. Nach einer langen Pause jedoch wagte einer der betagten Männer, als er wahrnahm, daß der Weise die Erinnerung an den anwesenden Fremdling ganz verloren habe, ihn an den Gefangenen zu mahnen.

»Der falsche Delaware zittert, Tamenunds Worte zu vernehmen«, sprach er. »Es ist ein Spürhund, welcher heult, wenn ihm die Yengeese eine Fährte zeigen.«

»Und ihr«, entgegnete Unkas, finster um sich blickend, »seid Hunde, welche winseln, wenn euch der Franzmann den Abfall von seinem Wilde vorwirft!«

Zwanzig Messer blitzten in der Luft, und ebenso viele Krieger sprangen nach dieser beißenden und vielleicht gerechten

Erwiderung auf, aber ein Wink eines der Häuptlinge unterdrückte den Ausbruch ihrer Wut und stellte scheinbar die Ruhe wieder her. Dies wäre vielleicht schwieriger gewesen, hätte nicht Tamenund durch eine Bewegung angedeutet, daß er wieder sprechen wolle.

»Delaware«, begann der Weise wieder, »wenig verdienst du deinen Namen. Mein Volk hat seit vielen Wintern keinen hellen Sonnenschein gesehen, und der Krieger, welcher seinen Stamm verläßt, wenn Wolken ihn verhüllen, ist ein doppelter Verräter. Manitus Gesetz ist gerecht. So ist es: solange die Ströme fließen und die Berge stehen, solange die Blüten auf den Bäumen kommen und wieder gehen, muß es so sein. Er ist euer, meine Kinder, verfahrt mit ihm nach Gerechtigkeit.«

Kein Glied hatte sich bewegt, kein Atemzug hatte sich lauter und länger hören lassen, bis die letzte Silbe dieses Endurteils Tamenunds Lippen entflohen war. Jetzt aber erscholl mit einemmal ein Rachegeschrei, wie es schien, aus dem Munde der ganzen Nation, ein schrecklicher Vorbote ihrer barbarischen Absichten. Mitten unter diesem langanhaltenden, wilden Geheul verkündete ein Häuptling mit lauter Stimme, der Gefangene sei verurteilt, die schreckliche Probe der Feuerqual zu bestehen. Der Kreis löste sich unordentlich auf, und frohlockende Rufe mischten sich in den Lärm und Tumult der Zurüstungen. Heyward rang halb wahnsinnig mit seinen Siegern: Hawk-eye begann ängstlich und mit besonderem Ernste um sich zu blikken, und Kora warf sich dem Patriarchen zu Füßen, noch einmal seine Gnade anzuflehen.

In diesen Augenblicken der Prüfung war Unkas allein heiter geblieben. Standhaft blickte er auf die Vorbereitungen, und als die Quäler nahten, um ihn zu ergreifen, erwartete er sie in fester, aufrechter Haltung. Einer unter ihnen, womöglich noch grimmiger und wilder als die andern, griff den jungen Krieger bei seinem Jagdhemd und zerrte es ihm mit *einem* Griff vom Leibe. Dann stürzte er mit wahnsinnigem Jubel auf sein widerstandsloses Schlachtopfer, um es an den Pfahl zu führen. In dem Augenblick aber, da der Wilde den Gefühlen der Menschlichkeit am meisten entfremdet schien, hielt er so plötzlich inne, als ob eine übernatürliche Macht für Unkas gesprochen hätte. Die Augäpfel des Delawaren schienen aus ihren Höhlen treten zu wollen; sein Mund öffnete sich und seine ganze Gestalt war vor

Erstaunen wie erstarrt. Langsam und gemessen erhob er seine Hand und wies mit dem Finger auf die Brust des Gefangenen. Seine Begleiter drängten sich verwundert um ihn, und aller Augen waren gleich den seinigen auf die Gestalt einer kleinen Schildkröte geheftet, die in glänzend blauer Farbe auf die Brust des Gefangenen tätowiert war.

Ruhig lächelnd genoß Unkas einen Augenblick seinen Triumph. Dann wies er die Menge mit einer stolzen Bewegung seines Armes zurück, trat mit der Würde eines Königs vor das Volk und sprach mit einer Stimme, welche das laut werdende Gemurmel der Bewunderung übertönte:

»Männer der Lenni-Lenapen! Mein Geschlecht trägt die Erde! Euer schwacher Stamm steht auf meiner Schale! – Welches Feuer, von einem Delawaren angezündet, würde das Kind meiner Väter verbrennen?« fuhr er fort, mit Stolz auf den einfachen Bilderschmuck seiner Haut deutend. »Das Blut aus einem solchen Born müßte eure Flammen ersticken. Mein Geschlecht ist der Großvater von Nationen!«

»Wer bist du?« fragte Tamenund und erhob sich, mehr infolge der erschütternden Laute, die in sein Ohr drangen, als eines aus den Worten des Gefangenen geschöpften Sinnes.

»Unkas, der Sohn Chingachgooks!« antwortete der Gefangene bescheiden, sich von der Menge wendend und sein Haupt ehrerbietig vor dem Rang und den Jahren des andern beugend, »ein Sohn der großen Unamis[34]!«

»Tamenunds Stunde ist nahe!« rief der Weise, »der Tag hat sich endlich zur Nacht gewendet! Ich danke dem Manitu, daß einer hier ist, meinen Platz an dem Versammlungsfeuer einzunehmen. Unkas, das Kind des Unkas ist gefunden! Laßt die Augen des sterbenden Adlers in die aufgehende Sonne blikken!«

Der Jüngling trat leichten, aber stolzen Schrittes auf die Erhöhung hinan, wo er der ganzen bewegten und verwunderten Menge sichtbar ward. Tamenund faßte ihn an seinem Arme, hielt ihn lange vor sich und nahm jeden Zug des schönen Antlitzes in sich auf, mit unverwandtem Auge auf Unkas schauend wie einer, der sich glückliche Tage wieder zurückruft

»Ist Tamenund ein Knabe?« rief der verwirrte Prophet endlich aus. »Habe ich von so manchem Winter geträumt – geträumt, daß mein Volk gleich dem flutenden Sande zerstreut worden ist – von den Yengeese, zahlreicher als die Blätter auf den Bäumen! Tamenunds Pfeil würde das Hirschkalb nicht mehr schrecken, sein Arm ist welk wie der Ast einer abgestorbenen Eiche, die Schnecke würde schneller im Wettlauf sein; und doch steht Unkas vor ihm wie damals, als sie zum Kampfe mit den Blaßgesichtern zogen! Unkas, der Panther seines Stammes, der älteste Sohn der Lenapen, der weiseste Sagamore der Mohikaner! Sagt mir, ihr Delawaren, hat Tamenund hundert Winter lang geschlafen?«

Die ruhige, tiefe Stille, die diesen Worten folgte, verkündete zur Genüge, mit welch ehrerbietiger Scheu die Mitteilung des Patriarchen von seinem Volke aufgenommen worden war. Niemand wagte zu antworten, und alle starrten in atemloser Erwartung, was folgen werde. Unkas aber, der ihm mit der Zärtlichkeit und Verehrung eines Lieblingskindes ins Antlitz sah, erwiderte, auf seine hohe, anerkannte Stellung vertrauend:

»Vier Krieger seines Geschlechts haben gelebt und sind gestorben, seit Tamenunds Freund sein Volk in die Schlacht führte. Das Blut der Schildkröte rann in den Adern vieler Häuptlinge; sie sind aber in die Erde zurückgekehrt, aus der sie kamen, außer Chingachgook und seinem Sohn.«

»Es ist wahr – es ist wahr«, versetzte der Weise, dem ein Blitz der Erinnerung alle die lieblichen Bilder zerstörte und ihm mit einem Male das wahre Bewußtsein von der Geschichte seines Volkes wiedergab. »Unsere weisen Männer haben oft gesagt, daß zwei Krieger aus dem alten, wandellosen Geschlechte noch in den Bergen der Yengeese weilten. Warum sind ihre Sitze bei den Versammlungsfeuern der Delawaren so lange leer geblieben?«

Bei diesen Worten richtete der junge Mann sein Haupt empor, das er seither ehrerbietig gesenkt hielt, erhob seine Stimme, um vor der ganzen Menge ein für allemal die Politik seiner Familie zu erläutern, und sprach laut:

»Es war eine Zeit, da wir in unserem Schlafe den Salzsee in seiner Wut sprechen hören konnten. Damals waren wir Herrscher und Sagamoren über das Land. Als sich aber an jedem Bache ein Blaßgesicht zeigte, folgten wir dem Wilde, zurück nach dem Flusse unserer Nation. Die Delawaren waren fortgezogen. Wenige Krieger nur blieben, um von dem Strome zu trinken, den sie liebten. Dann sagten meine Väter: ›Hier wollen wir jagen. Die Wasser des Flusses gehen in den Salzsee. Gehen wir dem Untergang der Sonne zu, so finden wir Ströme, welche in die großen Seen von süßem Wasser fließen: da würde ein Mohikaner sterben, gleich dem Fische der See, wenn er in das klare Wasser kommt. Wenn Manitu bereit ist und spricht: ›Kommet!‹, so folgen wir dem Flusse nach dem Meere und nehmen wieder, was unser ist.‹ Dies, Delawaren, ist der Glaube der Kinder der Schildkröte. Unsere Augen blicken nach der aufgehenden, nicht nach der niedergehenden Sonne. Wir wissen, woher sie kommt, aber nicht, wohin sie geht. Es ist genug!«

Die Männer der Lenapen hörten seinen Worten mit all der Achtung zu, die der Aberglaube zu leihen vermag, und fanden selbst in der bildlichen Sprache, in welcher der junge Sagamore seine Gedanken mitteilte, einen geheimen Reiz. Unkas selbst beobachtete mit kundigem Auge den Eindruck dieser kurzen Erläuterung und stimmte den Ton der Hoheit, welchen er angenommen hatte, allmählich wieder herab, als er bemerkte, daß seine Zuhörer befriedigt waren. Sein Blick, der über die um Tamenunds erhabenen Sitz versammelte Menge schweifte, traf Hawk-eye in seinen Banden. Ungestüm vorschreitend drängte er sich zu seinem Freunde heran, durchschnitt mit schneller, ungeduldiger Hand die Riemen und winkte der Menge, sich zu teilen. Die Indianer gehorchten schweigend und bildeten wieder einen Kreis, gleich dem vor des Jünglings Erscheinen unter ihnen. Unkas nahm den Kundschafter bei der Hand und führte ihn zu den Füßen des Patriarchen.

»Vater«, sprach er, »sieh dieses Blaßgesicht an, es ist ein gerechter Mann und ein Freund der Delawaren.«

»Ist es ein Sohn Miquons?«

»Nicht doch! ein Krieger, bekannt unter den Yengeese und gefürchtet von den Maquas.«

»Welchen Namen hat er durch seine Taten gewonnen?«

»Wir nennen ihn Hawk-eye«, versetzte Unkas, des delawarischen Ausdrucks sich bedienend, »denn sein Blick fehlt nie. Die Mingos kennen ihn noch besser durch den Tod, den er unter ihre Krieger bringt: bei ihnen heißt er die Lange Büchse.«

»La longue carabine!« rief Tamenund, seine Augen öffnend, und den Kundschafter streng ansehend. »Mein Sohn hat nicht wohlgetan, ihn Freund zu nennen.«

»Ich nenne den so, der sich als solcher erweist«, entgegnete der junge Häuptling mit großer Ruhe, aber mit fester Miene. »Wenn Unkas unter den Delawaren willkommen ist, so ist auch Hawk-eye bei Freunden.«

»Das Blaßgesicht hat meine jungen Männer erschlagen; sein Name ist groß durch die Streiche, welche er gegen die Lenapen geführt hat.«

»Wenn ein Mingo dies den Delawaren in das Ohr geflüstert hat, so hat er nur bewiesen, daß er ein Lügenvogel ist«, sprach der Kundschafter, der nun die Zeit gekommen glaubte, sich selbst von so beleidigenden Anschuldigungen zu reinigen. Er bediente sich der Mundart des Mannes, an welchen er sich wandte, bequemte aber die indianische Bildersprache seinen eignen Begriffen an. »Zu leugnen, daß ich die Maquas erschlagen habe, dazu bin ich der Mann nicht, selbst nicht vor ihren eignen Versammlungsfeuern; aber daß wissentlich meine Hand jemals einem Delawaren etwas zuleide getan, widerstreitet meiner innersten Natur, die freundlich für sie gesinnt ist.«

Ein leiser Ausruf des Beifalls lief durch die Krieger hin, und sie wechselten Blicke miteinander, wie Menschen, die einen Irrtum innewerden.

»Wo ist der Hurone?« fragte Tamenund. »Hat er meine Ohren verstopft?«

Magua, dessen Gefühle während dieses Auftritts, in welchem Unkas seinen Triumph feierte, leichter zu denken als zu beschreiben sind, antwortete dem Ruf, indem er keck vor den Patriarchen hintrat.

»Der gerechte Tamenund«, sprach er, »wird nicht behalten, was ein Hurone ihm geliehen hat.«

»Sag mir, Sohn meines Bruders«, war des Weisen Antwort, der das finstere Gesicht Le Subtils vermied und mit Vergnügen auf Unkas' sinnvollen Zügen verweilte, »hat der Fremde das Recht des Siegers über dich?«

»Er hat keines. Der Panther kann in Schlingen geraten, die ihm Weiber legten; aber er ist stark und weiß über sie zu springen.«

»La longue Carabine?«

»Er lacht der Mingos. Geh, Hurone, frag deine Squaws nach der Farbe des Bären!«

»Der Fremde und das weiße Mädchen, die zusammen in mein Lager kamen?«

»Sie sollen auf offenem Pfade reisen.«

»Und das Weib, das der Hurone bei meinen Kriegern zurückließ?«

Unkas erwiderte nichts.

»Und das Weib, das der Mingo in mein Lager brachte?« wiederholte Tamenund mit Würde.

»Sie ist mein!« schrie Magua, seine Hand triumphierend gegen Unkas schwingend. »Mohikaner, du weißt, daß sie mein ist.«

»Mein Sohn ist stumm«, sprach Tamenund und bemühte sich, in dem Antlitz zu lesen, das der Jüngling bekümmert von ihm abwandte.

»Es ist so!« war seine leise Antwort.

Eine kurze, bedeutungsvolle Pause folgte, und es war offenbar, mit welchem Widerwillen die Menge das Recht von Maguas Ansprüchen einräumte. Endlich sprach der Weise, von dem allein die Entscheidung abhing, mit fester Stimme:

»Hurone, entferne dich!«

»Wie ich kam, gerechter Tamenund«, fragte der schlaue Mingo, »oder mit Händen, gefüllt durch die Treue der Delawaren? Der Wigwam Le Renard Subtils ist leer. Fülle ihn mit dem, was sein ist!«

Der alte Mann sann einen Augenblick für sich nach; dann wandte er das Haupt gegen einen seiner ehrwürdigen Begleiter und fragte:

»Sind meine Ohren offen?«

»So ist es!«

»Ist dieser Mingo ein Häuptling?«

»Der Erste in seiner Nation!«

»Mädchen, was willst du? Ein großer Krieger nimmt dich zum Weib. Geh, dein Geschlecht wird nimmer enden.«

»Tausendmal eher mag es enden«, rief Kora, vor Entsetzen schaudernd, »als solcher Schmach begegnen!«

»Hurone, ihr Geist ist in den Zelten ihrer Väter. Ein Mädchen, das gegen seinen Willen den Wigwam betritt, bringt Unglück herein.«

»Sie spricht mit der Zunge ihres Volks«, entgegnete Magua, sein Schlachtopfer mit bitterem Spotte betrachtend. »Sie ist aus einem Geschlecht von Krämern und feilscht mit einem freundlichen Blick. Laßt Tamenund die Worte sprechen!«

»Nimm dir den Wampum und unsere Gunst!«

»Nichts will Magua mit sich nehmen, als was er hierhergebracht.«

»So entferne dich mit dem, was dein ist! Der große Manitu verbietet dem Delawaren, ungerecht zu sein.«

Magua trat vor und faßte seine Gefangene mit fester Hand am Arme; die Delawaren wichen schweigend zurück, und Kora, als fühlte sie, daß jede weitere Vorstellung nutzlos sei, wollte sich ohne Widerstand in ihr Schicksal ergeben.

»Halt! halt!« rief Duncan, vorstürzend, »Hurone, hab Erbarmen! Ihr Lösegeld soll dich reicher machen, als je einer deines Stammes gewesen sein kann.«

»Magua ist eine Rothaut, er bedarf des Flitters der Blaßgesichter nicht.«

»Gold, Silber, Pulver, Blei – alles, wessen ein Krieger bedarf, soll in deinem Wigwam sein; alles, was dem größten Häuptling gebührt.«

»Le Subtil ist sehr stark«, rief Magua, heftig die Hand schüttelnd, mit der er Koras widerstandslosen Arm gefaßt hielt, »seine Rache ist erfüllt.«

»Allmächtiger Lenker der Schicksale!« rief Heyward, verzweiflungsvoll die Hände ringend, »kann das zugelassen werden? An dich, gerechter Tamenund, wende ich mich, hab Erbarmen!«

»Die Worte des Delawaren sind gesprochen!« entgegnete der Weise, seine Augen schließend und erschöpft von geistiger und leiblicher Anstrengung in seinen Sitz zurücksinkend, »Männer sprechen nicht zweimal.«

»Daß ein Häuptling seine Zeit nicht damit verschwendet, was er einmal gesprochen hat, zurückzunehmen, ist weise und vernünftig«, sprach Hawk-eye, Duncan winkend zu schweigen, »aber es ist auch klug von jedem Krieger, sich vorher wohl zu bedenken, ehe er den Tomahawk nach dem Haupte seines Gefangenen wirft. Hurone, ich liebe dich nicht; noch kann ich sagen, daß je ein Mingo meiner Gunst sich erfreut hätte. Es läßt sich wohl annehmen, daß, wenn dieser Kampf nicht bald ein Ende nimmt, noch mancher Krieger von Euch mir in diesen Wäldern begegnet. Betrachte dir einmal, was wolltest du lieber:

eine Gefangene wie dieses Mädchen in dein Lager nehmen oder einen Mann wie mich, den deine Nation mit Freuden empfangen würde, käme er mit nackten Händen?«

»Will ›Die lange Büchse‹ ihr Leben für ein Weib hingeben?« fragte Magua zögernd; denn er hatte bereits eine Bewegung gemacht, mit seinem Schlachtopfer den Platz zu verlassen.

»Nein, nein, so viel hab ich nicht gesagt«, erwiderte Hawkeye, mit angemessener Vorsicht zurücktretend, als er sah, mit welcher Begierde Magua auf seinen Vorschlag hörte. »Es wäre ein ungleicher Tausch, einen Krieger in der Blüte seiner Jahre und seiner Kraft für das beste Weib in den Grenzprovinzen zu geben. Ich könnte mich dazu entschließen, in die Winterquartiere zu gehen, jetzt – wenigstens sechs Wochen, ehe die Blätter ihre Farbe wechseln – unter der Bedingung, daß du das Mädchen freiließest.«

Magua schüttelte den Kopf und gab der Menge ungeduldig ein Zeichen, ihn durchzulassen.

»Wohlan denn«, fuhr der Kundschafter fort mit der nachdenklichen Miene eines Mannes, der noch nicht im reinen mit sich ist, »ich geb' den Wildtöter noch in den Kauf. Nimm das Wort eines erfahrenen Jägers, das Gewehr hat auf der ganzen Grenze seinesgleichen nicht.«

Magua verschmähte zu antworten und bemühte sich fortwährend, durch die Menge zu dringen.

»Vielleicht«, setzte der Kundschafter hinzu, der immer mehr von seiner angenommenen Kälte verlor, je mehr Gleichgültigkeit der andere gegen den Tausch bezeigte, »vielleicht vergleichen wir uns doch noch, wenn ich verspreche, eure jungen Leute den rechten Gebrauch dieser Waffe zu lehren.«

Le Renard befahl den Delawaren, die in der Hoffnung, er werde auf diesen Vorschlag achten, immer noch einen undurchdringlichen Gürtel um ihn bildeten, trotzig, ihm einen Weg zu öffnen, und sein Blick drohte eine zweite Berufung auf die unfehlbare Gerechtigkeit ihres Propheten.

»Was geschehen soll, muß früher oder später eintreffen«, fuhr Hawkeye mit einem trauervollen, niedergeschlagenen Blicke auf Unkas fort. »Der Schurke kennt seinen Vorteil und nutzt ihn aus! Gott segne dich, Junge, du hast Freunde unter deinem eigenen Geschlechte gefunden, und ich hoffe, sie werden dir so treu sein wie die Genossen aus unvermischtem Blute, denen du begegnet bist. Was mich betrifft, so muß ich doch früher oder später sterben; es ist deshalb ein Glück, daß es nur wenige sind, die Totenlieder für mich anstimmen können. Wahrscheinlich wäre es den Teufelskindern doch einmal geglückt, mir den Skalp abzuziehen, und ein oder zwei Tage werden in der großen Zeitrechnung der Ewigkeit nicht viel Unterschied machen. Gott segne dich«, fuhr der rauhe Weidmann fort, indem er sein Haupt zur Seite neigte, dann sogleich wieder hob und den Jüngling scharf ins Auge faßte, »ich habe dich und deinen Vater geliebt, Unkas, obgleich unsere Haut nicht von *einer* Farbe und unsere Gaben etwas verschieden sind. Sag dem Sagamoren, ich hätte ihn auch im größten Gedränge nie aus dem Auge verloren; und du, gedenke zuweilen meiner, wenn du auf einer glücklichen Fährte bist, und verlaß dich darauf, Junge, ob es nun *einen* oder zwei Himmel gibt, *ein* Pfad in der anderen Welt muß sein, auf dem ehrliche Männer wieder zusammenkommen. Du wirst die Büchse an der Stelle finden, wo wir sie versteckten; nimm sie und behalte sie zum Gedächtnis: und höre, Junge, da deine Farbe dir die Rache nicht verbietet, so laß sie ein wenig frei gegen die Mingos gewähren. Es wird den Schmerz über meinen Verlust erleichtern und dein Gemüt besänftigen. Hurone, ich nehme dein Anerbieten an. Laßt das Mädchen los! Ich bin dein Gefangener.«

Ein unterdrücktes, aber immer deutlicheres Murmeln des Beifalls lief durch die Menge hin über diesen edelmütigen Entschluß; selbst die wildesten unter den Delawaren-Kriegern bezeigten ihre Freude über die Männlichkeit eines solchen Opfers. Magua zögerte, und ängstliche Erwartung begleitete seine Unentschlossenheit; dann warf er seine Augen auf Kora mit einem Ausdruck, in dem Wildheit und Bewunderung seltsam gemischt waren, und sein Entschluß war für immer gefaßt. Mit einer Bewegung des Kopfes deutete er sein Verschmähen des Anerbietens an und sprach in festem, sicherem Tone:

»Le Renard Subtil ist ein großer Häuptling, er hat nur *einen* Sinn. Komm«, fügte er hinzu, indem er seine Hand vertraulich auf die Schulter der Gefangenen legte, um sie vorwärts zu drängen, »ein Hurone ist kein Schwätzer: wir wollen gehen.«

Das Mädchen wich mit hoher weiblicher Würde zurück, und ihr dunkles Auge funkelte, während ihr vor Unmut das Blut, dem flüchtigen Glanze der Sonne gleich, bis an die Schläfe trat.

»Ich bin deine Gefangene und werde bereit sein, dir zur Zeit, sei es auch zum Tode, zu folgen. Aber es bedarf keiner Gewalt«, fuhr sie kaltblütig fort, indem sie sich unmittelbar darauf an Hawk-eye wandte: »Edelmütiger Jäger«, sprach sie, »von Grund meines Herzens dank' ich Euch. Euer Anerbieten ist vergeblich; es war unmöglich, es anzunehmen, aber immer könnt Ihr mir noch Dienste leisten, selbst größere, als in Eurem edlen Entschlusse lagen. Seht das Kind an, wie es sich abhärmt, vom Unglück gebeugt! Verlaßt sie nicht, ehe sie in den Wohnungen zivilisierter Menschen ist. Ich will nicht sagen«, fuhr sie fort, die harte Hand des Jägers in der ihrigen drückend, »daß ihr Vater Euch belohnen wird; denn Männer wie Ihr stehen über dem Lohn der Menschen, aber er wird Euch danken und Euch segnen. Und glaubt mir, der Segen eines gerechten und alten Mannes findet Gnade in den Augen des Himmels. Wollte Gott, ich könnte ihn in diesem schauerlichen Augenblicke von seinen Lippen vernehmen.« Die Stimme versagte ihr, und einen Augenblick schwieg sie. Dann trat sie einen Schritt näher auf Duncan zu, der ihre besinnungslose Schwester unterstützte, und fuhr in leisem Tone fort, in welchem ihr Gefühl mit der Sitte ihres Geschlechtes furchtbar kämpfte: »Ich darf Ihnen nicht empfehlen, über den Schatz zu wachen, den Sie besitzen sollen. Sie lieben Alice, Heyward, dies würde tausend Fehler bedekken, wenn sie deren hätte. Sie ist so gut, so sanft, so süß, so edel, als eine Sterbliche sein kann. – Kein Fehl haftet an Geist oder Leib, den der stolzeste Mann tadeln könnte! Sie ist schön – oh! wie über die Maßen schön!« Hier legte sie ihre schöne, wenngleich nicht so blendend weiße Hand in melancholischer Zärtlichkeit auf Alices Alabasterstirne, das goldene Haar, das über die Brauen fiel, mit ihren Fingern teilend, »und gleichwohl ist ihre Seele rein und so makellos wie ihre Haut. Ich könnte noch viel sagen, mehr vielleicht, als die kühle Vernunft gutheißen würde; aber ich will Sie und mich schonen.« Ihre Stimme wurde unhörbar, und ihr Gesicht beugte sich über die Schwester. Nach einem langen glühenden Kuß erhob sie sich, und mit der Farbe des Todes auf ihren Zügen, aber eine Träne in dem fieberhaft glänzenden Auge, sprach sie so würdevoll als je: »Nun, wenn es dein Wille ist, will ich dir folgen!«

»Ja, geh!« rief Duncan, indem er Alice den Armen eines Indianermädchens übergab, »geh, Magua, geh! Diese Delawaren haben ihre Gesetze, welche ihnen verbieten, dich zurückzuhalten; aber mich – mich bindet kein solcher Zwang. Geh, boshaftes Ungeheuer, – warum zögerst du noch?«

Es würde schwer sein, den Ausdruck zu beschreiben, mit welchem Magua diese Drohung anhörte. Zuerst war es wilde, unverhohlene Freude, die aber bald in die Miene kaltblütiger Verschmitztheit überging. »Die Wälder sind offen«, antwortete er ruhig, »die ›Offene Hand‹ kann kommen.«

»Halt!« rief Hawk-eye, Duncan am Arm ergreifend und mit Gewalt zurückhaltend, »Ihr kennt die List des Schurken nicht. Er würde Euch in einen Hinterhalt führen und Euer Tod –«

»Hurone«, unterbrach sie Unkas, welcher, der strengen Sitte seines Volkes getreu, ruhig, aber aufmerksam zugehört hatte, »Hurone, die Gerechtigkeit der Delawaren kommt von Manitu. Sieh nach der Sonne; noch ist sie in den obersten Ästen jener Schierlingstannen: dein Pfad ist kurz und offen. Wenn sie über den Bäumen steht, werden Männer auf deiner Fährte sein!«

»Ich höre eine Krähe!« rief Magua mit höhnischem Gelächter. »Geht!« fuhr er fort, seine Hand gegen die Menge schüttelnd, die ihm nur mit Widerstreben einen Durchzug öffnete. – »Wo sind die Weiberröcke der Delawaren? Sie mögen ihre Pfeile und Büchsen den Wyandots schicken, sie sollen Wildbret zu essen und Korn zu behacken erhalten! Hunde, Kaninchen, Diebe – Ich speie euch an!«

Mit düsterem, Unheil weissagendem Schweigen wurde die Hohnrede des Scheidenden angehört; mit diesem Spott im Munde trat der triumphierende Magua, dem widerstandslos seine Gefangene folgte, unangefochten in den Wald, beschützt durch die unverletzlichen Gesetze indianischer Gastfreundschaft.

Einunddreißigstes Kapitel

Fluellen: Die Kinder und den Troß erschlagen! 's ist ausdrücklich gegen Kriegsgebrauch; 's ist der schändlichste Schurkenstreich, merkt's euch, den es auf Erden geben kann!

König Heinrich V.

Solange ihr Feind und sein Schlachtopfer noch sichtbar waren, blieb die Menge regungslos, als wäre sie von einer dem Huronen günstigen Macht an die Stelle gebannt; sobald er aber verschwand, schien alles von wilder Leidenschaft mächtig aufgeregt. Unkas blieb auf seinem erhöhten Standpunkte und behielt Kora im Auge, bis sich die Farben ihrer Kleidung in dem Laube des Waldes verloren; dann stieg er herab, schritt schweigend durch das Gedränge und verschwand in der Hütte, welche er vor kurzem erst verlassen hatte. Einige ernstere und aufmerksamere Krieger bemerkten, wie die Augen des jungen Häuptlings im Vorübergehen Blitze des Zornes schossen, und folgten ihm nach dem Orte, den er sich zu stiller Überlegung ausersehen hatte. Jetzt wurden Tamenund und Alice entfernt, den Weibern und Kindern aber befohlen, sich zu zerstreuen. Während der bedeutsamen Stunde, die nun folgte, glich das Lager einem Schwarm aufgestörter Bienen, welche nur das Erscheinen und das Beispiel der Führerin erwarten, um einen wichtigen Flug in die Ferne zu unternehmen.

Ein junger Krieger trat endlich aus Unkas' Wohnung; er ging mit ernstem, bedächtigem Schritt auf eine Zwergfichte los, die aus den Spalten der Felsenterrasse wuchs, zog ihr die Rinde ab und kehrte, ohne zu sprechen, wieder dahin zurück, woher er gekommen war. Ihm folgte bald ein zweiter, welcher den Baum seiner Äste beraubte und den Stamm kahl und entblößt[35] zurückließ. Ein dritter färbte den Pfosten mit einer dunkelroten Malerei. Alle diese Anzeichen von feindlicher Absicht bei den Führern der Nation wurden von den umstehenden Kriegern mit düsterm bedeutungsvollem Schweigen aufgenommen. Endlich erschien der Mohikaner wieder selbst: er hatte seinen Anzug bis auf den Gürtel und die Beinkleider abgelegt, und die eine

Hälfte seiner schönen Gesichtszüge war mit tiefem Schwarz wie mit einer drohenden Wolke bedeckt.

Langsam und würdevoll näherte sich Unkas dem Pfosten und begann ihn alsbald abgemessenen Schrittes zu umkreisen, nicht unähnlich einem Tanze des Altertums, während er zugleich seine Stimme zu einem wilden, regellosen Kriegsgesang erhob. Die Töne stiegen zu der äußersten Höhe menschlicher Laute, oft so melancholisch und klagend, daß sie mit dem Gesange der Vögel wetteiferten, und dann wieder in plötzlichen Übergängen so tief und kraftvoll, daß sie die Zuhörer schaudern ließen. Der Worte waren wenige, sie wiederholten sich oft, gingen von einer Art Hymne oder einem Anrufen der Gottheit allmählich darauf über, das Kriegsvorhaben anzukündigen, und schlossen, wie sie begannen, mit der Anerkennung seiner eigenen Abhängigkeit von dem Großen Geiste. Wenn es möglich wäre, die ausdrucksvolle Sprache des jungen Kriegers zu übertragen, so möchte die Ode etwa so lauten:

Manitu! Manitu! Manitu!
Du bist groß, du bist gut, du bist weise:
Manitu! Manitu!
Du bist gerecht!

In den Himmeln, an den Wolken, oh! da gewahr' ich
Viele Flecken – viele schwarz, viele rot:
An den Himmeln, oh! da seh' ich
Viele Wolken.

In den Wäldern, in der Luft, oh! da hör' ich
Kriegsruf, Geschrei und langes Geheul.
In den Wäldern, oh! da hör' ich
Lauten Kriegsruf!

Manitu! Manitu! Manitu!
Ich bin schwach – du bist stark; ich bin langsam –
Manitu! Manitu!
Leih' mir Hilfe!

Am Ende jedes Verses, wie man es nennen konnte, machte er eine Pause, indem er seine Stimme erhob und länger aushielt, wie es den gerade ausgedrückten Gefühlen eben entsprach. Der erste Schluß war feierlich und sollte den Gedanken der Verehrung nahelegen; der zweite war beschreibend und an das Aufregende grenzend, und der dritte war das wohlbekannte, schreckliche Kriegsgeschrei, das wie eine Vereinigung all der furchtbaren Klänge einer Schlacht den Lippen des jungen Kriegers entströmte. Der letzte war gleich dem ersten, demütig, flehend. Dreimal wiederholte er diesen Gesang, und ebensooft umtanzte er den Pfosten.

Am Schluß der ersten Runde folgte ein ernster, hochgeachteter Häuptling der Lenapen seinem Beispiele, selbstgedichtete Worte singend, aber nach einer ähnlichen Weise. Krieger um Krieger schloß sich dem Tanze an, bis alle, die in einigem Ruf und Ansehen standen, dabei versammelt waren. Das Schauspiel wurde jetzt wild und schreckhaft; die grimmigen, drohenden Gesichter der Häuptlinge erhielten einen noch gewaltigeren Ausdruck durch die grauenerregenden Töne, die sie aus tiefster Kehle ausstießen. Jetzt schlug Unkas seinen Tomahawk tief in den Pfosten und erhob die Stimme zu einem Geheul, das man sein eigenes Schlachtgeschrei nennen konnte. Damit kündigte er an, daß er die oberste Leitung in dem beabsichtigten Kriegszuge übernehme.

Dieses Signal weckte alle schlummernden Leidenschaften des ganzen Stammes. Hundert Jünglinge, die bisher die Scheu der Jugend zurückgehalten hatte, stürzten, Wahnsinnigen gleich, auf das Sinnbild des Feindes und hieben Splitter um Splitter zusammen, bis von dem Stamme nichts mehr als die Wurzeln in der Erde übrig war. Während dieses Tumults wurden an den einzelnen Überresten des Baumes alle Greueltaten des Krieges, wie es schien, mit einer Wut verübt, als ob sie die lebendigen Opfer ihrer Grausamkeit wären. Die einen wurden skalpiert, die andern erhielten Streiche mit der scharfen, blinkenden Axt, wieder andere erlitten Stöße von dem tötenden Messer. Kurz, der Eifer und die wilde Freude waren so groß und unzweideutig, daß man wohl erkannte, die Unternehmung werde zu einem Kriege der ganzen Nation werden.

Sobald Unkas den Streich geführt hatte, trat er aus dem Kreise und warf sein Auge nach der Sonne empor, welche eben den Punkt erreichte, wo der Waffenstillstand mit Magua zu

Ende ging. Ein entsprechendes Geschrei verkündete den Augenblick, und die ganze tobende Menge verließ unter durchdringenden Freudenrufen ihr mimisches Kampfspiel, um sich für die gefährlichere Wirklichkeit vorzubereiten.

Augenblicklich war das ganze Lager wie umgewandelt. Die Krieger, bereits bewaffnet und bemalt, wurden so stumm, als ob sie keines ungewöhnlichen Ausdrucks ihrer Gemütsbewegung fähig wären.

Dagegen stürzten die Frauen aus ihren Wohnungen, abwechselnd Gesänge der Freude und der Klage in so seltsamem Gemisch erhebend, daß man schwer sagen konnte, welche Empfindung die vorherrschende sei. Keine war jedoch müßig. Die einen trugen ihre kostbare Habe, andere ihre Kinder, wieder andere alte und gebrechliche Personen in den Wald, der wie ein glänzend grüner Teppich den Abhang des Berges bedeckte. Hierher begab sich auch Tamenund mit ruhiger Fassung nach einer kurzen und rührenden Unterredung mit Unkas, von welchem sich der Greis mit dem Widerstreben eines Vaters trennte, der ein längst verlorenes, eben wiedergewonnenes Kind verlassen soll.

Mittlerweile hatte Duncan Alice in Sicherheit gebracht und suchte jetzt den Kundschafter mit einer Miene auf, welche deutlich verriet, wie sehr auch er nach dem nahen Kampfe dürste.

Hawk-eye aber war an den Schlachtgesang und die kriegerischen Bewegungen der Eingeborenen zu sehr gewöhnt, um an der Szene um ihn her Teilnahme zu zeigen. Gelegentlich nur warf er einen Blick auf die Zahl und Tüchtigkeit der Krieger, welche von Zeit zu Zeit ihre Bereitwilligkeit, Unkas in den Kampf zu begleiten, kundgaben. Hierin sah er sich bald befriedigt: alle streitbaren Männer der Nation hatten sich, wie wir bereits gesehen haben, schnell um den jungen Häuptling gesammelt. Nachdem er über diesen Hauptpunkt im reinen war, sandte er einen indianischen Knaben ab, seinen Wildtöter und Unkas' Büchse von der Stelle zu holen, wo sie die Waffen bei ihrer Annäherung an das Lager der Delawaren niedergelegt hatten. Diese Vorsicht war doppelt klug gewählt worden: sie schützte ihre Waffen vor gleichem Schicksal, wenn sie selbst als Gefangene zurückgehalten wurden, und gab ihnen den Vorteil, unter den Fremden mehr als Notleidende denn als Männer zu erscheinen, die Mittel zur Verteidigung und zum Unterhalte besäßen. Wenn der Kundschafter einen andern wählte, um seine hochgeschätzte Waffe wiederzugewinnen, so hatte er damit nur seine gewöhnliche Behutsamkeit gezeigt. Er wußte, daß Magua nicht unbegleitet gekommen war, und ebenso, daß Spione der Huronen an dem ganzen Saume der Wälder entlang die Bewegungen ihrer neuen Feinde belauerten. Hätte er selbst den Versuch gemacht, so konnte er ihm Verderben bringen wie jedem andern Krieger: Gefahr für einen Knaben war aber erst vorauszusehen, wenn man dessen Absicht entdeckte. Als Heyward zu dem Kundschafter trat, wartete dieser ruhig den Erfolg des Versuches ab.

Dem Knaben, der wohlunterrichtet und schlau genug war, schwoll die Brust vor Stolz über das ihm geschenkte Vertrauen und vor jugendlichem Ehrgeiz; er eilte sorgenlos über die Lichtung hin nach dem Walde und betrat ihn in geringer Entfernung von der Stelle, wo die Gewehre verborgen lagen. Sobald er von den Blättern der Büsche gedeckt war, sah man seine dunkle Gestalt einer Schlange gleich nach dem gewünschten Schatze hingleiten. Er gewann ihn und flog im nächsten Augenblick, in jeder Hand einen Preis seines Mutes, pfeilschnell über die schmale Lichtung hin, welche die Terrasse des Dorfes begrenzte. Schon hatte er die Felsen gewonnen und sprang mit unglaublicher Behendigkeit hinan, da fiel ein Schuß aus dem Walde und bewies, wie wahr der Kundschafter geurteilt hatte. Der Knabe antwortete mit einem leichten, verächtlichen Schrei, und sogleich ward ihm von einer andern Seite des Verstecks eine zweite Kugel nachgesendet. Jetzt erschien er oben auf der Fläche und eilte, seine Büchsen im Triumphe emporhebend, mit der Miene eines Siegers auf den berühmten Jäger zu, der ihn mit einem so ruhmvollen Auftrag beehrt hatte.

Trotz des lebhaften Anteils, den Hawk-eye an dem Schicksale seines Boten genommen hatte, empfing er doch den Wildtöter mit einer Freude, die für den Augenblick alle anderen Gedanken aus seiner Seele verdrängte. Nachdem er das Gewehr mit scharfem Auge gemustert, die Zündpfanne zehn- bis fünfzehnmal geöffnet und geschlossen und verschiedene andere wichtige Versuche mit dem Schloß gemacht hatte, wandte er sich an den Knaben und fragte mit vieler Güte, ob er beschädigt sei. Der junge Held sah ihm stolz ins Gesicht, gab aber keine Antwort.

»Ja, ja! Ich seh's, Junge, die Schufte haben dir den Arm gestreift!« setzte der Kundschafter hinzu, indem er das Glied des standhaften Dulders, welches eine tiefe Fleischwunde von einer der Kugeln erhalten, emporhielt, »aber ein paar gequetschte Erlenblätter werden Wunder darauf tun. Indessen will ich ein Wampumstück darauf binden! Früh hast du das Kriegshandwerk begonnen, wackrer Junge, und wirst ohne Zweifel eine gute Anzahl ehrenvoller Narben mit in dein Grab nehmen. Ich kenne manche junge Männer, die schon Skalpe abzogen und kein solches Zeichen aufzuweisen haben. Geh«, sprach er, nachdem er ihm den Arm verbunden hatte, »aus dir wird dereinst ein Häuptling werden.«

Der Knabe entfernte sich, stolzer auf das Blut, das an ihm herabfloß, als der eitelste Höfling auf sein rotes Band sein kann, und wandelte unter seinen Gespielen umher, ein Gegenstand des Neides und allgemeiner Bewunderung.

Aber in einem Augenblick, wo so ernste und wichtige Pflichten mahnten, fand dieser einzelne Zug jugendlichen Mutes nicht die Beachtung und das Lob, die ihm in günstigeren Zeiten zuteil geworden wären. Die Sache hatte jedoch dazu gedient, die Delawaren über die Stellung und die Absichten ihrer Feinde zu unterrichten. Sofort wurde eine Abteilung von Plänklern, die einer solchen Aufgabe besser gewachsen war als der schwache, wenngleich mutvolle Knabe, abgeordnet, um die Laurer zu vertreiben. Dies war bald getan; denn die meisten Huronen hatten sich von selbst zurückgezogen, sobald sie sich entdeckt sahen. Die Delawaren folgten ihnen eine ziemliche Strecke weit von dem eigenen Lager weg und warteten dann weiterer Befehle, um nicht in einen Hinterhalt gelockt zu werden. Da beide Teile sich verborgen hielten, so wurde der Wald wieder so still und ruhig, wie ihn ein milder Sommermorgen und tiefe Einsamkeit nur immer machen konnten.

Der ruhige und doch ungeduldige Unkas versammelte jetzt seine Häuptlinge und verteilte seine Streitmacht. Er stellte ihnen Hawk-eye als einen oft erprobten Krieger vor, der unbedingtes Vertrauen verdiene. Als er fand, daß sein Freund günstig aufgenommen wurde, stellte er zwanzig Krieger unter seinen Befehl, die gleich ihm rüstig, gewandt und entschlossen waren. Dann erläuterte er den Delawaren Heywards Rang bei den Truppen der Yengeese und bot ihm eine ebenso wichtige Stellung an. Duncan aber lehnte den Antrag ab und erklärte sich bereit, an der Seite des Kundschafters als Freiwilliger zu kämpfen. Nach diesen Bestimmungen wies Unkas mehreren eingeborenen Häuptlingen ihre Obliegenheiten an und gab, da die Zeit drängte, das Zeichen zum Marsche. Schweigsam, aber mit Freuden gehorchten mehr denn zweihundert Krieger. Ihr Eintritt in den Wald blieb vollkommen unangefochten: sie begegneten keinem lebenden Wesen, das sie hätte beunruhigen oder ihnen Aufschluß geben können, bis sie an die Verstecke ihrer eigenen Kundschafter gelangten. Hier wurde haltgemacht, und die Häuptlinge versammelten sich zu flüsternder Beratung. Verschiedene Operationspläne wurden vorgeschlagen, doch keiner von der Art, daß er mit den Wünschen ihres feurigen Anführers übereinstimmte. Wäre Unkas dem Drange seiner Neigung gefolgt, so hätte er, ohne einen Augenblick zu zögern, seine Gefährten zum Angriff geführt und den Kampf mit einem Male entschieden; ein solcher Gang aber hätte mit der Gewohnheit und den Ansichten seiner Landsleute in zu grellem Widerspruch gestanden. Er war daher genötigt, eine Vorsicht zu beobachten, die er in seiner jetzigen Stimmung verwünschte, und Ratschläge anzuhören, die seinen feurigen Geist in Entrüstung versetzten, wenn er lebhaft an Koras Gefahr und Maguas Übermut dachte.

Nach einer unbefriedigenden Beratung von einigen Minuten sahen sie von feindlicher Seite her einen einzelnen Mann scheinbar so eilig zu sich herankommen, daß sie glaubten, er könne ein Bote mit Friedensvorschlägen sein. Als sich der Fremde aber dem Versteck, hinter welchem die Delawaren berieten, auf etwa hundertfünfundzwanzig Schritte genähert hatte, zögerte er, wie es schien, ungewiß, welchen Weg er einschlagen solle, und blieb endlich stehen. Alle Augen waren jetzt auf Unkas gerichtet, als erwarteten sie von ihm Verhaltungsmaßregeln.

»Hawk-eye«, sprach der junge Häuptling mit leiser Stimme, »er darf nie wieder mit den Huronen sprechen.«

»Sein Stündlein hat geschlagen«, sprach der Kundschafter lakonisch, indem er das lange Rohr seiner Büchse durch die Blätter steckte und bedächtig sein verhängnisvolles Ziel suchte.

Statt aber abzudrücken, senkte er die Mündung und überließ sich einem Ausbruch der ihm eignen Heiterkeit. »Ich nahm den Schelm für einen Mingo, so wahr ich ein armer Sünder bin!« sprach er. »Als mein Auge aber an seinen Rippen hinschweifte, um einen Platz für die Kugel zu suchen, da bekam ich – wirst du es glauben, Unkas – unseres Musikers Blasinstument zu Gesicht! und so ist es, allem nach, unser Gamut, dessen Tod niemand nützen, dessen Leben uns aber, wenn seine Zunge anders etwas mehr als singen kann, für viele Zwecke nützlich zu werden vermag. Wenn Töne nicht alle Kraft verloren haben, so will ich alsbald mit dem ehrlichen Burschen ins Gespräch kommen, und das mit einer Stimme, die er angenehmer finden wird als meinen Wildtöter.«

Mit diesen Worten legte Hawk-eye seine Büchse beiseite, kroch durch die Büsche, bis ihn David hören konnte, und wiederholte jene musikalischen Versuche, welche ihn mit soviel Sicherheit und Glanz durch das Lager der Huronen geführt hatten. Davids verfeinerte Organe ließen sich nicht leicht täuschen (und wirklich wäre es auch jedem andern als Hawk-eye schwergefallen, einen ähnlichen Lärm hervorzubringen), und da er solche Töne schon einmal gehört hatte, erkannte er, woher sie rührten. Der arme Schelm schien mit einem Male einer großen Not enthoben: er folgte der Richtung der Stimme – eine Aufgabe, die für ihn nicht viel weniger schwierig war, als wenn er einer Batterie hätte entgegengehen sollen – und entdeckte bald den verborgenen Sänger.

»Ich möchte wohl wissen, was die Huronen hiervon denken!« sprach der Kundschafter lachend, indem er seinen Begleiter am Arme nahm und ihn in den Hintergrund zog. »Wenn die Schelme innerhalb Hörweite liegen, so werden sie sagen: ›Statt eines Narren sind nun zwei da.‹ Aber hier sind wir sicher«, fuhr er fort, indem er auf Unkas und seine Krieger deutete. »Nun erzählt uns in gutem Englisch, was die Mingos alles vorhaben, aber ohne Eure Künsteleien mit der Stimme.«

David gaffte die trotzigen und wild aussehenden Häuptlinge in stummer Verwunderung an; aber durch den Anblick bekannter Gesichter wieder ermutigt, nahm er sich insoweit zusammen, daß er eine verständliche Antwort geben konnte.

»Die Heiden sind in großer Anzahl ausgezogen«, sprach David, »und ich fürchte, sie haben nichts Gutes im Sinne. Seit einer Stunde war ein Geheul, ein gottloses Jauchzen in Tönen, die auszustoßen, Sünde ist, unter ihnen, daß ich floh, um bei den Delawaren Frieden zu suchen.«

»Eure Ohren hätten bei dem Wechsel nicht viel gewonnen, wenn Ihr schneller zu Fuß gewesen wäret«, antwortete der Kundschafter etwas trocken. »Doch lassen wir das – wo sind die Huronen?«

»Sie liegen zwischen diesem Platz und dem Dorfe zahlreich in dem Walde verborgen, so daß es der Klugheit gemäß wäre, sogleich umzukehren.«

Unkas warf einen Blick längs der Baumreihe hin, die seine Schar verborgen hielt, und fragte:

»Magua?«

»Ist unter ihnen. Er brachte das Mädchen zurück, welches bei den Delawaren gewesen war, ließ sie in der Höhle zurück und stellte sich dann, einem wütenden Wolfe gleich, an die Spitze seiner Wilden. Ich weiß nicht, was seinen Geist so gewaltig aufgeregt hat!«

»Er hat sie, sagt Ihr, in der Höhle zurückgelassen?« unterbrach ihn Heyward. »Es ist gut, daß wir deren Lage kennen! Können wir nichts tun, sie sogleich zu befreien?«

Unkas sah den Kundschafter ernsthaft an und fragte dann:

»Was sagt Hawk-eye?«

»Gib mir meine zwanzig Büchsen, dann wend' ich mich rechts, dem Wasser nach, geh' an den Biberhütten vorbei und nehm' den Sagamoren und den Oberst zu mir. Dann sollst du das Schlachtgeschrei von jener Seite hören: bei diesem Winde dringt es schon eine Meile weit. Dann, Unkas, greifst du sie von vorn an, und wenn sie uns in Schußweite kommen, sollen sie eine Salve haben, daß sich, die Ehre eines alten Grenzjägers zum Pfande, ihre Linie wie ein Bogen von Eschenholz biegen soll. Dann gehen wir auf das Dorf los, befreien das Mädchen aus der Höhle und bringen die Sache mit dem Stamme zu Ende, nach europäischer Kampfweise durch *einen* siegreichen Schlag oder auf indianische Manier durch List und Hinterhalt. Dieser Plan ist zwar nicht sehr gelehrt, Major, aber mit Mut und Ausdauer läßt sich alles zustande bringen.«

»Er gefällt mir wohl!« rief Duncan, sobald er sah, daß Koras

Befreiung des Kundschafters Hauptaugenmerk war, »er gefällt mir wohl. Nun sogleich zur Ausführung!«

Nach einer kurzen Besprechung war der Plan zur Reife gelangt und den verschiedenen Trupps deutlicher gemacht. Signale wurden verabredet, und die Häuptlinge trennten sich, ein jeder eilte auf den ihm zugeteilten Posten.

Zweiunddreißigstes Kapitel

Es mehren Seuchen sich und Leichenfeuer,
Bis ohne Lösegeld der große König
Nach Chrysa schickt das Mädchen, schwarz von Augen.
Pope

Während Unkas seine Streitkräfte auf diese Weise verteilte, waren die Wälder so still und mit Ausnahme derer, die sich soeben beraten hatten, scheinbar so unbewohnt, als ob sie eben erst aus den Händen des Schöpfers gekommen wären. Das Auge konnte nach allen Richtungen hin durch die langen und schattigen Wölbungen der Bäume blicken, aber nirgends war ein Gegenstand zu sehen, der nicht völlig der friedlichen und schlummernden Szene ringsumher angemessen gewesen wäre. Hier und da hörte man einen Vogel zwischen den Ästen der Bäume flattern, oder ein Eichhörnchen ließ eine Nuß fallen, deren Geräusch den aufgeschreckten Trupp einen Augenblick nach der Stelle hinblicken ließ. Sobald aber die zufällige Unterbrechung vorüber war, hörte man die Luft wieder leise über die wogende grüne Waldfläche dahinsäuseln, die sich, nur hin und wieder von einem Fluß oder See unterbrochen, über eine so endlose Strecke des Landes verbreitete. Der Strich der Wildnis zwischen den Delawaren und dem Dorfe ihrer Feinde schien noch von keinem Fuße eines Menschen betreten, so tief und atemlos war die Stille, die auf ihm ruhte. Aber Hawk-eye, dessen Aufgabe es war, am weitesten vorzudringen, kannte den Charakter seiner Gegner zu gut, um dieser verräterischen Ruhe zu trauen.

Als der Kundschafter seine kleine Schar um sich gesammelt sah, warf er den Wildtöter in den Bug des Armes und gab ihr schweigend ein Zeichen, daß sie ihm folgen solle. Er führte sie einige Ruten weit rückwärts nach dem Bett eines kleinen Baches, den sie beim Vorrücken überschritten hatten. Hier machte er halt, bis sich die ernsten und aufmerksamen Krieger alle dicht an ihn angeschlossen hatten, und fragte dann in delawarischer Sprache:

»Weiß einer meiner jungen Männer, wohin dieser Bach uns führt?«

Ein Delaware streckte die Hand aus, hielt zwei Finger auseinander, auf die Stelle deutend, wo sie sich unten wieder vereinigten, und antwortete:

»Ehe die Sonne ihre Bahn durchläuft, wird das kleine Wasser in dem großen sein. Dann«, setzte er hinzu, nach der Richtung des erwähnten Ortes weisend, »werden die zwei groß genug für die Biber.«

»So dacht' ich auch«, versetzte der Kundschafter, sein Auge nach den Öffnungen der Baumgipfel erhebend, »seinem Laufe nach und der Lage der Berge gemäß. Genossen, wir wollen uns im Schutze seiner Ufer halten, bis wir die Huronen wittern.«

Seine Begleiter ließen den gewohnten kurzen Ausruf des Beifalls hören: als sie aber sahen, daß ihr Anführer sich nun an ihre Spitze stellen wollte, deuteten einige durch Zeichen an, daß nicht alles so sei, wie es sein solle. Hawk-eye verstand ihre Blicke, wandte sich um und gewahrte, daß der Singmeister ihnen bis dahin gefolgt war.

»Wißt Ihr, Freund«, fragte der Kundschafter ernst und so etwas mit dem Stolz des Mannes, der weiß, daß man ihn braucht, – »daß ihr unter einer Bande von Streitern seid, zu dem verzweifeltsten Dienste erlesen und unter den Befehlen eines Mannes, der, wenn auch ein anderer so etwas mit besserer Stirne sagen dürfte, sie nicht müßig gehen lassen wird? Sicher in den nächsten dreißig, vielleicht schon in fünf Minuten, schreiten wir über den Leib eines lebendigen oder toten Huronen weg.«

»Obgleich nicht mit Worten von Eurer Absicht unterrichtet«, versetzte David, dessen Gesicht etwas gerötet war, während sein sonst ruhiges, wenig ausdrucksvolles Auge von ungewöhnlichem Feuer erglänzte, »haben mich doch Eure Männer an die Kinder Jakobs erinnert, wie sie gegen die Sichemiten zu Felde zogen, weil die ruchloserweise eine Dirne von dem auserwählten Volke des Herrn zur Ehe begehrten. Nun bin ich mit dem Mädchen, das Ihr sucht, weit gewandert, in Freud und Leid mit ihr zusammen gewesen, und obgleich ich kein Kriegsmann bin, der seine Lenden gegürtet und das scharfe Schwert in Bereitschaft hat, so wollte ich für sie doch gerne einen Streich führen.«

Der Kundschafter zögerte, als erwäge er die möglichen Folgen einer so seltsamen Genossenschaft, und antwortete dann:

»Ihr wißt ja keine Waffe zu gebrauchen. Ihr habt keine Büchse, und glaubt mir: was die Mingos einnehmen, geben sie auch reichlich wieder heim.«

»Obgleich ich kein prahlerischer, blutdürstiger Goliath bin«, erwiderte David, eine Schleuder unter seiner formlosen, vielfarbigen Kleidung hervorziehend, »so habe ich doch das Beispiel des jüdischen Knaben nicht vergessen. Mit diesem alten Kriegswerkzeug bin ich in meiner Jugend viel umgegangen, und vielleicht hat mich mein Geschick noch nicht ganz verlassen.«

»Nun«, sprach Hawk-eye, der den hirschledernen Riemen und das Schurzfell mit kaltem, entmutigendem Auge betrachtete, »das Ding möchte gegen Bogen und selbst gegen Messer seine Stelle ausfüllen, diese Mengwes aber sind von den Franzmännern Mann für Mann mit gutgezogenen Rohren versehen worden. Doch da es Euch einmal gegeben zu sein scheint, unversehrt im Feuer zu bleiben, und Ihr bisher so begünstigt waret – Major, Ihr habt den Hahn gespannt gelassen, ein einziger Schuß vor der Zeit könnte unnützerweise gerade zwanzig Skalpe kosten – Sänger, Ihr mögt uns begleiten, wir können Euch beim Kriegsgeschrei brauchen.«

»Ich dank' Euch, Freund«, entgegnete David, indem er sich gleich seinem königlichen Namensvetter an dem Bache mit Kieselsteinen versah, »obgleich mein Sinn nicht aufs Töten gerichtet ist, so hätte es doch meinen Geist betrübt, wenn Ihr mich weggeschickt hättet.«

»Merkt's Euch aber«, setzte der Kundschafter hinzu, an dem eigenen Haupte bedeutungsvoll auf die Stelle deutend, wo Gamut seine Wunde gehabt, »es geht zum Kampfe, nicht zum Musizieren. Ehe das allgemeine Kriegsgeschrei ertönt, darf hier nur die Büchse sprechen.«

David nickte, um seine Zustimmung zu diesen Bedingungen anzudeuten; dann warf Hawk-eye noch einen beobachtenden Blick auf seine Gefährten und gab alsbald das Zeichen weiterzuziehen. Ihr Marsch folgte eine Meile weit dem Bette des Gewässers. Obgleich vor der Gefahr einer Entdeckung durch die steilen Ufer und das dichte Gestrüpp geschützt, das den Bach umgab, versäumten sie dennoch keine Vorsichtsmaßregel eines indianischen Kriegszuges. An jeder Seite ging oder kroch vielmehr ein Krieger, um hier und da verstohlene Blicke in den Wald umher zu werfen. Alle paar Minuten machte der Trupp halt und horchte nach feindlichen Lauten mit einer Schärfe der Organe, unbegreiflich für Menschen, die dem Naturstande fernstehen. Ihr Zug blieb jedoch ungestört, und sie erreichten den Punkt, wo sich der kleine Bach in den größeren verlor, ohne das geringste Zeugnis, daß sie beobachtet worden wären. Hier machte der Kundschafter wieder halt, um die Zeichen des Waldes zu Rate zu ziehen.

»Wir werden allem nach einen guten Tag zum Gefecht haben«, bemerkte der Kundschafter in englischer Sprache gegen Heyward, indem er nach den Wolken aufschaute, welche in breiten Schichten am Firmamente dahinzogen; »'ne glänzende Sonne und ein blinkendes Rohr sind keine Freunde eines richtigen Zielens. Alles begünstigt uns: sie haben den Wind, der uns den Schall von ihnen herweht und den Rauch dazu, was schon an sich von Bedeutung ist, da wir nach jedem Schuß wieder freie Aussicht vor uns haben. Aber hier ist's am Ende mit unserem Versteck; seit Jahrhunderten haben die Biber hier das Wasser innegehabt, und zwischen ihren Nahrungsplätzen und den Dämmen, wie Ihr seht, sind wohl manche toten Stämme, aber nur wenig grünende Bäume zu erblicken.«

Hawk-eye hatte wirklich mit diesen wenigen Worten keine üble Beschreibung der Aussicht gegeben, welche jetzt vor ihren Augen lag. Die Breite des Baches war hier sehr ungleich: bald schoß er durch enge Felsenspalten, bald verbreitete er sich über Strecken flachen Landes, kleine Becken oder Teiche bildend. Überall an seinen Ufern hin schwammen zerbröckelte Überreste abgestorbener Bäume in allen Stufen des Dahinwelkens: solche, welche auf ihren wankenden Stämmen knarrten, und wieder andere, kaum erst jener rauhen Hülle beraubt, welche auf eine so geheimnisvolle Weise ihre Lebenskraft eingeschlossen hält. Einige lange, niedere, moosbedeckte Holzstücke lagen gleich Denkmälern früherer, längst vergangener Geschlechter zerstreut umher.

Alle diese kleinen Einzelheiten beachtete der Kundschafter mit einem Ernst und einem Interesse, das ihnen wahrscheinlich noch nie zuteil geworden war. Er wußte, daß das Huronenlager nur eine kurze halbe Meile weiter oben an dem Bache lag, und mit jener charakteristischen Ängstlichkeit, die eine verborgene Gefahr fürchtet, fühlte er große Unruhe darüber, daß er nicht die geringste Spur der Nähe des Feindes finden konnte. Ein paarmal war er versucht, den Befehl zu einem plötzlichen Hervorbrechen zu geben und einen Überfall des Dorfes zu wagen; aber seine Erfahrung rief ihm schnell die Gefahr eines so nutzlosen Versuches ins Gedächtnis. Dann lauschte er angestrengt und mit peinlicher Ungewißheit nach feindseligen Lauten aus der Gegend, wo er Unkas verlassen hatte; aber nichts ließ sich hören als das Pfeifen des Windes, welcher in sturmdrohenden Stößen durch das Innere des Waldes daherrauschte. Endlich beschloß er, mehr seiner dringenden Ungeduld als dem Rate der Erfahrung folgend, die Sache zu einer Entscheidung zu führen, mit seinen Leuten hervorzutreten und vorsichtigen, aber festen Schrittes an dem Flusse hinaufzuziehen.

Der Kundschafter hatte während dieser Beobachtungen hinter dem Schutze eines Gebüsches gestanden, und seine Gefährten befanden sich noch tief unten in der Schlucht, durch welche der kleinere Bach floß. Auf sein leises, aber verständliches Signal schlich dagegen der ganze Trupp an dem Ufer gleich dunklen Gespenstern herauf und sammelte sich stillschweigend um ihn. Nach der Richtung, die er gewählt hatte, weisend, ging Hawk-eye voran, der Trupp löste sich in eine Reihe von einzelnen auf, und jeder folgte so genau des Führers Fußtapfen, daß es, etwa Heyward und David ausgenommen, nur die Fährte eines einzigen Mannes zu sein schien. Kaum aber hatten sie sich bloßgestellt, als sich in ihrem Rücken eine Salve von einem Dutzend Büchsen hören ließ. Ein Delaware sprang wie ein verwundeter Hirsch hoch in die Luft und stürzte der Länge nach augenblicklich tot zu Boden.

»Ach! Eine solche Teufelei hab' ich gefürchtet!« rief der Kundschafter englisch und fuhr mit Blitzesschnelle in seiner eben erst angenommenen Sprache fort: »Ins Versteck, Freunde, gebt Feuer!«

Der Trupp zerstreute sich auf sein Wort, und ehe Heyward sich von seiner Überraschung hinlänglich erholt hatte, fand er sich mit David alleinstehend. Zum Glück waren die Huronen bereits zurückgewichen, und er hatte von ihrem Feuer nichts zu befürchten. Aber so konnte es offenbar nicht lange bleiben; denn der Kundschafter gab das Beispiel, die Feinde zum

Rückzuge zu treiben, indem er seine Büchse losschoß und von Baum zu Baum dem Feinde nachsprang, der langsam zurückwich.

Der Angriff wurde, wie es schien, nur von einer sehr kleinen Abteilung der Huronen gemacht; ihre Zahl nahm aber zu, sowie sie sich auf ihre Freunde zurückzogen, bis ihr Feuer beinahe, wo nicht ganz so stark wurde, als das, welches die vordringenden Delawaren unterhielten. Heyward warf sich mitten unter die Kämpfenden und feuerte, die notwendige Vorsicht seiner Gefährten nachahmend, immer wieder schnell seine Büchse ab. Der Kampf wurde hitzig und blieb auf einer Stelle. Nur wenige wurden verwundet, da beide Parteien sich soviel als möglich durch die Bäume gedeckt hielten und nur während des Zielens irgendeinen Teil ihrer Person bloßstellten. Hawk-eye kam jedoch mit seinen Leuten allmählich immer mehr in Nachteil. Der scharfblickende Kundschafter erkannte die Gefahr, entdeckte aber kein Hilfsmittel. Er sah größere Gefahr im Rückzuge als im Bleiben, während er doch bemerken mußte, daß der Feind sie zu überflügeln begann, was den Delawaren sehr erschwerte, sich gedeckt zu halten, und ihr Feuer beinahe verstummen ließ. In dieser Verlegenheit, da sie bald von dem ganzen feindlichen Stamme eingeschlossen zu werden fürchten mußten, hörten sie mit einemmal Schlachtgeschrei und das Echo von Waffenklang durch den Wald von der Gegend her erschallen, wo Unkas sich aufgestellt hatte. Dies war eine Niederung, gewissermaßen unter der Fläche gelegen, auf welcher der Kundschafter und seine Genossen kämpften. Dieser Angriff wirkte augenblicklich und entlastete Hawk-eye und seine Freunde sehr. Es schien, als sei sein eigener Überfall vorausgesehen worden und deshalb fehlgeschlagen; dagegen mochte sich der Feind in dem Plane desselben und der Zahl der Streitenden getäuscht und zuwenig Streitkräfte zurückgelassen haben, um dem ungestümen Anfall des jungen Mohikaners zu widerstehen. Dies wurde um so klarer durch die Raschheit, mit welcher sich der Kampf aus dem Walde heraus nach dem Dorfe zog, wie auch durch die plötzliche Abnahme der Zahl ihrer Gegner, von welchen ein Teil zur Behauptung der Front eilte. Hier war, wie sich jetzt zeigte, der Hauptpunkt der Verteidigung.

Mit seiner Stimme und durch eigenes Beispiel die Mannschaft ermunternd, gab jetzt Hawk-eye die Weisung, auf den Feind loszustürzen. Der Angriff bestand bei einer so kunstlosen Weise, Krieg zu führen, allein darin, von Versteck zu Versteck, näher und näher an den Feind heranzuspringen: dies geschah alsbald und mit Glück. Die Huronen mußten sich zurückziehen, und die Szene des Kampfes zog sich reißend schnell von dem offenen Waldgrunde, auf dem sie anfangs gewesen waren, nach einem Dickicht, wo die Angegriffenen sich wieder halten konnten. Hier spann sich der Streit hartnäckig fort: wie es schien, mit zweifelhaftem Ausgang. Von den Delawaren war zwar noch niemand gefallen, aber ihr Blut floß infolge ihrer unvorteilhaften Stellung reichlich.

In diesem bedenklichen Augenblick gelang es Hawk-eye, hinter denselben Baum zu schlüpfen, der auch Heyward deckte; die meisten seiner Krieger waren im Bereiche seiner Stimme, etwas zur Rechten, wo sie ein rasches, aber wirkungsloses Feuer auf ihre geschützten Feinde unterhielten.

»Ihr seid noch ein junger Mann, Major!« sprach der Kundschafter, indem er des Wildtöters Kolben auf die Erde senkte und, von seinen Mühen etwas erschöpft, sich auf das Rohr stützte, »und es kann Euch einmal beschieden werden, Truppen gegen diese Schelme, die Mingos, zu führen. Hier habt Ihr die ganze Philosophie eines Indianerkampfes! Sie besteht hauptsächlich in einer flinken Hand, einem scharfen Auge und einer guten Deckung. Nun, wenn Ihr eine Kompanie Königlicher Amerikaner hier hättet, was würdet Ihr sie unter diesen Umständen tun lassen?« –

»Das Bajonett müßte Bahn brechen!«

»Ja, als Weißer sprecht Ihr da ganz vernünftig: aber in diesen Wildnissen muß man sich fragen, wieviel Menschenleben man schonen kann. Nein – das Pferd[36]«, fuhr der Kundschafter, wie nachdenklich den Kopf schüttelnd, fort, »das Pferd, fast schäm' ich mich's zu sagen, das Pferd muß früher oder später in diesen Scharmützeln entscheiden. Das Vieh ist da besser als der Mensch, und ans Pferd müssen wir uns am Ende halten. Setzt einen beschlagenen Huf auf den Mokassin einer Rothaut, und wenn seine Büchse einmal leer ist, wird er nicht mehr innehalten, sie wieder zu laden.«

»Das ist ein Gegenstand, den wir besser ein anderesmal erörtern«, versetzte Heyward, »wollen wir angreifen?«

»Es widerspricht der Aufgabe eines Mannes nicht, wenn er in Augenblicken der Erholung und frischen Atemschöpfens nützliche Betrachtungen anstellt«, entgegnete der Kundschafter. »Was aber ein Hervorbrechen anlangt: ein solcher Versuch kostet immer ein paar Skalpe. Und doch«, setzte er hinzu, indem er den Kopf beiseite neigte, um den Tönen des fernen Kampfes zu horchen, »und doch müssen wir die Schelme vor uns loswerden, wenn wir Unkas etwas nützen wollen!«

Hierauf wandte er sich schnell und mit entschlossener Miene ab und rief laut seinen Indianern in ihrer Sprache zu. Seine Worte wurden von einem Geschrei erwidert, und auf ein gegebenes Zeichen glitt jeder Krieger schnell um den Baum, hinter welchem er stand. Der Anblick so vieler dunkeln Gestalten, die zu gleicher Zeit vor ihren Augen erschienen, veranlaßte die Huronen zu schnellem und deshalb unwirksamem Feuern. Ohne einen Augenblick zu verlieren, sprangen die Delawaren in langen Sätzen dem Walde zu, wie Panther, die sich auf ihre Beute stürzten. Hawk-eye war voran, seine furchtbare Büchse schwingend und die Gefährten durch sein Beispiel ermunternd. Einige der älteren und erfahrenern Huronen hatten sich durch die List, die sie zum Feuern hatte verleiten sollen, nicht betören lassen und gaben jetzt eine geschlossene und tödliche Salve. Die Besorgnis des Kundschafters ging in Erfüllung; denn drei seiner vordersten Krieger fielen. Allein dieser Schlag konnte das Ungestüm der Angreifenden nicht aufhalten. Die Delawaren brachen mit gewohnter Wildheit in das Versteck, und die Wut ihres Anlaufs machte jeden Widerstand unmöglich.

Der Kampf dauerte nur einen Augenblick, Mann gegen Mann, und die Angegriffenen wichen schnell zurück, bis sie den entgegengesetzten Rand des Dickichts erreichten, unter dessen Schutz sie sich mit einer Hartnäckigkeit wieder festsetzten, wie man sie bei gehetztem Wilde so oft findet. In diesem entscheidenden Augenblick, da der Erfolg des Kampfes wieder zweifelhaft wurde, ließ sich ein Flintenknall im Rücken der Huronen vernehmen, eine Kugel pfiff von einigen Biberhütten her, die an der Lichtung im Hintergrunde standen, und gleich darauf ertönte das wilde, schreckenerregende Schlachtgeheul.

»Hier spricht der Sagamore!« rief Hawk-eye freudig, das Geschrei mit seiner Stentorstimme erwidernd, »wir haben sie jetzt von vorn und von hinten!«

Der Eindruck auf die Huronen zeigte sich augenblicklich. Entmutigt durch Angriffe von einer Seite her, die ihnen auch das letzte Versteck abschnitt, stießen sie sämtlich ein Geschrei der Verzweiflung aus, stoben auseinander und eilten zerstreut über die Lichtung hin, auf nichts als auf die Flucht bedacht. Manche fielen bei diesem Versuche unter den Kugeln und den Streichen der verfolgenden Delawaren.

Wir halten uns nicht dabei auf, das Zusammentreffen des Kundschafters mit Chingachgook oder das noch rührendere Wiedersehen Duncans und Munros zu beschreiben. Wenige eilige Worte reichten hin, beide Teile mit dem Stand der Dinge bekannt zu machen; Hawk-eye stellte den Sagamoren seinen Gefährten vor und legte den Oberbefehl in die Hände des Mohikanerhäuptlings nieder. Chingachgook übernahm diese Stellung, zu welcher ihn Geburt und Erfahrung so besonders berechtigten, mit der Würde und dem Ernste, welche den Befehlen des eingebornen Kriegers stets Ansehen verleihen. Den Fußtapfen des Kundschafters folgend, führte er den Zug durch das Dickicht zurück: seine Krieger skalpierten die gefallenen Huronen und verbargen die Leichen ihrer eigenen Toten, bis ein Punkt erreicht war, wo der erstere es gut fand haltzumachen.

Die Krieger, welche sich nach dem vorangegangenen Kampfe wieder etwas erholt hatten, wurden jetzt auf einer kleinen Fläche aufgestellt, die genugsam mit Bäumen bedeckt war, um ihnen Schutz zu gewähren. Das Land fiel jäh vor ihnen ab, und unterhalb breitete sich ein enges, dunkles Waldtal mehrere Meilen weit aus. In diesem dichten, finsteren Walde war Unkas mit der Hauptmacht der Huronen immer noch im Kampfe begriffen.

Der Mohikaner und seine Freunde traten an den Rand des Hügels vor und horchten mit geübtem Ohr auf das Getöse des Kampfes. Einige Vögel, von ihren einsamen Nestern aufgescheucht, schwebten über dem Blätterteppich des Tales, und hier und da stieg über den Bäumen eine leichte Rauchwolke empor, die sich bereits mit der Atmosphäre zu vermischen schien, und deutete einen Platz an, wo der Kampf hitzig und hartnäckig gewesen sein mochte.

»Das Gefecht kommt den Abhang herauf«, sagte Duncan, nach einer Richtung deutend, wo sich eben wieder Feuerwaffen hören ließen. »Wir sind zu sehr im Mittelpunkt ihrer Linie, um mit Nachdruck wirken zu können.«

»Sie werden sich nach dem Hohlwege ziehen, wo sie besser geschützt sind«, sagte der Kundschafter, »und dann können wir sie gerade in der Flanke nehmen. Geh, Sagamore, es wird Zeit sein, daß du dein Kriegsgeschrei erschallen läßt und die jungen Krieger voranführst. Ich will in diesem Scharmützel neben Kriegern von meiner eigenen Farbe fechten. Du kennst mich, Mohikaner; kein Hurone von ihnen allen soll über die Anhöhe dir in den Rücken kommen, ohne daß mein Wildtöter dazwischentritt.«

Der indianische Häuptling zögerte noch einen Augenblick, um die Zeichen des Kampfes zu beobachten, der sich nun schnell den Abhang heraufzog, ein sicherer Beweis, daß die Delawaren triumphierten. Er verließ den Platz nicht früher, als bis er von der Nähe seiner Freunde sowohl als der Feinde durch einige Kugeln überzeugt wurde, welche, von den ersteren herrührend, in die dürren Blätter auf dem Boden niederschlugen, Hagelkörnern gleich, die dem Ausbruch des Sturmes vorangehen. Hawk-eye und seine drei Begleiter zogen sich einige Schritte in ein Dickicht zurück und erwarteten den Ausgang mit einer Ruhe, wie sie bei einer solchen Szene nur lange Erfahrung geben konnte. Bald darauf verloren die Flintenschüsse das Echo der Wälder und klangen, als würden sie in die freie Luft abgefeuert. Jetzt wurde hier und da ein Krieger an den Saum des Waldes getrieben, um hier an der Lichtung an dem Orte, wo zum letzten Male standgehalten werden sollte, wieder Fuß zu fassen. Immer mehr sammelten sich, bis sich endlich eine lange Linie schwarzer Gestalten mit der Hartnäckigkeit der Verzweiflung zu diesem letzten Schutzorte drängte. Heyward wurde ungeduldig und wandte sein Auge ängstlich nach Chingachgook. Der Häuptling, von welchem nichts als sein ruhiges Antlitz sichtbar war, saß auf einem Felsen und betrachtete das Schauspiel so bedächtig, als ob er hier nur als Zuschauer seine Stellung eingenommen hätte.

»Es ist Zeit für den Delawaren loszuschlagen«, sagte Duncan.

»Nicht doch, nicht doch!« entgegnete der Kundschafter. »Wenn er seine Freunde wittert, wird er sie schon wissen lassen, daß er da ist. Seht! seht! die Schelme schließen sich dort in jenen

Fichten zusammen wie Bienen nach dem Schwärmen. Bei Gott, eine Squaw könnte eine Kugel in die Mitte eines solchen Knäuels von dunkeln Häuten jagen!«

In diesem Augenblick erscholl ein Kriegsgeschrei, und ein Dutzend Huronen fielen durch Chingachgooks und seiner Leute Feuer. Das Geschrei, das nun folgte, ward von einem einzelnen Kriegsruf aus dem Walde beantwortet, und ein Geheul erfüllte die Luft, als ob tausend Kehlen sich dazu vereinigt hätten. Die Huronen stutzten, verließen das Zentrum ihrer Linie, und Unkas brach an der Spitze von hundert Kriegern aus dem Walde in die entstandene Öffnung hervor.

Mit den Händen rechts und links winkend, zeigte der junge Häuptling seinen Gefährten den Feind, und sie trennten sich sofort bei der Verfolgung. Der Kampf war jetzt geteilt, beide Flügel der durchbrochenen Huronenreihen suchten wieder Schutz in den Wäldern, hart gedrängt von den siegreichen Kriegern der Lenapen. Kaum war eine Minute vergangen, als sich das Getöse schon nach verschiedenen Richtungen hin entfernte und unter dem Widerhall der Waldgewölbe allmählich seine Deutlichkeit verlor. Eine kleine Schar Huronen hatte es jedoch verschmäht, irgendeinen Schutz zu suchen, und zog gleich bedrängten Löwen langsam und düster die Anhöhe hinan, welche Chingachgook mit seinem Trupp eben verlassen hatte, um dem Kampfe näherzurücken. Magua ragte unter diesen durch sein wildes, trotziges Aussehen und die stolze Herrschermiene, die er noch immer behauptete, deutlich hervor.

In seiner Hast, die Verfolgung zu beschleunigen, war Unkas fast allein geblieben; sobald aber sein Auge die Gestalt *Le Subtils* traf, war jede andere Rücksicht vergessen. Er erhob sein Schlachtgeschrei, das sechs oder sieben Krieger an seine Seite rief, und stürzte auf den Feind, der Ungleichheit der Zahl uneingedenk. *Le Renard*, der diese Bewegungen bemerkt hatte, hielt mit heimlicher Freude, um ihn zu erwarten. In dem Augenblick aber, da er den jungen Gegner durch ein so tollkühnes Ungestüm in seine Hände gegeben glaubte, ertonte ein neues Geschrei, und *La longue Carabine* eilte, von allen seinen weißen Gefährten begleitet, zur Hilfe herbei. Der Hurone wandte sich alsbald und begann seinen eiligen Rückzug die Anhöhe hinan.

Zu Grüßen oder Glückwünschen war keine Zeit. Unkas

setzte mit Windesschnelle die Verfolgung fort, als bemerkte er die Gegenwart seiner Freunde nicht. Umsonst ermahnte ihn Hawk-eye, sich gedeckt zu halten: der junge Mohikaner trotzte dem gefährlichen Feuer seiner Feinde und zwang sie bald zu einer Flucht, die seiner Eile an Schnelligkeit gleichkam. Zum Glück war ihr Rennen von kurzer Dauer, und die Weißen wurden durch ihre Stellung sehr begünstigt, sonst hätte der Delaware alle seine Begleiter überholt und wäre ein Opfer seiner Verwegenheit geworden. Aber ehe ein solches Unglück eintreten konnte, hatten Verfolger und Verfolgte das Dorf der Wyandots erreicht, einander so nahe, daß sie handgemein werden konnten. Durch den Anblick ihrer Wohnungen aufgeregt und ermüdet von der Flucht, machten die Huronen halt und fochten mit der Wut der Verzweiflung um ihre Versammlungshütte. Anfang und Ende des Kampfes glichen einem zerstörenden Sturmwinde. Unkas' Tomahawk, Hawk-eyes Streiche und selbst Munros immer noch kräftiger Arm waren in dem flüchtigen Augenblick gleich tätig, und bald bedeckte sich der Boden mit Feinden. Immer aber entging Magua, obgleich er sich unerschrocken bloßstellte, allen Angriffen auf sein Leben, als stünde auch er unter jenem Schutze, von welchem die Sage des Altertums ihre Lieblingshelden überwacht sein ließ. Ein Geheul ausstoßend, das seine Wut und seine Täuschung tausendfach zu erkennen gab, stürzte der arglistige Häuptling, als er seine Genossen gefallen sah, nur von zwei Freunden begleitet, die allein noch am Leben waren, von dem Kampfplatze und überließ es den Delawaren, die Köpfe der Toten des blutigen Siegeszeichens zu berauben.

Unkas, der ihn vergeblich in dem Gewühl gesucht hatte, stürzte fort, um ihn zu verfolgen; Hawk-eye, Heyward und David folgten ihm nach. Alles aber, was der Kundschafter tun konnte, war, daß er die Mündung seiner Büchse seinem Feunde vorhielt, dem sie übrigens alle Dienste eines Zauberschildes leistete. Einmal schien es, als wollte Magua eine zweite und letzte Anstrengung machen, seine Verluste zu rächen; allein er gab den kaum gefaßten Vorsatz wieder auf, sprang in ein Dikkicht von Gebüschen, verfolgt von seinen Feinden und schlüpfte plötzlich in die Höhle, die unsere Leser bereits kennen. Hawk-eye, welcher bisher nur aus Zärtlichkeit für Unkas nicht gefeuert hatte, erhob jetzt ein Siegesgeschrei und erklärte laut, daß ihr Opfer ihnen jetzt gewiß sei. Die Verfolger stürzten noch früh genug in den langen und engen Gang, um einen flüchtigen Schein von den forteilenden Huronen zu erhaschen. Während sie durch die natürlichen Gänge und unterirdischen Gemächer der Höhle stürmten, flohen unter Geschrei und Geheul Hunderte von Weibern und Kindern vor ihnen her. Der Ort glich in dem ungewissen Dämmerlichte den Schatten-Regionen der Unterwelt, durch welche Scharen unseliger Geister und wilder Dämonen durcheinander jagten.

Immer aber hielt Unkas, als ob das Leben für ihn nur noch *eine* Aufgabe hätte, sein Auge auf Magua gerichtet. Heyward und der Kundschafter blieben ihm auf der Ferse, von demselben Gefühle, wenn auch vielleicht nicht in gleich hohem Grade beseelt. Ihr Weg aber wurde in den düsteren, finsteren Gängen sehr mühevoll: seltener und minder deutlich zeigten sich ihnen die fliehenden Krieger, und für einen Augenblick glaubten sie sogar die Spur derselben verloren, als an dem fernen Ende eines Ganges, der auf den Berg zu führen schien, ein weißes flatterndes Kleid sichtbar wurde.

»Es ist Kora!« rief Heyward in einem Tone, in welchem sich Entsetzen und Freude seltsam mischten.

»Kora! Kora!« wiederholte Unkas, indem er gleich dem Hirsche des Waldes vorwärtsstürzte.

»Es ist das Mädchen!« schrie der Kundschafter. »Mut, Lady, wir kommen! wir kommen!«

Die Verfolgung erneuerte sich mit einem Eifer, den der ermutigende Anblick der Gefangenen verzehnfachte der Weg aber wurde rauh, unterbrochen, an einigen Stellen beinahe ungangbar. Unkas warf seine Büchse weg und sprang mit Sturmeseile vorwärts, Heyward folgte rasch seinem Beispiel. Beide wurden aber augenblicklich daran erinnert, daß ihr Beginnen Torheit war; denn sie hörten den Knall einer Flinte, welche die Huronen in den Felsweg herab abfeuerten, und die Kugel brachte sogar dem jungen Mohikaner eine leichte Wunde bei.

»Wir müssen ihnen auf den Leib!« sprach der Kundschafter, indem er mit einem verzweifelten Sprung seine Freunde hinter sich zurückließ; »in dieser Entfernung schießen uns die Schufte alle weg; und seht, sie halten das Mädchen als einen Schild vor sich!«

Ohne auf diese Worte zu achten oder vielmehr, ohne sie zu hören, folgten die Begleiter seinem Beispiel und kamen durch unglaubliche Anstrengungen den Fliehenden so nahe, daß sie sehen konnten, wie Kora von zwei Kriegern fortgetragen wurde, während Magua Richtung und Art ihrer Flucht vorschrieb. In diesem Augenblicke zeichneten sich die vier Gestalten deutlich gegen eine lichte Öffnung ab, die ins Freie ging, und verschwanden dann gänzlich. Fast wahnsinnig über diese Täuschung, machten Unkas und Heyward Anstrengungen, die übermenschlich zu nennen waren, und stürzten noch rechtzeitig genug, um die Richtung der Verfolgten zu erkennen, aus der Höhle an die Seite des Berges. Der Weg führte jetzt die Anhöhe hinan und war noch immer mühsam und gefährlich.

Durch seine Büchse gehindert oder vielleicht nicht von dem tiefen Interesse für die Gefangene wie seine Begleiter getrieben, ließ der Kundschafter letztere ein wenig voraus, und Unkas ließ seinerseits Heyward hinter sich. So kamen sie in unglaublich kurzer Zeit über Felsen und Abstürze weg und siegten über Gefahren, die zu anderer Zeit und unter anderen Umständen für unübersteiglich gehalten worden wären. Aber das Ungestüm der jungen Männer wurde belohnt: sie fanden, daß die Huronen, durch Kora gehindert, auf der Flucht zurückblieben.

»Halte, Hund von Wyandot!« rief Unkas aus, seinen blinkenden Tomahawk gegen Magua schwingend, »ein Delawarenmädchen gebietet dir Halt!«

»Ich geh' nicht weiter!« rief Kora, indem sie unerwartet an einem Felsvorsprung stehenblieb, der über einen tiefen Abgrund nahe dem Gipfel des Berges herabhing. »Töte mich, wenn du willst, abscheulicher Hurone! Ich geh' nicht weiter!«

Die Wilden, welche das Mädchen trugen, erhoben bereitwillig ihre Tomahawks mit jener ruchlosen, teuflischen Freude, die man bösen Geistern zuschreibt, wenn sie Unheil stiften können; aber Magua wehrte ihrem Arme. Der Huronenhäuptling rang seinen Begleitern die Waffen aus der Hand, warf sie über den Felsen hinab, zog sein Messer und wandte sich mit einem Blicke an die Gefangene, in dem sich die widerstrebendsten Leidenschaften malten.

»Weib«, sprach er, »wähle: *Le Subtils* Wigwam oder sein Messer!«

Kora achtete nicht auf ihn: sie warf sich auf die Knie, erhob

Augen und Arme zum Himmel und sprach mit sanfter, aber vertrauensvoller Stimme:

»Dein bin ich! Tu' mit mir nach deinem Ratschluß!«

»Weib!« wiederholte Magua mit barscher Stimme, indem er vergeblich einen Blick aus ihrem heiteren, strahlenden Auge zu erhaschen suchte, »wähle!«

Aber Kora hörte oder beachtete nicht, was er sprach. Jede Fiber zitterte an dem Huronen; er hob seinen Arm, ließ ihn aber mit einem Ausdruck der Verwirrung wieder sinken wie einer, der noch zweifelhaft ist. Noch einmal kämpfte er mit sich und hob die scharfe Waffe empor – da hörte man aus der Höhe herab ein durchdringendes Geschrei, Unkas erschien und sprang in wahnsinnigem Drange von einer furchtbaren Höhe auf den Felsvorsprung herab. Magua fuhr einen Schritt zurück, und einer seiner Begleiter benutzte den günstigen Augenblick, um sein Messer Kora in das Herz zu stoßen.

Der Hurone sprang wie ein Tiger auf seinen verwegenen Landsmann los, der bereits zurückwich; der herabstürzende Unkas aber trennte die unnatürlichen Gegner. Durch diese Unterbrechung gestört und durch den Mord, dessen Zeuge er eben gewesen war, in Raserei versetzt, stieß Magua dem auf dem Boden liegenden Delawaren das Messer in den Rücken, ein teuflisches Jauchzen über diese feige Tat ausstoßend. Aber Unkas erhob sich von dem Stoße, wie ein verwundeter Panther auf den Feind stürzt, und streckte mit der letzten Anstrengung seiner sinkenden Kraft Koras Mörder zu seinen Füßen nieder. Dann wandte er einen finstern, festen Blick auf *Le Subtil,* und sein Auge verriet, was er getan haben würde, hätten ihn nicht seine Kräfte gänzlich verlassen. Magua ergriff den kraftlosen Arm des zu jedem Widerstande unfähigen Delawaren und stieß ihm dreimal sein Messer in den Busen; dann erst fiel das Schlachtopfer, den Blick immer noch mit einem Ausdruck der tiefsten Verachtung auf den Feind geheftet, tot zu seinen Füßen nieder.

»Erbarmen! Erbarmen, Hurone!« rief Heyward von oben in Tönen, die vor Entsetzen beinahe erstickten, »hab Erbarmen, und du sollst Erbarmen finden!«

Das blutige Messer nach dem flehenden Jünglinge schleudernd, stieß der siegreiche Magua ein so grimmiges, wildes und zugleich frohlockendes Geschrei aus, daß der Ruf wilden Triumphes sogar bis zu den Ohren der Krieger drang, welche tausend Fuß unter ihm im Tale fochten. Ein Schrei aus dem Munde des Kundschafters antwortete, dessen hohe Gestalt in diesem Augenblick sichtbar wurde und über die gefahrvollen Felsenklippen mit so kühnem, rastlosem Schritte auf *Le Subtil* zueilte, als ob sie die Gabe, in der Luft zu wandeln, besäße. Als aber der Jäger die Szene eines so grauenhaften Mordes erreicht hatte, waren die Toten allein auf dem Felsvorsprung.

Sein kühnes Auge warf einen einzigen Blick auf die Schlachtopfer und überschaute dann die Schwierigkeiten der vor ihm ansteigenden Felsenhöhe. Auf der Höhe des Berges stand, gerade am Rande des schwindligen Absturzes, in furchtbar drohender Stellung eine Gestalt mit hoch emporgehobenen Armen. Ohne die Person näher zu betrachten, erhob Hawk-eye seine Büchse; aber ein Felsstück, das sie einem der Flüchtlinge unten auf den Kopf warf, verriet die vor Entrüstung glühende Erscheinung als den ehrlichen Gamut. Jetzt kam Magua aus einer Felsspalte hervor, schritt mit gleichgültiger Ruhe über die Leiche seines letzten Gefährten, übersprang einen weiten Felsenriß und klomm an einer Stelle, wo Davids Arm ihn nicht erreichen konnte, den Berg hinan. Noch ein einziger Sprung hätte ihn über den Abgrund gebracht, und er wäre in Sicherheit gewesen. Ehe er jedoch den Anlauf nahm, hielt er inne, schüttelte die Hand gegen den Kundschafter und schrie:

»Die Blaßgesichter sind Hunde! Die Delawaren sind Weiber! Magua läßt sie auf den Felsen den Krähen zur Speise!«

Unter heiserem Gelächter tat er einen verzweifelten Sprung, erreichte aber das Ziel nicht, obwohl seine Hände im Fallen noch ein Gestrüpp an dem Rande der Höhe erreichten. Hawkeye drückte sich zusammen wie ein wildes Tier, das im Begriff ist, einen Sprung zu machen; seine ganze Gestalt zitterte so gewaltig vor Hast, daß die Mündung der halberhobenen Büchse wie ein Blatt im Winde spielte. Ohne sich mit fruchtlosen Anstrengungen zu erschöpfen, ließ der kluge Magua seinen Leib der Länge nach heruntergleiten und fand ein Felsstück, auf dem seine Füße ruhen konnten. Dann bot er alle seine Kräfte zu einem neuen Versuche auf, der ihm auch so weit gelang, daß er sich mit den Knien auf den Rand des Berges zu schwingen vermochte. Jetzt, da der Leib des Feindes am meisten zusammengekauert war, zog sich die bewegliche Büchse des Kundschafters an die Schulter. Die Felsen rund umher konnten nicht steter sein, als es die Flinte in dem Augenblick wurde, da sie ihren Inhalt entlud. Die Arme des Huronen verließen ihren Halt, sein Leib fiel ein wenig zurück, während seine Knie noch in ihrer Lage blieben. Einen unversöhnlichen Blick auf den Feind wendend, schüttelte er in grimmigem Trotze die Hand. Aber sein letzter Halt schwand, und einen Augenblick sah man die dunkle Gestalt kopfüber die Luft durchschneiden, bis sie hinter dem Saume von Gesträuch, das den Felsen umgab, verschwand, ein unwiederbringlicher Raub des Todes.

Dreiunddreißigstes Kapitel

> Wie Tapfere fochten sie lang und gut,
> Sie türmten Leich' auf Leich' von Moslemin.
> Sie siegten – doch Bozzaris fiel. Sein Blut
> Aus jeder Ader rann.
> Die kleine Schar der Kameraden sah
> Ihn lächeln, als ihr stolzes Siegeshurra
> Durchs rote Blutfeld drang;
> Dann sahen sie, wie zum Tod sein Auge zu
> Sich schloß, so müde, wie zur Nachtesruh,
> Der Blume gleich, bei Sonnenuntergang.
>
> *Hallek*

Die aufgehende Sonne fand die Lenapen am nächsten Tag als ein Volk voll Trauer. Die Töne der Schlacht waren verklungen. Ihr alter Haß war reichlich gesättigt, und den letzten Strauß mit den Mengwes hatten sie durch die Vernichtung einer ganzen Stammgemeinde gerächt. Trüb und düster lag der Himmel über der Gegend, wo das Lager der Huronen gewesen war, und verkündete nur zu gut das Schicksal dieses wandernden Stammes, während Hunderte von Raben, über den bleichen Gipfeln der Berge durcheinander fliegend oder in krächzenden Schwärmen über den endlosen Waldräumen schwebend, gräßliche Wegweiser zu dem Schauplatz des Kampfes abgaben. Kurz, jedes Auge, das mit der Kriegführung an den Grenzen nur in etwas vertraut war, hätte diese untrüglichen Spuren der Greuel einer Indianerrache leicht erkennen müssen. Und doch fand die aufgehende Sonne das Volk der Lenapen in Trauer. Kein Jubellaut, kein Triumphgesang, der den Sieg feierte, ward gehört. Der letzte Nachzügler war von seinem gräßlichen Geschäft nur heimgekehrt, um die schrecklichen Abzeichen seines blutigen Berufes zu entfernen und in die Klagen seiner Landsleute, die sich ein geschlagenes Volk nennen durften, einzustimmen. Stolz und Frohlocken waren der Demütigung und die wildesten menschlichen Leidenschaften den Äußerungen des tiefsten, unzweideutigsten Schmerzes gewichen.

Die Wohnungen waren verlassen: alles, was Leben hatte, war nach einem Orte in der Nähe gezogen, wo jetzt alle in tiefem, feierlichem Stillschweigen versammelt waren, ein breiter Gürtel ernsthaft blickender Gesichter. Menschen, Wesen jedes Ranges und Alters, von beiden Geschlechtern und von den verschiedensten Berufsarten waren in dieser lebendigen Mauer versammelt, und doch belebte sie alle *ein* Gefühl. Alle Augen hefteten sich auf die Mitte des Kreises, wo sich die Gegenstände so lebhafter und so allgemeiner Teilnahme befanden.

Sechs delawarische Mädchen, deren lange, dunkle Haarflechten nachlässig über ihre Brust herabflossen, standen abseits und gaben kein anderes Zeichen ihrer Gegenwart, als daß sie von Zeit zu Zeit süß duftende Kräuter und Waldblumen auf eine Sänfte, von wohlriechenden Zweigen bereitet, streuten: sie enthielt unter einem Leichentuche aus indianischen Gewändern die irdischen Überreste der feurigen, hochsinnigen, edelmütigen Kora. Ihre Gestalt war unter vielen Hüllen aus demselben einfachen Stoffe verborgen und ihr Gesicht für immer dem Anblick der Menschen entzogen. Zu ihren Füßen saß der trostlose Munro. Sein ehrwürdiges Haupt beugte sich in schmerzlicher Unterwerfung unter die Schickung des Himmels beinahe zur Erde nieder, aber ein verborgener Gram kämpfte um die gefurchte Stirn, die nur teilweise durch graue, nachlässig über seine Schläfen fallende Locken bedeckt wurde. Gamut stand an seiner Seite, sein mildes Haupt war entblößt und den Strahlen der Sonne preisgegeben, während seine Augen, unstet und befangen, ihre Blicke zwischen dem kleinen Buche, das so spitzfindig ausgedrückte und doch so hochheilige Lehren enthielt, und dem Wesen teilten, dem sein Gemüt gerne Trost gespendet hätte. Heyward stand in der Nähe und lehnte sich an einen Baum, bemüht, die plötzlichen Ausbrüche des Schmerzes niederzuhalten, zu deren Bekämpfung er seiner ganzen Männlichkeit bedurfte.

So traurig und melancholisch man sich diese Gruppe denken mag, so war sie doch nicht so ergreifend wie eine andere am entgegengesetzten Ende dieser Fläche. Dort saß Unkas, wie wenn er noch am Leben wäre, Gestalt und Haltung voll Würde und Anstand, mit den glänzendsten Zieraten geschmückt, die der Reichtum des Stammes hatte auftreiben können. Reiche Federn rollten von seinem Haupte: Wampum, Hals- und Armgeschmeide, Denkmünzen schmückten ihn in verschwenderischer Fülle, aber sein erstorbenes Auge und seine leblosen

Züge widersprachen nur zu sehr der stolzen Absicht eines so eitlen Schmuckes.

Gerade vor dem Toten saß Chingachgook, ohne Waffen, ohne Bemalung, ja ohne Verzierung irgendeiner Art, das glänzend blaue Stammbild seines Geschlechtes ausgenommen, das der nackten Brust unvertilgbar eingegraben war. Während der langen Zeit, da der Stamm hier versammelt war, schaute der mohikanische Krieger fest und kummervoll auf das kalte, leblose Antlitz seines Sohnes. So unverwandt und innig war dieser Blick, seine Haltung so unverrückt. daß ein Fremder den Lebenden von dem Toten nur an dem gelegentlichen Spiel eines aufgeregten Geistes, das sich auf dem düstern Antlitz des Vaters malte, und an der totenähnlichen Ruhe, die sich für immer auf den Zügen des Sohnes gelagert hatte, unterschieden hätte.

Der Kundschafter stand dicht daneben, in nachdenklicher Stellung auf seine todbringende Rächerwaffe gelehnt, während Tamenund, von den Ältesten seiner Nation unterstützt, einen erhöhten Platz einnahm, von dem er die stumme, von Gram bewegte Versammlung überblicken konnte.

In dem innern Rande des Kreises stand ein Offizier in der Uniform einer fremden Nation; außerhalb hielt sein Schlachtroß, von einer Anzahl berittener Diener umgeben, die sich, wie es schien, auf eine ferne Reise bereitet hatten. Der Anzug des Fremden zeigte, daß er in der nächsten Umgebung des Statthalters von Kanada eine angesehene Stellung innehabe. Wie es schien, war seine Absicht, Frieden zu stiften, durch das wilde Ungestüm seiner Verbündeten vereitelt worden, und er mußte sich nun begnügen, ein schweigsamer Zeuge der traurigen Früchte eines Streites zu sein, dem vorzubeugen, er zu spät gekommen war.

Der Tag nahte sich dem Ende seines ersten Viertels, und immer noch verharrte die Menge in dem atemlosen Schweigen, welches seit dem vergangenen Abend unter ihr herrschte. Nichts hörte man als etwa einen unterdrückten Seufzer, kein Glied hatte sich die lange Zeit über gerührt, außer um die einfachen und rührenden Opferdienste zu versehen, die von Zeit zu Zeit dem Andenken der Verstorbenen gebracht wurden. Nur die Geduld und Ausdauer indianischer Seelenstärke konnte solch einen Anschein lebendigen Todes ertragen, welcher die dunkeln, bewegungslosen Gestalten in Stein verwandelt zu haben schien.

Endlich reckte der Weise der Delawaren einen Arm aus, stützte sich auf die Schultern seiner Begleiter und erhob sich mit einem Ausdruck von Schwäche, als ob auf dem Manne, der gestern noch vor seinem Volke gestanden, heute, da er auf seinem erhabenen Sitze wankte, ein Menschenalter mehr laste.

»Männer der Lenapen!« sprach er in hohlen Tönen, deren Klang eine Prophezeiung zu verkünden schien, »Manitus Gesicht ist hinter einer Wolke! Sein Auge ist von euch gewandt, seine Ohren sind verschlossen, seine Zunge gibt keine Antwort. Ihr seht ihn nicht, und doch sind seine Gerichte vor euern Augen. Eure Herzen seien offen und eure Geister mögen keine Lüge sprechen! Männer der Lenapen! Manitus Antlitz ist hinter einer Wolke!«

Als diese einfache und doch furchtbare Ankündigung in die Ohren der Zuhörer drang, erfolgte eine so tiefe und schauerliche Stille, als ob das hohe Wesen, das sie anbeteten, die Worte ohne Hilfe menschlicher Organe gesprochen hätte: selbst der entseelte Unkas schien belebt im Vergleich mit der demütigen, unterwürfigen Menge, von der er umgeben war. Jedoch der unmittelbare Eindruck verschwand allmählich, und leise, murmelnde Stimmen begannen eine Art von Empfang zu Ehren der Toten. Es waren weibliche Laute, durchdringend, sanft und klagend. Die Worte hatten unter sich keine regelmäßige Folge: wenn eine aufhörte, nahm eine andere den Lobgesang oder die Trauerklage, wie man es nennen mochte, wieder auf und drückte ihre Empfindungen in einer Sprache aus, wie sie ihr das Gefühl und die Verhältnisse eingaben. Dazwischen wurden die Sprecherinnen von lauten und allgemeinen Ausbrüchen des Schmerzes unterbrochen, während welcher die Mädchen um Koras Bahre die Pflanzen und Blumen auf ihrem Körper in wilder Hast zerpflückten, als wären sie vor Gram wahnsinnig. In milderen Augenblicken jedoch wurden diese Sinnbilder der Reinheit und süßen Anmut mit allen Zeichen zärtlicher Teilnahme wieder an ihre frühere Stelle gelegt. Obgleich ihre Worte durch die vielfachen, stärkeren Ausbrüche der Empfindung unzusammenhängend erschienen, so würde eine Übertragung derselben doch regelmäßig wiederkehrende Wechsel und in ihnen eine Reihenfolge von Gedanken zutage gebracht haben.

Ein Mädchen, durch ihren Rang und ihre Eigenschaften hierzu besonders auserlesen, begann mit bescheidenen Anspielungen auf die Verdienste des gefallenen Kriegers und schmückte ihre Ausdrucksweise mit jenen morgenländischen Bildern, welche die Indianer ohne Zweifel von den äußersten Enden des andern Festlandes mitherübergebracht haben und die an sich schon ein Gelenk in der Verbindungskette der Geschichte der zwei Welten bilden. Sie nannte ihn den Panther seines Stammes und schilderte ihn als einen, dessen Mokassin keine Spur auf dem Tau zurücklasse; dessen Sprung dem des jungen Hirschkalbes gleiche; dessen Auge glänzender als ein Stern in finsterer Nacht sei und dessen Stimme in der Schlacht so laut klinge als der Donner des Manitu. Sie erinnerte ihn an die Mutter, die ihn geboren, und verweilte namentlich bei dem Glücke, das diese im Besitze eines solchen Sohnes empfinden müsse. Sie bat ihn, ihr zu sagen, wenn er sie in der Welt der Geister treffe, daß die Delawarenmädchen über dem Grabe ihres Kindes Tränen vergossen und sie eine Gesegnete genannt hätten.

Ihr folgten andere, welche in einer noch milderen, innigeren Weise mit der ihrem Geschlecht eigenen zarten Empfindsamkeit das fremde Mädchen besangen. Sie sei so nahe an Unkas' Tode dieser Erde entrückt worden, daß der Wille des großen Manitu mit beiden sich deutlich offenbare und nicht mißverstanden werden könne. Sie ermahnten ihn, freundlich gegen sie zu sein und Nachsicht mit ihr zu haben, wenn sie die Fertigkeiten nicht besitze, die einem Krieger, wie er, für seine Bequemlichkeit so nötig seien. Sie verweilten bei ihrer unvergleichlichen Schönheit und ihrem entschlossenen Edelsinn ohne einen Gedanken von Neid, wie etwa Engel an noch höheren Wesen ihre Freude finden mögen. Sie fügten bei, daß diese reichen Gaben kleinere Mängel der Erziehung mehr als ersetzen würden.

Nach ihnen redeten andere, in wohlbedachter Folge, in der Sprache der Zärtlichkeit und Liebe zu dem Mädchen selbst. Sie ermunterten sie, fröhlichen Sinnes zu sein und nichts für ihre künftige Wohlfahrt zu fürchten. Ein Jäger werde ihr Gefährte sein, der ihre kleinsten Bedürfnisse zu befriedigen wisse: ein

Krieger ihr zur Seite stehen, der sie gegen jegliche Gefahr zu schützen vermöge. Ihr Pfad, verhießen sie, werde anmutig, und ihre Bürde leicht sein, Sie warnten sie vor vergeblicher Sehnsucht nach den Freunden ihrer Jugend, nach den Landen, wo ihre Väter geweilt hätten, mit der Versicherung, die gesegneten Jagdgefilde der Lenapen enthielten so anmutige Täler, so klare Ströme und so liebliche Blumen als der Himmel der Blaßgesichter. Sie rieten ihr, aufmerksam auf die Bedürfnisse ihres Gefährten zu sein und nie zu vergessen, welchen Unterschied Manitu so weislich zwischen ihnen festgestellt habe. Dann besangen sie, ihre Stimmen stärker erhebend, die Sinnesweise des Mohikaners. Sie nannten ihn edel, männlich, großmütig; alles vereinige er, was einem Krieger zieme – was ein Mädchen lieben könne. Sie kleideten ihre Gedanken in die entferntesten, gesuchtesten Bilder und gaben zu verstehen, daß es ihnen in der kurzen Zeit ihres Zusammenseins gelungen sei, seine geheime Neigung mit der ihrem Geschlechte eigenen schnellen Auffassungsgabe richtig zu erspähen. Die Delawarenmädchen hätten in seinen Augen keine Gnade gefunden. Er sei von einem Stamme, dessen Glieder einst Herren der Gestade des Salzsees gewesen, und seine Wünsche hätten ihn zurück zu einem Volke geleitet, das um die Gräber seiner Väter wohne. Warum sollte eine solche Vorliebe nicht begünstigt werden? Aber sie gehöre einem reineren und reicheren Blute an als andere ihrer Nation, wie jedes Auge leicht erkennen werde; daß sie den Gefahren und Wagnissen des Lebens in den Wäldern gewachsen sei, habe ihr Benehmen gezeigt. Und jetzt, fuhren sie fort, habe ›der Weise der Erde‹ sie an einen Ort versetzt, wo sie ebenbürtige Geister finden und für immer glücklich sein werde.

In einem zweiten Übergange wechselten sie abermals Ton und Gegenstand und gingen zu der Jungfrau über, die in der nahe gelegenen Wohnung weinte. Sie verglichen sie mit den Flocken des Schnees: so rein, so weiß, so glänzend, so leicht schmelzbar in der heftigen Sommerhitze, so leicht dem Gefrieren ausgesetzt in dem Froste des Winters war sie. Sie zweifelten nicht an ihrer Lieblichkeit in den Augen des jungen Häuptlings, dessen Farbe und dessen Schmerz dem ihrigen so ähnlich scheine, wenn sie auch weit entfernt blieben, einen solchen Vorzug deutlich auszusprechen. Doch war es klar, daß sie Alice nicht so hoch stellten als das Mädchen, um welches sie trauerten. Sie versagten ihr jedoch keinen Ruhm, den ihre seltenen Reize ansprechen durften. Ihre Locken wurden mit den üppigen Ranken der Weinrebe, ihr Auge mit dem blauen Himmelsgewölbe verglichen, und das fleckenloseste Gewölk, von dem glühenden Hauche der Sonne gerötet, war nicht so reizend als die Blüte ihrer Wangen.

Während dieser und ähnlicher Klagelieder hörte man nichts als das Gemurmel des Gesangs, gehoben oder vielmehr furchtbar gesteigert durch die gelegentlichen stärkeren Ausbrüche des Grames, die gleichsam ein Chor genannt werden konnten. Die Delawaren horchten, wie in einem Zauber befangen, und das wechselnde Spiel ihrer ausdrucksvollen Mienen gab kund, wie tief und innig ihr Mitleid war. Selbst David lieh willig sein Ohr den Tönen so lieblicher Stimmen, und lange bevor der Gesang zu Ende war, verkündete sein Blick, wie tief sein Gemüt im Hören gefesselt war.

Der Kundschafter, dem allein unter den anwesenden Weißen diese Worte verständlich waren, erhob sich etwas aus seiner nachdenklichen Stellung und neigte sein Haupt beiseite, um den fortlaufenden Sinn derselben aufzufassen. Als sie aber von den künftigen Aussichten Koras und Unkas' sangen, schüttelte er den Kopf wie einer, der die Irrtümer ihres schlichten Glaubens wohl erkannte, nahm dann wieder seine zurückgelehnte Stellung ein und verharrte in ihr, bis die Zeremonie zu Ende war – wenn man Zeremonie eine Handlung nennen darf, die von so tiefem Gefühl zeugte. Heyward und Munro verstanden, zum Glück für ihre Fassung, den Sinn der eben vernommenen wilden Laute nicht.

Chingachgook allein bildete eine Ausnahme unter den so tief ergriffenen übrigen Eingebornen. Sein Blick wechselte nie während des ganzen Auftrittes, selbst bei den wildesten oder feierlichsten Teilen der Wehklage bewegte sich keine Muskel auf seinem starren Antlitz. Die kalten, leblosen Überreste seines Sohnes waren ihm alles, und jeder andere Sinn außer dem Gesichtssinn schien erstorben, während sein Auge zum letzten Male nach den so lange geliebten Zügen schaute, deren Anblick ihm bald für immer entrissen werden sollte.

Jetzt trat ein Krieger, berühmt durch seine Waffentaten, besonders aber durch seine Leistungen in dem letzten Kampfe, ein

Mann von ernster, würdevoller Haltung, langsam aus der Menge hervor und stellte sich vor den Toten.

»Warum hast du uns verlassen, Stolz der Wapanachki?« sprach er, sich an die tauben Ohren des jungen Mohikaners wendend, als ob die leere Hülle noch die Fähigkeiten des Lebenden besäße. »Deine Zeit war die der Sonne, solange sie hinter den Bäumen ist; dein Ruhm war glänzender als ihr Licht um die Mittagszeit. Du bist dahingegangen, junger Krieger, aber Hunderte von Wyandots räumen die Brombeersträuche von deinem Pfade nach der Welt der Geister. Wer sah dich in der Schlacht und glaubte, daß du sterben könntest? Wer hat vor dir Uttawa den Weg in die Schlacht gezeigt? Deine Füße waren gleich Adlerschwingen, dein Arm schwerer als Äste, die von der Fichte fallen, und deine Stimme glich der Stimme Manitus, wenn er in den Wolken spricht. Die Zunge Uttawas ist schwach«, fügte er hinzu, indem er mit traurigem Blicke um sich schaute, »und sein Herz wird ihm schwer. Stolz der Wapanachki, warum hast du uns verlassen?«

Ihm folgten der Reihe nach andere, bis die meisten der hohen und begabten Männer der Nation durch die Rede oder im Gesang den Manen des dahingeschiedenen Häuptlings das Opfer ihrer Lobpreisungen dargebracht hatten. Als sie zu Ende waren, lag abermals atemlose Stille über der ganzen Versammlung.

Jetzt ließ sich ein leiser, tiefer Ton vernehmen, ähnlich der gedämpften Begleitung einer fernen Musik. Er war laut genug, um hörbar zu werden, blieb aber so unbestimmt. daß man so wenig wußte, woher er komme, als was er bedeute. Er stieg jedoch höher und höher, bis er zuerst in lang ausgehaltenen, oft wiederholten Ausrufungen und endlich in Worten deutlich in das Ohr der Hörer drang. Die Lippen Chingachgooks hatten sich nun so weit geöffnet, daß man erkannte, es sei des Vaters Trauergesang für Unkas. Obgleich kein Auge sich nach ihm wandte und nicht das geringste Zeichen der Ungeduld laut wurde, so sah man doch an der Weise, wie die Versammelten ihre Häupter erhoben, daß sie die Töne mit einer Aufmerksamkeit verschlangen, so gespannt, wie sie bisher nur Tamenund zuteil geworden war. Sie horchten aber vergeblich. Der Gesang wurde gerade so laut, um vernehmbar zu werden, dann immer schwächer und zitternder, bis er dem Ohre völlig entschwand, als würde er von einem flüchtigen Windhauch davongetragen. Die Lippen des Sagamoren schlossen sich, und er blieb schweigend sitzen, mit seinem starr blickenden Auge und der regungslosen Gestalt einem Wesen gleich, das der Allmächtige nur mit dem Bilde, aber nicht mit dem Geiste eines Menschen begabt hatte. Die Delawaren, welche an diesem Zeichen erkannten, daß ihr Freund noch nicht zu einer so mächtigen Erhebung des Geistes fähig sei, ließen ihre Aufmerksamkeit sinken und schienen in angebornem Zartgefühl alle ihre Gedanken nur auf das Leichenbegängnis des fremden Mädchens zu richten.

Einer der älteren Häuptlinge gab den Frauen ein Zeichen, die in der Nähe von Koras Leiche standen. Dem Winke gehorchend, erhoben die Mädchen die Bahre zu der Höhe ihrer Häupter und schritten langsam und regelmäßig vorwärts, einen zweiten Klagegesang zum Preise der Verstorbenen anstimmend. Gamut, welcher ihre ihm so heidnisch dünkenden Gebräuche beobachtet hatte, beugte jetzt sein Haupt über die Schulter des besinnungslosen Vaters und flüsterte:

»Sie nehmen die Überreste deines Kindes auf: wollen wir ihnen nicht folgen und auf ein christliches Begräbnis bedacht sein?«

Munro fuhr auf, als hätte die letzte Posaune in sein Ohr gedröhnt, und warf einen hastigen, ängstlichen Blick um sich her; dann erhob er sich und folgte dem einfachen Zuge mit der Miene eines Soldaten, aber mit dem ganzen Gewichte des Vaterschmerzes. Seine Freunde drängten sich mit einem Ausdrucke des Kummers um ihn her, der zu stark war, um Mitgefühl genannt zu werden. Selbst der junge Franzose schloß sich an, offenbar lebhaft ergriffen von dem frühen und traurigen Ende eines so liebenswürdigen Wesens. Aber als die letzten und niedrigsten Weiber des Stammes dem anscheinend regellosen und doch geordneten Zuge sich angereiht hatten, schlossen die Männer der Lenapen den Kreis um Unkas' Leiche wieder so ernst, so würdevoll, so regungslos wie zuvor.

Die Stelle, welche sie für Koras Grab gewählt hatten, war ein kleiner Hügel, wo ein Kreis junger, gesunder Fichten Wurzel gefaßt hatte, deren Schatten nur ein melancholisches, so wohl passendes Dämmerlicht gestattete. An dem Platze angekommen, setzten die Mädchen ihre Last nieder und warteten mit der ihnen eigentümlichen Geduld und mit angeborner Schüchternheit auf irgendein Zeichen der Zustimmung von denen, deren Gefühle bei diesen Anordnungen am meisten beteiligt waren. Endlich sprach der Kundschafter, welcher allein ihre Gebräuche verstand, in ihrer Mundart:

»Was meine Töchter getan haben, ist gut; die weißen Männer danken ihnen.«

Zufrieden mit diesem Zeugnis, schickten sich die Mädchen an, die Leiche in eine Art Sarg, der künstlich und nicht ohne Geschmack aus Birkenrinde gefertigt war, zu legen, und senkten sie dann in die finstere, letzte Behausung hinab. In derselben schlichten Weise und ebenso stumm wurde die Leiche bedeckt und die Spur der frischen Erde mit Blättern und anderen Hüllen, wie sie die Natur und die Gewohnheit an die Hand gaben, verborgen. Als die Arbeit dieser freundlichen Kinder der Natur, die eine so traurige Pflicht so liebevoll erfüllt hatten, vollendet war, zögerten sie, um zu zeigen, daß sie nicht wüßten, wie weiter fortzufahren sei. Jetzt wandte sich der Kundschafter wieder mit den Worten an sie:

»Meine jungen Weiber haben genug getan«, sprach er, »der Gott eines Blaßgesichtes bedarf keiner Speise noch Kleidung. Sie haben, was sie in dem Himmel ihrer Farbe bedürfen. Ich sehe«, fuhr er fort, einen Blick auf David werfend, der eben mit seinem Buche beschäftigt war und die Absicht verriet, einen heiligen Gesang einzuleiten, »daß einer reden will, der die christlichen Gebräuche besser kennt als ich!«

Die Mädchen, welche bisher eine Hauptrolle gespielt hatten, traten nun bescheiden beiseite, ruhige und aufmerksame Zuschauerinnen bei dem, was folgte. Während David auf die angedeutete Weise die frommen Gefühle seines Herzens ergoß, entschlüpfte ihnen kein Zeichen der Überraschung, kein Blick der Ungeduld. Sie lauschten vielmehr gleich denen, welche den Sinn der fremden Worte verstanden, und es schien, als ob sie die gemischten Gefühle des Schmerzes, der Hoffnung und der Ergebung mitempfanden, die der Gesang hervorrufen sollte.

Aufgeregt von der Szene, deren Zeuge er gewesen war, vielleicht auch infolge der Bewegung seines Innern, leistete der Singmeister Ungewöhnliches. Seine volle, reiche Stimme hielt den Vergleich mit den sanften Tönen der Mädchen aus, und seine kunstgerechten Weisen besaßen wenigstens für die Ohren derer, an welche sie sich vornehmlich wandten, das Übergewicht leichteren Verständnisses. Er endete das heilige Lied, wie er es angefangen hatte, mitten unter ernstem, feierlichem Schweigen.

Als jedoch der Schluß des Gesanges in den Ohren seiner Zuhörer verhallt war, verrieten die geheimen, schüchternen Blicke der Augen, und die allgemeine, wenngleich unterdrückte Bewegung unter den Versammelten, daß man von dem Vater der Verstorbenen einige Worte erwartete. Munro schien zu fühlen, daß auch für ihn die Zeit gekommen sei, vielleicht die größte Anstrengung zu machen, deren die Menschennatur fähig ist. Er entblößte sein graues Haupt und schaute fest und mit gefaßter Miene auf die ihn umgebende scheue und ruhige Volksmenge. Dann winkte er dem Kundschafter mit der Hand und sprach:

»Sagt diesen guten, liebreichen Mädchen, daß ein schwacher Greis, dessen Herz gebrochen, ihnen seinen Dank abstatte. Sagt ihnen, daß das Wesem, welches wir alle verehren, wenn auch unter verschiedenen Namen, ihrer Liebe gedenken wird: daß die Zeit nicht mehr fern sein kann, wo wir alle ohne Unterschied des Geschlechts, des Ranges oder der Farbe, um seinen Thron versammelt sein werden.«

Der Kundschafter hörte diese Worte, die der Veteran mit zitternder Stimme sprach, aufmerksam an und schüttelte, als er zu Ende war, langsam das Haupt, als ob er an ihrer Wirksamkeit zweifele.

»Ihnen dies mitzuteilen«, sprach er, »hieße so viel, als wenn ich sagte, daß der Schnee nicht im Winter komme oder die Sonne am wärmsten scheine, wenn die Bäume ihres Laubes bar sind.«

Er wandte sich zu den Weibern und drückte ihnen Munros Dankbarkeit aus, wie er es für die Fassungskraft seiner Zuhörerinnen am angemessensten hielt. Munros Haupt war wieder auf seine Brust gesunken, und er war nahe daran, sich wieder der früheren Schwermut hinzugeben, da wagte der junge Franzose seinen Ellbogen leicht zu berühren. Sobald er die Aufmerksamkeit des trauernden alten Mannes gewonnen hatte, wies er auf einen Trupp junger Indianer, welche mit einer leichten, aber dicht verschlossenen Sänfte herannahten, und deutete dann aufwärts nach der Sonne.

»Ich verstehe Sie, mein Herr!« versetzte Munro im Tone erzwungener Festigkeit, »ich verstehe Sie. Es ist der Wille des Himmels, und ich unterwerfe mich. Kora, mein Kind! Wenn die Gebete eines Vaters, dessen Herz gebrochen ist, dir jetzt helfen könnten, wie selig solltest du sein! – Kommen Sie, meine Herren!« fuhr er fort, mit einer Miene stolzer Fassung um sich blikkend, obgleich der Gram, der in seinen verblichenen Zügen bebte, zu gewaltig war, um sich verbergen zu lassen – »Wir haben hier nichts mehr zu tun; laßt uns gehen!«

Heyward gehorchte gern dem Rufe, der ihn von einem Orte entfernte, wo ihn, wie er wohl fühlte, seine Selbstbeherrschung jeden Augenblick verlassen konnte. Während seine Begleiter zu Pferde stiegen, fand aber noch Zeit, dem Kundschafter die Hand zu drücken und ihm ihre Übereinkunft noch einmal ins Gedächtnis zu rufen, sich wieder bei den Posten des britischen Heeres zu treffen. Dann warf er sich getrost in den Sattel und lenkte sein Schlachtroß an die Seite der Sänfte, aus welcher ihm ein leichtes, halb unterdrücktes Schluchzen die Gegenwart Alices verkündete. Munro senkte wieder das Haupt auf die Brust: Heyward und David folgten in düsterem Schweigen, von Montcalms Adjutanten und seiner Bedeckung begleitet; so entschwanden alle Weißen mit Ausnahme Hawk-eyes den Augen der Delawaren und waren bald in den endlosen Wäldern des Landes begraben.

Das Band gemeinschaftlich erlittenen Unglücks aber, welches diese einfachen Waldbewohner mit den Fremden vereinte, die so vorübergehend unter ihnen verweilt hatten, konnte sich nicht so bald lösen. Jahre vergingen, ehe die sagenhafte Überlieferung von dem weißen Mädchen und dem jungen Krieger der Mohikaner aufhörte, den Delawaren lange Nächte und ermüdende Märsche zu verkürzen oder ihre Jünglinge und ihre Tapferen mit dem Verlangen nach Rache zu erfüllen. Auch diejenigen, welche in diesen bedeutenden Erlebnissen eine weniger hervorragende Rolle gespielt hatten, wurden nicht vergessen. Durch Vermittlung des Kundschafters, welcher noch nach Jahren eine Art von Mittelglied zwischen ihnen und der zivilisierten Welt bildete, erfuhren sie als Antwort auf ihre Erkundigungen, daß das ›Graue Haupt‹ bald zu seinen Vätern versammelt worden sei, darniedergedrückt, wie sie irrig glaubten, durch sein Unglück im Kriege; und daß die ›Offene Hand‹ seine überlebende Tochter weit hinweg nach den Niederlassungen der Blaßgesichter geführt habe, wo ihre Tränen endlich aufgehört hätten zu fließen, dem lieblichen Lächeln weichend, das ihrer heiteren Natur besser ziemte.

Doch diese Begebenheiten fallen in eine Zeit, welche außer dem Bereiche unserer Erzählung liegt. Von allen Gefährten seiner Farbe verlassen, kehrte Hawk-eye an den Ort zurück, wohin ihn seine Neigungen mit einer Gewalt zogen, wie sie kein bloß eingebildetes Band der Einigung schaffen konnte. Er kam noch eben zur rechten Zeit, um einen Abschiedsblick auf Unkas' Züge zu werfen, den die Delawaren bereits in seine letzten Pelzgewänder hüllten. Sie hielten eine Weile inne, um dem beherzten Weidmann seinen zögernden Blick der Sehnsucht nicht zu verkümmern, und der Leib wurde eingehüllt, um nie mehr aufgedeckt zu werden. Dann folgte ein zweiter feierlicher Zug, und die ganze Nation versammelte sich um das vorläufig gewählte Grab des Häuptlings – vorläufig; denn seine Gebeine sollten einst in kommenden Tagen unter denen seines eigenen Volkes ruhen.

Die allgemeine Übereinstimmung der Gefühle brachte auch hier eine Teilnahme hervor, von der sich niemand ausschloß. Derselbe ernste Ausdruck des Grams, dasselbe strenge Stillschweigen, dieselbe Ehrfurcht gegen den Hauptleidtragenden, die wir bereits einmal zu schildern hatten, war auch um diese Begräbnisstätte zu bemerken. Die Leiche ward in ruhender Stellung niedergelassen, das Gesicht gegen die aufgehende Sonne gerichtet, neben ihm seine Kriegs- und Jagdgeräte, bereit für die letzte große Reise. In dem Sarge, durch welchen der Körper gegen die unmittelbare Berührung der Erde geschützt war, ließ man eine Öffnung, damit der Geist, sofern es nötig wäre, mit seiner irdischen Hülle verkehren könne. Das Ganze ward mit dem den Eingeborenen eigenen Scharfsinne gegen den Instinkt und die Verwüstungen der Raubtiere geschützt. Die Gebräuche, bei denen mehrere tätig zu sein hatten, waren nun zu Ende, und aller Sinn wandte sich wieder dem geistigeren Teile der Feierlichkeiten zu.

Chingachgook wurde noch einmal der Gegenstand allgemeiner Aufmerksamkeit. Er hatte noch nicht gesprochen, und doch erwartete man bei einem so wichtigen Anlasse von einem so berühmten Häuptling etwas Tröstliches und Belehrendes zu hören. Die Wünsche des Volkes erratend, erhob der Krieger, seinen Schmerz bezwingend, das ernste Antlitz, das er zuletzt in sein Gewand verhüllt gehalten hatte, und schaute mit festem Auge um sich. Seine fest zusammengepreßten, ausdrucksvollen Lippen öffneten sich, und zum ersten Male während der langen Zeremonie ließ sich seine Stimme deutlich vernehmen.

»Warum trauern meine Brüder?« sprach er, auf die dunkeln Krieger schauend, die mit niedergeschlagener Miene um ihn standen: »Warum weinen meine Töchter? Weil ein junger Krieger nach den glücklichen Jagdgefilden gegangen ist – weil ein Häuptling seine Zeit mit Ehren erfüllt hat? Er war gut; er war pflichttreu; er war tapfer. Wer kann es leugnen? Manitu hatte einen solchen Krieger nötig, und er hat ihn abgerufen. Was mich betrifft, den Sohn und Vater eines Unkas, so bin ich eine abgeschälte Fichte in einer Lichtung der Blaßgesichter. Mein Geschlecht ist geschieden von den Gestaden des Salzsees und von den Bergen der Delawaren. Aber wer kann sagen, daß die Schlange seines Stammes ihrer Weisheit vergessen hat? Ich bin allein –«

»Nein, nein«, rief Hawk-eye, welcher bisher mit einem Ausdruck der hingebendsten Teilnahme auf die strengen Züge Chingachgooks geschaut hatte, und nun seine gewohnte, bisher nur mit Mühe behauptete Fassung sinken lassen mußte, »nein, Sagamore, nicht allein. Unsere Gaben und unsere Farbe mögen verschieden sein, aber Gott hieß uns auf demselben Pfade miteinander wandeln. Ich habe keinen Verwandten und kann gleich dir sagen: ich habe auch kein Volk. Er war dein Sohn und eine Rothaut von Natur; und es mag sein, daß dein Blut näher – aber wenn ich je den Jungen vergesse, der im Kriege so oft neben mir gefochten, im Frieden an meiner Seite geruht hat, so soll Er, der uns alle erschuf, wie auch unsere Farbe oder unsere Natur sein mag – meiner vergessen! Der Junge hat uns für eine Weile verlassen, aber Sagamore, du bist nicht allein!«

Chingachgook ergriff die Hand, welche der Kundschafter in der Wärme seines Gefühls ihm über die frische Erde hinüberstreckte, und in dieser Stellung der Freundschaft neigten die beiden kräftigen unerschrockenen Weidmänner ihre Häupter zusammen: heiße Tränen rollten auf das Grab nieder und befeuchteten Unkas' Ruhestätte wie fallende Regentropfen.

Mitten in dem ehrfurchtsvollen Schweigen, mit welchem ein solcher Ausbruch der Empfindung von seiten der zwei berühmtesten Krieger jener Regionen aufgenommen ward, erhob Tamenund seine Stimme, um das Volk zu entfernen:

»Es ist genug!« rief er. »Geht, Kinder der Lenapen, der Zorn Manitus hat sich noch nicht gelegt. Warum sollte Tamenund weilen? Die Blaßgesichter sind Herren der Erde, und die Zeit der Rothäute ist noch nicht wiedergekommen. Mein Tag ist zu lang gewesen. Am Morgen sah ich die Söhne der Unamis glücklich und mächtig, und jetzt, bevor die Nacht eingebrochen ist, mußte ich leben, um den letzten Krieger von dem weisen Geschlechte der Mohikaner zu schauen!«

Anhang

Vorrede Coopers

Der Verfasser glaubt, in dem Texte der folgenden Erzählung und den begleitenden Anmerkungen den Schauplatz derselben genugsam beleuchtet, ebenso dem Leser die zum Verständnis der meisten einzelnen Anspielungen erforderliche Belehrung in hinlänglichem Maße gegeben zu haben. Immer aber herrscht noch soviel Dunkelheit in den indianischen Überlieferungen und so viel Verwirrung in den indianischen Namen, daß einige Erläuterungen willkommen sein dürften.

Bei wenig Menschen findet man eine größere Verschwiegenheit, wir möchten sagen: größere Widersprüche der Gemütsart, als bei dem eingebornen Krieger in Nordamerika. Im Kriege ist er unternehmend, prahlerisch, verschmitzt, grausam, rachsüchtig, voll Selbstverleugnung und Aufopferung; im Frieden gerecht, edelmütig, gastfreundlich, bescheiden, abergläubisch und gewöhnlich keusch. Diese Eigenschaften zeichnen zwar nicht alle in gleichem Grade aus, bilden aber so hervorstechende Züge bei diesen merkwürdigen Völkern, daß man sie charakteristisch nennen darf.

Man ist allgemein der Ansicht, daß die Ureinwohner des amerikanischen Festlandes asiatischer Abkunft seien. Viele Tatsachen, sowohl im physischen als im sittlichen Gebiete, bestärken diese Meinung, und nur wenige fallen scheinbar in die entgegengesetzte Waagschale.

Die Farbe des Indianers ist, wie der Verfasser glaubt, ihm eigentümlich, und wenn seine Backenknochen sehr auffallend das Gepräge tatarischen Ursprungs tragen, so ist dies bei den Augen nicht der gleiche Fall. Das Klima dürfte auf erstere großen Einfluß gehabt haben; aber es ist schwer abzusehen, wie es bei den letzteren einen so wesentlichen Unterschied bewirkt haben soll. Die Bildersprache des Indianers ist in Dichtung und Rede morgenländisch: beschränkt, und vielleicht zu ihrem Vorteil beschränkt, durch den engeren Kreis seiner praktischen Kenntnisse. Er nimmt seine Bilder von den Wolken, den Jahreszeiten, den Vögeln, den Vierfüßlern und der Pflanzenwelt. Hierin tut er vielleicht nicht mehr, als ein anderes tatkräftiges und phantasiereiches Volk auch tun würde, wenn es in dem Walten seiner Einbildungskraft durch den Kreis der Erfahrung in Schranken gehalten wird; aber der nordamerikanische Indianer kleidet seine Gedanken in ein Gewand, das zum Beispiel von dem des Afrikaners sehr abweicht und in sich selbst zu viel Morgenländisches hat, als daß es nicht auffallen müßte. Seine Sprache hat ferner ganz den Reichtum und die gedankenreiche Fülle der chinesischen; er gibt einen Satz mit *einem* Wort und bestimmt den Sinn eines ganzen Satzes durch eine Silbe: ja, er drückt verschiedene Bedeutungen durch die einfachsten Biegungen der Stimme aus.

Sprachforscher, welche viele Zeit auf ihr Studium verwandt haben, behaupten, daß die vielen zahlreichen Stämme, welche früher das Gebiet der Vereinigten Staaten bewohnten, eigentlich nur zwei oder drei Sprachen geredet hätten. Die jetzigen Schwierigkeiten des Verständnisses der Völker untereinander sind nach ihnen in Sprachverderbnis und Mundarten zu suchen. Der Verfasser erinnert sich, der Zusammenkunft zweier Häuptlinge der großen Prärien westlich vom Mississippi beigewohnt zu haben, bei welcher ein Dolmetscher, der beider Sprachen redete, zugegen war. Die Krieger schienen im besten Vernehmen unter sich und sprachen viel miteinander, und doch verstand nach der Versicherung des Dolmetschers keiner ein Wort von dem, was der andere sagte. Sie waren von feindlichen Stämmen, und nur der Einfluß der amerikanischen Regierung hatte sie einander genähert. Merkwürdig ist jedoch, daß eine gemeinsame Politik beide auf denselben Gegenstand führte. Sie forderten sich gegenseitig zum Beistande auf, falls die Wechsel des Kriegs die eine oder die andere Partei in die Hände ihrer Feinde brächten. – Welche Bewandtnis es nun auch mit dem Ursprung und dem Genius der indianischen Sprachen haben mag, außer allem Zweifel liegt jetzt eine Verschiedenheit in einzelnen Wörtern derselben, welche fast alle Nachteile von fremden Sprachen mit sich führt: daher die Schwierigkeit, ihre Geschichte zu studieren, und die Unzuverlässigkeit ihrer Überlieferungen.

Wie alle Völker, die höhere Ansprüche machen dürfen, erzählt auch der amerikanische Indianer die Geschichte seines Stammes oder Geschlechts ganz anders als andere Völker. Er überschätzt gern seine eigenen Vorzüge und schlägt diejenigen seines Nebenbuhlers oder Feindes geringer an; ein Zug, der vielleicht die mosaische Schöpfungsgeschichte bekräftigen dürfte.

Die Weißen haben durch ihre Verstümmelung der Namen viel dazu beigetragen, die Überlieferungen der Ureinwohner noch mehr zu verdunkeln. So wechselte bei ihnen der Name auf dem Titel dieses Buches bald in Mahicanni, bald in Mohikans oder Mohegans; die letzte Form ist bei den Weißen die gewöhnlichste. Wenn man sich erinnern will, daß die Stämme des Landes, welches der Schauplatz der folgenden Erzählung ist, im Munde der Holländer (die sich zuerst in Neuyork ansiedelten), der Engländer und der Franzosen stets wieder anders klangen, und wie sogar die Indianer nicht allein ihren Freunden, sondern auch sich selbst häufig verschiedene Namen gaben, so ist die Verwirrung leicht erklärt.

In den folgenden Blättern werden die Namen Lenni-Lenape, Lenope, Delawaren, Wapanachki und Mohikaner von einem und demselben Volke oder von Stämmen desselben Volkes gebraucht. Die Mengwe, die Maquas, die Mingos und die Irokesen, obgleich nicht durchaus identisch, werden von den Sprechern häufig identifiziert, da sie politisch miteinander verbunden und Feinde der vorgenannten Völkerschaften waren. Mingo war ein Hauptschimpfwort, ungleich heftiger als Mengwe und Maqua. Oneida ist der Name eines besonderen und mächtigen Stammes aus diesem Bunde.

Die Mohikaner waren Herren des Landes, welches in diesem Teile des Kontinents von den Europäern zuerst in Besitz genommen wurde. Sie wurden daher auch zuerst vertrieben, und das anscheinend unvermeidbare Los aller dieser Völker, welche den Fortschritten oder vielmehr den Übergriffen der Gesittung bis zum Verschwinden weichen mußten, wie das Grün ihrer Heimatwälder dem schneidenden Froste – haben wir als bereits erfüllt betrachtet. Es bleibt historische Wahrheit genug in dem Gemälde, um diese Freiheit zu rechtfertigen. Am Schlusse dieser Einleitung wird es an der Stelle sein, über einen wichtigen Charakter dieser Geschichte, der auch in zwei andern Erzählungen desselben Verfassers eine bedeutende Rolle spielt, noch einige Worte zu sagen. Einen Kundschafter in den Kriegen, welche England und Frankreich um den Besitz des amerikanischen Festlandes führten: einen Jäger in jenen Zeiten der emsigsten Tätigkeit, die dem Frieden vom Jahre 1783 unmittelbar folgten: endlich einen einsamen Streifer in den Prärien, nachdem die Politik der Freistaaten jene endlosen Öden dem Unternehmungsgeiste ihrer halbzivilisierten Abenteurer geöffnet hatte, die zwischen Gesittung und Barberei die Mitte hielten – ein solches Individuum zu schildern, heißt mit Hilfe der Dichtung einen Zeugen für die Wahrheit jener wunderbaren Umwandlungen aufstellen, welche die Fortschritte der amerikanischen Nation bis zu einer vorher nie gekannten Höhe bezeichnen – Fortschritte, für welche Hunderte von Lebenden dasselbe Zeugnis ablegen könnten. In diesem Punkte hat unsere Dichtung nicht das Verdienst einer Erfindung.

Über den fraglichen Charakter hat der Verfasser weiter nichts zu sagen, als daß er einen Mann von natürlicher Gutmütigkeit zeichnen soll, welcher den Versuchungen des zivilisierten Lebens entrückt, dennoch die Vorurteile und Lehren desselben nicht ganz vergessen hat: einen Mann, der an die Sitten und Gewohnheiten des Naturzustandes gewiesen, durch dieses Band mehr gewinnt als verliert und die Schwächen wie die Vorzüge seiner Lage sowohl als seiner Geburt an den Tag legt. Der Verfasser wäre vielleicht der Wirklichkeit näher geblieben, wenn er ihn sittlich weniger hochgestellt hätte; aber das Gemälde hätte an Interesse verloren, und die Aufgabe des Romanschreibers ist, dem Ideale der Poesie möglichst nahe zu kommen. Nach diesem Bekenntnis braucht er kaum noch hinzuzusetzen, daß bei der Auffassung und Ausstattung dieser selbstgeschaffenen Persönlichkeit kein individueller Charakter zugrunde lag. Der Verfasser glaubte, der Wahrheit genug geopfert zu haben, indem er die Sprache und die dramatische Haltung beibehielt, deren die Rolle bedurfte.

Was die Örtlichkeit anbelangt, so hat der Schauplatz der folgenden Erzählung, seitdem die angedeuteten historischen Ereignisse stattgefunden haben, sich so wenig verändert als nur irgendein Distrikt von gleichem Umfang in dem ganzen Gebiete der Vereinigten Staaten. Moderne, gut eingerichtete Bade-Anstalten finden sich allerdings jetzt an der Quelle, wo Hawk-eye haltmachte und trank: Straßen durchschneiden die Wälder, wo er und seine Freunde sogar pfadlos wandern mußten. Glenns hat ein kleines Dorf, und während William Henry und selbst eine Festung spätern Ursprungs nur noch an Ruinen erkennbar sind, steht eine andere Ortschaft an den Ufern des Horican. Außer diesen Veränderungen haben jedoch der Unternehmungsgeist und die Schöpfungskraft des Volkes, welche anderwärts Wunder getan, wenig vollbracht, Die ganze Wildnis, in welcher sich die letzten Ereignisse unserer Geschichte zutragen, ist beinahe immer noch Wildnis, obgleich die Rothäute ganz aus ihr gewichen sind. Von allen hier genannten Stämmen sind dort nur noch wenige halbzivilisierte Oneidas auf dem ihnen in Neuyork vorbehaltenen Landstriche zu treffen. Die übrigen haben entweder die Gebiete ihrer Väter verlassen oder sind ganz von der Erde verschwunden.

Anmerkungen

1 Da jede Nation der Indianer ihre eigene Sprache oder Mundart hatte, so gaben sie denselben Plätzen verschiedene Namen. Fast alle ihre Benennungen beschrieben ihren jeweiligen Gegenstand. So heißt der von dem umwohnenden Stamme gebrauchte Name dieses Wasserspiegels, wörtlich übersetzt: *Seeschweif.* Der Georgsee, wie er gewöhnlich und jetzt von Rechts wegen heißt, bildet eine Art von Schweif zu dem Champlain, wenn man ihn auf der Karte betrachtet. Daher sein Name.

2 *Washington,* welcher den europäischen General erst vergeblich vor der Gefahr warnte, in die er sich unbesonnen stürzte, und dann die Reste des britischen Heers bei dieser Gelegenheit durch seine Entschlossenheit und Tapferkeit rettete. Der Ruhm, den Washington in dieser Schlacht erntete, war der Hauptgrund, warum er später den Oberbefehl über die amerikanischen Heere erhielt. Merkwürdig ist, daß, während ganz Amerika von seinem wohlverdienten Ruhme widertönte, sein Name in keinem europäischen Schlachtberichte erschien, wenigstens hat ihn der Verfasser vergeblich gesucht. So verschlingt der Mutterstaat bei solcher Regierungsweise selbst den gerechtesten Ruhm.

3 Lange Zeit bestand unter den indianischen Stämmen, welche den nordwestlichen Teil der Kolonie Neuyork bewohnten, ein Bund, der zuerst unter dem Namen der »fünf Nationen« bekannt war. Später wurde noch ein anderer Stamm darin aufgenommen und der Name in den der »sechs Nationen« verändert. Der ursprüngliche Bund bestand aus den Mohawks, den Oneidas, den Senecas, den Cayugas und den Onondagoes. Der sechste Stamm waren die Tuscaroras. Es leben noch Überreste aller dieser Völker in Ländereien, deren Besitz der Staat ihnen gesichert hat. Täglich aber wird ihre Anzahl kleiner, teils durch Todesfälle, teils weil sie sich nach Punkten entfernen, die ihren Sitten und Gebräuchen mehr zusagen. In kurzer Zeit werden von diesen merkwürdigen Völkern in den Ländern, die

sie seit Jahrhunderten bewohnt haben, nur noch ihre Namen übrig sein. Der Staat Neuyork hat Grafschaften, die nach ihnen allen, die Mohawks und Tuscaroras ausgenommen, benannt sind. Der zweite Fluß dieses Staates heißt Mohawk.

4 In dem Staat Rhode Island ist eine Bai, die nach einem mächtigen Indianerstamm, der an ihren Gestaden wohnte, Narraganset hieß. Zufall oder eine jener unerklärlichen Launen, welchen die Natur oft in dem Tierreiche folgt, ließ eine Rasse von Pferden aufkommen, welche früher in Amerika unter dem Namen Narragansets weit bekannt waren. Sie waren klein, gewöhnlich lichtbraun (sorrel, wie man's in Amerika nannte) und zeichneten sich durch ihren Paßgang aus. Pferde dieser Rasse waren und sind noch wegen ihrer Ausdauer und ihrer leichten Bewegungen als Reitpferde sehr beliebt: da die Narragansets einen sichern Tritt haben, so werden sie hauptsächlich von Damen gesucht, die »in den neuen Landen« die Wildnisse mit ihren Wurzeln und Löchern zu durchreisen haben.

5 Der nordamerikanische Krieger ließ sich das Haar am ganzen Leibe ausraufen und nur einen kleinen Schopf auf dem Wirbel stehen, damit der Feind sich dessen bedienen könnte, wenn er ihm bei seinem etwaigen Falle die Kopfhaut (den Skalp) abziehen wollte. Diese war auch die einzig zulässige Siegstrophäe. So hielt man es denn für wichtiger, die Kopfhaut zu erhalten, als den Mann zu töten. Einige Stämme legen großes Gewicht auf die Ehre, keinen zu töten. Diese Gewohnheit ist jedoch unter den Indianern der atlantischen Staaten beinahe ganz abgekommen.

6 Das Jagdhemd ist ein pittoresker Kittel oder Rock, mit Fransen und Troddeln besetzt. Die Farben sollen diejenigen des Waldes nachahmen, um nicht bemerkt zu werden. Viele Korps amerikanischer Scharfschützen sind so ausgestattet, und ihre Uniform ist eine der auffallendsten neuerer Zeiten. Das Jagdhemd ist jedoch häufig auch weiß.

7 Die Büchse beim Heer ist kurz, die des Jägers immer lang.

8 Den Mississippi. Der Kundschafter spielt auf eine Sage an, die unter den Stämmen der atlantischen Staaten sehr verbreitet ist. Der Beweis für ihre asiatische Abkunft wird aus diesem Umstand deduziert; es herrscht aber über die ge-

samte Geschichte der Indianer immer noch große Ungewißheit.

9 Der Leser wird sich erinnern, daß Neuyork ursprünglich eine Kolonie der Holländer war.

10 Die ursprünglichen Dörfer der Indianer werden noch jetzt von den Weißen in Neuyork Castles genannt. Oneida-Castle ist jetzt ein zerstreut liegender Weiler; der Name ist aber noch in aller Munde.

11 In der Volkssprache wird die Zutat oder Würze des Mahls von dem Amerikaner *relish* (Geschmack) genannt, indem er die Wirkung statt der Sache setzt. Diese Provinzialausdrücke werden den Sprechenden oft je nach den verschiedenen Lebensverhältnissen in den Mund gelegt. Die meisten sind besondern Gegenden, andere besondern Menschenklassen, die gerade auftreten, eigentümlich. Im gegenwärtigen Falle gebraucht der Kundschafter das Wort in unmittelbarer Beziehung auf das Salz, mit dem seine Gesellschaft das Glück hatte, versehen zu sein.

12 Ein unübersetzbares Wortspiel mit *mahogany, Mahagoniholz,* da *hog* im Englischen Schwein bedeutet. Anm. d. Ü.

13 Glenns Wasserfälle finden sich an dem Hudson etliche vierzig oder fünfzig (englische) Meilen über dem großen Fluß oder dem Ort, wo der Fluß für Schaluppen schiffbar wird. Die Beschreibung dieses pittoresken und merkwürdigen kleinen Wasserfalls, wie sie von dem Kundschafter gegeben wird, ist ziemlich richtig, obgleich die Verwendung des Wassers zu Diensten des zivilisierten Lebens seine Schönheiten wesentlich beeinträchtigt hat. Das Felseneiland und die zwei Höhlen sind jedem Reisenden wohlbekannt, da ersteres den Pfeiler einer Brücke trägt, die jetzt unmittelbar oberhalb des Falles über den Fluß führt. Um sich Hawkeyes Geschmack zu erklären, muß man sich erinnern, daß man immer das am meisten schätzt, was man am wenigsten genießt. So sucht man sich in einem neuen Lande der Wälder und dergleichen, die in einem alten Lande mit großen Kosten erhalten werden, zu entledigen: zu dem bloßen Zwecke einer Verbesserung *(improving),* wie man es nennt.

14 Ein amerikanisches Bier, zu dem man unter anderem die Sprossen der Pechtanne nahm.

15 Tonleiter, Skala. Anm. d. Üb.

16 Es muß bemerkt werden, daß Hawk-eye seinen Feinden verschiedene Namen gibt. Mingo und Maqua sind Ausdrücke der Verachtung, und Iroquois wurden sie von den Franzosen genannt. Die Indianer gebrauchen selten denselben Namen, wenn verschiedene Stämme voneinander sprechen.

17 Die Lange Büchse.

18 Es ist lange ein Kunstgriff der Weißen gewesen, wichtige Männer unter den Indianern durch Medaillen zu gewinnen, die diese dann statt ihres rohen Schmuckes zu tragen pflegten. Diejenigen, welche die Engländer gaben, trugen insgemein das Bildnis des regierenden Königs, die der Amerikaner das ihres Präsidenten.

19 Branntwein.

20 Zelte.

21 Viele Tiere der amerikanischen Wälder besuchen Orte, wo sich Salzquellen finden. Diese heißen »*Licks*« oder »*Salzlicks*« in der Sprache des Landes, weil die Vierfüßler oft die Erde *auflecken (lick)* müssen, um die Salzteilchen zu erhalten. Diese *Licks* sind Hauptpunkte für Jäger, welche an den Pfaden, die dahin führen, ihrem Wilde auflauern.

22 Die eben geschilderte Szene ist derjenige Punkt, wo jetzt das Dorf *Balliston,* einer der wichtigsten Badeorte Amerikas, steht.

23 Vor einigen Jahren jagte der Verfasser dieser Zeilen in der Nachbarschaft der Ruinen des Forts Oswego, das jetzt an den Ufern des Ontariosees steht. Er jagte auf Rotwild, und sein Jagdgrund erstreckte sich mit geringer Unterbrechung fünfzig (englische) Meilen landeinwärts. Unerwartet stieß er auf sechs oder acht Leitern in den Wäldern, die in geringer Entfernung voneinander lagen. Sie waren roh gearbeitet und schon sehr verwittert. Da es ihm auffiel, so viele dieser Werkzeuge an einem so einsamen Platze zu finden, so bat er einen alten Mann, der in der Nähe wohnte, um Aufschluß. Während des Krieges im Jahre 1776 wurde das Fort Oswego von den Engländern verteidigt. Eine Expedition wurde zweihundert (englische) Meilen weit in die Wildnis ausgesandt, um das Fort zu überrumpeln. Es scheint, daß die Amerikaner an diesem Punkte, welcher nur noch eine

Meile oder zwei von dem Fort entfernt ist, zuerst merkten, daß man sie erwarte und daß sie Gefahr liefen, abgeschnitten zu werden. Sie warfen ihre Leitern weg und zogen sich eilig zurück. Diese blieben so dreißig Jahre auf der Stelle, wo sie zuerst hingeworfen wurden, unberührt liegen.

24 Baron Dieskau, ein Deutscher, im Dienste Frankreichs. Wenige Jahre vor der Periode der Erzählung wurde dieser Offizier von Sir William Johnson aus Johnstown, Neuyork, an dem Ufer des Sees George geschlagen.

25 Wer da?

26 Offenbar De Witt Clinton, der im Jahr 1828 als Gouverneur von Neuyork starb.

27 Die Zahl der in diesem Gemetzel Gefallenen wird von den einen mit fünfhundert, von andern sogar mit fünfzehnhundert angegeben.

28 Die Geschicklichkeit des amerikanischen Spottvogels ist allgemein bekannt. Aber der eigentliche Spottvogel findet sich nicht so weit nördlich, wie der Staat Neuyork liegt, wo er jedoch zwei Stellvertreter von geringern Fähigkeiten hat: den Katzenvogel *(cat-bird)*, den der Kundschafter so oft erwähnt, und den Bodendrescher *(ground thresher)*. Jeder dieser zwei letzteren Vögel ist der Nachtigall oder Lerche weit überlegen, obgleich im allgemeinen die amerikanischen Vögel weniger musikalisch sind als die europäischen.

29 Die Naturschönheiten des Georgsees sind allen amerikanischen Reisenden bekannt. In der Höhe der ihn umgebenden Berge, ebenso in den Verschönerungen durch die Kunst, steht er den herrlichsten Seen der Schweiz und Italiens nahe, während er ihnen in seinen Umrissen und der Reinheit des Wassers völlig gleichkommt und sie alle in der Zahl und der malerischen Lage seiner Inseln und Inselchen bei weitem übertrifft. Auf einer Strecke von weniger als zwölf Stunden sollen Hunderte von Eilanden über seinen Wasserspiegel emporragen. Die Engen, welche ihn in zwei Becken teilen, sind mit Inseln so sehr umlagert, daß häufig nur Durchfahrten von einigen Fuß Breite übrigbleiben. Der See selbst hat eine Breite von einer bis drei (englischen) Meilen.

Der Staat Neuyork zeichnet sich durch die Menge und Schönheit seiner Seen aus. Eine seiner Grenzen stößt an die weite Wasserfläche des Ontario, während der Champlain ihn auf einer andern Seite beinahe vierzig Stunden weit begrenzt. Der Oneida, der Cayuga, der Canandaigua, der Seneca und der Georgsee sind alle ihre zwölf Stunden lang, während die Menge der kleineren Gewässer zahllos ist. Auf den meisten dieser Seen liegen jetzt reizende Wohnsitze, und viele werden von den Dampfbooten befahren.

30 Diese Anreden an Tiere sind bei den Indianern häufig. So reden sie oft ihre Schlachtopfer an, schelten sie ob ihrer Feigheit oder rühmen ihre Entschlossenheit, je nachdem sie unter ihren Martern Seelenstärke oder das Gegenteil zeigen.

31 Ein Gericht aus gequetschtem Korn und Bohnen, das auch häufig von Weißen gegessen wird. Unter Korn ist Mais zu verstehen.

32 Die Amerikaner nennen ihren Schutzheiligen zuweilen Tamenay, was bloß eine Verzerrung des Namens jenes berühmten oben angeführten Häuptlings ist. Viele Sagen erwähnen Tamenunds Macht und Charakter.

33 William Penn hieß bei den Delawaren Miquon, und da er sich nie eine Gewalttat oder Ungerechtigkeit zuschulden kommen ließ, war seine Biederkeit sprichwörtlich geworden. Der Amerikaner ist mit Recht auf den Ursprung seines Volkes stolz, der vielleicht seinesgleichen in der Geschichte der Welt nicht mehr findet; die Pennsylvanier und Jerseyer aber dürfen sich auf ihre Vorfahren vor den Bewohnern eines andern Staates etwas zugute tun, da sie sich gegen die ursprünglichen Eigentümer des Bodens kein Unrecht vorzuwerfen haben.

34 Schildkröte.

35 Ein Baum, welcher teilweise oder ganz seiner Rinde beraubt ist, heißt in der Landessprache *blazed* (gebleßt). Der Ausdruck ist gut, da ein Pferd mit einem weißen Abzeichen ebenfalls *blazed* genannt wird.

36 In den amerikanischen Wäldern läßt sich die Reiterei wohl verwenden, da sie nur ganz kleines Unterholz und wenig verschlungene Gesträuche haben. Hawk-eyes Plan ist der, welcher in den Kämpfen zwischen den Weißen und den Indianern immer vom besten Erfolge war: Wayne hielt auf seinem berühmten Feldzug am Miami das Feuer seiner

Feinde in Reih und Glied aus, ließ dann seine Dragoner um die Flanken schwenken, und die Indianer wurden aus ihren Verstecken vertrieben, ehe sie Zeit hatten, wieder zu laden. Einer der ausgezeichnetsten Häuptlinge, welche in der Schlacht am Miami mitkämpften, versicherte dem Verfasser, daß die roten Männer die Krieger mit den langen Messern und den Lederstrümpfen (er meinte die Dragoner mit ihren Säbeln und Stiefeln) nicht bekämpfen könnten.

Erläuterungen

Abtrift, Abweichung vom Kurs
Achterdeck, Hinterdeck
Acker, etwas über 4000 Quadratmeter
Allston, Washington (1779-1843), amerikanischer Maler, Klassizist
Arrowhead, Pfeilspitze
Assiniboin, Stamm der Dakotas

back, zurück
Back, Aufbau auf dem Vorderdeck
Backbord, linke Schiffsseite
Bake, festes Seezeichen
Berkeley, George (1685-1753), englischer Philosoph
Besansegel, das Gaffelsegel am hintersten Mast
Beting, Gerüst zur Befestigung der Ankerketten
Big Serpent, Große Schlange
Billen, innere Planken am Heck
Bö, heftiger Windstoß
bonne bouche, Nachtisch
Bonnet, Streifen zur Verlängerung des unteren Segels
Bram, die von oben zweite Verlängerung der Segel
Brasse, Tau zum Stellen der Segel
Brigg, zweimastiges Segelschiff, das mit Rahen aufgetakelt wird
Buffon, Graf von (1707-1788), französischer Zoologe, berühmt durch seinen glänzenden Stil. Von ihm stammt das Wort: »*Le style, c'est l'homme.*« (Wie einer schreibt, so ist er.)
Bugspriet, der Baum, der über den Schiffsbug hervorragt
Bukanier, Freibeuter
chiente (Mischdialekt, halbfranzösisch), »Hundeloch«, schlechte Hütte
Chingachgook, Große Schlange
compos mentis, seiner Sinne mächtig, bei Verstande
Corbeau rouge, rote Krähe

deinsen, rückwärts gehen
Della crusca, Academia, florentinische Sprachreinigungsgesellschaft
dénouement, Lösung des Knotens
Dew-of-June, Junitau
Ducht, Querbank im Boote; auch das Kabelgarn, woraus die Taue zusammengedreht sind.
Dünung, Hochgehen der Wogen

Eau-douce, Süßwasser
Erin, Irland

Fallen, Taue
fieren, Tau ablaufen lassen, Segel niederlassen
Flip, Warmbier mit Branntwein und Zucker
Floating, Schwimmend: Floating Tom = schwimmender Tom (s. Wildtöter)
Fock, Vormast

Gaffel, Segelstange hinter dem Mast, dient oft dazu, die Flagge zu tragen
Gallone, Maß von viereinhalb Liter
Gatt, enger Durchgang
geien, Segel zusammenschnüren
gieren, vom geraden Kurs abweichen
Greenough, Horatio (1805-1852), amerikanischer Bildhauer, Schüler Thorwaldsens, stellte Washington als antike Gottheit dar. *Cooper* war der erste, der seine hohen Fähigkeiten erkannte und ihn seinen Landsleuten bekannt machte. Greenoughs letztes Werk war eine Büste Coopers.
Guinee, Goldmünze im Werte von etwa zwanzig Mark

Hawk-eye, Falkenauge
Heck, Schiffshinterteil
Helm, Ruderpinne, Steuer
Hieling, hinteres Ende des Kieles
Hintersteven, die Balken hinten am Schiff

Indianersommer, Spätsommer, warme Tage bei Herbstfärbung
Jolle, Boot mit einem Mast

June, s. *Dew-of-June*
Jury, Schwurgericht

Kabellänge, hundert Faden, etwas weniger als zweihundert Meter
Kaje, Deich; Mauerwerk zur Einfassung eines Hafens.
Kalash, Damenkopfputz
Kalme, Windstill
Kastor, Biberhut
katten, den Anker hochziehen
Ketsche, Geschirr
Killdeer, Töter des Wildes
killen, Flattern der ungefüllten Segel
Klüse, Öffnung im Bug für die Ankerkette
Klüver, dreieckiges Vorsegel
Koje, Schlafstelle
Kühlte, frischer Wind

Lalla Rookh, Tulpenwange, Gedicht von Thomas Moore
La longue Carabine, die Lange Büchse
Lateinisches Kreuz, ein solches, bei dem der untere Teil länger ist als die drei anderen Arme
Le Balafré, der Benarbte, Beiname der Herzogs Franz von Guise (1519-1563) und seines ältesten Sohnes Heinrich (1550 bis 1588). In der »Prärie« Name eines alten Sioux-Häuptlings.
Lecke, Stelle, wo Tiere Salz lecken
Lee, Seite wohin der Wind weht
Legerwall, die bei stürmischem Winde im Lee vom Schiffe befindliche Küste
lenzen, mit gerefften Segeln vor dem Sturme laufen
Liek, Einfassung des Segels
Lily, Lilie
Log, Instument zur Bestimmung der Fahrtgeschwindigkeit
Logbuch, Schiffstagebuch
Lomme oder *Lumme,* Vogel der Regenpfeiferart
Loup-cervier, der Luchs
Lugger, Küstensegelschiff
Luv, Windseite, Gegensatz von Lee
luvwärts, dem Winde zugekehrt

Mährische Brüder, eine böhmische Sekte, die Kriegsdienst und Eid verweigerte
Majordomo, der Verwalter
Marlpfriem, Eisenstab zum Splissen von Tauwerk
Mars (Mastkorb), ein Gerüste an den Mastbäumen zum Halten gewisser Taue und zur Bequemlichkeit der auf den Masten befindlichen Matrosen
Meile, englische, etwas mehr als anderthalb Kilometer
Mêlée, Handgemenge
Minstrel, Spielmann, Sänger
Mokassin, lederner Halbschuh der Indianer

Nahten, Fugen zwischen den Planken
Nock, Ende der Rahe

Paley, William, Verfasser der Grundsätze der Moralphilosophie (1785)
Patois, Mundart
Pool, Teil der Themse unterhalb Londons
preien, ein Schiff anrufen

rara avis, seltener Vogel, Seltenheit
Reep, Seil
Renard Subtil, Schlauer Fuchs
Reni, Guido (1575-1642), italienischer Maler
Rivenoak, gespaltene Eiche
Redney (1719-1792), englischer Admiral, Eroberer der französischen Besitzungen in Westindien
Rosa, Salvator (1615-1673), italienischer Maler

Sachem, Häuptling
Sanglier, Eber
Schandeck, Plankengang an der Bordwand
scheren, mit dem Vorderteil aus der Kursrichtung kommen
Schlup, Segeljacht; kleines, zum Rudern eingerichtetes Fahrzeug
Schnau, zweimastiges Fahrzeug
Schoner, zweimastiges Segelschiff
Schote, Segelleine
Schotten, hölzerne Scheidewände

Schwabber, Schiffsbesen
Seud, Windwolke
Seisling, Tau
sobriquet, Spitzname
Solander, Daniel (1736-1782), schwedischer Botaniker, der Cook auf seiner Weltumseglung begleitete
Spake, Hebebaum
Spiere, Rundholz, Ersatzrahe
Spill, Ankerwinde
spleißen, Tauenden verflechten
Spring, zum ausgeworfenen Anker führende Trosse
Squaw, Indianerfrau
Stenge, Verlängerung des Mastes
Stern, Schiffshinterteil
Steuerbord, rechte Schiffsseite
Stopper, Tauende
Sumach, Essigbaum
Supererogation, übergebührliche Leistung

Tachechana, Hindin
taljen, aufwinden
Taljereep, dünnes Tau am unteren Ende der Wanten, um stärkere straffer anzuspannen
Tomahawk, Streitaxt
Topp, oberes Ende des Mastes
Totem, Bild des Tieres, von dem eine indianische Sippe ihre Abstammung herleitet
Trageplatz, Stelle, wo die Boote über die Stromschnellen getragen werden
Trageweg, s. Trageplatz
triftig, treibend
»Tristam Shandy«, humoristischer Roman von Lawrence Sterne (1713-1768)
Troß, starkes Tau

überholen, nachprüfen
Unze, Jaguar

vis inertiae, Macht der Trägheit
Vorsteven, Balken vorn am Schiff

Wah-ta!-Wah, Still, oh! Still!
Wakonda, Gott der Indianer; anderer Name für Manitu
Wampum, Schnur mit aufgereihtem kleinen Muschelscheiben
Wanten, Stütztaue
warpen, durch Schleppanker fortbewegen
Wish-ton-wish, Ziegenmelker (Vogel)

Yahoos, Rasse in Swifts satirischem Roman »Gullivers Reisen«
Yengeese, Engländer

Inhalt

Literatur und Reisen
im insel taschenbuch

Johann Friedrich Abegg: Reisetagebuch von 1798. Mit zahlreichen Abbildungen. Herausgegeben von Walter und Jolanda Abegg in Zusammenarbeit mit Zwi Batscha. it 1013

Alt-Prager Geschichten. Gesammelt von Peter Demetz. Mit Illustrationen von Hugo Steiner-Prag. it 613

Alt-Wiener Geschichten. Gesammelt von Joseph Peter Strelka. Mit sechs farbigen Abbildungen. it 784

Ernst Batta: Obelisken. Ägyptische Obelisken und ihre Geschichte in Rom. it 765

Berlin im Gedicht. Herausgegeben von Barbara und Walter Laufenberg. it 851

Capri. Ein Lesebuch. Hans Bender und Hans Georg Schwark. it 1077

Hans Carossa: Erinnerungen an Padua und Ravenna. Zwei Kapitel aus ›Italienische Aufzeichnungen‹ von 1947. it 581

Chicago. Die Stadt der Superlative. Herausgegeben von Esther Gallwitz. Mit zahlreichen Abbildungen. it 769

Dublin. Herausgegeben von Elsemarie Maletzke. it 807

Gustav Faber: Denk ich an Deutschland. Neun Reisen durch Geschichte und Gegenwart. Mit Abbildungen. it 628

Das Ferienbuch. Literarische Souvenirs, aufgelesen von Vera Pagin und Hans-Joachim Simm. it 1082

Dominique Fernandez: Süditalienische Reise. Aus dem Französischen von Julia Kirchner. Mit Fotografien von Martin Thomas. it 1076

Florenz. Lesarten einer Stadt. Herausgegeben von Andreas Beyer. Mit zahlreichen Illustrationen. it 633

Theodor Fontane: Jenseit des Tweed. Bilder und Briefe aus Schottland. Herausgegeben von Otto Drude. Mit zahlreichen Abbildungen. it 1066

Georg Forster: Ansichten vom Niederrhein von Brabant, Flandern, Holland, England und Frankreich im April, Mai und Junius 1790. Herausgegeben von Gerhard Steiner. it 1136

– Reise um die Welt. Herausgegeben und mit einem Nachwort von Gerhard Steiner. it 757

Manuel Gasser: Spaziergang durch Italiens Küchen. Mit Bildern von Manfred Seelow. it 391

Johann Wolfgang von Goethe: Italienische Reise. 2 Bde. Mit vierzig Zeichnungen des Autors. Herausgegeben und mit einem Nachwort versehen von Christoph Michel. it 175

– Tagebuch der Italienischen Reise 1786. Notizen und Briefe aus Italien. Mit Skizzen und Zeichnungen des Autors. Herausgegeben und erläutert von Christoph Michel. it 176

158/1/7.88

Literatur und Reisen im insel taschenbuch

Johann Wolfgang von Goethe: Tagebuch der ersten Schweizer Reise 1775. Mit den Zeichnungen des Autors und einem vollständigen Faksimile der Handschrift, herausgegeben und erläutert von Hans-Georg Dewitz. it 300

Heidelberg-Lesebuch. Stadt-Bilder von 1800 bis heute. Herausgegeben von Michael Buselmeier. it 913

Heinrich Heine: Italien. Mit farbigen Illustrationen von Paul Scheurich. it 1072

Hermann Hesse: Mit Hermann Hesse durch Italien. Ein Reisebegleiter durch Oberitalien. Mit farbigen Fotografien. Herausgegeben von Volker Michels. it 1120

Alexander von Humboldt: Vom Orinoko zum Amazonas. 2 Bde. in Kassette. Reise in die Äquinoctial-Gegenden des neuen Kontinents. Herausgegeben von Ottmar Ette. Mit zahlreichen Abbildungen. it 990

Im fernen Osten. Forscher und Entdecker in Tibet, China, Japan und Korea 1689-1911. Herausgegeben von Georg Adolf Narciß. it 853

Istanbul. Herausgegeben von Esther Gallwitz. Mit Illustrationen von Thomas Allom. it 530

Samuel Johnson: Reisen nach den westlichen Inseln bei Schottland. Nach einer anonymen Übertragung aus dem Jahr 1775. Herausgegeben von Volker Wolf und Bernd Zabel. Mit zahlreichen Abbildungen. it 663

Erhart Kästner: Griechische Inseln. Aufzeichnungen aus dem Jahre 1944. Mit einem Nachwort von Heinrich Gremmels. it 118

– Kreta. Aufzeichnungen aus dem Jahre 1943. Mit einem Nachwort von Heinrich Gremmels. it 117

– Die Lerchenschule. Aufzeichnungen von der Insel Delos. it 57

– Ölberge, Weinberge. Ein Griechenland-Buch. Mit Zeichnungen von Helmut Kaulbach. it 55

– Die Stundentrommel vom heiligen Berg Athos. it 56

Kairo. Die Mutter aller Städte. Herausgegeben von Ursula Beyer. Mit zahlreichen Abbildungen. it 696

Kennst du das Land, wo die Zitronen blühn. Italien im deutschen Gedicht. Herausgegeben von Peter Hamm. it 927

Leipzig. Ein Städtelesebuch. Herausgegeben von Esther Gallwitz. it 1083

Carl von Linné: Lappländische Reise. Mit Zeichnungen des Autors. Aus dem Schwedischen übersetzt von H. C. Artmann unter Mitwirkung von Helli Clervall. it 102

158/2/7.88

Literatur und Reisen
im insel taschenbuch

London. Eine europäische Metropole in Texten und Bildern. Herausgegeben von Norbert Kohl. it 322

Loreley. Gedichte, Prosa, Bilder. Ein Lesebuch von Wolfgang Minaty. Mit zahlreichen Abbildungen. it 1065

Doris Maurer/Arnold E. Maurer: Literarischer Führer durch Italien. Ein Insel-Reiselexikon. Mit zahlreichen Abbildungen, Karten und Registern. it 1071

Günter Metken: Reisen als schöne Kunst betrachtet. Mit Photographien von Sigrid Metken. it 639

Michel de Montaigne: Tagebuch einer Reise durch Italien. Aus dem Französischen von Otto Flake. it 1074

München. Ein Lesebuch. Herausgegeben von Reinhard Bauer und Ernst Piper. Mit zahlreichen Abbildungen. it 827

Fred Oberhauser/Gabriele Oberhauser: Literarischer Führer durch Deutschland. Ein Insel-Reiselexikon für die Bundesrepublik Deutschland und Berlin. Mit Abbildungen, Karten und Registern. it 527

Paris. Deutsche Republikaner reisen. Herausgegeben von Karsten Witte. it 389

Prag. Ein Lesebuch. Herausgegeben von Jana Halamíčková. Mit zahlreichen Abbildungen. it 994

Heddy Pross-Weerth: Moskau. Von der Siedlung im Wald zur Kapitale einer Weltmacht. it 467

Marcel Proust/Eugène Atget: Ein Bild von Paris. Texte und Photographien. Herausgegeben von Arthur D. Trottenberg. it 669

Der Rhein. Seine poetische Geschichte in Texten und Bildern. Herausgegeben von Helmut J. Schneider. it 624

Rom. Ein Städtelesebuch. Herausgegeben von Michael Worbs. it 921

Barbara Schnyder-Seidel: Goethes letzte Schweizer Reise. Mit zeitgenössischen Illustrationen. it 375

Stendhal: Rom, Neapel und Florenz im Jahre 1817. Aus dem Französischen von Katharina Scheinfuß und Bernhard Frank. it 1073

Toskana. Ein literarisches Landschaftsbild. Herausgegeben von Andreas Beyer. Mit Fotografien von Loretto Buti. it 926

Venedig. Herausgegeben von Doris Maurer und Arnold E. Maurer. Mit zahlreichen Abbildungen. it 626

Venedig im Gedicht. Herausgegeben von Pascal Morché. it 920

158/3/7.88

Englische und amerikanische Literatur
im insel taschenbuch

Jane Austen: Die Abtei von Northanger. Aus dem Englischen von Margarete Rauchenberger. Mit Illustrationen von Hugh Thomson. it 931

– Anne Eliot. Aus dem Englischen von Margarete Rauchenberger. Mit Illustrationen von Hugh Thomson. it 1062

– Emma. Aus dem Englischen von Charlotte Gräfin von Klinckowstroem. Mit Illustrationen von Hugh Thomson. it 511

– Stolz und Vorurteil. Aus dem Englischen von Margarete Rauchenberger. Mit Illustrationen von Hugh Thomson und mit einem Essay von Norbert Kohl. it 787

Harriet Beecher-Stowe: Onkel Toms Hütte. In der Bearbeitung einer alten Übersetzung. Herausgegeben und mit einem Nachwort versehen von Wieland Herzfelde. Mit 27 Holzschnitten von Georg Cruikshank aus der englischen Ausgabe von 1852. it 272

Ambrose Bierce: Aus dem Wörterbuch des Teufels. Auswahl, Übersetzung und Nachwort von Dieter E. Zimmer. it 440

– Mein Lieblingsmord. Erzählungen. Mit einem Nachwort von Edouard Roditi. Aus dem Amerikanischen von Gisela Günther. it 39

Anne Brontë: Agnes Grey. Aus dem Englischen von Elisabeth von Arx. it 1093

Charlotte Brontë: Jane Eyre. Eine Autobiographie. Aus dem Englischen von Helmut Kossodo. Mit einem Essay und einer Bibliographie herausgegeben von Norbert Kohl. it 813

– Shirley. Aus dem Englischen von J. Reiher und H. Wolf. it 1145

Emily Brontë: Die Sturmhöhe. Aus dem Englischen von Grete Rambach. it 141

Edward George Bulwer-Lytton: Die letzten Tage von Pompeji. Aus dem Englischen von Friedrich Notter. it 801

Lewis Carroll: Alice hinter den Spiegeln. Mit einundfünfzig Illustrationen von John Tenniel. Übersetzt von Christian Enzensberger. it 97

– Alice im Wunderland. Mit zweiundvierzig Illustrationen von John Tenniel. Übersetzt und mit einem Nachwort von Christian Enzensberger. it 42

– Briefe an kleine Mädchen. Herausgegeben und übersetzt von Klaus Reichert. Erweiterte Ausgabe mit dreißig Fotografien des Autors. it 172

– Geschichten mit Knoten. Herausgegeben und übersetzt von Walter E. Richartz. Mit Illustrationen von Arthur B. Frost. it 302

– Die Jagd nach dem Schnark. Übersetzt und ausgeleitet von Klaus Reichert. Mit Illustrationen von Henry Holiday. it 598

153/1/7.88

Englische und amerikanische Literatur im insel taschenbuch

Geoffrey Chaucer: Die Canterbury-Erzählungen. Vollständige Ausgabe. Aus dem Englischen übertragen und herausgegeben von Martin Lehnert. Mit Illustrationen von Edward Burne-Jones. it 1006

Gilbert Keith Chesterton: Pater-Brown-Geschichten. it 1149

James Fenimore Cooper: Der Lederstrumpf. Vollständige Ausgabe. 5 Bände in Kassette. Deutsch von C. Kolb, in einer Bearbeitung von Rudolf Drescher. Mit Illustrationen von O. C. Darley. it 760

Daniel Defoe: Glück und Unglück der berühmten Moll Flanders. Deutsch von Martha Erler. Mit Illustrationen von William Hogarth und einem Essay von Norbert Kohl. it 707

– Robinson Crusoe. Mit Illustrationen von Ludwig Richter. In der Übersetzung von Hannelore Novak. it 41

Charles Dickens: Bleak House. Aus dem Englischen von Richard Zoozmann. Mit Illustrationen von Phiz. it 1110

– David Copperfield. Mit Illustrationen von Phiz. it 468

– Detektivgeschichten. Aus dem Englischen von Franz Franzius. it 821

– Eine Geschichte aus zwei Städten. Mit Illustrationen von Phiz. it 1033

– Große Erwartungen. Aus dem Englischen von Margit Meyer. Mit Illustrationen von F. W. Pailthorpe. it 667

– Harte Zeiten. Aus dem Englischen von Paul Heichen. Mit Illustrationen von F. Walker und Maurice Greiffenhagen. it 955

– Das Leben unseres Herrn Jesus Christus. Von Charles Dickens geschrieben für seine eigenen Kinder. Aus dem Englischen von Hans Mardersteig. Mit Zeichnungen von Gunter Böhmer. it 1154

– Oliver Twist. Aus dem Englischen von Reinhard Kilbel. Mit einem Nachwort von Rudolf Marx und 24 Illustrationen von George Cruikshank. it 242

– Die Pickwickier. Mit Illustrationen von Robert Seymour, Robert William Buss und Phiz. it 896

– Der Raritätenladen. Aus dem Englischen von Leo Feld. Mit Holzschnitten von George Cattermole, H. K. Browne, George Cruikshank und Daniel Maclise. it 716

– Weihnachtserzählungen. Mit Illustrationen von Leech, Stanfiels, Stone u. a. it 358

Charles A. Eastman: Indianergeschichten aus alter Zeit. Deutsch von Elisabeth Friederichs. Mit einem Nachwort herausgegeben von Dietrich Leube. Illustrationen und Anmerkungen von Frederick Weygold. it 861

153/2/7.88

Englische und amerikanische Literatur
im insel taschenbuch

Henry Fielding: Mr. Jonathan Wild der Große. Die Geschichte eines Helden. Aus dem Englischen übersetzt von Horst Höckendorf. it 535

– Tom Jones. Die Geschichte eines Findelkindes. 2 Bde. Mit Illustrationen von Gravelot und Moreau le jeune. Herausgegeben und mit einem Nachwort von Norbert Kohl. it 504

Bret Harte: Goldgräbergeschichten. Aus dem Amerikanischen von Wilhelm Lange. Mit zeitgenössischen Fotografien. it 803

Nathaniel Hawthorne: Der Marmorfaun. Aus dem Englischen von Gisela Günther. Mit Zeichnungen von Michael Schroeder. it 1043

– Der scharlachrote Buchstabe. Aus dem Amerikanischen von Barbara Cramer-Nauhaus. Mit Illustrationen von Renate Sendler-Peters. it 436

Samuel Johnson: Reisen nach den westlichen Inseln bei Schottland. Nach einer anonymen Übertragung aus dem Jahr 1775. Herausgegeben von Volker Wolf und Bernd Zabel. Mit zahlreichen Abbildungen. it 663

James Joyce: Die Katze und der Teufel. Deutsche Übertragung von Fritz Senn. Mit Bildern von Richard Erdoes. Vierfarbendruck. it 2024

Edward Lear: Edward Lears kompletter Nonsens. Limericks, Lieder, Balladen und Geschichten. Ins Deutsche geschmuggelt von Hans Magnus Enzensberger. Mit Illustrationen von Edward Lear. it 1119

Matthew Gregory Lewis: Der Mönch. Aus dem Englischen von Friedrich Polakovics. Mit einem Essay und einer Bibliographie von Norbert Kohl. it 907

Lord Byron. Ein Lesebuch mit Texten, Bildern und Dokumenten. Herausgegeben von Gert Ueding. it 1051

Herman Melville: Moby Dick. 2 Bde. Übertragen von Alice und Hans Seiffert. Mit einem Nachwort von Rudolf Sühnel. Mit Illustrationen. it 233

Samuel Pepys: Das geheime Tagebuch. Herausgegeben von Anselm Schlösser und übertragen von Jutta Schlösser. Mit Abbildungen. it 637

Edgar Allan Poe: Das Geheimnis der Marie Rogêt und andere Erzählungen. Aus dem Amerikanischen von Werner Beyer, Felix Friedrich und anderen. it 783

– Grube und Pendel. Und andere Erzählungen. Mit einem Nachwort von Franz Rottensteiner und Illustrationen von Harry Clarke. Aus dem Amerikanischen von Günther Steinig und Elisabeth Seidel. it 362

153/3/7.88

Englische und amerikanische Literatur im insel taschenbuch

Thomas de Quincey: Der Mord als eine schöne Kunst betrachtet. Herausgegeben und eingeleitet von Norbert Kohl. Mit zeitgenössischen Illustrationen. Nach der Übersetzung von Alfred Peuker bearbeitet von Ursula Fischer. it 258

Walter Scott: Im Auftrag des Königs. Die gefährlichen Abenteuer des Quentin Durward. Mit Illustrationen aus dem neunzehnten Jahrhundert und einem Nachwort von Traude Dienel. it 188

Ivanhoe. Roman. Deutsch von Leonhard Tafel. Textrevision und Nachwort von Paul Ernst. it 751

William Shakespeare: Hamlet. Prinz von Dänemark. Aus dem Englischen von August Wilhelm von Schlegel. Durchgesehen von Levin L. Schücking. Mit Illustrationen von Eugène Delacroix. Herausgegeben und mit einem Essay versehen von Norbert Kohl. it 364

William Shakespeare: Richard III. Aus dem Englischen von Thomas Brasch. it 1109

Mary W. Shelley: Frankenstein oder Der moderne Prometheus. Mit einem Essay von Norbert Kohl. it 1030

Laurence Sterne: Leben und Meinungen von Tristram Shandy Gentleman. In der Übersetzung von Adolf Friedrich Seubert. Durchgesehen und revidiert von Hans J. Schütz. Mit einem Essay von Norbert Kohl. Illustrationen von George Cruikshank. it 621

– Yoricks Reise des Herzens durch Frankreich und Italien. Aus dem Englischen übersetzt und mit einem Nachwort versehen von Helmut Findeisen. Mit zwölf Holzschnitten nach Tony Johannot. it 277

Robert Louis Stevenson: Entführt oder Die Erinnerungen des David Balfour an seine Abenteuer im Jahre 1751. Mit einem Vorwort von E. Y. Meyer. Aus dem Englischen übersetzt von Michael Walter. Mit den Illustrationen der Erstausgabe. it 321

– Die Schatzinsel. Aus dem Englischen von Karl Lerbs. Mit Illustrationen von Georges Roux. it 65

– Der seltsame Fall von Dr. Jekyll und Mr. Hyde. Deutsch von Grete Rambach. Mit Illustrationen von S. G. Hulme Beaman. it 572

Bram Stoker: Dracula. Aus dem Englischen von Karl B. Leder. it 1086

Jonathan Swift: Ausgewählte Werke in drei Bänden. Herausgegeben, eingeleitet und kommentiert von Anselm Schlösser. Mit einem Essay von Martin Walser. it 654

– Ein bescheidener Vorschlag, wie man verhindern kann, daß die Kinder der Armen ihren Eltern oder dem Lande zur Last fallen und andere Satiren. Mit einem Essay von Martin Walser. Übersetzt von Felix Paul Greve. Revision der Übersetzung von Walther Freisburger und Klaus Reichert. it 131

153/4/7.88

Englische und amerikanische Literatur im insel taschenbuch

Jonathan Swift: Gullivers Reisen. Mit Illustrationen von Grandville und einem Vorwort von Hermann Hesse. Aus dem Englischen übersetzt von Franz Kottenkamp. Vervollständigt und bearbeitet von Roland Arnold. it 58

William Makepeace Thackeray: Das Buch der Snobs. Aus dem Englischen von H. Conrad. Mit Illustrationen von W. M. Thackeray. Herausgegeben von Norbert Kohl. it 372

– Jahrmarkt der Eitelkeit. Ein Roman ohne Held. 2 Bde. Mit Illustrationen von Thackeray. Herausgegeben und mit einem Nachwort von Norbert Kohl. Dem deutschen Text wurde eine Übertragung aus dem Nachlaß von H. Röhl zugrunde gelegt. it 485

Mark Twain: Gesammelte Werke in 10 Bänden. Ausgewählt und zusammengestellt von Norbert Kohl. it 831-840

– Band 1: Durch dick und dünn. Deutsch von Hans J. Schütz. Mit Illustrationen von Klaus Ensikat. it 831

– Band 2: Tom Sawyers Abenteuer. Bearbeitet von Karl Heinz Berger. Mit Illustrationen von True W. Williams. it 832

– Band 3: Tom Sawyer im Ausland. Tom Sawyer als Detektiv. it 833

– Band 4: Bummel durch Europa. Deutsch von Gustav Adolf Himmel. Mit Illustrationen der Erstausgabe von W. Fr. Brown, True W. Williams, B. Day, u. a. it 834

– Band 5: Prinz und Bettelknabe. Deutsch von Walter Scherf. Mit Illustrationen der Erstausgabe von Frank T. Merill, John J. Harley und L. S. Ipsen. it 835

– Band 6: Leben auf dem Mississippi. Deutsch von Helene Ritzerfeld. Mit Illustrationen von Klaus Ensikat. it 836

– Band 7: Huckleberry Finns Abenteuer. Deutsch von Barbara Cramer-Nauhaus. Mit Illustrationen von Edward W. Kemble. it 837

– Band 8: Ein Yankee am Hofe des Königs Artus. Deutsch von Maja Ueberle. Mit Illustrationen der Erstausgabe von Daniel C. Beard. it 838

– Band 9: Der berühmte Springfrosch der Provinz Calaveras und andere Erzählungen. it 839

– Band 10: Der geheimnisvolle Fremde und andere Erzählungen. Deutsch von Walter Hasenclever u. a. Mit Illustrationen der Erstausgabe von Lucius Hitchcock, W. T. Smedley und N. C. Wyeth. it 840

Horace Walpole: Die Burg von Otranto. Aus dem Englischen von Joachim Uhlmann. Mit farbigen Illustrationen der Ausgabe von 1796, einem Aufsatz von Walter Scott, einem Essay und einer Bibliographie von Norbert Kohl. it 1087

153/5/7.88

Englische und amerikanische Literatur im insel taschenbuch

Oscar Wilde: Aphorismen. Herausgegeben von Frank Thissen. it 1020

Oscar Wilde: Das Bildnis des Dorian Gray. Deutsch von Hedwig Lachmann und Gustav Landauer. Mit einem Essay, einer Auswahlbibliographie und einer Zeittafel herausgegeben von Norbert Kohl. it 843

Oscar Wilde: Die Erzählungen und Märchen. Mit Illustrationen von Heinrich Vogeler. Aus dem Englischen übersetzt von Felix Paul Greve und Franz Blei. it 5

Oscar Wilde: Gesammelte Werke in zehn Bänden. Herausgegeben von Norbert Kohl. it 582

Band 1: Das Bildnis des Dorian Gray
Band 2: Märchen und Erzählungen
Band 3: Theaterstücke I
Band 4: Theaterstücke II
Band 5: Gedichte
Band 6: Essays I
Band 7: Essays II
Band 8: Briefe I
Band 9: Briefe II
Band 10: Briefe III

– Das Gespenst von Canterville. Erzählung. Mit Illustrationen von Oski. Aus dem Englischen von Franz Blei. it 344

– Lord Arthur Saviles Verbrechen und andere Geschichten. Aus dem Englischen von Christine Hoeppener. Mit Illustrationen von Michael Schroeder. it 1151

– Salome. Dramen, Schriften, Aphorismen und ›Die Ballade vom Zuchthaus zu Reading‹. Mit Illustrationen von Marcus Behmer. it 107

153/6/7.88